小说文本审美差异性研究

余岱宗 著

人民出版社

本书受到教育部 2011 年度人文社会科学研究规划基金项目（一般项目）"小说文本审美差异性研究"（11YJA751088）以及福建师范大学创新团队《文体学研究》项目的资助

序

中文系的本科生,全部从旗山迁回仓山老校区了。当初迁往新校区,舍不得老校区;现在对新校区却又有些留恋了。福州素有"左旗右鼓"之称,鼓,即鼓山;旗,就是旗山,旗山在乌龙江南岸。如果不是太赶时间,上课前早个二十来分钟到达新校区,恰好碰上空山雨后,青山如洗,白云绕舞,"逶迤飞动,如旗之风靡",此即旗山也!一时神情大为清爽。就人文言之,溪源江水紧贴校园而过,沿溪上溯,有溪源宫。乌龙江岸,有旧侯官市,"庙踞鼋鼍石,神依土木丛";"日泻帆光澹,江澄塔影寒",遗迹犹然可寻。明朝林春泽,居旗山北屿,历成、弘、正、嘉、隆、万六朝,正德进士,活了一百又四岁,有集曰《人瑞集》,子嗣后人,多有文名且长寿;瓜瓞连绵,五六百年来,水西林一直聚族而居。

老校区,又称仓山校区。仓山,即藤山,古名瓜藤山,后贩盐者割为私仓,遂称仓山,其名沿用至今。藤山,在闽江南岸,西起上渡,东至中洲,连绵五里,以其地多种瓜,瓜有藤,故名。藤山北岭,旧有天宁寺,南宋李纲谪居于寺之松风堂。明代藤山人周仕阶,嘉靖举人,仰慕李纲为人,自号天宁居士,其诗集名《周天宁先生诗选》。其子之夔,崇祯进士,重修松风堂,入清不仕,有《弃草集》。藤山北望,一水之隔,有晚清林纾的苍霞精舍。藤山南麓,旧时岁杪,郡人载酒来游,人称梅坞。"藤山梅万树,冬尽一齐开";"十里花为市,千家玉作林",此明代文人咏藤山梅之诗也。福州开埠之后,梅坞徒存其名,代之而起的是教堂错绣,领事馆比肩而立,"千门万户,抗云蔽日,塔如、厨如、青白缭错而下"。民初,国民政府前主席林森先生曾就读于英华学校,风风雨雨,如今林公馆修缮一新,青砖瓦舍,掩映于高楼之中,也是藤山的一道风景。

予生也晚，不及亲历 20 世纪 50 年代的院校调整，自然也没有见到福建师范学院在藤山山麓挂牌的盛况。青砖学生宿舍，地板嘎吱作响的筒子楼，通往音乐系的小木屋，遗世独立似的教工之家，短道游泳池，已经无处寻觅。毕业几十年的校友回到母校，总是千方百计想在校园中寻找过去的那些记忆，你可以指着两座八层楼高的研究生宿舍对他说，这个地方就是您住过的青砖楼，还是叫十四、十五号楼，记忆与现实，两者之间还有着些许的联系；但是，当您兴冲冲去寻找短道泳池，路径找不到了，即使有识途的老马领着您去指认，面对建筑群，您只能茫茫然不知说啥是好。

建筑传统可能有中断，这对一所学校似乎关系不是特别大。况且，老校区的标志性建筑，如老华南建筑群还在，老音乐系建筑群也还在。比起建筑，一所大学、一个院系，文化学术传统的承传要重要得多。福建师范大学文学院，近期集中推出三套丛书，其中两套分别以两位学科奠基人，也是建国以来的第一、第二任系主任黄寿祺先生、俞元桂先生的斋名——六庵、桂堂命名，用意了然；另一套取名"藤山"，似也有看重文化积淀、学术承传之意。

黄寿祺先生、俞元桂先生的道德文章，其他两套书的序言都有精辟介绍，兹不赘。说起老中文系的旧事，我曾经在《听彭一万讲五十年前事》略有述及，彭先生知道的比我多，体会也比我深刻。我这里要补充的是一件旧事，一件近事。

十五年前，我编光泽高澍然《抑快轩文集》，偶然接触到黄曾樾教授（1898—1966）的生平著述。20 世纪 20 年代，黄先生在福州文儒坊拜石遗老人为师，治诗古文，石遗老人每有讲授，黄先生退而录之，结为《谈艺录》一书出版，30 年代中华书局已经印了 3 版。石遗老人论闽古文家，首推朱仕琇，高澍然次之。朱氏有《梅崖居士文集》传世，而高氏古文尚无刻本。黄先生不忘师训，十多年间，不断搜集高澍然古文 160 多篇。黄先生在法国里昂大学获得哲学博士学位回国，1943 年，福建省政府迁至永安，黄先生供职驿政，也到了永安。日机空袭山城，"每遇警报，挟册而行"，就是说，每当空袭，黄先生随身带的就是他搜集到的高氏之文。黄先生又想，万一躲不过空袭，人亡稿毁，挟册而行，并非上策。先生遂于 1944 年将高氏古文编成《抑快轩文集》上下两卷，自费在永安印行，公诸于世。

一件近事，前年，福建文史馆馆长卢美松先生同时馈赠两部文集。一部是包树棠先生的《汀州艺文志》（方志出版社 2010 年版），另一部是郑宝谦先生的《福建省旧方志综录》（福建人民出版社 2010 年版）。两位先生都曾任教于福建师范大学或它的前身福建师范学院中文系。两书都有卢馆长作的《序》。

包树棠（1900—1981），福建上杭人。著《汀州艺文志》，六十万字，为研究汀州文化、艺文不可或缺的著作。包先生早年毕业于厦门大学国文系代办之集美国学专门学校，建国之后为福建师范大学中文系教授，直至退休。《汀州艺文志》动手于 1925 年，完成于 1930 年，为其少作，除了《自序》一文发表在 1930 年《厦大周刊》上，全书生前未曾刊布。

郑宝谦（1938—2014），福建福州人。郑先生先就读于厦门大学化学系，后转入外文系，先后任教于福建农学院、华侨大学，1973 年之后到福建师范大学任教。大家知道郑先生曾任教于历史系，然而，据《福建省旧方志综录》作者介绍，先生还曾在中文系任过教，看到这一介绍，让人汗颜，我们对中文系的历史了解实在太少。《福建省旧方志综录》皇皇一百四十万字，其学术价值，金云铭、黄寿祺、熊德基诸前辈言之详矣。《福建省旧方志综录》出版不到四年，郑先生今夏在孤独中溘然长逝，不觉为之唏嘘。

这两件旧事、近事，都和中文系的学术传统有关。黄曾樾先生获得国外博士学位之后，仍然不忘师训，一直念叨着他的老师，继续搜集研究高澍然的古文，难能可贵。老师所说的话，不一定都对，学生固然可以另辟蹊径，但是老师有益的教诲，学生可能会受用一辈子，我自己便很有体会。包树棠教授，毕业于"国专"，在强调学历学位的今天，"国专"，算什么层次？其实，身份不一定都那么重要，《汀州艺文志》1930 年完成，2010 年出版，书稿完成时包先生还是一位年轻学人。时光已经走过了八十年，出版距离先生谢世也已经三十年！一部浮浮躁躁而产生的所谓著作，有如此强大的生命力吗？郑先生的生活是孤独的，学术也是孤独的。《福建省旧方志综录》的作者介绍，没有职称，似有为智者"藏拙"之嫌，其实公开介绍郑先生是副教授，又有何妨？一位副教授，用二三十年的时间，写出可以传诸于后人的著作，我们这些有幸忝列教授行列的教师，难道不应该更加努力，在学术上更高地要求自己，免得后人指指戳戳吗？

收入本套丛书的作者有：黄黎星、余岱宗、陈卫、吕若涵、郭洪雷、郗文倩、刘海燕等，他们的年龄都在四十边到五十之间，都具有博士学位、高职称。本丛书的作者都是我的朋友，当我一一写出他们的名字时，他们的音容相貌跃然于我的眼前。

比起刚毕业不久的博士，他们的学术已经成熟，有比较丰富的积累；比起六十边上或更老的"老教师"，他们则更有活力和创造力，思维敏捷，出手快。他们是文学院各学科的中坚，承上启下；文学院的将来，首先靠的也是他们。文学院一下推出三套丛书，可能是出于作者归类的方便。何况，我上文说过，教授的论著，不一定就一定比副教授高明；同样，不是博导的教师，也可能写出比博导好的论著。收入这套丛书的著作，我虽然未能全部读完，但可以肯定，大家都非常优秀，在各自研究的领域已经做出成绩。随手举一个例子，郗文倩著作中"鱼龙曼戏"一章，即便我能写得出来，恐怕也不会如此精彩。文倩研究的领域我比较熟悉，故举以为例；其他几位的著作，也许更为突出也未可知。我强调遵从师训、学术承传，但也相信，中青年学人，一定会做得比前人、比老师更好，这样，学术才会进步。

本丛书的作者，都已经不是只出过第一本书的"新人"了，收入这套丛书的著作可能是他们的第二本、第三甚至第四本了，长足的进步，说明文学院很有希望。2012 年，中国内地出版的新书达 40 万种之多，2013 年 44 万种，在出版如此繁荣的状况下，一本新书要超凡出众并不是一件很容易的事。包树棠先生的《汀州艺文志》、郑宝谦先生的《福建省旧方志综录》都足以传世。本丛书的作者（当然还有我自己）都得严肃面对这样一个问题，我们什么时候可以写出一部传世之作？包先生的《汀州艺文志》是在完成八十年之后才得以出版的。比起包先生，我们幸运得多，出本书似乎不是太难，但是，八十年之后，人们是否还能记得我们今天出版的这部书？假如有人读我们这部书，会有什么反映和评价？我想，如果这套丛书有若干种足以传世，还能得到读者的肯定和较好的评价，那么我的序也就可以附之而不朽了，甚幸！

汉代，藤山草莱未辟，直到晚唐，此地方有民居。如今间阎扑地，歌吹沸天，已为福州一大奥区。文学院将本丛书名为《藤山述林》，如前所述，取名很有文化意蕴。文学院本科生都从旗山迁回来了，假如本科生不回迁，却把研究生也迁过去，丛书该叫什么名字？如果让我说，那就叫"旗山述林"吧！谁又能保证，文学院不会再有迁往旗山的那一天？其实，旗山也很不错，那里空气好，山青水绿。

陈庆元

公元 2014 年 8 月 24 日于藤山华庐

目 录
C O N T E N T S

第四部分　媒介特质与审美特异性

引言　从故事描绘到多重想象

　　小说的世界,其叙述路径、刻绘手段、想象方式的丰富性远非几个宏大规则所能概括,况且,小说文本的研究还可能从政治学、社会学、经济学、进化心理学、历史人类学等角度进行勘察。任何一种阐释方法的更新,都在推动小说作品意义的再生产。

　　方法的更新不意味着小说的意义阐释可以指向一个终极结论,相反,如果将小说文本放置在历时性的意义生产机制之中,新开启的论述角度,会不断超越之前的阐释,创造出完全不同于之前的阐释机制的思考方式与理论概念。意义不是在对前一个意义的反驳中行进着,而是可能脱离前一个意义阐释系统,进入之前的理论视域的盲区,去开拓新的理论疆域。小说文本潜藏着的意义的开阔性、复杂性与隐蔽性,往往由于看问题角度的改变而获得全新的理论突进。从这个意义上说,对一部小说作品的阐释,不是期待某种长期使用的小说批评概念的失效,而应寄希望于新概念的催生。小说阐释的传统概念一般不会失效,情节、故事、性格、形象、环境、主题这一系列概念不会失效,但会造成忽略和过滤,过滤掉这些概念难以容纳的内容,忽略掉这些概念无法辖制的表达方式和多姿多彩的叙事风格。从这个意义上说,新的理论流派所发起的阐释战役,许多时候不是得益于新概念的严谨性或新的论证路径的周密性,乃是不满之前的理论方法的约束性乃至专制性。

高度类型化的小说,比如侦探小说、科幻小说,对其类型共性的研究,其重要性超过对某部作品的个性揭示。而对大师级作品的风格概括,这种研究更偏重于作品的风格的特殊性。这是因为大师作品的例外性远大于其类型性,大师的例外性是永远的例外性。所谓"永远的例外",即后来者无论如何模仿,都很难与其比肩,模仿者的作品是不太可能与大师的作品进入一个"类型库"之中。《红楼梦》的模仿者、追随者哪怕是才气如张爱玲者,亦很难让曹雪芹的作品"去例外性"。所以,对大师作品的特殊风格的研究,一位大师的作品群落便是一类。托尔斯泰就是一个类型,陀思妥耶夫斯基就是一个类型,福楼拜就是一个类型,普鲁斯特就是一个类型。某位小说大师的作品群独一无二的风格就是一种类型。

要注意的是,小说大师作品的风格化,并非在一种层面上。有的小说家是善于讲故事的大师,有的大师的天才在于以细腻化和变异化方式描述人物的感受,有的作家侧重于将小说从写实引入到一个想象的世界,有的重要小说家则在叙事技巧方面做出了革命性的变革。

大师作品的非可比性的理由,在于大师往往是从小说艺术的不同层次不同角度去展现其各自的才华。然而,各个大师作品毕竟是围绕着"小说"来完成其创作,所以要说他们之间完全无可比性,那不是过于偷懒,就是有意无视小说作品之间的可联系性。事实上,强调例外的本身就是意味存在可资比较的特征系统。

富有创造力的大师作品,往往是对既有的叙事手法或多或少的突破或更新。对规则的突破或超越,是否对小说叙事的表现力有所助益,这是一个值得参考的坐标。或者说,大师创造出的作品,其之所以有重要意义,关键在于考察其作品开拓了何种界面的新颖表达方式。这种表达方式,在小说叙事表现人的精神存在方面,有何理由被认为发挥了特殊的艺术创造性。

先从故事描绘这一界面开始吧。几乎所有的小说大师都是讲故事的能手。不过,大师讲故事的方式殊异,雨果的《悲惨世界》《九三年》布局阔大,浪漫性、传奇性的情节目不暇接,小说中的巧合更是俯拾皆是,而巴尔扎克、左拉的作品总是高潮迭起,所有的冲突都往一个中心方向汇聚,各种力量都汇聚成结尾的高潮。如果以巴尔扎克的《人间喜剧》为代表,仅就故事情节布局而言，19世纪中后期的西方小说在多线索的动态复杂化以及衔接的周密化、巧合化与惊异化方面显示出小说家驾驭庞大的人与事体系的高超能力。

小说不会"进化"，但会"变化"。小说不存在风格"进化"，但不可否认，小说作品群落存在着重大"变化"的事实。巴尔扎克时代的小说创作作家不吝于提供新奇而复杂的故事，总是有条不紊地将人物的底细和事件的关节不遗余力地呈现在文本的每个角落。在巴尔扎克的小说中，对故事的穷形尽相，多是为了揭示各色人等的欲望，从饕餮之徒邦斯舅舅的食欲到于洛男爵的性欲。巴尔扎克的《驴皮记》中欲望与寿命的反比例关系直接呈现，浓缩了《人间喜剧》对各种欲望的批判性嘲讽。巴尔扎克、左拉的小说作品，以极其庞大的信息量，复杂多变的情节布局，勾勒富有冒险精神的人物，从而显示各种欲望对人的摆布力。不过，这直接导致小说叙事多从欲望的目的性着手，人物是在动力来源明确的状态下运动着。

这种运动型小说不是说其人物没有想象力，而是其想象力往往被物欲、权欲和性欲窒息住了。哪怕是在巴尔扎克的长篇名著《幻灭》的结尾那段以西班牙神父的面目出现的野心家伏脱冷与主人公吕西安的"开诚布公"的对话场景，不乏想入非非的成分，但都是紧紧围绕着权欲。由于故事情节过于拘泥于事件、计划以及各种具体的欲望，其小说叙事固然在展示社会风貌和世态人心的方面有着无尽的潜力，然而沉溺于对故事情节的"想象"的小说，在细节打磨或情节缝合方面的过度用力，难免使得小说不通脱不飘逸。全篇小说叙事都围绕着故事的起承转合转动的作品固然对人情世态多方位的深入描绘方面会获得拟真效应，但其人物对于欲望、任务、目标过于偏执的投入，使得小说叙事被控制在有因必有果的叙事链条的环环相扣之中。

然而，人类生活并非所有的事件都有来龙去脉，并非所有的心绪、感受都要附着于环环相扣的事件链条之中，并非所有的想象都与目的明确的欲望有关，并非所有的举动都要被赋予重要的意义，并非所有的故事都要进行到底。日常生活中，许多人与事都以不了了之的方式走向结束，诸多内心的踌躇仅仅止于盘算，诸多有趣的细节不过是一种重复性习惯，不断涌动出的生动思绪根本没有机会融入"大事件"之中,很多想象在心中盘旋之后不会付诸于行动,很多有趣的念头恰恰是为跌宕起伏的情节所排斥。

巴尔扎克作为现代小说之父,其小说作品已经显示出对生活诸方面的巨大容量,从介绍主人公到巴黎何条街道哪家饭店可以吃到味美价廉的晚餐,到遭遇破产法的有德行商人该如何行事才能赢得尊重,巴尔扎克小说对日常生活的全面渗透,已经显示出 19 世纪西方叙事文学的阶段性辉煌。然而,巴尔扎克的小说又的确极少出现"无事状态"的人物和无意义的细节乃至环境,巴尔扎克以及左拉小说中野心勃勃的主人公们其"运动能力"与史诗时代的英雄主人公堪有一比。然而,到了福楼拜作品中,主人公的"运动能力"开始变弱了,其人物甚至连一场像样的决斗都无法持续下去。作为促使现代小说的叙事风格发生标志性转变的代表性大师的福楼拜,其笔下主人公心态的"消闲感"渐强,事件叙事的因果性由强到弱,情节的"去紧张性"使得故事叙事趋于和缓,英雄主人公的业绩为瞬息万变、退缩逃避的"弱行动"所取代,主题的宏大性被逐步消解,嘲讽性的语调弥漫全文。反讽让情节性极弱的故事获得了被"挽救"的机会,反讽是以叙事态度来代替叙事情节布局的周密与新奇。

反讽的根本特征是落差性想象。这种想象,通过引进一个隐蔽的"影子形象"与"现实形象"形成落差,产生对照,让某种"假"被误认为"真",并且"误认为"的过程主人公不察觉,只有读者能感受到,因而导致可笑:包法利夫人就是以假相自娱自怜自傲发展到自戕而导致可笑。包法利夫人的真诚的浪漫是从浪漫小说中借来的,其情人鲁道夫的浪漫表现亦是敷衍多于真诚,包法利夫人是在双重幻象中让浪漫的思绪千回百转。包法利夫人全心全意扮演着她所心仪的"影子形象",然而现实迫使她一次次还原到小镇医生太太的"现实形象"中。对"影子形象"的执著,让两种形象不协调地在主人公身上同时发生作用,包法利夫人以假为真导致了她的可笑和可怜:反讽是揭示某种真诚为虚假所迷惑的糊涂而导致的可笑,是一种走不出自欺的可笑,或无法识破他欺的可笑。福楼拜的反讽使得没有多少情节甚至故事内容很有些俗气的《包法利夫人》成为名著,反讽挽救了故事。"假"中之

"真","真"中有"假",让包法利夫人的故事不是以是否赢得浪漫爱情为主线,而是幻象与现实的不断龃龉成为欣赏点,"假""假""真""真",幻象散布在小说的各个点上,每个点无论主要还是次要,都是洞察包法利夫人生活真相的一个角度。

这样的小说从根本上说已经不是太借助情节了,而是揭示主人公的想象,通过想象受挫的各种场景来聚拢主题。

这就不奇怪,为什么福楼拜、普鲁斯特、亨利·詹姆斯、乔伊斯他们的小说都变得"安静"下来,都属于凝视、沉思胜于运动的小说。那位文学世界中最有名的哮喘病人普鲁斯特,他笔下叙述者以及主人公"植物状态"与巴尔扎克、左拉作品中人物的"动物状态"有着太明显的差别。然而,"植物状态"的"静"并非全然不动,而是感觉在"动",思考在"动",想象在"动"。

陀思妥耶夫斯基的小说就被称为"幻想现实主义",不过,陀思妥耶夫斯基的人物倒是非常好动,其情节的离奇性一点不逊于巴尔扎克,但其人物的幻想性却与巴尔扎克不同。巴尔扎克写《老姑娘》,老姑娘科尔蒙小姐的幻想也就是如何觅得如意郎君,陀思妥耶夫斯基作品中的人物的幻想更开阔更遥远,既有《白夜》青年人以利他的方式在白夜中成就高尚爱情,还有那《小英雄》情窦初开的十一岁少年郎通过他人的秘密窥视到自己内心秘密的羞涩浪漫。陀思妥耶夫斯基人物的心灵世界清澄而高远,他们拥有幻想,因此才可能不断超越当下情景。陀思妥耶夫斯基的小说的伟大之处在于他的创作总是能显示出一种深沉而遥远的情感,牵引着人物,让其从具体事务与欲望中"跳脱"而出。

富有"跳脱感"的小说,人物有想象,叙述者亦有想象。如此强调小说的想象,理由在于小说家构造一个情节完整、巧合频频、线索交叉、高潮迭起的作品虽然很不容易,但小说仅仅止于此,小说的叙事与今天发达的影像叙事是无法竞争的。影像叙事以易感性的绝对优势瓜分走了相当部分的故事情节审美的受众份额。小说叙事的优势,不在于通过文字让读者接触到一个"拟真现实",而在于小说所构建的"现实",能带动出叙述者或人物各种维度的想象或诠释。小说不仅仅会以情节建构"故事现实",小说还在所建构的"故事现实"之"上"让纷至沓来的奇特想象得以自然的附着。描绘出一个"故事现实",可借此二度乃至多度想象。如此,故事本身便可品味,可议论,可探讨,可争议,可在故事中孵化出另一则故事。小说是通过叙述呈现出来,叙述的特征不是描绘得有多"真",而在于开启各种不拘泥于情节的各种意义维度,让叙述"跳脱"出叙事故事情节的具体框架,在意义符号世界中以远取譬的比喻,以不羁的狂想,以别致的艺术剪裁,来实现只有文字符号可以驾驭的表达方式,引领故事走向更美妙更多样更精致或更高远的想象性界面。惟有如此,才可能收获以文字为载体的小说叙事创作的不可替代性。

试读《追忆似水年华》中的一段文字:

"您来这里干什么?"他对他说。"还有您?"他看了看我补充道,"我刚才特别嘱咐您不要把他带回来。""他刚才不愿把我带回来",莫雷尔说(天真地打情卖俏,骨碌碌地朝德·夏吕斯先生频递目光,眼神照例多愁善感,颓丧得不合时宜,看样子肯定是不可抗拒的,似乎想拥抱男爵,又好像要哭的样子),"是我自己要来的,他也没有办法,我以我们友谊的名义来向您下跪求求您千万别干这种荒唐事。"德·夏吕斯先生喜出望外,对方的反应十分强烈,他的神经简直难以忍受;尽管如此,他还是控制住自己的神经。"友谊,您提出来很不是时候",他冷冷地回答,"当我不认为应当放过一个愚蠢的家伙的胡言乱语时,友谊相反应当让您站出来为我作证才是。况且,假使我要是依从了一种我明知要受钟爱的感情的祈求,我就会失去这种情感的权力,给我的证人的信都已经发出去了,我相信一定会得到他们的同意。您对我的所作所为一直像一个小傻瓜,我的确向您表示过偏爱,可您没有对此感到骄傲,您实际上有引以为荣的权利,您也没有千方百计让那一帮乌合之众明白,像我这样一种友谊,对您来说,是什么道理值得您感到无与伦比的骄傲,你们这帮大兵,要不就是一帮奴才,是军法逼着您在他们中间生活的呀,您却拼命地原谅自己,差不多是想方设法为自己脸上贴金,为自己不大懂得感恩辩护。我晓得,这里头",他接着说,"为了不让人看出某些场面是多么令其丢脸,您的罪过就在于被别人的嫉妒牵着鼻子走。您怎么啦,您这么大年纪了,难道还是小孩(而且是很没有教养的小孩),难道您一下子看不出来,我选上了您,所有的好处因此都要被您独占了,岂不点燃别人的炉火? 您的同伙们挑拨您跟我闹别扭,岂不是一个个都想取代您的位置? 我收到这方面的信件不少,都是您最得意的伙伴们寄来的,我不认为有必要将他们的信拿来警告您。我既蔑视这帮奴才的迎合讨好,同样鄙视他们徒劳的嘲笑。我为之操心的只有一个人,那就是您,因为我很喜欢您,但钟爱是有限度的,您应该明白这一点。""奴才"这个字眼对莫雷尔会是多么的刺耳,因为他的父亲曾当过"奴才",而且恰恰因为他父亲当过"奴才",由"嫉妒"来解释社会的种种不幸遭遇,虽然是简单化和荒谬的解释,但却经久不衰,而且在一定的阶层里准能"奏效",这是一种很灵验的手法,与剧场感动观众的故技,与大庭广众之中以宗教危险相威胁的手段,实有异曲同工之妙,不仅他那里信以为真,就是在弗朗索瓦丝那里,抑或在德·盖尔芒特夫人的所有仆人那里,个个都一样深信不疑,对他来说,这是人类不幸的唯一原因。他相信,他的伙伴们正想方设法窃取他的位置,对这一大难临头的决斗只会更加不幸,况且决斗是想象中的事。"噢! 多么失望。"夏丽呼号起来。"我活不成了。可他们在去找这位军官之前不会先来见见您吗?""我不知道,我想会的吧。我已经让人告诉他们中的一个,说我今晚留在这儿,我要给他教训教训。""但愿您从现在起到他来之前能听进道理;请允许我陪在您的身边吧。"莫雷尔温情脉脉地请求道。这正中德·夏吕斯先生的下怀。

......

德·夏吕斯先生慷慨陈词,不仅仅是出于对莫雷尔的爱,而且还出于好争好斗,他幼稚地以为,好争好斗是祖上遗风,给他那战斗的思想带来多大的欢欣鼓舞,以至于,开始只是为了把莫雷尔骗来而阴谋策划的这场决斗,现在要放弃掉,他未免感到遗憾起来。没有任何一次争斗他不认为是自告奋勇,与著名的盖尔芒特王室总管一脉相承,然而,若是换一个人,同样赴决斗场的举动,他又觉得是倒数第一的微不足道了。"我觉得那场面才叫棒呢。"他坦诚地对我说,每个字眼的音调都很讲究。
"看看《雏鹰》里的萨拉·贝尔纳,是什么东西呀?《俄狄浦斯》里的
穆内－絮利呢?那事要发生在尼姆的决斗场,最多脸色显得有些苍白罢
了。观看皇室的直系族亲争斗,与这件闻所未闻的事情相比,那又算什
么东西?"只这么一想,德·夏吕斯先生便高兴得按捺不住,开始做起
第四剑式的招架动作,这一招架,令人想起莫里哀的戏,我们不由得小心
翼翼地把啤酒杯往身边拉,生怕初次交锋就伤了对手、医生和众证人。
"对一个画家来说,这是多么富有吸引力的场面!您正好认识埃尔斯蒂
尔先生",他对我说,"您应当把他带来。"我回答说,他现在不在海边。
德·夏吕斯先生暗示可以给他拍电报。"噢,我说这话是为了他好。"他
看我沉默不语便补充道。"对一位大师——依我看他是一位大师——来
说,把一个这样的家族中兴的典范画下来,肯定是很有意思的,也许百年
难得遇上这么一次呢。"

　　然而,若说德·夏吕斯先生一想到要进行一场决斗便兴高采烈,尽
管一开始他就认为这一场决斗完全是虚构的,那么莫雷尔一想到那阵
阵风言风语就胆战心惊,这些风言风语,加上决斗的传闻,不啻于火
上添油,必从军团"乐队"一直传到贝尔热教堂。他仿佛已经看
到,本"等级"的人已人人皆知了,于是他愈益迫切再三恳求德·夏
吕斯先生,德·夏吕斯先生则继续指手画脚,陶醉在决斗的意念里。
莫雷尔苦苦哀求男爵允许他寸步不离他,直到大后天,即设想决斗的
那一天,以便厮守着他,尽一切可能使他听进理性的声音。一个如此
多情的请求终于战胜了德·夏吕斯最后几分犹豫。他说他将设法找
到一个脱身之计,将推迟到大后天作出最后的决定。故意不一下子
把事情搞妥,德·夏吕斯先生懂得,以这种方式,至少可以留住两天夏
丽,并充分利用这两天时间,要他作出今后的安排,作为交换条件,他
才放弃决斗,他说,决斗是一种锻炼嘛,而锻炼本身就令他兴高采烈,
一旦被取消锻炼的机会岂有不遗憾之理。也许在这方面他是诚实
的,因为,一提到要同敌手比剑交锋或开枪对射,他总是兴致勃勃准备

赴战场。①

这是《追忆似水年华》中令人捧腹一场戏，一段欲擒故纵的情感敲诈戏。

这一部分文字中隐藏着多重的想象。第一层次的想象是作家对这一则故事的想象，即故事层的想象。第二层次的想象则是人物的想象，德·夏吕斯虚构出一个决斗事件的骗局，这个骗局是用来套住莫雷尔，让莫雷尔上当，以为德·夏吕斯真会为了荣誉动真格来场决斗。这一层次想象是设局，能出此"绝招"者非夏吕斯莫属：这样的骗局既体面又具有威胁性，以极仗义的方式来敲诈对方，以极富有尊严的勇武之贵族气派来行使欲望敲诈之实，将求人的低三下四"翻转"为别人要对他不断恳求的得意。这是夏吕斯对他人弱点深度洞察使然，同时又是他充满灵感的游戏创造力的生动呈现，是他以虚击实的"空手道"玩到"透彻玲珑"不着痕迹却能水到渠成的"才华"使然。这样的骗局，让人发笑的原因，在于夏吕斯"使坏"使得如此聪明如此富有想象力，以至于可以原谅他的"坏"而佩服他就地取材、信手拈来的炉火纯青的虚构才能——尽管这是一出不折不扣的骗局。这第二层次的想象之中，还包含着夏吕斯男爵对莫雷尔思维的想象的想象，他懂得莫雷尔这一类型人物思路软肋在何处，莫雷尔这一阶层的人会相信什么样的话，会怕什么样的事。这种关于想象的想象，是借助于对他人的幻想逻辑延伸出其虚构的逻辑。第三层次的想象，是从欺骗他人走向自我欺骗，这才是最令人忍俊不禁的想象。这位自命不凡的男爵这个时候有了"堂·吉诃德性"，不过堂·吉诃德不是为欺骗他人而走向自我欺骗，堂·吉诃德是完全的自我欺骗。男爵则从欺他走向自欺，让之前的虚构嫁接上堂·吉诃德式的自我陶醉。这也同时暗示了堂·吉诃德母题是多么深远地影响西方叙事文学，在这里我们再次见到了这一原型形象的变体，这引动一代又一代的虚幻的浪漫母题的幻想之源穿越时空，输送到普鲁斯特的文学创作现场。于是，夏吕斯的堂·吉诃德式的狂想开始起舞。"坏"到极有趣地步的男爵的大脑之中的狂想之舞在"第四剑式的招架动作"中翩翩起舞，在幻想的境

---

① ［法］马塞尔·普鲁斯特：《追忆似水年华·中》，译林出版社 2008 年版，第 1455 页。

界中得风云翱翔、龙蛇变幻之势。这夏吕斯,陶醉在虚拟决斗的快感中,想象一场子虚乌有的决斗可换来"家族中兴"的美誉,并且希望邀请绘画大师临场观摩,以便到时候绘成经典名画。这还没完,他还联想到绘画与戏剧中的决斗,以为就是观看到皇室的直系族亲争斗,也比不上他的这场虚拟决斗。男爵彻底地自我陶醉了,而那莫雷尔却吓得胆战心惊。这告诉我们,想象的最高层次的境界,是在自我欺骗中获得无尽的享受,"假作真时真亦假",真假难辨,真假融汇。夏吕斯假定了一场骗局,却因为自己被自己的骗局所吸引,而忘记了这不过是一场骗局,想象延伸着,以至于忘记了自己是在想象。看来想象的最奇妙处便是忘我。夏吕斯的狂野想象的妙处,表现在他的想象漩涡之中,吸纳了许多艺术界面和历史界面上的决斗场面,这些场面鼓舞着他,推动着他,让他愈演愈勇,愈勇愈得意。骗局的实用性已经为想象的超越性和游戏性所替代。这就是夏吕新的想象层次,亦是普鲁斯特用想象来提升小说的一个极有代表性的案例。普鲁斯特的小说,表面上是随笔风的散文体写法,其实质是诗性想象,不过不是诗歌的概括性的想象,而是携带着具体细节乃至情节,裹挟着叙述者或人物内心的狂放不羁的躁动和向往,不断挣脱"故事现实"限制,实现种种诗性的"跳脱"。这段文字之前,夏吕斯是痛苦的,他单恋着莫雷尔,因此心痛,但他在如此疼痛的境地里又能随时随地展现他游戏感和虚构创造之才华,实用的欲望捕获转变为决斗游戏的虚拟性投入,这种超越性让夏吕斯男爵以痛苦 / 狂想的性格结构在文学叙事历史上获得独一无二的形象地位。

这一节文字,其情节实在是有些"俗",一位贵族老顽童用名为"仗义"实则威胁的方式让意中人就范,然而,在情节的层面之上,多重的想象,却脱"俗"见"雅",让被抛弃的老头颇有些痛苦的不幸故事,变成了一场喜气洋洋的轻喜剧,想象赋予小说远比情节层来得丰富的内容。可见,想象更重要的作用,在于促使情节层的性质发生改变。你看,"德·夏吕斯先生便高兴得按捺不住,开始做起第四剑式的招架动作,这一招架,令人想起莫里哀的戏,我们不由得小心翼翼地把啤酒杯往身边拉,生怕初次交锋就伤了对手、医生和众证人"。这其中,不仅有夏吕斯这一人物对贵族荣誉与贵族勇武气概的狂想,顺着夏吕斯的逻辑,还有一位打趣的叙述者在旁指点读者,为男爵设想出根本不存在的"对手、医生和众证人"来讽刺夏吕斯的疯癫状、陶醉态。这针对想象的想象,前个想象是傲慢、是狂态,后一个想象则是欣赏加幽默。冷静而洞彻一切的旁观者在欣赏一个想象力与欲望一样旺盛的老小孩在自顾自地表演一场戏,这种洞彻又以一种补充性的想象让夏吕斯的狂傲想象更能尽兴。让一位老顽童更尽兴,这就不是简单的讽刺,而是讽刺中带点欣赏甚至带点同情,这是高姿态的幽默。这种幽默感为夏吕斯狂野想象进行"补光",让夏吕斯的性格肖像获得更酣畅淋漓的表现。小说艺术就是如此,她有足够的潜在创造力,让一个俗故事通过多重想象的引导而变幻出种种奇思妙想。当然,这仅仅是小而言之。就大处而言,正是通过小说的想象,使得小说的叙事不是简单地拘泥于情节或场景中的人与事,而是可能通过叙述者或人物的联想、想象,让场景成为引动想象的出发点而不是完成故事的仆从室,让情节线弹跳出情感思想的逃逸线而不只是服务于故事完整性的因果线。如此,比喻、联想、想象,无不存在着可能性,让小说叙述既建构着故事,更可能从故事叙述中引导出别开生面的趣味或别有洞天的境界。

小说的想象,既可能是夏吕斯那种以别出心裁的行动虚构来填充狂野的傲慢心态的"行动化想象",亦有可能通过叙述者超冷静的叙述,以静穆的态度,通过比喻、联想、想象,赋予日常化、琐碎的、看似无意义的细节或情节以一种别致的秩序。比如《追忆似水年华》的最后一部《重现的时光》,通过叙述者不断强化的时光改变一切的这一想象通道,对世间人事施加充满超脱感和飘逸感的造物主般半人半神的"静态化想象"。这时候,想象几乎成为组织叙事最重要的编码方式。就绝大多数的叙事文本而言,在线性叙事中通过不同方式的想象,流溢出对世界存在的各个层面的理解和感怀,这对小说创作来说,其意义丝毫不亚于复杂多变的故事刻绘。这是因为新奇有趣的想象,往往破除故事中场景和情节的局限,引领叙事走出故事的框架,揭开帷幕,让意想不到的另一层面关系在想象点上凝结,形成一种新奇的观察方式、感受方式乃至抒情方式,从而部分或彻底地与故事层面的情趣质地区别开来。如此,小说在故事描绘的同时,通过想象的引导和嫁接,不仅信息大大增值,而且观念、情感、趣味、情调会层层转换、扩散。庸俗会转变为高雅,高雅会渗透入闹剧成分,闹剧可能诱导入悲情成分,悲情又有可能被转述为反讽,透过反讽还有可能提升出大悲悯。

如此,叙述者的想象,人物的想象,在不同的小说文本中虽然千差万别,但在最优秀的现代小说中,小说大师神奇的想象通道和丰富多样的想象性世界,在小说的故事描绘的基础上,常常延展出一个个灿烂辉煌或星光闪烁的超越性界面,为读者建构绵延不绝的审美高原。

第一部分
艺术秩序与风格差异

第一章　小说的组织：线、点与面

一

　　小说世界包罗万象，小说作品千姿百态。不同的风格，迥异的叙事方式，让各种类型的小说在小说生态圈中争奇斗艳，满足不同读者群落审美趣味之差异化需求。

　　倚重情节的小说，或预设悬念，以云遮雾罩的谜团诱使读者在解谜过程中享受智力挑战的乐趣，或以波谲云诡的命运激变以及情感震荡演绎在冲突中极化的心灵轨迹；突出情感与性格的小说，或勘探世态人心的深浅、明暗，或演示性格多面体惊世骇俗的剧烈翻转，或洞察平静状态下的偏执、无奈与虚无，或提示疯狂举动中的傲慢、倔强与孤独；耽溺于人物感觉世界的小说，或提取转瞬即逝的心理变化过程中的幽微诗意，或以隐喻开辟异于常态的奇异感觉，或描绘不同感受状态碰撞融汇之交织图景；观念分析占据文本中心的现代小说，或通过观念的多重交锋对话与旋风般的场面演进交相辉映，或以某一个感受点的意义诠释层层扩展思想的疆域并藉此萎缩情节与情感的叙事版图，或以非线性多界面多学科的复合阐述让繁复的意义阐释嫁接于故事线条之上。

　　小说从来不缺少故事，许多小说就是以故事来吸引读者。然而，19至21世纪的诸多小说经典文本又告诉我们，故事已经不再是小说叙事最突出的内容了。这并不是说诸如《情感教育》《卡拉马左夫兄弟》《追忆似水年华》《没有个性的人》《赫索格》这样的经典小说作品缺乏生动的故事,而是类似这样的小说作品已经不再通过欲擒故纵的悬念、奇异的巧合、层层铺垫的冲突以及翻转而出的真相曝光来完成叙述。如果将故事情节称为"线",即贯穿作品的情节线索,那么,《追忆似水年华》《没有个性的人》这样的作品,其"点"和"面"比"线"重要。

所谓"点"和"面","点"可以是一种奇特的声调,"点"可以是一种动作细节,"点"可以是某一个凝视片刻,"点"可以是某种表情瞬间,"点"可以是某次对话中微妙的潜台词,甚至可以是一种习惯用词。至于"面",则是从"点"扩展开来的内容。一种"点",无论是一个习惯用语或是一个情绪拐点,都可能被叙述者扩展成为一个联想之"面"、议论之"面"、比喻之"面"、狂想之"面"、抒情之"面"。以"点"和"面"为叙事主要特征的小说,事实上是以"纵聚合"来组织作品,其"横组合"的情节线已经被"虚化",被"内嵌化"。由"点"铺设开来的"面"之中,也绝非单纯地只服从于某一条"线"。相反,"面"之中会勾连出另一条"线",联想、议论、分析都可能让不同的"线"在所谓的"面"之中交错、衔接,这意味着,有些小说作品已经无所谓是否存在一条叙事"主线",或者说"主线"已经变得不重要了,甚至可以认为串通整个文本的,不见得就是由某一条情节线来承担纲领性的结构任务。一连串因果相接的事件不再是作品的骨架,小说也可以不依靠首尾相连的事件来作为核心的框架。那么,什么可以取而代之呢?情感、感受、思绪、议论、比喻都可能在文本的整体或部分中作为网状的线索来取代传统的事件之线、行动之线或时间之线。"面"有太多的入口和出口,一个比喻就可以让之前的情节发生扭转,从而进入另一个时段的故事之中;一段联想就可能中止之前的故事,让叙述跳跃到另一个时段;一种通感的开启,就可能让之前的场景烟消云散,从而让思绪飘移入另一个场面之中。"点"派生出"面",有的"点"仅仅是嫁接之点,诠释、议论、抒情之面展开后又收缩,让叙事回归到之前的"线"上。有的"点"与"面"则不然,不是以诠释、议论这样的"点评"为自己的唯一任务,而是在议论、抒情、联想之中经由议论的逻辑、抒情的感怀或联想的相似性"逃逸"

之前的"线"，开辟新的叙事之"线"。这样的"面"就成为"转换系统"，其延伸新"线"的能力特别发达。如此，"点"以及派生出的"面"如果变得高度复杂，这意味着整体与局部的颠倒。局部的高度膨胀，自然让传统以情节统率全局的"线"被弱化。"点"原先是局部的，服从于"线"的整体布局。当局部的"点"旁征博引或想入非非的时候，围绕着"点"，话语的繁殖能力便不受约束地扩张开来。那么，这似乎中心不被尊重，主次被颠倒，结构也变得不匀称。发展到过分的地步，某个"点"干脆就开辟出一个庞大的章节来介绍某种特别的"知识"或"趣味"，讲究情节匀称性和均衡感的传统被彻底毁败了。然而，从另一个思路考虑，如果小说的组织就是以叙述者广博的思维和庞杂的感受作为一种"线"，那么，为什么不能让小说叙述撇开事件、行动、悬念的约束，大大方方地说古道今或想入非非地思想漫游呢？这不是说故意排斥故事，而是当过于专注于故事的叙事与开拓更灵活的叙事方式、让小说容纳更深更广的思想、情感和感受的追求发生矛盾的时候，偏袒后者显然是有活力的小说家应该追求的立场。如此，"线"可以不是时间之"线"，可以不是故事情节之"线"，而是可能让情感之"线"、思绪之"线"甚至观念之"线"成为一路捕获思想或故事、吸纳印象或场景的主线。小说依然存在着"线"，只是这"线"不是那种刚性的"横组合"的时间之"线"、故事之"线"或行动之"线"，而是"纵聚合"之"线"，这思绪之"线"不断吸收人的思想、情感，亦不断收纳事件、故事和场景，藉此统率叙事全局。

亚里士多德的《诗学》以为："悲剧的目的不在于摹仿人的品质，而在于摹仿某个行动；剧中人物的品质是由他们的'性格'决定的，而他们的幸福与不幸，则取决于他们的行动。他们不是为了表现'性格'而行动，而是在行动的时候附带表现'性格'。因此悲剧艺术的目的在于组织情节（亦即布局），在一切事物中，目的是最关重要的。"[①] 亚里士多德的理论，显然"行动"远比"性格"重要，这样的判断固然还有广泛的适用性，但对于诸多现代小说来说，特别是以人的精神探索为主要内容的小说来说，这条法则已不

———————————

① ［古希腊］亚里士多德：《诗学》，人民文学出版社1962年版，第21页。

再奏效。因为，在这类小说中，人物常常会一边"行动"，一边诠释自己的"行动"：人物不满足于充当"运动员"，而是同时赋予自我"评论员"、"教练员"的身份。这意味着现代小说的人物，对自我的行为、性格乃至人类的生存境遇所潜藏的意义，不断发出喋喋不休的话语，以破译或翻译的方式，展开各种各样的议论与联想。这种议论与感悟常常会经由具体情景进入更抽象的层面。从这个角度上说，亚里士多德原来一直强调的"行动"之线的中心化作用对于某些现代小说已经不是金科玉律了。知觉之"线"、情感之"线"、观念之"线"已经不是"行动"之线的补充性陪衬性的"支线"，而是获得了凌驾于行动"线"之上的地位。罗兰·巴尔特的《叙事结构分析导论》言及一个叙事单元类别中包含着两个作用，一个是组合段的"功能"作用，另一个是聚合体的"指号"作用。① 那么，部分现代小说叙事的聚合体的"指号"早已经不是组合段的"功能"作用的附属物了。普洛普《故事形态学》明确地声明故事形态学的规律性仅适用于民间故事："艺术创作的故事不在此列。"② 同时，普洛普的研究表明民间故事功能项排序具有"惊人的单一性"以及"重复性"。③ 可见，经典叙事学研究中的各种功能项，虽然可以对应于现代小说中主人公的种种精神历险、考验，但已经无法有效地对应于经由"纵聚合"膨胀开来的精神探索式的小说了。这是因为"纵聚合"多由联想、议论构成，"横组合"各个功能项则为"行动"的因果性所约束。亚里士多德所言的"结"与"解"多要推敲人物行为于上下文的合理性，"纵聚合"为主的小说叙事则无须合情合理的故事链条，而是可以通过阐释性的内容过渡到情节性的内容，诠释性话语之中的议论或联想所带来的延展性比严谨的"行动"因果律具有更开阔的小说话语的"转场空间"。

　　当然，给予情感、感受、观念为中心的精神探索类型的小说以更多的重视，并非完全无视或有意排斥故事型的小说，相反，研究小说，从故事情节类型的小说文本出发，才可能更好地确定情感探索类型小说或精神探索类型小

---

① ［法］罗兰·巴尔特：《罗兰·巴尔特文集：符号学历险》，中国人民大学出版社2008年版，第115页。

② ［俄］弗·雅·普洛普：《故事形态学》，中华书局2006年版，第19页。

③ 同上书，第18页。

说的艺术价值。

二

讲故事不一定非用侦探小说模式,但侦探小说是最能体现故事情节集中性、整一性之小说类型。

侦探小说大概可以算是"行动力"最强的小说。

侦探小说所有的"行动"都围绕着悬念或秘密展开。侦探小说利用悬念这一个点,延伸出一条叙事之线,叙事之线发展到某个阶段,累积的证据以及侦探的诠释,会使得"线"的性质发生改变:之前看似没有联系的各个疑点将被逻辑化地联系起来。这意味着案情有了清晰的脉络。侦探小说叙事之线的两端分别是预设的悬念与真相大白的"发现","发现"让之前"线"的每个环节都有意义。如果没有亚里士多德所言的"突转"与"发现",侦探小说就失去了吸引力。无论复杂与否,侦探小说是用整条叙事之线去成就最后的"突转"与"发现"。"线"的一个又一个环节的累积都是为末端的"突转"与"发现"累积足够的力量和足够的惊异。或者说,侦探小说是以整条"线"成就一个最终的"发现"。这与从"线"中的任何一个角度和端口不断延伸各类话题的现代小说是完全不同的小说写法。

当然,侦探小说也需要很高的技巧。侦探小说的悬念设计的巧妙,不但在于悬念要有足够的分量,即案件本身要有足够的新奇性和震动性,侦探小说还要设法让悬念"悬置"足够久的时间,并在"悬置"过程中让其不断接受各种事件和误判的干扰。

干扰将使案情变得扑朔迷离,一个个看似逼近真相的答案通常是小说家所设置的推理误区:假相越具有迷惑性,情节便越有吸引力。

真相大白之时,之前所有的迷惑便不再是迷惑,所有的难题便不再是难题。

这就是侦探小说的悖论:复杂性与简单性是侦探小说的两面。

不复杂就无法为悬念找到"悬置"的理由,不简单就无法将看似复杂的案情落实到坚实的推理思路上。

所有的细节和情节最终都服务于悬念的解答,所有的人的情感世界都被案件形成的漩涡所吸纳,所有的漫不经心的闲言碎语或看似无意义的举动最终都为唯一的真相所统率。

侦探小说中的人物不乏个性,但其个性拓展同样也受到案情侦破叙事的限制。很难想象一位侦探小说作者在描写一位侦探时会花上大量篇幅叙述他对英国山楂树的奇异体验或是来上一长篇关于"厌烦"的哲学思考。当然,文学作品确实也出现过多愁善感的侦探形象,比如罗伯·格里耶《橡皮》中的侦探瓦拉斯。然而这个瓦拉斯与其说是一位精明的警探,不如说是一位内心里不断涌现怀旧感伤思绪的诗人:"是什么厄运,使他今天不得不沿途到处都要提出解释呢?是否由于城市街道布局特殊,迫使他只好不断地问路,而得到的回答,每一次都使自己走了弯路?过去他曾有过一次在这些意想不到的分岔路口和死胡同中,游来荡去迷了路——特别是那些死胡同,更是容易叫人迷失方向——幸亏由于偶然的机会,最后找到一条能够一直走到底的路。当时只有他母亲单独为此担心。后来他们母子两人走到这运河堵塞的一端;在阳光的照射下,河畔低矮的房屋,在绿色的河水中反映出古老的建筑的正面。这一切大概是发生在夏天里,是在学校放暑假的时候。他们在这个城市停留一下(他们是到这儿南面的海边去度假,和过去每年一样),以便去探望一位女亲戚。他好像记得这位亲戚在生气,似乎有一件继承遗产的事或类似的问题。他确实知道有这么一回事吗?他现在甚至想不起他们最终有没有见到这位太太,他们是否一无所获就离开(在转车中间只能有几个小时的停留)。再说,这些真的都是回忆吗?关于这一天的经过,他过去经常听到说:'你记得的,当时我们去过……'不,不是记得,他是亲眼看见那运河的一端,那些反映在宁静的河水中房屋,以及那拦住河口的低矮的小桥……还有那废弃的旧船的残骸……不过很可能这一切是在另一天,在另一个地方发生的事——也可能是梦境。"① 这位不断"走神"的侦探的思绪中,城市的布局已经不是追踪罪犯的空间,而成了伤感怀旧的地点。这篇小说写的就是一位犯糊涂的侦探,说的就是破案过程的荒诞性。此篇小说的特色正在

---

① [法]罗伯·格里耶:《橡皮》,上海译文出版社 1981 年版,第 142 页。

于以日常性景象不断瓦解侦探的职业性思维。伤感与犹疑代替了缜密与果断,使得这部借用了侦探模式的法国新小说派代表作品以侦探叙事模式书写了"反侦探"的内容——不过,正是这位侦探的日常伤感/职业性冷静的反差,让这部小说获得了极有特色的叙述张力。《罪与罚》《审判》《橡皮》等等小说都出现了侦探和侦探故事,但这样的小说都不是将叙事焦点集中在悬念与推理之上,即不是将重心放在设置谜面与解谜的叙事之"线"上,而是聚焦侦探或嫌疑人物的内心感受。《审判》更是叙述了无罪者莫名其妙被逮捕的荒谬事件。从某种意义上说,此类作品都对法律、推理、正义提出了种种质疑——诸多包含着侦探故事的现代小说已经跃出了作为为大众提供娱乐的通俗小说模式框架。《罪与罚》探讨的是法律无法解决的犯罪者的精神炼狱与救赎之大问题;《审判》对法庭、法官、律师与抓捕者极尽冷嘲热讽之能事;《橡皮》为侦探者注入忧郁和感伤。这种写法,对传统侦探形象应该有的缜密与冷血来说,无疑是个大逆转。从这个角度上说,这些作品与侦探小说最明显的分野不在于案情所关涉的情节之复杂性,而在于这些小说完全不依靠通常侦探小说的叙事之"线"去完成意义。"线"在这些小说中变得次要,感伤之"点"、精神磨难之"点"和荒诞之"点"远比案情的发展以及"发现"来得重要。《审判》还可视为对正统的侦探小说之线的破坏或扭曲:悬念中没有来由的逮捕与结尾的毫无依据的审判是对正儿八经的侦探小说的缜密推理之"线"的绝妙讽刺。

经典侦探小说叙事的艺术在于"线"的编织上,假相之"线"最终被侦探还原成犯罪的布置与实施,其叙事重心在于破案过程中的智力较量。侦探小说中的侦探形象多为满足读者对具有高超推理力以及强大意志力的强者形象之想象。典型的侦探小说不太可能为读者提供游离于案情推理之外更开阔的心灵世界。侦探小说研究者承认:"既然逻辑推理是侦探小说的灵魂,那么就没有太多余地延展人物性格或拓展多样性风格。"[1] 因此,"有着固定嫌疑人和严格条规的侦探小说一直都是童话"[2]。侦探小说被视为童话,一方面针对推理破案过程的巧妙神奇的推理,另一方面指向侦探叙事对世界

---

[1] [英]朱利安·西蒙斯:《血腥的谋杀——西方侦探小说史》,新星出版社2011年版,第2页。
[2] 同上书,第12页。

理解的单维性。侦探小说的叙事成规决定了其主题的易理解性。另外,其主人公的行为、情感世界亦都围绕着侦破这一中心事件。福尔摩斯虽然也喜欢拉小提琴或欣赏歌剧,都不要忘记这位推理大师在《血字的研究》中就被告知:这位大侦探"不愿意去钻研那些与他研究毫不相干的东西,因此,他所掌握的知识对他来说,当然都是有用的了"①。华生医生还开了个清单,谓之"福尔摩斯的学术境界":"1. 文学知识——无。2. 哲学知识——无。3. 天文学知识——无。4. 政治学知识——无。……"②而在化学知识、解剖学知识以及法律知识方面皆为"精深"。这份清单当然是虚构的,文学、哲学或天文学未必对破案都毫无助益。然而,与其说作者有意识在约束主人公的知识结构,不如说作者以半开玩笑的口吻告诉读者破案靠的是能够实证的物证,而不是哲学的玄妙或文学的浪漫。这不是说不懂得人情世故的侦探反而更有利于破案,而是表明作为侦探其职业特性不允许其被个人的七情六欲所束缚。侦探要以更超然的姿态审查众人的情感迷障或欲望迷宫。当然,这不是说悬疑叙事中侦探毫无情感弱点亦不会陷入感情旋流之中,希区柯克的悬疑片《迷魂记》中那位侦探的爱情就被犯罪者利用。不过,《迷魂记》那位忧郁警探恰恰是从诱惑中醒悟才得以揭穿阴谋。中国电影《白日焰火》中的侦探主人公更糟,甚至堕落成酒鬼,但结尾亦是理性驱逐了爱情——酒鬼警探在两难之中选择了正义。不过,《白日焰火》的文艺片特性远比警探叙事更醒目,过于注重表现内心世界的颓废与挣扎让该片偏离了常规意义上的侦探片模式,向文艺片和社会批判片倾斜。过于偏离智力上的推理和悬念解码的侦探叙事将不得不使得该片被划归到文艺片的类型之中。

悬念中心化,情节推理化,犯罪真相化,侦探理性化,这意味只有通过对整条叙事之线各种关键信息的逆向收拢和逆向理解,才可能让最终的"发现"获得意义。侦探小说的局部无论多有趣,都不可能在某一情感点上让侦探的心灵世界表述发挥得太过分,让侦探伤感到脱离破案现场或是出神到不断于往昔回想中找到生命的慰藉,这也可能构思出一部"关于侦探"的有趣小说,但不太可能是一部常规意义的侦探小说。

---

① ［英］阿瑟·柯南·道尔:《福尔摩斯四大奇案》,人民文学出版社 2004 年版,第 13 页。
② 同上。

侦探小说一整条叙事之"线"布满假相,最终的真相会转身面向叙事之线,为假相提供另一套解释。假相在线上布局,最终真相的"发现"为整个布局提供理由。侦探小说的"突转"与"发现"暴露的令人骇然的秘密表明一系列的假相是多么富有欺骗性,甚至日常性的平凡细节都掩盖着工于心计的欺骗和阴谋。如此,"发现"所包含着的智力挑战性和真相暴露的震惊感,让情节层层铺垫和精心布局没有白费功夫。所有的铺垫和布局都会在小说结尾爆发出奇异的能量:假/真的彻底翻转让读者对之前的种种细节和事件有了全然不同的理解。秘密的"发现"提供了一种新的思路,让另一种阐释返回现场去注释之前所发生的一切。这种阐释的逆向旅程也是表明整条线毫无累赘之处的最好理由。

侦探小说利用了一系列的二元对立如谎言/真相、智慧/愚蠢、偶然/必然、疏忽/周密、次要/重要来确立其文本意义。侦探的不凡,在于洞察了种种偶然性之间的必然联系,在于确定看似次要的细节之中所包含着的重要线索,在于为无联系的各种琐碎的细节勾勒联系的草图。于是我们可以说侦探的"发现"在统率着全文。当然,侦探通常不会那么轻易地宣告其"发现",因为深思熟虑的进一步求证是侦探的必要步骤,这就让读者要比侦探迟一步去"发现",迟一些时刻去接近真相。正是这"发现"的"时间差",标注出侦探与读者之间的智力差距。当然,"发现"的作用还不仅仅是用来衡量智力和洞察力的差距,"发现"让体面暴露出丑恶,让温和的熟人瞬间变脸为阴险的凶手,让高高在上者转身为卑鄙的骗子。侦探小说提供了一种极端化的倒错,侦探最终的"发现"让世界来一个彻底的颠倒,而正是这种倒错和翻转为文本进一步创造了价值:如果没有这重大的"发现",那么假相将大行其道,罪恶将凭借欺骗继续主宰着各色人等的生活。可见"发现"是侦探小说所有叙事能量最终的凝聚点。"发现"让我们欣赏了侦探的智力、洞察力和敏感力,"发现"还让我们在社会意义层面上发现了罪恶如此靠近日常生活,欺骗如此巧妙地渗透到日常生活之中。侦探小说的智力与罪恶的双重"发现",其背后隐藏着的一系列二元对立,以非此即彼的方式确立了侦探小说的意义:正义/邪恶,谎言/真相,敏感/迟钝,缜密/疏忽。这意味着,在侦探小说中,就是叙述攀附、虚荣、厌烦、嫉妒、怜悯、傲慢、戏谑、小心眼或假癫狂,亦不可能将这些中间状态的情感刻画到多精致或多深入,罪恶与正义、智慧与愚蠢的二元对立的价值架构最终将吸附所有的"次等级"情感。在福尔摩斯探案名篇《巴斯克威尔的猎犬》中有这样一段不起眼的叙述:"然而我不止一次看到,当亨利爵士对他的妹妹关注时,他的面孔显出极度的反感。他无疑很喜欢他妹妹,如没有她,他将过孤身生活,但如果他为此阻碍他的妹妹的美好婚姻,似乎自私到了极点。但我敢说,他不希望他们的相好发展为爱情,我有几次看出他费尽苦心妨碍他们私下密谈。"① 如果这样的人物关系出现在亨利·詹姆斯的小说中,一定隐藏着极有趣的故事,同时,这样的人物关系在擅长叙述欺骗与阴谋的亨利·詹姆斯的笔下又断不至于升级为血腥的谋杀,而是会被勾勒成一出满怀无限凄楚的情感骗子筹划的一次"极体面"的骗婚故事,或是一出高尚骗子最终可能因良心谴责而放弃行骗的"阴谋婚姻"。亨利·詹姆斯最愿意探索的是人物在平静的常态下的各种剧烈的情感震荡,而不太喜欢将小说中人物的行为或情感的冲突升级到你死我活的地步。亨利·詹姆斯这种类型的作家更愿意让情感周旋在外部风平浪静的时空中,其人物的情感波动再剧烈也依然在温文尔雅的氛围内盘旋出各种复杂的思绪和感悟。类似亨利·詹姆斯或普鲁斯特这样的作家的所描摹的情感世界是与侦探小说的极化情感背道而驰的。然而,上述《巴斯克威尔的猎犬》这一片段在侦探小说中是不会仅仅在平静而暧昧的人物关系中进行情感震荡,它只能从属于揭示仇恨与阴谋的罪恶叙述。

　　侦探小说的"秘密"揭示通过叙事之线的整体起作用,侦探小说的叙事之"线"上种种疑点都要为叙事之"线"所消化。"点"服从于"线","点"的意义不能过于突出,而是受到侦探小说的"线"的意义指向的束缚。尽管解构者完全有可能剖解某部侦探小说之中"线"与"点"的矛盾,但是"点"在侦探小说中是缺乏意义的扩张力,因为正义/罪恶、智慧/愚蠢的最终意义格局将捕捉任何"点"的意义逃逸。或者说,一旦作为局部的"点"的意义逸出正义/罪恶、智慧/愚蠢的对立的框架之外,那么,此部侦探小说的类型规范就要被破坏。小说擅于对生活之中种种"秘密"的发现,几乎所

---

① 　[英]阿瑟·柯南·道尔:《福尔摩斯四大奇案》,人民文学出版社 2004 年版,第 424 页。

有的小说文本都潜藏各种各样的"秘密",揭示生活表象背后的大大小小的"秘密"是小说引人入胜的原因之一。侦探小说通过二元对立的框架规约出的"线"来成就对罪行之"秘密"的发现,这种发现充满了智力的挑战,但不会给予读者对生活更开阔更多样的理解。

不过,侦探小说作为一种娱乐化倾向明显的类型小说,本就不应该对其提出过于苛刻的审美要求。此处借用侦探小说做分析,不过是因为侦探小说以"线"的叙事来获取"秘密"的写法最有代表性,侦探小说是典型的"线"的小说。当然,这不等于非侦探小说不采用这种方法,事实上,欧·亨利的许多现实主义短篇小说也是用悬念延展开来的"线"之叙事来开启"秘密"。这种手段是擅长讲故事的小说家最能表现其艺术创造力的一种常规艺术手段。

三

小说充满了对"秘密"的渴求,从命运的秘密、历史的秘密、伦理的秘密、情感的秘密、性格的秘密、身体的秘密、罪恶的秘密到居所的秘密、表情的秘密、动作的秘密等等。

小说家是讲故事的人,但讲故事远未能满足小说家对世界诠释与解读的兴趣和热情,小说家同时是对各种精神现象、社会现象乃至自然现象最孜孜不倦的意义诠释者与评论者。小说家不是历史学家、社会学家、经济学家、心理学家、医学家、犯罪学家或自然科学家,但小说家特别是现代小说家借鉴各个学科的专业目光来进行审美书写已是常态。这丝毫不意味着现代小说家将小说创作等同于历史叙事、心理分析或社会学报告,或是要与其他学科专家一比高低,而是说现代小说家总是愿意借鉴各种学科的知识或方法使其观察世界的眼光更敏锐,更能揭示各种存在的"秘密"特性。客观的、普遍性的学科特质不但不会窒息现代小说家的想象力,相反,各种学科的方法与话语既提供了与日常经验迥异的理解世界的方法,也为揭示各种现象背后种种"秘密"提供了别致的想象路径。专业性的学科思维,完全可能激发、拓展小说家的想象力,使小说获得亦虚亦实的乐趣。医学生物细胞学与地质考古学所潜藏的微观或宏观、历时或现时的"秘密",在卡尔维诺的小说中,不但不会成为叙事的羁绊,反而为小说家文学想象的驰骋提供了新颖的知识结构和更辽阔的思维版图。

侦探的目光,其实就是一种专业化的犯罪学家的目光。借助于侦探的目光,小说家用逐渐显形的物的痕迹还原犯罪者的心理逻辑,这就意味着侦探小说是利用各种疑点的破译勾勒出一条还原之线。这种还原之线之中的逻辑推理过程,成就了侦探小说的特征:以小心求证的严谨去破译犯罪者的动机和行为逻辑。这种"罪恶的秘密"的破译利用了整条叙事之线便不足为奇了。侦探小说之线性破译是最富故事性的一种叙事方法,而不太倚重故事的小说则不必以线性的叙事作为破译"秘密"的整体手段,而是可以通过对某一个点延伸出的诠释、议论、联想或想象去追踪生活中其他的"秘密"。

线性情节所翻转出来的"秘密"与非线性的讨论、争论、联想破译各种存在的"秘密"之方式完全不同。要让故事生动,线性情节要通过伪装/表面的事态发展之叙事与真相/内在的逐步显形之叙事来实现对接。所谓对接,意味着同一事件、同一言行获得了两种不同的解释/破译。对接意味着之前全部的行为和事件有了全新的甚至令人惊讶的解释/破译——从一件小小的生日礼物如梳子到某位高贵女士去世之后在她居所顶楼发现的男性干尸,所有这些都可以作为被破译的"秘密"。

"秘密"一旦破译,之前的人物的所有言行从"伪装/表面"转为"真相/内在"。一个秘密的破译,意味着整条叙事之线实现了"翻转"——"线"上的各种言行各种关键的疑点或被忽略的举动言语全都实现了"转译"——依然是整条"线"在起作用,只不过被赋予全新的意义。

这意味着线性"秘密"的破译,首要的才能是编织故事,编织一条串满了双重含义的细节与情节的叙事之线。

非线性的小说叙事,则完全不同。首先,非线性小说的情节的因果性已经不是最重要的要素,其次,非线性小说是那种不断在某个细节点上"逗留"的小说,是不必利用整条叙事之线去揭示"秘密"的小说,是那种在某个点上直接展开对生活的阐释与议论的小说,是那种一旦发现了"秘密"不故弄玄虚"留一手"的小说,是那种只有事件发展到了某个阶段才可能顺水推舟地由人物的临时性的感受拐到另一个生活情境的小说。非线性的小说是缺乏"安排"的小说,是人物的行为的因果性不时中断的小说,是以"点"之"深度洞察"之趣味性、沉思性与广博性取代"线"的紧致性、曲折性和惊异性的小说。

充满各种"秘密"的小说世界,无论是透过"线"的情节来揭示某种"秘密",还是通过"点"的透视来发见"秘密",并无优劣之分,只是审美的效果不同而已。

以线性叙事来揭示"秘密",有的情节精致,"完美"到无丝毫累赘之感,有的则在主人公毫无准备的情形中让"秘密"一露面就静悄悄消失。

像侦探小说那样目的性明确的"解谜"小说叙事是对"秘密"探究的一种极端性文本。这样的文本悬念感特别强,读者的阅读始终伴随着悬念围绕着某一预设目的进行,这与乔伊斯的短篇《阿拉比》《伊芙琳》这样的文本很不一样。

事实上,乔伊斯的早期作品《都柏林人》的叙事已经从"线"转移到"点"上,不过其小说依然会在结尾出现令人吃惊的"秘密"。比如,在乔伊斯的《死者》这篇小说中,作者让教授丈夫直到文本的结尾处才知道结婚多年的妻子心中隐藏一个"秘密":在妻子年轻的时候,曾有一位小伙子为她而死。但要注意的是,对此"秘密",小说之前并未预设悬念,亦无铺垫和暗示。这个"秘密"颠覆了男主人公的自恋、傲慢和自我感伤。这个"秘密"不是通过调查、推理或逼问获得的,而是某种气氛的转场不经意间"抖搂"出来的,这不是使用全"线"之力"逼"出来的"秘密",而是随着彼时情景中的某段音乐某场飘雪"跳"出来的"秘密"。不是说这种"跳"出的"秘密"就与全篇无关,而是说"跳"出来的"秘密"是一种非预设的非刻意经营的"突发性""偶然性"的"秘密":这种叙事"秘密"的艺术,不是靠推理,而是通过氛围的转场让人物情感或情绪推进到某个"拐点"而获得披露。"线"在《死者》这样的文本中不是类似金圣叹所言的"隔年下种,来岁收粮"的"伏线",不是细入无间的"草蛇灰线",而是"干扰线",是一条不期然从远处游动而来的干扰性"虚线",一条对正在"行进"中的叙事之"线"进行截断、嫁接与篡位的情感幽灵之线。这条被情境、氛围呼唤来的幽灵之"线"与其说是"线",换个角度看,也可视为由"点"伸长出来的"虚线",一个在某个环境氛围中才可能弹跳而出的内心隐痛之"点"。这个"点"之中包含着一条延伸到时间深处的故事——这个"点"拉出了一条幽灵之"线"。这样的小说,针线不密,叙事"散漫",以次要人物"跳"出来的"秘密"干扰、扭转主人公的情感面和价值面。然而,叙事不紧致不等于故事不精致,环节很松散不等于情感氛围不饱和,情节不紧张不等于"跳将"出来的"秘密"不足以逆转小说的整个情绪氛围。这就是不严密非推理式非"刻意经营"的现代小说的"秘密"浮现的反传统之处:散漫的叙事线条与足以震惊的秘密之间的非对称关系,打破了传统叙事中情节复杂性、周密性、闭合性与情感强化同步升级的叙事成规;波澜不惊的庸常情景与高度纯化、极化的隐秘激情的渗入之间的对立状态,颠覆了传统叙事中以悬念必然性为中心且因果性得以不断强化之叙事。如此,"秘密"不再作为秘密出现,"秘密"不再为诸多证据和疑点所环绕,"秘密"不是推动叙事前行的源头,"秘密"是以为遗忘却还在左右着人物的生活的一种无声无息的记忆,"秘密"是无法被调查却可能被诱导从而突然"溢出"的一种难言之隐,"秘密"是某种世界观、价值观对某种生存事实观照之后显示出来的令人无比诧异的"真相底片"。

《死者》之中教授夫人的"秘密"中包含着一段至真至纯的初恋,这种高纯度的青春激情映衬着教授丈夫加布里埃尔伪善、自私而又感伤的复杂情感。教授夫人的"秘密"是为了让丈夫羞愧难当地去面对而"浮现"出来的。这种秘密的非刻意性"浮现"无疑有利于主题的确立:表面礼貌内心骄傲的加布里埃尔教授怎么也想不到在这个雪夜会遭遇如此一种夫人的"秘密",这是一种"背面敷粉"的写法,"秘密""跳"得很自然,与主题内容一点儿都"不隔"。

同样是表现至纯的爱情秘密,在列斯科夫的《有趣的男人》中则以调查的方式"逼"出情感秘密。故事中,调查层层加压。为什么年轻帅气的少尉萨沙会拒绝脱衣检查?到底他是不是窃贼?为什么他要自杀?最终,谜团揭开了,原来少尉胸前挂着一张他那可爱的双颊绯红的表姐安妮亚的水彩画像。这位表姐后来成了萨沙所在团的团长的夫人。这张画像不过是青梅竹马时代天真的许诺,萨沙为了不暴露秘密不损害表姐献出了生命。小说中,周围军官给萨沙的压力越来越大。萨沙被施加的压力越大,悬念感就越强。最后谜团揭开,城里所有的女人都出来参加萨沙的葬礼。以施压之"逼"的方式揭示萨沙的纯情之"秘密",其好处在于虽然全文没有文字着墨于萨沙对表姐的感情,没有文字描述萨沙从矛盾到毅然决然的心理轨迹,但萨沙从焦躁、沉默到毫不妥协的拒绝,一直到他离开众军官之后马上传来的枪声,所有的这些言行都在诠释着他的情感。所有的压力、所有的迷惑、所有的决然都与萨沙情感的纯度与硬度成正比:压力有多大,不暴露表姐的决心有多大,萨沙对其表姐的情感就有多纯、多深。悬念的谜团与情感能量相互"测量"相互诠释。萨沙对其情感隐瞒得越密不透风,众人对其行为越百思不得其解,外界给的压力有多大,萨沙内在情感的纯度、深度、硬度就有多出色。这种关于"不能背叛的秘密"的叙事借助悬念的延宕,让其情之真其情之纯都在高度动作化、悬疑化与场面化的戏剧性效果中得到有力的表现。

《有趣的男人》的"秘密"即主题。"秘密"站在小说的最中心,全篇小说都围绕着一个具有危机性质的"秘密"而成就。所有的压力、冲突、对抗都指向"秘密"。具有压倒性作用的"秘密",形塑出一个少年军官高纯度的内心世界:没有丝毫杂质,只有一个执念。所有的顾虑与压力都要为那一份纯真情感让路。没有权衡,没有博弈,没有情感或前途的加减乘除,只有豁出命的绝对忠诚。一篇小说为一个"秘密"而写,一个"秘密"之中只有一份绝对忠诚,一份绝对忠诚之中只有一种绝对利他的行动。对这种"秘密"不需要太复杂太高深的理解力,不牵扯任何的权衡与彷徨,而只指向纯洁简单的少尉对表姐无条件忠诚这一种情感。这种"秘密"没有多义性,只有唯一性。人的情感中各种对立、矛盾、悖论都为这种无限忠诚高度纯真的情感所驱散,世界变得很好理解了。绝对利他的情感也无须任何条分缕析的推敲分析,只有以仰视的姿态感叹之赞美之。这样的小说无论如何解构,都很难否定少年军官的真、纯、美。这种小说的"秘密"是至真至纯者的心灵结晶,高度纯化的"秘密"占据文本的最中央。没有两难,没有多元,没有什么开放式的未解难题。这样的小说,是最终的谜团解开之后意义便一目了然的小说。"秘密",在此有了终结感,"秘密",无须再踏上意义跋涉的险途,只要登上绝对的高峰,便能让小说的主题巍然矗立在情感之巅。唯一的"秘密"统摄整个文本,将意义坚实地确立起来。

《死者》虽也事关一位多情少年,但"秘密"被隐藏在文本的边缘处,"秘密"不是以悬念的方式,或以对抗、压力的方式来标示其重要性,而是以无秘密的方式来写"秘密":男主人公在文本的大半部分沉浸在新年派对欢乐而感伤的氛围中,在意的是自己是否获得尊重和理解,秘而不露的优越感和自我欣赏的感伤让读者不断触摸到男主人公在每个细节上的患得患失和顾影自怜。欢快而热闹的派对氛围隐蔽着主人公的骄傲、喜悦、自私与自大。乔伊斯将这种极乐的气氛推到感伤的边缘,将一位自诩情感无比丰富细腻的教授目中无人的骄傲与无比自信的情欲在新年雪夜里刻画得入木三分。如此,当他第一次得知妻子的内心里始终锁着一位为爱情而死的热爱歌唱的少年之时,他的骄傲被击溃了,他的情欲也消散了。一个从远处游动过来细若游丝的"秘密",一位愿意为女友淋雨而死的热爱歌唱的少年,一个死亡的幽灵,彻底挫败了学识渊博的大学教授。这个"秘密",以无胜有,以弱克强,以边缘、局部拆解中心、整体,以无声无息来反讽喋喋不休,以死的沉默来叩问生的骄傲。如此沉默的"秘密",不似《有趣的男人》那样让"秘密"高尚化、英雄化和颂扬化,而是相反,"秘密"被搁置在文本中最幽深的远处,小说不是以围绕着"秘密"的方式写"秘密",而是在最不可能潜藏"秘密"的氛围中让"秘密"如幽灵般闯入:风平浪静的快乐气氛与看似亲密无间的爱人关系中竟然潜藏着如此之深的"秘密",这种"秘密"不会派生出赴死的危险性,却潜藏着足以摧毁男主人公自信与骄傲的力量。

列斯科夫诸多短篇名篇多以"秘密"为主导的,比如《左撇子》是以俄罗斯工匠如何"赢过"英国工人制造的肉眼都看不清楚的钢制跳蚤为悬念。俄罗斯的左撇子工匠为每只跳蚤套上鞋子还不算悬念的最终解开,身份卑微的左撇子工匠竟然在只有最后一口气的时候报告了他参观英国军工厂时发现的某一"军事秘密"。他的忠诚才是小说的终极"秘密"。列斯科夫的小说故事性极强,其叙事常常围绕着一个"秘密"千回百转,"秘密"与其说是一个等待揭开的悬念,不如说是一个吸附所有叙事的漩涡。本雅明在评论列斯科夫的论文《讲故事的人》中有这样一段话:"讲故事艺术有一半的秘诀就在于,当一个人复述故事时,无需解释。列斯科夫是此中高手。最特殊的事情,最离奇的事情,都讲得极精确,但事件之间的心理联系却没有强加给读者。"① 的确,列斯科夫不太愿意过多地进行心理描绘,他更重视人的行动而不是人物的心理,他是用行动刻画心理的作家。人物怎么想是通过"极精确"的行为以及故事的波澜来体现的。因此,列斯科夫写"秘密",全是通过人物的行为围绕着"秘密"展开一波又一波的事件。这样,他的小说中的"秘密"都隐藏很深,又隐藏得不深。很深,在于主人公对"秘密"缄口不言;不深,在于所有人都知道这其中有"秘密"。侨伊斯《死者》的"秘密"则是一种没有"秘密"的"秘密",没有暗示、没有踪迹的"秘密"可谓最秘密的"秘密"。

列斯科夫的作品离奇而神秘,他为解谜而写作,谜底有了之后世界就变得豁然开朗了。这类小说所有的意义都维系在"秘密"之中,没有"秘密",其精巧的结构就失去了内核。所以,列斯科夫的小说是以揭示"秘密"来赋予存在以意义的:"秘密"即意义。钢制跳蚤的鞋或表姐的照片是"秘密",同时是中心意义的载体。钢制跳蚤的鞋是俄罗斯智慧,表姐照片是纯真至爱。列斯科夫的小说,"秘密"的盖子一旦揭开,主题就完成了。列斯科夫小说的"秘密"与主题并驾齐驱。乔伊斯小说的"秘密"不会涵盖小说的全部意义。乔伊斯不为"秘密"而写作,"秘密"只是小说主题的一个组成部分,是人物的灵魂漫游的过程中遭遇到的一种痛苦、一种疑惑、一种不安、一种自责和一种贬低。"秘密"不是答案的终点,而是困惑与痛苦的起点。乔伊斯《死者》的"秘密"表面上看是"解",实际是"结":知道妻子的"秘密"之后,男主人公无比抑郁的"心结"成形了。在乔伊斯的《都柏林人》中,文本的四处都埋藏着种种"心结",这些"秘密"在孤独的主人公那里,无法见到抚慰的可能与解脱的出路。分析乔伊斯的《死者》,可以发现在这位小说大师的笔下,关于"秘密"的叙事已经去中心化、去推理化、去对抗化和去终结化,"秘密"失去了组织整个小说秩序的凝聚性功能,而是成为从一个思绪一种氛围"蔓延"出来的"无心插

---

① ［德］瓦尔特·本雅明:《本雅明文选》,中国社会科学出版社 1999 年版,第 300 页。

柳"之产物。这不是说这样的"秘密"不深刻,而是表明小说对于"秘密"已经从单维度中心化的结构性依赖转移到多维性局部性的洞察性书写的层面上。

整条叙事之线都围绕着一个核心"秘密"的小说结构不会从小说世界中退场。以悬念的编织与解开来维持阅读兴趣依然是小说写作与阅读的一个重要的互动方式。

然而,悬念不等于炫奇,过多通过遮蔽"已经发生"的故事关键信息构成叙事的紧张感越来越有矫揉造作之嫌。悬念可能完全适用于侦探小说,但对于日常性题材来说,过分强化悬念、不断暗示某种"秘密"的存在,会将小说的重心偏移向对智力或克制力的考验,或是对编织故事能力的欣赏上。睿智的作家,既懂得驾驭悬念又不为悬念所羁绊,既善于克制叙述但又不会因为有意识的遮蔽暴露出矫揉造作乃至过分依赖技巧的创作幼稚病。比如,艾丽丝·门罗的《多维的世界》中小说开头已经在暗示"秘密"的存在,其"秘密"也是惊人的:患有犯罪型精神病的丈夫,在妻子到女性朋友家过夜,无非是来一次小小的"出走"之时,竟将三位幼小的孩子杀害了。然而,艾丽丝·门罗并没有滥用"秘密"。小说中这一骇人的"秘密"很快获得了叙事上的交代。"秘密"的悬念性消失了,但"秘密"却表现出强大的主题"孵化力"。骇人的"秘密"揭开了,那么,接下来会发生什么呢? 那就是女主人公竟然感觉到只有她那患有犯罪型精神病的丈夫才可能与她交流那死去的三个孩子的事。作为受害者的女主人公发现:"但是,想想吧,我不是和他一样吗? 过去的事情,把我也孤立了。任何人但凡知道这件事,都不希望和我有什么瓜葛。对他们来说,我唯一的作用就是让他们想起他们根本承受不了的事。"① 这才是非秘密的"秘密"。这是感悟出来而不是推理或遮掩出来的"秘密"。这一个秘密不惊人却更深刻:原来,作为曾经是夫妻的两人,虽然一个是受害者,另一个是犯罪者,但外界对他们的态度都是一样的——人们都将他们视为怪物。只有面对犯罪者接近犯罪者,才有可能走向救赎之路。这才是作家发见这个耸人听闻事件延伸出来的最深刻的人性秘密。杀害

---

① ［加］艾丽丝·门罗:《幸福过了头》,译林出版社 2013 年版,第 33 页。

小孩事件，作为"秘密"的性质在文本的后半部分被削弱，而一个"人"应该如何面对杀害自己亲人的亲人，他们又将如何获得抚慰的途径与救赎的方式，才是小说后半部分不断思考的内容。"秘密"全揭开了，难题却远未解决。"秘密"的揭示只是跳板而不是终点。《多维的世界》与《死者》类似之处在于，作为事件性的"秘密"揭开之后，小说中的情感难题、宗教困惑乃至哲学沉思，对这些问题的思考、分析或感悟是通过"点"的纵深或发散而不是通过"线"的转进来获得。《死者》这样的小说有"秘密"，却不再利用"秘密"将小说高度悬念化，其叙事之"线"的因果性、紧凑性被大大削弱。"线"还存在，但此种"线"已经不是高度组织化、中心化的环环相扣的推理线或因果明晰的行动线，而是松散的思想与情感的漫游线。人物点状的思绪比行动之线更占据文本的前端。《多维的世界》的"秘密"很惊人，但"秘密"不再是凝聚文本的中心点，略有些悬念化的叙事很快就被感悟性的叙事内容所代替。

小说探秘世界，无数的"秘密"簇拥在各种文本内部。小说文本中的"秘密"不会消亡。现代小说家依然对各种"秘密"表现出浓厚的兴趣。不过，将整条叙事之线收拢在"秘密"之下以便小说高度集约化的做法已经逐步退潮。集约的叙事之线被截断、被停滞、被虚化，明晰的叙事之"线"被思绪化、凝视化、沉思化的"点"所阻遏。叙事不再不停地朝前走，而是不时"左右观望""分心走神"。点状叙事的扩展，无疑给集约化的线状叙事带来不可挽回的离心力量。现代小说叙事的深刻变化，正是通过各式各样"点"的扩张去瓦解"线"的集约性、中心性和完整性。

四

像《蒙塔尤——1294—1324年奥克西坦尼的一个山村》这样一部微观历史学著作中的诸多叙事方式与小说叙事有着惊人的一致性。

这里想探讨的问题，是这两者叙事特征的分野在哪里？是历史借鉴文学，还是文学借鉴历史。

历史人类学不再运用线性的故事叙事方式，而是以人的生存状态的各种特征来形成著作的框架。然而,有意思的是,阅读某些历史人类学的书籍,不但人物有鲜明的个性,具体的经历,还不乏各种近距离的细节以及生活场景。

需要提醒的是,历史人类学可以"合法"地论述当时当地人的生存共相乃至心态特征,并对此加以议论。那么,这与文学中人物对自我生存的感受以及对自我处境的反思是否有根本性区别? "牧羊人的心态""举止与性行为""婚姻和妇女地位""文化网络和社会结构:书籍与夜晚聊天""羞耻心和犯罪"这样的条目结构似乎与文学毫不相干。然而,这些以人的历史的生存状态和社会心态的诸多维度为一个个探索出发点的历史人类学著述的架构,不但在著述中塑造了一系列生动的人物形象,更有对人的生存状态、情感世界、宗教观念、经济状况和婚姻取舍各个维度的观照。诸多的"点"代替了单条的"线",对生存状态的种种特点的议论代替了因果环节组成的叙事之"线"。

从表面上看,历史人类学著作的写作,话题议论完全替代了情节叙事的连贯性。也就是说在历史人类学著作中,哪怕叙述得再微观,也是按照各种特征探讨的分类谱系来探讨人的生存面貌。这意味着历史人类学的架构是以一个个观点来架构著作的整体。这似乎与小说叙事大相径庭。

然而,细察微观历史学的著作,又不能不令人惊奇地发现,所谓分类探讨,所谓概括性、普遍性的历史学观点的论述,所谓历史学著作的客观性、中立性乃至冷漠性的学科性质,并没有根本性地损害此类著作中对人的情感的微妙性的呈现,《蒙塔尤》这样的著作,对行为、事件、情景的描述,乃至抒情,也不见得与通常意义上的小说叙事形成可观的差异。话题观点并未驱散叙事,分门别类的论述也未不理睬故事或情感,各种数据、史料、论述性语言对读者不见得就是干扰。著作中,即便分别讨论经济、婚姻、家庭、职业、信仰、社交、权力、官司等等问题,在各个人类学话题之下反复出现的中心人物不会超过二十人(整个蒙塔尤地区在当时只有两百多人口)。这也意味着同一个人物在不同的问题探讨中会反复出现,同一事件与情境在人种志不同的问题版块中也是会从各个侧面得到观照。

一部历史人类学著作,被置于历史宏观视野的客观审视之下,但其文本内部,却跃动着情感,其叙述幽默感,生活情景的还原亦生动活泼。可以认为,人物塑造、情景再现与情节还原,让读者在阅读这部著作的时候,既能获得高屋建瓴的历史学人类学的观点透视,亦能近距离地"接近"比利牛斯山区山民生活的各种人、故事与情境。阅读过程中,随着对主要人物的不断"接触",对其个性的逐步了解,情节线的不完整也获得了补偿——一个人物的行为与言语,虽然分散在各种话题的议论性框架内,但随着文本的展开,会产生汇聚性,从而有效地勾勒出他的活动轮廓与性格面貌。

以问题点辖制文本,故事讲述的非连续性不见得会破坏细节趣味、情境关联、人物个性或思想内涵,相反,探讨情感活动中的经济因素,剖解生活方式中的价值观念,破除行为习惯暗含的偏见——所有的这些阐释、议论、评点,不但无损于情景的生动性与人物的个性化,相反,阐释、议论与评点让个体的行为言语"上升"到一个更开阔的历史时空之中。

微观描述与宏观阐释相映成趣,客观甚至是冷峻的专业化眼光从经济、婚姻、家庭、职业、信仰、阶层或社交的角度去描述去评判一个人的行为、言语与心理,反而让我们更全面地认识了一个人。

没有理由认为"写人"就会破坏一部微观史学名著中独特的专业论述,也没有理由认为历史的客观阐释之中就不允许其论述与叙述散发独特的审美韵味。相反,对人的历史境遇各种角度的考量,反而激发了读者对历史中一个偏僻山区各色人等的生活与思想情感面貌的好奇,从而产生同情,甚至是欣赏与羡慕。善于逗留在日常性情境之中的历史人类学著作不仅从各种规律和法则中透视某个时期的人类群体的生活品质、情感取向和价值观念,也复活了历史中一个又一个鲜活的生活画面与个性趣味:

> 让我们从社交和礼貌性举止转向清洁和卫生举止。这些举止同样也具有社交性。在蒙塔尤,男人从来不刮脸。人们很少洗脸,那里也没有淋浴或盆浴。但那里的人们却经常抓虱子。抓虱子构成了友好关系的一部分,无论这种友好关系是异端性的、纯粹愉悦性的还是上流社交性的。皮埃尔·克莱格让他的情妇,如贝阿特里斯·德·普拉尼索尔和雷蒙德·吉乌给他抓虱子。抓虱子的活动可以在床上、炉火边、窗前或

修鞋匠的工作台上进行。本堂神甫往往利用这一机会向其美貌女友兜售他对纯洁派理论和风流浪荡行为的看法。为克莱格家抓虱子的老手雷蒙德·吉乌把她的才干用在母子两代人身上。在家门口,她当着众人的面,不仅为本堂神甫克莱格抓,而且也为老蓬斯·克莱格的妻子抓。她一边认真地对付着那些寄生虫,一边向老蓬斯的妻子讲述社区内的最新传闻。作为村里的显贵,克莱格家人不愁找不到巧手女人为他们除去身上的这些活物。

……

我们注意到,抓虱子总是由妇女承担的,这些妇女不一定是身份低下的女佣(高贵的贝阿特里斯·德·普拉尼索尔也毫不犹豫地在她钟爱的教士头上从事此类活动)。

抓虱子加强和显示了家人的亲近和爱抚的联系,它似乎表现出某种亲戚或联姻关系,即便这种关系不是正规的。情妇为自己的男伴抓,也为他的母亲抓;未来的岳母给将来的女婿;女儿为自己的母亲抓。

如今,我们的身上已没有了虱子,所以很难想象这种寄生虫当时在人际关系中所起的情感作用。我们可以说,抓虱子是一项频繁、女性化和由多种条件决定的活动。但是,用水洗的做法极为简单,甚至不存在。人们时常冒着风险,以涉水、划船或驾木筏的方式渡过水流,有时甚至会溺水而死,但他们从来不在水流中洗浴或游泳。人们在阿克斯累太姆的浴池附近闲逛,但这是为了兜售绵羊或狎妓。那里简陋的温泉浴池主要供麻风病和头癣患者使用。①

这样的叙述放在任何小说文本中都不会被排斥。这部微观历史学名著的写作通过当时的宗教裁判所记录簿保留下来的材料进行写作。无情的宗教迫害和强迫招供"拷问"出大量的细节,这是当时山民的不幸,却是历史学家的大幸。这部著作毕竟是历史人类学著作,不允许小说家式的虚构,因此,情景化的程度,未细致到刻绘表情的微妙变化,也很少讲究对话的巧妙风趣。即便如此,这段文字仍然会让当代读者感受到叙事审美的趣味:首先,个

---

① 〔法〕埃马纽埃尔·勒华拉杜里:《蒙塔尤》,商务印书馆1997年版,第199页。

人私密"卫生活动"的集体化与公开化,这让人感觉到"奇";其次,"卫生活动"更重要的功能在于增进人际的情感交流,"讲卫生"更"谈感情",这又是一"奇";再者,所有的这些人都活得自在、自为,他们悠闲的"卫生活动"恰恰是"文明"的现代人体验不到的乐趣。讲卫生其实不见得很卫生,然而,不卫生却有不卫生的乐趣,甚至是情趣,这便在"奇"之中的写出种种"趣"。正是这段叙述传达出来的谐趣与情趣,表达了写作者对十四世纪初期比利牛斯山偏僻山民生活方式的了解、理解乃至欣赏。这种理解与欣赏既有居于历史高处的审视和比较,亦有贴近历史场景的细察与辩护。这种学者的审视客观,但不苛刻,这种写法既宽容,亦注意分寸。然而,正是宽容的历史观和充满幽默感的细节还原,让处于"时间孤岛"与"空间孤岛"的山民社区的生活形态在各个方面都散发出原生的魅力与生机。封闭有封闭的多情,贫穷有贫穷的友谊,识字不多却有亲朋好友彻夜交谈,文化不高却也不乏约定俗成的公序良俗。从这个意义上说,著作的作者除了提供各种现代人所不了解的山民们的奇人异事之外,更重要的是赋予人种志研究以角度独特而富有说服力的推断,以及伴随着这种推断之后所呈现的目光、口吻、态度、趣味和境界。

《蒙塔尤》故事之奇不是靠悬念和情节,而是靠不同文化语境落差来发现其"奇"。但光有"奇"是不够的,正是在从"奇"生发出来的专业化解读和分析,以及对待种种"奇事"富有幽默感的宽容心态让所叙之事在理性分析与宽容欣赏的态度中发散出文化解读的生动趣味。这不正表明了哪怕是从专业性极强的历史人类学的研究之"点"出发,亦有可能获得类似文学审美的惊奇、感动与思考。在感知场景的生动性、情感的复杂性、形象的独特性的同时也在分享着研究者的广博、幽默与宽容。

在对孤岛般的古代山地社区的人种志考察中,是开阔而宽容的研究心态、专业性的视野和辨析让缺乏戏剧性冲突的一个个场景、人物、故事在职业、命运、家庭、社交、婚姻、宗教等等话题下,穿透历史帷幕,赋予个体行为和群体活动以人类学的意义。在看似自发的行为、活动背后揭示出各种规则的来由:从生存范围、气候条件、经济条件到宗教信仰,这种入乎其内出乎其外、伸缩有余的贴近与审视让文本中人的生命价值、生活趣味与心态特征都处于历史高塔审视之下,或如对航行于历史波涛中的人物一般"还原"其具体的生活情景。

作者的"航海意识"让历史中人的各种活动被"近距离"地描绘、刻画,"高塔意识"则让这些活动、行为以人种志的思维方式获得透视和分析。"航海意识"让历史场景获得生动的还原,"高塔意识"则让各种生存图景不仅仅是逸闻故事,而是能够透视平凡背后的复杂原因,又能诠释奇异背后的种种合理性。是作者专业性的睿智、游刃有余的识见和涤荡偏见的风趣之"高塔意识"让文化习俗特异的山民社区的活动成为可资思考与审美的读本。"航海意识"勾勒故事轨迹和场景画面,还原人物心态。"高塔意识"则让轨迹、场景、心态不再限于局部的时空范围内,而是跳脱出来,引入思路、原理和可资比较的其他文化领域的特征,为贫困辩护,为狭隘翻案,让偏见消解。正是借由"高塔意识"获得的高度、广度与宽容度,才可能让今天的读者获得远比当时的山民本身所能意识到的更丰富更具深度的生命价值与生活意义,著作中的剖析与诠释与其说是对山民生活意义的解读,不如说是在引导现代读者对自我当下生活进行反思。从这个意义上说,"高塔意识"诠释着意义,更引导着想象:诠释不但不会破坏故事的趣味,反而诱导出种种思绪和情趣。

《蒙塔尤》这种历史人类学著作,以问题之"点"统率叙事之"线"。《蒙塔尤》的各个问题之"点"虽有论述,但不抽象。每一论证思路都让各种情节、细节在例证过程中形成密集的链条。各个议论之"点"的感性内容极其丰富。"点"虽然消化了"线",但被消化的"线"并未消失,反而浓缩于逻辑化的议论框架中。

《蒙塔尤》机智的论辩,逻辑化的论述以浓缩的方式吸纳了逸事的概要,勾勒出更鲜明的人物形象,论辩的语句中"内嵌"着诸多感性化的逸事和细节。

论述的雄辩与细节的感性交互辉映,让问题之"点"吸附上诸多故事之"线"中的场景与情节。"点"吸收了诸多故事之"线"的精华,"点"统领着高度浓缩的感性材料,让画面和人物在逻辑化的论述中交互支撑彼此呼应,论辩的脉络形成于概括化的感性画面的逻辑之流。如此,"点"的论述不但没有削弱感性的内容,反而大大丰富了感性内容的思想容量,并且以破除偏见的勇气和满怀同情的欣赏让论述的锋芒引领读者获得更加开阔多样的历史体验以及对当下自我生存方式更睿智的反思。事实上，《蒙塔尤》如此"点"的辨析性和生动性在同类著作中并不多见，另一部颇有些名气的微观历史学著作《马丁·盖尔归来》以悬念为核心来叙述一段传奇性颇强的真假丈夫的历史案例，是以"线"的方式来完成布局谋篇，缺乏"点"之剖析、对比与辩论，更缺乏由观点出发的雄辩和机智，所以其论辩的感召力远在《蒙塔尤》之下。而另一部微观历史学著作《屠猫记》虽然所记之事颇有些趣味，但作者的识见不够广博，就事论事的陈述偏多，其"点"的"高塔意识"不鲜明亦不生动，这使得所谓"屠猫记"的事例再奇特，也无法通过立论来为事例获得"点"的活泼延伸。

所以，识见的博大与深刻，可弥补叙事的平凡以及叙事的片段性、非完整性。反之，叙事之"线"完整性乃至传奇性不缺，但识见平庸，诠释之"点"便萎缩了，不生动了。我们可再读两段《蒙塔尤》的文字，看看"高塔意识"如何通过"点"的议论和诠释为其笔下人物的生存意义辩解，赋予主题更鲜明而具体的意义：

> 莫里和他的同事们既没有妻子儿女，也没有房屋产业。尽管他们在可动产方面较为富裕（金钱、羊群……），但他们不能积累很多"客观"价值。流动的需要限制了他们，使他们不能像固定居民那样拥有许多累赘的固定财产。因此，莫里并不积累很多东西，而总是在"可携带性的余地之内"进行各种活动，他选择了压缩欲望和把欲望或"嗜好"向替代家庭的其他"财富"转移，如和山里或小酒馆的情妇进行短暂聚会；在亲戚或干亲、纯友情或合伙基础上建立起庞大的关系网。好心的牧羊人对这种生活方式很满意：它以完全自由地接受命运为基础，这难道不就是听天由命的定义吗？他的命运也是他的归宿。对他来说，放羊就是自由。皮埃尔绝不肯用自由来换取朋友、雇主或寄生虫们的一盘牙碜的小豆汤：他们建议他结婚、定居、到富人家做上门女婿。对这些出于好意而想使他脱离根基的人们，皮埃尔·莫里大致做了这样的答复："我的命运就是整日爬山越岭，到处遇到不同的干亲和朋友。"这位牧羊人明确

表现出一种"没有财富,但很宽裕"的感觉。在他看来,物质财富纯粹是一种负担,在从塔拉戈纳到比利牛斯山不断的游历中很难随身搬运。马歇尔·萨林斯所说的一句话非常适合我们的牧羊人:"他不贫穷,但却自由。"他满足于这种山里的自由,如果他乐意,也完全会把宗教裁判所的黄布十字标志扔到山崖的荆棘丛中。皮埃尔·莫里多次以缺勤来换取闲暇。由于疾病、寒冷和疲惫不堪的行走,我们不应把这种艰苦生活理想化。但是,他终归总能给羊群、同伴和自己找到吃的。有的是奶、肉或奶酪,他们并不缺乏蛋白质。

　　维持皮埃尔·莫里这种生活的总体平衡的,无疑是最残酷的马尔萨斯主义。他当然有情妇,但是没有妻子,尤其是没有孩子!(他那次失败的婚姻便很说明问题。)最后,他还必须放弃固定资产:不能有家,只能有一个过渡的窝棚。莫里的财物很少,但他并非穷困潦倒。当他失去这不多的财产时,也只是一笑了之。因为他知道,在他这个职业里可以很容易再挣到这些。他给自己最大的奢侈是脚上穿的鞋,这是一双用科尔杜的皮革制作的优质鞋,很适于长途跋涉。皮埃尔·莫里把世上的财产看作身外之物,对早晚会被宗教裁判所抓住抱无所谓的态度,整天过着自己感兴趣和有激情的生活。他是个幸福的牧羊人。他使我在雅克·富尼埃的古老材料中发现了在旧制度下的人民群众中脆弱的幸福形象。①

再如:

　　众所周知,主教和宗教裁判官雅克·富尼埃挑起了全面整顿的任务。纯洁派是一颗已经熄灭的星,五百年后的今天,我们重新瞥见了它那冰冷而又诱人的光芒。但是,蒙塔尤虽然在1320年遭到思想警察令人发指的迫害,它却远不只是一个短命和勇敢的偏离正统天主教的村庄,它是小人物创造的历史,是生命的颤动。如今,一部堪称典范的镇压异端的文献把它活生生地重现在我们面前,而这部用拉丁文写成的文献,也成了

---

　　① 〔法〕埃马纽埃尔·勒华拉杜里:《蒙塔尤》,商务印书馆1997年版,第190页。

奥克西坦尼文献中的一件珍品。蒙塔尤就是皮埃尔和贝阿特里斯的爱情;蒙塔尤就是皮埃尔·莫里的羊群;蒙塔尤就是家所散发的体温和农民心目中去而复回的彼岸世界,两者互在对方之中,两者互为支撑。①

这样的论述,紧紧地贴着人物特征写,又不断地从历史的高处探究历史上一群小人物的价值和位置。"航海意识"之中生长出"高塔意识"。小人物的喜怒哀乐在之前的文本中通过各种人种志话题讨论的架构,以网络状态而非线状的方式得到勾连与整合。

议论不排斥故事,论点统摄的论述不但包容了叙事,甚至为叙事开拓可观的故事关联面和联想面,并为其意义讨论提供各种专业化的比较资源与探索路径。从这个角度上说,对《追忆似水年华》的例子顺手拈来的《蒙塔尤》虽然借鉴了大量文学表达手法,但颠倒过来,既然人种志的论述都可发散出强烈的文学审美气息,那么,让微观历史学的表达对文学审美有所助益有所借鉴,这也并非完全不可能。

五

海登·怀特名著《元史学:十九世纪欧洲的历史想象》认为史学家分别在论证、情节化和意识形态蕴涵的层面上,隐性地或显性地证明他们采用了不同解释策略:"根据诺斯罗普·弗莱的小说理论,我确定了四种情节结构原型:浪漫剧、悲剧、喜剧、讽刺剧。史学家能够用它们把叙述中的历史过程想象成一个特定种类的故事。"② 这种历史学撰述故事化、情节化的手法使得"历史领域首先是被看成了一个分散事件的综合体,这些事件仅仅通过一些线索彼此相互联结,它们把这些事件编织成了一幅事件—情境关系的背景;于是,历史领域重新被描绘成一幅各种融为一体的整体的模式,各种整体彼此间有着微观—宏观、部分—整体的关系,而且总是以这样一种方式暗示,在历史中能够分辨出的最后的形式一致性便是社会和文化组织的至高形式,它

---

① [法]埃马纽埃尔·勒华拉杜里:《蒙塔尤》,商务印书馆1997年版,第644页。
② [美]海登·怀特:《元史学:十九世纪欧洲的历史想象》,译林出版社2004年版,第584页。

能在整个过程中合理地认识到。"① 历史叙事需要一致性,将分散的史料通过文学化的想象编织为一个整体,这固然是一种模式,不过,像《蒙塔尤》这样的微观历史学著述虽然对山民社区的整体活动进行浪漫剧式的文学化还原,但并未使用线性的故事作为贯穿著作的脉络,论题依然是著作的中心,所有的人物、事件都是在分散论题之下形成勾连与呼应。在"举止与性行为"的论题中那位为男伴"抓虱子"的城堡贵夫人贝阿特里·德·普拉尼索尔,在"社会结构:女人、男人和青年"这一话题中我们会发现这位漂亮的夫人有五位闺蜜,多是已婚的农民,甚至是女佣,她时常被"农妇们粗鲁的话语所打动,于是拿出一口袋面粉,让她们送给纯洁派教士"②。这意味着历史学著作即便不使用为人物立传的方式,只是让人物服从于议题的逻辑性,只要这个人物在各种论题中反复出现,那么,人物的特征便会自行产生凝聚效应。论证式的脉络中,只要"内嵌"足够的细节、场景、人物,那么,即便缺乏明确的因果关系的线性衔接,无从知晓某一人事与另一人事在时间上的先后顺序,各种场景亦为各种论题所"遮断",却由于每个论题之中总是要使用人事作为论据,因而论据化的叙事中人物的动机与行为就有可能被作者施以"情景再现",从而获得审美阅读的可能。再有,似乎是有意识地使用一定的文学手法,《蒙塔尤》中某些情境和人物面貌描摹得颇为讲究,这更使得论证化的架构不但不会破坏事件的交代和人物心态的披露,而是会伴随着论证话题深入剖析的需要,让各色人等的隐私、秘密在探讨隐私、秘密的话题下得以未必含蓄但亦颇有反讽意味或浪漫特色的"抛头露面"。如山民中的头面人物皮埃尔·克莱格时而被漫画化,间或被正剧化,最终被英雄化悲剧化。权力斗争、家族事务、风流韵事、宗教迫害等等话题中不断出现的皮埃尔·克莱格这个人物,其形象和性格不但没有被平面化,反而可以说得到了立体化的多面呈现。人种志考察中时间被"摊平",论题不是按照时间顺序行进,这意味着时间被相对模糊化,众多事件在论题的辖制下相对平行化而不是按照因果次序或由枝叶到主干的中心化过程进行叙事。但是,时间相对模糊化与事件相对平行化,对于形塑人物个性并无根本性的妨碍,相反,不使用悬念,

① [美]海登·怀特:《元史学:十九世纪欧洲的历史想象》,译林出版社 2004 年版,第 243 页。
② [法]埃马纽埃尔·勒华拉杜里:《蒙塔尤》,商务印书馆 1997 年版,第 384 页。

不利用巧合,不冲击情感使之裂变并层层加码导致极端化的冲突或极致化的困境,依然有可能创造形象和个性。蒙塔尤历史上曾存在着长时间的宗教迫害事件,但我们在文本中却见不到作者对此事进行戏剧化、复杂化、极端化情感纠葛的编排,而是将关注的重点放在考察诸如夜晚聊天中所隐藏着的文化交往密码或指示方向使用什么样的措词意味着何种时空观念的话题上。如此,本来有可能组织为冲突性叙事的题材,完全"稀释"为对日常生活中的生活方式寻根究底的人种志考察。这种"稀释"意味着横向的线性叙事的完整性、悬念性和因果性被撤除了,理论的辨析得以让种种相似或相反的情景截面、微型故事、对话片段聚拢到话题的论述脉络之中,这不仅仅是信息量的增加,更是论辩的逻辑性与案例的生动性交互支撑。这表明,纵向之"点"的透彻性与复杂性,同样可能发挥叙事的审美效应。当然,这不等于说《蒙塔尤》是一部小说,而是说如果《蒙塔尤》这样的历史人类学著作都具有一定的叙事审美价值,那么,小说从某个话题之"点"展开其纵向的论述与叙述,在强化思考密度的同时,也可能创造更具有叙事灵活性和复杂性的审美景观。《蒙塔尤》可以向文学借鉴技巧,那么小说叙事同样可能向历史人类学索取资源与手法。事实上,帕慕克的散文体长篇小说《伊斯坦布尔———一座城市的记忆》,贯穿整部小说的中心叙事之"线"已经消失,全篇小说的编目呈现具有历史人类学色彩的分类叙事:城市的氛围、历史、记忆、宗教,城市中的街道、废墟、建筑、学校、轮船、车辆、报纸专栏以及穿城而过的海峡等等皆成为小说中的"分论题"。

　　关于这座城市的整体与局部,都以话题之"点"的形式,共同构成形塑伊斯坦布尔灵魂的探测点。

　　《伊斯坦布尔———一座城市的记忆》这部书中交织着西方著名作家关于这座城市的印象,以及土耳其的作家对这座城市的描述,或城市里各个阶层人士对城市的感受。自然,这其中一定少不了生长于斯的"我"与外来或本土作家对城市观感与描述的交错:"我"的儿时回忆或成长过程中的见证,总是或多或少地穿插在他者或本土作家的城市描述之中。

　　帕慕克那部同样以伊斯坦布尔为背景的小说《纯真博物馆》,其中波澜起伏的爱情故事让人一唱三叹。取消了叙事主线的小说《伊斯坦布尔》在情节的生动性和情感的冲突性上远不如《纯真博物馆》,但是,将爱情博物馆化的《纯真博物馆》并没有真正写出博物馆的特质,《伊斯坦布尔》才是真正意义上的博物馆化写作。

摆脱了情节之"线"约束的《伊斯坦布尔》终于有可能将历史中人看城市、异乡人看城市、国人看城市、个体看城市作为平行叙事呈现在小说中。这些"看"形成了《伊斯坦布尔》的一条线索。这个"看"的线索,是对这座城市属性的求证,是对这座城市如何被各种人士各种媒介描述的思考与辩解,是对这座横跨欧亚的超级城市的历史与现实、宏观与微观的探秘。因此,如何从典籍、游记中唤起这座城市的新奇性,如何从城市的贫困和破旧中寻求审美化的接纳,如何面对这座城市浩大的忧伤并从中提取可供回味的美感,这成为帕慕克写作此篇小说的深层动机。感受的探究、城市灵魂的探秘代替了情节、悬念、巧合与冲突。从情绪、氛围、历史、记忆、报纸专栏、童年记忆中提取这座城市的感受,形成交叉相连的诠释系统和感受系统。感受的斟酌,情绪的命名,在各种人穿街过巷之间,在各个篇章交互诠释的镜像之间。对这座城市各种感受的推敲、斟酌,代替了情节与悬念,构成了这部散文化长篇小说最根本的叙事形式。

从外来者眼中的伊斯坦布尔到城市居民中各种阶层人士心目中的伊斯坦布尔,感受的差异扩散着:从儿童之"我"到作家之"我",从"我"的父母兄弟到"我"的亲朋好友,从回忆录、百科全书、报纸专栏到绘画、照片,从节日记忆、学校生活、初恋时光到童年秘密,所有这些人物、角度与媒介都成为斟酌城市灵魂与氛围的一个个出发点。如此,种种感受的交错与重叠,探究着这座城市大大小小的"秘密"。这种博物馆化小说写作意味着所有的描述对象都摆在面上,都陈列出来,表面上没有什么秘密,陈列品与陈列品也不构成明确的因果联系,然而,一般的参观者不见得都能认识博物馆中陈列品的秘密,而是需要专家的指引。《伊斯坦布尔》中,城市的街道、渡轮、行人、摊贩、学校、报纸、家庭都宛如博物馆中的陈列品,比如来往于伊斯坦布尔海峡的渡轮,从名称、出产地到形状,以及汽船黑烟如何与乌云融为一体所形成的忧伤美感,渡轮如何渗透入城市居民的日常生活与情感世界,这都是作者所考察的陈列品的秘密。当然,无形的城市秘密更值得探寻,比如"呼愁",这是作者认为最能代表伊斯坦布尔个性的一种集体性情感。围绕着这种忧伤情感的描述与定位,是这部书中反复出现的一条主导性的情绪线索。对城市的情绪、氛围的描述与思考,代替了情节的大开大合或情感的左冲右突,成为这部小说的主脉。也正是"呼愁"式的忧伤,串起了这座城市巨大博物馆所有陈列品的内在特性。作家赋予这个城市博物馆以某种共性,那就是她在辉煌的过去与停滞的现在、在西方的繁荣与东方的贫困之间不愿意随波逐流却又找不到方向的茫然感与忧伤感:

> 这是不是伊斯坦布尔的秘密——在辉煌的历史底下,贫困的生活、对外的古迹与美景、贫穷的人民把城市的灵魂藏在脆弱的网中?但我们在此处折回原点,因为不管我们提起有关城市本质的什么,都更多地反映我们本身的生活与心境。除了我们本身之外,城市没有其他的中心。

> 那么1972年3月那天逃课,搭那艘老船一路沿着金角湾到埃于普,我是怎么觉得跟我的伊斯坦布尔同胞们融为一体的?或许我希望说服自己,与城市浩大的"呼愁"相比,我本身的悲伤以及对绘画的热爱——我以为这种热爱将持续一生——的丧失已不足为道。观看更潦倒、更破落、更凄惨的伊斯坦布尔,使我忘掉自己的痛苦。但这么讲等于跟土耳其通俗剧的模式一样,就像片子一开头便已为忧伤所苦、注定失去"生活与爱情"的主角,拿城市的忧伤为自己的忧伤辩解是行不通的。事实上,我家人或朋友圈当中没有任何人把我想当个诗人画家的志愿当一回事。至于城里多数的诗人和画家,他们的眼光紧盯着西方,遑论看见自己的城市——他们竭力迈向现代化世界,属于电车和加拉塔桥上银行广告的世界。我尚未习惯于城市庄严忧伤——由于我的内心是个快乐调皮的孩子,我可能是离它最远的人。直到目前为止,我都没有拥抱它的欲望;当心里感觉到它的时,我朝反方向跑去,躲到伊斯坦布尔的"美景"中。

> 我们何必期待一个城市让我们忘却心灵伤痛?或许因为我们情不自禁地爱我们的城市,像一个家庭,但我们仍得决定爱城市的哪个部分,想出爱它的理由。

渡轮接近哈斯廓伊,我悲伤困惑地想道,倘若我觉得和我的城市血肉相连,那是因为她让我获得比课堂上更深刻的学问与体会,透过抖动的船窗,我看见破败老旧的木屋房屋;费内尔的希腊区,因政府残酷无情的压迫仍半废弃;在这些建筑废墟中,乌云下显得更神秘的托普卡珀皇宫、苏莱曼清真寺以及伊斯坦布尔的山丘、清真寺和教堂剪影。在古老的石块和古老的木屋房屋之中,历史和废墟得以和解;废墟滋养生命,给予历史新的生命;倘若我对绘画快速熄灭的爱不再拯救我,那么城里的贫民区似乎无论如何都准备成为我的"第二个世界"。我多么渴望属于这片诗意的骚乱!就像我沉湎于自己的想象世界,以便逃离祖母的房子和乏味的学校,而现在,对学习建筑已感到厌倦的我沉湎于伊斯坦布尔。于是我终于放松下来,接受赋予伊斯坦布尔庄严之美的"呼愁",她命中注定的"呼愁"。我很少空着手回到真实世界。我带回不再流通的锯齿状电话代币,或某种我跟朋友戏称可当"鞋拔或开瓶器"使用的物体。而后带回从千年老墙上掉下来的砖块破片,一叠沙俄纸钞,当时城里每家旧货商部都有很多,或带回三十年前倒闭的某家公司的印章,街头摊贩的秤砣,几乎每趟路程结束都会不由自主前往沙哈发尔二手书市买下的廉价旧书……我热衷于伊斯坦布尔的相关书籍杂志——任何类型的印刷品、节目单、时刻表或票券,对我来说都是宝贵的资料,我开始收集它们。一部分的我知道我无法永久保存这些东西;玩一阵子之后,我便忘了它们。因此我知道我肯定无法成为永不满足的疯狂收藏家,或像科丘一样如饥似渴的知识收藏家,尽管我在初期告诉自己这一切终将组成一项大事业——一幅或一系列画,或者当时正在阅读的托尔斯泰、陀思妥耶夫斯基和托马斯·曼作品之类的一部小说。有时候,当每一件奇特纪念物都充满失落大帝国及其历史残迹的诗情忧伤,我想像自己是惟一揭开这城市秘密的人。我在观看金角湾渡轮的窗外景色时领会到这一点,现在我拥抱的城市归我所有——从来没有人像我现在这样看它! ①

---

① [土耳其]奥尔的罕·帕慕克:《伊斯坦布尔——一座城市的记忆》,上海人民出版社 2007年版,第334页。

虽然这段叙事是一段"我"逃课后坐渡轮浮想翩翩的感受,但是,这既是"我"感受城市的即时叙事,同时还是"我"逐步探索这座城市的"秘密"的一段往事,是我如何感受、收集历史的个体经验。"我"的经历也成为博物馆化写作的陈列品之一。这正是"高塔意识"起作用的结果——博物馆化写作是探秘,而非故事化的探险。探秘借助对历史的洞察,探险则创造"正在进行"的即时幻觉。博物馆化写作意味着贫困、废墟、肮脏与美丽的天际线、现代化的街道招牌一样都成为"平等"的城市陈列品,"历史和废墟得以和解",废墟不但可值得审美,而且正是这种以忧伤为美的态度可以从容地对应历史的辉煌与现实的落后,而要实现这种博物馆化写作,唯有历史意识时时在场,全面渗透,才可能让城市的大街小巷,无论美丽的正面还是破败的背面都成为风景,并都在历史化的"高塔意识"之下被"陈列品"化。

博物馆化的揭秘审美,使城市不再像《纯真博物馆》那样只是背景式因素——男女主人公的爱情冒险才是《纯真博物馆》的叙事重点。城市的种种景象,从宰牲节到博斯普鲁斯海峡上的油轮大火,在《纯真博物馆》中只是为男女主人公的恋爱交往创造映衬背景,而在《伊斯坦布尔》中,宰牲节则可以在"宗教"的话题下以更开阔更深入的视角探索不同阶层人士对宗教的态度,油轮大火则在"通过博斯普鲁斯的船只"这个话题之下从苏联军舰穿越海峡造成恐慌说起,叙述博斯普鲁斯海峡的大大小小的火灾以及城市居民面对灾难的心态。《伊斯坦布尔》博物馆化的写作,解读城市中日常性的景象背后人的心态奥秘,破译人所共知的文化现象与社会现象之中所潜藏的不同阶层的文化密码或情感编码,让破译的深刻取代移情的激动。这就不是从动态的情节中获取"航海意识"的情感代入感,而是透过静态的观察与思考以"高塔意识"透视各种心态的盘根错节。这是博物馆化写作显示其独特性的终极动力。或者说,博物馆化写作,不为情节化发展的"线"的集约效应而拘束,而是通过各个"点"的探究,唤来种种文献,陈述自我在各个阶段的种种细腻感受。

如此,一个"点"就是解读城市的一个角度、一种故事、一个感悟或一种思考,这种种界面相交、相融,不以异峰突起的大起大落的情节来呈现城市的特性,而是以各个高度不等的"高塔"彼此眺望,成就对城市文化、历史、审美的透视。

这种彼此眺望,既可能是相互补充,也可能是彼此抵牾:"通过外国人的眼睛观看伊斯坦布尔,始终让我欢喜,大半是由于他们的图像帮助我避开狭隘的民族主义和遵循规范的压力。他们时而准确地(因此有点令人难堪地)描写后宫、奥斯曼服饰与奥斯曼仪式,这些描写与我本身的经验有着天壤之别,就像描写的不是我的城市,而是别人的城市。西化,让我和伊斯坦布尔的数百万人得以把我们的过去当做'异国'来欣赏,品味如画的美景。"[①] 这种观看的冲击是"欢喜",也带来"难堪",这意味着所谓不同时间、不同阶层、不同国别者的"看",不是平行而是不断交错着。各个看之"点"在看似平行的状态中会产生各种"看"的龃龉、冲突或叠合,各个"点"的异同性是辨析这座历史悠久城市的叙事之源。从这个意义上说,《伊斯坦布尔》是通过各个论题之"点",以"点"的互渗性展开的辨析来代替"线"的情节性、悬念性,让鉴赏性、感悟性凌驾于故事性之上以完成点状或网状的"诠释之美"、"品鉴之美"与"感悟之美"。

六

小说的点状叙事类型很多,当然不见得都类似《伊斯坦布尔》这种以论题为纲要的散文体小说。诸多现代小说已经具备了点状小说或网状小说的叙事特性,但依然有线状叙事的明显痕迹,只不过"线"可以是不规则之线,并且,"线"的横向行进过程中会不断遭遇"点"的"停顿式"的发挥。当然,这种发挥不见得会完全回归到之前"线"的轨迹上,而是可能伸长出迥然不同的一条叙事之"线":分支成为主线。这样,"点"的作用就不是简单的做"停顿式"的诠释、议论、联想,而是"点"可能让"线"拐弯,"点"会由于诠释、议论、联想自然而然地孕育出另一条叙事之"线"。如此,"点"就不仅仅是一种转换装置,一种功能性的因素,而是一种能够自

① [土耳其]奥尔的罕·帕慕克:《伊斯坦布尔——一座城市的记忆》,上海人民出版社 2007年版,第 228 页。

如生长的思考起点、想象起点或论辩起点。"点"一旦不完全服从"线"的秩序,哪怕小说还会照顾到"线"的因果性,"点"的恣意生长能力已经挣脱"线"的组织。

在小说中,因"点"而起的逗留、伸展、盘旋、互渗,是由于小说家的叙事不为了叙述一个"完整"的故事而导致的。退一步,哪怕中心主题依然存在,但围绕着中心主题,各种次主题或次次主题都可能作为一个"点"让小说家拓展其情感与思想。

这样的"点"的延伸往往"机不可失",这是因为当情节演进到某一特殊的气氛、情境之时,这种气氛、情境往往具有不可重复性。具有随笔意识的优秀作家具有捕捉特殊之"点"的敏感性,因为他/她知道这样的"点"之中蕴含着极其丰富的可阐释性、可联想性、可议论性乃至玄想性或狂想性。此类作家之所以让情节任务停顿,是因为意识到对此处的"点"的透视与分析,能大大发挥其创作的洞察力和超脱力,其审美价值丝毫不亚于情节的曲折性或悬念性。

"点"的不吐不快还因为作家能够通过"点"的不断延伸审视"线"的所作所为,即"线"的情节可能有着不得不如此或只能有若干选择的狭隘性,而"点"的奇思妙想、"点"的感觉变异或天马行空则力图摆脱那种只能有若干选择的情节狭隘性,从而在感觉和哲思方面发挥作家在情节之"线"上所难以表达的艺术意图。正如德勒兹与加塔利所说的:"一本书的理想就是在没有一个外在性的平面之上展开所有的事物,在一页纸上,在同一页纸上:经历的事件,历史性的决断,被思索的概念,个体,群体及社会构型。"[①]一本书要"展开所有的事物"是不可能的,不过,如果将这种"展开"理解为"一本书的理想"在于寻找多重的入口与出口,那么,这种多重的入口与出口即为"展开"。这种"展开"往往依赖于种种"点"的突进或转进,点状结构对抗那种完整、封闭、中心化的"树形"结构。"与树相对立,根茎不是复制的对象:既不是作为树-形象的外在复制,也不是作为树-结构的内在复制。根茎是一种反-谱系。它是一种短时记忆,甚或一种反记忆。

---

① [法]德勒兹·加塔利:《资本主义与精神分裂:千高原》,上海书店出版社2010年版,第10页。

根茎通过变化、拓张、征服、捕获、旁生而运作。有别于绘图法、绘画或摄影，也有别于模仿，根茎与一个必须被产生和构成的图样相关，这种图样始终是可分解、可连接、可翻转、可转变的，具有多重入口和出口，具有其自身的逃逸线。模仿必需参照图样，而非相反。与中心化（甚至是多重中心化）的系统（此种系统具有沟通的等级化模式和既定途径）相对立，根茎是一个去中心化、非等级化和非示意的系统，它没有一位将军，也没有组织性的记忆或中心性的自动机制，相反，它仅仅为一种状态的流通所界定。"[①] "树是血统，而根茎则是联姻（结盟），仅仅是联姻。"[②] 所谓"可分解、可连接、可翻转、可转变的，具有多重入口和出口"，意味着所有的情节与细节为一个中心化主题而起作用的叙事体系遭到了瓦解，宏大的巨型化的一统性概念不能再辖制小说文本了。深思熟虑的故事主题，可能由侧面旁生出另一个角度叙事所分解；某种意义固定的情节，可能由于某个不经意的思绪游离出原有的情节层面从而被翻转；看似稳固的叙事结构，可能由于某个漫不经心的心理或情景的微妙变化而导入另一个差异极大的意义系统。所谓"联姻"，意味着异质性的内容、观点、情感、主题相互连接、彼此嵌入、交相覆盖、不断越界。"联姻"还意味着文本中多重主题与观念的"谈判化"，所有的细节、情节、人物、情景都不仅仅在"一次性"使用中被意义固定化，而是在寻求新理解的种种可能性过程中被异质性力量叩问、推敲、审视。

小说的"翻转"不再依赖情节"突转"那种曝光某种真相与内幕的惊奇，而是利用各种诠释之点、联想之点、议论之点，"翻转"出与情节界面直接呈的主题具有明显意义落差的想象、议论与抒情。点状化小说中"点"的拓展，根茎化小说"根茎"的蔓延，其意图，多是寻求游离出中心化情节结构的意义界域，与新的思想或新的情感结盟。

诸多现代小说作品的叙事，是以摆脱具有绝对的宰制性的中心化意图的表述方式而存在的；其主题，是以反主题的方式得以呈现的；其结构，是以摆脱结构的方式组织而成的；其话语，是以突破单种话语类型的方式来寻求话

---

① ［法］德勒兹·加塔利：《资本主义与精神分裂：千高原》，上海书店出版社 2010 年版，第 28 页。

② 同上书，第 33 页。

语种类的多样性;其意义,是对已经呈现的意义界域的不断超越来捕获未知意义。这样的小说,利用各种"点"的联想、想象、议论作为"起跳点",去延伸出一条条歧路,并将歧路视为正路,"反认他乡是故乡"。

离题感,即兴性,狂想性,蔓延性,失衡感,这些都是点状小说的特征。离题和即兴是由于"点"的生发而导致。"点"顾不得"线"的"结构完整",自然而然就使得小说的叙事在行进中让某个局部恣意蔓延开来。如此,小说的结构失衡了,头重脚轻,某个局部被无限制膨胀开来。这意味着"点"扩散出的"面",哪怕最终回归到"线"上,但其意义的丰富性和复杂性都超过了"线":局部比整体更突出,也更重要。

阅读《追忆似水年华》,会发现,整部小说虽然有"线",但"线"要么经常被截断,要么其"线"的故事性不如"点"扩散出的"面"来得风趣和丰富。"线"仿佛就是为了迎接"点"的来临而存在着,而"点"是为了创造"面"才活跃起来。

不过,不要认为这种"面"的剖解都是静态的、抽象的概括。事实上,"面"的剖解既是有趣的、偏执的,有时还是完全情感化了的"理论分析":洞见中充满了盲视,深刻中饱含着创伤,创伤中透露出霸道。要特别提到的是,普鲁斯特就是拿人物的一句口头禅都能做出一篇文章,在围绕着口头禅的剖析之中,"线"的内容得以浮现。于是我们可以说,在"点"扩散成"面"的过程之中,在对种种法则的剖解之中,被剖解对象形成的种种案例往往是新鲜活泼的,这种源源不断补充进来的内容是以"线"的片段化形态出现的。这意味着作为"面"的法则分析之中有"线"的内容,"线"并没有消亡,"面"并未排斥"线",只是将之截面化、碎片化,以被剖解的案例方式寄寓在"面"之中,以实现补充性或回溯性的叙事。"线"改头换面,以各种各样片段化的面貌回旋于"面"之中。或者说,诠释性的"面"成为小说叙事的主体,如此,小说审美书写方式被完全改造,小说审美的境地亦被大大拓展,关于个体境遇叙事的"航海意识"不断被普遍法则之剖析的"高塔意识"所吸收所辖制。但"高塔意识"绝非完全理性化的分析,相反,文学化的"高塔意识"是一种情感的逻辑化,普鲁斯特的"法则分析"就是一种貌似理性审视实则感性主观的分析:分析之中伴着刻薄的挖苦、感伤的自怨自艾与嫉妒心态的千回万转,所以,这种小说化的"高塔意识"与强调概念的严谨性哲学化"高塔意识"完全不同,普鲁斯特小说化的"高塔意识"是情绪化的理性,是一种貌似想法周密的执迷不悟。叙述者试图通过法则分析来寻求解脱,但沉溺于情感法则的条分缕析之中,其本身不是一种无法超脱的表现? 所以,普鲁斯特的"高塔意识"是一种看似清醒的疯狂,貌似周密的非理性。诠释之"面"的审美化不是因为其准确性,恰恰是因为"面"的诠释与议论之中蕴藏着深刻中的偏见与超脱中的执拗,才使得这样的法则解剖或意义诠释是小说化的表达而非哲学的论理:

> 一些微不足道的小事,当一个我们所爱的人(或者一个就缺那份让我们去爱的狡黠的人)对我们隐瞒了它们之后,竟会陡然间变得那么意味深长! 痛苦本身并不一定会激发我们对引起这痛苦的人的爱憎:对一个引起我们疼痛的外科医生,我们是无所谓爱憎的。可是一个女人,如果她长久以来一直在对我们说,我们就是她的一切(并非她是我们的一切),而我们就喜欢瞧她、吻她、抱她坐在膝上,那么我们只要从她那儿遭到一次意外的推拒,因而觉得了我们并不是想怎么着就能怎么着的,就会感到大为震惊。这时,失望会在我们心里不时勾起对久已忘却的痛苦往事的回忆,然而我们又知道,唤醒这些回忆的并不是这一个女人,而是曾经用她们的无情无义在我们的记忆中留下道道瘢痕的别的一些女人。当爱情全然要由谎言煽起,而其内容乃是冀求看到自己的痛苦能由制造这痛苦的人来抚平,这时在这个世界上我们怎么会有活下去的勇气,又怎么能采取行动去抵御死亡呢? 要想从发现这种欺骗和推拒后的沮丧中解脱出来,有一副烈性药就是求助于那些让我们觉得在她的生活中比我们关系更密切的人,尽量跟这个推拒我们、欺骗我们的女人对着干,对她耍手腕,让她怨恨我们。可是,这种爱情的折磨又是那样一种折磨,它能叫受害者无一幸免地耽于幻想,以为只要变变姿势就会得到那种悬空的舒适。唉! 我们这样做还嫌做得不够吗?
>
> ……

　　我们所爱的姑娘要去参加一个宴会,而对这种聚会的真实性质,我们已经在心里掂量过好些时日,我们也受到了邀请,在宴会上那姑娘目光始终没有离开过我们,除了我们也不跟任何人交谈,我们把她送回家,这时只感到平日里的焦虑不安都已烟消云散,此刻享受的是一种充分的休憩,如同长途跋涉过后的一场酣睡那般大补元气。一次这样的休憩,无疑值得我们为它付出高昂的代价。但是,若是当初能做到不去给自己买下那份要价更高的烦恼,事情岂不更简单? 况且我们知道得很清楚,尽管这种暂时的休憩可以很充分很深沉,忧虑和不安毕竟是无法排遣的。这种忧虑不安,甚至往往还是由一句本意在让我们得到休憩的话给勾起的。妒意的乖张,轻信的盲目,都要比我们钟爱的这个女人所能想象的程度强烈得多。她主动对我们赌咒发誓地说某人只是她的一个朋友,我们暗中却不由得吃了一惊,因为我们这才知道——先前简直就没想到过——那个男人居然会是她的朋友。她为了表白自己的诚意,还一五一十地讲给我们听,当天下午他俩是怎样一起喝茶的,听着听着,我们原先没法看到的场景、没法猜到的情状,仿佛都在眼前显现了出来。她承认说,那人要她当他的情妇,使我们感到揪心的是她居然若无其事地听着他说这种话。她说她拒绝了。可是这会儿,当我们回想起她告诉我们的这番话的时候,我们不禁要忖度一下这种拒绝是否真诚,因为在她絮絮叨叨讲给我们听的事情中间,缺乏一种必要的、逻辑的联系,而这种联系恰恰是比一个人所说的许许多多话更能表明它们的真实性的。随后她又用一种鄙夷不屑的口气说:"我挺干脆的,对他说这事没门儿。"无论哪个社会阶层的女人,每当她要说谎时,往往都是用的这种口气。可我们还得感谢她拒绝了那人,还得用我们的诚意鼓励她今后继续向我们作这种残酷的表白。我们至多添上这么一句:"不过,既然他已经提了这种建议,您怎么还能跟他一块儿喝茶呢?""我不想让他记恨我,说我不够朋友。"我们不敢对她说,她要是拒绝跟他一起喝茶,或许就对我们更够朋友些。①

———————————

① 〔法〕马塞尔·普鲁斯特:《追忆似水年华》(下),译林出版社 2008 年版,第 1568 页。

这段文字里,阿尔贝蒂娜与"某人"的喝茶事件被模糊化,阿尔贝蒂娜的只言片语是用来提供为"我们"所用,借以对爱撒谎的女恋人的案例进行分析。本雅明有言:"如果我们想有意识地让自己沉醉在《追忆似水年华》最内在的基调中,我们就必须把自己放在非意愿记忆的特殊的、最根本的层次上。在这个层次上,记忆的材料不再一个个单独地出现,而是模糊地、形状不清地、不确定地、沉甸甸地呈现出来,好似渔网的分量能让渔夫知道他打捞到了什么。对于把渔网撒向逝去的时间的大海的人来说,嗅觉就像是分量感。普鲁斯特的句子包含了内心机体全部的肌肉活动,包含了试图把那沉甸甸的网拖出水面的巨大的努力。"[①] 这所谓的"不再一个个单独地出现",便是指普鲁斯特总是将线性故事掐头去尾,从而在各种法则性的剖析和议论中进行片段化使用,片段中细节与情境是用来促使读者的想象性还原出某一小节故事,而不是用来完整叙述某一段故事情节的。如此,普鲁斯特才可能"把那沉甸甸的网拖出水面"。细节和情景的密度感与分量感让"面"取代了"线"。普鲁斯特创造了由分析和剖解组成的"面"的大容量叙事。

"马塞尔·普鲁斯特的十三卷《追忆似水年华》来自一种不可思议的综合。它把神秘主义者的聚精会神、散文大师的技艺、讽刺家的机敏、学者的博闻强记和偏执狂的自我意识在一部自传性作品中熔于一炉。诚如常言所说,一切伟大的文学作品都建立在瓦解了某种文体特征的基础上,也就是说,它们都是特例。但在那些特例中,这一部作品属于最深不可测的一类。它的一切都超越了常规。从结构上看,它既是小说又是自传又是评论。在句法上,它的句子绵延不绝,好似一条语言的尼罗河,它泛滥着,灌溉着真理的国土。"[②] 然而,这种"不可思议的综合"又绝非各个分散的、独立的混合,散文大师的技艺为普鲁斯特带来了从"线"的叙事到"面"的法则分析式叙事的风格上的全新创造,讽刺家的机敏则使得各种"点"的剖解入木三分。以"点"的刻薄、犀利以及怜悯来替代"线"的曲折性与悬念性。至于学者的博闻强记,则让普鲁斯特在由"点"到"面"的议论过程中旁征博引,并通过大量的比喻联系诸多看似不相关的事体。

---

① ［德］汉娜·阿伦特编:《启迪:本雅明文选》,三联书店2008年版,第250页。

② 同上书,第215页。

"面"的分析与剖解于是不再是简单的条理性表达，旁征博引既有讽刺家的机敏驾驭，又有审美品鉴师的点拨和狂想家的想象力。如此，博学不再是冬烘式的分门别类，而是在打捞沉甸甸的叙事材料时呼唤出各路千姿百态的知识精灵，以互为喻体的方式让叙事的洪流逐渐汹涌澎湃起来。事实上，在所有的普鲁斯特叙事中，无不存在着所谓的"偏执狂的自我意识"。《追忆似水年华》从人物形象到线性叙事，从"点"到"面"，无不偏执。然而，单有偏执，还不足以构成普鲁斯特。普鲁斯特既有偏执，又有超脱，既有执拗，又有宽容。正是通过偏执中有超脱，超脱中又摆脱不了偏执的层层剖析，构建了一个个由"点"延展出的深刻而又天真、清醒而又疯狂的审美之"面"，并让各种"面"在文本中交汇、融合，勾勒出一幅无比绚丽的审美星空。

七

普鲁斯特以种种"点"延展出"面"，议论、联想之"面"中回旋着种种故事片段。"面"藏着"线"或"线"的片段："线头"、"线尾"或"线节段"。"沉甸甸"的故事集束以浓缩方式被回忆之网打捞到叙事前台。再有，普鲁斯特小说的"面"尽管是对种种社会、心理和艺术法则的深刻剖解，但普鲁斯特式的法则阐释是一种歪理与真理并存的混合体，真理对应于普鲁斯特的博学、睿智、超脱与清醒，歪理联系着普鲁斯特的刻薄、感伤、偏执与躁狂。

正是这种歪理与真理的微妙交织，普鲁斯特的激情与沮丧、厌世与超脱，才可能那么饱满地倾注于小说叙事的种种诠释化的"扇面"之中，并且，种种"扇面"关于社会、心理与艺术法则的分析相互呼应，让这部以风雅社会为主要内容的百科全书式小说既创造了种种奇异的人物形象，又以睿智而风趣的博物学者的精辟阐述创造了前所未有的艺术特色。

当然，不是所有以叙事之"面"为特异性的小说都像普鲁斯特那般实现各种"扇面"的无痕链接与无缝穿梭，普鲁斯特的作品几乎是一个叙事连接着另一个叙事的"扇面"，是一部以法则剖析为主导的小说。

就目前而言,《追忆似水年华》是一部诠释式联想式小说的巅峰之作。

大部分叙事之"面"比较突出的小说,与《追忆似水年华》写法不同,多是在故事"线"行进过程中透过适当的气氛和情境弹跳出某个"点"并延伸出话题之"面"。"面"之中不见得有普鲁斯特式的故事集束,更多是对自我境遇的反思。

如索尔·贝娄的《洪堡的礼物》中的叙事之"面"其形态要比《追忆似水年华》之"面""纯粹"得多:

> 在宽敞的陪审员大厅里,我把关于厌烦问题的笔记翻了一遍,倒觉得挺痛快。我发现自己回避了定义问题。这对我来说是有好处的。我不想跟有关"懒散"和"厌世"的神学问题混淆在一起。我觉得这样讲很有必要:人类一开始就经历了种种厌烦状态,然而从来没有人把它作为一个正式的课题从正面触及它的核心。而在现代,这个问题是被作为资本主义劳动条件的后果,作为在群体社会里趋于平等的结果,作为宗教信仰衰落或者神授或预言因素的逐渐消失,或者对无意识力量的忽视,或者在这个技术社会里理性化的增加,或者官僚主义加强的后果,用"社会反常"或者异化的名义处理的。但是在我看来,一个人可以从对当代世界的信念开始——要么你燃烧,要么你腐烂。我把这一点同心理学家比内老人的发现联系在一起。他曾说,一个犯歇斯底里的人,在发病期间,他所具有的精力、耐力、表现力、创造力以及才思的敏锐,相当于他平静时的五十倍。或者如威廉·詹姆斯所说,当人类生活在自己精力的顶峰时,才算真正地生活着。有点像"权力意志"。假设你从这样的命题开始:厌烦是由未被利用的力量引起的一种痛苦,是被埋没了的可能性或才华造成的痛苦,而这种痛苦是与人尽其才的期待相辅相成的(在这些理念范畴,我竭力避免落入社会科学的俗套)。凡是实在的东西,都不符合纯粹的期望;而期望的纯粹性正是厌烦的主要源泉。所以,多才多艺的人,性感强烈的人,思想丰富的人,善于发明的人,凡是天赋高超的人都觉得自己数十年来怀才不遇,颠沛流离,囿于樊笼。想象企图通过迫使厌烦屈服于兴趣的办法解决这些问题。我把这种洞见

归功于冯·洪堡·弗莱谢尔。他给我显示出詹姆斯·乔伊斯是怎样做的，而凡是读书人自己都会轻易发现的。现代法国文学特别热衷于厌烦的主题。司汤达每一页都要涉及，福楼拜专门写了许多书，而波德莱尔是这个主题的主要诗人。为什么法国有这种特殊的感受性呢？会不会是"旧制度"唯恐再来一次投石党运动便创造出了一个把外省的才华一概剥夺掉的朝廷？……对于现代政治革命，厌烦比正义的关系更大。一九一七年，写了那么多论述社会结构问题的令人厌烦的小册子和书信的那个令人厌烦的列宁，一时热情奔放，豪兴大作。俄国革命给人类许诺一种永久有趣的生活。托洛茨基所谓永久的革命，其实意思就是永久的兴趣。……厌烦是控制社会的一种工具，而权力强加厌烦、支配停滞、结合停滞与悲痛的力量。真正的烦闷，深沉的烦闷，无不渗透着恐惧与死亡。……还有更为深刻的问题。譬如说，宇宙的历史必将是非常令人厌烦的，如果要用人类经历的一般方式来考察它的话。看吧，在那漫长的岁月里没有任何事变。无涯无际的气体、热、物质的微粒、太阳潮和太阳风，都是那样缓慢地演化着，点点滴滴地起着化学变化——整整多少个世纪，几乎还是老样子；没有生物的海洋里，只有一点儿结晶体、一点儿蛋白化合物在繁衍。进化的缓慢想起来是何等的烦人啊！你从博物馆的化石上会看到愚蠢的过错。那样一些骨头何以能爬，能走，能跑？想想物种的探索也着实恼人——一切都在那里匍匐着，爬行在沼泽里，咀嚼、争夺、繁殖，组织、器官、肢体在令人厌烦的缓慢中发展着。后来又是高等动物，最后是人类出现的厌烦。旧石器时代森林里的沉闷生活，智力的长期酝酿，迟迟不前的发明，农耕时代的愚昧。所有这一切只有在考古和思索中才使人感到有趣，但是如果要亲历这样的生活，那谁也受不了。目前需要的是一种迅速的前进，一种总结，一种按照最紧张的思考速度发展的生活。如果我们通过技术达到了即可实现的阶段，到了人类永恒的欲望或狂想得以实现的阶段，到了消灭时间和空间的阶段，那么，厌烦问题只能变得更加强烈，越来越迫于生命的特有期限的人类（生命对每个人、每个过客只有一次而已），必然想到死亡的厌烦。啊，那些没有生命的永恒哟！啊，为了那些不断地追求兴趣和变化多端的人

们！啊，死亡将是多么令人厌烦啊！躺在墓穴里，躺在一个地方，那是多么可怕呀！……①

索尔·贝娄由"厌烦"之"点"延伸出的论述之"面"可看做一篇关于厌烦的论文。厌烦与心理，厌烦与政治，厌烦与进化，厌烦与自我意识，等等，所有这些议论，不但是主人公对自我境遇的思考，更是以"高塔意识"对其孤立的自我境遇进行超脱式的思考。这种哲理思考，不是简单解释自己的行为和思想，而是超越个体进入一个更宏观的界面。这不是对个体生命行为和个体际遇的简单反思，而是不断超越自我的生活感悟，将一己境遇不断推向一个又一个更具广度、深度与高度的道德价值体系的思考界面。索尔·贝娄的另一长篇《赫索格》更具有代表性，主人公摩西·赫索格教授其私生活的无助感、杂乱感、挫败感与其不断沉思、遐想、书写形成两种分裂的生活状态。但这种分裂不等于分割，而是以沉思、联想、书写对杂乱无章的生活形成一种秩序，导入种种意义系统。摩西·赫索格教授随时随地给认识的或不认识的人、死人或活人、名人或无名小卒写信。这种"写信状态"让小说伸展出种种的思考、抒情、反驳或辩解的"面"。尽管《赫索格》主人公动荡的生活远比《追忆似水年华》中那种种"植物性"生活状态的诸种人物来得更有漂泊感和冒险性，但《赫索格》主人公的内心生活的丰富性和杂乱性依然完全超过了主人公的情节化、行动化的生活。外部生活强烈的不适感、挫败感与碎片感，让这位教授主人公不得不从内心之中不断组织起一次次阻遏性的精神抵抗：或滔滔不绝的自我辩解，或伤感不已的自我呻吟，或锋芒毕露的历史批判。各种杂糅的思绪，让赫索格过上了即时阐释、即时辩解的精神生活。或者说，《赫索格》是以极具独创的方式写出了一部主人公对自我的私人生活的"现场报道式"的小说作品，不过，这种"现场报道"不是对故事来龙去脉和行为的简单陈述，而是对自我在面对琐碎的挫败、无情的背叛、试图抗拒的诱惑、令人惊诧的日常罪恶时独特感受的记录。主人公对这些"生活"的无能为力，仓皇应对与无法遁逃都让这位犹太裔的移民后代时刻处于承受挫败的被动状态中。这位知名教授只能靠其"发达"的大脑

---

① ［美］索尔·贝娄：《洪堡的礼物》，上海译文出版社 2012 年版，第 230 页。

来诠释自我生活的意义和无意义,然而,这种诠释又不是简单的自我解脱,不是对私生活的喋喋不休的评判,这种"现场报道式"的思想活动总是不断地超越具体场景和具体化的个体命运。正是这种超越性让"现场报道"引发的遐想、联想、议论形成了文本中最具深度和广度的"议论面"系列。正是思想的超越性让其"现场报道"不是随着情节走,而是形成了小说中另一个心灵界面。这种心灵界面来自情节界域,却逃逸出情节界域的具体内容,形成心灵界面的自在自为的心灵剖解、历史批判、社会评述和哲学沉思。赫索格与老朋友写信,是在回忆他童年的赫索格家族的经历,与哲学家写信,是要解答心灵难题,与政要写信,是对世界危机发表他的看法,与同行写信,是为了斟酌某个学术观点探讨研究现状。所有这一切,都在主人公一塌糊涂的私人生活之外打开了一个思绪飞扬、逻辑清晰、旁征博引的心灵世界。正如卢卡奇所言:"与史诗的单纯天真相反,小说是成熟男性的艺术形式;生活方面的戏剧形式则处于那种人生——即使被理解为先天的形式,被理解为标准状态——之外。小说是成熟男性的艺术形式,这意味着,小说世界的构成,客观地看是一些非完美的东西,从主观体验上看则是一种放弃。""小说抽象基础的形式化是抽象概念自我明了的结果;形式上所要求的内在意义恰恰产生于对缺少内在意义的毫无顾忌的彻底揭示。"[1] 卢卡奇的所谓"放弃"是指现代小说不再拥有史诗主人公那种思想的单纯性以及人与现实的统一性,"放弃"意味着人物无法获得超验式的启示和使命明了的目标感。史诗主人公的心灵归属感在一次次的冒险过程中均落实得非常明确,现代小说的主人公则几乎都处于精神漫游状态,对自我行为意义追问的重要性远超过最终的输赢。也正是基于此,对自我生活和自我行为的"缺少内在意义"状态的"彻底揭示"恰恰成为现代小说意义的重要来源。《赫索格》是一部"彻底揭示"的现代小说,主人公将私生活的无聊、无情、虚伪与善变一览无遗抖搂出来,这种自我抹黑的写法不正表明一种"放弃"的状态,这种彻头彻尾无情"揭示"的叙事修辞正是为了呼唤一种摆脱虚无的可能。福楼拜的《情感教育》主人公酝酿出的摇摆性、迷茫感与危机感,在《赫索格》这

---

[1]　[匈]卢卡奇:《小说理论》,商务印书馆 2012 年版,第 64 页。

部小说找到了后工业时代的回声。摩西·赫索格教授在现实中处处"水土不服"的迷茫性与内心生活对秩序和使命的渴求让他的生存处于不断分裂的状态,这种分裂性使得主人公个人生活的挫败感、无力感与他精神生活的宏大性、深邃性、普遍性的对立在文本中不断得以强化。强化的结果,就审美形式而言,是主人公精神界面话语的锐利性、多样性与膨胀性形成对情节界域中人物具体行为的"过度"诠释。正是这种诠释"过度"性,不断生产超越现实的"剩余意义"。这就让主人公平庸繁琐的生活得到来自生活之外的巨大力量的反面作用,使得充满挫败感的生活不是拘泥于行为事件本身去评价,反而成为激发批判力的起跳点,让主人公的思绪在更高远更具深度性的历史与哲学的领域中获得极富理论穿透力的精神漫游。如此,小说的心灵世界扩张与小说中情节界域的庸凡所形成的巨大张力,形塑了《赫索格》最突出的风格学方面的特色:主人公的遐想与沉思比行动更具有审美观赏性和启迪性,情节为思想所征服,心灵与现实的落差为叙事话语积蓄了巨大的能量。这巨大的能量形成联想、议论和狂想之"面",人的思绪再也不是情节之"线"的修饰性、补充性的呈现,而是颠倒过来,以人物心灵的感受以及思想诸面统合叙事,替代下波澜起伏的情节之"线",进入小说叙事的中心地带。

卢卡奇对现代小说类型特征的预言式概括,直抵现代小说的核心特质。这就是现代小说的"异质离散"的特征:"小说的信念是成熟的男子气概,而它的素材的独特结构是它的离散方式,即丰富的内心和冒险的分裂。"① "小说是内心自身价值的冒险活动形式;小说的内容是由此出发去认识自己的心灵故事,这种心灵去寻找冒险活动,借助冒险活动去经受考验,借此证明自己找到了自己的全部本质。史诗世界的内部安全则排除了这一真正意义上的冒险活动:史诗的英雄们迅速经历了一系列丰富多彩的冒险活动,然而,他们在内心和外部世界都将接受住冒险活动的考验,这一点决不成问题。"② 与史诗相反,小说则要不断承受内部与外部的冲突性和不可弥合性:"小说内部形式被理解的那种过程是成问题的个人走向自身的历程,是从模糊地受单纯现

---

① [匈]卢卡奇:《小说理论》,商务印书馆 2012 年版,第 80 页。
② 同上书,第 81 页。

存的、自身异质的、对个人无意义的现实之束缚到有明晰自我认识的历程。在获得这种自我认识之后,找到的理想虽然作为生活的意义似乎进入了生活之中,但是存在和应然的分裂仍是扬弃不了的,而且这种扬弃也不可能发生在这一领域,即小说的生活领域;只有人最大限度地接近,即深刻而努力地仔细研究其生活的意义才可以达到这种扬弃。小说在形式上所要求的内在意义,将由人的体验来给予,而对意义的这种单纯一瞥就是生活所能提供的最高级的东西,就是值得整个生活投入的唯一的事物,也就是这一斗争值得为之奋斗的唯一事物。"① 卢卡奇所言的现代小说"离散异质"便是现代小说的主人公最突出的特征,现代小说的主人公已经无法如史诗英雄那般去迎接辉煌的胜利或高贵的死亡,因为胜利与死亡的意义本身就让这些犹疑的主人公们颇费斟酌。所以,现代小说的主人公们已经不是简单地从事某一个故事的"人物",他们是"人物",更是议论"人物"的人物。

《赫索格》这样的主人公的"离散异质"之特征,比 19 世纪福楼拜《情感教育》的主人公更加显著。卢卡奇认为最具有"离散异质"性的《情感教育》,其主人公福赖代芮克虽然与环境格格不入,但随波逐流多于沉思批判,玩世不恭多于质疑追问。20 世纪的《赫索格》这类"离散异质"小说主人公的心灵与生活的异质性差距被高度突出。有趣的是,赫索格的私生活越是荒唐、无序、失败、被动、可怜,他的思想的活跃、锐利、深邃与疯狂就越能标示出主人公与现实之间"垂直距离"的落差。与情节型小说多是利用"水平距离"即时间顺序变化组合不同,思想型、观念型、诠释型、联想型的小说中的"精神人"主人公通常利用思想、感受与现实落差形成叙事的动力。之所以这种落差可能形成叙事动力,那是由于现代小说中的主人公拥有发现现实与自我的种种差异性的知识力和敏感力,这种知识力与敏感力又转换为强大的批判力。《赫索格》不似奥地利的托马斯·伯恩斯坦的《历代大师》那般全篇小说都以一位绝望的"精神人"痛斥现代文明种种误区、漏洞与弊端为脉络,不过,《赫索格》的批判性言论中对种种现代人想当然的自然化的人与事的挑剔和嘲讽已经显示出足够的偏激锋芒。这种对事、对人、对历

---

① ［匈］卢卡奇:《小说理论》,商务印书馆 2012 年版,第 71 页。

史、对哲学喋喋不休的斟酌、比较、指谬、嘲讽的过程便是要让读者欣赏到一位"精神人"思想跃动的偏执、往事回忆的伤感与旁征博引的渊博。这种偏执、伤感与渊博让这些"精神人"的言论形成的"面"与通常意义上的哲理论文或酷评随笔不同,这种心灵与现实的落差驱动的批判之"面"不以客观化概念剖析与逻辑演绎见长,而是在旁征博引的渊博中透着尖刻,在论理的沉重中飘逸出激越,在铿锵有力的理论挞伐中透着无奈与伤感。落差让批判形成,批判铺展出与线性故事完全不同的议论之"面"。这种议论之"面"在普鲁斯特那里是博物学化的新奇比喻的叠层化或温情感伤的时间魔术论,其文本以议论性的各种"点""面"交互联系形成的叙事之网远比索尔·贝娄的小说复杂得多。《赫索格》中传统的情节线依然明显,"面"与"线"的关系更单纯一些,索尔·贝娄小说的议论之"面"与主人公的个体际遇形成"对抗"关系,"精神人"言论构成的议论之"面"与现实之间对比度更强烈:主人公难以克制的情欲本身与其睿智的审视能力就构成了反讽化的落差,如此强烈的落差所形成的戏剧性在普鲁斯特小说中不多见。

　　《赫索格》最突出的特色是由主人公混乱的私人生活与其思想剧烈的爆发力之间的反差构成的。比如赫索格教授最喜欢玩的游戏是不辞而别,赫索格总是在前思后想之后对情人对朋友来个不告而别。这种生活的逃窜感,皆是赫索格在理论盘旋后发现某种"不妙"后转化为行动上的"逃逸"。比如,主人公摩西·赫索格被迫与前妻打官司,到法院咨询某人士,无意间旁听了一个问题少女杀害自己小孩的骇人案件,马上匆匆作出决定,撇下所有的事情,从纽约飞往芝加哥看望自己的小女儿。此时,赫索格的第二任前妻正与赫索格曾经最要好的男性朋友处于半同居状态,而赫索格的女儿也正在他们的照料之下。可见,这位思考者狂想者赫索格的行为都不是按照规划好的目标行动,而是在情绪化的感受和感悟中发现自我的痛与怕,进而决定接下来的行为。主人公赫索格私人生活的非理性化与其不断寻求各种理论资源来叩问生活的诠释冲动之间的落差构成了小说最戏剧化的冲突。心灵与现实的距离,形成批判的动力,但这种批判又由于主人公的行动上的幼稚与欲望方面缺乏自控力而陷入不断自行瓦解的状态。批判之人亦要被批判:这就是索尔·贝娄的《赫索格》的深刻所在。

有意思的是,《赫索格》陷入经典叙事学中提及的"不可靠叙事者"的怪圈,小说中,不止一个以上的人物劝说历史学教授赫索格应该去看看精神病医生或住院接受治疗。实际上,赫索格随时随地不断地给种种人士写信的行为不也十分怪异吗? 这不正表明,赫索格教授所有的批判性言论很可能是狂人呓语。然而,赫索格本人又绝不会承认自己"有病",甚至觉得他人认为他"有病"是可笑的。于是,这个怪圈大概可以描述为:赫索格作为一位"病人"在指责他人"有病";"他人皆醉赫索格独醒";或者,其实每个人都"有病",而"病人"之间却在互相指责对方"有病"? 也许,正是其中的某个"病"得最深的"病人"才更有可能指出他人与社会的最普遍存在的"病态问题"。

索尔·贝娄这种"不可靠叙述"指向了个人的疯狂,更指向了群体的病态。小说中的议论、诠释、联想之"面"的批判性与疯狂性兼而有之。主人公针对"公共生活"的剖解、分析与质疑,洞见与偏见混杂,客观与率性并行,沉思与狂想相携,冷嘲与热讽交替。所以,所谓现代小说中由"点"到"面"的叙事内容,尽管接纳了庞大而复杂的百科全书式的观点与思考,但又绝非科学论文或哲学论文的普及版,而是带着作者个体际遇的独特标记,携着文本中主人公命运的体温与个性。

以思考议论为主的各种"面",是普鲁斯特《追忆似水年华》相似性构成的比喻系列,是托马斯·曼《魔山》的求索心态与医学感性化,是罗伯特·穆齐尔《没有个性的人》的技术裸化与知觉更新,是《赫索格》的率性批判与无边狂想,是帕慕克《伊斯坦布尔》的忧伤凝视与博物馆化审美。

梅尔维尔的《白鲸》花大段文字比较抹香鲸与露脊鲸,这不是现代小说的"面",因为鲸鱼在小说中是大自然的象征,人要用勇气和狂暴征服自然,这个"自然"的符号就不能不花篇幅来介绍。雨果的《悲惨世界》中,其中一卷被称为"利维坦的肚肠",描写了巴黎宏伟巨大的下水道工程,但这不是"面",因为下水道的展示主要是为了给主人公冉阿让救马吕斯做背景。

现代小说的诠释之"面"、沉思之"面"、议论之"面"、狂想之"面",其最主要的特征是将小说叙事推进到一个能够容纳更纷繁的思绪和更复杂的思想内容的阶段,同时,这又不单单是一个叙事容量扩大之问题。从艺术表现风格的角度看,由"点"至"面"的恣意蔓延的根茎式叙事或单点扩张式叙事,都使得小说的写作与欣赏的习惯发生巨大变化。小说阅读的重心再也不是仅仅关注情节的因果性周密或悬念表达的偶然性与必然性的衔接紧密度,而是"观赏"小说叙述者或主人公在某一情景之中的回忆感怀、奇思妙想、感伤忧思或率性评判。这些内容既可以与情节密切相关,也可以游离情节,以"背对"故事的方式超越情节,创造与小说中的"情节现实"不同性质的"思想现实",以不接受、反抗小说中的"情节现实"的姿态,去拓开一个个更具有隐喻性、想象力或批判力的种种小说之"面"。

第二章　相似性法则、审美诊断与"矫饰"的疯狂

一

普鲁斯特的小说，抛弃了巴尔扎克式粗野和粗犷，保留了巴尔扎克式尖刻的嘲弄；普鲁斯特丰富并发展了巴尔扎克式的人性博物学，将巴尔扎克式的人性剖解推进到更具艺术性更生动更细微更巧妙的境地。不过，普鲁斯特的创作，同时又是对巴尔扎克式小说最无情的颠覆。普鲁斯特不服务于故事，普鲁斯特是让小说镶入散文中，或者说，巴尔扎克式的小说情节进入普鲁斯特的文本，故事只能成为某种批判观点或趣味法则的佐证。是的，故事成为佐证，而不是小说主体。普鲁斯特的文本不依靠悬念来吸引读者。拉斯蒂涅、吕西安、邦斯舅舅的命运是巴尔扎克小说吸引读者往下探询的主要因素，而普鲁斯特的《追忆似水年华》，阅读不必借助对人物命运的好奇心，小说情节的悬念被各种议论替换下场。

巴尔扎克的小说，情节的铺张与密集让故事成为大陆，而普鲁斯特只是将故事和场景当成岛链，在博物学者议论性和比喻性的话语海洋中，情节和场景如浮岛般形成链条。所以，单从情节的角度看，普鲁斯特的叙事是"浮岛链条"模式，而巴尔扎克则是"大陆型"叙事：所有的叙事运动最后将显示叙事板块之间的交错碰撞后的地理地貌。

讽刺家锋芒毕露的议论,博学家滔滔不绝的层层剖解,侦探家循循善诱
的现场分析,爱情感伤者对内心创伤的反复检讨、咏叹,审美家对各种自然
风景或人间百态浮想联翩的咀嚼品味,这些都被推到小说最前端。《幻灭》
中,巴尔扎克的情节紧紧围绕着吕西安从外省来到巴黎并为败德恶行所引诱
着的生活,所有的情节都在追问着一个问题:吕西安能否从一次次危机中脱
身,吕西安凭借他外貌和才华作为生存筹码能否在巴黎种种陷阱与诱惑中
"胜出"。普鲁斯特根本不关心主人公能否"胜出",对主人公的各种"考
验"不会在他小说文本中心地带出现。普鲁斯特不会去交代某位外省年轻
人如何与一位太太筹划私奔,到达巴黎后又如何从最底层开始他的盛衰历
史。《追忆似水年华》中出现了众多的人物,但普鲁斯特从未以其笔墨集中
地叙述一个人物的命运,无论是阿尔贝蒂娜,还是夏吕斯,他们都不是作为需
要完成情节的功能性人物而存在,而是作为被欣赏的审美性人物而创造。巴
尔扎克是小说运动学的行家,巴尔扎克小说高密度、高强度的情节使得任何
冗长静态描述都不是孤立的,最终为跌宕起伏的事件变化所消化所吸纳,米
歇尔·莱蒙认为:"巴尔扎克作品的注释者可能依次研究过巴尔扎克的静态
学(肖像、描写、叙述)和动力学。他的动力学是建立在密谋(对遗产的觊
觎、诉讼手段的狡诈、阴谋)和行动的基础上的,它取决于性格上的对立。但
这两件事又是互相联系的。因为这位小说家一开始就给我们交代故事的来
龙去脉,一句很不重要的话,一个小小的动作,在富于戏剧性的地方都具有意
义。此外,在巴尔扎克的作品里,结构是统一的。"① 的确,巴尔扎克小说系统
中,对人物面貌或身世的静态描写,是为了让人物命运整体变化找到面相学
与环境学的依据。而普鲁斯特不同,他最擅长的,不是布置急遽变化的情节,
而是捕捉人物的细微动作和表情的变化,普鲁斯特的微观表情学或微观动作
学所创造的叙事与议论无疑可以成为现代小说世界中最精彩的典范。巴尔
扎克利用情节的密集起伏呈现人物的意志、欲望与性格;普鲁斯特则捕捉人
物的微观动作表情,借以窥破人物的内心波动或特殊癖好;巴尔扎克小说情
节是摆放在最显眼的位置,普鲁斯特很少让情节抢风头,情节被处理成某种

---

① [法]米歇尔·莱蒙:《法国现代小说史》,徐知免、杨剑译,上海译文出版社1995年版,第
88页。

交际学法则或心灵波动规律的佐证;巴尔扎克好动,整部小说,无论是人物还是环境都在变动,普鲁斯特好静,他的人物基本上处于可被凝视的状态。然而,"被凝视"的人,不等于这个"人"完全静止不动,而是说普鲁斯特有一种本领,可以让人物的行为和表情"慢动作"化,人物的动作在普鲁斯特的叙述中,被延宕了。延宕的原因在于普鲁斯特认为有必要告诉你某个人物漫不经心的行为或表情中,深藏着某种人物本人都未必意识到的某种"秘密":生理性的癖好、遗传性的相似、职业性的习惯、修养性的欠缺、心理性的掩饰,等等。当然,普鲁斯特的"凝视感"之所以有价值,不仅在于叙述者的捕捉力和透视力,更在其捕捉到某种人物"秘密"之时巧妙的对比、联想和议论,这才构成了普鲁斯特小说特有的趣味。有学者指出普鲁斯特人物是一种"植物性存在方式"。关键在于这种"植物性的存在方式"为什么会在小说文本释放出趣味性:"奥尔特加·伊·伽赛特第一个提醒我们注意普鲁斯特笔下人物的植物性存在方式。这些人物都深深地植根于各自的社会生态环境,随着贵族趣味这颗太阳位置的移动而移动,在从盖尔芒特或梅塞格里斯家那边吹来的风中摇晃个不停,并同各自命运的丛林纠缠在一起而不能自拔。诗人鹦鹉学舌正来自这样的环境。普鲁斯特最精确、最令人信服的观察总是像昆虫吸附着枝叶和花瓣那样紧紧地贴着它的对象。它在接近对象时从不暴露自己的存在。突然间,它振翅扑向前去,同时向受惊的旁观者表明,某种非计算所能把握的生命业已不知不觉地潜伏进一个异类的世界。真正的普鲁斯特的读者无时无刻不陷入小小的震惊。在文体游戏的伪装下,普鲁斯特发现了是什么在影响着他,让他像精灵一样在社会绿叶的华盖下为其生存而奋斗。在此我们不能不就好奇心和阿谀奉承这两种恶习之间紧密而又硕果累累的交织多说几句。"[①] 普鲁斯特的世界里,所谓"植物性",更多地是体现为人物在"各自命运的丛林"中的心灵惯性、惰性和狭隘性,这些心灵世界的"植物性"特征,常常通过巧妙的比喻,如添加了化学试剂般神奇地显露出其内心的化学成分特性。换句话说,貌似"正常"的各色人等,经过叙述者"贴着对象"的打量,而不是依靠巴尔扎克式的密集化的情节冲击

① [德]瓦尔特·本雅明:《普鲁斯特的形象》,引自汉娜·阿伦特编《启迪——本雅明文选》,张旭东译,三联书店 2008 年版,第 223 页。

力,通过对微小的动作变化的"定格"式描叙直抵人物的"私密性的心灵波动"。

普鲁斯特善于定位某位夫人"只收了一半笑容"或某位先生"临时性的笑容",其他作家用一句话叙述的表情特征,他则加以分解式的描述。同时,普鲁斯特不喜欢笼统的概括,而是力求找出属性中可加以进一步细分的特性。并且,这种细分,常常通过某种瞬间性的表情或动作,为叙述者动态定格后,剖解其中所隐藏着的人性成分、职业习惯或遗传特性。

定格剖解的方式并非普鲁斯特独有,但普鲁斯特放大细微动作的"符号意义"的能力无疑胜人一筹。

普鲁斯特对此事具有自觉的认识:"作品只是作家为读者提供的一种光学仪器,使读者得以识别没有这部作品便可能无法认清的自身上的那些东西。"①

普鲁斯特的能力不仅在观察得细,更在观察得"巧"。这种"巧",在于普鲁斯特能够透视出种种看不出"残忍"的"残忍",见不到"自私"的"自私",说不出"冷漠"的"冷漠",读不出"嫉妒"的"嫉妒"。普鲁斯特动员种种手段(表情读心、词语推敲、语调倾听、动作捕捉、趣味分辨、性向识别、遗传解码)来破译人的秘密。普鲁斯特不是为了"准确刻画",他的小说不是为"逼真性"而存在,而是为了"洞察性"而写作。又不只为了"洞察性"而写作,而是更多地在洞察的基础上为了某种"相似性"发现而写作。联想与比喻是获得相似性的重要手段,同时,邀请富有诗意的反讽来共同参与,更使得相似性的获得不那么呆板。试看普鲁斯特是如何描写一位大使:

> 德·诺布瓦先生不动声色地听我说,这种镇静可能是职业习惯使然,又可能是有身份的人一种修养,平时谈话对方常常求教于他,他知道自己掌握着谈话的主动权,于是听凭对方激动、着急,他始终处之泰然,当然也有可能大使先生是想显示一下头部轮廓的特征(他自称是希腊型的,其实髭须很浓密)。就这样,你和他说话时,他的整张脸一动不

---

① 〔法〕马塞尔·普鲁斯特:《追忆似水年华·重现的时光》,译林出版社 2008 年版,第 2161 页。

动,没有半点表情,你就好比在对陈列馆里的一个古代人——还是个聋子——的半身雕像说话。突然间,犹如拍卖师的木槌骤然敲下,又如德尔斐的神谕廓尔降临,大使先生回答你的话音使你着实吃了一惊,正因为事先没法从他的脸上看出你的话给他留下了怎样的印象,也无从揣测他将要发表怎样的高见,这突如其来的声音就更有发聋振聩的意味。①

如果单从精细的程度,对大使的描写,普鲁斯特甚至不如巴尔扎克。普鲁斯特的描写,关键在有趣。他将大使的职业习惯,一动不动所造成的雕像般的印象与雕像突然开口说话所造成的反差形成趣味,希腊型的头部轮廓,古代雕像,德尔斐圣谕,这些信息都使得大使的形象不仅有"艺术感",而且赋予"历史感"。当然,大使的矫揉造作,也因为与某种珍贵的艺术品进行对比,从而获得一种滑稽感:大使的庄重感与高贵感,经由"希腊型的头部轮廓"、"古代雕像"、"德尔斐圣谕"这一系列符号的比照,让一组本与大使毫不相干的形象与之比附,让大使做戏的特征得以泄露。如此,大使形象既可笑,又可爱。大使以大人物自居的庄重感和高贵感,就这样通过某种相似性的引入,而获得温和的戏谑化反讽。

普鲁斯特式的比喻,往往利用某种"相似性"的比较实现历史与现实的交错。这样,描写一个人,就不是描写一个人,而是写出多个人,写出一组人,而这一组人的存在,又是利用此人不是彼人却又像彼人来获得一种戏谑性效果。普鲁斯特式的联想,先是获得一种相似性,正是这种相似性的存在,才可能让某一人物同其他人物或某事体与其他事体进行比较。然而,关键在于,这种相似性之后还有差异性,相似性让两种人事拉近,差异性让人发笑。试看以下一段:

> 德·鲍罗季诺先生作为皇帝的子孙,除了指挥一个骑兵中队便不再有其他事情可做,没有努力的目标,当然他父亲或祖父念念不忘的东西不可能全部封存在他的头脑中。但是,正如一个艺术家雕刻一座雕像,完工多年了,他的思想仍继续在造型,与此相仿,鲍罗季诺亲王父辈念念

---

① 〔法〕马塞尔·普鲁斯特:《追忆似水年华·在少女花影下》,译林出版社 2008 年版,第 24 页。

不忘的东西已成为他躯体的一个组成部分,在他身上有了具体的体现,他的脸部表情恰恰反映了这些忧虑。当他斥责一个下士时,他那冲动的声音使人想起第一个皇帝;当他吐出一口烟时,他那沉思而忧郁的神情又使人想起第二个皇帝。当他穿着便衣经过东锡埃尔的街头时,从圆顶硬毡帽下的眼睛中射出来的光芒,使这个上尉的周围闪烁着一个隐姓埋名的君王的光辉;当他带着军士和粮秣住宿先行官踏进上士的办公室,上士会吓得双腿颤抖,因为这两个随从俨然像贝基埃和马塞纳。当他为他的中队选军裤布料时,他盯住下士服装师的目光足以挫败塔列朗,迷惑亚历山大。有时候,他正在检查内务,忽然会停下来,让那双奇妙的蓝眼睛露出沉思,好像在谋划建立一个新普鲁士和新意大利。可是他马上又会从拿破仑三世变回到拿破仑一世,指出士兵背包擦得不亮,或尝一尝他们的伙食。在他的私生活中,如果他在家宴请平民军官(当然他们不是共济会会员)的妻子,他不仅要摆上一套只有大使才有资格享用的塞夫勒产的天蓝色瓷餐具(是拿破仑馈赠他父亲的礼品。这套餐具如果摆在马伊河畔他那幢乡间别墅里,人们会感到更加珍贵,正如旅游者来到一个古老城堡改装成的兴旺热闹的庄园,看见粗陋的衣柜里放着一些稀世瓷器,一定会倍加赞美),而且还要摆出皇帝其他的馈赠物:他那高贵而迷人的仪表(如果相信有些人的说法,一个人的出身不应该使他终生受到最不公正的排挤,那么,上尉这堂堂的仪表在某一外交职位上,定能使人赞叹不绝),他那亲热的手势,和蔼的神态,优雅的风度,以及那神秘而炯炯有神的目光——这是皇帝遗传给后世的珍品,在那天蓝色的珐琅般晶莹的双眸中保存了光辉的形象。①

这位德·鲍罗季诺先生只指挥一个骑兵中队,但他是皇帝的子孙,所以与两个拿破仑皇帝(一世、三世)具有某种相似性,但那两个皇帝是叱咤风云的人物,是影响欧洲甚至是世界的人物,指挥一个骑兵中队的德·鲍罗季诺上

---

① 〔法〕马塞尔·普鲁斯特:《追忆似水年华·盖尔芒特家那边》,译林出版社 2008 年版,第780 页。

尉是无法与他们相提并论的。然而,叙述者偏偏放大鲍先生与皇帝的相似性,德·鲍罗季诺先生举手投足都被施以"君王化"修辞。这就使得鲍先生的做派有了一种滑稽感:他并非皇帝,但在叙述者的想象中,上尉的日常表情和做派却与两个皇帝在历史中某个场景的举手投足相仿佛,"伟人化"和"历史化情景再现",使得上尉形象与历史巨人相提并论。将历史巨人符号吸附于一位现实中的上尉军官身上,从而让上尉军官获得一种庄重感和可笑感共存的局面。当然,普鲁斯特的戏谑是有分寸的,与那种无厘头式的荒唐感完全不同,而是在戏谑中有庄重,突出的是某种微妙的历史美感。鲍先生毕竟是皇家族亲,所以有着与皇帝相似的派头也是可以想象的,可惜历史仅分派他做了个上尉,仪表神态与皇帝相似,固然有些可笑,却也不乏审美价值。

事实上,普鲁斯特不但寻求人物的血缘性"相似性",在他的作品中,更追求人物的直接的"入画感"。常人"经典审美化",是普鲁斯特艺术的一大强项。普鲁斯特能够从最平凡的人的特征中找出经典艺术品中的对应项。在小说中,不仅叙述者常常让人物"入画",艺术鉴赏家斯万先生还常常将身边人比附为名画中的人物,更是让小说添上一种奇妙的乐趣。就连自家的马车夫,斯万先生都把他当成名画中的人物。斯万先生这种"日常生活审美化"情趣,小说往往不惜浓墨重彩,试看此段叙述斯万先生入圣厄韦尔特府的场景:

> 斯万饶有兴味地看着巴尔扎克笔下的老虎的后代,年轻的马夫和平时外出的随从仆人,这些仆人全都戴帽穿靴,或站在府邸门前的林荫大道上,或守候在马厩跟前,那模样就好比花匠列队伫立在花圃的入口处。斯万本来就有一种在活生生的人和博物馆的肖像画之间发现相似之处的特殊才能,现在这种才能又有了用武之地,而且用得更经常、更广泛了;犹如一幅画卷那般展现在他眼前的,正是此刻在他已经变得很疏远的整个上流社会的生活。
>
> ……
>
> 那些横七竖八睡在长凳、衣箱上的身材高大的听差,犹如一群仪态漂亮而无所事事、四散蜷伏的猎犬,被一个到得特别晚的客人的突然来

临惊醒以后,怎样竖起它们那些魁伟却猎兔犬般矫健的身躯,挺直腰板走过来,在他身旁围成了一圈。

其中有一个,样子特别猛厉,颇像文艺复兴时期某些描绘行刑场面的油画上的行刑人,带着一种冷漠无情的神气向他迎上前来,接过他的衣帽。不过他那纱线手套看上去很柔软,把那道冷酷目光中的生硬表情冲淡了一些,以致当他走近斯万的时候,他似乎表现得对斯万这个人藐然视之,而对他的帽子却恭敬有加。

……

几步开外,一个身穿号衣的魁梧的汉子站在那儿出神。他像尊雕像似的,一动不动,什么事也不干,仿佛是我们在曼坦那的场景最纷乱的画面中见到的那个纯粹起装饰作用的武士,当旁人在他身边左冲右突,格斗厮杀之时,他兀自倚着盾牌在沉思;尽管那群同伴都在斯万身边忙乎着,他却只管冷眼旁观,用峻厉的蓝眼睛的梢角把周围的场景睃在眼里,仿佛打定了主意对它不加过问,犹如那是屠杀无辜婴孩或圣雅各殉难的场景似的。他活像属于那个业已消亡的种族,——或许它们仅仅在圣芝诺教堂祭坛的装饰屏和埃雷米塔尼大教堂的壁画上存在,斯万曾去过那儿,它们至今还在屏风或墙壁上作冥想状呢——曼托瓦的大师的某个帕多瓦人模特儿或是阿贝尔特·丢勒的某个萨克逊人模特儿,给一尊古代雕像授了胎,才使这个魁梧的汉子重新有了生命。①

让-伊夫·塔迪埃分析普鲁斯特让人物"入画"的手法是让人物进入艺术世界,认为:"借助某种倾向于艺术的心理(斯万或叙述者的心理),也就是说借助某些特殊人物的角度,而使描写的人物进入艺术世界。普鲁斯特将厨娘当作乔托画中的人物,将奥黛特当作波蒂切利的画,这样,他本人便离开了日常现实而成为这些画家的对手和平手。普鲁斯特之所以经常将自己的人物与绘画中的人物相比,并不是出于一种无意义的、逗乐的或学究气的怪脾气,而是为了使书中人物变成图像,而他的文字则有如卡帕契奥的画

① [法]马塞尔·普鲁斯特:《追寻逝去的时光(第一卷)·去斯万家那边》,上海译文出版社2004年版,第358页。

笔。"① 问题在于,让人物进入艺术世界,为何想象者/叙述者因此"成为这些画家的对手和平手"呢? 其实,这种"对手和平手"关系即是一种对话关系。普鲁斯特笔下庸常的日常生活和日常人,一旦引入了经典艺术系统加以参照,不但大大拓展了想象空间,获得源源不断的艺术话语支持,而且,借此改变了"书中人"的性质。

为什么说"画中人"能改变"书中人"的性质呢? 小说中,斯万先生不是将情人奥黛特想象成"画中人"就获得一种情感满足,甚至更有激情吗?"画中人"成为一种想象的中介,"书中人"是那样平凡,甚至有着许多不怎么高雅的行为,而"画中人"则可让想象者/叙述者随意驱遣自我的情感,在审美的幻觉中获得情感满足。可见,"画中人"其实是对"书中人"的一种想象性代偿。小说中,对艺术审美抱着近乎崇拜态度的叙述者或斯万、夏吕斯这些人物,他们不仅通过绘画、音乐与生活细节做比较,甚至干脆用艺术杜撰生活。夏吕斯、斯万、马塞尔甚至在欺骗情人的事体中用的都是同一种虚构套路。那么,将"书中人"当做"画中人",其实也是一种对生活的虚构,是一种让生活审美化的想象方式。将仆役说成名画中的各种角色,将马车夫与某总督雕像比较,如此想象,对于斯万这样人来说,是为了获得诗意化的想象性满足。只有斯万这样的博学者,才可能拥有如此鉴赏力和想象力,如此,不但想象的内容令其陶醉,拥有这样的想象资源和想象方式的本身不也令其获得某种精神优势吗?

将身边的人物加以想象性的"艺术再造",从叙事的艺术角度看,是以经典艺术符号为中介,以既有的符号系统去诠释当下的信息,从而积极调动读者的想象力,让文本外的艺术符号参与文本中的艺术形象的建构。这仿佛是呼唤各路艺术大师,在幻觉化的世界里,驱遣大师来共同参与对人物的刻绘。"相似性"成为雕刻刀,"相似性"成为油画笔。

普鲁斯特对人物的微雕艺术,不是以精确为圭臬的,而是不断通过相似性来引导想象,从而让人物形象获得生命力。写一个人,是以一系列人去为其定位。这种特征定位,就是一种刻画,就是一种创造。以人写人,以"相似

---

① 〔法〕让－伊夫·塔迪埃:《普鲁斯特和小说》,桂裕芳、王森译,上海译文出版社1992年版,第84页。

点"为镜子,去写另一个人。这样,就产生了种种类型的"叠印性"。仿佛绘画中的人、神话传说中的人、有血缘关系的人,都接受"相似性"的召唤,在某一时刻,由文学创造者指挥着,与被形塑的对象进行一番对比。仿佛在一个人物形象的前后左右,都有一系列隐形形象为之浮现特点、为之梳理时间线索、为之探明性格成因、为之阐述情感特征。以"叠印性"来创造形象,就是让某一形象漂流在"形象流"中,在系列形象中去进行动态的、微观的比较,让某一形象在尽可能丰富的相关符号系统中获得多方位的比照、定位与揭示。这种"叠印比较",仿佛幽灵一般的众多形象在某一形象的面貌、灵魂、表情、动作等方面形成一种浮动的比照之网。这浮动的比照之网,就是种种联想链条。表情联想起表情,动作联想起动作,癖好联想起癖好,声音联想起声音,姿态联想起姿态,趣味联想起趣味。在联想中发现相似和差异,相似负责定位,差异负责特征刻画。德勒兹发现《追忆》中的阿尔贝蒂娜形象"一方面,她在自身之中以复杂的方式包含着众多不同的人物,不同的少女——人们会说,她们中的每一个都需要借助于一种不同的化学仪器才能被看到,而对这些仪器的选择则必须要根据环境及欲望的细微差异;另一方面,她蕴涵了或包含了海滩与浪潮,她使得'一个海的系列的所有印象'相互维系在一起,对于这个系列,应该懂得如何展开、展现它,就像人们展开一根绳索"①。众多不同的少女,共同组织起关于阿尔贝蒂娜形象的联想网络。她们的存在,对阿尔贝蒂娜来说,就是一种化学仪器。在海滩和浪潮之间,少女们本是浑然一体,而要描写其中的一位,相似性作为基础,差异性的细微分辨才可能让阿尔贝蒂娜的容貌、性情和趣味得以描绘。少女们与阿尔贝蒂娜的共同点,使少女们与阿尔贝蒂娜具有了可比性。在具备了可比性之后,"叠印"造就的差异性才具有说服力。以相似性的"叠印"作为塑造人物的方式,其关键性要素,不是是否使用"叠印",而是寻找到什么角度的"叠印"。普鲁斯特的"叠印比较"之所以具有艺术创新性,还在于普鲁斯特式的"叠印"是能够在他人忽略之处获得敏锐的发现。换句话说,普鲁斯特发现人物的可"叠印"之处,其最奇妙的所在,不是如何"形似",而是"神似"。普鲁斯特

---

① [法]吉尔·德勒兹:《普鲁斯特与符号》,姜宇辉译,上海译文出版社 2008 年版,第 116 页。

对“神似”的发现不是抽象，而是能够在不易察觉的瞬间性“形似”中发觉某种“神似”。看看以下一段文字的叙述：

　　吉尔贝特看上去像在扮故事中的某种动物，或是神话中的某个人物。亮里透红的皮肤来自父亲，似乎造物主在创造吉尔贝特时，面对如何一点一点重塑斯万夫人的问题，手边可用的材料却只有斯万先生的皮肤。造物主把这材料运用得尽善尽美，犹如一个中世纪的能工巧匠，刻意在精美的制品上留下了材料的纹理和节疤。在吉尔贝特的脸上，复制得惟妙惟肖的奥黛特鼻子边上，皮肤相继隆起，一丝不苟地重现了斯万先生点缀面容的那两颗痣。坐在斯万夫人旁边的，是她的一个新品种，犹如紫丁香旁边的一株白丁香。但这并不是说，两种不同的相像之间就有了一个泾渭分明的分界线。有时吉尔贝特笑起来，你会在这张酷似母亲的脸上，看到父亲的那张鹅蛋脸，仿佛有人将这两张脸放一起，想看看混合效果；鹅蛋脸如同胚胎成形那般，渐渐变得清晰，呈椭圆形伸展，膨胀，稍顷便消失不见了。吉尔贝特的眼睛里，有她父亲坦诚的目光；她当初把仿玛瑙的弹子给我，对我说“留着作个纪念吧”，那双眼睛里闪动的就是这样的目光。但是，只要有人问起她刚才或头几天在做什么，在这双眼睛里看见的就是尴尬、犹豫、躲闪、沮丧的神情，以前斯万问奥黛特去了哪儿，奥黛特回答斯万时说了谎，她的眼神就是这样。但当年伤心欲绝的情人如今成了小心谨慎的丈夫，瞧见妻子这眼神他马上会把话头岔开了。在香榭丽舍公园玩的那会儿，每当看见吉尔贝特的这种眼神，我心里就不踏实。不过在大部分情形，我是多心了。对吉尔贝特而言，这眼神——至少是这眼神吧——来自母亲身上的遗传，仅此而已。当吉尔贝特要去学校，或者得回家上钢琴课的时候，她瞳孔里露出的眼神，正是从前奥黛特白天接待了某个情人，或者急着要去赴一次幽会，却又藏藏掖掖生怕斯万知道时的眼神。就这样，我看见了斯万先生和斯万夫人的两种性格、气质在这个梅吕齐娜身上荡漾、涌动，此起彼伏地交相叠印。①

---

① ［法］马塞尔·普鲁斯特：《追忆似水年华·在少女花影下》，译林出版社2008年版，第132页。

　　此段文字,奇妙之处,不在于写女儿与父母的"形似",而是写女儿眼神与母亲眼神的"神似",更在于这种"神似"竟然穿越时间,驻留在女儿的眼神中。写"形似"之相似性并无太多的新意,谁都可能通过父母的形象来观照女儿的形象,完全依靠"形似"的塑造法是皮相的。此段文本,联想最奇特的地方,在于母亲因为撒谎被父亲怀疑时的眼神,竟然会在女儿眼神得以"遗传"。不过,女儿并没有意识到这一点,母亲也不知道这一"秘密"。这就使得"相似性"的捕捉,成为一种"揭秘"。正如德勒兹所说的:"蕴涵与表现,包含与展现:这些就是《追忆》之中的范畴。起初,意义被蕴涵于符号之中;它作为一种事物被蕴藏于另一种事物之中。""客体拘禁着一个被俘的灵魂,这另一个事物的灵魂极力想要揭开封盖。""《追忆》的主题就是:我尚未知晓,但我之后会理解。"① 女儿的眼神,作为一种客体,蕴藏在母亲的眼神中。而母亲的眼神,包含在另一个故事之中,这个故事中母亲的眼神是曾经让父亲那么痛苦,那么费解。在小说的上一卷,斯万眼中奥黛特的表情和眼神是这样叙述:

　　　　她现在这模样,在他眼里比平时更像那幅《春》的作者画笔下的女性形象了。那幅画上的女性,仅仅由于听任幼年耶稣玩耍一只石榴,或者眼看摩西往食槽里倒水,仿佛就会不堪内心悲痛的重负,脸上显出悲痛欲绝的表情,奥黛特此刻有的正是这种表情。他曾经在她脸上见到过一次这种悲恸的神情,但想不到是什么时候了。蓦然间,他想起来了:有一次奥黛特借口病了没去维尔迪兰府上吃晚饭,其实那晚她和斯万在一起,第二天她跟维尔迪兰夫人说起此事照旧撒谎时,她脸上就是这种表情。诚然,即使她是所有女人中间最较真的,她也完全不必为了一句无伤大雅的谎话而内疚。不过奥黛特平时说谎,情况可没有那么简单,她之所以说谎,意在阻止人家发现某些事实,一旦让人知道她说谎,她就得在这批人或那批人手里大吃苦头。所以她说谎时,心里怕兮兮,总觉得自己无勇无拳,吃不准谎话能否奏效,就像有些睡不着的孩子那样,疲倦得直想哭。何况她知道自己的谎言通常会严重伤害说谎的对象,而且

---

① ［法］吉尔·德勒兹:《普鲁斯特与符号》,姜宇辉译,上海译文出版社 2008 年版,第 91 页。

万一真相败露,她说不定就只能听凭对方的摆布了。于是她在此人面前感到自己既微不足道又应受谴责。而她在社交场上随便说句谎,往往会联想起那种感觉,勾起种种回忆,觉得累垮了似的不舒服,感到做了坏事而内疚。

她这会儿对斯万说的究竟是怎样的谎话,居然目光如此痛苦,声音如此哀切,仿佛在为某种压力所迫而低声下气乞求宽恕? 他有个感觉,她极力向他隐瞒的,不仅仅是下午那件事的真相,而是某件更靠近眼前,说不定还没发生,但马上就要发生,而且能让那件事毕露无遗的事情。正在这时,他听到门铃响了一下。奥黛特照样往下说,但她的声音像在呻吟:为下午没见斯万,没给他开门而感到的遗憾,变成了一种痛彻心肺的绝望。①

原来吉尔贝特那遗传性的眼神中竟然"蕴涵"着这样一个故事。这样的想象真是太促狭了。女儿的眼神中,传达着母亲的故事,或者说,母亲那痛苦的眼神竟然穿越时间,注释女儿的眼神。女儿眼神,本不复杂,但是,因为相似性的缘故,她的眼神不但包含了母亲的内心秘密,而且还与那名画中妇女的痛苦眼神实现遥远的联接。这意味着,你要了解女儿的眼神,不能不联想到母亲的眼神,了解母亲的眼神,又不免联想到那名画中妇女的眼神。一个眼神,要受到另外两个眼神的叠印。这就不免要产生一个疑问:这样的叠印,是为了更精确地表达吉尔贝特的眼神吗? 如果单为了精确性,没有必要如此强调相似性,相似性无非就是某种特征的重复。显然,创作者不是为了重复这种相似性特征来写眼神的。作家是强调相似性,但这相似性不是为了精确性而存在。相似性的存在更多地是依赖差异性作为前提的。奥黛特与画中人差异甚多,女儿与母亲差异甚多,可她们的眼神偏偏有相似之处,这样的差异性之中的相似性才具有足够的可惊异之处。奥黛特与那画中的妇人区别乃"现实人"与"画中人"之分野,奥黛特因心虚而痛苦的眼神,与"画中人"那神圣的痛苦差异性很大,而她们的眼神竟如此相似,令人惊讶之

---

① ［法］马塞尔·普鲁斯特:《追寻逝去的时光（第一卷）·去斯万家那边》,上海译文出版社2004年版,第312页。

余,又不能不觉得好笑:撒谎的痛苦眼神竟也带着宗教绘画中妇女才有的重负和悲悯,奥黛特的绝望眼神真是既可笑又可同情的。至于天真无辜的女儿,她仅仅因为所谓遗传的缘故,与她母亲当年对情人撒谎时尴尬、犹豫、躲闪、沮丧的表情极其相似,这似乎是想告诉你这样一个秘密:女儿正值妙龄,母亲当年那快累垮的痛苦眼神就遗传予她,可见表情或眼神的遗传力是多么奇异又多么诡异。如此说来,具有足够的差异性,才能使得相似性具有可惊异性。假定这三个人物的身份与情境基本相同,她们的相似性就无任何审美惊奇性。一个事物"蕴涵"另一个事物的相似特性,或一个人"蕴涵"着另一个人的相似特性,如果事物与事物、人与人之间本就有太多相同,其相似性就无任何可惊奇之处。

差异性足够大,相似性的揭示才具有"揭秘"意味。

当然,这种具有情境反差性的相似性之"揭秘",并不是简单地给个答案了事,那就将叙述者等同于侦探家了。《追忆》的叙述者有侦探的本领,但更是一位有艺术趣味和生活情趣的审美家,所以,对相似性的揭示之叙事中,调侃中有宽宥,宽宥中有感慨。这叙述者复杂而微妙的情感,才使得这眼神的描绘,不是仅仅追求"形似"的描绘,也不是仅仅为了"神似"的揭示,而是让你发现这"神似"背后的法则:瞬间的眼神,既包含了人与艺术形象的相似性,又深藏着母女间某种无法割舍的相似。普鲁斯特让一个"点"的相似性穿越了人与艺术品之间的壁垒,穿越了母女间情境迥异的时间界限,在一个表情或眼神的"点"上实现"叠印"。或者说,普鲁斯特叙事艺术之联想力和洞察力让媒介壁垒和时空界限消融了、蒸发了,让德勒兹所说的"被拘禁"的"被俘的灵魂"找到她们的相似点,找到她们可叠印的对象。

普鲁斯特摒弃了线性叙事因果关系的横组合,着力提炼联想式的非线性的纵聚合关系。

非线性的纵聚合,不是依赖情节聚集起来的力量去推进某种特征的浮现,而是穿越存在壁垒和时间屏障,去寻找一个细微的眼神、表情或动作的"对等物"。"对普鲁斯特的真实来说,修辞上的对等物是一连串的隐喻形象。"[1] 普

---

① ［爱尔兰］塞·贝克特:《普鲁斯特论》,社会科学文献出版社1999年版,第57页。

鲁斯特的真实观,是互为隐喻的"对等物"跨越线性情节的约束,在一个点上实现另一种真实的开掘,是利用"相似性"成就的聚合,实现对存在的洞察、调侃和谅解。"叠合比较"是一种描绘,但远比描绘更深刻,因为"叠印"所形成的各个"点",割裂了线性的叙事法则,以纵向聚合的"点"浮现更具寓意性的小说主题。

普鲁斯特是以"点的洞察"代替"线的悬念",普鲁斯特式的叠印之"点"创造出来的审美爆发力,替换下巴尔扎克利用情节悬念创造出的批判力。巴尔扎克是利用情节去克服时空的,而普鲁斯特是调动奇妙的相似性去超越各种界限。德勒兹发现了这一点,他认为普鲁斯特作品"在本质的某种层次之上,令他感兴趣的,不再是个体性,也不是细节,而是法则,是宏大的间距和广泛的普遍性。望远镜,而不是显微镜"①。所谓"不是显微镜"不是说普鲁斯特的小说不重视细节,而是普鲁斯特将诸多细节放置在更广阔的背景中去比较,去寻找对应物,去概括对应物之间的法则。

"望远镜,而不是显微镜"这一说法,意味着细节的相似点之"叠印"不仅让细节熠熠发光,更超越了细节本身。细节的联系比细节的精确更重要,因为细节的联系能让你发现某个细节更内在的含义。专注于细节诸特征是"显微镜",洞察到细节的奇异联系则是"望远镜"。是细节性的相似点的"叠印",而不仅仅是细微而准确的描绘,才具有普鲁斯特特性。"对应物法则"就是发现遥远的两个"点"的联系。巴尔扎克是以线性之枝叶繁茂的"树状"的情节因果去统帅主题,普鲁斯特则安排种种"相似点"去完成主题的浮现:"相似性"组织起各种各样差异性的系列和群体,组织起前后发生戏剧性变化的个体生命段落,组织起感觉世界中的种种片段。

普鲁斯特式的"相似性"让不同人、事从情节线上撤下来,在"相似性"中获得安顿:以各种情绪、感觉、行为、表情的"相似性",在小说文本中串联起各色人等的命运片段,而这各个人的片段,又在与他人的"相似性"中再次获得比较。"相似性"引导出个体属性的巨大落差,在《追忆》的最后一卷《重现的时光》中得到最繁复最多彩的表现,具有巨大的"差异性"的生

---

① ［法］吉尔·德勒兹:《普鲁斯特与符号》,姜宇辉译,上海译文出版社 2008 年版,第 81 页。

命演出在"相似性"的引领下获得隆重的展览：

> 我赞叹时间别出心裁地更新万物的力量，它竟能在完全尊重此人前后的一致性和生命法则的同时，像这样改变装饰和把大胆的对比引入同一个人的前后两个外表。因为有很多这样的人，他们立即就能被辨认出来，可他们却集中挂在陈列室里的一些画得相当蹩脚的肖像，他们自己的肖像，一位手笔不准又心怀叵测的艺术家在绘制肖像的时候，把这个人的轮廓线条画僵直了，去掉了那个女子肤色上的红润或体态上的轻盈，还把目光画得阴郁暗淡，……简而言之，时间这位艺术家"描绘出"所有的这些模式，以便使它们全都变得能够辨认。然而这些模式不尽相同这并非因为它把它们画美了，而是因为它使它们衰老了。再者，这位艺术家的工作速度极慢。那张酷似奥黛特的脸就是这样形成的，我第一次见到贝戈特那天曾在希尔贝特脸上隐隐瞥见它刚刚起笔勾勒轮廓，时间像那些久久保留着某件作品，年复一年予以补全的画家，终于把它推进到完美无瑕的相似。①

时间是留驻"相似性"最固执的大师，又是成为制造"差异性"最残忍的魔术师。本雅明感叹道："普鲁斯特不可思议地使得整个世界随着一个人的生命过程一同衰老，同时又把这个生命过程表现为一个瞬间。那些本来会消退、停滞的事物在这种浓缩状态中化为一道耀眼的闪光，这个瞬间使人重又变得年轻。"②这种种"瞬间性"，在普鲁斯特的小说中，包含着"相似性"和"差异性"共同导演的魔法。普鲁斯特抛弃了对人的命运的情节性充实，他的作品中哪怕是主要人物，许多关键性的命运情节是不为我们所知的。普鲁斯特留住了各色人等的片段场景、短时感觉、刹那间动作、瞬间表情，这些片段化场景、情境、表情、动作所形成的立体化的相似性网络组织，代替了情节型小说的因果性层级性组织。普鲁斯特的小说，以"一道耀眼的闪光"所可能包含的短暂性、永恒性、差异性、相似性、戏剧性、场景性，吸收了小说人

---

① ［法］马塞尔·普鲁斯特：《追忆似水年华·重现的时光》，译林出版社 2008 年版，第 2178 页。
② ［德］瓦尔特·本雅明：《普鲁斯特的形象》，引自汉娜·阿伦特编《启迪——本雅明文选》，张旭东译，三联书店 2008 年版，第 227 页。

物中最具表现力的生命能量,引领我们去看那一次次短暂的演出,并将各次演出的关系以"望远镜"的方式形成联系。

普鲁斯特让我们相信,短暂的相似性叠印,其中所包含的复杂微妙的意义,绝不亚于层层推进、针线细密的整体感强烈的情节主导型小说。片段式相似性组织起来的小说艺术,其魅力丝毫不逊于层层推进的情节型小说。

二

如果没有"相似性"的网络,普鲁斯特的小说将无法"总体化"。"相似性"使得普鲁斯特小说中各种人物、事件、感觉乃至细枝末节都能通过"点状联系"获得某种神韵。

正是"相似性"网络的"点状联系"让普鲁斯特不必去"攻取"小说文体通常会设置的"悬念城堡"。传统现实主义小说叙事中的"中心悬念"和"次悬念"让人物的行为、心理、细节逐步从次中心奔向中心。为了获得答案或结果,叙述者将不断地带动人物往事件的中心地带靠拢。悬念越稀奇越富有紧张性,叙述者也越有必要向读者交代清楚事情的来龙去脉。巴尔扎克、左拉的小说的前半部分往往会强化金钱、财物、地位、性爱或某种欲望对某个人物的极端重要性,欲望的实现和对实现的阻碍构成了紧张关系:摧毁或瓦解困难或反之构成了叙事运动的重要动力。然而,在《追忆》中,普鲁斯特不再设置此类冲突。普鲁斯特笔下人物没有"重要任务",他们最重要的任务不过是求爱或组织聚会。

普鲁斯特小说的人物欲望呈潜流状态,而不像巴尔扎克小说那样,一上来就让欲望亮相,欲望强度的升级让巴尔扎克人物直接为实现欲望规划方案确定目标。普鲁斯特笔下的人物通常"无事",只有被具备侦探家、考古学家和博物学者"我"的目光触及,某种阴谋或某种隐秘动机才可能被"窥破"。普鲁斯特人物多善于掩饰,动作幅度不大,他们活得像植物,其境遇在相当长时间里处于静态。普鲁斯特叙述者的使命就是窥破他们的动作、语调、眼神中所可能包含着的"秘密"。普鲁斯特的本领是揭开常态化的诸种细节"隐秘性",让常态化的细节暴露出各种"秘密"。

　　普鲁斯特不是不写事件,只不过他不通过大起大落的情节过程去写事件,而是通过"发现",通过在潜流中运动着的种种"细部征兆"来勾画事件。种种的"征兆点"酝酿着事件的爆发。这些当事人视而不见的"征兆点",在"暗中"运动,只有全知全能的叙述者"我"心知肚明。这些"征兆点"慢慢地让事件成形,并积蓄着导致事件发生逆转的力量。第五部《女囚》中夏吕斯受辱事件就是通过"征兆点"的显露和扩大,最后让事件爆发出令人惊异的能量。

　　"发现"与"隐瞒"构成了普鲁斯特式小说事件中最重要的对立。主人公处于被"隐瞒"状态,是所有小说中都会运用的技巧。然而,在巴尔扎克的小说中,主人公被隐瞒,要靠主人公自己去"发现",而在普鲁斯特小说中,"发现"的特权却交托给叙述者。叙述者了解一切。然而,这样的叙述者不就等同于叙事学意义上的全知全能的叙述者吗? 普鲁斯特的特点在于他笔下的叙述者的"发现"不仅仅有全知性的特点,还在于他最善于在"无事"状态下获得其他人根本预料不到的信息。平静的状态下某种意想不到又在情理之中的"征兆"是普鲁斯特最善于捕捉的。

　　普鲁斯特将叙述者塑造成具有超感觉能力的侦探型加戏谑型的评论家、讽刺者和说故事的人。

　　巴尔扎克通过线性情节的层层推进,强化"结"的重要性和紧迫性,其"解"的难度也随之加强。普鲁斯特不但缺乏为情节加温加压的热情,甚至不太愿意给予任何"重要事件"以伏笔和必要的铺垫。为什么普鲁斯特对于情节的铺垫性很不在意? 原因大概是普鲁斯特本无心创造情节的紧张感,他需要的是利用穿插来诠释事件过程中大大小小的"秘密"。普鲁斯特更关心的是人物在某个事件过程中的神态、语调、气氛,因为他认为这其中隐藏着远比情节本身更重要的奥秘。普鲁斯特之所以让人物活动起来,不是因为这能导致某件事情的发生发展,而是因为这样可以"采集"人在活动过程中的面部表情、声调或肢体语言的变化特点,而这其中暗含遗传、职业、趣味、性格、性向的种种编码。这才是普鲁斯特最热切"诊断"的内容。

　　普鲁斯特是以"发现""揭示"为乐趣,而不以盘根错节的情节能量的集聚和释放来构筑主题。詹姆逊说:"普鲁斯特的作品中,日常生活和存在体验到处被改变和转化为轶事,成为机智而往往流于残酷刻薄的故事中的谈资。"① 事实上,故事与人物成为"谈资"正是普鲁斯特小说的特色。普鲁斯特小说的主体永远是那位叫"马赛尔"的叙述者,这位叙述者的目光和趣味在导引着读者去看人物如何活动,去评论人物是非,去揭示人物的细微而隐蔽动机和人物的得意背后的不堪、骄傲背后的猥琐。普鲁斯特的小说成了种种"秘密"的"发现之旅"。普鲁斯特的"发现",其目光所到之处,"现场报道与评价"的价值远在情节之上,这大概可算是"谈资"胜于"情节"的一个典范文本吧。

"发现者"普鲁斯特,他对"微弱征兆"的发现,具有侦探家的锐利,但他岂是与侦探家相同。侦探家只是需要一个明确的结果,而普鲁斯特要"发现"的,却是人物幅度不大的动作或表情中所隐藏着的遗传学信息、情感学奥秘、性格学密码、职业性惯性。因此,普鲁斯特那"插入式"的故事情节,不是仅仅为了奔向一个足够引起震撼感的最后高潮,而是在情节行进的环节中,洞察每一个人物看似平静的行为,通过他或她种种身体语言,揭开其独有的遗传学、情感学、性格学的编码。

比如那位可憎、可笑、可怜的夏吕斯男爵,他的痴情与孤独,他的细腻与风雅,他的傲慢与专断,他的自我陶醉和诙谐幽默,他的跋扈骄横和放荡不羁,他的奇思妙想和诗意翩翩——作为一位妙不可言之小说人物的夏吕斯,他的"周身奥秘"总是一一被叙述者"点破"。夏吕斯的一条手巾图案泄露出性取向,夏吕斯一次虚构的决斗透露出家族尚武遗传性,夏吕斯一次目瞪口呆表情中包含着情感与性格的编码结构,夏吕斯在炮火连天的战争之夜的一次散步之时的神奇想象传达出种族偏见与美学趣味,等等。"在最低的限度上,我们可以说夏吕斯是复杂的。然而,这个词应该从其全部的词源学内容上得到理解。夏吕斯的天赋在于能够保留所有灵魂,它们把他构成为一种'复杂'的状态:正是因此,夏吕斯才总带有一种世界起源的活力,不断地发送着原初的符号,而对于这些符号,解释者应该进行破解,也就是说,进行

---

① ［美］詹姆逊:《詹姆逊文集》第五卷《论现代主义文学》,中国人民大学出版社 2010 年版,第 255 页。

解释。"① 是的,夏吕斯是复杂的,但他又是可被了解的。夏吕斯哪怕很会掩饰,夏吕斯所有的优胜事迹或无德恶习总是被"我"一一窥见。夏吕斯实际上一直处于被叙述者俯视或近观的位置上。而阿尔贝蒂娜不一样,她看似比夏吕斯简单,但"我"关于阿尔贝蒂娜的一切,却迷雾重重。因为"我"对阿尔贝蒂娜的爱总是伴随着无法摆脱的嫉妒,阿尔贝蒂娜哪怕是完全清白的,"我"对于她也是"欲加之罪何患无辞"。普鲁斯特式的爱情规则是:不嫉妒即不爱,因此,有爱则必有嫉妒。因了这一情爱逻辑,远比夏吕斯简单的阿尔贝蒂娜就是死后,她的"往事",她的"恋史",她的性取向和性经历,依然是无尽之"迷"。还是德勒兹了解《追忆》中的恋爱,他说:"一场平凡的恋爱要比一段伟大的友情更有价值:因为爱情在符号方面是丰富的,并源自缄默的阐释。"② 爱的符号的"丰富性",不是爱本身有多"丰富",而是普鲁斯特之嫉妒之爱能创造"丰富性"。

普鲁斯特将爱情的多疑性写到了极致。如果说后来的新小说领军者罗伯·格里耶的《嫉妒》中主人公嫉妒的感觉泛化到主人公目力所及的现场四周,那么,普鲁斯特式爱之嫉妒会导致斯万或"我"这样的嫉妒型恋人就情人某句日常用语进行"微言大义"的剖析,或是直接扮演侦探的角色,调查情人"恋史"的细枝末节。不过这位嫉妒的侦探,就是请某位"知情人"释疑,"知情人"能否如实相告,他亦要加以怀疑。这位嫉妒的爱人是无所不"疑"。如此"疑"来,首先令人对"疑"生"疑":是不是只有带着"疑",才可能保持着爱的热情。其"释疑"本身就是为了招来更多的"疑"。因为只有"疑"才能让爱不枯竭——"疑"才能给爱带来新鲜的嫉妒资源,带来更可"疑"的想象时空,带来对情人的无尽阐释。普鲁斯特就借叙述者的话坦言:"爱情这东西,我在巴尔贝克那会儿常这么想,无非就是我们对某位一举一动都似乎会引起我们嫉妒的女士的感情。"③

麦尔孔·鲍义对此亦有感触,他说:"普鲁斯特的世界有着各式各样的秘密与谜团,但是与性有关的特别显著。叙述者愈解读,愈是如坠入五里雾中,

① [法]吉尔·德勒兹:《普鲁斯特与符号》,姜宇辉译,上海译文出版社2008年版,第47页。
② 同上书,第31页。
③ [法]马塞尔·普鲁斯特:《追忆似水年华·女囚》,译林出版社2008年版,第1541页。

即使有了发现,不多久又有了新的了悟——原来这样的发现不可靠,甚至是错误的。……普鲁斯特处理性的秘密叫人拍案叫绝之处,并非在情节中安排解答,而是这些秘密激起的恐慌颇值得玩味。《崔斯坦·轩秋》中托比叔叔的伤口,或是《汤姆·琼斯》主角的身世都很悬疑,但都比不上奥黛特、阿尔贝蒂娜、圣卢过去的恋史教人疑惑。以简单的'时间与动机'来看,叙述者的研究工夫实在到了呕心沥血的地步——如果不只是好笑得令人喷饭的话。这部小说重要的时间架构就在情欲激动的个人拼命想要找出对方的过去,锲而不舍的程度,可达天荒地老。"①

　　情人的过去"恋史",甚至情人的一句非常平常的口头用语,为什么会激起爱人无边的好奇心呢? 这是因为对恋人之"疑"不断生成想象的资源:"疑"是因"恋"而来,"恋"要靠"疑"来拓展想象空间,"疑"为"恋"提供源源不断的"侦查"的入口。"疑"的刨根问底,表明此种"恋"不单是表面上要占有爱人的过去,而是因为"恋史"最能形塑情人是位"什么人"。对情人是"什么人"的无限好奇,使得情人的一切特别是其"恋史"不断被"再怀疑""再审查"。假如能够确定情人是"什么人",为情人定了性,那么,恋爱也就失去了想象资源,普鲁斯特式的情爱也就终止了。可见,"疑"在《追忆》中,并非只为了考证情人的"恋史","疑"是一种"酸性浪漫"。

　　"酸性浪漫"的特征是将自我与情人的关系投射到假想情敌与情人的虚构情事上,这种虚构情事若隐若现,若有若无,"发现"越多,"疑点"越多,"坦白"越彻底,"隐瞒"越巧妙。那位文学历史上著名的嫉妒者斯万,其对奥黛特的"调查"与破译文本、解释古迹有同样的热情甚至有过之而无不及。然而,嫉妒者"研究"情人又的确与学术研究不同,因为《追忆》中的嫉妒者不太可能那么"客观"地审视情人。哈罗德·布鲁姆就指出《追忆》中的嫉妒者怀有不可名状的恐惧:"普鲁斯特精彩而骇人的喜剧使他的主人公们都成了名副其实的研究嫉妒的艺术史家,他们即使在心中的爱意久已消退之后仍会不断努力地试图解析嫉妒,而当马赛尔这样做时,他心爱的人早

---

① ［英］麦尔孔·鲍义:《星空中的普鲁斯特》,廖月娟译,台北:联经出版事业公司2000年版,第40页。

已离世。普鲁斯特指出,性嫉妒的面纱实际上掩盖着对不能永生的恐惧:心怀妒忌的情人反复纠缠于对方背叛行为发生的空间和时间中的每一个细节,因为他深恐没有给自己留下足够的时空。"① 普鲁斯特主人公"审情人"的方式,其实是在以想入非非的方式塑造情人之美。嫉妒之心塑造情人之美,远比研究式的态度更具有"说服力",因为情人的不安、激动的偏执情感无疑是对"情人魅力"最好的诠释,所有酸溜溜的想入非非其实都是利用嫉妒来塑造主人公对情人之美的紧张的欣赏,就是情人最平常的一句口头用语,也会被反复咀嚼,不停地做文章:

> 阿尔贝蒂娜说起话来的某些样子,不时还会让我揣测——我也不知道为什么——在她那尚且如此短暂的人生历程上,她一定接受过许许多多恭维和求爱的表示,而且是满心欢喜地,也就是说是以一种狎昵风骚的姿态去接受的。因而她对什么事都爱说:"是吗? 真的吗?"当然,要是她就像奥黛特那样地说什么:"瞧他吹的,是真的吗?"我是不会多生这份心的,因为这种话本身就够可笑的,让人听了只会觉得这个女人头脑简单,有点傻气。可是阿尔贝蒂娜说"是吗?"的那种探询的神气,一方面给人一种很奇怪的印象,觉得这是一位自己没法作出判断的女同胞在求助于你的证实,而她则像是不具备与你同等的能力似的(人家对她说:"咱们出来一个钟头了"或者"下雨了",她也问:"是吗?");另一方面,遗憾的是这种无法对外界现象作出判断的能力上的缺陷,又不可能是她说"是吗? 真的吗?"的真正原因。看来倒不如说,从她长成妙龄少女之日起,这些话就是用来对付诸如"您知道,我从没见过像您这样漂亮的人儿""您知道我有多么爱您,我爱您都爱得要发疯了"之类的话的。这些"是吗? 真的吗?"就是在卖弄风情的应承的同时,故作端庄地给那些话一个回答,而自从阿尔贝蒂娜和我在一起以后,它们对她只剩一个用处,就是用一个问句来回答一句无须回答的话,比如说:"您睡了一个多钟头了。""是吗?"②

---

① [美]哈罗德·布鲁姆:《西方正典》,江宁康译,译林出版社 2005 年版,第 313 页。

② [法]马塞尔·普鲁斯特:《追忆似水年华·女囚》,译林出版社 2008 年版,第 1511 页。

因为阿尔贝蒂娜一句再平常不过的口头禅竟引起如此遐想,这嫉妒的想象力过度发达。阿尔贝蒂娜几乎活动在嫉妒者想象出的各种场景中,嫉妒越强烈,想象得越美,嫉妒越持久,想象越细致。

所以,普鲁斯特式的嫉妒,是为审女主人公之美打开一个别致而生动通道,因为男主人公的嫉妒,女主人公之美将"流溢"在一个个遐想出来的各种"恋史"中。在各种"恋史"里,女主人公一笑一颦,仿佛都在接受着妒意目光的跟踪。

嫉妒者诊断式目光,犹如画笔,妙笔生花般地描绘出女主人公种种"可能"的事态、情态和媚态。阿尔贝蒂娜的魅力,就是这样,以嫉妒为通道,在虚构的历史画面深处越描越细、越绘越真。

所以,嫉妒,到了普鲁斯特那儿,已经抛弃了性竞争的残酷意味,嫉妒成为美化女主人公的最优手法。男主人公对情人每换一种角度的嫉妒,男主人公对情人每一个"新发现"的感叹唏嘘,男主人公对情人每一次"恋史场景"的想象,往往饱含着偏执狂式的紧张、焦灼、兴奋或愤怒。这种种情感,使得女主人公的形象不是停留在"客观描绘"层面上,而是借助情感的偏执性,以情感力来代替描绘力,以想入非非的虚构臆测来代替活生生的现场描绘。

一次嫉妒发作,就带出一连串虚构恋史的故事,而这些恋史故事,难道不是主人公与情人之间故事最美妙的延伸和补充。恋爱是"虚空"的,普鲁斯特式的聪明就在于,他发现"虚空"的恋爱需要想象,需要开拓,需要形塑,需要召唤。唯有嫉妒,才可能将敏感触角延伸到恋爱的各个层面——包括情人与他人的恋爱故事之中。这样的故事,是在时间之维上"填充"情人"逝去的时间",是以看"她"如何被人爱之时刻去爱她,是在想象她如何爱他人去争取她的爱。这样,对情人的描写,因为嫉妒而更为开放更为多样。更重要的是,女主人公与他人之爱,这嫉妒的产物,在普鲁斯特笔下,不是激起仇恨的图景,而是最终走向谅解的审美境界。这是普鲁斯特特有的境界,一种嫉妒形塑女主人公之美的开阔境界。

哈罗德·布鲁姆将这种现象归结为喜剧性对嫉妒的"冲淡":"普鲁斯特所表现的嫉妒在文学史上绝对是空前的;奥赛罗与里昂提斯同斯万与马赛

尔相距何止千里。普鲁斯特《追忆》中嫉妒的情人是不会萌生出谋杀意念的：这部作品的喜剧精神杜绝了这种可能性。"①"喜剧精神"为什么会冲淡普鲁斯特式的嫉妒呢？其重要的因素，就在于普鲁斯特不完全从性竞争的角度写嫉妒，嫉妒在普鲁斯特式人物的意识中，其浪漫性优于竞争性，其美学意味领先于性争夺意味。

试看最善嫉妒的斯万是如何对待自我的嫉妒：

> 他感到好奇心在自己身上苏醒，虽说范围不出一个女人的日常消遣、生活琐事，但它正是当年他对历史所表现出来的那种好奇心。站在窗外探头探脑，在今天之前还是他不齿于做的事情，现在谁知道呢？说不定到了明天，诱使不相干的人提供旁证、买通仆人、躲在门口偷听，都会俨然跟辨析文本、对照见证、阐释文物一样，被他当作具有某种真正学术价值、适用于探索真理的科学研究方法呢。
>
> ……
>
> 他心想，让奥黛特说下去，她编的谎话里没准会露出蛛丝马迹；她管自往下说；他不去打断她，满怀热望而痛苦的虔诚，一字不漏地听着她说的每句话，觉得这些话（正因为她提及时竭力加以掩饰）如同圣器上的盖布，影影绰绰地保存着圣器的形态，依稀可辨地勾勒出无比珍贵而又，唉，无法参透的真情实况——刚才三点种他来的那会儿，她到底在做什么——他对此所掌握的只是一堆谎言，既是云山雾罩不着边际，又有神圣的印记藏匿其中，真相从此只存在于这个女人藏藏掖掖的记忆之中，她对它熟视无睹，茫然不知它的珍贵，却不肯把它告诉他。当然他有时也觉得，奥黛特的日常生活本身，不见得有多少趣味，她即使跟其他男人有染，也未必就一定会激发一种病态的痛苦乃至殉情的狂热——以致普天下凡有思维的动物概莫能外，无一幸免。他这时意识到，自己的这种思念，这种忧伤，无非是一种病而已，一旦病愈，奥黛特这样做还是那样做，她吻他还是不吻他，都跟许多别的女人的情况没什么两样，不会引起他的伤感。可是斯万尽管明白，他对奥黛特一举一动的好奇心之所以让

---

① ［美］哈罗德·布鲁姆：《西方正典》，江宁康译，译林出版社2005年版，第313页。

他感到痛苦,原因还在他自己,却依然把这种好奇心看得很重要,尽力要使它得到满足,并且不觉得那有什么不合情理之处。①

斯万的嫉妒,已经从性竞争层面上获得解脱和升华。他将情人的秘密,当成艺术品鉴定或当成美味佳肴品味,这固然是一种反讽,但这反讽中透露出这样的信息:斯万具有一种极强的反思力,他能够退后一步,如医生诊断病情那样对待自己的嫉妒。他尽管痛苦,但在痛苦背后,他依然保持着一种鉴赏家的姿态,这种姿态使得对自我的嫉妒既是完全投入的,又能在痛苦的同时观赏乃至研究自我的痛苦。

这种美学家的态度,不但将自我痛苦审美化,更将情人的撒谎观赏化。普鲁斯特式的嫉妒最终是自我玩味、自我观赏、自我审美化的嫉妒。这种自我审美化,意味着被嫉妒的情人,是作为"爱情实验室"中对象被研究、被分析、被书写。情人间的情感波折,情人的嫉妒,一旦获得"观赏化"的聚焦,便消除了其内在的紧张感、竞争感。普鲁斯特式的"观赏化"的美学趣味,不单是为了观赏自我嫉妒发作之时患得患失的心态,其"观赏化"还内在地包含了某种普遍的谅解。即你虽然是我嫉妒着的情人,但同时我还观察到你是一位撒谎了也会觉得内疚、痛苦的女人或是一位即使对我不忠诚却依然具有一种艺术美的女性。

正是这种"观赏化"孕育了某种"喜剧精神":对情人的穷根究底的怀疑哪怕离谱得可怕,嫉妒者如斯万或马塞尔这样的人物始终将女性视为值得美化的对象,哪怕是偷情的女人也值得美化。这种美化是一种上升到经典艺术作品层面的审美化,是一种时间可以改变一切的自我超脱化。如此,就调整了自我与被嫉妒者的利害关系,从而寻求关系的迁移,从竞争性的、利害化的关系迁移为审美化、去利害化的观赏式的关系。这样,无论普鲁斯特式的嫉妒主人公如何偏执,嫉妒心理都将化为一场喜剧:主人公越是因为嫉妒而抓狂或多疑,他越显得可笑,越有欣赏价值。这样的嫉妒者不杀害情人,而是最终原谅不忠的情人。

① ［法］马塞尔·普鲁斯特:《追寻逝去的时光（第一卷）·去斯万家那边》,上海译文出版社2004年版,第310页。

　　相反,托尔斯泰的小说《克鲁采奏鸣曲》也塑造了一位善妒的丈夫,最终以杀死自己的妻子了事。其嫉妒的原因,仅仅是因为他无法忍受他臆想中的恋爱,即妻子与一位钢琴师的暧昧关系。杀妻者的心理活动是高度偏执的:

　　　　我是个正派人,我父母也是正派人,我一辈子都在追求幸福的家庭生活,我对妻子从来没有变过心……可她这五个孩子的母亲,却搂着乐师亲热,就因为他有两片红嘴唇! 不,她不是人! 她是一条母狗,一条下贱的母狗! 她一直装作很疼孩子,可如今就在孩子们房间隔壁同人家幽会。还装模作样地给我写信! 同时却无耻地投入人家的怀抱! 可是我知道什么呢? 这样的事也许早就发生过了。也许她早就跟仆人发生过关系,有了孩子还说是我的。我要是明天回来,她就会梳着漂亮的发式,摆动线条优美的身子,娇声娇气地迎接我。我又将看见她那富有魅力而含怨带恨的脸。这样,嫉妒的野兽将永远盘踞在我的心头,咬噬我的心。保姆会怎么想呢? 还有叶戈尔? 可怜的小丽莎,她有点懂事了。天哪,多么无耻! 多么虚伪! 还有我所熟悉的那种兽欲! [1]

托尔斯泰的这位嫉妒丈夫,想象妻子的偷情:“下贱的母狗”的定性,对谁是孩子父亲的怀疑,对妻子媚态的厌恶,“兽欲”无耻感的强化,这些要素都将这位丈夫一步步推向犯罪的地步。托尔斯泰笔下这种嫉妒,原因不在于这位受过高等教育丈夫对妻子怀疑的无限放大,而在于这位丈夫不具备普鲁斯特主人公那种审美的观赏心态,更缺乏普鲁斯特主人公那种谅解式的美学升华。这样的人物,不可能像普鲁斯特主人公那样,用一种看待“时间中人”态度看待自我和他人,以及嫉妒。

　　莫洛亚说:“普鲁斯特的艺术是充满了美学、科学和哲学素养的艺术。普鲁斯特怀着生物学家观察昆虫的那种狂热而又保持距离的好奇心观察他的人物。从这种完美智慧达到的高度上看,人又回到了在自然中的位置,也就

---

　　① 　[俄]列夫·托尔斯泰:《克鲁采奏鸣曲》,草婴译,上海文艺出版社 2008 年版,第 307 页。

是一头顽皮的动物在其他动物之中的位置。甚至人的植物属性一面也十分明显。""爱情,嫉妒,虚荣,在他看来,这都是地地道道的疾病。《斯万的爱情》是对于一个病症完整的发展过程进行的临床描写。面对着这一情感病理学饱含苦痛的准确描写,人们感受到观察者本人就经受过他描写的那些痛苦。但是,正像某些勇气十足医生能够将他们饱受痛苦折磨的自我与善于思考的自我分开,每日将癌症、瘫痪的进展情形一一记录下来一样,他也以英勇果敢的技巧分析了自己的症状。"①

所谓"生物学家观察昆虫的那种狂热而又保持距离的好奇心",在普鲁斯特的艺术中,便是哪怕自我遭遇痛苦的嫉妒折磨,也能像研究昆虫习性那样对待自我的情感过程。以"研究化"、"自我诊断化"方式对待自我爱情之"疾病",这些都是"自我生活审美化、观赏化"的具体表现。这种"审美生活"自然包括对有利害关系的"撒谎成性"的情人的审美。

普鲁斯特无意在情节层面上构造悬念式的遮蔽与揭示,他的兴趣在于"审美诊断"。这种"审美诊断",既有博物学的渊博、讽刺家的戏谑,还有审美家的诗意、虚无者的通脱。普鲁斯特的"审美诊断"是一种"点状审美诊断"。叙述者常常就某一症候特点洋洋洒洒写上大段大段的"诊断书",几乎成为独立的篇什。普鲁斯特从来不会因为某种小说结构的均衡或比例的匀称而担忧"点状诊断"的文字规模,相反,"点状审美诊断"在普鲁斯特小说中代替了传统的线性的情节。"点状审美诊断"让普鲁斯特的小说的比喻性意义胜于情节性意义,同时,"点状审美诊断"泼辣的调侃、无羁的想象、妙趣横生的比喻以及博物学家的旁征博引,包括所谓病理化的研究,成为小说叙事的主导。《追忆似水年华》的小说艺术创新,在于具有现场感的"点状审美诊断"之"观相术"的叙事方式。小说通过博物学家般的叙述者,以观赏的态度,将人性的意义,隐喻的意义,社会学的意义,科学的意义,几乎同时呈现在读者面前。普鲁斯特从不担忧他的见解会过时,因为他本身就是一位充满时间感的人。

---

① [法]莫洛亚:《从普鲁斯特到萨特》,袁树仁译,漓江出版社 1987 年版,第 23 页。

三

那么,普鲁斯特之"点状审美诊断"还有哪些独特的"诊断"呢?

可以认为,普鲁斯特接触到了之前重要作家并不认真加以开掘的题材,之前作家认为是"次要内容",成为他小说中的主要"诊断"对象。"矫饰"、"残忍"与"疯狂"是普鲁斯特小说格外关注的人性现象。

普鲁斯特要揭示的"矫饰",通常是非刻意的、连人物自己也未必意识到的下意识的"矫饰"。让无法察觉的"矫饰""显形",是普鲁斯特的拿手好戏。

《追忆似水年华》中,几乎人人都在"矫饰"。《追忆似水年华》中的人物通常愿意将自我扮演得很"高尚"很"上流"。陀思妥耶夫斯基小说中的人物也常常具有某种社会角色的"扮演痕迹",但陀思妥耶夫斯基的人物通常喜欢以歇斯底里的极端方式塑造自我角色。普鲁斯特的人物更具"静态"属性,是一种"植物性矫饰":其习惯性的矫饰的动作幅度不强,却潜藏着人物对自我表现拿捏不准的尴尬和不安。试看这位戈达尔教授的表情:

> 戈达尔大夫总是拿不准自己该用什么口气来回答别人,弄不清谈话的对方究竟在开玩笑呢还是一本正经的。为防万一,他给每种脸部表情都配上一个适可而止的、临时性的笑容,要是过会儿弄明白人家是跟他开玩笑,那么刚才那抹模棱两可的狡黠笑容,就可以让他免受懵懂之讥。不过,由于还得准备应付另一种相反的可能情况,他又不敢让这抹笑容明明白白地表露在脸上,所以人家在这张脸上看到的永远是一种犹豫不决的表情,仿佛在问一个他想问又不敢问的问题:"您此话当真?"即便是在街上,甚至更一般地说,在整个日常生活中,他对自己该采取怎样的言谈举止,也并不比在沙龙里更有把握些,所以大家只见他对过往的行人也好,车辆也好,一件什么事情也好,全都报之以一个狡黠的笑容,这个笑容首先就使他再无举措失当之虞,既然它证明了(如果这一举止不太适宜的话)他早知如此,而他之所以还那么做,无非是寻个开

心罢了。①

这种"临时性笑容"的矫饰,是大夫担心识别不了所谓上流社会之"妙趣横生"的社交幽默而不得不"以守为攻"而摆设的表情符号。这种"矫饰"符号是一种无奈的符号,其中既有阶层壁垒给大夫造成的痛苦,亦有大夫为了迎合上流社会的社交法则而不得不遮掩弱点的虚荣和尴尬。大夫的"矫饰",最根本的原因是这位能自如地运用医学符号系统的人却在上流社会的社交符号系统面前成为一个低能儿。弥合"符号区隔"的差异性,是大夫需要"矫饰"的原因。然而,这种弥合对于大夫来说是虚假的弥合。因为大夫根本无法识别社交符号的"趣味性"。叙述者的"发现",透露了大夫的"临时性笑容"背后的种种秘密:大夫对所谓"高级社交符号"的无知,大夫趣味的低俗,大夫的心虚,大夫的虚荣和大夫的攀附。大夫若是贩夫走卒,于情理无可笑处,可笑的是大夫本应熟稔这些社交符号,却只能不懂装懂对付之。这里,叙述者透露了"上等人"之"非上等情趣"的尴尬。

《追忆》中的"矫饰"俯拾皆是。王公贵族处处故做平等状其实是以和蔼"亲民"显示其高贵身份的"矫饰";来自底层艺术家担心被人窥破身世的"矫饰";性取向扭曲者"躲"在"安全"的言语里以获得某种心理满足的"矫饰"。等等。

普鲁斯特式为什么喜欢刻画人物的"矫饰"呢?这是因为《追忆似水年华》是一部关于上流社会"傲慢与偏见"的微观描述学。《追忆似水年华》中的人物缺乏阶层的地位变动。巴尔扎克小说中多写赤裸裸的欲望,是关于欺骗、陷阱与争夺的欲望竞争学,巴尔扎克是不会过于关心"临时性笑容"所隐藏着的微妙心事,他笔下的人物多为强烈欲望所驱使,遗产、嫁妆或地位才是他们主人公最关心的事项。另外,巴尔扎克的人物多为行动型人物,属于"动物型人物",这与普鲁斯特那些"植物型人物"有很大的差别。巴尔扎克多把主人公放在大起大落的情节中去剖解他们的内心,而普鲁斯特

① ［法］马塞尔·普鲁斯特:《追寻逝去的时光(第一卷)·去斯万家那边》,上海译文出版社2004年版,第221页。

笔下的人物几乎"无所事事",他们没有参与任何争夺遗产之类的阴谋（遗产问题常常是巴尔扎克和陀思妥耶夫斯基小说中的情节焦点）,寄生虫般的社交活动是他们最积极参与的事项。

　　人与人的关系,已经从巴尔扎克那种你死我活的财富、地位的公开争夺"退缩"到普鲁斯特式事关"客厅面子"的"暗斗"。巴尔扎克的小说世界里四处都潜伏着阴谋、伪装与陷阱,其人物总是走在命悬一线的钢丝绳上,巴尔扎克的世界是一个充满动荡感的冒险世界,而普鲁斯特的世界则是"死水微澜"。在"死水微澜"的世界里,在静态的植物化世界里,普鲁斯特用他的"瞬间观相术"揭破各色人等的内心戏剧性和内心的秘密。让－弗·雷维尔认为:"巴尔扎克小说属于活动分子类型（这个词适用于巴尔扎克小说,因为它们都是情节小说,这个词也适用于 19 世纪大多数著名小说,因为在那些小说中,事件使局面改观并动摇了命运的基础本身）。相反,在普鲁斯特小说中,虽然德·夏吕斯由于爱上了莫雷尔而一改从前不肯挪动'无比尊贵的脚趾'光临维尔迪兰夫人沙龙的习惯,但他并未发生任何根本变化。这个'社交'事件并未带来任何新东西,仅仅是另一个角度的照明。这是照明,不是实质性变化。普鲁斯特常说,在社交生活中,从来就不会发生什么事。（他又说,圣伯夫用尽纤细微妙的词句来分析各文学沙龙之间在气氛和心理上的区别,但并未使我们感到任何区别。圣伯夫在无意中只揭示了一件事:沙龙生活的空虚。）普鲁斯特小说中,唯一影响人们的是间接变化,它们来自战争、死亡、破产;而生活,从生活着的人的角度看,具有静止的内容,这内容往往从一开始就一劳永逸地确定了。"① 的确,与巴尔扎克比较,普鲁斯特的小说"风平浪静"。巴尔扎克笔下的人物似乎注定在社会的大波浪中浮沉,而普鲁斯特式的"空虚"的社交生活最常见的"阴谋"不过是"矫饰":巴尔扎克小说不惮让各种欲望登堂入室,而普鲁斯特的人物腼腆而又虚伪,他们静态化的生活属于巴尔扎克小说中的"边角料":巴尔扎克式的人物根本没空花那么多心事"矫饰",他们总是被迫在眉睫的生存危机驱使着,无暇考虑如何精致地修饰自我,而是急切快速地登临竞争舞台,争夺生存资源。财

---

　　① ［法］让－弗·雷维尔:《普鲁斯特与生活》,［爱尔兰］塞·贝克特等:《普鲁斯特论》,社会科学文献出版社 1999 年版,第 92 页。

富与性的争夺成为巴尔扎克小说从不掩饰的主题：人物欲望迅速膨胀，进入肉搏情境，并不断升级，从而加速他们命运的转变。这就是巴尔扎克叙述那些外省青年进入巴黎的故事最经常使用的模式。比较而言，普鲁斯特小说的人物多缓慢而"高尚"地生活着，他们不必为生存操心，在"无事生非"上流社会的社交生活中，如何维持"体面"如何摆足上流人士的姿态，如何以"小众化"的上流社会的社交符号彼此交换愉悦并排斥异己，以此来确证他们的文化资本的稀缺性与独有性，这成为普鲁斯特各种社交圈人物最常见的行为。这就不难理解为什么"矫饰"成为这些人的通病："矫饰"既是最好的进攻武器，也是最优的自我保护的工具。准备混入"上流社会"诸人士，借助"矫饰"，免得被"上流社会"瞧不起。至于那些精通"上流社会"言语系统的"上流人士"，同样喜欢"矫饰"，因为他们要保持高人一等的姿态，他们使用暴力夺取资源的时代已经过去了，所以"矫饰"成为显示优越感最有效也是最可笑的手段。《追忆似水年华》中，巴尔扎克式赤裸裸的冒险与竞争退场了，"矫饰"代替了"竞争"。但"矫饰"又是一种特殊的"竞争"，"矫饰"的竞争性表现在"矫饰"既可以炫耀，又可以攀附。

"炫耀式的矫饰"是要赢得尊重，保持体面和高贵，"攀附式的矫饰"是试图获得认同，争取更高的社交地位。有意思的是，《追忆似水年华》中的人物在社交圈中活动，不会像巴尔扎克小说中那样进行交易和计算，在普鲁斯特笔下的沙龙中，没有为生存竞争而策划的阴谋，只有为面子问题才会设下陷阱。所以，普鲁斯特的"矫饰"中包含了傲慢与冷漠、奉迎与谄媚、诋毁与中伤。"尊重不尊重我"、"赏识不赏识我"的问题成为交际场上的重要问题。这表面上都是"茶杯里的风波"，但普鲁斯特无疑将"阶级符号""文化资本符号"的"傲慢性""稀缺性"书写到相当极端化的地步。"傲慢性"与符号的"稀缺性"相关。对家谱学极有研究的夏吕斯最能认识贵族符号的"稀缺性"，所以他在"贵族姿态"方面最善"矫饰"最能摆足姿态。"矫饰"具有保护自我文化/权力符号之稀缺性、特权性的功能。小说中，德·卢森堡公主的"矫饰"是温和的、曼妙的；戈达尔的"矫饰"是对上流社会的献媚；德·诺布瓦先生的"矫饰"是以"持重"和"见多识广"作为社交武器;奥黛特的"矫饰"是自以为是、不懂装懂却又胆怯娇柔;维尔迪兰夫妇的"矫饰"是嫉妒心理怂恿下的阴险,是摸不清真正贵族的"符号底细"的自卑;斯万的"矫饰"是分寸感与礼节的巧妙拿捏,是一种没有丝毫"矫饰"痕迹的"矫饰"。

然而,无论他们的"矫饰"有何种区别,他们的"矫饰"都有共同的特点,那就是他们要让自己做的比实际情况"更高贵"、"更懂艺术"、"更风雅"、"更有趣味"、"更庄重"、"更斯文"。人物对自我面貌或境遇的修饰并不奇怪,只是普鲁斯特笔下的这些人物其"修饰"通常会发展到"矫饰"的地步。在细节上暴露"矫饰"者的本来面目,成为普鲁斯特最喜欢的游戏。

比如那位处处"矫饰"的戈达尔大夫终于在打牌的时候暴露了粗俗相:

> 可转瞬之间,戈达尔俗气外冒,即使是在英勇壮烈的场合,这类粗俗之气也令人瞠目,一个战士在战场上可以用一句粗话表示视死如归,但在甩牌消遣没有危险的时刻,说这种粗话就未免倍加愚蠢了,戈达尔决心亮王牌,阴沉下脸来,"孤注一掷",大有赴汤蹈火在所不辞的气概,玩牌如玩命,大喊一声:"豁出去了,老子不在乎!"他不该出这张牌,但精神上得到了安慰。[①]

这位戈达尔大夫,平时最怕人说他不识"上流"风情,处处矫揉造作,却在不经意间的小动作上彻底暴露了他的俗气。

普鲁斯特揭示各式"矫饰"精巧性、风雅性与可笑性,这些,取代了巴尔扎克欲望冒险的野蛮性和曲折性。普鲁斯特试图告诉读者,剖解日常化的风雅背后的"矫饰",其叙事艺术的微妙性将让他的小说艺术区别于巴尔扎克式的"欲望凶猛"的大开合的情节叙事。以"矫饰"代替"冒险",以细节剖解的精致性取代事件变幻的动荡性,让种种人物的表象/心态之差异化的剖解散发出谐谑性,从而构造出两个世界:一个世界是人人自以为体面、高

---

① [法]马塞尔·普鲁斯特:《追忆似水年华·索多姆和戈摩尔》,译林出版社 2008 年版,第 1377 页。

尚、懂趣味、识风情的"上流社会社交圈",这是一个几乎没有太多正面冲突的闲谈者世界;另一个世界是这些活动着的人物心理世界,这是一个不太光彩的世界,充斥着自卑、粗鲁、傲慢、偏见、自恋、欺人、自欺等等。这两个世界的差异,只有依靠"矫饰"来掩盖才能弥合。而这种掩盖又处处暴露着漏洞。《追忆似水年华》揭示这些漏洞,对种种表里不一的漏洞进行多面性的窥探、测度,并且由此建构一个对虚伪、攀附进行审美的小说世界。

了解人比了解昆虫更有趣,人的自我伪装的复杂性与精致性,人在日常性交往中所呈现出来的复杂精巧的"矫饰"能力,足以抵消小说的情节性不强悬念性不足的"缺点"。

普鲁斯特似乎相信,常态化的生活中,种种"矫饰"背后潜藏着人类善于奇妙伪装的微观秘密,这些秘密反映了人类社会交往中如何组织起种种体面高尚的符号系统。而在这"高尚"符号系统的背后又无时无刻不潜藏着小小的不堪乃至龌龊。普鲁斯特的贡献,在于揭示了风雅体面与污秽狭隘是如何顺利地实现符号的转译、变换、交流。解读那些令人捧腹"优雅符号",顺便告诉你高尚表情背后的种种不雅动机,普鲁斯特以他促狭的行文,将人类表情、姿态的文化解读学、比喻学变成了新颖的小说诗学。

"矫饰"是《追忆似水年华》中人物最日常化也最具有反讽意义的活动方式。"矫饰"是如此隐秘,矫饰者所"享受"的趣味是如此特殊,而解读者的"独家剖解"又是如此透彻,这便使得剖解的乐趣成为小说的主题:

　　就连他的嗓音也与众不同,它就像某些中音区音色有所欠缺的女低音,听上去犹如一个小伙子和一个女歌手在唱二重唱。他在表达一些细腻的想法时,嗓音停留在高音区,显出一种让人意想不到的温柔,仿佛其中承载了未婚妻们、姐姐妹妹们的心声,把她们的温柔发挥到了极致。德·夏尔吕先生一向厌恶女性化,倘若知道人家说他的嗓音里庇荫着一群少女,他一定会感到痛心疾首,然而这群少女,不仅在他阐释带有文学性的见解,表达富于色彩变化的情感时频频出现,即便在德·夏尔吕先生和人聊天时,我们也听得见她们尖细而充满活力的笑声,感觉得到这些寄宿学校的女生、卖弄风情的姑娘正浅笑盈盈,狡黠调皮地向身边的男子抛送媚眼。①

此处,对"矫饰"揭示完全上升到一个美学层面来加以审视。揭示的巧妙性和惊讶感大大超过了发现的内容本身。所以,从根本上说,普鲁斯特就要用发现的巧妙性、意外性和可笑性取代传统小说中情节的悬念性。

普鲁斯特在微观层面的"发现"远不止"矫饰"。如果说"矫饰"是日常化的大量存在,那么,普鲁斯特对"残忍"的"发现",同样体现普鲁斯特对庸俗做作世界的生动揭示:所谓高尚的上流社会,"矫饰"的虚伪还只是温和的表现,在诸多情形中,上流社会日常性"残忍"远比"矫饰"更令人错愕。

普鲁斯特写"残忍",是那种不是"残忍"的"残忍",是一种极易被忽略的"残忍"。或者说,普鲁斯特将通常的"冷漠"诠释为"残忍"。

在普鲁斯特看来,不施予应该表达的同情,就是一种极其自私的"残忍"。事实上,普鲁斯特将"残忍"与"攀附"联系在一起,在小说中多次出现人物为了"攀附"富贵或为了及时行乐,或为逃避安慰朋友的义务而装聋作哑或顾左右而言他。

一次,斯万告诉他极熟的朋友盖尔芒特夫人,说他的病已经让他岁月无多,盖尔芒特夫人为了不耽误赶赴宴会及时行乐,只是敷衍着打发走斯万。当时,这位贵妇人最关心的是她鞋子的颜色是否适合参加宴会。类似的事件在小说中不止一处,如维尔迪兰夫妇千方百计阻止沙龙中人谈及去世的朋友,盖尔芒特公爵趁亲戚发表消息未发布抓紧时间参加一次化装舞会等等:如何以虚伪而又笨拙的手段免去同情、帮助、致哀的义务,是普鲁斯特叙述"残忍"最具特点的所在。普鲁斯特写"残忍",是描述某种同情心的匮乏,是写某些人如何避免他人的痛苦(哪怕是朋友与亲戚)"侵占"他们的时间或影响他们的情绪。普鲁斯特告诉我们,这种情感的"吝啬",就是一种"残忍"。在暂缓寻欢作乐与表示些许同情之间,在急匆匆去攀附富贵与稍许停留救助弱者之间,无条件选择前者的人就是"残忍"的人。这种冷漠型"残

---

① 〔法〕马塞尔·普鲁斯特:《追忆似水年华·在少女花影下》,译林出版社 2008 年版,第336 页。

忍",既有享受至上六亲不认的冷酷,还有"灵机一动"推卸义务的滑头,更有轻视甚至蔑视他人生命的不道德。所以,普鲁斯特写"残忍",不是主动加害的折磨型或阴谋型的"残忍",而是避免承担道德、友谊或职业义务的冷漠型"残忍"。为什么普鲁斯特将对"他人的痛苦"之冷漠视为一种"残忍"? 这是因为普鲁斯特发现,无论是平民还是贵族,从仆人弗朗索瓦兹到贵族盖尔芒特夫人,其内心里都隐含着某种天生的残忍性。不同于仆人宰杀鸡鸭时的"残忍",不同于仆人作弄另一个级别更低小仆人时的折磨手段,贵族对即将走向死亡的朋友的敷衍,高雅沙龙女主人不愿意提及已去世朋友的"记忆抛弃",这种无用即弃的"残忍",从反面诠释着繁花似锦的社交生活之"享受至上性"、"趋乐避痛性"与"友谊假面性"。普鲁斯特叙述看似"无害化"的冷漠型"残忍",缺乏通常小说作品叙述"残忍"的层层升级的主动加害性,但普鲁斯特却告诉读者,哪怕对"他人的痛苦"没有直接的施害,不关心不过问也同样是"残忍"的。故意无视至亲好友的痛苦就是一种寡情、寡义的"残忍"。这种"残忍"于无形中将他人的情感和生命"物化"、"可置换化"、"可废弃化"。或者说,朋友只能是充当"高级玩具"的角色,当玩具的陪伴或作乐功能丧失的时候,玩具就要报废。这种"报废性"同时也在诠释他们之前的关系:所有的"友谊""友情"都只是一种主人与玩具的关系,所谓亲朋好友的关系也不过是一种寻欢作乐的假相掩盖下的虚假情感。所以,对这种"残忍"的揭示,逆向颠覆他们之前的亲密性,使得他们之前的亲密性被重新打量:原来亲密的朋友,在一位"上流人士"的内心中的位置,只不过是一种可爱的"物"。这难道不是一种"残忍"吗?

普鲁斯特揭示所谓"上流人士"的"残忍",最具有艺术特色的是让"上流人士"嘴里说的是"不忍心"、"不相信"、"别乱想",心里的潜台词却是"别烦我"、"我不愿意听"、"别让我多想"。维尔迪兰夫妇口口声声说他们如何"不忍"老朋友故去,为了不再唤起伤心事,维尔迪兰先生极力劝说、压制小圈子的人不提这位老朋友。这正是以"不忍"之"矫饰"来写他们的"残忍":女主人公甚至要在享乐活动中将老朋友在交际话语中彻底"删除"。

在"矫饰"的世界里,叙述"残忍"还不能让普鲁斯特尽情挥洒他的才情,只有叙述"疯狂",叙述那种既压抑又放肆之"想象的疯狂",才是普鲁斯特"审美诊断"最有洞察力的艺术创造。

这"想象的疯狂"代表性人物,当属夏吕斯男爵。

这是怎样的一个形象呀!首先,男爵是最喜欢"矫饰"的人物,然而,他的"矫饰"是那样的"不同凡响",他可以编造个故事迫使情侣回到他的身边,他又是那样的矫揉造作,从声音到手绢的饰边,都透露着他刻意的掩饰,然而他送给情侣的那些巴尔扎克书籍的题词又反映他的爱是多么深沉、迷醉而又小心翼翼。

有论者认为:"普鲁斯特以莎士比亚式的犀利,选择了一个最不可一世的贵族作为'被追逼的人'的典型,这是一个骄傲狂,却不得不乖乖地掩藏起自己的欲望。""夏吕斯的整个一生都是在玩弄面具的把戏。任何时候他都不会将自己的面孔赤裸裸地暴露在阳光下面。"①

夏吕斯的形象特色处,就在于他的"百变性"。如果夏吕斯是那种赤裸裸暴露自己欲望的人,那就不是夏吕斯,如果夏吕斯仅仅只戴着一种面具,那还不是夏吕斯。夏吕斯之所以是夏吕斯,就在他所塑造面具的多变性和喜剧性。在面具变化中,我们可以读到夏吕斯的粗暴、蛮横、痛苦、虚空、孤独和抒情。"百变夏吕斯"爱虚构、爱撒谎,然而,光有这特性,还不是夏吕斯,夏吕斯的爱撒谎,其"矫饰"特点首先是夸张的戏剧性,男爵能从极其蛮横的愤怒中,迅速切换到忧郁而温柔的状态。男爵哪怕表达愤怒,也包含着极强的抒情才能,哪怕满腔怒火,男爵他也不会忘记以各种艺术作品为喻体表达他那凄婉动人的情感。夏吕斯又是死要面子的人,所以,他总是以最冠冕堂皇的借口,以学识渊博、大权在握的长辈之诲人不倦的名义,以保护人的身份,以受委屈者或被误解者的面目来实现他深深掩盖着的欲望。夏吕斯"戏剧性"的虚构本领与他的表演才华是他最可笑的地方,却又不能不佩服他"矫饰"得如此投入、如此多变、如此深情、如此富有艺术家的疯癫气质。

夏吕斯"矫饰"天才的多变性和复杂性超过《追忆》中的任何人物。夏吕斯爱虚张声势,这是夏吕斯最可恨也是最可爱的地方。男爵身上具有

① 〔法〕莱昂·皮埃尔·甘:《普鲁斯特传》,高一民译,重庆大学出版社2011年版,第154页。

堂·吉诃德的气质,他不但虚张声势,更诗意般地陶醉在他的虚张之声势之中。一场场夸大其词的想象之舞,勾画夏吕斯内心秘密——他总是想入非非地将自己想象成一位勇敢的浪漫骑士,一位掌握欧洲外交秘密的战略型外交家,一位肯为情人的荣誉献身的血性骑士,一位有着非凡血统且受众多追随者仰慕的博学型爱人。

在《追忆似水年华》中,男爵是最具拟剧感的人物。男爵的"拟剧"的喜剧性在于他起先可能是利用"拟剧"达到某一目的,但这一过程中他会"抛弃""拟剧"的假定性,索性在"拟剧"的角色中淋漓尽致地挥洒他的情感。所以,男爵的可恶与可笑在于他给人"设局"的时候也给自己"设局",他给他人设计陷阱是为了能实现他的某种欲望,而给自己"设局",是为了获得某种奇妙的优越感和抒发某种情感的机会。男爵的"矫饰"所产生的令人捧腹的喜剧性效果就在于他陶醉于自己的"作假"——男爵的"矫饰"不同于他人之处,在于他不仅在装优越,更在于他装优越的同时更能打开诗意遐想的通道。

诗意的想象让男爵的"矫饰"超越了作假的低层次阶段,他的创造力的丰沛和想象力的奇异使人忘记了他作假的可恶。"矫饰"到了才若涌泉的水平,该记住的就是才若涌泉,而不是"矫饰"本身;再有,夏吕斯"矫饰"的最高阶段,是一种审美阶段。男爵的"矫饰",男爵的谎言,最好看之处,往往不是他的撒谎有多严密,而在于男爵的顽童心态,在于男爵是怎样在撒谎的同时将自己"美化"为某一历史人物或某一骑士。男爵"做戏"的本领就在于他哪怕是在"做戏"时,都要做到极尽审美化之能事。所以,男爵的"矫饰",之所以其"矫饰"的欺骗成分会被弱化,就在于他创造性的自我美化,已经使他的"矫饰"不仅是为了骗人,更在于自我欺骗,自我欺骗才会获得自我陶醉自我欣赏的审美功能。夏吕斯是小说中最有趣的人,他的趣味性就体现在他的"自我审美化"的妄想性质。

这种审美妄想,使得男爵的形象总是漂浮在他的自我言语中,他不断地用言语塑造多个想象的自我。

男爵是位审美诠释者和审美创造者,一则信笺上的疏忽可引来他妙趣横生的文字游戏,一套女装可引来男爵情趣盎然的微观细读,一幕战争中火光冲天的夜景可让他浮想联翩。夏吕斯男爵是一位超级"矫饰"者,他也有来不及伪装的时候,也跌入过无法自圆其说的被动局面,但多数情形,男爵总能恰到好处地躲藏在精致的言辞里,躲藏在漂亮女士的身边,躲藏在他灵机一动创造出的尚武者或委屈者的面具中。然而,无论他"矫饰"得如何巧妙,"矫饰"对于夏吕斯来说,从来不是为了伪装而伪装,而是主动地去打开一个抑制得太久的欲望出口。男爵扮演一种角色,绝不仅仅为了撒谎用,而是形塑"替身",因为一旦这个"替身"比"自身"更具社交意义的合法性,那么,这个"替身"便可尽情地扮演他需要的角色。

　　各种被约束的话语,通过合适的虚拟"替身"毫无顾忌地流出,这就是所谓"矫饰的疯狂":"矫饰"对于夏吕斯这样的角色来说,更多是为了娱己悦人。"矫饰"成为夏吕斯挥洒他的各种欲望符号、倾泻他隐蔽的欲望最佳途径。"矫饰"构造出情境,使得夏吕斯的欲望能够借助"合法化话语"获得源源不断的生产。夏吕斯式的"矫饰的疯狂",是一种身份与言语的"暗度陈仓",在内心里秘造出一个角色,巧妙地融入与他人的言语之中。这种"疯狂性",一是表现在他的言辞和行为的"秘密性",夏吕斯的"秘密"无处不在;二是这种"秘密性"欲盖弥彰的,因为夏吕斯从眼神到手绢,都"躲藏"着无数的秘密符号,他的身体和言语充满了种种以"矫饰"方式出现的待解之谜。夏吕斯诠释着周围一切,而他自身也是充满了待解之谜的符号集合体;三是夏吕斯在"矫饰"中寄托了他的平时难以表白的情感,或者说,只有通过"矫饰",夏吕斯那不可公诸于众的欲望才可能获得审美化的"合法"表达。所以,所谓"矫饰",对夏吕斯而言,既是掩盖欲望的手段,又是呈现才华的良机。当后者的作用,大大超过前者的功能的时候,"矫饰"就成为一种艺术,一种习惯化的生活方式,一种无休止的自我阐释,一种谜一样的个性。正如德勒兹所说的:"夏吕斯直接呈现为一种强有力的人格,一种威严的个性。然而,准确说来,此种个性是一个王国、一团星云,它掩藏或包含着太多的未知的事物:什么才是夏吕斯的秘密呢?整团星云就围绕着两个闪耀的独特的点而形成:眼睛和语音。眼睛里时而闪过咄咄逼人的炯炯目光,时而又左顾右盼;时而焦躁不安,时而又充满了忧郁的冷漠。而语音则使得话语中所带有的男性特征的内容与一种女性化的矫揉造作的表达结合在一起。夏吕斯呈现为一个巨大的闪烁的符号,一部硕大的可视的答录机:那些听夏吕斯讲话,或与其目光相遇的人都会觉得自己置身于一个有待发现的秘密、有待深入和解释的奥秘面前,它们从一开始就驱迫着他,仿佛能最终导向疯狂。对夏吕斯的解释的必然性正基于此:夏吕斯自己就在进行解释,并不断地进行解释,就好像这就是他所特有的疯狂,就好像他的疯狂就在于此——解释的疯狂。"①

"解释的疯狂"总是与"矫饰的疯狂"为伴,因为夏吕斯的诸多解释,绝非老老实实的诠释,而是话中有话的"矫饰"。夏吕斯的"矫饰",是通过艺术化的解释,不断地乞灵于另一个话语领域的意义,他的话语系统的转换性之快、之妙、之奇、之疯狂,意味着夏吕斯式的"矫饰"更多的是寻求意义解释系统的快速置换。夏吕斯是通过"矫饰"来获得一种欲望的曲折抵达而不是欲望的退缩。

夏吕斯这一奇妙的人物,他所展现出来的或奇崛诡异或温和浪漫的个性,其多变性丝毫不亚于陀思妥耶夫斯基笔下多重人格的人物,但与陀思妥耶夫斯基多重人格人物不同的在于,夏吕斯的"矫饰性"更强,他的每次出场的自我布景、自我导演让他的"拟剧感"之审美性比陀思妥耶夫斯基诸多人物都更具戏剧性。夏吕斯的自我审美的幻想性,推动他"矫饰"的疯狂性。

我们似乎有必要再次通过具体的文本看看夏吕斯的"拟剧人生":

> "是我向您迈出了第一步",他继续说,"就像委拉斯开兹在《枪骑兵》这幅画中画的胜利者,向着最卑微的人走去。我什么都有,而您却一无所有。我做的是一个贵族应该做的事。我的行动是不是伟大,这是有目共睹的,可您却置之不理。我们的宗教劝诫我们自己要耐心。对您那些可以说是无礼的行为,如果您可以对一个远远比您高贵的人无礼的话,我向来只付之一笑,我希望,我对您的耐心会无损于我的声誉。不过,先生,现在谈这一切,已不再有意义了。我对您进行了考验,当代最杰出的人风趣地把这种考验叫做态度的考验,用无限的热情考验您的态度,他有充分的理由说,这是最可怕的考验,因为这是唯一能区分良莠的

---

① ［法］吉尔·德勒兹:《普鲁斯特与符号》,姜宇辉译,上海译文出版社2008年版,第173页。

考验。您没有经受住，我不怪您，因为成功者寥寥无几。不过，至少，我不希望您恶意中伤我，我希望我们将要进行的这最后一次谈话能达到这个结果。"

我万万没有想到，德·夏吕斯先生发怒，是因为有人在他面前说我讲了他的坏话。我搜索记忆，怎么也想不起我对谁谈过他。这纯粹是哪个坏蛋无中生有。我向德·夏吕斯先生保证，我从没有同别人谈过他。"我对德·盖尔芒特夫人说过我和您有来往，我想，这总不至于使您生气吧。"他轻蔑地微微一笑，把声音升到最高音域，缓慢地发出最尖细、最无礼的音符：

"嗐！先生"，他极其缓慢地让他的音调恢复了自然，仿佛对这个下行音阶颇为陶醉似的说，"我认为，您供认自己说过同我有来往，是在和自己过不去。对一个能把奇朋代尔式家具当成洛可可式椅子的人，我不指望他能讲出非常准确的话，但我不认为"，他的声音越来越充满嘲讽的爱抚，竟使他嘴边绽出迷人的微笑，"我不认为您会说或会相信我们之间有来往！至于您在别人面前炫耀，说有人把您介绍给我了，您同我谈过话，和我有点认识，几乎没有请求，就获准将来有一天成为我的被保护人，我觉得您讲这些话倒是顺理成章的，是聪明的。"

"您我之间年龄悬殊那样大，我完全有理由说，这个介绍，这些谈话，这个刚刚开始的关系，对您是一种幸福。当然，这话不该由我说，但我至少可以说，这对您不无好处，说您傻，绝不是因为您把这个好处讲出去了，而是因为您没能保住。我甚至还要说"，他突然不再疾言厉色，暂时换上了充满忧伤的温柔，我感到他就要哭了，"当您对我在巴黎向您提出的建议置之不理时，我竟不相信您会这样，我觉得，您是个很有教养的人，出身于正派的资产阶级家庭（只是在说这个形容词时，他的声音才微微带点不礼貌的摩擦音），不会做出这样的事来，因此，我天真地认为，可能出了从未出过的差错，信遗失了，或是地址写错了。我承认我是太天真了，可是，圣博纳旺蒂尔不是宁愿相信牛会偷窃，却不愿意相信他的兄弟会撒谎吗？不过，这一切都已结束，既然您不感兴趣，也就不必再谈了。只是我觉得，就看我这把年纪，您也会给我写信的（他的声音真的哽咽了）。我为您设想了诱人的前途，但我一直没对您说。您宁愿不知道就拒绝了，这是您的事。但是，正如我对您说的，信总是可以写的吧。我要是您，我就会写信，即使处在我的地位，我也会写。正因为这样，我更喜欢处在我的地位。我说'正因为这样'，是因为我认为各种地位都是平等的，我对一个聪明的工人可能比对许多公爵更有好感。但是，我可以说，我宁愿处在我的地位，因为我知道，您做的那种事，在我可以说是相当长的一生中，我从没有做过。（他的头朝着暗处，我看不见他的眼睛是否像他声音让人相信的那样在落泪。）刚才我说了，我朝您迈出了一百步，可结果您后退了二百步。现在，该轮到我后退了。从今以后，我们互不认识。我要忘记您的名字，但要记住您的事例，等哪天，当我禁不住诱惑，相信人有良心，讲礼貌，相信他们不会白白错过一次绝无仅有的机会的时候，我会提醒自己别把他们抬得太高。以前您认识我的时候（因为现在不再是这样了），如果您说您认识我，我只能认为这是很自然的事，是在向我表示敬意，也就是说，我把这看做是令人愉快的事，不幸，您在其他地方和其他场合却完全不是这样说的。"

"先生，我发誓，我从没说过可能伤害您的话。"

"谁跟您说我受伤害了？"他发出愤怒的吼叫，猛地从长沙发椅上坐起来，直到现在，他才算动了一下身子；他面容失色，唾沫四溅，脸部肌肉抽搐着，像是有无数条蛇在扭动；嗓子时而尖利，时而低沉，犹如震耳欲聋的狂风暴雨。（他平时说话就十分用劲，行人在外面经过，肯定会回头张望，现在，他使的力气比平时大一百倍，就像用乐队而不是用钢琴演奏的一段强奏乐曲，声音徒然会增加一百倍，还会变成最强音。德·夏吕斯先生在吼叫。）"您认为您能够伤害我吗？您难道不知道我是谁？您相信您那些狐群狗党，五百个互相骑在身上的小娃娃从嘴里吐出的毒汁能弄脏我高贵的脚趾头吗？"

……

"先生"，我边走开，边回答，"您侮辱我。我是看您年纪比我大几倍的分上，才不跟您计较的。一老一少，地位不平等嘛。另外，我也没法说服您，我已向您发过誓了，我什么也没说过。"

"那么是我在撒谎！"他嚷道,声音十分可怕,边嚷边向前一蹦,蹦到了离我只有两步远的地方。

"他们把您骗了。"

这时,他换一种温柔、深情而忧郁的声调(就像演奏交响乐时,乐曲一个接一个没有间隙,第一个似雷电轰鸣,接下来是亲切而淳朴的戏谑曲),对我说:"这很可能。一句话经人重复后,一般都会走样。说到底,还是您的错,您没有利用我给您提供的机会来看我,没有通过坦率的能创造信任的日常交谈,给我打一支唯一的、有特效的预防针,使我能识破把您指控为叛徒的一句话。那句话是真是假,反正木已成舟。它给我的印象再也不能消除。甚至我连爱得深,责得严这句话也不能说了,因为我狠狠地责备了您,但我已不再爱您。"他一面说,一面强迫我坐下,摇了摇铃,另一个仆人走进来。"拿点喝的来,另外,叫人备好车。"我说我不渴,时候已经不早,况且我有车。"有人大概给您付了车钱,让车走了",他对我说,"您就别管了。我让人备车把您送回去……如果您担心太晚……我有房间,您可以住在这里……"我说,我母亲会担忧的。"确实,那句话是真是假,反正木已成舟。我对您的好感开花开得太早,就像您在巴尔贝克富有诗意地同我谈起过的那些苹果树,经不起初寒的摧残。"

……

"好吧",他突然对我说,"我们上车,五分钟就可以到您家。那时,我将和您道晚安,至此,我们的关系也就永远结束了。既然我们就要分道扬镳,还是好说好散,就像音乐那样,弹出一曲完美的和弦。"德·夏吕斯先生尽管一再郑重表示我们以后不再见面,但我敢保证,倘若我们还能见面,他是不会不高兴的,因为他不愿意马上被我忘记,也害怕给我造成痛苦。我这个想法是正确的,因为过了一会儿,他又说:"喔！对了,我把一件重要的事忘了。为了纪念您的外祖母,我让人给您搞了一本德·塞维尼夫人书简精装珍本。这样,这次会面就不是最后一次了。复杂的事不是一天所能解决的,只要想一想这个道理,我们就能得到安慰。您看,维也纳会议不是开了很长时间吗？"

"不用麻烦您,我可以找到。"我客气地说。

"住嘴,小傻瓜",他愤怒地回答,"别这样傻乎乎的,把我有可能接见您(我不说一定,也许派一个仆人把书送给您)看做一件小事。"

他恢复了镇静:"我不想用这些话同您分手。我不想要不协和和弦,让我们在永久的沉默前,弹奏一个属音和弦吧。"其实,他是怕自己神经吃不消,才不愿意刚吵完架,刚说了那么多尖酸刻薄话就立即回家去。"您是不想去林园的。"他用肯定的而不是提问的语气说,我觉得,他用肯定语气不是不想要我去,而是怕遭拒绝而下不了台。"嗳!您瞧",他仍拖长了音说,"现在,正如惠斯勒所说的,恰是市民回家的时候(他大概想触动我的自尊心),观赏夜景正合适。您恐怕不知道惠斯勒是谁吧。"

……①

夏吕斯男爵就是这样,他哪怕前一时还暴跳如雷,一转眼,却能"温柔、深情而忧郁"地说话,他哪怕前一时刻以雷霆万钧之势说出绝交的话语,一瞬间,嘴边竟会绽出迷人的微笑。夏吕斯造作,"矫饰",装模作样,故弄玄虚,其妙处在于夏吕斯处处"掩饰",以长辈姿态说话,却处处暴露他的欲望。夏吕斯很自尊很敏感,哪怕是"伤害"这样一个简单的字眼,他都认为这样的词不应该用在他这般"强大"的人物身上。再看看这一个场景中两个人物的之间所爆发的这场友谊/爱欲/尊严之"战":杜撰的疯狂,词意的疯狂,抒情的疯狂,艺术的疯狂,权威的疯狂,这是夏吕斯发动的疯狂之战。这疯狂之战,时而忧伤,时而激动,时而兴奋得半死不活。这其中,男爵看似极不理性,爱"发飙",但细细品味,却不难发现,这样的对话中,男爵的心态主线是尊严与爱欲的冲突。爱欲与面子,同时折磨着男爵,这才可能演绎出这一场喜剧性场景。夏吕斯虚构出一段"恶意中伤"事件,由此给自己一个谴责他人的有利位置,并且可以以高贵的受害者的姿态听对方的声辩。然而,爱欲又迫使男爵不得不在扮演一个无辜的高贵受害者这一角色的时候,透露出他欲望的真相。男爵自然不会直接透露他的欲望,他有顾忌,所以他处处"矫

---

① [法]马塞尔·普鲁斯特:《追忆似水年华·盖尔芒特家那边》,译林出版社2008年版,第1094页。

饰",他用谈友谊的方式来避免话题的突兀,他用埋怨的方式来倾诉他的在意,他用责备的方式来表达他的痛苦。男爵首先将自己虚构成为一个无辜的受伤者,这样,所有的欲望表达就找到一个"合理"出口,并将对方置于不利的地位。所有可能触及他的尊严的用词,都可能引得男爵暴跳如雷或无情讥讽,可见男爵爱面子爱到什么程度,但他毕竟是欲望极强的人,所以单有暴跳如雷还不足以表达他的爱意,因此,在雷电轰鸣中也会穿插和风细雨,如此,他才可能充分表达他的柔情。"矫饰"本是为了防守,但男爵的"矫饰",却是用进攻性的夸张表达来满足他的渴望。男爵充分利用这种进攻性,发动他那神经质的言语讨伐,模拟情人争吵以处处要挟,将本来不见得很热络的两个人关系通过无中生有的"背叛"来形成紧张的可争吵可讨伐可声辩的关系,迅速"提升"两个人交往的"关系"等级:不是太熟的人能吵成这样吗?

这一来一往的谴责、声辩,这暴风雨般的场景,夏吕斯所有的言语都在指向别的企图,他用他高度自尊的话语来表达他无尽的埋怨。男爵话语皆"言在此而意在彼",他主动地创造话语意义的移位,又极力隐蔽他的欲望,但隐蔽中又希望对方领会他的含义和"深情"。所以,男爵是在尊严性、欲望性和艺术性之间走他的话语钢丝。男爵形象的魅力,在于他的情感"矫饰",更在于他虽"矫饰",但一旦进入"矫饰"的情景后,他又半真半假,陶醉在自己的虚构中。男爵最善于通过伪装来捕获要获得的快感,并将这情感陶醉化、审美化。这表明,"矫饰"之中其实隐含着男爵特别愿意表达的情感:长者的诲人不倦之口吻是假的,是"矫饰",但这"矫饰"可以获得说话的合法性,他构造情人间才有的声声埋怨以及怒气冲冲的谴责才是真的。男爵谴责的话中包裹着情人才可能说出的口吻,但他不得不借用长辈、提携者的语气在说话,在设置好提携者与被提携者的关系后,他再引入某种被忽视被低估的高贵爱人的委屈角色,并躲在受尽委屈的角色里,以"怨妇"角色"释放"他的欲望。不过,这位"怨妇"既能耍泼,更具有艺术美感,还能频频借用专业的音乐术语修饰他们之间的关系,到此,他又从"怨妇"形象中淡出,成为一位极富诗意的抒情主人公形象,实现了从提携者/"怨妇"/抒情主人公的"角色三级跳"。因此,男爵这一形象的妙处,不是单纯一个"矫饰"

能归类了事,而是这种"矫饰"是通过一系列微妙的语调交错,角色的偷梁换柱,实现口气的悄然置换。男爵身上具有"矫饰"的疯狂性,就在于他的角色身份转换之快,之妙:他的语气转换,他的口吻移植,他的情绪突转,让粗暴的教训与忧伤的哀求似乎只有一纸之隔。这也意味着男爵滔滔不绝之刻,他的身份不断移位,而他的言语也随之裂变、转化。正是他的身份瞬间跳跃性与言语的瞬间分裂性,以及他不断引入具有艺术博物学特性的联想,造就了男爵的"矫饰"极富艺术气质的疯狂性——过度"拟剧",诗意人格的夸张,自我能量的无限放大,艺术想象对自我形象的"神奇化"加工。所有的这些疯狂性,都是在某种拟剧化状态中让想象追逐某种高贵的艺术化的自我形象,并让这一形象"漂流"在堂·吉诃德般的幻想王国中。这种带着神经质特征的幻想人格,与欲望的假面化、膨胀化并行不悖,构成了男爵特有"矫饰",构成了夏吕斯独有的疯狂性,一种自卑与自傲完美结合的疯狂性,一种龌龊与审美奇异融合的疯狂性。

理查德·罗蒂认为:"普鲁斯特把他所遇到的权威人物看作是偶然环境的产物,将他们时间化和有限化。和尼采一样,普鲁斯特害怕他的真实自我早已存在,而且别人会早他一步觉察到他的这个真实本质,因此他希望将这恐惧除之而后快。但是,普鲁斯特并没有为了达到这个目的,而宣称他发现了他早年所遇到的权威人士所无法看到的真理。他想办法拆穿权威而又不把自己变成另一个权威,揭发有权有势者的野心而又不与他们同流合污。他把权威人士有限化、相对化的方式,不是揭露他们'真实的'本性,而是利用别的权威人物所提供的语词来重新描述他们,拿其他权威人物来和他们比画比画,然后眼看他们一个个变模走样。这样将权威人物有限化、相对化的结果,使得普鲁斯特不会对他自己的有限性感到羞愧……。他把他的裁判们,变成和他一样的受难人,从而成功地创造出属于他自己的、可以用来评判他自己的品位。"①

是的,普鲁斯特小说的任何场景,都有一个高贵的裁判者来审视着种种人的欲望与缺点,其中,最伟大的"权威裁判者"大概是时间,时间可以抹去

---

① 　[美]理查德·罗蒂:《偶然、反讽与团结》,徐文瑞译,商务印书馆 2003 年版,第 147 页。

所有的"矫饰",并让"矫饰"显得可笑,也显得可怜。人的生命的有限性最终会抹去所有的表演,让其复归自然。然而,在走向表演的终点之前,又无法期望人类会终止各种文明化的伪装。而普鲁斯特,正是一位通过描写相对"无事状态"下种种人物对自我欲望的伪装以及伪装过程中的巧妙性乃至艺术性,去窥探人与自我欲望关系的多重扭曲性的大师级小说家。普鲁斯特并不打算用时间来取消差异,他只是告诉读者,时间的无声威力会最终取消人的做作,但在取消之前,欣赏人类在文明环境中种种做作,并保持一种谅解心态,对种种人的伪装表演加以研究和品味,这完全有可能让其中的"丑"变幻为艺术的"美"。

第三章 零碎性、反浪漫与"斑驳化反讽"

一

克尔凯郭尔认为:"反讽者时时刻刻所关心的是不以自己真正的面貌出现,正如他的严肃中隐藏着玩笑,他的玩笑里也隐藏着严肃,这样,他也会故意装作是坏人,尽管他其实是个好人。"[①] 这里所说的"严肃中隐藏着玩笑,他的玩笑里也隐藏着严肃"正是反讽最重要的特征。然而,关于小说中的反讽修辞,依然有诸多问题值得推敲:反讽的"严肃性"中所包含的锐利的批判性是否意味着反讽所创造的精神优势可以所向披靡? 反讽的"严肃性"是否可能被反讽的"玩笑性"所消解、调和? 反讽的"玩笑性"即反讽的戏谑性在不同作家的表达系统中,其戏谑性情感与文本的其他情感的关系该如何处理呢?

反讽修辞在不同作家的艺术表达系统中呈现出完全不同的面貌。反讽修辞,既有巴尔扎克式的"单面极化反讽",亦会出现福楼拜式的"斑驳化反讽",而普鲁斯特的"唯美化反讽"则将反讽升华到一个精致华美的美学境界。当然,反讽的特征远非三种反讽样式所能概括,但这三种反讽样式的不同表现,却能启迪我们对反讽修辞的认识:在小说艺术领域中,反讽如何发

---

① ［丹麦］索伦·奥碧·克尔凯郭尔:《论反讽概念——以苏格拉底为底线》,中国社会科学出版社 2005 年版,第 220 页。

挥作用,不能单看反讽本身,而是要分析反讽与文本中其他情感的关系。反讽的效果,是通过反讽与其他情感的相互作用才得以确定。

阅读巴尔扎克的小说,首先吸引读者的,不是其反讽,而是其不断中心化、紧密化的情节,而福楼拜的小说则显破碎化、松散性。这就造成福楼拜的小说阅读,其情节性退到第二位,而其反讽性成为小说重要的特质。那么,两者的反讽又有什么差别? 这首先要从两位小说大师各自钟情的主人公类型谈起:巴尔扎克的小说中的年轻的行动者,是巴黎都市中的骑士,他们迎着颠沛坎坷的命运,以生命、爱情和才情博弈前程、挑战巴黎。巴尔扎克的小说中雄心勃勃的年轻野心家竭尽他们的智力和财力博取他们的欲望目标,是一群不惜以青春和死亡为代价、以巴黎的风雅社交规则为掩护的外省"赌徒"。与巴尔扎克笔下拉斯蒂涅、吕西安这样的青年比较,福楼拜《情感教育》中年轻主人公福赖代芮克少了许多赌性,多了些游手好闲的骗子气质和懦弱的文人习气。正如米歇尔·莱蒙所概括的:"巴尔扎克笔下的主人公是贪婪而凶狠的;而福楼拜笔下的人物却是一个被沮丧所压垮的人,他让岁月任意流逝,却未能给它们打上自己的印记。"①巴尔扎克的风雅赌徒很懂得自我包装,他们行骗后欲求目的之"宏伟"之"想入非非",使得他们为自我的卑劣性和残忍性找到诸多恢弘的托词。而在福楼拜的男主人公身上,不择手段的"宏大修辞"已经不见了,而多了些随波逐流、随遇而安的小市民气质。从这个意义上说,福楼拜的年轻主人公已经不同于巴尔扎克式的"风雅赌徒"——福楼拜塑造的是都市生活的精神衰朽者、爱欲虚无者和事业失败者。

巴尔扎克和福楼拜的主人公都喜欢在巴黎游荡,但巴尔扎克的主人公是"闯荡者",福楼拜的主人公则是"闲荡者"。

作为"闯荡者"的巴尔扎克主人公,他们目标宏大,计划周密,行动果断。这与巴尔扎克小说在情节因果性方面环环相扣的叙事范式形成高度对应的关系,而福楼拜人物的"庸常性"、"过客性"、"随意性",则与福楼拜小说情节的松散、摇摆与偏离构成默契的呼应。

事实上,福楼拜的主人公在小说文本中经历了诸多事件,却给人"无所

---

① 〔法〕米歇尔·莱蒙:《法国现代小说史》,徐知免、杨剑译,上海译文出版社1995年版,第135页。

事事"的感觉。这应该归功于福楼拜叙事修辞:首先,福楼拜非历史题材小说中的主人公多已丧失了巴尔扎克主人公那种强悍的"征服性"和"赌徒性",征服性激情的衰退使其主人公的懦弱性成为常态;其次,与巴尔扎克小说不同,福楼拜的主人公不再具有一个明确的出发点和回归点。东奔西走的"闲荡者"的生存状态,让福楼拜的主人公每一个阶段的故事都不必与前后故事发生必然的联系,去除了"核心情节"的故事内容在时间的线性维度上处于意义等级相同的位置,小说叙事不再为了一个中心情节或核心主题而疲于奔命:这样,福楼拜小说中诸种故事就不必分成等级,让另一个故事为更"重要"的故事而存在,而是每个片段都有其独立存在的价值;再者,也是最重要的,福楼拜的主人公一旦准备浪漫起来,"煞风景"的叙事总是悄然而至,浪漫的情感尚未铺展开来,叙述者就将关注点转移到琐碎、丑陋、平庸或残忍的细节之上。如此,浪漫情感转瞬间被低俗的细节群落所置换甚至被瓦解。

福楼拜的历史小说《萨朗波》,其主人公在不断升级强化的传奇冒险、剧烈变化的命运起伏和炫丽奇异的异域世界中突出性格特性,然而,在福楼拜的现实题材的小说中,情节的重要性已经被叙述的反讽性所取代了。福楼拜的《包法利夫人》《情感教育》,其情节的复杂性悬念性和起伏性远不如《萨朗波》这样的传奇小说。福楼拜的现实题材的小说恰恰是反传奇的,其吸引人的特色不是跌宕起伏的故事,而是不动声色的反讽。福楼拜构造出带点坏笑的反讽,这种反讽包含着令人捉摸不透的顾影自怜与若有若无的阴郁抒情。

福楼拜现实题材的小说,不再以巨型复杂的情节引人入胜,亦不以欲望冒险的难度设置情节落差,他的小说是徐缓展开的浮世绘,缺乏峰回路转的故事路线和惊心动魄的情节布局。读福楼拜,品味的是他的那种冷漠化现场化的人性剖解所传达出来的反讽感,以及这种反讽感背后的忧伤感与失落感。福楼拜就在他的书简中直言不讳他个人"性喜揶揄,以表现人身上的'兽性'为乐"①。的确,读福楼拜的作品读不到情节设置的巧妙性,情节设

---

① 〔法〕福楼拜:《福楼拜文学书简》,北京燕山出版社2012年版,第75页。

置可以说都被福楼拜有意识地"去悬念化"了,他的作品最有特色的所在是一种"叙事腔调",一种含蓄的刻薄,一种带着宽容戏耍的冷笑,一种对欲望的偏执性、矫饰性、谋划性和自欺欺人性的深度揶揄。

二

阅读福楼拜现实题材小说,读的是人的生活支离破碎的状态,读的是依靠偶然性组织起来的"去中心化"的诸多小型故事"集合体"所传达出来的反讽意义和若有若无的忧伤情调。

朱丽娅·克里斯特瓦在《反抗的意义和非意义》一书中转述罗兰·巴特的观点,认为巴尔扎克的小说"故事生涩却连贯可靠,体现了次序的胜利"。朱丽娅·克里斯特瓦进一步分析,"当资产阶级社会出现危机时,它小说中的人物也失去了'他'带来的紧密和纯度"。这就使得巴尔扎克小说人物是"结实"的而福楼拜的小说人物是"碎片化"的。[①] 福楼拜小说的"琐碎性",从情节角度看,是叙述者所讲述的故事完全失去了巴尔扎克那种环环相扣的"高密度"的因果性。福楼拜稀释了"故事密度",抛弃了情节的紧密性,福楼拜利用碎片化的情节和梦游般的人物命运创造了一种小说情节的无目的性、无回溯性和小说叙述的散漫性。而这种散漫性正对应人物精神世界的危机性和对危机性的束手无策的精神状态。

卢卡奇在他的《小说理论》中注意到福楼拜小说对所谓"核心情节"的淡化处理,即福楼拜的《情感教育》故事间的离心力大于粘合力,卢卡奇论及:"在这种类型的所有伟大小说中,《情感教育》的编造痕迹显然是最少的,在这里并没有尝试着要用某种一体化的进程来克服外部现实瓦解为异体的、脆裂的、片断化零碎问题,或者以抒情的情绪意向来取代缺失的联系或感性亲合性的问题:现实之分离的碎片以一种艰难的、断裂的而孤立的方式呈现在我们面前。中心人物的意义的获得,并不是通过限制人物数目,或者将作品硬性编排进中心点,或者强调中心人物的突出个性来实现的:主人公的

---

① [法]朱丽娅·克里斯特瓦:《反抗的意义和非意义》,吉林出版集团有限责任公司 2009 年版,第 291 页。

内心生活是破碎的,如同他的外部环境一样,他的内心并不具备虚假激情的或嘲讽的抒情力量,这力量能使他的内心置身于细琐事物的对立面。"① 不用"一体化的进程"来统摄所有的情节和细节,福楼拜小说叙事似乎在有意营造事件与事件间"去因果性",事件在他的小说中各自"孤立"了,小说中的事件不再具有明显的"累积性"。即之前的种种叙事不是为了最后获得一个的"中心化""高潮化"的结局而存在。巴尔扎克的小说,叙事皆围绕着能否实现某一叙事中心点或高潮点而展开,主人公的动机和目标成为文本预设的中心。而福楼拜的主人公无所事事,这使得福楼拜的小说情节皆"随遇而安",处于依靠主人公的偶然性际遇不断生长出"新故事"的状态。福楼拜的小说,不愿意让文本中的游动化、破碎化的"生活"轻易地凝聚成某种意义凸显的叙事中心点。事实上,如此"片段化""零碎性"的小说文本,映射出福楼拜的虚无意识和死亡意识:世界本无某种既定意义和价值系统,主人公的所有经历不过是随波逐流的"无目的性"的生活使然。"无目的性"和"虚无感"正是福楼拜要在他的小说中为主人公提供的一种生活态度。

巴尔扎克的小说文本,诸如《夏倍上校》《奥诺丽纳》《邦斯舅舅》《欧也妮·葛朗台》等等总是有情操高尚的人物成为小说中道德和情感中心,这些人物形象占据文本中情感、道德的谱系中最突出的位置,据以形成批判力或感召力。福楼拜小说中的主人公,道德疲敝,情感暧昧,肉欲活跃但并不强大。更关键的是福楼拜小说中道德、情感、肉欲之间没有什么高低分野,"动物凶猛"型的男女主人公生活在一个听从欲望引领的"无中心"的"当下生活"之中。于是,"零碎性"成为福楼拜小说文本中的主要特征。对这些零碎化片段化的小说叙事的处理,福楼拜的小说更多是利用反讽性形成修辞上的风格化而非情节一体化来达到小说叙事内在统一性。

换句话说,单就情节设置而言,"零碎性"是福楼拜小说结构的特征,在情节方面的经营福楼拜似乎"很不用心",他的小说明显缺乏巴尔扎克式跌宕起伏的布局。福楼拜小说之所以吸引读者,是叙述者看"事件"的一种态

---

① 〔匈〕卢卡奇:《卢卡奇早期文选》,南京大学出版社 2004 年版,第 92 页。

度。巴尔扎克式叙述者明朗、开阔,福楼拜的叙述者则暧昧、模糊,福楼拜的叙事腔调混合着含蓄的辛辣与冷色调的忧伤,形成一种多义摇摆的叙述语调。

皮埃尔·布迪厄特别关注福楼拜的小说的"无特殊观点"的叙事空间:"没有什么比观点的模棱两可本身更能说明福楼拜的观点了,这一点体现在他创作的如此典型的作品之中:比如《情感教育》,批评家们经常责备它被写成了一系列'并列在叙述中的片段',原因是缺乏次序分明的细节和事件。福楼拜像马奈后来做的一样,放弃了从一个固定而处于中心的观点出发的统一视角,放弃了巴诺夫斯基称为'聚合空间'的东西,试图由此创立一个由并列片段组成且无特殊观点的空间。"①

"观点的模棱两可"、"无特殊观点的空间"等等特性,都在营造着福楼拜小说的摇摆性和模糊性。《情感教育》这类小说,呈现出嘲讽的冷面性,以及态度的摇摆性。这种冷面性与摇摆性共同经营着福楼拜小说中反讽与浪漫的别致关系——冷面性的反讽,腐蚀、摧毁着浪漫性;立场暧昧的浪漫性,迟滞、分化着反讽性。或者说,福楼拜的小说中反讽性尽管常常占上风,但"观点的模棱两可"很快就削弱了反讽性。"无特殊观点的空间"的组织形式则让反讽失去鲜明的道德立场,也随之瓦解了之前的叙事组织起来的意义的明朗性。那么,连意义都无法明朗,又靠什么去反讽?反讽如果失去了一个明确的立场,这样的反讽,是不是最终将陷入孤立无援的虚无和幻灭之中呢?

三

福楼拜式的反讽,常常让主人公先陷入某种浪漫幻象。幻象成形之际,煞风景的情景或想象接踵而至。

《情感教育》中,革命的浪漫幻象刚刚形成,公主的床铺上就摩挲着暴民的黑手;情人的浓情蜜意的私语刚刚开启,叙述的焦点便投向那陈尸间内

---

① ［法］皮埃尔·布迪厄:《艺术的法则——文学场的生成和结构》,中央编译出版社 2001 年版,第 129 页。

死者的眼睛;邂逅旧情人重温过往的浪漫,却不经意间发现情人已有缕缕白发于是爱意全无,等等。福楼拜不见得是最善于勾勒反讽式心理活动过程的作家,但他一定是最善于设置反讽情境的大师。《包法利夫人》整部书就是一幅幅反讽情境相继构成的文本,是一部对浪漫欢情进行无情剖解的幻灭小说。福楼拜一边叙述着欢情的浪漫,一边嘲讽式地揭示这种浪漫的不可信和不持久;同样,《情感教育》不但瓦解情欲的幻象,更嘲弄了理想——年轻的都市冒险家的故事在福楼拜的笔下不但是失败,更是完全无意义的,反浪漫的"情感教育"本身就是一个反讽事件。

这里我们不妨对小说结尾部分一个片段做些剖解。此片段叙述银行家党布罗斯先生刚刚辞世,党布罗斯夫人与情人福赖代芮克在党布罗斯夫人的寝室里会面:

> 屋子洋溢着一种形容不来的气味,是由充塞着房间的精致摆设发出来的。床中间铺着一件黑袍,和玫瑰色的床罩正好对比。
>
> 党布罗斯夫人站在壁炉的角落。他心想她没有强烈的悲痛,但相信她也应有点儿难受;他以一种忧忧的声音道:
>
> ——你难受吗?
>
> ——我? 不,一点儿不。
>
> 转过身子,她瞥见袍子,检点着;随后,她叫他不要拘束。
>
> ——你想抽烟,抽烟好了! 你是在我的屋子!
>
> 然后,大叹一口气:
>
> ——啊! 圣母! 去了一块石头!
>
> 感叹惊住了福赖代芮克。他吻着她的手道:
>
> ——总之,我们自由了!
>
> 这种暗示他们爱情不费功夫的隐语仿佛伤了党布罗斯夫人。
>
> ——嘻! 你不知道我帮了他多少忙,我多熬着心过日子!
>
> ——怎么样!
>
> ——可不是! 过了五年日子,给家里带来一个女孩子! 身旁总放着这私生孩子,能够叫人放心吗? 没有我的话,不用说,谁说不会牵着他做

点儿什么糊涂事?

于是,她解说她的事。他们在夫妇财产分理制度之下结婚。她的祖产是三十万法郎。假如她后死的话,党布罗斯先生在他们的契约写好给她一万五千法郎年金和这所府第。然而,过了不久,他立下一个遗嘱,把他全份的财产给她;就她目前尽可能知道的,她估计有三百多万。

福赖代芮克睁大眼睛。

——值得人操心,是不是? 而且,是我做成的! 我保护的是我的财产;赛西娜会不公道,抢了我的。

福赖代芮克道:

——为什么她不来看她父亲?

听到这问话,党布罗斯夫人看了他一眼;随后,带着一种干涩的声调道:

——我怎么晓得! 还用问,没有心肝! 噢! 我晓得她! 所以她不用妄想我一文钱!

她并不麻烦,至少她结婚以后还好。

党布罗斯夫人冷笑道:

——啊! 她的婚事!

这个愚东西又妒忌、又自私、又虚伪,她恨自己待她太好。"她父亲的毛病她全有!"她诽谤丈夫越来越厉害。谁的敲诈也没有像她那样深沉,而且铁心肠石头一样无情,"一个坏人,一个坏人!"

最有德行的人也难免过失,党布罗斯夫人恨过了头,方才就犯了一次过失。福赖代芮克坐在她对面一张靠背椅,思维着,起了反感。

她站起来,轻轻坐在他的膝头。

——只有你好! 我爱的也就是你!

看着他,她的心软了,一种神经的反射给她的眼帘带来了泪水;她唧哝道:

——你愿意娶我吗?

他起初以为没有听懂。想到她的富裕,他呆住了。她提高声音重复道:

——你愿意娶我吗?

最后,他微笑道:

——你还不相信吗?

随后,他难为情了,要向死者表示一种抵补,他荐举自己守夜。不过,这种虔诚的情感又让他惭愧。他带着一种自如的声调接着道:

——这也许更合礼些。

她道:

——是的,也许是,为了那些听差。

床完全从床位移出来了。女修士在床脚;床头站着一位教士,又是一位,一个瘦高个子,神气活像一个宗教狂的西班牙人。床儿覆着一块白布,上面燃着三支烛台。

福赖代芮克取过一把椅子,望着死人。

他的面孔有麦秸一样黄;嘴角浮着一点血色的泡沫。一条丝巾围着脑磕,一件编织的背心,胸口放着一个银十字,在他相交的胳膊之间。

完了,这充满动荡的存在!他多少次走进公事房,排列数目字,筹划商业,听取报告!多少谎骗、微笑、巴结!因为他欢迎过拿破仑、哥萨克骑兵、路易十八、一八三〇年、工人、一切制度,如此爱慕权势,他花钱出卖自己。

然而他留下佛尔泰勒的田产,彼卡狄的三所制造厂,姚纳的克朗塞森林,奥尔良附近一所田庄,数目巨大的动产。

福赖代芮克这样清算了一遍他的财产;然而,全要归他所有!他先想到"人们的议论",然后母亲一件礼物、他的未来的车马、家里一个老车夫(他要他来做门房)。自然,仆人的制服不会再一样了。他用大厅做书房。去掉三堵墙,二楼添一个画廊,没有什么困难。下面设一个土耳其浴厅,也许有方法。至于党布罗斯先生的公事房,不起快感,做什么用好呢?

教士擤鼻涕,或者女修士弄火炉,骤然吵断这些想象。但是现实证实他的想象;尸首永远摆在那里。它的眼帘重新睁开;瞳孔虽说淹在胶床的黑暗之中,有一种暧昧的,不可忍受的表情。福赖代芮克觉得在这里看见了什么,好像一种裁判加在身上;他差不多感到一种懊恼,因为他从来没有什么可埋怨这人的,正相反,他……"去他的!一个老坏蛋!"

为了坚定自己起见,他凑近端详他,暗自向他喊道:

"嗐,怎么样? 难道是我杀了你?"

然而,教士读着他的经文;女修士动也不动,打着盹;三支烛台的芯子越发长了。

足有两小时,他们听见货车走向菜场,轰隆轰隆,沉声闷气地在响。窗户玻璃透了白,过去一辆马车,接着是一群母驴在街道踢达踢达走动,铁锤的敲打,沿街的叫卖,喇叭的鸣响;一切溶入苏醒的巴黎的喧嚣。①

这里,反讽第一层面的意味是由逝者、未亡人、未亡人的情人之间奇特而可笑的关系构成的:他们在逝者尸骨未寒之际就在隔壁房间里调情、讨论遗产继承。这种场景可刺夫妻间的无情,正应了《红楼梦》跛足道人《好了歌》所言:"世人都晓神仙好,只有娇妻忘不了。夫妻日日说恩情,夫死又随人去了。"福楼拜充分利用了寓所中的空间布局强化这种反讽意味:去世的丈夫刚刚"安静"地躺在居室里,未亡人已经将他的死亡当成一个遥远的历史,只顾眼下的欢情和遗产,甚至诽谤死者。不过,福楼拜不只是简单地强化嘲讽的力度,而是刻绘出相互纠缠彼此消解的情感。所谓反讽的暧昧性在此层面上获得鲜明的刻绘:主人公福赖代芮克既有贪婪的企图,又受到情欲的诱惑,但他面对已死的老朋友,马上又生出些许愧疚。然而愧疚紧接着又转变为懊恼甚至愤怒。在这里,贪婪被讥讽,但马上被开脱,因为主人公毕竟表现出愧疚。然而,愧疚的想法刚露头,主人公就因为自己的愧疚生出懊恼,进而愤怒。叙述者叙述主人公的愧疚,是为其争取多一些的谅解,还是告诉读者这愧疚也不过是廉价的自我开脱呢? 至于愤怒,这愤怒是幼稚的可笑的恶作剧般把戏,还是对之前愧疚的懊恼呢? 至于那"母驴""叫卖声"的市场喧嚣情境与死亡情境并置,这是嘲讽,还是感伤,或是超脱。似乎都是,又似乎不全是。因此,对这个场景的反讽,是在反讽中混杂或融合着种种微妙的情感,比如同情、鄙夷、伤感、怂恿、欣赏、谴责、惋惜。

福楼拜《情感教育》主人公福赖代芮克这一形象,最妙的所在,就是在福赖代芮克最算计处、最无耻处、最讨巧处、最无能处,亦能发现福赖代芮克

---

① 〔法〕福楼拜:《情感教育》,上海译文出版社 1984 年版,第 490 页。

的一丝真诚、一点良心、一种自嘲、几分不安。这使得《情感教育》的福赖代芮克远比《包法利夫人》中的鲁道夫复杂得多,甚至比包法利夫人更复杂。

当然,福楼拜不是为复杂而复杂,《情感教育》的复杂性在于福楼拜的创造了浪漫与幻灭、兴奋与忧伤、高尚与轻浮不断龃龉、抵牾的交错景象。《情感教育》不像《包法利夫人》那样将某种单一的情感比如浪漫和幻灭都刻画到极致。《情感教育》复杂性就在于浪漫与幻灭不是单向度地被极化,而是显示两者不断地交错运动,微妙地此消彼长:幻灭感最终淹没了主人公,但这是一种缓慢的、多种情感因素参与的侵蚀、风化的过程。

"《情感教育》是一部描写失败的小说。人们在书中看到了一代人的失败情景和生活的缓慢的解体。"① 这部"失败之书"的特色恰恰不是单纯写了"失败",而是写了失败者诸多的浪漫幻想以及侠肝义胆如何啼笑皆非地被生活的激流或浊流所冲蚀所瓦解。

《情感教育》主人公福赖代芮克,是一个浪荡子弟,又不全像浪荡子弟,因为他总在他最使坏的时候还会冒出良知;他是一个怯懦者,又不全是怯懦者,他在敷衍情人的时候也会感受到廉耻的压力;他是一个无情者,又不全是无情者,因为他哪怕"堕落"了,却会因为维护旧情人的"爱之尊严"而与有势有钱的新欢"切割"了事;他是一个颓废者,又不全像颓废者,因为男主人公哪怕处于最沮丧的时候依然存有某种忧伤而浪漫的美好幻想,甚至会为情人决斗;他是一位沉溺于私生活的灰色分子,又不全是灰色分子,因为他也会在城市暴动最危险时分上街观望打量——他内心里始终存有某种浪漫的向往,但他的行动最后总是消解了这种浪漫。主人公的如此特性,让《情感教育》成为卢卡奇所称的"幻灭的浪漫主义"中最引人瞩目的作品。②

福楼拜式幻灭性的构成中,尽管叙述者表现出相当克制的冷漠性,但浪漫性依然是其最重要的精神构成要素。福赖代芮克的诗性想象能力丝毫不输于巴尔扎克《幻灭》的诗人吕西安,但他缺乏吕西安那种决绝的博弈精神,所以福赖代芮克经历与结局远比吕西安乏味,带着不可救药的小市民气

---

① 〔法〕米歇尔·莱蒙:《法国现代小说史》,徐知免、杨剑译,上海译文出版社1995年版,第131页。

② 〔匈〕卢卡奇:《卢卡奇早期文选》,南京大学出版社2004年版,第96页。

质走完了他的青年时代。福楼拜是有意识地将福赖代芮克"带入"可造就浪漫的场景中,让读者看到这位曾经对前途满怀希望的年轻主人公无胸怀、亦无能力去完成任何一次浪漫情事,以受挫者的形象告终。再有,论背景,福楼拜提供了不逊于巴尔扎克任何一篇小说的宏大背景——街头暴动的革命场景中暴动者一次次战斗的场景,以及主人公随暴动者"巡视"皇宫的描写,其对历史真实事变的"摹仿"的逼真性丝毫不亚于出版于 1862 年的雨果《悲惨世界》中的人民暴动场面。面世于 1870 年的《情感教育》构筑了宏大壮阔的"非常态"的故事背景,让一位性格懦弱的花花公子活动其间。民众暴动的血腥、无序并没有给男主人公带来罗曼蒂克的心灵解放,相反,暴动反而衬出主人公的不合群、孤立、不受欢迎以及与暴动者格格不入的旁观者心态。血腥屠戮中,英雄与屠夫都与主人公无关,这部小说以一个时代的崩溃衬出一个年轻人浪漫情怀的烟消云散。

再者,众多的场景,无论是聚会还是幽会,多与情事有关,好像这个年轻人在巴黎的行状就是辗转于诸情场。然而,福楼拜又恶作剧般地将刚刚开始抒情的场景来个"翻转",海誓山盟的浪漫话语刚刚落幕,煞风景的联想或恶作剧般的巧合就接踵而至:极抒情处被迅速地"转化"为极败兴处。福楼拜的目光总是习惯性地从某种美化的浪漫场景中窥见出丑恶、别扭或尴尬。雷纳·韦勒克认为福楼拜的小说"最终存在着一个无法解决的冲突:一面是福楼拜的科学或者说自诩为科学的观察,是那种奥林匹亚人式的超然态度,另一面则是向往美、向往刻意求纯的效果和结构的热情追求。一片灰色的《情感教育》,与鲜血淋漓和珠光宝气的《萨朗波》,这种冲突反映于二者的对照之中。无论理论还是实践方面,福楼拜都未能将现实主义和唯美主义综合起来"①。福楼拜的历史小说《萨朗波》中的英雄马托"冲冠一怒为红颜",可以为了佳人萨朗波发动一场规模宏大的起义,血雨腥风的战斗场面成为马托疯狂情欲的布景,这种"死了都要爱"的孤注一掷的末路英雄气概与《情感教育》中的主人公无缘。尽管《情感教育》的内部亦存在着现实主义与唯美主义的冲突。不过,这种冲突让唯美遭遇反讽的损害,又让反讽接受唯美

---

① 〔美〕雷纳·韦勒克:《近代文学批评史》第四卷,上海译文出版社 2009 年版,第 17 页。

的洗礼。浪漫的唯美被超然的反讽腐蚀、侵犯,然而,反讽的内里又镶嵌着唯美的元素。这种小说反讽叙事审美的斑驳状态与单纯的唯美浪漫或现实批判比较,不见得更赏心悦目,却能带来更微妙的回味和更难解的困惑。这是一种"斑驳状态"的反讽,是一种暧昧状态的反讽,是一种指向性摇摆不定的反讽修辞。

所谓"斑驳化反讽"的特点,首先在于叙述者态度的暧昧化和模糊化。叙述者对于叙述对象,既有嘲讽,亦抱有感伤、欣赏的成分;其次,就具体的场景描写而言,浪漫与龌龊错杂,宏大与渺小共存,纯情与欺骗相携;再有,"斑驳化反讽"是一种反讽的立场与界线不断模糊不断变化的反讽,是一种不断地将反讽的对象"推进"绝境的反讽。针对同一人或同一情境,在"斑驳化反讽"之情境中,反讽之有理由,开脱之亦有理由。可以认为,所谓"斑驳化反讽",反讽一切,又为一切开脱:在开脱中反讽,在反讽中开脱。

四

斑驳化的反讽叙事,拓宽了叙事反讽艺术的界面。"斑驳化反讽"不同于那种反讽意图明确,反讽对象锁定的那种"单面极化反讽"。所谓"单面极化反讽",被反讽的对象和内容非常明确,比如巴尔扎克嘲讽《贝姨》中的于洛男爵以及《交际花盛衰记》的银行家纽沁根的好色,其通用的叙事模式是让情欲偏执狂主人公之荒谬行为不断升级,使得被反讽者的行为和情感推向极化:欲望失控迫使主人公作出与其地位身份极不相称的事情,反常规的行为步步升级不断凸显从而获得夸张的讽刺效果。年事已高的于洛与纽沁根都同样以低三下四的态度讨好年轻的情妇并陷入情妇为其设计的陷阱。巴尔扎克小说中反讽,哪怕是善意的,比如对饕餮之徒邦斯舅舅或老姑娘科尔蒙小姐之类的反讽,同样也是以极化人物某种异于常人的特征作为反讽的特征。

"斑驳化反讽"不以反讽的极化性为方法,相反,"斑驳化反讽"是既有反讽又对反讽进行"钝化处理"的反讽方式,是一种反讽之作用力刚刚发挥效力反讽的质地就发生微妙变化的反讽,是反讽之情感不断为其他情感所转变所置换的反讽。

因此,"斑驳化反讽"会出现这样的反讽效果:有些叙事,明明是在嘲弄主人公的玩世不恭,却似乎与读者分享主人公某种"使点坏"的快乐或带点放纵意味的恶作剧;有些反讽叙事,明明是在冷漠地描述某君的丑陋,却又马上观照主人公内心的隐秘角落里残存着的良知;有些叙事,分明是在曝光主人公的懦弱或无耻,却冷不丁地透露主人公的一丝惭愧和几分忧伤。如此,反讽依然延续着,主人公所在的特定情境依然具有反讽性,不过揶揄的成分已经悄然削弱,反讽中已经融入了某种同情和开脱的成分。福楼拜冷漠的剖解中,既有目光锐利的揶揄,亦有洞悉一切的谅解,还有不可名状的忧伤。这一切,又都涂抹上一层造物弄人的怜悯色彩。

"斑驳化反讽",就是让反讽的锐利性钝化。福楼拜的反讽,总是似讽非讽,反讽处于不断摇摆不定的状态。甚至,作者是否在反讽,抑或是在欣赏或是同情,读者在某些情境下难以确定。这无疑大大地钝化了反讽的力量。福楼拜往往在第一波反讽钝化之后又能创造第二波锐利的反讽,再钝化,再锐利化,甚至一波钝化未了,另一波的锐利化已初现端倪。如此,反讽的效果,处于锐利化与钝化的交错之中,这使得反讽力度的层次性与反讽的色彩之色差层次感越显丰富,越显斑斓;"斑驳化反讽"同时让嘲讽的情感与多种情感相交错相融合。这种交错、融合一是由于冷漠化的叙述导致判断的多义化,二是由于叙述者极善于捕捉某种情感状态中的"不纯"之因素,比如贪婪虚伪状态中所潜伏着的卑微者的善良,比如趾高气扬的状态中掺杂着侥幸或伤感,等等。

"斑驳化反讽"构建反讽的同时又在侵蚀着反讽。叙述者在同情、欣赏甚至纵容的态度中让反讽不再是那种一"讽"到底的单一性的叙事修辞状态,而是与其他情感融合在一处,在与其他情感融合的过程中呈现出某种"似是而非"或"似非而是"斑驳状的反讽状态。再者,"斑驳化反讽"嘲讽的对象亦趋于多样化,反讽甲的同时,以为乙可以躲开反讽的利刃,却不料乙亦难挣脱反讽之网。当反讽的笔触不断瓦解诸多人的"体面"之时,反讽形成的链条无疑影响着读者对整个世界的看法。这就让反讽从对人、事的反讽上升到对整体意义的反讽:这个世界整体上可能是荒谬的,无论是伪装还是真诚,人类的生存都是充满了荒谬性,由此让反讽的修辞语调遍布整部小说。

五

李健吾先生在他的著作《福楼拜评传》中论及《情感教育》,已经注意到这部小说以"全景"视野写诸多人物在历史变迁的命运,福楼拜是抱着"造化弄人"态度将所有的人物和故事进行泛反讽化的叙述。李健吾说:《包法利夫人》是一个简单的故事,背景又是简单的乡村。《情感教育》却扩大局面,从村落跳入世界有数的大都市,从一出纯粹的个人的悲剧变成人类活动的历史的片段。他要的不是枝枝节节的效果,而是用枝节缀成的人生的全景。无善无不善,无大无小,这里全有各自相当的地位。"[1] 这所谓的"人生的全景",这所谓的"无善无不善""无大无小"让所有被叙述的对象都陷入"相对化"的叙事情景。"无善无不善"的态度是"斑驳化反讽"之必要条件:嘲讽"不善"的时候常有一种"善"的观照悄然潜入,当某种"善"占了上风时,"不善"的暗面如影随形般抵达文本的前端。

"斑驳化反讽"修辞图景中,高尚与卑污、真诚与造作、善良与粗暴,往往只有一纸之隔。人类既狭隘又豁达、既残忍又善良、既伟大又渺小的易变性成为反讽的焦点。从这一点上说,"斑驳化反讽"与 D. C. 米克宣称的"总体反讽"有相似之处:"总体反讽(General Irony)是一种相当特殊的反讽,因为反讽观察者也与人类的其他成员一起,置身于受嘲弄者的行列之中。结果总体反讽既倾向于从受嘲弄者的角度(他不能不觉得宇宙对待人类真不该这样不公平)加以表现,又倾向于从超然的观察者的角度加以表现。因此,被称之为'世界反讽'(World Irony)、'哲理反讽'(Philosophical Irony)、'宇宙反讽'(Cosmic Irony)的东西,有时不过是人在面对冷漠的宇宙时的一种无助的表现,一种染有屈从感、孤独感甚或绝望感、痛苦感和愤懑感的表现而已。"[2] 无论"斑驳化反讽"或是"总体反讽",两者都承认这个

---

① 李健吾:《福楼拜评传》,广西师范大学出版社 2007 年版,第 156 页。

② [英] D. C. 米克:《论反讽》,昆仑出版社 1992 年版,第 102 页。

世界上反讽的对象是不固定的并且会发生戏剧性的逆转,或者说"斑驳化反讽"与"总体反讽"都具有为任何事体涂抹上一层反讽意味的居高临下的能力与角度。不同在于,"总体反讽"更强调只要获得一个超然的角度,一切皆可反讽,而"斑驳化反讽"虽然也相信一切皆可反讽,但同时还观照反讽的背面具有的某种美、善,甚至伤感,借以去逆转、缓冲、削弱反讽的戏谑性。当然,"斑驳化反讽"不是和稀泥,不是简单地公式化地诠释"丑中有美,美中有丑",也不是利用多视角去揭示同一人事,而是强调美丑的混杂、融合。

这就造成一种局面,一种小说文本中,戏谑的成分,赞赏的成分,谴责的成分,纵容的成分,混合在一起,瞬息万变。"总体反讽"最突出的依然是反讽,而"斑驳式反讽"中反讽不是时时都作为主导的修辞方式,反讽成为一种潜流,逡巡于其他情感间,成为一种不断游移、时强时弱、时常导致多义性理解的情感修辞。"斑驳化反讽"有时甚至以"疑似反讽"的面目出现:是不是反讽? 反讽是弱是强? 对甲反讽还是对乙反讽,抑或兼具? 从这个角度说,福楼拜的"斑驳化的反讽"修辞方式许多时候是具备所谓的"无关个人式反讽"之特性。"无关个人式反讽"是"一个以非个人性作者的常规手法写作的小说家,如果在描述他故意让读者感到其思想和行为荒唐可笑的人物时,避免亲自出面来评东说西,读者就可能发现不了可笑之处,即使发现,也难以知道这位'缄口不言'的小说家,是否与自己的看法相吻合"①。"无关个人"只是一种隐蔽自我的叙事风格。不过,无论如何"缄口不言",读者依然有可能通过上下文的人物关系、人物行为和思想的比照获取解读途径,除非不留下文字踪迹,否则,只要做出了文章,就有解读的可能。只不过"无关个人式反讽"的反讽修辞增加了解读的难度。这种难度体现在福楼拜的小说中,便是无情式嘲弄和同情式调侃混杂、偷窥狂式的暴露与严峻审视式的剖解相携、亵玩式细描与贴近式批判共存。"斑驳化反讽"是一种情感杂糅式的反讽,这种情感杂糅式的反讽,是反讽不断与其他情感摩擦、交汇、叠加、融合导致的。"斑驳化反讽"是反讽进入一种"疑似反讽"状态的反讽;

---

① [英]D. C. 米克:《论反讽》,昆仑出版社 1992 年版,第 80 页。

是反讽主动瓦解自我的反讽性,让反讽性不断退却又反复登场的一种反讽;是反讽似乎无所不在但反讽一旦成为主导又马上被其他情感所侵蚀、寄生、置换的一种状态;是坏笑与伤感交织、黑色幽默与严肃思索并置、冷面审丑与无声叹息难分难解的修辞状态。

在"斑驳化反讽"中,反讽与其他情感不是处于平衡的状态。斑驳化不是平衡化,"斑驳化反讽"是让反讽与怜悯、欣赏、伤感、纵容等情感处于化学反应状态:小说中叙述者或人物的情感性质不断在改变,前一部分尚是某种高尚的、骑士化的情感起作用,而到了后半部分,某种消解的力量突进,骤然间反讽的情感迅速控制了话语片段。然而,就在反讽形成主宰力量的时候,某种怜悯、怯懦、愧疚的情感看似在维护、策应着反讽,却又在无形中造就一种有效地迟缓反讽的话语力量。这种不断地处于变化甚至遽然变动的情感反转,总是能见到反讽修辞的话语在其中游弋,串位。这就是"斑驳化反讽",这种反讽方式使得反讽若隐若现,时弱时强,变化万端。"斑驳化反讽"之反讽,不是以自上而下的方式辖制全文,反讽是以见缝插针的方式游动在各种话语的间隙间:反讽呈斑驳状遍布文本中。

六

布迪厄认为,福楼拜是那种"难以归类的人",是那种"用垂死来逗观众开心"的艺术革命家:"他们的贵族立场通常植根于社会特权阶层并且拥有强大的象征资本(对波德莱尔和福楼拜来说,丑闻一下子就令他们声名大震),这种贵族立场助长了一种深刻的、在社会和美学方面'对局限性感到焦躁'的情绪,以及不能容忍一切与这个世纪达成妥协的傲慢态度。"[①] 这种"傲慢态度"体现在文本中就是反讽一切可反讽的对象。巴尔扎克是为了维护某种道德准则而反讽他笔下的痴态人物,福楼拜是为了破坏既有的道德准则来反讽他笔下的一切,所以,福楼拜的反讽是以玩世不恭者的赏玩、颠覆态度来品味他笔下人物的悲喜剧。布迪厄将福楼拜小说文本中的意识形态定

---

① [法]皮埃尔·布迪厄:《艺术的法则——文学场的生成和结构》,中央编译出版社 2001 年版,第 128—129 页。

位为"犬儒主义",认为福楼拜的创作"是以艺术和道德之间的关系破裂为代价的,这种眼光要求一种无动于衷、漠不关心和超脱自己的姿态,甚至要求一种犬儒主义的放肆无礼姿态。这种放肆无礼与双重的暧昧态度正好相反,这种暧昧态度是小资产者对'资产者'和'老百姓'的厌恶和着迷造成的。比如福楼拜强烈的无政府主义情绪、反抗的和玩世不恭的精神及保持距离的能力,使他能够从人类苦难的简单描绘中提炼出最出色的美学效果"①。这里所言的"艺术和道德之间的关系破裂"就是指福楼拜在道德界面上是以玩世不恭的反抗态度对待世界,但为追求小说叙事上"最出色的美学效果",却能对笔下人物的生存状态和心灵波动的摇摆性施以精确的扫描。这里,"厌恶"是因为自恃获得藐视一切的文化资本,而"着迷"是因为在趣味上叙述者与他的反讽对象并无太大的差别,甚至他的趣味非常接近他的反讽对象。"厌恶"使得反讽可以居高临下无所顾忌,"着迷"则让叙述者与主人公一同顾影自怜:因为他反讽的对象很可能就是他自我的投影。讽刺与同情不断交替的修辞,使得福楼拜小说对主人公的态度充满了不确定性:你可以说男主人公在享受着骗子的乐趣,你也可以认为他是多么无奈多么懂得品味人生无常的感伤滋味;你可以认为男主人公是不断移情别恋的花花公子,你也可以认定他是一个来自外省的懦弱者和受伤者;你可以将阿尔鲁夫人解读为一位情感上的逃避者和空想者,也可以将她识别为一位美好情感的拥有者和抒情者。罗兰·巴特将这种斑驳化的不确定性的反讽称为"有益的艰难":"福楼拜凭着驾驭那浸透了不确定性的反讽,造成了对写作有益的艰难:他不断中断众符码的运转(或仅是局部中断),因此,人们绝对不知晓他是不是造成作品如此面目的原因(不知晓他的语言背后是否有个主体),这显然是写作的标志;因为写作的本质(构成写作这一劳作的意义),是从来不回答谁在说话这个问题。"②"谁在说话?"其实并不重要,重要的是说话者想传达什么。福楼拜要传达什么? 一是这个世界不能用既有的道德规范来衡量的,福楼拜现实题材小说放逐了英雄人物,福楼拜的主人公身上混合了艺术家、

① [法]皮埃尔·布迪厄:《艺术的法则——文学场的生成和结构》,中央编译出版社2001年版,第127页。

② [法]罗兰·巴特:《S/Z》,上海人民出版社2000年版,第239页。

流浪者、浪荡子、薄情者、深情者、虚无者、冒险家、感伤者、懦夫、怀旧者等特征,他是位身份不明朗的人。这种身份的不明朗,是叙述者有意识地让主人公的形象陷入"有益的艰难"之中而导致的。当然,这最"有益"的所在,还在于福楼拜建立起这样的文本:你可以看不起主人公,可以挖苦、嘲弄他,可以谴责他,可以悲叹他,亦可同情他欣赏他,甚至可以模仿他。主人公成为多重情感交织投射的客体。

这就是福楼拜,他对一切都加以嘲弄,但他有本领缓解、化解这种嘲弄。这不单是依靠故弄神秘的客观,也不是玩弄平衡的中立,而是一种新的艺术观使然:反讽可以渗透到主人公每个细节中,但反讽不承担甄别善恶的功能;反讽的笔触可以深入到私密的内心和无人知晓的特殊场合,但反讽不是作为批判堕落的利器来使用;反讽嘲弄一切既有的习俗观念和人情世故,但反讽多了一种惺惺相惜的宽容甚至是同谋的窃喜。嘲弄、宽容、窃喜的并存是因为福楼拜式的反讽已经远离道德训诫,让反讽成为人性弱点的哈哈镜聊以解嘲。同时,又在自我解嘲般的笑声中达成谅解:如果连主人公都已经认识到自己是那么可笑,那么,哪怕他自欺欺人,或孤芳自赏,他也能因为自省或自我感伤而获得短暂解脱的机会。

到了 20 世纪初期,普鲁斯特的反讽,其反讽中的反浪漫性,一点不亚于福楼拜。普鲁斯特甚至将《追忆似水年华》中圣卢这样一位浪漫王子形象在小说的最后做了一次相当不得体的颠覆,至于德·夏吕斯这样的人物,他那无望而又想入非非的浪漫畸恋是多么奇妙、精致,又是多么疯狂。对浪漫的反讽,普鲁斯特具备了福楼拜式的犀利,但普鲁斯特的小说叙事比福楼拜更精致、多面。更重要的在于,普鲁斯特的"唯美化反讽",使得他的反讽不是单靠温情和感伤来缓冲,普鲁斯特看世界的态度,除了嘲弄,更有博大的同情和无边的怜悯。普鲁斯特在《追忆似水年华》中往往将人与人之间最细微最容易被忽略的伤害作为反讽的对象,反讽人的虚荣和残忍。普鲁斯特式的反讽是饱含着极细腻的同情和极不忍的大怜悯,他对于虚荣者和残忍者施以嘲讽之时甚至都为其铺设好获得谅解的退路,而福楼拜更沉溺于充满暧昧性的嘲弄之中,他对于种种敷衍性场景和煞风景的场景,混合着猎奇、窥探、赏玩和少许同情。福楼拜的反讽立场极度模糊,其反讽着力点在于凸显人无法为自我所把握的种种困境。福楼拜"斑驳化反讽"反讽与普鲁斯特"唯美式反讽"有着明显的区别,普鲁斯特式的反讽,是对所有人事充满了理解和谅解的反讽,是最终达到唯美大境界的反讽,也就是说普鲁斯特反讽人事的态度最终都是以宇宙时间这个大系统来衡量,而福楼拜"斑驳化反讽"是一种暧昧的、无所依归、悲观的、自我沉溺式的反讽。福楼拜式的"斑驳化反讽"与普鲁斯特的"唯美化反讽"都带有虚无性,但普鲁斯特的虚无性是一种阅尽人间种种美好后的虚无性,而福楼拜的虚无性则根本不相信人间还有永恒之美好。所以,福楼拜式的"斑驳化反讽"之"斑驳化"不是因为他的反讽中包含着多么复杂的情感内容,而在于他的冷漠性、摇摆性、幻灭性造成了他的反讽话语中极煞风景极具冷酷性却处处透着顾影自怜的懦弱性和无所依靠的孤独性。

福楼拜式幻灭小说的反讽,既能将反讽深入到伤风败俗之煞风景的地步,亦能将这种反讽感伤化到柔肠百转的地步,这种悲观的、消极的、私密的、颓丧化的反讽,根本找到任何价值的皈依,最终在价值虚无中去轻扣感伤的大门,却依然无法得到任何答案和安慰。

这就是福楼拜,他具有巴尔扎克的宏大和深刻,兼有普鲁斯特的某些睿智和唯美,却又对世界充满了不信任,从而以反讽之笔书写浪漫感伤,又以反讽之笔驱逐浪漫。福楼拜作为斯宾诺莎哲学的信服者,最终以他独特的反讽书写为小说叙事修辞留下珍贵的遗产。普鲁斯特认为福楼拜的小说叙述具有"炼狱和驱邪的效力",这种效力正是来自于福楼拜"斑驳式反讽",一种浪漫感伤与调侃戏谑相交织的反讽样式,一种不置可否的批判一切的反讽姿态。

第四章　静态角逐、优雅圈套与悖论迷思

一

　　小说应该如何建构一位女士的超级魅力呢？在亨利·詹姆斯的名著《一位女士的画像》这部小说中，女主人公在情感活动中主动选择的骇俗之举与诸多男子对女主人公持久的静态角逐，共同建构着女主人公不凡的浪漫魅力。

　　《一位女士的画像》女主人公伊莎贝尔是一位极具浪漫个性和独立意识的女性。研究者指出："伊莎贝尔对'多彩的生活无限向往'，而拉尔夫希望看到她在她的世界上空自由翱翔，从中我们可以感受到这种对超验性的欲望。"①的确，"超验性"一直是伊莎贝尔所向往的体验。事实上，与众不同的伊莎贝尔在小说文本中表现出的婚恋态度，探知世界的热情，以及博览群书的求知欲，都在形塑一位生气勃勃的少女形象。从伊莎贝尔对求婚者的态度看，她对富可敌国且温文尔雅的沃伯顿勋爵求婚之婉拒，对美国商业才俊戈德伍德求爱的明确回绝，都让我们看到一位极不寻常的伊莎贝尔。再有，对一文不名的"流浪王子"的奥斯蒙德的垂青直至嫁给他，女主人公有悖常情的举动更让伊莎贝尔的各位亲朋好友瞠目结舌、疑惑不解。

---

　　① ［美］戴维·明特：《美国现代小说文化史》，《剑桥美国文学史》第六卷，中央编译出版社2009年版，第24页。

如此不一般的女性,其非凡魅力的获得,不是依靠对其心灵和外貌的直接勾画,更多的是通过她对求爱者拒绝或接受的态度,让我们惊讶于女主人公的"非凡"。或者说,最能调动读者想象力的,不是伊莎贝尔的外表或谈吐,而是主人公谜一样的爱情、婚恋行为。这种不解,第一是拒绝,女主人公拒绝的对象越是非同寻常,女主人公拒绝的理由越是匪夷所思,她那令人迷惑的魅力指数便相应升高:拒绝成为勋爵夫人,其魅力就胜过勋爵夫人;拒绝成为商业巨子的太太,其价值就超过财富所能衡量的标准。拒绝得越彻底,不凡性与神秘性越突出。第二是接受,伊莎贝尔接受三流画家奥斯蒙德的求爱,奥斯蒙德越穷,伊莎贝尔追求"超验性"的精神信念愈不凡。

从这个意义上说,伊莎贝尔无论是拒绝还是接受,其出发点是统一的:伊莎贝尔重视求爱男子自身的品位与趣味是否符合她的特殊要求。

不过,如果将伊莎贝尔对婚恋的取舍等同于她对男性身份的取舍,那又大错特错。

伊莎贝尔是与带着各自气质和身体特征的具体男性交往中作出选择,伊莎贝尔的选择首先是对男子的气质与品位的选择,其次才是身份的择定。或者说伊莎贝尔的婚恋选择,不是由一个事先设定的抽象理念派生出的一个选择模式来甄别,而是在她与诸多男子的情感往来中作出决定。

叙述伊莎贝尔如何回绝男性,不是通过简单的身份"勘定"了事,而是透过女主人公对诸男性的外貌、谈吐、行为的具体感受来叙述其情感的进退。如此,伊莎贝尔的形象才可能生动起来。换句话说,唯有在微观的感性层面上刻绘女主人公的内心波动,才可能让伊莎贝尔的婚恋"选择"不是以男性身份为筛选依据,而是在一次次与诸男性对话与对视中在感受层面上为其取舍寻找理由。对来自家乡的美国青年戈德伍德的拒绝,伊莎贝尔任性、霸道,坚决中有亲昵,耍泼中有信任。对认识不久的英国贵族沃伯顿勋爵的拒绝则温婉中有距离,大方中含羞涩。而伊莎贝尔接受三流画家奥斯蒙德的求爱,则完全迷失在奥斯蒙德用话语建构的爱情童话王国中。伊莎贝尔对奥斯蒙德的态度是无条件的痴迷、轻信且自信。

这意味着,亨利·詹姆斯创造伊莎贝尔这一形象,塑造一位纯情又不乏风情、有着极强的好奇心和求知欲的年轻女性,如果单从价值判断层面上断定伊莎贝尔不爱权贵金钱,喜欢我行我素且傲世独立,那是牵强的。伊莎贝尔选择的是活生生的人,而不是某一明确的身份。例如,她不喜欢戈德伍德,小说中有这样一段感觉剖析:"他的棉纺织厂,她根本不感兴趣,戈德伍德的专利权也只引起了她极端的冷淡的反应。她希望他保持这种大丈夫气概,一分也不减少,但有时她又觉得,如果,比方说,他稍微改变一些,也许会好看一些。他的下巴颏太方,太严峻,他的身子太直,太僵硬,这些特点表示对生活中较深的意境不容易协调。还有,他一年四季穿同样的衣服,这也是她不赞成的,当然,这不是说他老是穿同样的衣服,相反,他的衣服都是崭新的,但它们好像是用同一块衣料做的,式样、质地都一样,叫人讨厌。"① 小说正是通过勾画伊莎贝尔对诸男性的身体、气质与言谈之感受来写她的情感取舍。伊莎贝尔与诸男子之关系发展,亦是附着于她对诸男性的种种细腻而微妙的感觉过程中来完成,而非以身份类型作为爱或不爱的根本依据。

故概括伊莎贝尔的非凡性,不能简单地说她选择了穷艺术家而舍弃了贵族富商。女主人公首先是选择了某个人,其次才是选择了某类人。

伊莎贝尔以自我情感好恶为出发点的选择,派生出的结果是伊莎贝尔放弃了富贵选择了诗意生活。更进一步,当她发现诗意生活竟然是个陷阱时候,女主人公不是怨天尤人,而是以冷静而高贵的状态面对逆境。这种逆境中的高贵性同样大大提升了女主人公的非凡性。

不过,单写女主人公对婚恋的率性选择以及女主人公发现陷阱之后的高贵冷漠,还不足以让女主人公的超凡魅力获得张扬。即单写女主人公的主动选择,这对女主人公的超凡性的建构还远远不够。伊莎贝尔的魅力,相当部分来自诸男子对其追逐的热烈性。不过,亨利·詹姆斯叙述这种竞争的热烈性,却是以抑制热烈性的方式让情感竞争的"热度"升温,以"去竞争性"的方式,布局"烽烟四起"的婚恋角逐阵线。遗世独立的奥斯蒙德和病恹恹的表兄拉尔夫表面上都无意于角逐,但他们实际上是用心最深的角逐者。《一位女士的画像》,从整个文本看,伊莎贝尔出场伊始,角逐的号角便已吹响,至小说终了,角逐活动还未收场。

---

① 　[美]亨利·詹姆斯:《一位女士的画像》,人民文学出版社 1984 年版,第 134 页。

男子们的角逐,形成推动女主人公成长的一个重要的动力结构。

单写伊莎贝尔的主动选择,固然对形塑女主人公的个性极重要,若缺乏诸男性对伊莎贝尔不断打量、探寻、追求、嫉妒甚至愤怒,那么,伊莎贝尔的魅力不知要逊色几分。或者,文本如果不架构诸多男性次第追逐的阵势,伊莎贝尔所谓的主动选择也无从下手。另外,角逐结构还有另一层的意义,那就是为展现伊莎贝尔的思想情感提供了一个不断深化其个性特征的叙事空间。

角逐结构围绕着伊莎贝尔这个中心点展开。小说中,角逐可分为两个波次。第一波次是伊莎贝尔结婚之前,不同身份的男性交错跟进的爱情追逐战,最后以圆熟的奥斯蒙德对伊莎贝尔的趣味和品位的刻意奉迎赢得芳心而告终。不过,自视甚高的奥斯蒙德是不太愿意在伊莎贝尔面前扮演积极的追求者,尽管他始终有着极强的竞争心。一段奥斯蒙德得知伊莎贝尔拒绝了沃伯顿勋爵求婚之后的心理描述很有提示意义:"现在他看到了沃伯顿勋爵,他认为他是他的民族和阶级的优秀典范。这样,把那位拒绝与英国贵族结成美满姻缘的少女占为己有,在他的眼里就具有了新的魅力,她的条件使她可以成为他的宝库中的一件珍品。吉尔伯特·奥斯蒙德对英国的贵族阶级极其景仰,这主要不是由于它的荣誉,他认为这还是容易超越的,而是由于它那强大的实力。上帝没有使他成为英国的公爵,这是他始终不能容忍的。伊莎贝尔那种出人意外的行为,当然会引起他的重视。他要娶的女人有过这样一段美妙的经历,那真是再好没有了。"① 伊莎贝尔对未婚夫天真崇拜背后原来隐藏着未婚夫如此虚伪的得意,这种不对称心理,一方面写出一位浪漫美好的女子所面对的情感陷阱,另一方面亦写出性竞争的秘密:就连貌似遗世独立的奥斯蒙德也是通过另一位追求者的"价值"来断定伊莎贝尔是一件"珍品"。伊莎贝尔的"珍品"价值,不仅仅要通过这位极自信的三流艺术家的"目睹",更要通过对其"轶事"的想象,耳闻之后才可进一步明确其"珍贵性"。一个男子对一位女子"珍品价值"的确证,是通过另一位他"景仰"的男性对此女子的追求来获得确证。这大概可以表明,欲望固然不见得是靠模仿"借来"的,但"珍品"的价值,如果能通过另一位"高贵"的追逐者

---

① [美]亨利·詹姆斯:《一位女士的画像》,人民文学出版社 1984 年版,第 363 页。

来获得肯定,那同样是值得庆幸。

《一位女士的画像》中诸男子对女主人公或明或暗的追逐,让女主人公抽象的魅力得以空间化、行动化。

所谓魅力空间化,是指小说中主要男性角色都在为伊莎贝尔进行大幅度的空间转进,跨越大洋或横穿欧洲,明修栈道或暗度陈仓,总是设法活动在伊莎贝尔居住地附近。

这些追逐伊莎贝尔的男子对空间距离的克服无半点怨言,甚至还要设法让伊莎贝尔觉得他们"靠近"她并不想给她带来任何压力。

空间上的距离克服是魅力行动化重要的方式之一。小说中诸男子的所有行为有哪一项不是直接或间接围绕着伊莎贝尔?伊莎贝尔的魅力不是单靠伊莎贝尔一个人来建构,小说文本要诸男子为她奔波、发痴、犯傻,如此,伊莎贝尔的美与魅作用于诸男子之言行,而这些言行,则成为伊莎贝尔之魅的"镜像"。伊莎贝尔的魅力,是通过沃伯顿勋爵、戈德伍德相继展开的求爱行动,通过求爱者的祈求、委屈、退让、克制,获得最具情节性的呈现。因此,女性之美不再是直接针对女性本人的叙事,而是通过男性的言行来获得更具戏剧性和动作化的表达。让这种魅力"升级"的途径还在于,伊莎贝尔"击退"了诸男性的"进攻",这"击退"或拒绝本身包含着魅力与贞洁的双重含义,而这双重含义又在奥斯蒙德那儿转译为完美的胜利与骄傲:角逐的胜利者"吸收"了之前求爱角逐中所有的行动"充实"进来的魅力。情场胜利者奥斯蒙德含蓄的妒意,是第一波次情感角逐战所建构的伊莎贝尔的魅力之极好诠释。胜利者之妒,是对角逐战价值的肯定;胜利者之傲,是以自身获胜的侥幸来肯定女主人公的魅力。无论是妒,还是傲,都吸纳诸位参与竞争之"同情兄"费心尽力的努力,都通过其内心的波动让之前所有行动者的恳切、殷勤或愚蠢转化为胜利者的妒与傲。妒越深,伊莎贝尔魅力越大,傲越强,其美亦无可争辩。仅就建构女主人公魅力这一角度来看,所有男性追逐之努力都没有白费,通过不同当事人的内心反应的传递,都可以获得累积化的肯定与加魅化的确认。奥斯蒙德对伊莎贝尔的"珍品化意识",是之前追逐者对女主人公加魅化基础上的二次加魅,二次加魅不是简单的累加,而是对之前加魅的积极回应,是对之前加魅的赞赏与激动。而正是在这种激动中,所有的追逐都进入了胜利者感受范围中。追逐不是单向的,追逐者对另一追逐者的思虑使得加魅过程获得多向叠加效应。宛如《追忆似水年华》中斯万对奥黛特魅力的发现,奥黛特的美是斯万发现她与名画上人物神情极其相似之后获得"更高级"的确认。不过,《一位女士的画像》与《追忆似水年华》不同,《一位女士的画像》中奥斯蒙德对伊莎贝尔的加魅并未进入艺术的狂想状态,《一位女士的画像》对女主人公加魅主要依靠的是情感角逐。

伊莎贝尔进入了婚姻,但婚姻并没有让角逐停下脚步。原因是伊莎贝尔不久就发现那位超然物外的夫君是位伪君子。伊莎贝尔婚姻不如意的信息隐蔽却迅捷地传导到之前的追逐者那里,蠢蠢欲动的角逐再次擂响战鼓。其潜在的修辞意义在于,哪怕伊莎贝尔已婚,但她的魅力足以让之前追逐者在师出有名的情形下闻风而动。

角逐者们各自乔装打扮,纷纷踏上伊莎贝尔居住的城市一探内幕,寻求机会。这第二波角逐方式与第一波迥异。沃伯顿勋爵不惜自欺欺人地伪装成奥斯蒙德女儿的求爱者接近伊莎贝尔。戈德伍德耐性十足,常驻欧洲,与奥斯蒙德称兄道弟,并一反常态,极善周旋,为接近伊莎贝尔不惜"卧薪尝胆"。就连病魔缠身的表兄拉尔夫亦以饱满的关爱之心对表妹伊莎贝尔的婚姻质量旁敲侧击。

第二波角逐更具挑战性与艺术性,其追逐难度更大,也更含蓄。小说终了,三位角逐者在伊莎贝尔的调动下,相互帮助,几近组成求爱者互助联盟。那位没有爱的执行力的拉尔夫甚至在临近死亡之刻交代身强力壮的戈德伍德要"保护"伊莎贝尔,这种自我牺牲之爱透露着这样的含义:伊莎贝尔的魅力是如此持久,一位一直惦记着她的男人,哪怕无法爱她,也要委托另一个男人去"保护"她。不过,《一位女士的画像》的性爱角逐重要的特点不单在于角逐让女主人公的魅力不断升级,而在于作者对角逐的叙事进行高度"风雅化"的修辞处理。

男性角逐者们常常欲言又止,或沉默执著,都使得每一场角逐戏充满了扑朔迷离的未定性与话中有话的暗示性。这就让《一位女士的画像》的性竞争是一种"静态化"、"风雅化"的无声竞争。这种"静态角逐"不同于巴尔扎克《贝姨》或《交际花盛衰记》那种赤裸裸的欲望交易型的性角逐，或左拉《娜娜》中那种不可遏制的性冲动为主导的色欲角逐。左拉的《萌芽》中的最后一个场景，两位性竞争者在刚刚发生了重大事故后的煤矿坑道深处如猛兽般一般来个你死我活，这场搏斗算是文学作品中叙述性竞争的无情性与残酷性中一个极野蛮的案例。然而，色欲交易型或格斗型的性爱角逐不见得会让文本中女性角色更有魅力。或者说，性角逐的惨烈性与女性的魅力不见得成正比例关系。《荷马史诗》中的特洛伊战争将海伦说成是战争的起因，海伦的魅力固然无边，但海伦毕竟只是欲望的客体。诸多欲望追逐型叙事文本中的女性角色，有性的魅力却无思想无灵魂，这种被角逐的女性只是男性欲望的投射物，其书写的真正含义与其说指向女性，不如说对男性的力比多的形容多于对女性魅力的建构。《一位女士的画像》以及亨利·詹姆斯的一系列小说则相反，女性对爱情的追求中的欣喜或失落后的痛苦成为文本的主体，女性的内心波折而非男性的欲望在亨利·詹姆斯的小说成为叙事的主要内容，这才使得亨利·詹姆斯的所谓"静态角逐"对于塑造女性的个性化魅力具有特殊的意义，即亨利·詹姆斯式的"静态角逐"更关注女性的自我尊严，以及女性的个性表现和自主选择。普鲁斯特的小说中，"静态角逐"亦是常态，然而，普鲁斯特似乎不屑于过多涉及女性的内心波动，他的小说，男性远比女性敏感且多思。《追忆似水年华》中，斯万的遐想、揣测、嫉妒、迷恋的过程远比《一位女士的画像》中的男性角色来得复杂精致，然而斯万意中人奥黛特的内心世界几近空白。《追忆似水年华》另一重要男主人公马赛尔的性角逐更有意思，他总是以无根据的"假设敌"作为嫉妒的对象，臆想中的种种情敌让他的妒火越烧越旺，他的恋人阿尔贝蒂娜在《女囚》《女逃亡者》两卷中虽处女主角的地位，但女主人公所有的想法都是通过男主人公对女主人公言行的琢磨和想象获得。虽然女主人公在男主人公眼中变化莫测，其不可名状的魅力亦引人遐想，然而，阿尔贝蒂娜终究是男性不可捉摸、无法把握的尤物型女主人公。罗伯·格里耶的《嫉妒》中的女主人公亦有同工异曲之妙，只不过《嫉妒》中的"静态角逐"状态中的男性与女性的距离更大，男性叙述者一刻不停地观察女主人公每一个细微的小动作，沉默中暗含着极含蓄的妒意。无名的角逐状态，让小说中那位似乎带有"隐身"功能的叙述者将女主人公描述为具有奇异魅力却有潜在出轨嫌疑的危险女人。

普鲁斯特与罗伯·格里耶的"静态角逐"模式都倾斜向男性角色,男性角色凝视化、冥想化,而女主人公则静物化、尤物化。这样的文本,"静"是够"静"了,但女主人公仅仅作为男性欲望的"凝视对象",小说并未将女主人公视为具有独立判断力与自我内省力的主体。另外,这些女性多被形容为不可理解无法把握的神秘尤物。

伊莎贝尔不是尤物,而是一位热情活泼,有着幻想力和思考力的独立女性。伊莎贝尔耽于幻想,却从不怯于从反思中寻求更美好的希望。可见,"静态角逐"不必然导致女性魅力的升级,《一位女士的画像》式的"静态角逐"对女主人公魅力的形成具有极大助推的作用,但女主人公作为文本的主要描绘对象,她的自我反思能力同样是提升其不凡性的重要内容。伊莎贝尔主动、积极地回应着男性的角逐,而不是让自己成为男性角逐活动中不会思考只会被欲望化的猎物或尤物。正因为伊莎贝尔的思考与感受的界面不断地为亨利·詹姆斯所开拓,所以,《一位女士的画像》式的"静态角逐",是可见到女主人公的风云激荡的内心反应之角逐。这样,女主人公是作为观察者与思考者而不是猎物而存在着。正因为如此,女性人物的高贵性、内省性与深刻的洞察力,让伊莎贝尔成为现代小说中极具魅力的女性形象。

围绕着一个女主人公的诸男子形成的"角逐结构"是一种很常见的情节结构。美国文学理论家弗雷德里克·詹姆逊甚至透视此类性竞争的叙事结构,从巴尔扎克的小说《老姑娘》小说中读出了政治寓意。争夺科尔蒙小姐的性竞争在詹姆逊看来是商人阶级与贵族之间的意识形态之战。① 这种性竞争与意识形态的关系自然也可以在《一位女士的画像》中获得诠释。在政治立场上倾向平等的沃伯顿勋爵与美国商业新贵戈德伍德联手,与虚伪但老成练达并且充满控制欲的老派人物奥斯蒙德形成了对峙关系。这种对峙关系最终以女主人公心理天平倾向于新兴勃发的美国商业巨子和持激进政治态度的沃伯顿而告终。

---

① ［美］弗雷德里克·詹姆逊:《政治无意识》,中国社会科学出版社 1999 年版,第 159 页。

　　然而,小说的政治寓意的解读固然"正确",却难免削足适履。伊莎贝尔与诸男子的关系肯定包含着政治寓意,却有着远比政治寓意更复杂更微妙的艺术特征。《一位女士的画像》的"静态角逐"之艺术特征便是其角逐的"软性化"。"软性化"的角逐,男性角色或以高尚的自我牺牲,或以大度而灵活的巧妙渗透,总之,以女主人公可接受的各种方式表明他们的执著。有些角逐行为哪怕表现得有些咄咄逼人,终究是温和的,是那种女主人公一挥手就会退去的咄咄逼人。这种亨利·詹姆斯式的"静态角逐"是不角逐的角逐,是一种尽力消除角逐之"嫌疑"的角逐,更是一种去性欲化的角逐,是一种极力表现出高尚姿态的过度文饰化的角逐。这种"静态角逐"的微妙性和含蓄性甚至让女主人公也陷入某种迷惑之中。

　　这种温和而细腻的角逐游戏让整个文本沉浸在缓慢的诗意状态中,这种弱化冲突性与情欲性的角逐有利于整部文本的重心落在建构女主人公的浪漫天真上。主人公从挫折走向反思其精神成长的线索被突出了,从而弱化了男性争夺战的烈度。不过,温和而执著的诸男性的竞争言行同样不容忽视,他们为女主人公提供了抒情化和诗意化的表达空间。或者说,这部小说极力避免性竞争的紧张性以免让性竞争故事取代女主人公的精神世界在文本中的中心地位,在略嫌缓慢且过分文饰的"慢动作"化的弱角逐中徐徐释放女主人公的魅力。亨利·詹姆斯式的女主人公中心地位的突出,在于女主人公不是作为男性竞争模式的附属品,而是能不断地抽身而出,站在一个更高的位置审视自我与诸男子的关系:

　　　　深渊已在他们之间形成,他们在它的两边互相观望,双方的眼神都表明他们认为自己受了骗。这是一种奇怪的对峙,是她做梦也没想到过的,在这种对峙中,一方所重视的原则总成为另一方所鄙视的东西。这不是她的过错,她没有玩弄过欺骗手段,她对他只有钦佩和信任。她凭着最纯洁的信赖,总是在一切方面跨出第一步,但后来她突然发现,婚后生活的无限远景,实际只是一条又黑又小的胡同,而且是一条没有出路的死胡同。它不是通向幸福的高处,使人看到世界在自己脚下,他可以怀着兴奋和胜利的心情俯视着它,给予它裁判、选择与怜悯。它倒是通向下面,通向地底,通向受束缚、受压抑的领域,在那里,别人的生活,那更安乐、更自由的生活的声音,却从上面传来,因而更加深了失败的感觉。正是她对丈夫的深刻的不信任,使世界变成了一片漆黑。这是一种容易指出,但不容易解释的情绪,它的性质那么复杂,以致需要经历很长的时间,忍受更多的痛苦,才能真正得到解脱。对于伊莎贝尔,痛苦是一种积极的因素,它引起的不是沮丧,不是麻木,不是绝望,它是一种促使她思索、反省、对每一种压力作出反应的感受。①

可见,《一位女士的画像》这种高度文饰、欲说还休的羞涩型角逐弱化了角逐的外部强度,这是一种去角逐性的角逐,弱竞争的竞争。角逐仅仅构成布景,女主人公的思想情感的浪漫性、诗意性与模糊性则放置在叙事聚光灯的中心。

弱肉强食型的性竞争是实力、计策与意志的直接对抗。亨利·詹姆斯式的弱竞争的角逐,则让竞争手段高度隐蔽化,这种隐蔽化甚至对主人公是否正处于角逐竞争的状态都难以判定。这种难以判定不但是被角逐的对象无法领会,就是角逐者本身也不见得就懂得自己的意图。

伊莎贝尔婚后,沃伯顿勋爵以老友的身份拜访她的家庭,勋爵似乎对奥斯蒙德的女儿帕茜发生了兴趣。对此事,作为继母的伊莎贝尔的思虑极有解读的价值:

帕茜可能使任何人拜倒在她的脚下,但至少沃伯顿勋爵不在此例。伊莎贝尔总觉得她太渺小,太没分量,也许还太不自然,够不上他的要求。在她身上总有一点玩具娃娃的气息。这决不是沃伯顿勋爵所希冀的东西。然而,男人希冀的是什么,谁知道呢?他们找到什么,就喜欢什么。他们看到了什么,才知道自己喜欢什么。在这类事情上,找不到行之有效的理论,没有比这更不可理解的,也没有比这更自然的。如果他过去看上过她,那么他现在看上帕茜是很奇怪的,因为帕茜跟她这么不同。但是他对她的感情实际并不像他想象的那么深切。或者就算那么

---

① ［美］亨利·詹姆斯:《一位女士的画像》,人民文学出版社 1984 年版,第 515 页。

深切吧，这一切早已成为明日黄花，那么在那次失败以后，他自然会想，要是换了另一种类型的女人，他也许可以成功。我已经说过，伊莎贝尔对这件事起先并不热心，但到了今天，她却对它发生了浓厚的兴趣，大有欲罢不能之势。①

这段话是伊莎贝尔得知自己的前求婚者如今有可能成为其女婿之时的一段内心告白。思绪的中心是前求婚者沃伯顿勋爵当年对自己的求爱其情感是否真切。可见，伊莎贝尔即便当年明确地拒绝了勋爵的求婚，如今亦还关心勋爵当年求婚的"质量"。求过婚的人对于拒绝者来说依然是可贵的情感财富，角逐者当年的诚意都转化为伊莎贝尔衡量自己的魅力的重要参考指标。在这部小说中，就女主人公而言，不存在被她忽略掉的求爱，不存在未被她之后反复咀嚼过的求婚。这意味着这部小说是女性对求爱的感受凌驾于男性角逐的叙事之上。写角逐是为了写女主人公。再从角逐叙事的艺术性来看，沃伯顿勋爵很可能自己都没有意识到他准备向帕茜求爱是为了自己能接近伊莎贝尔，追逐者都未能意识到自己处于角逐状态，而作为被角逐对象的女主人公也领会不了角逐者的潜在意图并产生微妙的醋意，这就是亨利·詹姆斯叙述"静态角逐"的艺术性：角逐者与被角逐者尚未意识到他们处于彼此迂回周旋的情感胶着状态，"静态角逐"却在深入、延续。

亨利·詹姆斯叙述性竞争，已不再以外部动作言语的激烈书写性竞争的紧张性、戏剧性乃至残酷性。相反，爱情的竞争依然激烈，但竞争的激烈性被人物的幽深的心机、和缓的言辞与优雅的举止所掩盖。

从另一个角度看，亨利·詹姆斯式性竞争叙事的特点在于他发现表面上以品味性、趣味性和迂回性为特点的性竞争，在其背后，无论是男女人物，都在极力地调动其经济资本或文化资本。文化资本，在亨利·詹姆斯的小说的性竞争中所起到的作用远远超过政治资本、经济资本和身体资本。文化资本的力量，许多时候，远比经济资本、政治资本或身体资本的作用来得隐蔽、曲折和多义，文化资本的作用是以精神的渗透、趣味的呼应、品位的认同构成最

---

① ［美］亨利·詹姆斯：《一位女士的画像》，人民文学出版社 1984 年版，第 503 页。

具竞争性的角逐手段。亨利·詹姆斯式性竞争叙事的复杂性和微妙性，正是建立在竞争本身的残酷性与竞争手段的温和性、巧妙性的不一致上。内在的激烈与外部的温和，内心的动荡与言行的文饰，构成亨利·詹姆斯笔下性竞争叙事的艺术特色。

二

奥斯蒙德是一位淡化竞争性的竞争高手。试读以下这段文字：

> "不寻烦恼——不用努力，也不必奋斗。听天由命。清心寡欲。"他说得慢条斯理，每句话之间都停顿一下，那对聪明的眼睛注视着伊莎贝尔的眼睛，露出一种决心开诚布公的神气。
>
> "你认为那很简单吗？"伊莎贝尔带着温和的嘲弄口气问道。
>
> "是的，因为那是消极的。"
>
> "那么你的生活是消极的吗？"
>
> "说它是积极的也可以，随你的便。但它所积极肯定的只是我的恬淡自如。你注意，这不是说我天性恬淡——我没有这种东西。这只是我经过深思熟虑，决心弃绝一切。"
>
> 伊莎贝尔简直不能理解，甚至怀疑他是不是在开玩笑。为什么这个性格孤独缄默的人，突然会对她这么开诚布公起来？然而这是他的事，他的坦率还是饶有趣味的。"我不明白，你为什么要弃绝一切？"她过了一会说。
>
> "因为我不可能做什么。我没有前途，没有钱，没有天才。我甚至什么能耐也没有。我很早就看清楚了我自己。那时我只是一个对什么都看不上眼的年轻人。世界上只有两三种人使我羡慕——比如说，俄国的沙皇，还有土耳其的苏丹！有些时候我还羡慕过罗马教皇，因为他享有无上的尊敬。如果我也受到那样的尊敬，我就感到心满意足了。但那是不可能的，我又不愿退而求其次，于是我决心不再追求荣誉。一个最穷的上等人也永远可以尊重自己。幸好我是一个上等人，尽管我很穷。我

在意大利不能干什么，甚至不能做一个意大利的爱国者。要我爱意大利，除非我离开这个国家，但我又太喜欢它，我不能离开它。何况整个来说，我对它还是很满意的，我希望它就像当年那样，不要改变。因此我在这儿一住就是许多年，实现了我刚才说的那个安静的计划。我不是一点也不快活。我也不是说我一无所求，但我所求的只是可怜的、有限的一点东西。我生活中的大事，除了我自己，绝对不为任何人所知道，比如，买一件便宜的银十字架古董（当然我从来不会出大价钱来收购），或者像有一次那样，在一块给一个心血来潮的傻瓜涂得乱七八糟的油画板上，发现了柯勒乔的一幅草图！"

　　如果伊莎贝尔完全相信这一切，那么奥斯蒙德的一生实在是很枯燥的，但她的想象力给它补充了人的因素，因为她相信，这是不可能没有的。他一生与其他人的接触，一定比他承认的多，当然，她不能指望他把这一切讲给她听。她暂时只能到此为止，不宜深入一步。向他表示，他没有把一切告诉她，会显得过于亲昵，又不够慎重，这不是她目前所愿意的——事实上那也是庸俗可笑的。他无疑已讲得相当多了。她现在的心情，还是要为他保持他的独立所取得的成功，向他表示恰如其分的同情。她说："抛弃一切，唯独保留柯勒乔，那是一种非常有意思的生活！"①

这段话，以退为进，表面上是否定自己，其实是将自己打扮成超凡脱俗的高人，颇似中国老子"以其不争，故天下莫与之争"之"无为"超然状。对崇拜欧洲文明同时又向往自由不羁的梦幻生活的伊莎贝尔来说，自然产生了极大的吸引力。奥斯蒙德巧妙地为自己勾勒一副"消极高贵"的流浪王子的肖像，以无能修辞清高，以穷困修辞意志，以消极修辞独立，以取巧修辞品味。这种"不争之争"赢得了芳心。

　　奥斯蒙德更施放出"清心寡欲"的烟幕弹，迷惑住伊莎贝尔，他是性角逐游戏中的作弊者。奥斯蒙德看中了伊莎贝尔继承的巨额遗产，迎合伊莎贝尔的品位要求，放低姿态，让女主人公进入他的"情感圈套"。亨利·詹姆斯

---

①　［美］亨利·詹姆斯：《一位女士的画像》，人民文学出版社 1984 年版，第 316 页。

在《华盛顿广场》《鸽翼》《金碗》中,频频出现以婚恋为手段觊觎异性财富的风雅男子,奥斯蒙德是这类"情感骗子"中最高明的人物。

然而,此类"情感圈套"的设计者是以"爱"为博弈筹码,为了"行骗"得手,不惜"爱"上女主人公。这种"骗中有爱"、"爱中有骗"的悖反性对应着这样的叙事:为了行骗,要爱上她,如果不爱她,就难以行骗。那么,到底是爱上她,还是骗了她呢?事实上,如果只是单纯为了猎取财富,心气高傲的奥斯蒙德不见得就会娶伊莎贝尔。如此说来,奥斯蒙德对伊莎贝尔不见得全无动心。如果动心了,那么,奥斯蒙德被称为骗子,是不是意味着掌握着巨大财富的女子与穷才子结婚都注定会被人怀疑带有行骗的成分?灰姑娘的故事,如果发生性别倒转,男子攀附者作为骗子角色出现的概率是不是远比"女性"灰姑娘故事要多呢?是不是女性而非男性承担灰姑娘这一角色更符合父权制占统治地位的婚恋文化的想象?也许,亨利·詹姆斯的文本中,对奥斯蒙德这类"穷才子""穷少年"的角色抱着不公平的偏见,而对于年轻女富翁这样的角色则一贯赋予道德上的优势。

不过,亨利·詹姆斯毕竟是大家,他的文本不管如何贬低此类"骗子",不是简单地将这些角色塑造为只会行骗的"纯骗子"。相反,哪怕是行骗动机非常明确的角色,亨利·詹姆斯笔下的形象都是人性远大于行骗性,甚至这些形象的个性消解了行骗性,使得行骗性变得不确定。或者说,亨利·詹姆斯所创造的骗子形象总是会从形象中不断"逸出"某些特性,与骗子特性发生龃龉甚至发生冲突。

亨利·詹姆斯总是将所谓的"骗子"写得振振有词或满腹委屈,至少其自身从不觉得自己是在行骗。如此,所谓"骗子"形象似乎有了一种"自我挣扎"的能力,要从"骗子"这一形象的架构中挣脱而出。然而,亨利·詹姆斯毕竟不是陀思妥耶夫斯基,他的小说中的"骗子"不拥有长篇大论的辩护能力,但亨利·詹姆斯总是能通过情节或言语"报料"诸多"骗子"的苦衷,"披露""骗子"的良心。

亨利·詹姆斯写"骗子"不是将骗子写成只是一个劲地围绕着"骗"的职业骗子,如此,人物就僵化了。哪怕真有行骗动机,亨利·詹姆斯笔下这些极在意自我品位的"骗子"也不见得完全会将自己的行为视为行骗。哪怕就是"行骗"了，"行骗"过程中，"骗子"所生成的各种情感也非单一的"行骗能否成功"这一种。"行骗"所导致的情感思虑，远比"行骗"这一行动来得复杂。亨利·詹姆斯写骗子，首先是作为有自尊、懂得情感的细腻性和敏感性的人来写。这是一种愿意与女主人公拥有共同的婚姻生活的"骗子"，此类"骗子"完全不是卓别林经典喜剧《凡尔杜先生》那样的连环杀手式的婚姻骗子，而是真正愿意进入婚姻生活的所谓"高雅人士"。这些人与其说是"骗子"，不如是赌徒。骗子与赌徒都带着冒险家的特性，但骗子是纯粹牟利，以获取利益为最终目的，其情感可以是完全伪装的，而亨利·詹姆斯笔下的情感赌徒的感情不见得都是伪装的。他们通常是将自我情感作为筹码，放入婚姻中一博，以获取最大的利益。因为是"赌"，所以需要爱，而爱上，其后的许多情形，则不是"骗"所能概括的。亨利·詹姆斯似乎不断地告诉我们，"行骗者"也重视自己的尊严，"行骗者"也维护自己的个性，"行骗者"也有对婚姻的"梦想"。

当"骗子"在情节演进过程中其自我感受丰富起来的时候，行骗的动机就被弱化，男女之爱或婚姻之中可能遭遇的失望、厌倦、委屈、乞求、龃龉与忍耐则代替了之前追求过程中巧妙的自我粉饰或不动声色的甜言蜜语。当行骗初衷完全为恋爱之中的感受与情感所置换的时候，甚至会出现《鸽翼》中男青年丹歇那样的天良发现，羞恨交加。当然，亨利·詹姆斯也写了"行骗"不成的故事，如《华盛顿广场》中的男青年莫里斯显然对凯瑟琳具有"情感行骗"的嫌疑，但莫里斯对凯瑟琳并非毫无喜爱之情。这部小说真正的深刻之处，在于凯瑟琳的父亲斯洛泼医生用剥夺继承权的方式羞辱女儿，父亲为"防骗"对女儿的伤害丝毫不亚于莫里斯之后的无情。这是为了防备"情感圈套"导致女性遭受双重创伤的故事。莫里斯这一形象，似乎在告诉我们，"骗子"固然爱财，但是"骗子"对他准备"行骗"的恋人并非毫无情感可言。莫里斯离开凯瑟琳，斯洛泼对莫里斯自尊不留情面的践踏是重要原因。斯洛泼医生与莫里斯那场精彩的交锋不是写出了"骗子"的狡诈，而是写出了"骗子"的自尊、委屈和抗争。

《华盛顿广场》似乎还提供这样一个情感悖论：驱逐"骗子"所造成的创伤丝毫不亚于"骗子"潜在的伤害。"疑似行骗"与"防骗"同时在挫伤着女主人公。这就形成了亨利·詹姆斯故事的主题:道德的高要求许多时候可能比"行骗"更残忍。亨利·詹姆斯对道德与人性之关系的深邃洞察,让所谓"情感圈套"的叙事不断"逸出"所谓的"警世主题"。"防骗者"过度苛刻的防范,驱逐了"疑似行骗者",但同时伤害了接受保护的对象——斯洛泼医生的女儿凯瑟琳。道德的胜利不等于情感的凯旋,明察秋毫不等于世事洞明。况且,斯洛泼医生所持有的婚恋道德难道不是一种偏见? 当初医生的妻子嫁给斯洛泼医生的时候不是带来了极可观的嫁妆? 更重要的在于,医生对财富和社会地位的保护和重视是不是远超过对女儿情感的保护呢? 虽然,在小说中这些问题亨利·詹姆斯并未直接提出,但优秀的小说总是能在道德范畴之外窥见人的情感的复杂性,更能在"正确的偏见"中发现某种貌似正确的道理是如何耽误"误入歧途"的女主人公的一生。情感偏见如何利用道德规范,道德规范如何强化情感偏见,而这种偏见又如何产生破坏性的结果,对此,亨利·詹姆斯的《华盛顿广场》与其说写了一个"警世故事",不如说写出了"警世故事"所可能衍生出的情感与道德的专制性。"警世故事"故事所包含着的情感与道德专制力量可能比欺骗更具有伤害性。

"情感圈套"带有邪恶性,这是诸多小说表达过的主题。亨利·詹姆斯则展示了"反欺骗"力量的残忍性。《金碗》中沃弗父女财大气粗,王子与夏洛蒂是父女以"非凡购买力"在欧洲获得的"物件"。女婿王子与继母夏洛蒂私通,他们事实上在婚前就有暧昧关系,却巧妙地隐瞒着。这就有了"情感行骗"的嫌疑,似乎是设计好了"圈套",骗过沃弗先生和麦琪。小说的结局是麦琪不动声色地终止了王子与夏洛蒂的私通,将夏洛蒂安全稳妥地"发配"到美国这个终身流放的地方,掐断王子与夏洛蒂的情感联系。利维斯认为:"事实上,如果我们起了同情心,那也是对夏洛蒂,对王子有点儿。我们感到,在小说的道德大背景下,这两人所代表的只能是正当的爱情;在陈腐、病态而压抑的氛围下,他们代表的是生命。"[1] 亨利·詹姆斯虽然未在行文中明确对夏洛蒂与王子表示同情,然而,对夏洛蒂的惩罚所带来的重创是显而易见的,受害者麦琪绝地反击,赢是赢了,然而在婚姻的道德体系内的胜利者不

---

① [英]F.R.利维斯:《伟大的传统》,三联书店 2009 年版,第 208 页。

见得就能成为情感体系内的胜利者。对夏洛蒂的惩罚,阻止了继母与女婿的丑闻,却同时让我们发现了另一种"残忍":一位情感充沛的女性生命活生生地被封存入情感"真空地带",对夏洛蒂的"流放",对"情感骗子"的惩罚,同样是冷酷无情的。

亨利·詹姆斯不是在制造道德的混乱,天才作家对人物的"公正性"表现在他哪怕只是在一种道德体系内写作,依然有可能通过人物的各种境遇中的情感表现,让读者去面对人物的性格与情感的各种难局。"骗子"在亨利·詹姆斯笔下既有不良企图,也有自我的尊严和情感要求,有占便宜取巧的坏念头,也有充沛的情爱需求,有该受惩罚的理由也有被过度惩罚之后的伤心、委屈与气愤。

就小说艺术而言,亨利·詹姆斯作为一位小说艺术大师的卓越之处是他对各方人士性格与心灵的深入体察,能够从"当事人"自以为具有合理性的角度加以展开,而当这种"合理性"走到一定程度的时候,很可能会走向反面。或者,"当事人"某种不良的动机,不同立场的人物都可能找到各自的理解,也就可能各自做出不同的判断。由于亨利·詹姆斯喜欢写家务事、情感事,又不吝于让"当事人"与其他人物就某一事体发表各自的见解,所以面对其小说中频繁出现的情感性事件,不同价值立场的交替显现,完全有可能导致读者判断的摇摆。利维斯对这一点提出透彻的理解:"他的风格和手法的发展,明显是与他的天才本质连在一起的。它们表达的是他的宏智博识,是他对于人性所抱有的强烈而细致的关怀。任何直接而断然的手法都处理不了他最感切的事实、资料和素材;而在他看来似乎最值得探讨的道德处境,也不是可让人直截了当而自信地断定全'好'和全'坏'的问题。"①显然,亨利·詹姆斯对各种人的关系不像陀思妥耶夫斯基那样以"对话"方式让各自的理由亮相、争辩,亨利·詹姆斯并没有分配给各方均等的话语权,他的小说也未出现《卡拉马佐夫兄弟》中阿辽沙与伊凡那样将相互对立的道德、宗教与人性的不同价值观念的争辩推到极致之场景。亨利·詹姆斯缺乏陀思妥耶夫斯基那样将人物放置在一个理论思辨层面上对重大观念展开

---

① ［英］F. R.利维斯:《伟大的传统》,三联书店 2009 年版,第 205 页。

对话的艺术魄力,他的人物多还沉浸在日常化的生活情境和生活事件之中,家务事、儿女事是其最经常书写的题材。但亨利·詹姆斯小说对于"情感事件"中不同方面人士对自我情感的正当性的陈述,也时常出现异常生动的交锋,这种交锋虽然不涉宏大理念,但紧贴着具体情感矛盾展开,辩论对手对各自价值立场交锋亦写得紧张且极富机智性。试读《华盛顿广场》中的斯洛泼医生与莫里斯的对话:

> "是不是有可能在第一次见面以前你就对她感兴趣了?"医生问。
>
> 莫里斯对他注视了片刻。"我确实听说过她是个美貌的姑娘。"
>
> "美貌的姑娘——你是这么想的吗?"
>
> "当然是,不然我就不会坐在这里了。"
>
> 医生考虑了一会儿。"我的小伙子",他然后说,"你可真容易受诱惑。作为凯瑟琳的父亲,我相信我爱护、欣赏她许多美德。但是,我倒要老实告诉你,我从不认为她是个美貌的姑娘,也从不相信别人会说她漂亮。"
>
> 莫里斯听到这里坦然一笑,笑容中并无不尊重的意思。"我不知道我如果当她父亲时会对她怎么想,我无法作那样的设想。我只能从我的角度谈。"
>
> "并且谈得挺不错",医生紧接着说。"但那也没有多大必要。我昨天已经告诉凯瑟琳我反对你们订婚。"
>
> "凯瑟琳也对我这么说了,我听了很遗憾。"莫里斯低头不语,坐了一会儿,两眼望着地板。
>
> "你有没有期待我说我非常高兴,然后把女儿扔到你怀抱里?"
>
> "没有,我知道你不喜欢我。"
>
> "是什么使得你这样想的?"
>
> "是我一贫如洗这个事实。"
>
> "这听上去有点刺耳",医生说,"但是要把你当作女婿,事情大致是这样。你没有财产,没有职业,没有生活来源,也没有经济前途,所有这些就把你划入了一个不利的类别。从这个类别里为女儿挑选丈夫是轻率的,何况我的女儿是个富有却又软弱的姑娘。从其他任何角度看,我

都可以喜欢你;作为一个女婿,我讨厌你。"

莫里斯彬彬有礼地说:"我认为斯洛波小姐不是个软弱的姑娘。"

"当然,你必须为她辩护——你最多也只能为她辩护辩护而已。但是我对女儿的了解已有二十年了,你认识她才只有六个星期。即使她不那么软弱,你还是个不名分文的人。"

"对了,这才是我的弱点! 你的意思是我财迷心窍——我只想要你女儿的钱财。"

"我可没那么说,也不必要那样说。说你财迷心窍,除非处于被迫,是极不文明的说法。我只是说你属于不大对头那一类。"

"但是,你女儿不是嫁给一个类别",汤森德紧跟着说,笑容依然是那样诱人,"她是嫁给一个具体的人,一个她慷慨地说她所爱的人。"

"可这个人却拿不出什么东西来作为报偿。"

"我给了她最温柔的爱情与生死不渝的忠诚,难道世界上还能有比这更好的报偿吗?"年轻人问。

"那取决于我们如何看待它们。除了爱情与信誓之外,再提供一些别的东西完全是可能的;不仅是可能的,而且还是一种风俗。生死不渝的忠诚要用今后的事实来证明,而在这之前,这种事情通常还需要物质上的保障。你所能提供的保障是什么呢? 英俊的容貌? 动人的风致? 文雅的举止? 这些东西就其本身来说是非常好的,但光有它们还不够。"

"除了它们之外,你还得加上一样东西",莫里斯说,"就是一个君子的诺言。"

"你永远爱凯瑟琳的这种君子诺言吗? 如果你能肯定这一点,你确实是个了不起的君子。"

"我并非财迷心窍,我对斯洛波小姐的柔情是人类的心灵所能孕育的最纯洁、最无私的感情。这就是我的君子诺言。我对她的财富就像对壁炉里的炉灰一样根本不放在心上。"

"我领教了,领教了",医生说。"讲到这里,我还是要回到刚才说的那个类别。尽管你满口海誓山盟,你还是那个类别里的一员。对你不利的只有一件偶然的事故,如果你愿意称它为事故的话。但是凭我三十年的行医的经验,有的事故可能会有长远的影响。"

　　莫里斯将平手里的帽子——帽子已经捏得皱折不堪。他还是镇定自若,连医生也不得不承认他涵养好。但是年轻人的失望是显而易见的。

　　"是不是有什么办法使你相信我。"

　　"即使有的话,我也不会乐意告诉你。你难道还看不出来,我并不想相信你",医生笑说。

　　"我可以去干掘土挖沟之类的活。"

　　"那是傻事。"

　　"我会接受明天能找到的第一件工作。"

　　"完全可以——但愿是为了你自己的缘故,而不是为我。"①

这样的辩论还有很长的篇幅,不过,从这两位短兵相接的阵势看,斯洛泼医生嘲讽所依恃的不仅是父亲这一身份,更有财富在握的霸气,以及富人对穷人的鄙视和挖苦。处于劣势的莫里斯尽管一再宣称自己爱的价值,但一贫如洗的现实让他所有爱的理由都显得苍白无力。

　　亨利·詹姆斯写这位"疑似骗子",完全不是阿谀诌媚的漫画式勾勒,而显得挺有骨气,非常爱面子。因为在医生看来是"行骗",而在莫里斯看来只是攀附,甚至连攀附都扯不上,因为他献出了宝贵的"最温柔的爱情与生死不渝的忠诚"。亨利·詹姆斯从未对莫里斯进行刻意的辩护,然而,"疑似骗子"一旦进入了与异性的情感交流状态,哪怕不讳言其对财富的向往,也绝对不愿意对自我爱情表达的真诚性加以否定。亨利·詹姆斯笔下的"疑似骗子"情感真、个性强、情趣浓、言词妙,完全不似莫泊桑笔下四处逛荡的"漂亮朋友"。作为情感博弈者,自然带有一定的"行骗成分",但若以简单的"骗子"标签之,就忽略了亨利·詹姆斯对人性透视的深入:在亨利·詹姆斯看来,一旦情感冒险家进入婚恋的角色系统中,其所经历的情感体验不是完全服从于"冒险家"的身份,而是按照其对具体女性的感受去决定他的行为。人的行为不仅服从于初始动机,更是在与他人的具体打交道过程中不断修正初始动机或派生出其他的情感,而这种后续情感是完全有可能占据更

---

　　① 〔美〕亨利·詹姆斯:《华盛顿广场》,上海译文出版社 2012 年版,第 95 页。

主导的地位。因此,亨利·詹姆斯构建"情感圈套"的叙事,不是单一地以"行骗"的准确实施作为小说的线索,相反,之后发生的故事与初始动机发生龃龉,才可能让叙事摇曳生姿。亨利·詹姆斯的叙事不是将所谓"行骗"动机作为故事的唯一动力源诠释,而是突出人的个性如何在实现初始动机之时与自我未必预料得到的情境进行情感交汇,并由于这种交汇而导致动机的修正或动机的改变,从而让小说成为人性的变化过程的情感轨迹剖析图而不是初始动机直接而僵硬的行动实施细则。

亨利·詹姆斯小说中的"情感圈套"一旦启动,"疑似冒险家"或"疑似骗子"不是坐收渔利的赢家,而是会经历一系列痛苦的活生生的人。这就是亨利·詹姆斯的睿智所在,他洞察了人性中不为某种先在的功利目的所左右的不可预测性,动机之外其他情感对动机的干扰性、稀释性和扭曲性。

所谓"情感圈套"叙事,绝不是单一地以"行骗"的得手为目的,而是让情感冒险与"骗子"的个性、爱欲、尊严发生剧烈的碰撞。事实上,在亨利·詹姆斯小说中,"情感圈套"最高明的"陷阱设计大师"梅尔夫人就是一位受伤害极深的旧情人。有研究者从达尔文主义的角度认为梅尔夫人为前情人奥斯蒙德"迎来"富有的伊莎贝尔是为了她的女儿帕茜能获得更好的物质保障。[①] 然而,在亨利·詹姆斯的小说世界里,事情没有那么简单,梅尔夫人根本不敢让帕茜知道她才是生身母亲,奥斯蒙德也不过利用了梅尔夫人而并未对她感恩戴德,甚至厌恶她。小说中,亨利·詹姆斯视梅尔夫人为该受惩罚的女人,但大师亦写出了这位女性有苦难言的困境,其悲剧性丝毫不亚于在不如意的婚姻中备受煎熬的伊莎贝尔。就连那位看似最大受益者的奥斯蒙德,在婚后发现伊莎贝尔并非他想象中的所谓"完美女人",加上各路角逐的潜在情敌不时来"窥探敌情",也同样在嫉妒与自傲中扮演不如意丈夫的失落角色。亨利·詹姆斯即便是以谴责的口吻写这些心术不正者,也从来不忽略他们的痛苦。

在亨利·詹姆斯的小说中,婚姻恋爱的伦理道德规范的正当性失却了,但个人情感"真诚性"之正当性还在;个人情感的"真诚性"之正当性失却

---

① David P.Barash and Nanelle R.Barash: *Madme Bovary's Ovaries: A Darwinian Look at Literature,* New York: Bantam Dell, 2005, p.140.

了,但个人尊严的正当性还在;个人尊严失却了,但亲情的正当性还在。并且,某种情感或伦理的正当性的消解与另一种情感正当性的浮现是随着情节发展一步步展开,其叙事的悬念也往往伴随着某种情感或伦理的正当性一步步走向瓦解,但随之另一种伦理或情感的正当性悄然浮现。不过,无论如何寻找正当性,亨利·詹姆斯笔下的"负面人"都要承受不同价值体系的压力,其心灵的扭曲性与断裂感使其形象的前后变化更具有戏剧性和复杂性:亨利·詹姆斯式的"坏人"与"好人"一样,常常陷入难以自拔的灵魂的挣扎。

当然,并非亨利·詹姆斯笔下所有的"负面人"都生动。《德莫福夫人》的创作早于《一位女士的画像》,可视为《一位女士的画像》草图型作品,其中的男女主人公的形象皆不及《一位女士的画像》丰盈。其中,德莫福男爵是位一心一意的花花公子,不仅自己在外寻花问柳,还鼓励一位年轻人接近德莫福夫人,认为这样对他太太就"公平"了。这位男爵形象固然特别但作家塑造这一形象只围绕着他"如何坏",无法捕捉到他"坏"之时的其他思绪。"苍白的坏人",远不及自负、自尊到了极点的奥斯蒙德那样哪怕做了坏事还振振有词,甚至还不时醋意大发,也不及看上了姑娘的财产却相信自己爱上姑娘的莫里斯那般在冒险家的取巧中表达其真诚性:莫里斯这一形象,既有深度算计的权衡又不乏无限委屈的怨气。《德莫福夫人》中的男爵只生活在自己唯一的正当性中,缺乏其他价值体系对其冲击造成的压力,无法像奥斯蒙德那样在嫉妒中挣扎,或梅尔夫人那样既怕阴谋败露又不得不保持某种体面的姿态,在痛失亲情亦失去友谊的双重煎熬中以准行骗的方式偷偷为女儿争取利益,在孤立无援的状态中接受"受害者"的谴责亦在无望的中饱受无法亲近女儿的痛苦。

梅尔夫人是亨利·詹姆斯笔下以"可怜的罪人"形象示众却又不能不因为她作为情人与母亲双重痛苦而为她扼腕之"高明的女骗子"形象。梅尔夫人的高贵的仪表、不凡的谈吐与她不露痕迹"品位行骗"之低劣心机,以及她自身在骗局中所付出的巨大牺牲,这些特性使得这位有罪的女人虽然得不到全面的谅解,却有可能获得一唱三叹的同情。这种罪人、高雅骗子、受害者多重特性叠加在一位品位不凡的女人身上,是亨利·詹姆斯"骗子"形象最具有悲怆意味的一位："机关算尽太聪明"，梅尔夫人算计伊莎贝尔可谓计算得隐蔽而准确，但"情感圈套"之"飞去来器式"的逆向作用所形成的伤害力与反讽性让这位高明的准骗子得到了该得到的，却失去了她最想得到的。亨利·詹姆斯笔下诸多的"失落的骗子""痛苦的骗子""受委屈的骗子""不愿意再骗下去的骗子"的形象，让我们看到的不是"骗子"的得意与逍遥，而是骗子备受折磨与痛苦的种种扭曲状态。亨利·詹姆斯叙述这些风雅人士"行骗记"，多以高贵而有趣的面目吸引"受害者"，其欺骗手段往往欲骗还休，半推半就，模棱两可，请君入瓮。这些人物，通常以趣味、情调为中介，有谋财的嫌疑，但不乏自命清高或自视甚高的自尊，是一种非常看重自我的体面却践踏对方尊严的行骗者，是颇讲情调与品位但行骗本身却败坏了趣味与品位的自私者。

再者，由于对"疑似行骗者"的"深情"或"苦衷"的突出，亨利·詹姆斯式的情感欺骗故事，叙事中的不同情感脉络的交错纠缠不免混淆了爱与骗的界线，模糊了真诚与虚假的区别，混杂了害人与害己的后果。而这种优雅的"情感陷阱"的风雅性与精心算计的"阴谋"的危险性构成了文本内在的紧张感。风雅性与浪漫性越被强调，其潜在的危险性越得以强化。从这个角度看，亨利·詹姆斯小说的"情感圈套"中的情感戏的高雅、浪漫与"阴谋"的平静、隐蔽形成叙事的张力：阴谋性被包裹上一层层优雅的话语与浪漫的举止，圈套的高雅性与阴谋的邪恶性形成了文本中第一层的紧张性，而当邪恶性与邪恶的肇始者的痛苦性联系在一起的时候，受害者的痛苦与害人者的创伤又构成了文本第二层面的紧张性，这第二层面的紧张性驱逐了浪漫爱情的高雅性，也同时放弃了对高雅的爱情陷阱的是非分明的决然判断，从而引入了两难性。这两难性让害人者与受害者的疼痛相互冲突、纠缠，害人者施展"阴谋"导致的自我伤害，或受害者的痛苦与受害者"还击"导致加害者接受过度惩罚的情感创伤，这些"后陷阱"时段的心灵折磨，意味着亨利·詹姆斯不是以虚伪、邪恶、残忍这样简单的判断对"优雅陷阱"之叙事进行道德审判，而是能从人的情感的阶段性、摇摆性、模糊性与悖反性去透视优雅的情感表演背后各色人等的情感两难性与摇摆性。这才是亨利·詹姆斯小说叙述"优雅陷阱"最具深度的所在。

三

举止风流、谈吐雅致者设置的"情感陷阱"往往令亨利·詹姆斯的主人公饱受情感挫折,然而,受挫不等于绝望。亨利·詹姆斯的主人公可以被欺骗,但不会因为被骗而失去她们的骄傲。相反,受挫往往让主人公的个性变得更具凝重感。浪漫的情怀可以被欺骗,但不会被完全毁坏。被欺骗了,但从不否定浪漫爱情的价值,这在德莫福夫人、伊莎贝尔、凯瑟琳身上都有不同方式的表现。这是因为亨利·詹姆斯笔下的主人公往往具有极强大的自我反思能力,并通过自省找到值得自己骄傲的情感内容。《华盛顿广场》中凯瑟琳的自我尊严性最终凌驾于她的浪漫性之上。她对父亲和情人的态度,表明她的智力与才情也许不是上乘的,但是她的自尊是不容受到侵犯。

《一位女士的画像》中,伊莎贝尔分析奥斯蒙德不过是伪装的高人逸士的时候,她并没有简单地选择放弃。伊莎贝尔为什么不结束这种情感困境呢? 是什么想法什么力量让伊莎贝尔有勇气继续与奥斯蒙德的婚姻呢? 她与奥斯蒙德的关系将沿着何种轨迹延续或中断呢? 就是思想更简单一些的凯瑟琳也做出令人迷惑的选择:她为什么不接受其他男子的求爱,她不结婚却又拒绝了莫里斯的再次求婚,为什么呢? 是什么力量支撑凯瑟琳过着独身生活呢? 亨利·詹姆斯笔下心性极高的浪漫女性对自我命运的选择,对情感生活的追求,总是表现出令人迷惑的状态。

德勒兹认为亨利·詹姆斯"归属于那样一些作家,他们处于一种难以抗拒的生成—女人之中。他不停地追寻着他的目的,不停地发明必要的技巧和手法。对秘密的内容进行分子化,对形式进行线性化。亨利·詹姆斯对一切进行探索:从秘密的生成—儿童到秘密的生成女人"[1]。亨利·詹姆斯小说中,女性的命运在各种秘密中最引人入胜。

亨利·詹姆斯笔下不乏"谜一样的女人"。这些"谜"首先是这些女性

---

[1] [法]德勒兹、加塔利:《资本主义与精神分裂·卷 2·千高原》,上海书店出版社 2010 年版,第 411 页。

起始都沉浸在飘渺的浪漫迷思之中,浪漫性推动她们做出想入非非的选择,而这些选择在遭遇挫折后,浪漫性将如何蜕变,这才是这些女性形象"谜"之核心。

表面上看,《德莫福夫人》《华盛顿广场》《一位女士的画像》写的是一出出"阴谋与爱情"的故事,然而,就女性形象的生成性而言,却是从浪漫性到尊严性的逆转。当某种"爱情骗局"被揭示后,这些女性都从单纯而浪漫的状态一步步走出,以尊严性捍卫自己的浪漫性。这便是这些女性形象的蜕变。这种蜕变是幻想的浪漫迷思被惊醒,从而进入对自我情感投入再评价对自我价值再估量的沉思状态。有意思的是,这些女性都拒绝了外界的怜悯和同情,这是因为她们明白自我的浪漫选择的确付出了高昂的代价,但自我的尊严却不容他人来轻视。

亨利·詹姆斯笔下这些情感受挫的女性形象所表现出的强烈的尊严意识消解了她们之前浪漫的单纯性与无条件性。痛定思痛后的个体思考与自我精神的重建使她们之前对男性的崇拜与献身都消逝得无影无踪。通过对男性神话与爱情神话的双重否定,这些女性将自我价值推进到一个既无悔无怨,又不与背叛或欺骗妥协的静默沉思的境地。从热情到沉思,从无条件崇拜到冷漠拒绝,这些女性形象摆脱了"怨妇型""幻灭型""绝望型"的受害者形象。走出了浪漫迷思状态的她们将迎来什么样的新生活呢? 亨利·詹姆斯没有给出答案,也许,她们之后的人生还将是一种"谜"。

如果说这些女性的浪漫迷思成为她们成长蜕变的一个不可缺少环节,那么,除了浪漫型迷思,亨利·詹姆斯创造的迷思,还有《丛林猛兽》中的"厄运迷思"、《欢乐角》的"另我迷思"、《在笼中》的"单恋迷思"等等。"迷思"往往是对某种人某种事体某种念头的痴迷和幻想,所有的思绪都围绕着一件事或一个人,并且将周围的信息都加工成与痴迷对象有关的内容。亨利·詹姆斯式的迷思者的迷思对象多半带有飘渺性和意念性,想象性的成分极大。

托多罗夫在他的论文《叙事的秘密:亨利·詹姆斯》中对亨利·詹姆斯小说中的"秘密"进行了极有趣的解读:"詹姆斯的叙事一贯建立在寻找一个绝对存却不在场的原因的基础上。让我们一一阐明这句话里的词项。

存在一个原因:此处'原因'这个词具有广泛的意义;通常是某个人物,但有时也是某件事或某个物品。这个原因导致的结果是叙事,即作者讲述给我们的故事。绝对存在:因为叙事中的一切的存在都归因于这个原因。但原因不在场,所以我们要寻找它;它不仅不在场,而且大多时候不为人知;我们所猜想的,是它的存在,而不是它的性质。我们寻找这个原因:故事的内容就是寻找、追寻这一起因,这一首要本质。一旦找到这个起因,叙事便停止。一方面,有不在场(原因、本质、真相不在场),但这个不在场决定一切;另一方面,有在场(对原因的寻找在场),它只是对不在场的寻找。所以,确切地说,詹姆斯叙事的秘密是存在一个根本秘密,一个无名因素,一股不在场的强大力量,用来推动整个在场的叙事机器向前运行。"[1]

托多罗夫所说的所谓"不在场决定一切"适用于亨利·詹姆斯小说作品的大多数。"真正浪漫的爱情"不在场,"真正的自我"不在场,"真正的危机"不在场,"真正的动机"不在场,"真正爱恋的人"不在场。亨利·詹姆斯小说一个重要的吸引力,就是从各个方向琢磨、思考这个"不在场"的原因和力量。这不但使得他的小说或多或少笼罩上一层对未知力量的疑虑和恐慌,更强化了向往或探究的热情。"不在场"事体导致的迷思成为推动叙事的重要力量。凯瑟琳与伊莎贝尔虽然都有明确的情爱对象,但她们是通过情爱对象召唤着"不在场"的情爱梦幻,对于这种情爱梦幻她们都表现出对爱情神话的崇拜和疯狂,而摆脱迷思之后的冷静与沉思则让这些女性进入到一个对迷思反省进而再次确立自我价值的精神界面。亨利·詹姆斯小说最有特点之处,在于叙事女性如何陷入迷思,更在于迷思瓦解后女性的反应。她们从迷思中"醒悟"后不愿意对他人承认其迷思的虚幻性,而在摆脱与留恋、反思与珍藏间让自我内心处于半封闭状态。这些受到巨大创伤的年轻女子不愿意自己以及他人完全否定之前她所经历的情爱的价值,甚至以牺牲巨额遗产为代价,但绝非无视这种"浪漫迷思"背后的欺骗性。可是,哪怕明明知道其中有不纯净的成分,她们依然觉得自己经历过的爱是具有珍贵性的,否则,凯瑟琳不会选择终身不嫁,而伊莎贝尔也不会再次返回婚姻之中。浪漫迷思之中,

---

① [法]茨维坦·托多罗夫:《散文诗学——叙事研究论文选》,百花文艺出版社 2011 年版,第 103 页。

包含着剧烈的痛苦,只有浪漫迷思而没有痛苦的是《华盛顿广场》中佩尼曼太太,她的浪漫是"伪浪漫",是玩票的浪漫。而凯瑟琳这样的女子因为在浪漫迷思中投入了极真诚的爱情,所以,在迷思破灭之后她才可能有锥心刺骨之痛,而她的"蜕变"才会那么深沉而悲凉。浪漫迷思的珍贵性与虚幻性只有在经历了美好与痛楚之后才会悖论性地相互依存。

"浪漫迷思"的悖论性并没有在这些以爱情故事为主题的文本中得以讨论,而在《丛林猛兽》《欢乐角》这样的小说文本中,迷思的悖论性则直接成为主人公探讨的话题。

《丛林猛兽》中,男主人公不停地告诉女主人公,他这一生注定要遭遇某次重大危机,厄运会降临到他的身上,因而他不会接受爱情,爱情只会导致害己误人。这个秘密男主人公只与一位女知己分享,但吊诡的是,这种秘密分享的本身,在创造着一种很私密又很神秘的二人氛围,这种氛围不断缩小两个人的距离感。所以,女知己英年早逝之际,男主人公终于明白他一直恐惧的"丛林猛兽"已经跳出,他的厄运就是失去了这位最懂他的女知己。这篇小说表面上叙述的是关于厄运的焦虑,主人公如俄狄浦斯逃避命运咒语那般逃离命运预设下的险境,亦可以解读为一部渴求爱情又畏惧爱情的心理小说。避免厄运成了逃避爱情最好的借口,但逃避爱情本身便是主人公的厄运。这种具有俄狄浦斯式悲剧特征的悖论性导致的结果便是主人公不断地与女知己探讨如何摆脱爱情,而讨论本身又在悄悄地加深他们的爱情。男主人公的厄运迷思所导致的悖论性并非一下显形,而是逐步强化,他们两人越是议论厄运并藉此相互密切沟通,那么厄运就越来越接近男主人公。厄运就是回避厄运本身,厄运潜伏在讨论厄运之中,厄运就是在畏惧厄运中步步逼近。担忧危机的本身就是危机。迷思让主人公的心绪备受折磨。终于,在女主人公去世后,悖论被意识到了,迷思的秘密被揭穿了:其实主人公本身就是不断地将"丛林猛兽"喂饱喂大的人。

亨利·詹姆斯这类小说有些抽象,故事内容也偏单纯,此类小说往往单纯到只有两位男女主人公。但正是在这种背景纯化的叙事中,小说所有叙事都放在人的情感某种悖论性状态的勾勒上。

如果说《丛林猛兽》叙述的是所谓厄运迷思的盲视性,那么,《欢乐角》

则将迷思之自我幻觉性推到了鬼魅的区域。

《欢乐角》的情节不复杂,一位年届壮年旅居海外的游子归来,试图在阔大的老宅子里寻找另一个自我,这个自我是他假设自己始终待在纽约有可能形成的另一个自我。主人公每天深夜都在老宅子里秉烛夜游,终于,他见到了幽灵,那位始终呆在家乡纽约的另一个"我"。这个"另我"是不出声的幽灵,与主人公在夜晚的大宅子里"捉迷藏",最后,主人公布莱登的女友救了"我"。这是小说的最后一部分:

> "你来找你自己了",她笑得很漂亮。
>
> "啊哈,我终于找到自己了,这都是你的功劳,亲爱的,但这个畜生,他的脸真恐怖,这个畜生是个完全陌生的人。他根本不是我,我怎么会像他那样呢?"布莱登语气坚定地说。
>
> 可是,她也十分坚定,似乎坚信她绝对不会错。"你会变的,那是必然的。"
>
> 对此,他几乎是吼着回答的。"你说我会变成那样?"
>
> 她的表情又让他觉得无比美丽。"你不就是想知道自己到底会变成什么样吗?那就是",她说,"今天早上,出现我梦里的那个样子。"
>
> "像他一样?"
>
> "一个完全陌生的人?"
>
> "那么,你怎么知道那个就是我?"
>
> "因为,我几星期前告诉过你,我一直在思考着,想象着,你还会变成什么样或者不会变成什么样,你知道,我是想让你看看,你在我的心目中是什么样子的。就当我在琢磨的时候,你出现在我眼前,满足了我的好奇心。所以,我知道",她接着说,"也相信,因为你那天告诉我,这个问题同样纠缠着你,你也会看到你的另一个自己的。今天凌晨,我又一次看到那个人的时候,我就知道你也见到了,这也是因为,从一开始,你也希望我看到你的另一个自己。他似乎就是要让我亲眼看看。所以",她很神秘地微笑着说,"我为什么不喜欢他呢?"
>
> 这让斯宾塞·布莱登站了起来。"你'喜欢'那个恐怖的……?"

"我喜欢他,对我而言",她说,"他一点也不恐怖。我已经接受了他。"

"接受……?"布莱登的声音十分古怪。

"是的,尽管我发现他与你截然不同。我没有拒绝他,我了解他,我了解他,你也终于看到了他的真面目,看到了他和你的差别,所以你不喜欢他,亲爱的,但是,你知道,我并不觉得他有多么可怕。而且,我很可怜他,这让他很高兴。"

她也站起来,站在他旁边,同时紧紧抓住他的手,扶着他。尽管这让他的心里开朗了一些,似乎隐约看到了一丝光明,他还是气呼呼地问,"你'可怜'他?"

"他很不幸福。他备受摧残",她说。

"你看看我这样子,我难道就幸福吗? 我不也是受到了摧残吗?"

"啊,我并没有说我更喜欢他",她稍作思考,然后安慰他说。"但他很憔悴,简直就要崩溃了,他肯定经历了很多事情。他没有像你一样拿着漂亮的单片眼镜,偶尔看一看。"

"不",布莱登抗议说,"我不是为了好玩才用单片眼镜。我也是被迫无奈。"

"他戴着夹鼻凸透镜,我看到了,我知道那是什么眼镜,那是因为他眼睛不好。而且,他可怜的右手……!"

"啊!"布莱登顿了顿,不管那是因为他已经证明了那个人的身份,还是因为可怜那个人失去了两根手指头。过了一会儿,他接着说,"他一年收入一百万",他口齿清晰地说,"但我拥有你!"

"他也不是你,不是的!"当他把她抱入怀中的时候,她喃喃地说。①

从这段叙述中可以看出,"我"对于另一个"我"既期待好奇,又陌生恐惧。这似乎在推导着这样一个命题,人对另外一个"自我",似乎比对他人更具有防范性。"我"对"我"最熟悉,"我"亦对"我"最陌生。这一文本大概要诠释这样一个心理法则:人对自我的熟悉不一定超过对他人的熟悉程度,人对自我的陌生亦不会少于对他人的陌生。人对另一个"自我"的

———————

① ［美］亨利·詹姆斯:《欢乐角》,《阿斯彭文稿》,上海译文出版社2012年版,第199页。

陌生感与惊异感丝毫不亚于对待另一个陌生人,甚至警觉性更高。也许人对自我最了解又最不了解,最想了解又最怕了解,最包容亦最苛刻,最能接近亦最恐惧。《欢乐角》对"另我"是惊恐,陀思妥耶夫斯基的《双重人格》对"另我"是厌烦。惊恐是由于我对"另我"完全陌生,厌烦是由于"另我"不断介入我的生活而为此愤怒、烦恼。主人公都对分裂出的另一个"我"充满了不信任。而《欢乐角》中我对"另我"的惊恐还来源于一种陌生感导致的偏见。因为"另我"是生活在家乡纽约的那个"我",是另一环境中生长出来的"我",这个"我"的心态与价值观念都非常可疑甚至可怖。

这会推导出一个非常有趣的判断:人甚至对另一个在其他环境中生长出来的"我"都充满了犹疑、困惑和恐惧。环境和文化的差异导致人对他人的偏见与恐惧,假定这个他人就是"我",那么,对这个"我"的恐惧绝不亚于对他人的恐惧。对"另我"的偏见化和恐惧化,既是对自我的不信任,亦是对另一文化环境差异性的偏见。

在雨果的《悲惨世界》中就已经出现了两个冉阿让相持不下的思想斗争,所谓"另一个自我"的主题在小说经典中并不鲜见。陀思妥耶夫斯基的《双重人格》中的主人公戈利亚德金亦有另一"自我"与主人公相伴。大戈利亚德金恨透了小戈利亚德金,因为小戈利亚德金不断干预他的公务与私事,并且总是小戈利亚德金得势,大戈利亚德金狼狈。这篇小说中两个"自我"处于不断窥探、周旋的对立状态,自我对"另我"嫉恨、防备、仇视,自我与"另我"严重对立,这比《欢乐角》中的两个"我"之关系更具有戏剧性和对立的周旋性。《欢乐角》是寻找另一个不可知的秘密的"我",是揭开另一个"自我"的帷幕,在近距离打量的时间里惶恐、惊骇、揣测。这是亨利·詹姆斯对"不在场"的秘密或力量通常会持有的既怀疑又好奇、既惶恐又试探的态度。这种感受是自我悖论性的投影:人对自我既喜欢又厌烦,人对自我既好奇又畏惧。亨利·詹姆斯小说叙事对某件事体、情感、人物总是陷入反复思虑之中,犹疑而惶惑。其悖论式的迷思所幻变出来的种种情感思绪是其小说叙事中最有特色的内容。《双重人格》的两个自我的关系是在事件之中展开,两个"我"与周围的种种人物打交道,其二者的关系是在环境的变化中不断变化。亨利·詹姆斯的两个"我"的故事简单而单纯,人物内心世界的犹疑性、迷思性亦真亦幻，主人公行走在自己的内心世界里，人物迷思的情感世界摇摆、困惑。这样的小说，人物关系简单，故事结构封闭，但这不影响迷思叙事的深邃性与哲思性。事实上，亨利·詹姆斯式的迷思叙事，是这位大师与其他作家区别开来的最重要的差异点。

亨利·詹姆斯的小说多思多虑，并充满了迷惑性。这种迷惑性派生出的矛盾心态，不同于陀思妥耶夫斯基小说，陀思妥耶夫斯基小说中的人物也多有迷思性，但他们的迷思总要在一个极尴尬的危机化的集体环境中被曝光，在众目睽睽下被审视甚至嘲弄，从而让隐蔽的自我在外部力量的巨大压力下变形，变态，并导致无理性状态下的失控化言行。亨利·詹姆斯几乎不会出现无理性的失控化场面，亨利·詹姆斯小说中的人物，无论如何为迷思所左右，无论面对何样令人惊骇的"秘密"，主人公可以昏厥，但不会陷入心智的迷乱，更不会惊慌失措地变成一个令人摆布的小丑。简言之，亨利·詹姆斯小说主人公会迷思，但不会迷乱，会陷入左右两难的悖论性的无作为状态，但不会跌入自我完全迷失的昏乱境地。从这个意义上说，陀思妥耶夫斯基写迷思者，其疯狂性大大超过了亨利·詹姆斯。亨利·詹姆斯的小说，终归在一个理性可约束的框架内让自我震荡，其迷思的轨迹哪怕悖论性再强，也从未像陀思妥耶夫斯基的某些人物那样完全失去对自我的控制。从这个角度看，亨利·詹姆斯的迷思型人物是一种谨慎型的迷思者，而非狂乱型的分裂者。事实上，无论是爱情竞争还是自我探索，亨利·詹姆斯的小说向读者提供的，都是过度自我约束的人物。正是因为自我约束，这些人才会在宁静的气氛中对自我命运或爱情进行一种沉思式、悖论式的精细幽深的思考和探索，为自我的灵魂寻求精神抚慰的种种可能。

利维斯指出："詹姆斯的根本兴味是与对高度文明化举止的兴趣分不开的，是与对优雅文明交往的兴趣分不开的。"[①] 亨利·詹姆斯所描绘的诸多故事的确是一个远离血腥和暴力的"风平浪静"的"风雅世界"。为此，有位批评家（H. L. Mencken）甚至建议詹姆斯到芝加哥的屠宰场去呼吸一点牛栏的臭气。有些批评家认为，詹姆斯的世界太狭窄，太偏了，根本谈不上对生

---

① ［英］F. R. 利维斯：《伟大的传统》，三联出版社 2009 年版，第 210 页。

活真实的反映。[①] 的确,亨利·詹姆斯的小说几乎不涉及血腥的对抗性场面,迂言曲语,含糊其辞甚至让詹姆斯的晚期作品如《专使》这部长篇可读性很差。然而,亨利·詹姆斯的文本的特点,就在于他建构了一个貌似波澜不惊的叙事空间,在这些空间中,所有人的举止都按照文明世界的礼仪往来交际。亨利·詹姆斯的文本并非没有直接的、对抗性的冲突,但这种冲突从未升级为你死我活的残酷斗争。然而,恰恰是在文质彬彬的优雅空间里,亨利·詹姆斯让我们窥见了罪恶和残忍。亨利·詹姆斯不将这种罪恶、欺骗和残忍直接暴露出来,他最有特色的叙事技巧就在于为这些残忍、欺骗和罪恶进行遮遮掩掩叙事的同时让读者感受到罪恶的谨慎与隐蔽。

　　亨利·詹姆斯缓慢地揭示罪恶和欺骗,以优雅的笔调告诉读者某种深思熟虑的欺骗或某种隐藏很深的罪恶是如何慢慢地浮出水面。亨利·詹姆斯就是写欺骗与罪恶,也将其纳入文明规则和高雅礼仪的符号体系中。亨利·詹姆斯的个性和经历让他放弃了对动荡世事的叙事,他无力写出《战争与和平》那样恢弘激荡的历史画卷,他所选择的题材与技巧,让他主要将高雅人物如何戴着各种文明面具"犯罪"作为主题,并通过意义摇摆性、模糊化的叙事,呈现出一幅幅交织着虚伪与天真、高雅与俗气、欺骗与坦诚的生动画面。

　　亨利·詹姆斯让我们确信,缺乏狂风怒涛的小说作品,依然可以通过极富幽默感的描述,通过对种种不易察觉之深层动机的"文明人"的情感世界的巧妙揭示,让我们窥见所谓"文明人"的种种微妙而曲折的情感面貌。

---

　　① 聂华苓:《关于〈德莫福夫人〉》,亨利·詹姆斯《德莫福夫人》,上海译文出版社 1980 年版,第 3 页。

第五章 科学痴狂、无面目审美与"技术裸视"

一

　　19世纪以来的西方小说文本,对事件、现象或人物的情感、行为施以哲学、历史学、经济学、政治学、心理学、医学、生物学、物理学、化学或教育学的阐释或解读,这已成为常态。

　　小说让生物学、医学、心理学、物理学、化学、数学的知识系统溶解进小说文本中的主要脉络或转化为叙事的细节,那么,当小说情节中某个高潮点伴随着生物学点评或医学检测报告,情节的进程是否会被粗暴地干扰? 人物的情感微妙脉络是否会被无情地打断? 再者,哲学的理论性或历史学的宏观性,与人物的个体命运特殊性以及情感的奇特性是否可能构成削足适履的生搬硬套? 生物学特性的揭示或医学原理的剖解,是否可能由于生物科学或医学科学的规律性界定导致对人物行为和情感界面的丰富性、歧异性的干扰或忽略呢? 再者,文学表达常常有意识地动用语言的歧义性和多变性,那么生物科学、医学科学或心理学术语的严谨性与稳定性,是否会导致文学表意系统受到专业术语的准确性和客观性的约束,从而牺牲小说话语的多义性或情感系统的奇幻性呢? 科学专业术语如果全面渗透到文学文本之中,是不是只有科幻小说才有无限制的容纳空间? 以现实生活为蓝本的小说作品,科学专业术语渗透会带来全新的表意方式,还是可能由于文学表述的学科化特征败坏了审美的微妙趣味呢?再进一步,小说文本中,人物感性的、活泼的情感跃动,人物对自我与存在进行理性化的专业思考,这两者在小说中孰轻孰重,是否理性化的专业思考只能作为情节布局或人物情感系统的附庸与陪衬?对小说中的事件或情感施以专业化、学科化的分析,这是一种可有可无的多余解读,或是一种不懂节制的技术专业之炫耀?然而,从另一个角度看,当科学思维已经成为叙述者或主人公判断周遭的一种日常化的思考方式的时候,当科学术语成为叙述者或人物描述日常现象不可或缺的话语之时,那么,不断出现科学原理和科学思考方式的小说,与其说文本中的世态人情包容了科学思维和科学术语,不如说科学思维和科学术语直接影响了主人公看待世界的角度,并通过叙述者或主人公思考和感受世界的角度影响情节的进程。

19世纪以来,不可忽视的一个现象是,不少小说与临床医学、心理学、生物学、解剖学、化学甚至核物理学结缘。科学原理、科学思维在小说文本中充当多种多样的角色:或为某种激情充当生物学意义上的诠释者,或为某一家族的命运发布医学权威报告,或对自我和他人的关系寻求更"客观"更具"深层性"的"科学"解释,或是利用物理公式、化学原理为某种妄想思维充当"科学担保"。

在现代小说中的各个叙事角落中,不时探出科学话语的触角。表面上,这似乎干扰了情节的演进或情感的自然流露,然而,如果小说叙述者或人物总是试图以科学话语揭示日常生活的种种"奥秘",那么,科学话语作为小说情感话语的有机部分,不但不冲突,相反,科学话语让情感话语有了更别致的表达方式,科学话语激发情感话语的表述意愿,科学话语为情感话语提供更新鲜的想象空间。

各种科学学科话语的实证逻辑与人物瞬息万变的情感逻辑交错行进,形成科学话语对感性话语的捕捉/逃逸、再捕捉/再逃逸的即时阐释的运动状态。

这种智性捕捉,让科学话语迟缓情节的进程或感觉的铺展,但这种迟缓或停顿却在横向界面上让情节或细节在科学的话语体系里获得阐释和玩味。

同时,这种科学阐释又不是静态或孤立地为一段心理过程或一种行为方式做简单的注脚,相反,科学阐释往往成为影响叙述者或人物判断的重要立场。这种立场,让主人公的思考和感受在科学话语的驱动下,其情感和行为不仅在感性面上去获得叙事发展的动力,亦在实证层面上捕获理由,这双重获取的过程有可能让主人公越来越自信,亦有可能让主人公越来越为难,越来越痛苦。这样,科学阐释实际上大大拓展了人物的感受面,扩张了人物情感的震荡空间。小说文本中,面对科学原理的普适性,人物抗争也好,顺应也好,调侃也好,愁苦也好,感慨也好,由于科学律令的客观性与冷漠性,都可能与人物情感的易变性和日常经验的琐细性形成对峙。这种对峙性使得科学话语与日常话语、情感话语形成话语色彩迥异的距离感。这种距离感越是扩大,人物情感在性质不同的话语之间摇摆幅度越大。因为人物既要去面对科学话语的无情诠释,又不能不带着不断变化的主观感受去应对各种人事。默顿认为科学活动伴随四组"制度规范",即:普遍性、公有性、无私利性和有条理的怀疑主义。其中"无私利性"要求科学家应该运用普遍有效的方法手段、感情中立地追求真理,并且摒除寻求个人私利的任何形式。[①] 这些规范是针对科学家,至于具有科学家气质的小说家,科学规范的普遍性、无私利性与审美气质的多变性、主观性则同时作用于小说家精神世界中。当科学律令的无情性、普适性与人物个体感受的多情性、唯一性发生多方面的作用乃至发生冲突之时,便是科学话语在小说文本的独特作用开始发挥之刻。

事实上,从 19 世纪的福楼拜、左拉到 20 世纪托马斯·曼、罗伯特·穆齐尔,直至写出了《万有引力之虹》的美国作家品钦,科学原理和科学思维都是这些作家感知世界的重要方式。科学话语在这些作家的小说作品中不是可有可无的点缀,相反,科学思维成为这些作家笔下诸多主人公的思考和行动所依恃的重要系统。科学原理和科学思维在这些作家的小说文本中所扮演的角色,既是认识的客体,更是探索人的生存方式和情感活动的思想利器。

---

① ［美］托比·胡弗:《近代科学为什么诞生在西方》,北京大学出版社 2010 年版,第 22 页。

科学话语在小说中的出现,有的仅仅是风过无痕的点缀,有的则渗透入小说人物的灵魂。19 世纪上半期法国浪漫主义作家大仲马在他的《基督山伯爵》传奇故事中除了渲染宝藏为人的命运带来神奇变化,同时不忘知识、教养和风度对于重塑一个人的魔法般的作用。法里亚神甫在监狱中教授受冤屈的海员唐泰斯即后来的基督山伯爵,他是这样告诉他的学生的:"人类的知识是有限的,在我教会您数学、物理、历史和我会讲的三四种现代语言后,您就掌握我所知道的一切了;不过,所有这些知识,我大约需要两年时间从我的脑子里取出来灌进您的脑子里。"① 小说具体情节中,我们看不到数学和物理对于为复仇精心布局的基督山伯爵起到什么重要作用,不过,大仲马似乎在告诉我们,主人公具备这些科学修养,才可能更从容地驾驭世界。因此,所谓的现代科学知识在这部传奇性远大于写实性的小说中仅仅充当了一个装饰性的角色。罗兰·巴尔特认为巴尔扎克在小说中仿佛同时运用了七八本教科书,"它们包括了人所共知的资产阶级文化的全部常识:一部实用医学手册,一部心理学导论,一部基督教和伦理学总纲,一部逻辑学,一部关于生、死、苦难、女人等成语格言大全,以及几部文学艺术史"② 。不过,巴尔扎克对医学科学的兴趣远逊于左拉和福楼拜,巴尔扎克的小说对于阴谋、产业和法律似乎更精通,他的小说《赛查·皮罗多盛衰记》《夏倍上校》《禁治产》都涉及法律,《赛查·皮罗多盛衰记》简直可以视为破产法极生动的文学诠释。

二

19 世纪西方小说家中笃信科学的当数左拉。左拉在他的《卢贡–马加尔家族》系列作品中坚忍不拔地实践他的实证主义的创作主张。我们可以在左拉的《小酒店》《娜娜》《萌芽》《金钱》这样的作品中读到那些在遗传性驱使下不可遏制的情欲、贪欲以及赤裸裸的暴力行为。从权贵者(《卢贡大人》)、投资家(《金钱》)到底层百姓(《小酒店》)、矿工(《萌芽》),左拉

---

① [法]大仲马:《基督山伯爵》,上海译文出版社 2006 年版,第 162 页。
② [美]乔纳森·卡勒:《结构主义诗学》,中国社会科学出版社 1991 年版,第 213 页。

像研究动物那样研究人。不过,强调"科学性第一"的左拉,其创作实践,并没有如他在《实验小说论》所宣称那样动用医学科学或生理学的术语全面分析人物的行为。作品与宣言往往有脱节之处。左拉小说与其说是按照科学原理写人,不如说他更愿意为医学原理带来诸多难题。左拉在其《实验小说论》中坚信:"掌握人的现象的机理,指出生理学将给我们解释在遗传和周围环境的影响下智慧与情欲表现的部件,然后指出生活在他自己所产生的社会环境中的人,怎样每天改变着社会环境,又怎样自己反过来在环境中经受着不断的改变。"① "我们以实验指出,在某种社会环境中,某种激情会以何种方式表现出来,我们一旦能掌握这种激情的机理,我们就能处置它,约束它,或至少使它尽可能地无害。这就是我们自然主义作品的实用意义和高尚道德。我们对人进行实验,我们一块一块地拆卸与装配人的机器,使这架机器在环境的影响下运转。"② 左拉对"实验情景"的极端化设置通常是为了将人物的兽性激情逼出来,而这种兽性激情通常又被作者归结为遗传性。

　　《萌芽》的结尾,矿难发生之后的坑道里,极度饥饿和面对面血腥化的性竞争,让主人公艾蒂安变成了一位坑道猛兽并当着情人的面杀死了情敌。有意思的是,《萌芽》将严酷的性竞争与剧烈的政治对抗重合在一起。《萌芽》中,扇动罢工的革命者的激情,与其说是对主义的信仰,不如说是虚荣心和遗传的生理性裹以革命的外衣驱动人物去发动斗争,并同时展开性争夺战。政治性的斗争"溶解"在生物性的竞争中。或者说,性竞争、遗传生理性作用始终被左拉设置为小说的终极动因。这种终极动因的设置,由人迁移至物,矿井、机器成为巨兽的化身,工业化的魔怪吞吐着半人半兽的矿工。就是发动、领导罢工的英雄,其行为也是在兽性和虚荣心的驱使下不断展开的。左拉一再宣称他将借助科学原理探究其主人公,并试图为科学探索提供更具典范性和前瞻性的案例:"我们既不是化学家,物理学家,也不是生理学家,我们只是以科学为依据的小说家。我们并不企图在我们所不精通的生理学

---

　　① 左拉:《实验小说论》,伍蠡甫、胡经之《西方文艺理论名著选编》,北京大学出版社 1986 年版,第 238 页。

　　② 同上书,第 241 页。

中有所发现,不过,既然把人定为我们研究的对象,我们认为,我们就不能不去考虑生理学中所发现的新真理。我还准备加上一句,既然小说已经成为一种对自然和人的普遍探究。小说家就必然要同时依靠尽可能多门科学来进行工作,由于他们需要广涉一切,当然什么都得了解一些。这就是我们在实验方法成为最有力的调查工具之后,怎样把它们应用于我们的作品的情形。我们概括调查所得的东西,然后使用人类的一切知识来发起对理想的征服。"① "所谓实验论小说家是接受已被证明的事实的作家,他指出人和社会中已为科学所掌握的诸现象和机理,他只让他个人的感情参与决定论尚未确定下来的那些现象,并尽量用观察和实验来检验这个人感情,这既存的观念。"②

　　然而,左拉的创作,显然将视域更集中地放在人的生理遗传性方面,儒勒·勒梅特认为左拉对人物的处理过于简化,"他越来越像一个悲伤而粗暴的诗人:他讴歌盲目的本能、肉欲之美、狂暴的激情,以及人类天性中卑鄙而可憎的那些东西。他对人类身上所具有的兽性最感兴趣。就每个人来说,则对其所蕴藏着的特有的兽性最感兴趣。左拉先生与正统的理想主义小说家完全相反,他喜欢描绘的就是这些兽性,而将其余的东西都丢弃了"③。"在左拉先生看来,人的本质就是兽性和愚蠢。他的作品向我们介绍的,是一大堆白痴。"④ "往日的诗人总是尽力神话他们笔下的人物,而我们看到,左拉先生却在兽化自己笔下的人物。"⑤ 所谓"兽化",意味着左拉的"实验小说论"的生理学视域更集中于精神分裂与非正常化的情欲,左拉宣称的"科学所掌握的诸现象和机理"所针对的"实验品"是一个犯有酗酒症的家族,这个家族一代又一代的成员散布在社会的各个层面。左拉剖解他们在工业化原始积累阶段社会环境中的种种病症。左拉在这些小说文本中所提供的生

---

① 左拉:《实验小说论》,伍蠡甫、胡经之《西方文艺理论名著选编》,北京大学出版社1986年版,第250页。

② 同上书,第261页。

③ 儒勒·勒梅特:《埃米尔·左拉》,《法国作家·批评家论左拉》,安徽文艺出版社1994年版,第71页。

④ 同上书,第79页。

⑤ 同上书,第92页。

理遗传学的分析并不高深,并未兑现他在《实验小说论》所承诺的科学探索有可能带来的严谨和深刻,相反,由于将所有人物的行为的终极动因都归结到某种家族病症上,科学原理给予左拉的更多的是将复杂的生活现象进行简单化的归因。左拉的艺术成就,更多的是得益于描述了工业化发展过程中的茫然无措的人群和各种对抗情景中人试图通过生理性宣泄以逃避现实的痛苦和无助。生理遗传的"科学分析"在左拉的小说中很难说有多精确,然而,"科学信条"却为左拉描绘十九世纪后半期法国工业化进程中诸种病相找到了小说的主题,也概括出了关键词。

　　家族与人的病症,不如说是社会病症的投射。左拉所宣布的生理学纲要更像是一篇社会生理学纲要。左拉的贡献是写出了一系列消极的兽性的人物,这些人物不同于巴尔扎克作品中那种雄心勃勃的资产阶级者。左拉的成就,是概括出了工业社会高速发展阶段物欲横流的环境中人的普遍化兽性,而不是他对兽性的科学剖析有多高明。正如德勒兹说:"自福楼拜以来,感情确实总是伴随着失败、垮台和欺骗,小说中叙述的是某个要建立内心生活的人物的无能。在这个意义上说,自然主义把三种类型的人物引进小说:内心世界崩溃的或一事无成的人;过着虚假的生活的人或生理本能反常者;感觉退化和观念固定的人或兽性的人。"① 巴尔扎克对堕落世界尚持有道德家的评判,对雄心勃勃的资产者不时地流露出理解和同情。福楼拜虽对人的种种弱点加以嘲讽但他的笔触总带着怀旧的情调,笔下的浪荡子即使再虚伪也不会将良心完全驱逐。至于左拉,他自信掌握所谓生理遗传学的"真理",事实上,他最擅长的是对于具有暴力倾向和色欲兽性的人物类型的刻绘。因此,左拉的小说,在想象路径上不见得对人性获得更全面的展示。立足于所谓生理遗传性的左拉,笔下人物无法获得巴尔扎克或福楼拜那样的开阔性,也无法触摸到陀思妥耶夫斯基式的人的灵魂的幽深转折处。左拉是用医学的名义,设置极端的环境,创造一个洞见人性之蛮荒感的叙述空间。这个空间容纳了暴力竞争为主导的情欲与遗传特性驱使下的暴力欲与挫败感。或者说,左拉所坚信的生理学、遗传学的"真理",更多的是为"生理本能反常

————————————
　　① 吉尔·德勒兹:《〈人兽〉序言》,《法国作家·批评家论左拉》,安徽文艺出版社1994年版,第328页。

者"和"野性的人"书写打开一个想象通道。当然,这也同时带来了盲区:疯狂化的兽性并非人性的全部,人的医学维度上的疯癫遗传性解释不了人的所有疯狂行为,人的种种疯狂行为也不一定都要依靠从遗传性这一维去找到依据。左拉笔下的人物,其所承受的文化压力与生存压力对人物的行为同样具有深刻而直接的影响力,不见得都是遗传特性触发暴力或引动色欲。在矿难之后的坑道里忍受饥饿并与情敌相遇都有可能导致疯狂的厮杀,不见得这个杀人者身上要携带某种特殊的遗传性。只不过这种遗传性的突出,会让读者对主人公的无法遏止的暴力冲动多一层关于生理遗传性的想象,也多一层关于遗传性作用于个体的诡秘感。从这个意义上说,科学话语对于左拉的意义,想象性多于精确性,审美性大于客观性。正如文学史家对左拉的判断:"他力图表现出学者那种冷静、不动感情的态度,并在自己的作品中倾注他抒情的和幻想的才华。他所不断宣扬的科学理论在任何情况下都只不过是刺激他的天才的东西而已"①。这种"刺激",虽然初始动机是科学话语为人性(包括兽性)想象开辟了一个更具表达力的通道,同时也为作家借助医学术语为人物的行为与内心波折的"客观性"解释提供一个更具"可信性"的话语系统,但不见得左拉有能力实践他的宣言。

　　左拉的叙述者实践科学分析的能力有限,但他的某些主人公的科学意识,在与自我的情感话语发生冲突之时,左拉的叙事倒显得自然可信。

　　《巴斯卡医生》中巴斯卡医生临终前,念念不忘的是他为卢贡-马卡尔家族所勾勒的树形世系图,通过这个图,可以窥见这个家族遗传病变的秘密。走向死亡的巴斯卡医生要求他的学生记录他临死的各种症状,为将来的科学研究收集临床资料:

　　　　当巴斯卡缓过气来时,眼睛里早已涌动着泪花。他未及开言,便失声痛哭,泪水模糊的眼睛一刻也不离开时钟。
　　　　"亲爱的朋友,我会在四点钟死去。我再也见不到她了。"
　　　　拉蒙不顾明显的事实,硬说这一时刻不至于那么临近,借以分散他的注意力。科学家的热情又被激发起来,巴斯卡打算上完最后一课,向

---

①　米歇尔·莱蒙:《法国现代小说史》,上海译文出版社1995年版,第165页。

年轻的同行传授他的临床经验。他曾经治疗过好几个和他情况相似的病人。他清楚记得,他曾在医院里解剖过一位死于冠状动脉硬化的贫苦老人的心脏。

"我知道,我的心脏成了什么模样……它的颜色像枯黄的落叶,心肌的纤维组织已经变脆;尽管它重量有所增加,但它的体积肯定已经缩小,炎症使它变硬,切开它也不容易……"

他的声音渐渐低落下来。他清楚地感觉到,心脏的功能正在衰退;收缩软弱无力,速度放慢;主动脉流出的不是正常的血浆,而是一种暗红的黏液,后面的血管已被黑乎乎的血块堵塞。作为整个机体的调节器,这台压缩机的运转速度正在放慢,他的呼吸也更加困难。不过,虽然注射未能消除痛苦,他还是看到了这部分机体的复苏……

……

"老师呀,老师!您不要命啦!"拉蒙一面颤抖,一面劝说,惊慌的脸上充满了怜悯和崇敬之情。

巴斯卡不想听,也听不见。他感到手指底下有支铅笔在滚动。他拿起笔,俯向世系图,一对半明半灭的眼珠大概快要看不清了。他将这个家族成员的姓名做了最后的检验。马克西姆的名字留住了他的视线。他写道:"一八七三年死于运动身体失调。"他肯定侄儿活不过今年。他看旁边克洛蒂尔德的名字,他心头一震,然后补足了这项记录:"一八七四年,与伯父巴斯卡生有一子。"这时,他已经有点神志不清,体力也将耗尽,一下子失去了目标。待他找到自己的名字时,手腕又有了力量。他用雄劲的笔触写下了一行大字,为自己下了结论:"一八七三年十一月七日,卒于心脏疾患。"这是他最后一次努力,他喘得厉害,几乎缓不过气来。忽然,他发现克洛蒂尔德上方的树叶留有空白。虽然手指难以握笔,他仍以歪歪斜斜的字体做了补白:"未见过面的孩子将于一八七四年出世,他将是何等样人?"这句话凝聚着苦苦求索的亲子之情和万般无奈的失落感。写毕,他已经支持不住了。玛蒂娜和拉蒙好不容易将他扶到床上。

第三次危象出现在四点一刻。巴斯卡在即将咽气时,脸部呈现出巨大的痛苦。作为一个男子汉,一名学者,他一定强忍着临终的煎熬。他那浑浊的眼珠似乎还在寻找,观看座钟上的时间。拉蒙见他嘴唇在嚅动,便俯下身子,倾耳细听。他果然在说话,只是声音微弱,细若游丝:

"四点了……心脏已入睡,动脉缺血……瓣膜失去弹性,就要停止跳动……"

一阵剧烈的喘息使他全身震颤,细弱的话声渐渐远去:

"太快乐……别离开我……钥匙在枕头底下……克洛蒂尔德,克洛蒂尔德……"

玛蒂娜跪倒在床边,泣不成声。她眼看主人即将离去,又不敢跑去请神甫,尽管她极想那样做。她只得亲自念起临终的祷文,热烈地祈求仁慈的上帝宽恕她的主人,允许他直接进入天堂。

这时,巴斯卡的脸色已经发紫。经过几秒钟的静止,他仍想呼吸。他伸出双唇,张开可怜的嘴巴,像一只垂死的小鸟,试图吸上最后一口空气。他再也没有缓过气来。

巴斯卡溘然长逝。①

在小说中,巴斯卡医生探求的"动力疗法",今天看来不可信,但一位濒临死亡的医生,他连自己的死也不"放过",表现出一位医学科学家探索科学的最优秀品质,他的情感特征亦突出他对科学的献身性和超越性。这种超越性情感以及作为情人对爱情的留恋,作为父亲对新生命的期待,相互交汇,异常感人。如果缺乏对科学追求的超越性,巴斯卡医生之死不悲壮,如果单有对科学的信仰的执著,而无对情人的不舍,对未来的眷恋,巴斯卡医生之死则太虚假。超越性和留恋性让巴斯卡之死,既庄严,又多情。

左拉对科学的笃信,让他的主人公审视自我生命的最后一刻,像对待客体那样对待自我的躯体。自我的躯体似乎完全剥离开来,被当作医学观察的对象做最后的测度。这种对自我躯体的终极"榨取",宛如左拉的叙述者对人的"兽性"的剖解那么严厉。这一切,无疑是由坚信科学之意义而派生出

---

① ［法］左拉:《巴斯卡医生》,人民文学出版社 2011 年版,第 277 页。

的使命感去推动的。左拉式的小说文本中的科学探秘,其科学原理面目冷峻、严厉、无情,似乎掌握了科学原理,就足以窥见大自然和人性中最底部或最深处的巨大的主宰性的力量。我们可以怀疑左拉所发现的人身上的某种普遍存在的蛮性,但左拉的小说文本对工业化的高压环境中人的野蛮状态无疑做出最出色的描写:组织严密的工业化生产或多方博弈的金融交易不是让人更文明,而是更可能逼出人的蛮荒性。这种蛮荒性让左拉的小说中科学话语更具有谴责和控诉的意味,与《八十天环游地球》那样的小说对工业化成就的欢欣鼓舞的乐观态度很不一样,左拉的"科学目光"折射出的,是对工业社会被扭曲的人性的沉重批判。

左拉的"科学之看",看出的是荒凉与绝望。然而,正是这种沉重的控诉式的"科学之看",让工业社会的种种野蛮景象纷纷簇拥到左拉的故事秩序中。所以,儒勒·勒梅特以"人类兽性的悲观史诗"为左拉小说做出结语:"他运用这种简化的虚构手法,使现代人物也像原始人那样思想简单。他像史诗中那样描述群体。不过,在《卢贡-马卡尔家族》中,也有被神化了的东西。史诗中的诸神,是拟人化了的自然力量:左拉先生使这些会恣意发作或被人类工业利用的力量,也具有令人惊恐的生命力、最原始的思想以及恶魔般难以捉摸的性格。……古代诗人们的思想一般是乐观的,他们竭尽可能地慰藉人类,要使人类变得高尚起来;而左拉先生的思想却是悲观的、绝望的。不过,他们和左拉先生的概念都是同样的简洁,同样的纯朴。总而言之,从左拉先生小说中那些极其缓慢的节奏,波澜壮阔的场面平静地罗列的细节,以及作者大胆明快的创作方法来看,我不知道为什么,我觉得他的小说特别具有古代史诗的风格。他不必再像荷马那样匆匆忙忙了。他对绮尔维丝的厨房感兴趣的程度(在另一种意义上来说),正如当年行吟诗人对阿希尔的厨房一样。他一点儿也不害怕重复,同样的句子连同同样的词汇重复出现:我们在《妇女乐园》中常常会读到商场的'隆隆声',在《萌芽》中则常常读到机器的'缓慢而又粗厉的喘息声'这样的句子,就像我们在《伊利亚特》中时时读到大海在咆哮的句子:'喧哗不停的大海'。因此归纳我们先前所说的一切,如果对《卢贡-马卡尔家族》作出这样的结论,看来并非是荒谬不经的：一部描写人类兽性的悲观史诗。"[①]

的确，史诗般的《卢贡－马卡尔家族》已不再是对某种英雄主义的高扬和称颂，所谓"人类兽性的悲观史诗"的说法，表明左拉对资本主义扩张时代的工业化、商业化的"史诗书写"，牧歌般的抒情和赞美早已烟消云散，而是充满沉重的批判和悲观的控诉。

所谓的遗传学、生理学等的"科学阐释"，在左拉的小说文本的社会批判话语中不是一种无可置疑的佐证，而是一种强化悲观、愤怒之情感的修辞方式，即左拉的科学话语的修辞性意义大于其实证性意义。医学科学话语让左拉笔下人物的命运更具有悲怆色彩，因为遗传学命定的结局与人物对这种结局的抗争使得俄狄浦斯式母题再次在工业化的蛮荒场景中重演。左拉让医学科学话语充当居高临下的审判者，这种审判者由于有了科学作为依据，其冷峻性和无可置疑性远比天神的诅咒更具有震撼力。这种震撼力的强调，一方面让人动物化，另一方面，由于科学推断在情节中屡屡应验，所以科学被左拉神化了。

然而，文学史家朗松对左拉坚信的科学主义不以为然，他说："且不去指责左拉在科学方面的奢望，整部《卢贡－马卡尔家族》——这部'第二帝国时期的一个家族的自然史'——并未传授给我们任何有关遗传规律的知识，它既无论证，也不作解释。在把所有这些小说中的主人公连接起来的亲属关系的假设中，我只能看到一种没什么用处的文学技巧。""无论科学实验或技术性诠释，在左拉的作品里，科学和技术具有同样的价值。他甚至不是一位像儒勒·凡尔纳那样的科普作家。在他的作品里，只有纷乱，缺乏条理地陈列着一些学术性和专业性的词汇，令人迷茫，得不到启发。这是似真似假的科学。""他向他的科学寻求答案。他那些医学课本向他阐明了一些病理学的病例，他的生理学课本则向他解释了动物生命的功能。他相信自己对人类了如指掌。在人类生命中，除神经变异和营养表象外，他没有任何其他的探索。疯子的烦躁不安和粗汉的欲念，这些就是他向我们提供的一切。由此，我们看到他笔下人物的心理的贫乏，令人不安的空虚，因此，他们的行为机

① 儒勒·勒梅特：《埃米尔·左拉》，《法国作家·批评家论左拉》，安徽文艺出版社1994年版，第93页。

械、唐突,并显然是约定俗成的。这些人是疯子和粗汉,看完四百页,对他们的生活就一清二楚,除了说这是些疯子和粗汉外,我们没什么好说的了。"①左拉笔下现代工业人、金融人的龌龊、鄙俗,性情的乖张,性行为的唐突和夸张,似乎以生理遗传学的"原理"才足以让人物的行为轨迹获得"合理"的解释。"科学原理"为怪异的人物保驾护航,严谨性为奇异性寻求叙事的合法性。塑造"疯子和粗汉"的价值,不仅为我们展现19世纪中后期欧洲工业发展时代的无序性、掠夺性和残酷性,更提供了一种看待这种"工业化暴力"的眼光:因为科学原理的在场,叙述者获得审视式的叙述高度,因为科学持有的普遍性、透彻性和前瞻性,人物在工业化环境中种种愚蠢、盲目以及为种种欲望所驱使的挣扎性情景获得了"实验感"——混乱和怪异在"科学透视"下都显得合理了并且应该得到相信。

从这个意义上说,左拉小说文本中的"科学",不能以"精确性"来要求,而是应以"揭秘性"去看待。巴斯卡医生花费巨大心血的所描绘的树形世系图可视为此种"揭秘性"最重要的表征。"揭秘性"以科学的名义让各色人物在工业化大活体中的种种怪异而强烈的欲望找到可落实的原因,这种联系的本身与其说是实证,不如说是想象。

对科学的想象可以叙事为科幻小说如瓦尔纳的作品,用科学进行想象同时又以实证主义作为再次编码的叙事策略,则可让左拉自然主义小说中的"揭秘性"获得奇异性同时又让这种奇异性获得科学权威的确证。如此,左拉的小说叙述者所显示出的科学的权威性、俯视性与文本中"科学道理"的"似真似假"并行不悖,小说求助于科学,科学在小说中被修辞化。

然而,并没有多少读者会要求左拉像学术论文那般严谨地剖析人物,内容的奇异性似乎远比实证的严谨性更吸引读者。所以,论者以为左拉"首先是位浪漫主义的作家。他让人想起雨果。他才能平实而充实,具有想象力。他的小说就是诗歌,是一些沉重而粗糙的诗篇,但毕竟还是诗。描写显得紧张、直率、繁琐,变成了一种幻觉,左拉的眼睛,或者说他的笔使一切事物变形、扩大。这就是他贡献给我们的一个残酷的生活的幻梦,这不是简单照搬

---

① 朗松:《自然主义流派的领袖——埃米尔·左拉》,《法国作家·批评家论左拉》,安徽文艺出版社1994年版,第119页。

的现实。他那过度的想象给所有毫无生气的形态注入活力;巴黎、一口矿井、一家大百货商店、一个火车头,都变成可怕的有生命的物体,它们在要求、在威胁、在吞噬、在痛苦;这一切就在我们眼前跳动,犹如在噩梦中一样。个人性格的贫乏和僵硬使他们变成一些象征性词组,而小说则力求组织起一幅宏大的寓意画,从中多少隐隐约约可辨认出某种哲学的、科学的或社会的概念,这种概念照例价值不大,毫无独创性。"[①] 说左拉的"哲学的、科学的或社会的概念"毫无独创性,批评未免过火,但言左拉的小说的浪漫性超过实证性,则不无道理。

浪漫的古典史诗是通过命运变幻为人物的所有行为构筑主题,而左拉小说则以他宣称的遗传学的科学概念来统率叙事脉络。实证的承诺为蛮荒式浪漫的虚构性获得真实的幻觉,但除了幻觉之外,科学话语诱导出的隐秘遗传性所形成的奇异感才是左拉小说最具有创造力的特色。去除实证性的科学承诺,左拉小说还能保留其绝大多数的内容,但如果去除了小说中工业社会人的蛮荒性所派生出的浪漫感,左拉小说就失去了灵魂。因此,说左拉的小说以"过度的想象"为主导,是合适的。这种想象不也包括对遗传医学的想象吗? 科学不容虚构,但小说可以假科学的名义参与虚构。科学让虚构更具说服力,哪怕读者意识到小说叙事中虚实相间,这亦是小说这一文体形式所能承受的。如此,左拉在他的小说中强调"科学原理",在文本中引入科学的普遍性权威性,以提高其俯视的批判力,同时通过对工业社会中人的动物性的批判获得主题。然而,在医学科学理性越来越被叙事所"神化"的同时,小说中人在工业化的科学技术面前的动物性也越来越具蛮力,这不是表明即便科学可以被认识,却阻止不了工业蛮荒人自我毁灭的命运吗? 左拉无意中让我们看见了科学对于人的无力,尽管他是那么相信科学。

[①] 朗松:《自然主义流派的领袖——埃米尔·左拉》,《法国作家·批评家论左拉》,安徽文艺出版社 1994 年版,第 120 页。

三

福楼拜在他的《庸见词典》中的"科学"这一条目说:"懂一点科学使人疏远宗教,懂多了使人回归宗教。"[①]此话也出现在福楼拜对科学极尽调侃之能事的长篇小说《布瓦尔与佩库歇》的人物之口,然而,在此部未完成的长篇小说中,"鼓捣"各种科学又被种种自相矛盾的科学观点弄糊涂的两位"科学活宝""退到"宗教中寻求慰藉和真理,可没过多久,同样也对宗教发出太多迷惑不解的声音,一句句挑战性极强的发问让本堂神甫无招架之力。可谓"懂了点科学被科学弄糊涂,读了点教义就亵渎神明"。对大千世界充满了好奇心的两位主人公,探索科学或靠近信仰,都一次次让他们俩跌入虚无的境地。

科学在福楼拜的笔下,已无左拉小说那般可资俯视的权威性。相反,福楼拜对科学无限狐疑的目光,使得科学在小说文本中不但变得不乐观,更不那么单纯了。

科学在左拉小说中的悖论性存在是工业化大机器活体既让"动物人"被吸纳到越来越理性化的工业秩序中,同时这种理性秩序反而激发了不可遏制的杀戮欲、贪欲和性欲。科学理性不但无法驯服人的野性,反而成为野性勃发的温床。但这种悖论性仅仅是小说内容可推断出的结论,并非叙述者或主人公对科学本身的反思。福楼拜小说文本则对科学的利弊直接进行反思。

福楼拜最擅长的,是从科学中发现愚蠢。这种愚蠢,不但是对科学一知半解的布瓦尔和佩库歇,就是自以为掌握了科学原理的专业人士也不时暴露出偏见与愚蠢。这种愚蠢,除了业余爱好者显而易见的无知,还常常出现在漏洞百出自相矛盾的专家巨著之中。

福楼拜以狂热和幻灭的两种极端态度来勾勒两位"科学活宝"的漫画像。这种狂热首先来自他们对科学无条件的相信和迷恋。福楼拜讽刺两位主人公,既一个劲儿地"揭露"他们的无知和愚蠢,同时,对两位颇得堂·吉诃

---

① 〔法〕福楼拜:《庸见词典》,上海译文出版社 2010 年版,第 120 页。

德真传的"科学活宝"对各种科学的狂热学习,对他们一股子天真烂漫的热情和真诚,也透着一丝欣赏。不过,正是因为热情和真诚,两位"科学活宝"所犯的错误,不是简单地让人厌恶,而是既可笑、可气,又可爱、可怜。

比如,两位"科学狂人"先是探索农业科学,这种探索一下就走到了极端。于是,就有了以下的描述:

> 他受到佩库歇的鼓动,对肥料产生了狂热的兴趣。他在堆肥坑里堆上了树枝、动物血、肠子、羽毛、以及他能找到的一切东西。他使用比利时溶液、瑞士浸液、碱水、大西洋熏鲱鱼、被海浪冲到岸上可作肥料的海藻、破布片;还弄来鸟粪层,并设法人工制造鸟粪。为把他的耕作原则贯彻到底,他竟不容许别人白白丢失自己的小便,从而取消了小便处。人们把动物死尸搬到他的院子里,他便用来熏自己的土地。田地里到处摆放着切成碎块的腐臭的动物尸体,布瓦尔在一片恶臭中却满心欢喜。他用安放在一辆有活动栏板的两轮载重车上的水泵对准待收割的庄稼喷洒粪尿。见有人显出厌恶的神情,他说:"这可是金子呢! 这可是金子!"他还为没有更多的厩肥而深感遗憾。有些地区拥有储满鸟粪的天然岩洞,那才走运呢! ①

这些所谓"金子"实际上让农作物受罪,但两位主人公为了农业科学竟罔顾腐臭和肮脏,显见其痴迷程度。两位"科学活宝"对科学的这种痴迷不但让庄稼遭殃,更有甚者,还身体力行,将自己和他人都当作科学实验品,甚至读了几本医学书,就胆敢行医。

福楼拜笔下的两位"科学痴汉"最可笑的是用自己做实验,他们从事"科学实验"时一丝不苟,天真,专注,却又透着门外汉的傻劲。枯燥、概念化的科学知识,由于有了两位仁兄充满滑稽感、游戏感的自以为是,种种所谓"实验"不是按照教科书中的方法与步骤进行,而是凭借其主观臆断的虔诚和自以为是的认真,演出一幕幕"科学活剧"。这种"科学活剧"的滑稽性在于主人公试图模仿很"严肃"的"科学实验",但他们的模仿不是捉襟

---

① [法]福楼拜:《福楼拜小说全集》(下),人民文学出版社 2002 年版,第 141 页。

见肘,就是事与愿违。原因在于手段的冒险性每每让他们的"严肃"的科学实验计划落空。这种落空感造就了滑稽感,落空使得表面上的高尚性、严肃性、严谨性被手段的冒险性与结果的狼狈性统统消解。福楼拜勾勒了一幕幕痴汉模拟"科学实验"的情景,这种情景与所谓真正的科学实验之间的差距形成强烈的滑稽感。滑稽感让福楼拜的小说叙事得以从一个揶揄的角度,以谬误写科学,以业余写专业,以毁坏科学的严谨性与周密性的方式来叙述科学。滑稽感让莫测高深的"科学实验""降到"平凡人的日常生活之中,迫使严谨的科学话语弯腰俯就:高深、严谨的科学理论不得不接受通俗乃至无知的"洗礼"。这种"洗礼"既让爱科学的人出乖露丑,也让看似权威的"科学原理"疑点重重——"科学原理"往往在主人公莽撞可笑的冒险失败之后被埋怨被质疑。不过,这些看似无稽的"科学牢骚"却有可能诱导出对"科学原理"不利的怀疑。"科学实验"的冒险化不仅仅是"实验品"危险,"科学原理"也随之"危险"了。于是,福楼拜的冒险化、日常化、诙谐化的"科学实验"之叙事产生了双重"质疑性"——对于学科学的人和科学理论本身的双重质疑:

> 他们想更准确地把握各个器官的功能,因而为没有像蒙泰格尔、戈斯先生和贝拉尔的兄弟那样具有反刍能力而深感遗憾。于是,他们咀嚼食物慢而又慢,尽量嚼碎,混进口涎,在思想上伴随那碗饭直到内脏,甚至跟随到结尾,一丝不苟,几乎带着宗教活动一般的专注。
>
> 为了人工制造消化力,他们把肉放进装有鸭胃液的瓶里压紧,然后把瓶子放在腋下半个月。除了熏臭了他们俩的身子,没有别的结果。
>
> 有人看见他俩顺着大路奔跑,冲着火烧火燎的太阳,穿着湿透的衣服。原来他们是在检验表皮受水是否能缓解口渴。他们回家时气喘吁吁,而且都得了感冒。
>
> 作听觉、发音及视觉实验,他们游刃有余;但布瓦尔却要展开生殖实验。
>
> 佩库歇在这方面的保留态度永远使布瓦尔吃惊。他觉得朋友的无知是那样彻底,所以逼他作出解释。佩库歇羞得满脸通红,最后总算作

了交代。①

再如：

> 书中那些意见的明确性十分吸引他们。所有的疾病都来自虫子。虫子弄坏牙齿，把肺挖出窟窿，使肝肿大，祸害肠子并引起肠鸣。摆脱这些疾病的最佳药物是樟脑。布瓦尔和佩库歇便采用了樟脑。他们把樟脑当鼻烟吸，还嘎吱嘎吱嚼樟脑；他们又给大家散发香烟、镇静剂药水、芦荟树脂片。他们甚至着手治疗一个驼背的人。
>
> 那是有一天他们在赶集时遇到一个小男孩。男孩的母亲是个乞丐，每天上午都把儿子领到他们家。他们用樟脑油脂涂搽并按摩孩子的驼背，并用芥末糊涂二十分钟，这之后便贴上油酸铅硬膏。为了保证他再来，他们还请他吃午饭。
>
> 由于脑子里经常考虑寄生蠕虫问题，佩库歇在波尔丹太太的面颊上观察到一个奇怪的色点。长期以来，大夫一直在用胆汁为她治疗。这个圆点一开始只有二十苏的钱币那么大，后来逐渐长成一个粉红色的圆圈。他们有意给她治疗，她答应了，但要求由布瓦尔给她脸上抹油。她在窗前摆定姿势，解开胸衣上部的搭扣，伸出脸颊，用异样的眼神凝视着布瓦尔，如果没有佩库歇在场，那种眼神会很危险。尽管汞有点吓人，他们还是在许可剂量的范围之内用了氯化亚汞。过了一个月，波尔丹太太得救了。
>
> 她于是替他们广为宣传，征税官、镇政府秘书、镇长自己以及沙维尼奥尔所有的人也都口口相传。
>
> 然而驼背男孩却没有直起腰来。税务官扔掉了他们给他的香烟，因为他越吸越气闷。福罗抱怨芦荟树脂片引起了痔疮。布瓦尔得了胃病，佩库歇也得了严重的偏头疼。他们对拉斯帕依失去了信心，但噤若寒蝉，生怕影响了对他的尊重。
>
> 他们对种牛痘表现了极大的热情，又在白菜叶上学习放血，甚至弄

---

① ［法］福楼拜：《福楼拜小说全集》（下），人民文学出版社 2002 年版，第 169 页。

来一对柳叶刀。

他们陪医生去穷人家出诊，然后再请教书本。

作者记录的症状和他们刚看到的症状大相径庭。至于疾病的名称，有拉丁语、希腊语、法语等等五花八门的语言。

有成千上万种病，用林耐分类法并采用他规定的种类名称倒很方便，但如何确定类别？于是他们在医疗原理方面迷失了方向。

万·海尔蒙关于生命本源的地心之火学说、生机学说、布朗学说、脏器学说勾起他们思绪万千。他们问大夫，淋巴结核的病菌从哪里来，引起疾病的传染疫气到哪里去；面对各种病例，有什么办法区分病因和后果。

"因和果是混在一起的。"沃考贝依说。

这位医生说话之缺乏逻辑让他们倒胃口，他们便独自去看望病人，并且借口慈善活动深入病人的家庭。

在一些房间的尽里，人们躺在肮脏的床铺上：有的人脸垂在一边，有的人浮肿的脸呈朱红色，或蜡黄色，或青紫色；一些人鼻孔紧皱，另一些人嘴唇发颤，或发出嘶哑的喘气声，还有人打嗝，或浑身流汗；房间里到处是皮革和陈干酪味。

他们翻阅医生给这些病人开的处方，万分惊讶地发现镇静剂有时竟是兴奋剂；催吐药竟是催泄药；同样的药物竟适合各种不同的病症；一种病竟可以由完全对立的治疗方法治愈！

不过，他们仍然对病人提出劝告，鼓励他们振作精神，而且胆敢为病人听诊。

他们浮想联翩，竟陈书国王，希望在卡尔瓦多斯省设立护理学院，他们两人可以执教。

他们前去巴耶找药店老板，请他像古人那样制作泻药丸，即用药粉搓成小球，揉搓之后的药物更易被病人吸收。

根据这样的推论：减低温度可以阻止炎症，他们用绳子把坐在安乐椅里的一位患脑膜炎的女人挂在天花板的几根小梁上，然后换着胳膊摇来摇去。女人的丈夫回家撞见这个场面，立即把他们赶出门去。

最后，他们附庸时尚，将温度计塞进病人的屁股，使本堂神甫气愤填膺。①

福楼拜的"科学痴汉""实验品"状态既与左拉的"实验小说"把人当作动物之"实验"不同,又与 20 世纪穆齐尔《没有个性的人》具备了专业学者的"技术裸化"能力并且让自我精神生活抛入"精神实验"状态的沉思状态有很大差别。左拉之"实验",叙述者是以造物主的神性目光注视受遗传规律支配的主人公,"实验品"被动接受命运安排之叙事被涂抹上浓厚的悲怆感和沉重感。福楼拜《布瓦尔与佩库歇》则让两位主人公主动进行冒险化的"科学实验"。这种实验有科学实验之形式,却与科学严谨精神背道而驰。一知半解,不讲分寸,好走极端。两位科学痴汉的"科学实验"最有意义的其实是对科学本身的实验。两位主人公对各个科学学科从崇拜、痴狂到沮丧的探索之旅,多少对应了人类与科学打交道的种种心态。福楼拜笔下的"科学实验",是在讽刺中见出人与科学之间的复杂关系:获得新知之刻的无限欣喜,以自我磨难方式获得新知时的陶醉,陷入"科学迷宫"之时破罐破摔的沮丧。但是,福楼拜的"科学实验"叙事如果仅仅被视为闹剧又是片面的。看似闹剧的"科学实验"中,主人公的真诚与困惑交织,开阔与偏狭变幻,坚强与软弱交替,聪明与愚蠢并行。

福楼拜的"科学实验"中科学与人互为哈哈镜。其有趣之处在于,"科学痴汉"对科学的一知半解虽然可笑,但正因为他们的"痴"以及门外汉的"无知无畏",他们的"傻话"中反而包含着天真的怀疑和大胆的质问,直指科学的种种漏洞和误区。正如皮埃尔·马舍雷的评价:"在福楼拜的美学中,愚蠢的主题找到了它的组建功能,它那特有的首创功能。因为根据福楼拜的观点,任何文学工作的目标就包含在这个简单的见证中:现实有多么愚蠢,愚蠢又是多么美丽,被认可为愚蠢又是多么美丽!"② 愚蠢现美丽,傻话藏真知,愚行出见识。"科学痴汉"为能沐浴科学的启蒙之光而醍醐灌顶、茅塞顿开,亦能在"科学游戏"中歪打正着,不时让科学出乖露丑。科学带来了渊博与深刻、科学也生产着谬误与短见。福楼拜小说中的科学与人是平等的,是游

---

① 〔法〕福楼拜:《福楼拜小说全集》(下),人民文学出版社 2002 年版,第 175 页。
② 〔法〕皮埃尔·马舍雷:《文学在思考什么?》,译林出版社 2011 年版,第 268 页。

戏化、戏谑化的。福楼拜的《布瓦尔与佩库歇》让"科学实验"成为主人公"过家家"的生活方式，既传达着科学的达观，又暴露了科学的局限与短见。科学居高临下的庄重感和令人畏惧的神秘感被福楼拜成功解除了，科学的"神化"面具脱落，游戏化、诙谐化的"科学变脸"让科学的多种面孔次第登场。每一种面孔都藏着另一个面孔，每一种面孔都不是另一个面孔所能取代。不过，景仰中有破灭，消解中有抒情，漫画式的主人公对科学痴迷并景仰，通过科学阐释的路径去感知世界，虽然屡屡受挫，依然保持着一种"科学顽童"的敞开心态，此时的小说叙事又演进到极富浪漫意味的场景中。试读以下内容：

> 刚收过麦子，一个个麦垛耸立在田野当中，夜晚柔和的蓝青色衬托出麦垛硕大的黑影。四处的农庄都很安静，甚至听不见蟋蟀的叫声。整个乡村都在沉睡。微风吹凉了他们发热的双颊，他们吸允着凉风，消化着肚里的食物。
>
> 高高的天空布满星星，有的星成群地放着光，有的星一个接一个闪耀着，有的却孤零零的，相隔甚远。星星像一片明亮的尘埃从北方撒到南方，在他们头顶上分道扬镳。各个光点之间有很大的空间，苍穹犹如湛蓝的海洋，群岛和一个个小岛点缀其间。
>
> "多大的数量呀！"布瓦尔惊呼。
>
> "我们并没有看全！"佩库歇接过他的话茬说，"在银河的后边是星云，星云的那边还有星。离我们最近的星也距我们三十万亿公里。"
>
> 他从前经常去旺多姆广场用天文镜观天，现在还记得一些数字。
>
> "太阳比地球大一百万倍；天狼星比太阳大十二倍；有些彗星长三千四百万法里！"
>
> "这简直让人发疯！"布瓦尔说。
>
> 他哀叹自己太无知，甚至为年轻时没有进综合理工学院读书而遗憾不已。
>
> 佩库歇又让他转过头观看大熊星座，给他指出北极星的位置，接着要他看Y字形的仙后星座，和天琴星座里闪亮的织女星；天际的下方是

红色的金牛座 A。

布瓦尔向后仰着头，艰难地在想象中画着星座的三角形，四边形，五边形，以辨认自己在天空所处的位置。

佩库歇继续说：

"光速每秒钟八万法里。银河的光需要六个世纪才能到达我们这里，所以，人们观看一颗星星时，那颗星可能已经消失了。好多星是断断续续出现的，还有许多星永远也不再回来；星星老变换位置；一切都在躁动，一切都在过去。"

"太阳可是一动不动的！"

"过去都以为是这样，然而在今天，学者们却宣布太阳在朝武仙星座加速移动！"

这一点搅乱了布瓦尔的思想，他寻思片刻后说：

"科学是根据无限空间的一角提供的数据建立起来的，它也许并不合适人们尚不知道的其他地方，而那些地方远比地球大，人们也不可能发现它们。"

星光下，他们站在葡萄棚上这样谈论着，言语间不时停下来静默好一阵。

最后，他们琢磨星球里是否有人存在。为什么不可能？天地万物都是协调一致的，所以天狼星的居民个头一定特大，火星的居民是中等身材，金星的居民准是小个子。除非到处都一样。天空上也有商人，有宪兵；那里也有人弄虚作假，有人打仗，有人废掉国王。

几颗流星突然陨落，像巨大的烟火在天上画出一条抛物线。

"瞧"，布瓦尔说，"有几个世界正在消失。"

佩库歇接着说："如果轮着我们地球翻筋斗，其他星球的公民也不会比我们现在看见他们消失更激动。这样的想法可以消减大家的傲气。"

"这一切会有什么样的终结？"

"可是……"

佩库歇也重复了两、三次"可是"，再也没有找出要说的话。

"没关系，我倒很想知道宇宙是怎样创造的。"

“布丰的书里可能谈到这个”，布瓦尔闭着眼睛回答说，“我受不了了，我这就去睡觉。”

《大自然的各时期》告诉他们，一颗彗星撞击太阳时，撞掉了一小块太阳变成了地球。南北极先凉下来，那时整个地球一片汪洋，后来水流进洞穴，陆地分成了若干板块，动物和人也就出现了。

天地万物之雄伟使他们感到与天地万物一般无边无际的惊异。

他们的思想开阔了。他们为能思考如此重大的课题而感到自豪。”①

这种以“科学赤子”的心态面对大自然的叙述亦庄亦谐。但从整体上看，庄多于谐，可见福楼拜的小说并非仅仅只是拿“科学实验”来打趣取乐。科学知识导引出的敬畏感，极富诗意的浪漫性同样是福楼拜小说的组成部分，即便这种浪漫感每每为挫败感所冲毁。当然，福楼拜的人物并不像 20 世纪上半叶的托马斯·曼的《魔山》的主人公那样将科学知识化入感受极度细腻的层面加以审美化，而是一旦闪烁出科学感悟的浪漫光芒，便拐弯走向怀疑与拆解。卡尔维诺认为《布瓦尔和佩库歇》是“百科辞典式”小说的“原型”。② 卡尔维诺发现，“比福楼拜晚一个世纪的百科全书型小说家雷蒙·凯诺写过一篇文章，为这两个人物辩解，说他们并不‘糊涂’（他们的不幸在于‘追求绝对’，不能容忍矛盾与疑问），并为福楼拜辩解，反对简单地把福楼拜说成是‘敌视科学的人’。凯诺说：‘福楼拜是赞成科学的，只要科学是怀疑主义的、系统的、谨慎的、有人性的。他害怕的是教条主义者、形而上学者和哲学家。’”③ 的确，质疑不等于敌视。不过，《布瓦尔与佩库歇》毕竟不是一部科普著作，之中的科学观点谁对谁错，多数读者无明辨是非的能力，也无判定对错的必要。福楼拜这部小说的价值，在于塑造了面对现代科学又痴又狂的堂·吉诃德式形象。福楼拜不过是以科学幻象置换了骑士幻象。两位“科学侠客”，他们的天真、痴狂，以及屡败屡战的痴狂派生出来的带傻气的浪漫、看似糊涂的清醒、貌似大胆的懦弱、外表憨厚的小狡黠、性格执拗的无恒心、

① ［法］福楼拜：《福楼拜小说全集》（下），人民文学出版社 2002 年版，第 183 页。
② ［意］卡尔维诺：《美国讲稿》，译林出版社 2012 年版，第 109 页。
③ 同上书，第 110 页。

直面流俗的爱面子、无比阔达的小家子气，所有这些人性的光芒与弱点是那么对立又那么融洽地汇聚在主人公身上，这才使得所谓的"科学辩论"、"科学冒险"之叙事具有了审美意味。换一个角度说，"科学冒险"的叙事内容唯有闪烁出两位痴汉的既粗线条又不时细腻化的种种可爱、可气、可笑的心理内容，福楼拜对"科学原理"的崇尚又质疑的摇摆态度才可能获得文学的书写。福楼拜的《布瓦尔与佩库歇》事实上并没有对科学的学理是非做周密的甄别，这不是小说的义务。《布瓦尔与佩库歇》让两位痴汉以半梦半醒、半真半假的方式与科学周旋，歪解、曲解、正解产生出的杂糅化情感，使得任何一种科学知识都被布瓦尔与佩库歇进行一种神经质的、情绪化演绎。这些知识让他们震惊、陶醉、沮丧、懊恼、幻灭，周而复始。这种种驳杂化的情感，与科学之对错不一一对应：科学说对的，痴汉可能因误解而抱怨，科学说错了，痴汉可能因盲信而兴高采烈。所以从根本上说，这不是一部关于科学是非的小说，而是叙述人对科学复杂感受的小说：那么容易神往，甚至轻信，又那么容易退缩，甚至厌倦。从膜拜到放弃只有一步之遥，人对科学的歪解与曲解的浮躁心态是不是要强于对科学正解的耐心，我们又将在多大程度上可以确信人对科学的理解力与人应用科学的谨慎心态呢？痴汉虽然莽撞，但他们对科学的曲解歪用都是有惊无险，那么，如果这种的冒险的范围和程度进一步扩大呢？热爱的本身是不是就包含着危险呢？门外汉是如此，行家就一定保证"有惊无险"吗？福楼拜与其说对科学有种种质疑，不如说他对人对科学的态度有着先知般的警惕。福楼拜对科学的神往又质疑的态度，似乎预言式地对应着20世纪的品钦那种"科学他者化""技术恐惧症"之后现代小说。当然，就19世纪而言，福楼拜一定是比左拉对科学的理解具有更复杂而透彻的批判力。

两个抄写员的科学"梦之旅"叙事不是为了诠释科学，而是通过一场又一场的科学官司，写出普通人对科学知识会产生的景仰感、受挫感和怀疑感。痴汉歪解科学的冒险故事让这部以科学为话题的小说妙趣横生，那么，正解是否也有可能让小说具有审美价值呢？如果主人公是科学家或接受规范的科学学习者呢，小说艺术对于科学又该如何处理呢？这个问题将交由《魔山》、《没有个性的人》这样的小说来回答。

四

维纳在他的科学名著《人有人的用处》论及:"希腊人是以极端矛盾的情绪来对待火的发现这桩事情的。一方面,他们和我们一样,认为火是给予全人类的巨大恩惠。另一方面,把火从天上取到人间乃是对奥林匹斯诸神的反抗,而这就不能不因冒犯诸神的特权而受到他们的谴罚。于是,我们看到了取火者普罗米修斯的伟大形象——他是科学家的原型,一位英雄,然而却是应该受罚的英雄——被锁在高加索山上,让秃鹰来啄食他的肝肠。"[①] 无论是科学还是科学家,在普通人看来,其背后都隐匿着某种超凡的力量。布瓦尔与佩库歇追求科学的原因之一就是对抄写员的工作腻烦透了,他们想借助科学探险进入一个更具有生存意义的世界中。而他们所受到的惩罚原因之一不就是莽撞地想获取大自然的秘密吗? 科学的面孔是静默的,是神,也可能是恶魔。当然,诙谐化的叙事修辞并没有让布瓦尔与佩库歇像普罗米修斯那样受到极残忍的折磨。从这部 19 世纪的小说中我们已经可以窥见小人物对科学的矛盾心态:崇敬而又怀疑,向往而又畏惧。然而,以乐观心态借助科学之眼观看世界的主题始终没有因为科学本身的两难性就在文学作品弱化,相反,对科学的乐观态度在 20 世纪上半叶的小说名著中并不少见,毕竟科学进步拓展了人的活动范围,显现了人的智慧。让科学思维融化到审美想象中,丰富人对世界的感受的广度和深度,这种乐观而积极的审美姿态,并不意味着这样的小说家缺乏反思力,相反,具有博物学趣味或工科背景的小说家似乎更乐意让科学思维作为其文学审美观念的一个有机组成部分。其撰写的文学作品对事物的感受,不但不受科学理性排挤,相反,科学理性甚至能打开一条别致的通道,让某种审美感性达到更微妙的境地。

具有博物学风格的 20 世纪小说《追忆似水年华》,才华横溢的叙事者对于各种学科的知识往往顺手拈来作为其喻体。艺术、历史、考古、音乐、自然科学的各种知识点成为其联想路径。平凡的人事,正是因为沁透叙述者充

---

① [美]维纳:《人有人的用处——控制论与社会》,北京大学出版社 2010 年版,第 164 页。

满谐趣的遐思,叙事文本才超越了情节层面,在多层叠合交错的喻体层和意义层上让各种遐想碰撞、融合、升腾,导引着平凡的人事,以远距离或抽象化、概括化的方式使得一个情节节点或故事场景的意义多样化与别致化。

普鲁斯特调用科学话语,不是请来权威的评判者,也不是对科学加以反思,而是利用科学原理来观照人物关系、情节、细节或场景,使其中的意义发生趣味化或哲理化的性质改变。诸如"医学是医生一个接一个犯下的互相矛盾的错误之综合;你把最好的医生请来看病,您有幸求助于一个真理,可是几年后,这个真理很可能被认为是谬误"[①],或是"我虽然可以让阿尔贝蒂娜坐在自己的膝上,双手捧住她的脸,可以在她身上随意抚摸,但是,我手中仿佛在摆弄着一块含有太古海洋盐量的石块,或者是一颗天星的光亮。我感到,我触摸到的,只是一个生物体的封闭的外壳,而生物在其壳内却可以四通八达。大自然只是创造了人体的分工,却没有想到使灵魂的相互渗透成为可能"[②],或是"我以往的欲念在一定程度上能够帮助我理解她的欲念;这种欲念越强烈,它们引发的苦痛便越残酷,想到这点已经是一种巨大的痛楚;就好比这些欲念以相同的系数在感觉的代数式里重新出现,不过不是加号而是减号。"[③] 这些话语中都内蕴着医学、生物学或数学的某种原理,但这些原理都不是为了忠实地诠释而存在,而是服从于叙述者的联想和比喻。科学道理的存在,只是让某种情节、细节、场景之意义显示出另一种意义轮廓。这种意义轮廓浸透进叙述的本体,使之挥发出"象外之象"的意义,从而让老生常谈的说法脱离了庸常,让科学话语作为喻体召唤出一层崭新的意义。这些具有嵌入感的科学话语,往往与描述的对象性质迥异、距离遥远。然而,越是性质不同,越是距离拉大,其间依靠联想拉近的相似点越具有奇趣性。将爱人比作"含有太古海洋盐量的石块"这已经够奇了,但还不够,继续将爱人的难以捉摸比作"生物在其壳内却可以四通八达",趣上加趣。激情与隔膜,借助略带有专业色彩的科学话语作为喻体,层层转进,妙不可言。要注意的是,普鲁斯特所出示的情感话语与科学话语,孤立地看,都不稀奇,稀奇的是这两

---

① ［法］普鲁斯特:《追忆似水年华》(中),译林出版社 2008 年版,第 905 页。
② 同上书,第 1780 页。
③ 同上书,第 1874 页。

种话语之间勾连得巧妙,极不同的事体却窥见相似性,而这正是叙述者的天才最具有独特性的所在。可见,普鲁斯特使用科学话语,是因为科学话语与日常话语的差异构成了一种冲击力,这种差异联系的巧妙性激发出想象力。"含有太古海洋盐量的石块"孤立地看毫无意义,但是,以此来比爱人的珍奇性,则唤起无边的联想,既有天荒地老的浪漫古意,亦有近在眼前却相距遥远的重重隔膜。此种博物学的联想,本体与喻体性质越不同,越能发现其中的相似点别出心裁。带有科学色彩的喻体召唤出一个奇妙的话语场域,地质考古学被引导至凡人的爱情现场,让平凡人的爱情故事在地质考古学的映照下产生意义的宏大化。宏大化、公式化、规律化本是独特的爱情生活的大敌,然而,不同性质的话语的差异配置,使得原本宏大化、公式化、规律化话语的语义发生改变,"太古石块"已经不是单纯的地质考古学意义层面上的石块,而是被呼唤出一种超越人的生命有限性的恒久化之爱意与恨意的情感化之石块。科学话语作为喻体,是普鲁斯特最善于调度的一种修辞手法。这种修辞手法让科学话语从固有的语义系统中抽离出来,突出其某一属性,再利用某一属性与本体发生无理而妙的碰撞。这一碰撞、交融的结果便是喻体某种属性引导本体进入想象界面,而喻体也由于这种想象的发生而导致其原有意义在窄化的同时被情感化。调动科学话语冲击日常话语,借助科学话语让日常话语意义层发生扭曲、增值,让普鲁斯特的小说充满了百科全书式的神奇想象。因此,我们可以说,普鲁斯特驾驭科学理论,既没有威压感,也无太多反思性,而是加以审美化想象化的调度,诱导科学话语的语义向审美世界俯就,共同参与审美话语秩序的建构。

当然,普鲁斯特使用科学话语的手法是非常多样的,并非简单地本体加喻体式的调遣。其更具艺术创造力的使用科学话语的方式是多重叠印之情景化想象,让小说中的人物进入某种假定性情景,在假定性情景中招引某种人文或自然科学的现象,相互比较,以此打开多重情景交叠相映的多态幻象化奇特叙事景观。如夏吕斯男爵走在巴黎的街道,举头望那第一次世界大战炮火连天的巴黎夜空,突发奇想,构想道:"另外,我不知道他为什么不演奏,人们借口打仗就不再演奏,但人们还跳舞,还在市里设晚宴,妇女们为自己的皮肤创造了琥珀色。如果德国人还要向前推进,那些欢乐的晚会也许将会充斥我们的庞培城的末日。只要某个德国维苏威火山（他们海军的炮火同一座火山一样厉害）的熔岩在她们梳妆打扮的时候突然袭击她们，中断她们的动作，并使其永远保存下来，以后的孩子们就能在有插图的课本中看到莫莱夫人在去嫂子家赴晚宴之前即将抹上最后一层脂粉，或是索斯坦娜·德·盖尔芒特正画完她的眉毛，并从中得到教益；这将是未来的布里肖上课的内容；一个时代的轻浮，在经历了十个世纪之后，就是最严肃的研究课题的内容，特别是当它通过火山爆发或炮弹射击的同熔岩相似的物质而完整无缺地保存下来。同维苏威火山喷发出来的气体相似的窒息瓦斯，像曾经埋没庞培城的崩塌那样的崩塌，如能完整无缺地保存所有那些尚未将其绘画和雕塑运往巴约纳的最冒失的女人，对未来的历史来说将是多么珍贵的资料！……"①

夏吕斯的奇思妙想融合了考古学、历史学、艺术学和教育学的知识背景。同时，夏吕斯让三种情景叠影融合：一次世界大战的巴黎遭遇夜晚空袭的情景，庞培城的末日情景，未来历史学课堂上的情景。这种将残忍诙谐化的审美想象，隐藏着夏吕斯特殊嗜好的密码。不过，撇开夏吕斯的特殊嗜好，我们会发现这三重情景叠影的想象完全超越了简单化比喻想象的局限。而是利用"巴黎空袭之夜如庞培城末日"作为想象起点，用假定熟人的遇难作为加工的素材，穿梭于历史、现在与未来之间，并于其间打上以考古学为主导的各种学科符号的烙印。博物学化的想象让普鲁斯特的小说具有一种"飞溅化"效应。各种学科的特性在具体的场景中不断飞溅、喷发出各自的意义，各种意义又被组织起崭新的意义秩序：巴黎空袭场景被喻为庞培末日，庞培末日的灾难属性在时间的长河中被博物馆化，因此，巴黎空袭场景如发生类似的灾难，也有可能被博物馆化。如此，空袭灾难就有可能在十个世纪后被审美化。这种审美化假定是熟人遇难，那么，她们应该感到庆幸，因为这样的机遇不可多得，因为她们最后的形象会进入未来的历史学课堂，她们轻浮的生活方式会被定格，成为未来教学中"严肃的"内容。夏吕斯的狂想逻辑一清二楚。而要实现夏吕斯的灾难审美化的想入非非，单有庞培的考古学知识还不够，还应该对火山爆发的物理化学特性有相当清楚的了解。唯有博物学才

---

① ［法］普鲁斯特：《追忆似水年华》（下），译林出版社 2008 年版，第 2088 页。

能造就这样的想象,唯有善于化残忍为审美的想象通道才可能调动这些博物学的知识通过一个情景飞溅而出。夏吕斯以虚构收拢战争、历史、考古和审美教育多种知识,各类看似互不相干的话语完全依靠想象造就了灾难审美化。

普鲁斯特的虚构情景叠影的想象性艺术创造,让历史学、考古学参与组织想象性场景,半假半真,融实为虚,博物学化的各种知识完全被融化到虚构情景中,让假定性情景依托历史和考古学话语之真,去建构虚拟化的关系、情节和情景。从这个意义上说,普鲁斯特拥有绝妙的天才,调遣各种科学、人文知识,以属性或情景的相似性为想象路径,变化出具有超时空之特性的虚拟场景。或者说,普鲁斯特笔下的各种博物学知识,都要接受想象的加工,糅合进超越时空的虚实相生的"审美虚拟化"情境。由此,各种博物学符号,包括科学符号,在普鲁斯特的小说中,其最独特之处,便是参与虚拟化情景的建构,成为虚拟化情景中的一个元素。不过,普鲁斯特让科学符号虚拟化,不是科幻化,也不是童话化。科幻化是幻想出新的科学技术的特质,而普鲁斯特的虚拟化中的各种科学原理和符号,并未产生新的特质,而是在保留其原有意义的同时,让科学符号参与到一个虚拟情景中,这种虚拟情景完全是面对当下现实的,而不是朝向未来,即使其中有未来,未来也得向当下屈服。普鲁斯特的虚拟化也不是童话式的,童话可以让野兽说话可以让草木开口,而普鲁斯特的小说之虚拟场景的不过是将历史场景进行"现实化处理",以此构成现实与历史叠影交错之亦真亦幻的虚拟性,而非完全抛弃现实感的童话式虚构。

普鲁斯特的虚拟化的场景,调动博物学话语,既有强化现实感的一面,更有利用博物学带领日常性场景挣脱平庸性的功能。在种种虚拟化场景中,博物学话语,包括科学话语,是点燃狂想火焰的导火索,是射出一道道新颖独特的精神光柱的话语探照灯。博物学话语,包括科学话语,在普鲁斯特世界里不是定义式诠释式的话语,而是成为诱导性的想象性话语。这种博物学话语包括科学话语的审美诱导性,在托马斯·曼的《魔山》中也能达到虚拟化的境地,但其想象力不如普鲁斯特那么丰富,那么"狂野"。《魔山》类似普鲁斯特的虚拟性情景,其想象完全依附于某一门类的科学话语,虽然比普鲁斯特更"专业",但缺乏普鲁斯特那般在左右逢源中的想象性情景中层层转进的渊博性和疯狂性。

普鲁斯特的小说《追忆似水年华》是百科全书式小说作品的典范之作。普鲁斯特广博的审美心态让他对新生事物和人类进步充满了孩童般的好奇心，19世纪与20世纪的世纪之交出现的各种科技产品如汽车、电话和飞机都让普鲁斯特浮想翩翩。但这浮想翩翩中普鲁斯特除了赞美人类进步的伟大，还带着一种怀旧心态去欣赏新、旧之美的差异性。

看看以下两则的叙事内容。

> 我到了湖边，一直走到射鸽场。我心中的完美观，那时我觉得它体现在一辆维多利亚式敞篷马车的高度上，体现在那几匹轻盈得像胡蜂那样狂奔、双眼像狄俄墨得斯用人肉喂养的凶狠的战马那样充血的骏马的精瘦上，而现在呢，我一心只想重新看到我曾经爱过的东西，这个念头跟多年前驱使我到这同样几条路上来的念头同样强烈，我想再一次亲眼看一看斯万夫人那魁梧的车夫，在那只有他巴掌那么大、跟圣乔治一样稚气的小随从的监视下，竭尽全力驾驭那几匹振其钢翅飞奔的骏马。唉！如今只有那由留着小胡子的司机驾驶的汽车了，站在他身旁的是高如铁塔的跟班。①

再如：

> 突然，我的马仰头惊立，它听到一阵莫名其妙的声响，我好不容易才勒住惊马，差点儿没被摔到地上，我抬眼向声响传来处看去，不禁热泪盈眶，发现在我头上五十米左右，在阳光照耀之下，在两只熠熠生辉的钢铁翅膀之间，载负着一个生灵，其容貌虽模糊不清，可我觉得颇像一个人的面孔。我激动不已，犹如一个希腊人平生第一次看到了半神半人的神人。我禁不住哭了，我一旦看清楚了，那奇妙的声响就来自我的头上——当时飞机还是极其罕见的——心想，我平生第一次看到飞机了，叫我怎么不热泪沾襟。此时此刻，就像那时候，耳际传来了一张报纸上

---

① ［法］普鲁斯特：《追忆似水年华》（上），译林出版社2008年版，第305页。

读到的一句动人的话,我见飞机泪始流。①

《追忆似水年华》中的斯万、夏吕斯都是品位极高的艺术品鉴赏家,他们对传统文化的辨识品评受到上流社会的推崇。然而爱旧不等于不追新,追新亦不忘怀旧。《追忆似水年华》小说中思古幽情与进步怀想并行不悖。主人公对新生科技产物充满了好奇和激动,毫不掩饰他的惊奇和兴奋,而这很大一部分原因是他发现神话中的意象在工业化的人类社会中终于实现了。钢铁翅膀熠熠生辉的飞机宛若"半神半人的神人"降临人间,进步亦可纳入神话谱系之中。多愁善感的普鲁斯特,为进步而激动,他绝不排斥新颖的科学原理与科技发明,另一方面,他对古典的艺术趣味甚至对家谱学又有着精致幽深的趣味与不同凡响的评品能力。不过,一接触到现代,叙述者马上联想到古典,为进步而兴奋的同时,兴奋的联想事体常是神话的神奇人物与神奇传说。进步之美通过古典之美的映衬获得神话般的美感,古典之美亦通过进步之美让神话获得具有现实感的"再现"。

普鲁斯特就是这样,一种场景一旦写实了,便要用另一种话语将其虚化,让写实的场景通过另一种话语的虚化带入更有想象力的境界。科学话语在日常性情景面前,是诱导其脱离平庸界面的起跳点,而科技发明如果本身是写实性场景中的主体,普鲁斯特又要用古典的神话般的想象使之虚化,从而让进步之美衬托古典之美并飞升到一个幽远的想象界面中。

科学原理,以及各种科技发明,在普鲁斯特笔下,是想象的跳板和途径,亦是被想象被审美被古典化的对象。在普鲁斯特无比绚丽多彩的艺术世界里,科学,科技,总是在他多面的想象世界里充当美的诱导者、想象的引导者。

五

德国托马斯·曼的《魔山》是一部成长小说。主人公汉斯先是着迷于自然科学、医学,后探索哲学、宗教,乃至神秘主义。不过,年轻的工程师汉斯与布瓦尔和佩库歇不一样,他对各种学科的学习不是滑稽式的歪解与曲解。

① ［法］普鲁斯特:《追忆似水年华》(中),译林出版社2008年版,第1426页。

小说家同样赋予汉斯天真而热情的学习欲,但他的工科背景,以及谦虚而热忱的态度,让汉斯这个形象远比布瓦尔与佩库歇来得更具学院知识分子气质。无论是布瓦尔和佩库歇,还是汉斯,他们通过"科学探秘",意识的知觉深度和广度都大大地获得了延伸,布瓦尔与佩库歇甚至在这种知觉的扩展过程涌动出广阔的诗意。然而,两位痴汉过于急躁地追求"科学理性",他们急功近利的莽撞行动往往毁败了他们的知觉系统,"科学冒险"的屡屡失败让痴汉陷入怨妇般的沮丧之中。汉斯则完全不同,他的恬静性格以及对科学知识足够的尊重以及求知的耐心,让主人公更多以沉思的方式对待科学知识。汉斯借助医学知识对自我知觉特别是爱情知觉的一步步拓展,是《魔山》中极具艺术创造性的叙事内容。先读读汉斯如何通过与大夫的交谈知晓他的意中人的美感"来源":

> "喔,您懂吗,我倒对她内部和皮下脂肪了解得更多一些,我知道她的动脉的血压,组织的活力以及淋巴的运行状况,由于某些原因,我对她身体里的情况知道得一清二楚咧。可是表面上的东西却难以掌握。您有几回看到她走路的姿势吗? 她走路的模样,从脸上也看得出来。她走起路来是蹑手蹑脚的。比方说她的那双眼睛吧——我姑且不谈它的颜色,它也像面部表情那样诡谲得很。我只是说这双眼睛的位置和大小。您会说,她的眼睑像有一条缝,而且有些斜视。这不过是表面现象罢了。把您搞糊涂了的,原来是一种'内眦赘皮',这种变异物只存在某些民族的身体内,实际上是一种赘皮,它从这些人扁平的鼻梁起经眼皮一直通到眼睛内部的一个角落。如果您托住鼻根上的皮肤,把它绷紧,那么您的眼睛就像我们大家一样,不会再斜视了。斜眼看人令人有一种神秘莫测之感,何况又没有多大光彩。老实说,内眦赘皮能隔代遗传,是发育障碍引起的。"

> "原来如此",汉斯·卡斯托尔普说。"我对此本来一窍不通。不过好长时间来,我一直想知道斜眼看人究竟是怎么一回事。"

> "真是自寻烦恼,又是一笔糊涂账",顾问大夫加强语气说。"如果您光是把斜视和眯眼画出来,您就不对头了。您必须根据生理现象的角

度把斜视和眯眼画好，所谓以错觉来驾驭错觉。因此，您当然需要懂得有关内眦赘皮的知识了。多懂一些总没有害处。您看看皮肤，看看这里的身体上的皮肤吧。根据您的看法，它是不是逼真，或者并不特别逼真？"

"和真的完全一模一样"，汉斯·卡斯托尔普说。"皮肤嘛，您真画得栩栩如生。依我看，谁也没有画得这么出色。简直连毛孔都看得出来。"于是他用手轻轻去摸图画中袒胸露肩的地方。和她那被画师渲染得过分的绯红的脸儿相比，这些地方的肤色显得异常洁白，仿佛身体上的这些部分从未被阳光晒过似的。因此，不管作者是否故意如此，裸露部分给人以华而不实之感，效果不佳。

尽管如此，汉斯·卡斯托尔普的赞美还是言之有理。她那柔嫩的、不算干瘪的胸部绘成油光光的乳白色，同淡蓝色的纱巾衬映在一起显得恰到好处，十分自然。显然，画师在这上面是动过情的，而且还无伤大雅地给它添上几分甜润可爱的色彩，不过艺术家还懂得如何赋予它以合乎科学的真实感，使它显得栩栩如生。他利用画布较为粗糙的特点，使皮肤表面天然的不匀称性在抹上油画颜料以后能充分体现出来，在优雅地凸起的锁骨部分表现得尤为明显。胸口上方乳房分界处的左侧，有一颗小痣，贝伦斯画时也并未略过，在隆起部分的中间，一条条淡青色的血管隐约可见。赏画的人们看到这半裸的身体，难免动几分感情，浑身会微微战栗起来。人们仿佛看到她身上正沁着香汗，肉体上散发出某种无形的气息，这时你恨不得把嘴唇贴上去体会一下，但愿感受到的不是颜料和清漆的气味，而是肉体的气味。我们把汉斯·卡斯托尔普看了这幅画后的印象一一复述出来。既然他对这些印象有特殊的感受力，我们就可以客观公正地下一个断语：肖夏太太那肉体半露的胸像是这间房间里最引人注目的一幅画儿。

顾问大夫贝伦斯两手插在裤袋里，踮起脚跟，抵住脚跟上的肉球转来转去，一面看看自己的作品，一面又瞧瞧两位客人。

"我很高兴，我的同行"，他说。"我很高兴您居然欣赏它。要是一个人能对皮下的情况略知一二，换句话说，要是他对自己除了光是所谓抒情式的关系外，尚有其他关系，能把肉眼看不到的东西画出来，倒是一桩好事,一点也没有什么害处。要是一个艺术家同时又是医师,生理学家,解剖学家,能对身内之物隐隐约约懂得一些,那就大有好处,您肯定会占优势——随您怎么说都行。身体上的皮肤也有它的科学,您可以用显微镜检查出,它在有机结构上是正确无误的。您不但能看到表皮的黏液和角膜层,而且还可以想见下面的真皮组织,那儿还有脂肪腺、汗腺、血管和小乳头。再下面还有脂肪膜,您可知道,这是衬垫模样的组织,也可以叫衬层,上面有许多脂肪细胞,女人迷人的姿态就是这样形成的。您懂得些什么,又在想什么,对您创作的画儿都能起到作用。它们会自然而然地流到您的画笔上施加影响。表面看来似乎不相干,其实多少有些关系。一幅画的真实感就是这样产生的。"

汉斯·卡斯托尔普全神贯注地倾听这番话。他的额头涨得通红,眼睛闪现兴奋的光芒。他不知怎样开口才好,因为要说的话太多了。他首先想到一个主意,那就是将这张画像从窗口阴暗的墙头搬开,放到更适宜的地方去;其次,他急于想吃透顾问大夫关于皮肤性质的一些见解,他对于这些见解极感兴趣;第三,他也想发表自己对这个问题的一般观点和哲理,对此他兴趣十足。他双手搁在画像上想把它取下,同时急匆匆地说:

……①

此处,医生兼画家贝伦斯关于肖夏太太的媚态的医学化美学解读,并未导致肖夏太太"去魅"。生理意义上"内眦赘皮"之解读反而道出肖夏太太的媚态之重要成因,"真皮组织"与"脂肪膜"让肖夏太太的皮肤更具有美感,这种医学话语"破译"一个女人的美感的方式,在贝伦斯得意的语气里似乎是"不过尔尔"的轻松读解,但对于汉斯却不一样。汉斯越了解"皮下的情况",对肖夏太太的兴趣越浓厚。人体微观层面上的呈现,没有弱化汉斯对肖夏太太整体美感的兴趣,而是让汉斯获得更微观更独特的想象路径。通过这个路径,"脂肪腺、汗腺、血管和小乳头"让汉斯通过医学术语获得毛细血管般的想象扩张。这种想象的细化扩张依赖于医学的专业术语,作为工

---

① ［德］托马斯·曼:《魔山》,上海译文出版社 2007 年版,第 256 页。

程师的汉斯培育自我新的能力将各种科学话语"转译"为情感话语。

科学话语包括医学话语虽然以共性的面目出现,但处于单恋状态的汉斯具有强大的情感渗透和改造能力,共性的、客观的医学科学术语不但不会将肖夏太太"还原"为一般化的生理人,相反,医学科学术语的微观性和深入性反而让汉斯找到恣意展开想象的"微观"依据。所以,这些医学科学术语在工程师汉斯那儿,最终是被改造为情感话语。医学科学话语的习得,不仅让汉斯拥有更丰富的知识储备,更是让他的爱情想象获得更别致的通道。从另一方面看,医学科学话语没有让爱情中人冷漠化和客观化,医学话语反而扇动起更剧烈的情爱风暴,这也正是托马斯·曼呈现爱情的独特之处:医学科学话语为爱情话语煽风点火,笃信科学的人在极热烈的爱情面前不但无法保持科学的矜持和中立,相反,科学臣服于爱情,爱情让科学话语强化其主观的情爱感受。最中立与最主观的话语交融,这不是科学话语的败北,而是科学为爱情表达添加一份热情也添加一份情趣。

不过,话又说回来,如果汉斯对肖夏太太不动情,"内眦赘皮"无非是一种生理缺陷而不是媚态发源点,"脂肪膜"不会衬起爱的曲线,"脂肪腺"更不会分泌出爱情意义。因此,我们可以说是汉斯对肖夏太太的情欲改造了类型化的医学术语,让医学术语成为形容肖夏太太独特美的一种情感语言。

"内眦赘皮"的内涵因为爱的激情而变得丰富,竟然"神秘莫测"起来,由此,外延缩小了,似乎肖夏太太才让"内眦赘皮"生出奇异之美。唯有科学术语的错觉化和个体化,才可能让肖夏太太变美。然而,从另一个角度看,如果取消了这些科学术语,那么肖夏太太之美固然还存在,但文章的趣味性显然减弱,从生理缺陷和生理的微观性这一通道去唤起情欲的想象界面就取消了,文章的独特性也变弱了。所以,从想象的别致性这个角度看,此篇文章将极专业的医学术语变化为审美话语是有其创造性的。

此处,大夫的油画与大夫对油画的医学解读构成双重中介,油画是艺术中介,医学解读是科学中介。科学中介同样参与了美感建构。医学术语在此处已经脱离了治病救人的性质,而是让医学术语染上了一层可触摸感。"角膜层"与"脂肪腺"不但可以让主人公通过词语零距离地接触到肖夏太太,更有一种由表及里的捕获感和深入的拥有感。"身内之物"或"皮下的情况"的熟稔,与其说对绘画有好处,不如说"身内"肉体已经成为一种隐喻。似乎越能了解"皮下的情况"便越能触摸到肖夏太太的灵魂,身体内外其实是身体/灵魂的一种隐喻式的差异。此处,生理化的身体区域的划分,已不是出于医学研究的需要,而是为满足一种内外有别的想象。"外"是看得见的面貌、形体和光泽,越往"内",则负载着越来越神秘的灵魂。

隐喻离不开想象。肖夏太太离开疗养院之际,送给汉斯最特别的礼物,就是记载她的疾病符号 X 光照片。身体的"内部"向情人敞开,"病相"交给情人,意味着她的灵魂对情人的"赤裸裸",也意味她同时交出了对爱情的希望与绝望、升华与颓废。

X 光玻璃片中的肖夏太太虽然还是肖夏太太,但作为医学图像的肖夏太太与油画中的肖夏太太是完全不同的,原因在于 X 光玻璃片的肖夏是无法辨认出这玻璃片是属于她的,越是"内部"越是丧失了个性。然而,正是表面上的美感、个性的丧失,肖夏太太的形象被层层编码,增加了辨识的难度,而难度的设定让此玻璃片变成了一个"秘密":身体内部图像的赠与这一形式远比图像是否具有美感重要。现代透视技术没有创造美感,但铺展了一个敞开身体"内部"的符号通道,并且,这个符号通道对身体"内部"的"完全暴露"是以唯一性为前提的。这就强化了这一赠与形式的珍贵性。利用现代科技将"医学化身体"构造为情爱符号,医学图像之类型化之无面目化,在赠与的唯一性这一形式的催化下,获得了指向性明确的摄人心魄之美:

> 汉斯·卡斯托尔普还是忍不住从胸前的口袋里掏出一块作为赠品的玻璃片,他把玻璃片存放在皮夹子里一只有衬料的信封内。这是一块小型玻璃板,握着的时候如果与地面齐平,那么它的颜色黑而不透明;倘若把它举起迎着光线看,那么它就十分明亮,人体的各种结构历历在目:肉体的透明图像,肋骨的结构,心脏的轮廓,横膈膜的弓形结构,像鼓风机那样的肺脏,还有锁骨及上膊骨,而这一切都为一层灰白而朦胧的遮蔽物质包围着,也就是被肉包围着——在谢肉节的那个星期里,汉

斯·卡斯托尔普曾丧失理智地为这个肉体付出了很大的代价。当他细细看着这个赠品,然后又叉起双臂,头部歪向一侧,肩胛倚在长椅光滑的靠背上,在湍急的水流声中和灿然开着蓝花的耧斗菜面前思潮起伏地回想起过去的"一切"时,他那激动的心僵住了,而且怦怦乱跳,这又有什么奇怪呢?①

这就是托马斯·曼笔下肖夏太太的爱情创造力,她将现代医学科技才可能催生出的有点丑陋的图像转译为爱的礼物,她将爱情疾病化,又将疾病爱情化。她胆敢暴露身体内部的丑与病,她懂得敞开就是神秘,她明白形式比内容重要,她知晓科技感十足、最不性感的图像内涵着了不起的性感力。科技魅惑化,医学情感化,疾病放荡化,无面目的身体图像的个性化,这就是肖夏太太作为爱情赠礼的 X 光照片所潜藏的秘密。照片的秘密,其实是一种让解剖学原理与现代医学科技参与审美的秘密:生理学、解剖学的术语乃至 X 光照片不会因为其科学面目而排斥情感和隐喻,只要这术语是针对某位具体的人,只要医学图像是爱人的图像,只要这疾病是情人的疾病,那么,解剖得越细,图像暴露得越"彻底",情感的投入度越高。医学充满了普遍性原理,但这普遍性原理只要与个体相关联,那么,术语、图像都可能被情感化和隐喻化。托马斯·曼不像普鲁斯特那样对一个动作瞬间可以进行多态想象,但托马斯·曼懂得开辟"内部化"的想象通道,而这个"内部深处"的想象,可以大胆地以"不美"的身体内部图像为美,以毫无个性的脂肪膜和脂肪腺为个性。科学之"丑"和科学之类型化作为审美冒险的障碍被建立起来,所以,从另一个角度看,X 光照片的科学的"丑",以及类型化,反而成为测度情感的热烈性的一种标尺。当这些"丑"与类型化非但不产生厌恶感,反而让爱情燃烧得更旺更亮之时,反衬出被爱者的无边魅力和爱人者爱欲的热烈。所以,托马斯·曼的医学浪漫化其最突出的特点是让类型成为个性,让无面目有了浪漫的个性内容,让中性化变得浪漫化,让无个性无面目的微观组织指涉个性化的情感面貌。而要实现这符号意义的"反转",其力量一是来自于强烈的爱欲,二是来自于对死亡的恐惧。疾病、死亡的威胁让爱欲更为放

---

① ［德］托马斯·曼:《魔山》,上海译文出版社 2007 年版,第 393 页。

荡。肖夏太太的 X 光照片交付的不仅是爱,还有利用爱情对抗死亡的自嘲般
的自我确认。所以, X 光照片不仅内含着爱欲的升华,还有疾病带来的绝望
和疯狂。桑塔格《疾病的隐喻》对结核病之隐喻性的分析对《魔山》基本
适用:"像所有真正成功的隐喻一样,结核病的隐喻非常丰富,足以运用到两
种彼此冲突的情景中。一方面,它描绘某个人(如一个孩子)的死,说他死
得太'美好'了,全无性的色彩;这是对那种天使般一尘不染的心理学的肯
定。另一方面,它又是一种描绘性方面情感的方式——为放荡开脱责任,把
它归咎为一种客观的、生理的颓废或涣散状态。结核病既带来'精神麻痹'
(罗伯特·路易斯·斯蒂文斯语),又带来更高尚情感的充盈,既是一种描绘
感官享受、张扬情欲的方式,同时又是一种描绘压抑、宣扬升华的方式。尤其
是,它肯定了下列做法的重要性,即意识上更敏感,心理上更复杂。健康反倒
变得平庸,甚至粗俗了。"① 可见,疾病从来不是那么客观地被认识,疾病背后
有着对疾病的多种想象。在《魔山》中,疾病被情欲化,疾病成为绝望的麻
痹与炽热的爱欲纠缠在一起的一种喻体。不过,以 X 光照片为爱的赠礼,又
岂止是让医学图像浪漫化,这浪漫化的内里,还包含着对疾病的冷嘲,对生命
的绝望,对爱情的怀疑,以及活在当下的自我麻痹。所以,医学符号,在托马
斯·曼笔下,已经不是带着权威感的科学器具,也不仅仅是普鲁斯特式的审
美诱导者,而是多重意义多种情感纠缠在一起的喻体。解剖学、生理学的种
种术语与符号,是扩张情感想象的路径,同时医学化的肉体又是汇聚意义的
象征物。《魔山》将无面目的中性化的医学科学符号的情感化书写推进到一
个极微观极细腻化的界面。身体的医学化特征不断被"转译"为审美符号,
在这"转译"过程中,医学化特征不断为审美化特征所消融所吸纳,这种审
美符号对另一种中性、实用的、无面目的符号不断吸附不断僭越不断隐喻化
的过程被托马斯·曼以高度细腻的方式书写出来。

　　身体的医学符号层级化、区分化、测量化、内部化本来是为了医学之用,
而这种医学之用的测量化、内部化特征则由于身体本身的医学 / 爱欲 / 审美
的一体化,从而医学的量度被"错觉化"地转译为爱欲与审美的量度。因

---

① [美]苏珊·桑塔格:《疾病的隐喻》,上海译文出版社 2003 年版,第 24 页。

此,医学度量化所使用的科学术语通过这一"错觉化"转译,使得医学科学术语的测量化被借用为审美的细腻化和爱欲的感性化。

这种对科学术语的爱欲／审美借用,实际上是利用医学术语让身体的匿名状态获得命名的机会。

爱欲／审美借用了医学术语的命名,如莫里斯·梅洛–庞蒂所认为的:"我们的身体是一个两层的存在,一层是众事物中的一个事物,另一层是看见事物和触摸事物者;我们说——因为这是明显的——这个存在将这两种属性聚于自身,它对'客体'范畴和'主体'范畴的双重归属向我们揭示了这两个范畴之间很令人意外的关系。如果身体有这种双重意义,它并不是由于不可理解的偶然原因。它告诉我们说:每一个意义都会呼唤另一个意义。"[①] 身体的"众事物中的一个事物"决定了身体作为医学化身体是无面目无个性无情感的,而作为可"看见事物和触摸事物者"则具备主观的感知性。托马斯·曼的创造就在于"看见事物和触摸事物者",借用了"众事物中的一个事物"的无情感性无面目性无个性的测量化区分化的命名,为主观的感知提供方便。这个过程,一是去匿名性,二是让互不相关的话语"转译",其中不乏谐趣,三是表明情感具有渗透力和执拗性,借用医学的术语更"深入"更具有"扩张力"地让爱欲获得感知的深入。

身体的两层存在,利用医学科学的命名机制"转述"个性化的隐喻化表达,这是托马斯·曼的《魔山》对科学术语的区分性和测量性极具艺术技巧的转译性借用,这种借用完全是在"正用"科学术语的前提下假道科学的严谨性、测量性和区分性为爱欲表达拓开道路,让科学话语的"正用化"成就审美的新景观。这是一种工程师式的审美,这是一种不歪解科学原理,而是利用科学原理与科学术语特有的命名系统,达到情感表达的精致化和想象的别致化。这种工程师式的小说美感在德国和奥地利的现代长篇小说中具有引人注目的创造性。这种创造性,在奥地利工程师穆齐尔的《没有个性的人》中,又呈现出更新奇的小说天地。

---

① ［法］莫里斯·梅洛–庞蒂:《可见的与不可见的》,商务印书馆 2008 年版,第 170 页。

六

Philip Payne 的评论以为："穆齐尔作品中的主人公的意识都来自于直接的经验,其叙述则像科学家那么犹疑。"①

《没有个性的人》,作为一部工程师、数学家出身的小说家之作品,其叙述将人像实验品那样进行刻画。左拉虽然宣称他的小说是"实验小说",但他的人物都是在自生自灭的状态中活动着,其"实验感"并不如其所宣称的那么明显,并且,其人物多是不知情的"小白鼠",并无参加"实验"的自觉性。穆齐尔的小说则不同,其主人公是自觉将自己的生活看作是一次"思想实验"。

这种"实验"不似福楼拜的《布瓦尔与佩库歇》那样将科学实验叙述为猎奇式的滑稽冒险,冒牌的实验人员虽做了不少"科学实验",却无科学实验的谨慎、质疑的意识,实验成了一次次无厘头的冒险游戏。

《没有个性的人》主人公的实验是将自我生活、感觉、情感当作一场"真正"的实验,这场实验中的人物对自我的生活具有高度自觉的实验感,不断地从生活中抽离出来,寻找各种"高度":从自然科学到人文科学的各种理论的"高度"。让理论的阐释不断扫描自我生活的意义和生活的价值。小说中提及的一篇心理学论文,认为主人公应该具备"置身于某物之中"的"凹形感觉"和"从外面看某物"的"凸形感觉"。② 这种从外看自我行为的叙述者又不同于陀思妥耶夫斯基的"第二自我"。陀思妥耶夫斯基的"第二自我"的存在,是由于"第一自我"角色扮演根本无法满足主人公的对生活的期待,"第二"是"第一"的幻想和期待。穆齐尔的主人公显然也有"第一自我"与"第二自我",但这两个自我的存在,其"第二自我"是参加实验的自我,而"第一自我"则是观察实验之我的那个自我。其"第一自我"更具有主导性。

---

① Philip Payne, *Robert Musil's "The Man without Qualities": A Critical Study,* New York: Cambirdge University Press, 1988, p.79.

② [奥] 罗伯特·穆齐尔:《没有个性的人》(下),作家出版社 2000 年版,第 794 页。

穆齐尔的小说主人公乌尔里希对自我的无个性化的生存状态并不过于在意，相反，他兴致全在如科学家做实验那样看自我如何在生物、自然、情感与社会法则中生存着、感觉着并衍化出各种意义。这种以"思想实验"作为生活方式的"我是实验品"的写法，其叙述者／人物的距离感恰能标示出《没有个性的人》这部小说的人物个性特征：

> 他站在一扇窗户的后面，透过花园空气的嫩绿滤色镜望着那带褐色的街道，自十分钟以来一直对着表在数小卧车、汽车、电车和步行人那被这距离冲洗得模糊不清的面孔，它们快速旋转着进入他的视野；他估算着从一旁移动过去的群体的速度、角度、活力，它们像闪电一样快地把视线吸引、抓住、松开，它们在一段没有尺度可以衡量的时间里强迫注意力抵制这段时间，扯断，跳向下一个目标并全力以赴追踪它；简短说，他在头脑里盘算了一会儿之后，便笑着把表塞进口袋并断定自己是干了傻事了。——若是人们可以测量注意力的跳跃，可以测量眼部肌肉的功能、心灵的摆动和一个人为了在街道的流动中直起身子来而必须付出的种种辛苦，那么也许会出现——他曾这样想过并像玩耍似地试图计算出这不可能计算出来的东西——一个数值，与这个数值相比，地图册为托起世界所需要的力量是微不足道的，人们就可以估计出，今天一个人什么事也不干就可以做出多么巨大的成绩来。
>
> 因为没有个性的人眼下便是一个这样的人。
>
> 是一个干事的人吗？
>
> "人们可以从中得出两个结论。"他暗自思忖。
>
> 一个平平静静行走了一整天的人，他的肌肉功效比一个一天把一个很重的杠铃举起来一次的运动员的大得多；这是已经在生理学上得到了证实了的，所以日常平凡的小成绩因其社会总量并因其适宜于这个总和大概也比英雄行为将多得多的能量投入这个世界；是呀，英雄的业绩简直显得微不足道，像一粒沙子，被人怀着巨大的幻想放到一座山上。这个想法颇中他的意。①

---

① ［奥］罗伯特·穆齐尔：《没有个性的人》（上），作家出版社2000年版，第8页。

这是小说开场不久"没有个性的人"乌尔里希的一段维也纳街景观感。此时的乌尔里希百无聊赖,他与世界虽然存在着距离感,但他就是对最普通的街景,也试图测量"速度、角度、活力"。这种测量意识不正是一位工程师、数学家的职业思维惯性使然吗? 不过,主人公马上觉得自己正在干"傻事",对自己的这种"测量意识"施以批判。然而,紧接着他对人的本身又进行"测量",进而从肌肉消耗的能量这一生理角度上比较凡人与英雄。

乌尔里希做这种种"测量"的行为并非全无意义,他试图用完全理性化的现代科学知识"数学化"解读他的周遭环境以及人"看"世界的生物学和心理学机制,不过,他对种种知识性解读似乎又都存在着忧虑和怀疑。

《没有个性的人》的主人公对过滤现实的各种理性化的"看"的方式,一方面力图以科学的精确性以及哲思的思辨性来洞察这个世界,让所谓"现实"在测量的精确性面前"显形",在哲学的洞察中获取更深刻的意义;另一方面,主人公又无法相信这种精确性和深刻性到底能在多大程度上指示着生活的意义。Mark M. Freed 在讨论穆齐尔与现代性的关系的论著中指出:"穆齐尔被科学的精密性所吸引,并希图通过科学新发现的引导,更新审美观念。同时,穆齐尔又对科学的力量保持着警觉,特别是科学作为知识运用于人文领域之时。"[①] 所以,主人公对以科学方式打量世界的方式既抱有"思想实验"的新奇感,但这种新奇感似乎不足以让主人公获得对生存意义的深刻探究。当然,乌尔里希身上的"科学性",不是简单地以科学家的目光解读各类存在,他思想上的科学性最突出的是将自身的生活当作"实验"来看待。

"生活实验化"是乌尔里希这一形象最有特点的所在。不过,这种主人公乌尔里希的"思想实验"又与科学家的实验不同,科学家的实验针对的是自然存在,而"思想实验"则针对人的生活、情感的感受方式,"思想实验"是观察人的情感、感受和想象方式能否发生改变。

《没有个性的人》这样的小说已经取消了传统意义上的情节架构,随笔式的叙事风格让事件发展不依赖于行动化的中心线索,此部长篇小说探索的

---

①　Mark M.Freed, *Robert Musil and the NonModern,* New York: The Continuum International Publishing Group, 2011, p.33.

是人的生存与情感状态改变的可能性,是以主人公的精神世界为中心,其主要内容包括主人公自我的精神旅程,以及受主人公影响的其他人物的精神世界变化:如何明白自我的精神生活的立足点,如何影响他人的情感走向,才是主人公最关心的事体。

传统小说对人物亦有细密的审视,但此篇小说的审视交予主人公本身,对自我和他人的思想和情感不但让其处于"实验状态"的审视化,更通过"实验状态"审视其改变的多种可能性:试探新生活的感受,斟酌新生活的价值,以不断回顾、反思既有生活的意义与价值作为书写内容。

主人公的"思想实验"不是针对非凡的人物,他的观察对象是平静、优裕的资产者幽暗的情感领域。《没有个性的人》中的两位重要的女性,一位是乌尔里希的表妹狄奥蒂玛,另一位是乌尔里希的胞妹阿加特,她们都走到了情感生活的十字路口,乌尔里希分别在不同情境中充当她们的情感参谋,为她们设计各种假定情境,为其分析情感取向,为其破译感觉迷障,并筹划精神突围的路线。乌尔里希怂恿她们尝试,甚至不惜让自我充当她们情感生活的"试验品":

> 这当儿,在狄奥蒂玛和乌尔里希的那一角提出了下面这样的问题:一个处于狄奥蒂玛这样的艰难境地的女人该不该舍弃一时冲动和人通奸或者做第三种的、混合的事,即这女人也许身体上属于这一个,精神上则属于另一个男人,也许连身体也不属于任何人;关于这第三种状态简直可以说没有任何文字记载,而是只有一种音乐的铿锵音调。而狄奥蒂玛则也还一直死守住这一条线:她根本不是讲自己,而是讲"一个女人";每逢乌尔里希想把两者混为一谈,她便总是用怒气冲冲的目光制止他。
>
> 所以他也讲话绕弯子。"您什么时候可曾见过一条狗?"他问。"您仅仅是这样认为罢了!您始终只是看见了某种让您或多或少有理由觉得那是一条狗的东西。它没有全部狗的特性,它有某种独特性,这又是别的狗所没有的。在生活中我们该如何去做'正确的事'呢?我们能做某种永远也不是正确的事,某种多多少少有些不正确的事。"

"什么时候可曾有一块砖像定律所规定的那样从屋顶掉落下来？从来没有过！即使在实验室里各事物也不显示出其应有的特性。它们无规则地向四面八方偏离开去，而我们把这当作设计错误并臆想在其中必有一种真正的价值，这却在相当程度上是一种错觉。"

"抑或人们找到某些石头并因其共有的特性而称它们为金刚石。但是一块来自非洲，另一块来自亚洲。一块是一个黑人，另一块是一个亚洲人从地下挖出来的。也许这个区别重要得可以抵消那共同的特性，在'金刚石加环境依然是金刚石'这个公式中，金刚石的使用价值是如此之大，以致环境的价值在它旁边就不显眼了；可是精神的环境——在这样的环境中这种情况颠倒过来了——是很容易想象的。"

"一切都参与一般，而且它还特殊。一切都真，而且它还放荡不羁、和任何事物都不可比较。这让我觉得，仿佛任意一个生物的个性恰恰就是那与任何别的东西都不一致的东西。从前有一回我对您说过，我们发现的真实性越多，世界上剩下的独特性就越少，因为早就存在着一场斗争，反对这越来越失去依据的个性。我不知道，如果一切都合理化了，那么最后从我们身上还会剩余下什么。也许什么也不会剩下，但是也许我们赋予个性的错误意义一消失我们就会像接受最美妙的冒险活动那样接受一种新的意义。"

"那么您想怎样作出决断呢？！'一个女人'应该按法则行事吗？那她就完全可以以市民的法则为准则。道德是一种完全合理的平均值和集体值，既然人们承认它，人们就得检点行为，严格遵守它。但是有些个别情况不能由道德来决定，它们拥有的道德既不多也不少，恰似它们所拥有的世界的无穷尽性一般！"

"您作了一个演说！"狄奥蒂玛说。她对这些向她提出过分要求的高难程度感到某种满足，但却想这样来显示自己的优越性：她并不也这样漫无边际地瞎扯。"一个处于我们讲过的那种境地的女人在现实生活中究竟应该怎么办？"她问。

"听其自便！"乌尔里希回答。

"听谁自便？"

　　"爱谁谁！她的丈夫，她的情夫，她的舍弃，她的混合物。"

　　"您确实想象得出，这意味着什么吗？"狄奥蒂玛问，她痛心地感到自己回想起，也许舍弃阿恩海姆这一崇高决心因她和图齐在一个房间里睡觉的这一简单事实而每夜都在受到削弱。这个想法多半已让她的表兄揣摩出几分，因为他直截了当地问："您愿意试试我，看我是否合适吗？"

　　"试您？"狄奥蒂玛拖长声调回答；她试图用不怀恶意的讥讽进行自卫："您也许是要就您究竟如何设想这件事向我提出一份报价吧？"

　　"那敢情好！"乌尔里希严肃地自告奋勇。"您读很多书，对不对？"

　　"没错。"

　　"您怎么读的呢？我愿意立刻这样回答：您的理解力省略一切对您不合适的东西。作者同样也是这样做的。在梦中或在想象中您都这样省略。所以我断定：就在人们省略的时候，美或激动便来到这世上。我们在现实世界中的态度显然是一种妥协，一种中间状态，处于这种状态的情感相互阻止其热烈展开并略微混合成灰色。所以还没有取这种态度的儿童们比成年人更幸运和更不幸。我要马上补充一点，笨人也省略；愚笨使人幸福嘛。所以我建议的第一件事就是：让我们试着互相爱慕，就好像您和我是一个作家笔下的人物似的，在一本书里相会在一起。让我们无论如何省略掉这整个粗体架子吧，它使现实变得圆满。"

　　狄奥蒂玛急忙提出异议；她想现在把谈话从太浓的个人情调中引开，而且她也想显示，她对这些提及的问题有所理解。"很好"，她回答，"可是人们声称，艺术是现实的一种复原，目的就是，精神振奋地返回到这个现实中去！"①

此段话里，表兄半真半假地怂恿表妹情感出轨，一本正经地毛遂自荐，愿意充当她的"情感陪练员"。乌尔里希的这段"演说"，"挑唆"表妹不忠倒也不奇，奇就奇在他希望表妹将出轨当作一场实验。乌尔里希的话是为表妹打气，鼓励表妹抛弃"市民的法则"，突破道德的"平均值和集体值"，让表妹将出轨当作一场情感实验。这就不是如安娜·卡列尼娜那样因为自我激情

①　［奥］罗伯特·穆齐尔：《没有个性的人》（下），作家出版社 2000 年版，第 663 页。

的点燃而义无反顾地踏上不归之旅,而是在犹豫不决的盘桓权衡中以自我的情感出轨"测试"道德的约束力和自我情感的更新能力,让情感"听其自便",实验情感挣脱道德网络的可能以及自我感觉调整的能力。

那么,这所谓的"实验"真的能强化自我内心情感的勇气,抑或仅仅为某种道德混乱寻找借口? 将自我的情感作为"实验品",是一种严肃的审视,还是为情感的转移找到自我安慰的修辞? "让我们试着互相爱慕,就好像您和我是一个作家笔下的人物似的,在一本书里相会在一起",这种虚拟感表面上是模糊了现实与虚构的界线,将人当作一种实验室里的小白鼠,但这种企图存在着悖论,因为爱情是最讲究真挚性的投入与浪漫化的忘我,这与不断自我暗示的爱情的虚拟性能否兼容? 如此,以测试为目的"爱情"还是爱情吗? 爱情中转瞬即逝、飘忽不定的浪漫性会不会因为冷漠化客观化的"实验状态"而失去了爱情的特质? 如此,这种"实验"能否得到有说服力的"数据"或"结论"呢? 让情感像化学品那样观察其变化反应,那么,作为观察者的"我",是否真能"看清"另一个自我的情感面孔?

从另一个角度看,乌尔里希对表妹的怂恿,他并不关心情感能否获得准确的测定,也不关心情感实验会导致浪漫性流失。乌尔里希的情感实验,首先在意的是这种出轨情感能否挣脱道德文化机制的束缚。他试验的是情感转移的可能性。因为在主人公乌尔里希看来,他身边的各种人都迷失在各种信仰、文化、道德、时尚乃至科学话语组织起来的话语系统之中,这种种话语系统组织起来的各种信念让人成为粒子化的无个性之物。道德、文化、科学在某种程度上塑造了人,也抽空了每个具体的人。现代科学知识不断揭示的,除了人的起源,还有对人的身体与行为的生理学、医学、心理学、金融学、经济学、社会学的解释。这些阐释的权威性日渐成为主宰。各种阐释网络都以科学的名义为人的生存"解密",然而,种种貌似科学的"解密"却无法让人的内心获得皈依。人被科学解释,但科学也在扭曲着人。人在种种科学阐释中被精确化和深度化,但同时也被概括化、类型化乃至原子化。所以穆齐尔才会在《没有个性的人》中单独撰写了一个章节"科学的暗自窃喜或对恶的初次详细描述",其中有这样的论述:"人们可以马上就开始谈到科学思维对机械的、统计学的、物质的解释所抱有的特殊偏爱,这种偏爱的心似乎已经被戳坏了似的。把善意只看作一种特殊形式的利己主义;把情绪和内部的排泄物联系起来;确认人体十分之八或九由水组成;把著名的合乎道德的性格自由解释为一种自动生成的自由贸易的思想火花;把容貌美丽归因于良好的消化和有条理的脂肪组织;用年度曲线表示出生率和自杀率,这年度曲线把这种似乎是最自由决断的东西显示为强制;觉得心醉神迷和精神错乱相似;把肛门和嘴当作同一事物的直肠的和口部的一端而相互置于同等地位——:这样的在人类幻想的魔术中揭穿窍门的观念总是会找到一种有利的舆论支持,从而被认为特别具有学术性。人民所热爱的,当然是真实;但围绕着这种光洁的爱的,却是一种对幻灭、强制、无情、冷酷恐吓和严厉斥责的偏爱,一种不怀好意的偏爱或者起码也是一种这样性质的不自愿的情感流露。"① 显然,穆齐尔对科学的统计学式的论断颇有微词,因为这样的理论无法照顾到个体差异性与具体情境性。科学如果只是将人作为一种类型来判断,只是为了方便归类而罔顾个体的特殊性和个体心灵的具体需求,如果科学言之凿凿的种种理性判断并不能给人带来幸福和抚慰。那么,不少看似权威性和普遍性的科学论断很可能会导致对人的生活和情感的歪曲化、狭窄化乃至误导化。乌尔里希对表妹狄奥蒂玛所说的"您的理解力省略一切对您不合适的东西",其中含义便是认为读了不少书的狄奥蒂玛的"理解力"放逐了她对生活的新鲜感受能力,也从勇气上阻遏了她改变自我的能力。所以,"实验状态"的爱情尝试,一是尝试改变自我,二是观察这种自我情感的改变的可能性和变化的轨迹。

事实上,乌尔里希未说服狄奥蒂玛开始"情感实验",却在他与胞妹阿加特共同生活的那段时空中经历了一次"情感实验"。因为为父亲操办丧事,兄妹久别重逢,妹妹阿加特逃离了原有的家庭,与乌尔里希居住在一个孤岛状态的居所里。他们回避了外界的各种打扰,观察两个人关系的变化,反思各自之前的生活,观察自我在此种生活状态下各自微妙而新鲜的感觉、情感以及道德的变化反应。虽然乌尔里希并未提交一份实验报告,但阿加特挣脱了僵死的婚姻,对新生活充满了期待,迎接扑面而来各种微小而奇妙的感

---

① [奥]罗伯特·穆齐尔:《没有个性的人》(上),作家出版社 2000 年版,第 351 页。

受,这大概是"实验"的具体成绩吧。阿加特是小说中变化最明显的一个人物,乌尔里希不断设置情境,向她灌输开辟新生活的种种可能性,虽然让阿加特感觉到压力,但她毕竟开始发现她的生活并摆脱了之前"精神涣散"的冷漠状态,进入新的感觉区域。

然而,以科学模拟实验的方式对待人的精神世界,是以游戏感来瓦解精神麻痹性,还是通过虚拟性来强化冒险的勇气? 实际上,小说中的主要人物似乎都走到了精神生活的十字路口,以"实验状态"作为观察点,正是"勘察"他们逡巡状态中的各种情感与感受的走向、拐点与出口,以及精神突围过程中的焦虑与希望,怯懦与冒险,麻痹与勇气。《没有个性的人》的特色在于赋予这一切以封闭式的"实验检测感",他人审视与自我质问都被涂抹上一层虚拟化的语调与"实验状态"的距离感。

主人公乌尔里希作为工程师和数学家,他的思维习惯让他对自我的生活"泛实验化",即他不断以分析者的目光看待自己的思维方法、生活方式和周遭的各种物件,哪怕是街景中的一部电车都会进行技术解剖:"他看着人们上车下车,他那技术上并非无经验的目光漫不经心地琢磨着锻造和浇铸、滚压和铆紧、设计和车间制造、历史发展和当前状态的这些内在联系,人们如今使用的这些滚动的棚屋,就是依据它们发明出来的。"① 乌尔里希敏感的技术透视能力,表明技术作为一种文化,不断地被他感知着应用着。常人只能感知电车的颜色、形状以及自我乘坐车辆的体验,而电车的内部构造却能在工程师出身的主人公的一瞥中被显形,街景中寻常物体在主人公的透视中被"技术裸化"。

通过"技术裸化"获得了感知的"通透性",这"通透性"多少会带来审美的新奇感。唐·伊德在《技术与生活世界——从伊甸园到尘世》一书中梳理了从"海德格尔的锤子""胡塞尔的伽利略"到"梅洛–庞蒂的羽饰"等技术哲学关于人—技术关系的分析,认为科学及其看的模式研究已经成为知觉世界的一种文化习得,技术工具既可能"抽身而去",也可能在"抽

_____

① 〔奥〕罗伯特·穆齐尔:《没有个性的人》(下),作家出版社 2000 年版,第 1006 页。

身而去"之时成为我们感觉知觉的一部分。[①] 乌尔里希的知觉的一部分就是属于那种"抽身而去"的技术知觉,正如《魔山》中的汉斯"转换"技术的无面目性去获取更细腻的审美通道,乌尔里希的技术解读绝非纯粹工具化的解读,其中亦有与汉斯相似的将科学的无面目性转变为审美的别致性的艺术追求。

但是,乌尔里希的技术审美包含着远比汉斯复杂的含混性和悖论性。这种技术解读至少包含着双重的意义,一种是延伸了知觉领域,这种延伸性知觉领域同样具备审美品质,乌尔里希内行目光之透视,让电车的设计和发展历史中的工业美学转化为街道风景。二是忧虑,这种忧愁就潜在于这种技术审美解读之中:对电车的技术化剖解不也表明了无所不在的科学技术控制日常生活的每一个方面吗? 所以,乌尔里希颇有技术含量的透视获得了"技术裸化"所赋予的"看"的通透性愉悦,但对各种存在的技术解剖,在多大程度上能给人的生存意义标明出路? 对物的审美在巴尔扎克的小说中已不鲜见,巴尔扎克甚至常常通过环境描述提供一座建筑物的构造和传承的详细清单,而穆齐尔这种物的审美与巴尔扎克不同,穆齐尔对物的审美更具有工业文明时代专业人员的细腻化的科技感知。同时,穆齐尔对物的漫不经心的技术透视仅仅是将电车当作工业社会中的一件环境道具来打量,与主人公的社会活动不构成必然的、密切的关系。

这种有着明确的距离感的"技术裸化"透视,与小说的故事情节不构成密切的联系,仅仅展现主人公看待事物的独特性——职业化、解剖化、冷漠化的惯性透视虽然创造了让技术"裸化"的快意,但也凸显了真正浪漫而细腻的激情性体验无法到场的忧思。

依据 Patrizia C. McBride 的观点,乌尔里希的科学化之"看"是一种"抹去日常经验"的"美学乌托邦":"乌尔里希乐于拥有的科学的视野从一开始就挫败了任何有目的的追求,因为科学依据无法为生活提供一个目标。更糟糕的是,科学化的精神状态让任何带有明确目的性的目光失效,但也阻止了体验的连贯敞开。""基于同样的原因,拒绝传统观念的科学分析更赞同个

---

　　① 　[美]唐·伊德:《技术与生活世界——从伊甸园到尘世》,北京大学出版社 2012 年版,第41 页。

体不过是某种客观力量的交集,因此人的作用也随之削弱,从而无法成为尼采式的精神征服者。""这使得乌尔里希不能通过他的体验建立意义,进而导致冷漠与疏远。"①

穆齐尔的技术透视也许包含着审美成分,不过这是一种对电车进行技术显形的淡漠化审美:既不联系个体的浪漫体验,亦无对技术乌托邦赞美诗式的讴歌,而是一种有距离的冷漠化审美。而这冷漠化审美正是一种"无个性"情感。正如乌尔里希在小说中提及的一句话"人一学会完全从生物学和心理学角度去理解和对待灵魂,他还会有一个灵魂吗?"②那么人对一部电车进行"技术裸化"透视,是否真正识得电车有可能潜在的审美灵魂?不是说工业化的物都不值得审美,相反,工业化的物完全可能带来灵魂的躁动或震动,但在此处仅仅是对一部电车进行技术暴露式的剖解,这很难说是将这部电车浪漫化。穆齐尔具备了"技术裸化"的本领,但对科学技术的态度远比托马斯·曼悲观。

米兰·昆德拉《被背叛的遗嘱》有段论述,对托马斯·曼与穆齐尔的不同之处做了极有见解力的比较:"曼笔下的主题有一种强烈的多元历史学性质,这就是说:曼使用了一切手段,借助于这些手段,科学——社会学、政治学、医学、植物学、物理学、化学——能够弄清这种或那种主题;好像通过知识的推广,他想为主题的分析创造出一个坚实的教学基座;这一切在我看来过于频繁地把他的小说扯离基本的东西,因为对小说来说,基本的东西就是只有一本小说才能说的东西。"③"在《魔山》中,曼将1914年战争前的好几年岁月变成对一去不复返的19世纪的辉煌的告别庆典。作于相同年代的《没有个性的人》所发掘的却是即将来临时代的人类生存环境:即始于1914年,今天正在我们的眼皮底下走向结束的现时代的这一结束阶段。确实,一切都在那里,都在穆齐尔的这一个卡卡尼国里了:技术的万能统治,没有人能控制技术,人反被技术变成了统计数字;速度被当作技术统治下的疯狂社会的最

---

①　Patrizia C.McBride, *The Void of Ethics: Robert Musil and the Experience of Modernity*, Illinois: Northwestern University Press, 2006, p.135.

②　[奥]罗伯特·穆齐尔:《没有个性的人》(上),作家出版社2000年版,第249页。

③　[捷克]米兰·昆德拉:《被背叛的遗嘱》,上海译文出版社2003年版,第171页。

高价值尺度;黑暗昏庸的官僚主义无所不在(穆齐尔的办公机关堪与卡夫卡的办公机关相媲美);意识形态的喜剧性的贫乏到了既不能理解任何东西又无法指导任何东西的地步;新闻界是昔日所谓文化的继承者;与现代性的通敌合作者大有人在;与罪犯的团结一致成为了作为人权宗教的神秘表达;还有儿童崇尚情节与儿童化倾向。"[①] 米兰·昆德拉对《没有个性的人》所展现的科学危机的评述比较中肯。的确,对技术、速度、官僚体系、意识形态和新闻界的讽刺和揶揄成就了穆齐尔小说的批判性主题。不过,穆齐尔的批判不是自上而下的政论性批判,而是展示人的感知系统被技术、文化规则潜移默化之后产生的种种病态症候。穆齐尔是通过技术的日常渗透性和技术感知的自然化来批判技术万能,而不是用戏剧性的技术灾难来警戒世人。再有,穆齐尔对技术万能的批判也并非完全排斥技术,从他的"技术裸化"叙述片段中,我们就可以发现穆齐尔对技术是带有欣赏的成分,只是理性文明如果使人失去了对自我生存状态的批判力和获取新鲜感受力的能力,那么,技术万能的理性文明就要作为警惕的对象,并与之保持批判性的距离。

《没有个性的人》中的科学,作为主人公的知觉,是建构美学乌托邦的一种尝试性的维度,以科学剖解的新颖性颠覆了日常经验的庸常性,其所获得的精神优越感亦可让主人公俯视世界。然而,这种科学知觉并不能给主人公的精神世界获得充盈的超越性,因为科学知觉的新颖性,在《没有个性的人》中,不是作为一种与主人公的精神思索和对世界的追问息息相关的一种情感、思想资源,而是失意工程师一种慵懒的、散漫的、冷漠化的"技术透视",这就使得这种科学知觉有了限度性。这种限度性无法让知觉获得更强大的扩张力和渗透力。所以,《没有个性的人》中的科学之"看"仅仅启动一种看的方式,对麻痹的生活状态施以"另类解读",表明世界存在并非只有一种固定化的观察方式。至于科学观念衍生出的将自我和他人的生存状态以"实验状态"加以审视,这种审视不是静观其变的"实验",相反,是一种不断地通过感受、情感的转换,探索精神感受的转换能力的"探索型实验"。

---

① ［捷克］米兰·昆德拉:《被背叛的遗嘱》,上海译文出版社 2003 年版,第 173 页。

这种"探索型实验"的思维方式,才可能出现主人公建议生活如"一个作家笔下的人物似"的假想。这种假想,消弭了现实与审美的边界,让人从僵硬的现实生活中逃逸开去。

穆齐尔运用科学,并非死板地套用科学原理或方法。相反,他的"实验生活"是一种针对人的感性世界的"实验"。人的情感不断被取样、分类、检测,所有的犹疑与试探都变得可探讨,所有隐秘性的情感都可能成为话题,所有的话题都可能被讨论被检讨。如此,《没有个性的人》的科学性最显著的特征并非"科学之看",而是以"实验状态"召唤出人对自我的内在的、隐秘的、甚至是"不健康的"情感特征的讨论。就这一角度而言,所谓的科学精神,在《没有个性的人》中,不是电车的"技术裸露",而是人的"情感裸露"。情感被鼓励作为一种"实验品",大胆地暴露出来,冷静地加以分析,勾勒其回旋性和层次感,探索其反叛的可能、颠覆的难度和逃逸的路径。如此,人的情感世界中的种种忌讳,以"实验"的名义被打破了,并以虚拟化的态度去拓展其有可能延展的界面和深度。

Genese Grill 在讨论穆齐尔小说之隐喻性一书中指出,穆齐尔这样的现代小说家已经全然放弃了那种线性的小说叙事模式,而是通过种种隐喻创造"膨胀开来的思想瞬间",形成"无限交织着的叙事界面"。[①] 事实上,生活在穆齐尔笔下就是一个隐藏着诸多秘密和隐喻的巨大宝库,破译生活与情感的多重密码,并且将这种破译过程讨论化、审视化和测度化,形成了《没有个性的人》感性生活不断接受理性之自觉检视的叙事特色。请注意,这种回返式检视在传统的小说通常是由叙述者来承担,而在这部小说中,则让主人公以高度冷峻的语调完成其叙事。

莫里斯·梅洛-庞蒂在《知觉现象学》中有这样一段论述:"我不是决定我的身体或决定我的'心理'的多种因果关系的结果或交织,我不能把自己设想为世界的一部分,设想为生物学、心理学和社会学的单纯对象,也不能不面对科学世界。我所知道的,也是通过科学所知道的关于世界的一切,是根据我对世界的看法或体验才被我了解的,如果没有体验,科学符号就无

---

① Genese Grill, *The World as Metaphor in Robert Musil's The Man without Qualities,* New York: Camden House, 2012, p.61.

任何意义。""我不是带着动物学、社会解剖学和归纳心理学从这些自然和历史产物中辨认出的所有特征的一个'生物',乃至一个'人'或'一个意识', ——我是绝对的起源,我的存在不是来自我的既往史、我的物理和社会的周围事物和人物,我的存在走向它们和支撑它们。"[①] 穆齐尔笔下的主人公,与此段论述唱反调,乌尔里希不是不断地探究自身的存在是如何为各种科学所影响吗? 《没有个性的人》最引人入胜之处,不就在于狄奥蒂玛这样的人物将自我设想为生物学或心理学的产物? 这种"原理引导生活"的幻想,让人物寻求自我生活的"科学属性"。这种"科学强迫症"不是与《布瓦尔与佩库歇》的主人公有几分类似吗? 自觉地寻求各种"科学原理"对自我生活的支配作用,解释生活中的自我行为所联系着的各种"原理",这种人物对环绕着其四周的自然科学和人文科学种种符号的超敏感分析、习惯性解读、大胆的假设、反复的质疑,不是成为《没有个性的人》中主人公最具有个性化的生存方式吗? 以各种人文科学与自然科学标示自我生活与情感的位置,指引生活的方向,让生活的日常流程背后种种"原理"的编码跳跃到叙事的前台,让理论与人的关系成为人与人关系的一种重要推力,这是《没有个性的人》最突出的小说主题。人的日常生活理论化,这种理论化不但没有阻碍随笔化小说的叙事进程,反而因为日常种种情节和细节不断接受各种理论的诠释和剖解,导致了理论的宏大性、概括性、普遍性与生活的琐细性、随意性、自发性在错位状态下彼此摸索、相互质疑。生活的庸与俗,由于透过人文科学与自然科学的反复探讨,实现了理论与生活的双重去魅。乌尔里希,一个没有个性的人,对各种科学如何编织人的特性不断反思,使得这位没有个性的人拥有最突出的特性:他懂得科学,但他不见得完全服从科学的安排;他喜欢科学,但他不愿意他的生活完全像"科学"那样有条理;他欣赏科学,但他更尊重自我内心对世界的神秘性和未知性的好奇和热爱。剖解各种生活中的"科学编码"为自我的生活带来了多种多样解码的快感,但这种快感不能穷尽生活的奥秘,因此,启动"精神实验",开拓自我的感受界面,追求生活未显现出来的各种可能性,这便构成了主人公最具有审美意味的

---

① ［法］莫里斯·梅洛-庞蒂:《知觉现象学》,商务印书馆 2001 年版,第 3 页。

"科学特性"。乌尔里希不是左拉笔下那位对科学严谨性和权威性充满信心、以献身的方式对待科学的巴斯卡医生,也不是布瓦尔与佩库歇那样忙于验证"科学原理"的"科学狂人",而是在求索中质疑、在理解规则之后超越规则的一位"精神人":他知道科学对现代社会的重要意义,通过"技术裸视"创造出冷漠化美感,同时,科学又是他遁世的一种的手段,科学还是他探究人心的一种方法,科学同时是他建构"美学乌托邦"一种资源,科学更是他深沉反思之时所面对着的"大他者"。

《没有个性的人》通过文学文本提供了日常生活科学阐释化的审美图景,同时,还勾画出现代人在科学诱惑面前的种种疑问和寻求突围的种种设想。《没有个性的人》这部长篇小说中,人物的具体活动,通过各种理论之网得以标示,但这部小说的可贵之处就在于——这种标示和解读,恰恰表明了如此"明了"的"科学解读"并没有使人获得快乐和自在。这就不禁使人发问,科学到底能在多大程度上对人的精神活动起到抚慰和提升作用? 也许其副作用和反作用丝毫不亚于正面、积极的作用。如此,小说中主人公对科学解码得越仔细越"透彻",对科学本身的质疑也越大。事实上,这是一部对各种科学的合理性不断提出问题的小说,是一部警示科学依赖症之严重性的小说。人的思想、情感的贫困化和冷漠化,正是在科学逐步变得"强大"之时成为突出的问题。

《没有个性的人》将小说吸收自然科学的能力提高到空前的地步,而现代人的灵魂无所皈依的状态也在种种科学的包围之中更显窘迫:人对科学与技术越来越依赖,但科学难以解决的问题也更多地暴露出来。所以,这又是一部叩问人应该追求什么样的生活方式的小说,一部揭示现代人的生存两难性的预言小说:在现代科学包围之中,人的灵魂的阔大与逼仄,人的自我欺骗性、冷漠性与人对心灵丰饶的渴望之间的矛盾,形成复杂多变的难局。而这,正成为穆齐尔这样的现代作家最重视的审美资源。

早在西方的启蒙运动时期,卢梭对科学与艺术的反智主义式的抨击,与当时的社会思想主流对科学技术的肯定态度唱起了反调。《论科学与艺术的复兴是否有助于使风俗日趋纯朴》一书,卢梭的劝诫话语,似乎启示性远比论证性更引人注目:"人们啊,你们要知道,大自然之所以不让我们去碰科学,其道理,同母亲之所以不让孩子去玩危险的玩具是一样的。它不让你们知道的那些秘密,都是它小心翼翼不让我们遭受祸害。你们在寻求知识方面所遇到的那些困难,无一样不是它为了提醒你们而设置的。人是喜欢做恶事的;如果人不幸生来就有许多知识的话,他们还会做更多的恶事。"① 卢梭对科学的忧思,在现代西方文学作品中似乎总能找到回应。穆齐尔所生活的时代以及穆齐尔本人的科学修养,不可能让他对科学采取完全否定的态度,哪怕其小说中不乏对科学之负面性的嘲讽,如:"当初乌尔里希成为数学家时就已经有一些人曾预言过欧洲文化的崩溃,因为人的心里已不再有信仰、爱情、质朴、善意,而颇能说明问题的则是,这些人在青少年时代和在校学习的时代都曾是蹩脚的数学家。所以后来就为他们而证明了数学,精确的自然科学之母,技术的祖母,也是最终排出毒气和战斗机来的那种精神的始作俑者。"② 在主人公乌尔里希看来,某些科学家已经近似"迫害狂检察官和逻辑的安全主管"③,但科学的这种境遇,更多还在于人们对各种科学观念不加思考的照单全收。这种立场颇类似福楼拜对科学的态度,只不过福楼拜通过两位科学门外汉对科学的痴迷与误用创造喜剧性场景,叙述普通人在科学面前的惊奇与沮丧、好高骛远与不求甚解、冥思苦想与急功近利,而穆齐尔则将主人公确立为一位工程师/数学家/怀疑者/哲思者/审美享乐者,他对科学不再如福楼拜笔下那两位"科学痴汉"那般对科学充满了茫然感,穆齐尔是从一位内行人的角度写出主人公对科学的忧虑。这位专业能力极强的主人公虽能通过"技术裸视"享受到科学化审美透视之乐趣,但穆齐尔的发现主要在于他通过对世界的探索,发现"科学至上主义"无法解决人的精神生活的种种问题,即科学思维无法缓解现代人的精神危机而是一步步导致人的精神生活的狭隘性。现代人的精神危机很难说都是因为科学造成的,但试图以科学帮助人的精神生活获得充盈性或浪漫感则往往是徒劳的。正如主人公乌尔里希认识到"科学已经阐明了一种严酷、冷静的

① ［法］卢梭:《论科学与艺术的复兴是否有助于使风俗日趋纯朴》,商务印书馆 2011 年版,第 22 页。

② ［奥］罗伯特·穆齐尔:《没有个性的人》(上),作家出版社 2000 年版,第 41 页。

③ 同上书,第 49 页。

精神力量概念,这概念使人类的旧的形而上学的和道德的观念干脆变得不可忍受,虽然它只能用这样的希望来取代它们:希望将来有朝一日,一个精神占领者人种将会下到心灵的丰饶山谷里来。"① 这样的观念潜在着对"科学至上主义"的批判。这种批判告别了科学的绝对权威性,进而认识到科学对人的隐形宰制同样是现代人应该高度警惕的一种存在。穆齐尔通过一位技术专家对世界的思考,让《没有个性的人》这部叙述现代人的精神生活探险之小说作品显示出科学与人的关系的多面性,特别是科学对于人的约束性与局限性,让这部既充斥着现代性印记又不断反思现代性的长篇小说闪烁出奇异的审美光芒。

当然,这并不是说文学只能以反思的方式对待科学才能带来深刻,文学对科学的书写包含着比批判和反思更多样的可能性。对科学的乐观主义的小说叙事同样源源不断地进入现代文学行列之中,譬如卡尔维诺的《宇宙奇趣》以及《看不见的城市》等等,此类"拟科幻小说"借助科学理论展开才华横溢的奇思妙想,小说既可以让主人公漂浮在太空中,也可以叙述末代恐龙不为人理解的伤感。类似"有一次,我在太空经过时做了标志,为的是在两亿年后再次经过那里时能看见它。"② 这样的句子在卡尔维诺小说中总是叙述得那么理直气壮。宇宙科学、地质考古学、古生物学、生命科学与地球科学成为卡尔维诺构思他的奇思妙想之故事的科学背景,这里的科学没有遭到歪解,也不是作为严肃的反思对象,而是成为激发想象的"资源井"。

在卡尔维诺的小说中,科学的严谨深邃与文学的天马行空并行不悖。文学通过科学获得想象戏耍的开阔空间,这种文学与科学相携起舞的科幻狂欢化似乎让科学与文学相安无事、相得益彰。但抛开文体的差异性,一个不可忽略的事实是,正是由于文学在"科幻"这个框架内获得"冲破"科学原理种种戒律,才使得"科幻"既依赖科学又解放了科学。卡尔维诺所写的题材,以严谨的科学眼光看,多是不可能发生的,却在文学作品中成为极富智力

---

① 〔奥〕罗伯特·穆齐尔:《没有个性的人》(上),作家出版社2000年版,第48页。
② 〔意〕卡尔维诺:《太空中的一个标志》,《宇宙奇趣全集》,译林出版社2011年版,第26页。

和想象力之挑战性的故事。正如卡尔维诺所承认的:"我创作的第一篇宇宙奇趣《月亮的距离》是最'超现实主义'的一篇,因为在这篇故事里,万有引力这一物理学法则让位于梦呓般的幻想。支配其他各篇故事情节的,则是这样一种前后比较一致的思想,它的出发点是科学的,但表面上却笼罩着一层幻想与感觉,即人物的独白或对话。"① 从科学出发,在幻想中演进,卡尔维诺"把幻想看成各种可能性的集合,它汇集了过去没有、现在不存在、将来也不存在,然而却有可能存在的种种假想"②。的确,这种"可能存在"事实上仅仅在文学的"科幻"框架中才得到叙事上的实现。这种写作本身难道不是对科学的一种极有趣的依附/超越的过程吗? 幻想的起点来自科学,幻想的过程消化了科学又突破了科学。所以,卡尔维诺的"拟科幻小说"尽管在文体上与穆齐尔的写实化的文体差别明显,但在对待科学的态度上,卡尔维诺是以写作本身实现了对科学的优雅超越。从这个意义上说,穆齐尔倡导充盈的精神生活是以"可能性"取代"现实性",那么,类似卡尔维诺的这种写作不也是"可能性"的一种吗? 与卡尔维诺对科学的乐天派想象不同,《美丽新世界》《一九八四》《我们》《羚羊与秧鸡》这类反乌托邦小说则描绘科学被专制力量利用导致的种种扭曲人性的蛮荒景象,这类小说对科学反面作用的批判令人震惊。

科学,激发着现代小说的想象,也引发了激烈的批判、反思和嘲讽。但无论如何,这些现代作家都以越来越专业化的深情而忧郁的目光将科学揽入小说的怀抱,去经历一次次爱恨交织的思想/情感旅行。

从另一个角度看,小说与科学的关系,科学是中介,也是思考对象,或两者兼而有之。但无论是作为中介还是作为反思对象,都大大丰富了现代小说家看世界的角度以及思考问题的方式。百科辞典式的现代小说家并非炫耀各类科学知识,而是透过多种多样的专业知识编织密集交叉的符号网络,提供着复杂交错的感受内容,更深刻地测度着人的行为和情感。

具有科学意识的现代小说家,无论是刻绘孤独的思考者还是频繁参与到各类活动的活跃分子,都有意识地利用学科知识延展现代人的感觉知觉,丰

① ［意］卡尔维诺:《美国讲稿》,译林出版社 2012 年版,第 88 页。
② 同上书,第 89 页。

富其层次,强化现代人思考的密集度与复杂度。现代小说创作所提供的大量文本也已经表明了科学思维已经有机地融入小说的观念、情节、情感和感受层面,改变并丰富着小说作品的思考、感受方式,以此为人的精神书写活动提供更别致也更复杂的观念与方法。

第二部分
想象链与镜像修辞

第六章 审美辩护、多因修辞与想象链条

一

法律界一位研究者认为,莎士比亚的《哈姆雷特》中,哈姆雷特的叔叔,其实是一位证据不足的疑似杀人犯。那么,大部分读者为何会确信他是杀害老国王的凶手呢? 研究者认为,那是由于"莎士比亚的叙事方式和视角使受众在一定程度上分享了哈姆雷特的位置,由于不了解哈父的死亡真相,受众(包括读者)都必须且只能根据在某些人看来充分而在另一些人看来并不充分的证据做出判断,受众分享了哈姆雷特的那种有局限的人的焦虑和怀疑,从而凸显了人类在裁判上面临的注定是永恒的难题"①。除了纯粹的侦探小说或犯罪小说,在审美化的叙事中,读者不见得会仔细推敲杀人者犯罪的证据链,而更可能被当事人在事件发生过程中的情感变化以及思想波动所吸引。观众或读者被哈姆雷特对父之死的怀疑和焦虑深深吸引,所以,哈姆雷特对叔叔所有的怀疑和仇视不知不觉转化为读者的怀疑和仇视。可见,调整文学叙事的切入角度,此种修辞手段将有效控制读者的情感向度和深度。

大量的文学作品表明:小说可以将杀人犯犯罪导致的精神折磨叙述到令人惊骇的地步,并深度展示导致犯罪的社会原因,从而让读者对杀人者的命

---

① 苏力:《法律与文学》,三联书店 2006 年版,第 296 页。

运充满同情,对其救赎充满期待(陀思妥耶夫斯基《罪与罚》);小说叙事修辞会让一个毒杀情人的恐怖案件退隐幕后,诱导读者关注作为谋杀犯的贵族女子奇特的个性和不幸的一生(福克纳《纪念艾美丽小姐的一朵玫瑰》);小说还能将一位男性白领糊里糊涂的杀人故事当作"荒谬"哲学命题的生动注脚(加缪《局外人》);小说叙事,还具备足够的修辞能力,叙述一个不准备杀人的人不得不迫于习俗文化的压力去杀人,让血腥的谋杀案显得滑稽可笑(加西亚·马尔克斯《一桩事先张扬的谋杀案》)。

　　的确,在诸多文学作品中,涉及犯罪描写或道德"罪感"问题,常常不拘泥于以法律裁定来叙述事件,而是更可能挖掘罪者内心压力与痛苦,或是展现导致罪者道德迷失的复杂原因。比如,《罪与罚》这部小说想说的,已经不是"罪犯犯了什么罪,应该受到什么样的惩罚",而是"这个罪犯为什么会犯罪? 罪犯如此痛苦的精神挣扎要靠什么方式获得解决?"小说花费了大量的篇幅描写罪者如何接触到种种奇异人事,从而在内心中为自己犯罪找到理由,但在犯罪后罪人又始料不及地发现犯罪招致其灵魂陷入可怕灾难。这已经不是为罪犯做法律意义上的无罪辩护,而是一种美学意义上"辩护":将当事人灾难化的内心剖开来给你看,你会发现当事人犯罪已陷入自我摧毁状态。审判之火不断地烤炙他——当事人承受着远比法律审判更可怕的内心浩劫。马内尔姆·琼斯说:"这部小说中的任何一个情节,几乎都可以通过逼人发疯的策略来分析。"① 所谓"逼人疯狂"的残忍性,胜于肉体惩戒。罪犯的内心灾难化的审判之图升格为最突出的美学图景时,煎熬中的罪犯能否找到出路被设置为最突出的叙事悬念。如此,"审美辩护"不是为减轻罪责而处心积虑开脱当事人,而是让犯罪严重性上升到一种足以摧毁当事人灵魂的地步。这样的叙事修辞告诉读者,罪人最重要的问题已经不是接受什么样的刑事审判,而是他的灵魂能否获得重生和安抚。罪人的难题,已经不是靠法律辩护能完成的,而是痛苦挣扎的灵魂能否获得新生。

　　《罪与罚》中,主人公犯罪是铁的事实。不过,法律文书不会记录一个人犯罪后的"灵魂灾情",只有依靠文学,才可能一步步地叙述一位大学生犯

---

① ［英］马内尔姆·琼斯:《巴赫金之后的陀思妥耶夫斯基》,吉林人民出版社 2004 年版。

罪后惊心动魄的灵魂炼狱。

　　所以，"审美辩护"是深入到另一个领域中，去为罪人寻找更积极的灵魂解决方案，去为其新生寻得理由和可能。因而，"审美辩护"就是建立另一种"灵魂之法"。在这"灵魂之法"疆域内，罪人要接受另一种律法的审判，同时也在接受另一种方式的辩护。小说的女主人公，不幸的女子索菲娅，知道大学生杀人真相后，对罪者拉斯柯尔尼科夫说："现在全世界没有，没有一个人比你更不幸了！"只有妓女索菲娅最深刻地体会到灵魂炼狱的"不幸"，也只有她明白惟依靠"灵魂之法"才能真正解决罪人的问题。所以，"审美辩护"就是揭示另一种"不幸"，这"不幸"超越了法律。这种"不幸"，是"灵魂之法"认定的"不幸"。如此，《罪与罚》表明：杀人的大学生，其实还是一个值得为其痛惜并应该给予拯救的罪人。这种"值得"就是一种"审美辩护"，只有在审美的疆域内才能让这种"值得"获得最大程度的展开，只有在审美作品中，才有可能最大限度地展现一个杀人犯精神炼狱每一个层次的痛苦面。

二

　　当然，像《罪与罚》直接写罪人，写刑事之"罪"，并为其找到辩护理由的作品，比较明显地体现"审美辩护"之功能。然而，主人公的所谓"罪"，有些是习俗道德之"罪"，有些是"偏见"之罪。针对此类"罪"的辩护，文学文本通常动用多因修辞原则。

　　导致一个事件的发生，往往有多种原因共同推动。但法律多依据最直接的原因和最明显的后果，道德话语系统，也常常遵从主流的习见，不见得会不断地探求一个人或一件事背后的种种"历史原因"和"当下原因"。而文学作品则提供了一种更具"展开性"的原因探索，文学甚至会更强调偶然性原因。所以，文学的审美叙事往往更有能力关心某种"果"的历史渊源性，文学会叙述一个道德上的"问题女人"她在上学的时候学了什么，喜欢什么样的文学作品，她的父亲的脾气如何，等等。而在其他类型的文本中此类内容可能一笔带过。同时，文学还会逼近事件，交代种种"细节"，文学甚至会叙述一个有"罪"的女人服用砒霜后的身体感受和心灵的最后颤动(《包法利夫人》)。

叙事文学的审美手段,有条件将读者带到主人公成长历史中的一个遥远的"过去",又可能逼近主人公死亡前的最后一秒。如此,叙事文学空间,事实上蕴藏着远比多数文字记载更全面也更感性地反映促使某事发生的多种多样的原因。所以,文学叙述的所谓"多因"修辞,不是机械地摆出几个原因来,而是在时间和空间的两个维度上让原因推动原因,让甲原因演幻出乙原因,又让乙原因生发出丙原因。同时,文学叙述原因,还更重视小原因和间接原因对人事的影响,甚至,偶然性的原因会在文学叙述中起到极具戏剧化的效果。

文学叙事修辞,对于某种"因"的突出,是有选择的,而选择就是一种修辞。法律文书大书特书之"因",在文学叙事中可能一笔带过。反之,法律文书只字不提的,文学叙事却可能将之放大,大加渲染,死死追究,反复琢磨。比如,一个情感片断,一位女人与子爵跳过一次舞后的梦幻般的情感体验,就只有在文学作品中才可能"保留"并被"放大"。此次跳舞,与包法利夫人后来的悲剧结尾关系不大,因为她在跳舞后再也没有见到过子爵。但那如梦如幻的城堡之夜,包括服装、灯光、气味,却在包法利夫人心中发酵,为她后来的种种活剧提供最华丽的"情欲之镜"。包法利夫人与子爵一舞,看似无足轻重,却被作家重视,因为作家觉得如此华丽而感性的场景,才足以"孕育"出女主人公的虚荣心,才足以为她今后的人生表演提供最初的情感动力。然而,这种美妙感觉,女主人公从来不向小说中的其他人物言说过,甚至她自己都不会那么清醒地意识到与子爵的华丽一舞对于她的意义。但对于作家福楼拜而言,却判定这次舞会意义非同寻常,因为他将这当作女主人公"梦幻欲望"的源头。如此看来,作家更重视心灵之因,更会探求主人公的灵魂逻辑。如此写来,无形中就形成了一种"审美辩护"。因为在叙述中,女主人公的虚荣,在开始的时候是何等无辜,是何等美好。只不过没有适合她"表演"的环境,命运只能让她选择一个不适合她的浪漫幻想的小市民环境让她继续幻想她的浪漫之舞。可见,"审美辩护"的重要手段之一,就是提供远不同于报纸新闻、法律文书、市井传闻之叙述的更遥远更间接的"心灵秘密"。

揭示某种旁人无法接近无法打听到的心灵之因,通过"讲故事"方式让某"因"获得"特别重视",并给予"积极放大"和"不断强调",以使读者在阅读过程中"不知不觉"认可某个并不起眼的原因,从而认定看似无关的因素,远比直观的因素来得有作用力。这就是小说审美辩护的重要叙事策略。

小说的审美辩护多动用"多因修辞"以及"远因修辞":从共知、单一的原因中摆脱出来,去寻找潜伏在主人公内心中更久远更不可告人甚至还可能被主人公忽略掉的原因,从心灵的原因到环境的原因。小说会告诉你,这种种原因,原因的原因,是如何最终形成"合力",撞击主人公的心灵最深处,使主人公"不得不"做某事。而一旦"不得不",就具有足够的可理解性,辩护的距离就缩短了。因为"不得不"即表示主人公的所作所为是因为某种累积起来的力量推动主人公深陷事件之中。

"多因修辞"提供更复杂的可理解性,由可理解性出发,去争取可同情性和可开脱性,达到辩护之目的。成就"多因修辞",首先一步,就是确定主人公的情感世界为文本的"中心"。让所有的因都指向主人公,无论主人公是什么样的身份。因此,我们会看到,小说中大量的"零余人""边缘人""地下人",反而可能是文本中最中心的人物,获得读者的格外瞩目。其重要的因素,是作者设置了读者与这些"零余人""边缘人"获得信息共享的情境,充分了解主人公不满其所处的环境的理由。小说中的其他人物,反而被排斥,他们对所谓"边缘人""地下人"的内心状态几乎一无所知。通过叙事修辞的"中心化"处理,"边缘人"已不"边缘"了。"边缘人"走向文本最显眼处,成为话语聚光灯下的焦点人物。"边缘人"一旦获得话语权,"边缘人"就有可能获得论述自我价值观发表自我看法的机会:"边缘人"会告诉你这个故事之所以发生的另一种理由,并表达属于他的感受。事实上,只有文学审美,才可能为所谓的"零余人""边缘人"之类的失意者形象提供最可观的话语空间。

当然,单单获得审美"中心人"的位置,还只是为其"审美辩护"提供初步的条件。更重要的,是让主人公"可同情性"的叙事修辞达到一定的饱和度。如此,才可能为其行为进行有效的"审美辩护"。

如安娜·卡列尼娜的故事。托翁写安娜·卡列尼娜,如果仅仅从上流社会的"绯闻"角度来观察,不过是一个不轨事件,是上流社会茶余饭后闲谈中的带着刻薄、嘲弄意味的一个"故事"而已。然而,托翁完全将安娜"中心化",深入到女主人公最微妙最直接最细微的感受世界中去,去写她努力地否定自己情感却又不得不被强大的生命力所驱动的美,去写她情欲被唤醒的艳丽。当然,单写这些,还不能为她做更深刻的辩护。托翁将女主人公放在叙事的中心地位,让她的欢乐的泪水和痛苦的呻吟都在读者面前"赤裸裸"地呈现出来,让读者直接去"窥见"这所谓"荡妇"的一切思想和一切感受。那么,读者就会发现,原来那位抛弃了自己的丈夫和孩子的"出轨女人"的"放荡生活",事实上是多么痛苦多么不堪,远不是去国外旅游或骑马打猎那么"风光"。因为这个女人在"出轨"之后,就陷入了重重矛盾纠缠着的苦境和困境之中。将最不负责任的"荡妇"写成思虑儿子,担心情人抛弃她的"苦妇",进而成为"怨妇",将激情戏"转换"为悲剧戏,这是一种非常具有艺术性的"审美辩护"。

通过托翁的叙事修辞,安娜成为一位世界级追求爱情自由和生命尊严的经典女性形象呢? 在我看来,其叙事修辞策略有四:

第一,小说对安娜进行了"受难化"的叙事修辞处理。有关安娜情欲的"情欲叙事"在小说中逐渐被安娜的"受难叙事"所代替。一个女人情欲的觉醒故事只是在小说的开始部分浓墨重彩,之后的故事在文本中不断地进行"去情欲化"处理。小说的后半部分叙事的是接踵而来的精神困境对安娜的巨大伤害,并迫使她自行结束生命。这种"受难"修辞,有效地遏止了有关出轨女人之情欲生活的鲜活想象,对安娜巨大痛苦的审美展示,是对安娜出轨故事最隐蔽也是最有力的辩护,这表明她并不是沉溺于肉欲的荡妇,而是一位非常看重自我尊严的女性。

第二,小说突出安娜的"无辜性"与"原则性"。雷蒙·威廉斯说:"导致安娜悲剧的直接原因是,她离开一个有缺陷的男人是为了得到另一个有缺陷的男人。"[1] 对这两个"问题男人"书写,就是在为安娜开脱。安娜的

---

① [英]雷蒙·威廉斯:《现代悲剧》,译林出版社 2007 年版,第 126 页。

丈夫卡列宁被叙述为一个情感与表情皆呆板的机械人。卡列宁灵魂的苍白,为安娜离开他提供了理由。而伏伦斯基后来对安娜的情感降温,除了表明安娜无辜外,还从另一面强调了安娜对于爱情生活的专注性和苛刻性。她以自杀报复伏伦斯基,这种疯狂举动本身不正表明这个女人绝不瓦全的自尊吗?

第三,小说中,托尔斯泰时时提醒读者注意安娜强健而活泼的生命力所流溢出的美,甚至列文这样的人物,婚后遇见安娜,也被她的美征服了。这种"美"在更宏观的层面上为安娜辩护。因为作品中几乎所有的人都不是在成全这种美的活力,而是在迫使这种美的火焰熄灭。"美"的毁灭足以引起人们的震惊。

第四,篇幅可观的列文故事与安娜故事并驾齐驱。托尔斯泰将列文塑造为一个具有自我更新能力的新贵族。不断寻求新出路的列文,质疑贵族阶层的生存方式的合理性,他甚至会将贵族随意用掉的一百卢布迅速折算成农民在田地里的劳动量。通过列文的目光,读者会发现贵族社会的堕落、虚伪与衰弱。这也是在为安娜提供间接的辩护:安娜不愿意按照所谓贵族社会的虚伪原则而苟活,而是选择为自己的情感尊严而生或死,她的选择本身就是一种反抗。

"审美辩护"还是一种建立在情感关系之变化上的辩护。安娜与卡列宁、伏伦斯基的情感关系是故事的枢纽。僵硬无趣的卡列宁使安娜的情感转移获得合理性;伏伦斯基与安娜结合成"情欲神话"的同盟者,后又成为"情欲神话"的破坏者和背叛者。安娜的故事之所以具有"悲剧性"和"可同情性",就在于她与这两位"重要男性"的情感博弈情感较量关系中,她最终处于被损害被侮辱被抛弃的地步。文学的审美,就是写出安娜与"重要男性"关系中的情感变化,在这种情感博弈中,写出她的焦虑、屈辱、孤独与疯狂。所以,"审美辩护",不是推究法律和道德的对错,而更关注谁是情感的可同情者。

一个"不道德的女人"在与她生命中两个"重要男人"的关系中,被宰制、被侮辱,这样的叙事修辞,事实上已经让"情欲叙事"蜕变成一个女性屈辱史之叙事修辞。更重要还在于,女主人公的屈辱与无助,小说中的"重要男性"都负有直接责任。

安娜用自杀宣布了她是情感博弈中的失败者,同时,她的死又让她成为"情爱神话"的捍卫者与胜利者。"失败者"可获得"同情性","胜利者"则为她赢得的"尊严性"。这种"尊严性"涤荡了所谓"荡妇者"身份,构成一种逆向的叙事修辞之力,为之前安娜种种"可谴责性"去辩解,去更正,去进行"去污化"的叙事清洗。

小说的"审美辩护",就是通过讲述情感的可理解性、可同情性来获得。安娜对儿子无奈而痛苦的母爱,安娜对爱情的死死维护,以及她面临爱的崩溃之刻以死相争的尊严性,都是小说的重点。这些重点让安娜情感波动让她每一个情感环节的变化都是可理解的,而且是可同情的。

"审美辩护"是一种感性学辩护,是从公认的、既定的、显在化的、体制化的主流话语系统中"逃逸"出来的感性叙事,是挖掘被遮掩起来的人物内心的隐秘角落并加以声张的叙事。

所以,"审美辩护"是以情感的逻辑性而不是以政治法律逻辑性或道德习俗的伦理性来论证判断的叙事,是利用情感叙事分配和深化来获得情感的"偏袒性"的叙事。也许,有的人读了《安娜·卡列尼娜》之后对卡列宁充满了同情,那是因为托翁并没有将卡列宁写成一个"大恶人",甚至行文中你的确会觉得卡列宁还是有点值得同情的,因为作家也写了卡列宁的孤独相和可怜相。

但是,与安娜那种充沛的情感力以及她的毁灭性的悲剧美相比较,安娜捍卫自我生命之尊严的高贵美感,无疑是大大高于卡列宁,也高于伏伦斯基。

因此,所谓"审美辩护",还是生命与生命的比较,情感与情感的较量,是在情感关系演变中突出某种情感的价值,揭示这种情感的可理解性或可同情性。"审美辩护"的核心是情感辩护。"审美辩护"是利用各种叙事手段创造、维护某种情感价值的修辞系统。托翁写《哈吉·穆拉特》,男主人公在政治上是一个摇摆不定的反抗俄军的少数民族军事首领,但托翁极写他对家人的挂念和担忧,极写他不屈的生命力,事实上就是将一位反叛者写成了有情义的汉子。托翁"抚哭叛徒"的叙事修辞所引发出的审美震撼力,可见"审美辩护"之力量。

三

如果说安娜以其情感的可同情性和高贵的尊严性获得"审美辩护",那么,《包法利夫人》这样的作品,是否被"审美辩护"抛弃了呢? 福楼拜是否只是对包法利夫人的情欲生活感兴趣呢? 这篇小说几乎通篇写的都是包法利夫人与男人们通奸的故事,那么,这是否是一篇海淫之作呢? 安娜所抛弃的上流社会的荣华富贵,正是包法利夫人梦寐以求的。爱玛(即包法利夫人)与子爵一舞,成为她浪漫幻想的一个"了不起"的起点。爱玛沉醉在幻想中,她按照书本上读来的恋爱蓝图去实践她的情感梦幻。几乎可以认为,爱玛是在非常自觉地走向"堕落"。这样的形象与情感,是否亦存在所谓"审美辩护"可能性呢?

有论者指出:"福楼拜笔下的小资,如郝麦、查理、勒乐、罗道夫、立昂,等等,或以庸俗当光荣,或拿无能作专业,市侩嘴脸却招摇过市,话语无知仍雄辩滔滔,天性浪漫的爱玛·包法利,不甘于此,一心要超越庸俗,却将高尚与庸俗混淆,一次又一次被布尔乔亚诱骗,在布尔乔亚的世界里堕落。爱玛一心想超越布尔乔亚却陷于布尔乔亚,是《包法利夫人》最大的反讽。"①

从某种意义上说,正是反讽修辞挽救了《包法利夫人》。是"反讽修辞"成全了对爱码的"审美辩护"。《安娜·卡列尼娜》是带悲剧意味的正剧,《包法利夫人》则是带喜剧意味的悲剧。安娜有自我高尚性"垫底",爱玛则以周围人的庸俗性为基础。爱码糊里糊涂从小说中学来浪漫情节做蓝本,开始她的情爱之旅。

安娜所深陷的道德与情感困境,爱玛没有,爱玛几乎是一条道儿走到黑去进行爱欲冒险。

叙述安娜的故事,是让"受难修辞"驾凌于"情欲修辞"之上,而爱玛的故事,则是让"反讽修辞"渗透于"情欲修辞"之中。

安娜的情爱是真诚的,爱玛的则是虚幻的。李健吾先生说:"爱玛正是这

---

① 童明:《现代性赋格》,广西师范大学出版社 2008 年版,第 70 页。

样子。在她的想象里面,她把自己当做一位贵族夫人。她不晓得这和她的身份不宜,和她的环境冲突;她逃出她真实的人格,走入传奇的世界,哪怕绕小路,走歪路,她也要维系着她虚伪的生存——因为这里虚伪就是真实,想象就是生存。高尔地耶给这种情形定了一个名词,叫做包法利主义。这就是说,自己明明不是这样子,却以为自己就是。"①

所谓的"反讽修辞",修辞的就是爱玛情欲的"虚幻性"。爱玛按图索骥,寻找她"传奇世界"中白马王子。可惜,她的情欲对手不是骗子,就是懦夫。更可笑的是,这位女"堂·吉诃德"执迷不悟,她根本没有想到她所创造的"传奇的世界"是虚伪的。请注意,就连爱玛的自杀,也不是为了徇情,她是被人逼债逼死的。

《包法利夫人》中的反讽修辞之所以能发挥"审美辩护"的作用,那是因为反讽修辞不但让爱玛可笑,更让她周围的庸人可笑。"反讽修辞"在暗中对爱玛不幸遭遇进行"外部归因"。

爱玛的可笑,是她的幼稚、虚荣与自我中心,而她的周围"庸人"的可笑且可恶处则为寡情、欺骗、虚荣与愚蠢。福楼拜针对"庸人时代"的反讽,反讽的不仅仅是爱玛爱幻想的可笑,更反讽对骗子或俗人一片痴心的爱玛。

爱玛每次越轨,对情人都热烈而真诚。但她的炽热浓情却遭遇虚情假意。爱玛为获得恋爱"超凡性"准备抛弃一切,她的情人们却患得患失。这种滑稽感正是福楼拜追求的讽刺效果。福楼拜是有意识让谎言侵蚀浪漫情爱,从而让浪漫幻想陷入欺骗的泥沼之中。这当然有利于爱玛赢得同情——荡妇放荡,却比骗子天真且真诚。

福楼拜这部小说其实是部"反浪漫"的小说,一写到所谓的"浪漫",福楼拜就极尽揶揄之能事。福楼拜在一封信中透露他创作《包法利夫人》之时的心态:"我正在写一对青年男女谈论文学,海、山、音乐和其他所谓富有诗意的题目。在一般读者看来,这像是一段严肃的描写,但我的真实意图是要画一幅漫画。我认为小说家拿女主角和她的情郎开玩笑,这是第一次。但讽刺并不妨碍同情——正相反,讽刺加强了故事哀戚的一面。"② 所谓"画一

---

① 李健吾:《福楼拜传》,广西师范大学出版社 2007 年版,第 78 页。
② 纳博科夫:《文学讲稿》,上海三联出版社 2005 年版,第 131 页。

幅漫画"指的就是作者是居高临下以反讽态度叙述一个浪漫女子的婚外生活。所谓"讽刺加强了故事哀戚的一面",这"哀戚的一面"指的是爱玛的虚幻性将在"庸人时代"遭遇无可避免的毁灭。

安娜·卡列尼娜非常清楚毁掉她的力量是什么,她也知道她要报复的对象是谁,"受难修辞"给予安娜以崇高感。包法利夫人之死是没有崇高感可言的。浪漫而善良的爱玛至死都不知道是什么力量逼她死。爱玛的可同情性,就在于她根本没有意识到她死于何因却又不得不死。这种荒谬感强化了反讽性,同时也包含着可同情性:爱玛不想害任何人,她却受到这样的惩罚,这更多是时代环境的拨弄——时代之错误与荒谬最终要以一个小女子的殒命得到清算。

环境造就爱玛的虚浮,却让爱玛以命来抵她的虚浮。所以,爱玛的命运的可辩护性另一个重要因素在于她行为的虚浮性被过度惩罚导致的不公平。

爱玛故事有两重蒙蔽性,第一重,爱玛被虚幻的浪漫幻想所左右,"虚假意识"骗了她;第二重,她的"虚假意识"被猎艳男子"榨取",而本人却惘然无知,天真地以为她遇上了浪漫故事中的"男主人公"。这两重蒙蔽性,是自欺而后被人欺。可笑而可悲的爱玛,最后死了,而她周围的庸人继续活得有滋有味。安娜之死对伏伦斯基产生了极大的震动,爱玛之死如死水微澜,她的牺牲毫无价值。所以,自欺,他欺,死亡的无价值,命运惩罚的过度性,都在为爱玛提供审美方面的辩护:她毕竟不想活得跟身边人一样,她的幻想虽然幼稚且浪漫,却非常真诚,她至少不该受到如此的重罚。

可见,高贵的反叛者值得辩护的,不高贵的幻想家同样值得辩护。

四

安娜的故事,爱玛的故事,写的是情欲故事却又不是情欲故事。这是因为这两部小说的主导修辞都不是情欲修辞,而分别是受难修辞和反讽修辞。

受难修辞让情欲修辞"崇高化",居高临下的反讽修辞让情欲修辞"滑稽化"。而正是在这"崇高化"和"滑稽化"过程中,"审美辩护"的叙事修辞发挥了作用了。

　　这不奇怪,托尔斯泰和福楼拜都不打算将他们的小说写成欲望教科书。他们更感兴趣的,是牵制欲望的习俗、政治、文化与经济关系等等因素。这两个故事都让读者认识到,所谓的"欲望",远不是人的自然本能喷发那么简单,而是渗透着文化、习俗、经济、政治等因素的共同作用。

　　作者越是深入地揭示这些因素的作用力,便越有可能细致地展现各种文化、经济、政治因素是如何参与女主人公欲望的"编码"过程。当这种"编码"的复杂性呈现在读者面前的时候,其中的可同情性因素就有可能逐步呈现出来。

　　小说叙事修辞,就是引导着读者用一种别样文化眼光来看待某人某事。受难的眼光和反讽的眼光让读者对两个女性的命运有了更深刻的认识和体会,同时对她们的命运有了可资同情的文化依据。相反,如果以"仇色"的文化眼光来看待"荡妇"的故事,结果又是怎么样呢?

　　在中国古典文学作品《水浒传》中,潘金莲的情欲故事之所以缺乏可同情性,主要原因是《水浒传》全书对于女性的态度以"仇色修辞"为主导,《水浒传》好汉英雄嫉"色"如仇,小说的整体修辞处处强化这样的价值观。《水浒传》好汉屡屡虐杀"问题女人","仇色"修辞一目了然。可以认为,《水浒传》"仇色"的修辞,特别是对"色欲"的危害性的高度强调,让潘金莲死于武松刀下之叙事获得足够的理由。夏志清认为:"《水浒》中的妇女并不仅仅是因为心毒和不贞而遭严惩,归根到底,她们受难受罚就因为她们是女人,是供人泄欲冤屈无告的生灵。心理上的隔阂使严于律己的好汉们与她们格格不入。正是由于他们的禁欲主义,这些英雄下意识地仇视女性,视女性为大敌,是对他们那违反自然的英雄式自我满足的嘲笑。"① 《水浒》中,潘金莲这一类型的故事,其欲望修辞,只是为"仇色修辞"做准备。关于潘金莲的欲望修辞只是为了描述欲望带来的高度危险性(如潘的毒杀亲夫之勾当)做铺垫。这种危险性修辞则为仇色修辞铺平了道路。至于潘金莲生活的外部环境、成长经历和内心活动,小说没有交代这方面内容的兴趣。潘金莲的淫荡和杀夫似乎是她的天性造成的。或者说,在《水浒传》中,潘只是

---

① [美]夏志清:《中国古典小说史论》,江西人民出版社 2001 年版,第 103 页。

被尽情地修辞成一个色胆包天的害人者,她的所有念头都是如何实现她的情欲,成为一个不折不扣的"淫妇"的符号。这个符号没有任何其他修辞系统为其辩解,更致命的是小潘的情感过程也被简单化,她没有太多犹疑,没有想象,没有担心,更没有痛苦,有的只是本能欲念。由于缺乏其他情感系统的介入,潘的"通奸与杀夫"得不到任何其他修辞系统为其辩护的机会,只能接受主导的仇色修辞对其施加结果:接受英雄的惩罚并成为祭品。

《安娜·卡列尼娜》前半部分是写安娜为情爱而抗争,而后半部分,则以"受难修辞"为主,突出的是安娜为人格的尊严而斗争。将安娜之死"归因"于尊严而非情欲,这就为安娜做了最有力的辩护——这表明,安娜情感和尊严的要求,远胜过对肉体的要求,安娜并非荡妇,而是追求高质量情感生活的高贵女性。至于爱玛的故事,"反讽修辞"不但对爱玛的情爱幻想施以反讽,更将反讽之刃指向爱玛周围种种人的虚伪、浅薄、懦弱和狠毒。因此,爱玛遭遇的归因,就不是爱玛一个人承担,布尔乔亚营造的环境如此可笑可恨,对爱玛悲剧性结局负有不可推卸的责任。《包法利夫人》整部小说的反讽基调暗示了爱玛生存环境的荒谬性:爱玛周围的人并不比爱玛更高尚更高明,对爱玛的过度惩罚,她所处的环境要被追究更多。

潘金莲则不同,"仇色修辞"已经为潘金莲故事之归因下了结论。《水浒传》对潘金莲的行为的归因,只能以其天性淫荡为结论。没有其他归因可为其辩护。《水浒传》"仇色修辞"极力强化是一种女性淫荡必然给男性带来灾难性后果的想象链条。接受男性威权的最严厉惩罚成为潘的唯一出路。近代以来,不断出现为潘金莲翻案的小说与戏剧,也多是从她的身世、情感需求为其开脱为其翻案,但都缺乏白先勇写《玉卿嫂》那样的才气:白先勇写《玉卿嫂》,将一个杀情人的妇女的多情和残忍结合到异常完美的地步。白先勇的叙事修辞,是以极细腻的笔调叙述一位美丽女性因爱而绝望,因绝望而杀情人的心理过程,他的审美辩护是落实在"深情导致的绝望"上。

对于一个人的"罪"或"过",法律要求提供直接明了的证据,媒体新闻喜欢炮制耸人听闻的故事概要,而文学对"事件"原因的原因,甚至是间接影响原因的小问题、小人物、小细节都带进文本中仔细打量、研究。这是因为,站在审美的立场,一个人犯罪或犯错,法律可以制裁,社会可以议论,而文学,则要提供一种更能深入当事人心灵、身世、周边关系的审美视角。而正是由于这种"深入",提供了对一个"果"多种"因"的叙述。很多间接原因在法律上是不做依据的,而文学审美却很看重,因为文学创作者会认为这一"小原因"或"间接原因"影响了主人公的态度和动机。这意味着,文学审美中的多因架构有可能为主人公找到"可开脱性"叙事要素。另外,在文学的审美天地里,能够容纳大量人物的情绪化感受。叙事的某个"点"上情感的"深度展示",有可能让读者更深入地认识到主人公所受到的精神折磨之痛苦,因而能以谅解和同情的角度来看待整个"事件"。这就形成了情感上的"可同情性"的叙事修辞效果。

"审美辩护"的叙事修辞策略,总是为其主人公"放大"可开脱性和可同情性的叙事要素。虽然,在文学中,也出现了《复活》那样忏悔的贵族为妓女所作的法律意义上的无罪辩护,但在诸多文学作品中,关于"审美辩护",并不都是法律意义上的无罪辩护、免责辩护或减责辩护,更多是一种情感上的辩护,是一种让读者对主人公内心和遭遇更全面了解之后的一种"同情性"辩护。

"审美辩护"不仅关心一个人犯了什么罪,或有了什么过错,也不仅关注他如何犯罪,他犯罪的后果是什么。审美的文学,更愿意详细地描写罪人乖戾的脾气和犯罪后发病的体温;审美的文学,还会详细交代"出轨女人"的丈夫喜欢将指关节弄得啪啪作响的细节和这个女人在"有罪"后见到儿子时的恍惚状态。当然,审美的文学还会模仿医生的目光观看一个"有罪女人"服用砒霜的整个过程。所有的这些,非审美的文本,是无法提供如此庞大的篇幅和如此细致的笔触,无法架构如此错综复杂的人物关系,也不太可能将主人公身世的来龙去脉做如此缜密的演绎。而只有文学的审美能够做到。也正因此,文学为"审美辩护"的叙事修辞提供了更广阔的叙事空间。

第七章　镜像修辞、叙事因果与意识形态

一

小说叙事作品难以回避修辞。为了让作品的主题、情节、形象令人信服并获得美感,小说的作者总是自觉或不自觉地调动种种修辞手段。

有些修辞是显在的,比如,对一个英雄形象的正面描写,使用夸张、比喻、排比等等修辞手法,这是一目了然的。然而,对一位英雄人物的建构,更重要的方法,则是叙事修辞。

在小说文本中,如果建构一位英雄形象,能否保证英雄人物处于中心位置;叙事文本中的其他人物如何"看"英雄人物,"看"的网络如何形成他人眼中的英雄"镜像";英雄人物的动机是否获得充分的叙述;英雄的勇气和智慧能否获得极大限度的展示;英雄人物是否对周围环境构成影响;英雄成长的曲折道路是否具有不凡特质并与英雄的品格构成联系。这些手段,即是叙事修辞。

正是由于叙事修辞的存在,"屡战屡胜"者不一定会被刻画为英雄,相反,一个失败的统帅却可能在文本中获得"屡败屡战"的悲壮之美,从而被塑造为惊天动地的英雄。这就是叙事修辞的魔力。

所以,从广义上说,修辞并不仅仅指如何调动语言学意义上的"辞格"以追求语言文字的通达并使之具有美感。修辞,还包括利用不那么容易让读

者察觉到的叙事编码去创造形象、建构主题。

在叙事文本中,重要因素可能被有意忽略;次要因素完全可能被刻意放大;历史中的次要人物的内心波澜可能被有意识地多方位展示,而历史中的重要人物的内心活动却可能被遮蔽、压缩、扭曲。

叙事修辞的过程就是"选择":选择角度;选择中心人物;选择主次情节;选择主要情节的主要因果关系;选择心理描写的深浅度;选择各等人物的不同的动机与结局,等等。

具体地说,一篇叙事作品,总是要选择事情发生的事由、时间、地点、切入角度,而一个事件的发生发展往往多因多果,当事人也不止一个,选谁为主人公,谁是配角,这已经在修辞;事件的发展过程中谁的动机披露得多,谁的心理过程更被关注,谁的原因被叙述得特别充分,这已经是在深入地修辞;将某人某事之某"因"叙述到足以打动人、足以顺水推舟地导出某种"果"来,而这样的机会却不分配给文本中的某个人物,如此,是叙事修辞的更进一步。

其中,叙事作品主要因果关系的设置,是叙事修辞中最重要的手段之一。这是因为同一个事件是存在着多种叙事因果关系,然而,在具体的文本中,叙事因果关系即便是多重的,亦有明显的主次之分。而主要的叙事因果关系的选择,特别是关系到叙事作品整体效果的叙事因果关系的设置,可视为最重要的叙事修辞手法之一。

J. 希利斯·米勒强调:"面对一部小说,既可从作者写作的角度来看,也可从读者阅读的角度来看,还可将小说视为对一系列历史事件的客观写照,……但无论从什么角度,人们都可能会采用因果链或者有机生长的模式来描述叙事之合乎人意的连贯性。"①

例如,《三国演义》中,将"仁义"设置为因,"无敌"设置为果。为了叙事刘备集团的"仁义",刻意夸大刘备的"以人为本",详细地叙述他在曹军大举南下之际如何不忍弃众而逃,带领百姓扶老携幼缓缓而行。② 小说借此表明正是由于刘备如此的"仁者"情怀,让他收得民心,从而以弱胜强,以少胜多,终赢得与曹操、孙权抗衡的资本。事实上,"仁义"不见得就能"无

① ［美］J. 希利斯·米勒:《解读叙事》,北京大学出版社 2002 年版,第 60 页。
② 陈曦钟、宋祥瑞、鲁玉川辑校:《三国意义》会评本,北京大学出版社 1986 年版,第 517 页。

敌",也就是说这二者之间不存在逻辑上的必然性。然而,恰恰是文艺作品,就有如此神奇的魔力,可以通过避重就轻、移花接木、偷梁换柱、顺手牵羊等等手段,让历史上的次要者的次要因素放大成主要因素,让某种见不得人的私欲嫁接在宏大响亮光彩夺目的动机叙述上,并且让局部的行为直接证明这种动机的"合法性",如此等等,叙事因果的修辞只要设置得当,不见得需要环环相扣的逻辑力量,倚重情感的调度和情节的布局,就有可能将伟大者塑造成卑鄙小人,或将局部的胜利"催化"为全面的凯旋。

相反,如果叙事因果关系设置得不对头,就可能让作品前后矛盾,这对叙事主题的确立将带来毁灭性的灾难,使得作品不可信。叙事因果关系不自然、不恰当、不兼容,将使得叙事作品的主题难以成立,人物形象无法获得内在的一致性。相反,叙事因果关系如果处理得巧妙,读者将为叙事主题和形象所吸引,为叙事的各个环节所陶醉、所震撼、所征服。

叙事修辞的使命,就是全面削弱读者潜在的抗拒力,吸引读者的审美注意力,在突破审美成规的同时瓦解读者的疑问。叙事修辞的目的,就在于使读者信服文本潜在和显在的价值观念和美学趣味。叙事学学者詹姆斯·费伦道:"认为叙事的目的是传达知识、情感、价值和信仰,就是把叙事看做修辞。"①

那么,为了让读者对某一人物的身份产生高度认同,作者会调动什么样的修辞手法呢? 是什么样的立场导致了作者对不同人物使用不同的叙事修辞技巧? 更重要的在于,作者在使用某些修辞手段的同时,有没有可能留下破绽,并由此导致自相矛盾呢?

二

传统的叙事作品中,人物形象是叙事修辞的重点关注对象。

叙事作品中,为了确立人物形象的审美特性,总是多方修辞。其中,人物身份的确立,同样依赖叙事修辞。比如,英雄与奸雄,智者与愚人,贞女与淫

---

① ［美］詹姆斯·费伦:《作为修辞的叙事》,北京大学出版社 2002 年版,第 23 页。

妇,伟人与小丑,天使与魔鬼,等等,其身份要在叙事修辞的过程中不断巩固某一特性,才可能达到预期的效果。

什么是身份? 身份就是某人或群体标示自己为其自身的标志或某一事物独有的品质。许多时候,身份的获得依赖于叙事修辞的巧妙建构。

《三国演义》中的关羽,他的英雄身份的确立就是叙事修辞的结果。关羽是超凡入圣的英雄,而且历代加封,直封到"盖天古佛",成为人与神的极致。这样一位大英雄形象的影响如此深远广泛,《三国演义》的贡献当然是极其重要的。那么,《三国演义》是通过什么样的叙事修辞方式让关羽的形象深入人心的? 表面上看,多是依赖于故事情节:温酒斩华雄、降汉不降操、千里走单骑、过五关斩六将、古城斩蔡阳、华容道义释曹操、单刀赴会、水淹七军、刮骨疗毒,等等。这些情节造就了毛宗岗所言的"绝伦超群"。所谓"青史对青灯,则极其儒雅;赤心对赤面,则极其英灵。秉烛达旦,人传其大节;单刀赴会,世服其神威。独行千里,报主之志坚;义释华容,酬恩之谊重。作事如青天白日,待人如霁月光风。心则赵汴焚香告帝之心,而磊落过之;意则阮籍白眼傲物之意,而严正过之:是古今来名将中第一奇人。"①

毛宗岗对关羽的评价,实际上已经点明了关羽的神性,不是单靠武艺高强获得。其修辞,更多是在道德规范的层面上。在《三国演义》中,关羽的军事技能还是存在着诸多竞争对手的。斩颜良、文丑时关羽似乎天下无敌,但别忘了他有三战吕布不下的故事。所以,小说文本对关羽的叙事修辞的角度更多是放在他道德伦理性和精神境界上。描述关羽阅读儒家之"经王"《春秋》,就是强调他的信念支持系统是非常正统的——他的"神威"是从"大节"中派生出来的。再者,毛宗岗所言的"儒雅"、"英灵"、"磊落"、"严正",也同样是在气质风度和道德境界上给予关羽高度的评价。

这表明,《三国意义》中关于关羽的叙事修辞,重心是放在伦理道德层面上,而不仅在军事和政治智慧方面突出关羽。

《三国演义》的奇妙,就在于当关羽处于被迫投降的地步,关羽英雄身份的修辞反而更具感染力。

---

① 参见毛宗岗:《读三国志法》,陈曦钟、宋祥瑞、鲁玉川辑校《三国意义》会评本,北京大学出版社1986年版,第6页。

历史上关羽投降过曹操。《三国志·武帝操》云:"备将关羽屯下邳,复进攻之,羽降。"①《三国志·先主备》说:"五年,曹公东征先主,先主败绩。曹公尽收其众,虏先主妻子,并禽关羽以归。"② 看来关羽确实是被俘投降,且很可能是无条件投降,并无"三约"之说。当然,演义毕竟允许虚构,那么,"三约"修辞了关羽什么?《三国演义》中的"土城三约",与其说是一份降者之约,不如说是一份胜者之规。这样的苛刻条件曹操竟然接受了,这就让投降这一情节变得有利于关羽英雄形象之创造。在文本中,曹操一次次地向关羽示好,关羽一次次直言他对刘备的思念和忠诚,曹操屡屡心理受挫后不但不愤怒,反而感慨赞叹关羽的"忠义"。

关键就在曹操的赞叹。关羽英雄形象的创造,曹操的赞叹和容忍才是绝妙的叙事修辞。甚至,此叙事修辞重要性,远远超出对关羽之"神威"的直接叙述。

曹操本人在《三国演义》中被塑造为奸雄,但他毕竟是极具军事实力和智慧的英雄人物。曹操对关羽的容忍度出奇的好,而叙述这种容忍度主要目的不是为了修辞曹操的"唯才是举"的伯乐胸怀,而是为了将关羽作为一个明星将领的个体魅力最大限度地表现出来,表明他是一个连敌人都崇拜甚至无条件地容忍的超级英雄。

曹操是一面神奇的镜子,照出关羽的"神武"、"仁勇"、"威显"。这种修辞方式远比斩颜良、文丑重要得多。读者是通过一个大军事家政治家曹操容忍关羽的苛刻条件甚至是"五关斩六将"的惨重损失来认识关羽的神奇性。

《三国演义》中,曹操对关羽"爱极慕极",曹操对云长出奇的"量大",曹操对无法收编关羽之后的"叹想云长不已",清楚地表明关羽成为曹操的不可遏止的欲望对象。

曹操这位"奸雄"对关羽的肯定、爱慕、赞叹在《三国演义》中几乎可视为曹操的一种超常行为。面对关羽,曹操似乎失去了正常的逻辑思维,毫无原则地对关羽那样动情。显然,这样的叙事修辞对于激发读者认同关羽的

---

① 陈寿:《三国志》第一册,中华书局 1982 年第 2 版,第 18 页。
② 陈寿:《三国志》第四册,中华书局 1982 年第 2 版,第 875 页。

超级英雄的身份,是一种比直接描写关羽勇武忠义更巧妙更有效更具有创造力的"镜像修辞"。至于长坂坡上的赵子龙,曹操的一句"真虎将也!吾当生致之",让赵云得以突出重围。为了生擒赵云,曹操同样不惜代价。这同样是一种"镜像修辞"。

何谓"镜像修辞",简单地说,就是叙事文本中的 B 人物如何看待 A 人物并作出反映。

通过 B 对 A 的态度和行为的叙述,文本将影响读者对 A 人物的判断。B 人物对 A 人物的情感反应和价值判断就像是一面镜子,对 A 加以修辞。B 人物对 A 人物的理解和反应,形成一种关于 A 人物的"心理镜像"。

叙事上刻意描写某个人物对某一事件或人物的兴奋、愉快、诙谐或恐惧的感受,只要读者感觉到 B 人物的判断和感觉是可靠的,那么,其修辞效果,常常超过对事件和人物的直接叙述。

现代心理学的研究成果表明:"人在看自己的时候也是以他者的眼睛来看自己,因为如果没有作为他者的形象,他不能看到自己。"[①] 不仅是人看自己的时候如此,就是人看他人的时候,同样也要从他者的目光中获得交流和确定。

在小说阅读过程中,读者正是在回应形形色色的"他者"的目光中,确立对形象的理解。"他者"形成的"镜像修辞"所以起作用,就在于"他者"是各种象征系统的介体,是一种尺度,是一种延伸入文本的能指链条。

所以,关于关羽的形象,在《三国演义》的第二十五回到第二十八回的叙事中,读者无法绕过曹操对关羽的"心理镜像",无法回避与曹操的"对话"。读者若认同曹操对关羽的"心理镜像",也就同时为关羽的形象所折服和感动,从而参与到对关羽神圣身份的想象性建构中。当然,如果读者根本不认同曹操对关羽的评价,那就意味着此种"镜像修辞"的失败。

关羽"武圣"英雄身份的建构,很大程度上依赖于文本中"他者"的评价。就是胡班那样的低级军官见关羽"凭几观书",也会失声叹曰:"真天人也!"[②]

---

① ［法］拉康:《拉康选集》,上海三联书店 2001 年版,第 408 页。
② 陈曦钟、宋祥瑞、鲁玉川辑校:《三国意义》会评本,北京大学出版社 1986 年版,第 337 页。

关羽英雄身份的建构,正是通过许许多多"他者"的崇拜目光,通过奸雄的看,无名小卒的看,同盟者与对手之看,形成一个"他者"之看的"目光网络"。在"他者"关于关羽评价的"催化"作用下,在种种的"目光网络"形成的"镜像修辞"中,关羽的英雄身份获得象征化的升华。

小说叙事中,"镜像修辞"是一个经常使用的叙事修辞手段。火烧赤壁这一故事中,若无周瑜接二连三气急败坏的"镜像"反应,诸葛亮神机妙算的形象该逊色三分吧。空城计故事中,司马懿望向城楼那无比狐疑的目光,同样是对诸葛亮最微妙的"镜像修辞"。毛宗岗言:"孔明若非小心于平日,必不敢大胆于一时。仲达不疑其大胆于一时,正为信其小心于平日耳。"① 这里,诸葛亮与司马懿是互为"镜像",司马懿将诸葛亮的"平生谨慎,不曾弄险"作为一个预期"镜像",诸葛亮则吃准了司马懿对他的"镜像反应",结果弄险成功。性格角斗是如此直接深刻地影响战争局面,战争成了双方将领的性格战。

这表明了"镜像修辞"的神奇作用力。诸葛亮利用他人对他的性格解读出其不意地胜出:一方面,读者通过司马懿关于诸葛亮的"镜像",识得诸葛亮的谨慎,另一方面,司马懿惧怕诸葛亮导致的"晕眩效应"让他判断失误,迅速退兵,读者因此感受到诸葛亮之"镜像"对司马懿的威慑力。

司马懿如何看诸葛亮,一位统帅如何看待敌方统帅,就这样决定了战事的发展。就在"看"的瞬间,决定了战争的走向。诸葛亮"笑容可掬"地在城楼上"焚香操琴"之际,司马懿对诸葛亮的神出鬼没之"镜像"的正读和误读,都形成极重要的叙事修辞。

可以认为,司马懿对西城城楼意味深长的"远远望之",是对诸葛亮足智多谋形象最美妙的修辞。这也是"镜像"决定叙事情节,情节"内化"为镜像的经典范例。甚至可以这样认为:正是司马懿眼中诸葛亮之神奇"镜像"的存在,失街亭的黯然马上让位给空城计的精彩。这样的修辞,还导致了一个反败为胜的结果——这是一种将失败叙述得有利于己的修辞:即使战事失利了,通过叙事修辞突出地表现了诸葛亮的智慧和勇气,同样可以赢得喝彩。

① 陈曦钟、宋祥瑞、鲁玉川辑校:《三国演义》会评本,北京大学出版社 1986 年版,第 1158 页。

三

《三国演义》认定蜀为正统,如此,曹操、孙权等必为对立面。大前提这样一决定,就不能不把曹操与孙权等英杰曲解为诡计阴诈之人,将周瑜、鲁肃的才略曲解为量小与庸儒。一部《三国演义》可以说是"蜀国演义",魏、吴仅系一种帮衬。从"桃园三结义"始,蜀亡以后,故事也就潦草结束。

而在《三国志》中,曹操则是正统,被称为"太祖"的曹操是个大英雄。《三国演义》为什么以曹操为奸雄呢?究其原因,还在于《三国演义》意识形态立足点是站在正统的儒家文化立场。曹操统一中国北方,恢复发展生产。这些功绩,表现出曹操卓越的政治军事才能,然而,自董仲舒以来,儒家学说普遍流行,"君君臣臣父父子子"这一套伦理在社会上占着统治地位,曹操"挟天子而令诸侯",就其臣子身份而言,是功臣、权臣,但不是忠臣。

倪乐雄精辟地概括了中国儒家的战争观:"儒家道德原则取代了自然状态的功利原则,成为战争的前提。""战争超越了功利层次上升至道德层次,并且在儒家的道德规范中获得道义的合理性以及最后的归宿。""儒家最高道德原则'仁'经由民本这一环节继续延伸至战争领域,借助战争这一极端暴力形式使自身得到最有力、最彻底的现实的外在显现,战争即为仁这一道德观念在现实中最有力的代言人。"[①] 也就是说,儒家的核心观念,只有仁者,即道德圣人,才有资格诛乱平暴,解民于倒悬。事实上,《三国演义》修辞关羽形象,不就是处处将他修辞成一个道德圣人?围绕着关羽的英雄身份,演义小说始终是以修辞战争英雄的神圣人格为核心。具体地说,修辞关羽,是在修辞他的"忠"、"义"、"勇"。修辞关羽的"勇",则是为了辅助修辞"忠"和"义"。有了"忠"和"义",关羽的"勇"才有价值。

可见,修辞关羽,最终是为了修辞"仁者无敌"这一儒家意识形态神话。

正是意识形态倾向性的驱动,不利于英雄身份创造的种种叙事被剔除、被改造,而有利的则被保留、吸收、创造。民间唱本中出现了关羽与张飞为了

---

① 倪乐雄:《战争与文化传统——对历史的另一种观察》,上海书店出版社2000年版,第18页。

结义而互相杀老小摆脱家庭累赘的故事,这与重视血缘纽带的儒家意识形态显然是不兼容的,至少是不"仁"的。此类故事当然进入不了《三国演义》。《三国志》中还出现了关羽在意女色的叙事,在《三国演义》中同样被筛除掉。至于降汉不降曹、过五关斩六将、单刀赴会、义释曹操等故事,这些有利于英雄身份的故事,都是虚构的。

这表明,意识形态具有强大的筛选和改造的功能,决定着叙事修辞的布局和走向。叙事修辞不等于意识形态,但意识形态从来不放过让叙事修辞为其服务的机会。

当然,意识形态利用叙事修辞,并不一定都是那么顺畅,那么稳定,并不都是那么一相情愿地贯彻到底,相反,被涂抹上意识形态色彩的叙事修辞也可能自相矛盾。

《三国演义》把刘备定格为仁义之君。刘备作为儒家意识形态的代理人,演义对于刘备的"仁义"极尽修辞之能事。然而,对于刘备的"过度"修辞,恰恰暴露了修辞的两难。一方面,要将刘备塑造成仁义之君,处处叙述他如何"得道多助",将他美化为儒家意识形态的化身。另一方面,战争本身又难免具有你死我活、弱肉强食的功利性,刘备为了实现其政治目标,在战争实践中不可能不遵行实用主义的原则。这就使得刘备作为"仁君"的修辞与刘备为赢得战争的叙述陷入内在的矛盾性。"三让徐州"本是刻画刘备仁义品格的重要的一笔。可是,就连同情刘备的毛宗岗也评论道:"刘备之辞徐州,为真辞耶?为假辞耶?若以为真辞,则刘璋之益州且夺之,而陶谦之徐州反让之,何也?或曰:辞之愈力,则受之愈稳,大英雄人往往有此算计,人自不知耳。"① 能有如此算计者,便不是什么大英雄,而是大奸雄。李贽的评点就一针见血:"刘玄德不受徐州,是大奸雄手段,此所以终有蜀也。盖大贪必小廉,小廉之名既成,大贪之实亦随得也。奸雄举事,每每如此。非寻常人所能知也。"② 批评家非常敏锐地发现了刘备尽管外表谦让,可想得到的一个都不落下。就叙事的整体表现上,刘备的所为,难以掩盖他枭雄甚至奸雄的面目。

事实上,在演义小说中,愈是修辞刘备的"高尚"道德面目,就愈是与刘

① 陈曦钟、宋祥瑞、鲁玉川辑校:《三国意义》会评本,北京大学出版社 1986 年版,第 119 页。
② 同上书,第 130 页。

备集团的扩张叙事相龃龉。战争本身是彻底功利化的,目的在于赢得军事胜利,况且赢得军事胜利同样是演义中乐于叙述的部分。如此,赢得军事胜利与关于刘备"仁义"的修辞便形成了明显的矛盾。

这种矛盾,具体体现在所谓"道义"是如何被利用。倪乐雄说:"儒家认为战争是道义的工具,战争实践者们却把道义连同儒家这一思想一古脑儿变为战的工具。"① 可见,具备战争的道义性并不一定赢得作战胜利,但可以使自己的军事行动带上正义性,最大限度地取得民众认可,改变力量对比,赢得优势。刘备难道不是如此吗?

"拥刘反曹"是《三国演义》的意识形态倾向。其叙事修辞,写曹操的,多是屠戮人民、权术机谋;写刘备的,则是以人为本、仁义宽厚。然而,刘备的敌人不仅是曹操。当刘备与孙权、刘表、刘璋争斗的时候,其枭雄的面目就难以掩饰。像刘备掩袭西川的情节,客观上淡化了刘备与曹操的区别。如此,就《三国演义》的整体而言,刘备同样奉行弱肉强食的实用主义原则,他作为一个"仁者"更多是为了战争的需要而不是自我人格的完善。"仁者"的修辞系统对于刘备来说终究是工具性的。毛宗岗道:"曹操之假,百姓知之;玄德之假,百姓偏不以为假。虽同一假也,而玄德胜曹操多矣。"② 但是,不管百姓如何"偏不以为假",不管小说作者对刘备主观意图、人格面貌如何美化修辞,无法完全掩盖情节发展所表明的刘备集团巧取豪夺的功利性。单单修辞"仁者"的意识形态系统,不足以保证刘备的军事胜利,或者说"仁者"与"无敌"是存在着矛盾。要"无敌"就需要恶的力量来推动,不可能以"忠恕之道"、"克己复礼"、"仁者爱人"等"仁者"意识形态系统去贯彻始终。因此,建构刘备的"仁者"身份,必然与他"无敌"之要求发生内在冲突。三国时代,政治军事集团若要生存甚至"无敌",权术机杼的奸诈、利害得失的算计当然不可避免。因此,当读者或批评家发现刘备的"无敌"原来不见得是依靠"仁者"的身份而获得,而是精心谋划的实用原则在起作用的时候,那么,"仁者"身份修辞得越高尚,其虚伪性也就更突出。如此,依靠修辞获得的"仁君"形象也就不那么可靠了。

---

① 倪乐雄:《战争与文化传统——对历史的另一种观察》,上海书店出版社2000年版,第23页。
② 陈曦钟、宋祥瑞、鲁玉川辑校:《三国意义》会评本,北京大学出版社1986年版,第516页。

《三国演义》的作者帝蜀寇魏,是站在同情刘备集团的角度写三国乱世,小说主题之一是渲染正统之"仁者"的"仁",由于"仁"而"得道多助",由于"多助"因而"无敌"。形成这样的一个因果逻辑链就是帝蜀寇魏的意识形态在起作用。所谓叙事修辞,就叙事整体而言,是让整个叙事获得一种想象性的因果关系。而如何去建构这样想象性的叙事因果关系,则由意识形态立场和美学趣味来决定。然而,无论文本如何强化有利于刘备的叙事因果链,还是有可能发现叙事的内在矛盾,即刘备的扩张叙事与其仁义道德叙事的内在矛盾。

叙事修辞,就叙事作品的整体而言,通常都会具备一个以上的叙事因果链。叙事因果链如"草蛇灰线"或隐或现。在这一叙事因果链中,作者会特别营造某种"因",强调某种"因"。当这种"因"的叙事趋向"饱和",即获得足够可信服的修辞之后,便能"合情理"地催生出"果"。让"因"充分、可信,再由"因"导入"果"。如此形成的叙事因果逻辑,是小说叙事作品中最需要被关注的修辞方式。但是,"因"和"果"的联系并不是绝对的,特别是当读者发现"因"和"果"之间联系并不是那么严密,而是存在着牵强之处的时候,整个叙事的主题便可能受到质疑。

从读者接受一方的角度看,美学趣味和意识形态立场的不同,决定了能否"读"出隐蔽的叙事因果联系,或对某种公认的叙事因果联系提出不同的判断。被儒家"正统"观念钳制的读者可能认为"仁者无敌"的因果性理所当然,而抱怀疑的态度的读者则完全可能识破"仁者无敌"之因果关系的内在矛盾性。正如叙事学研究专家戴卫·赫尔曼所言:"故事之所以是故事,并不由其形式决定,而是由叙事形式与叙事阐释语境之间复杂的相互作用所决定的。"① 所以,同一叙事因果链,就不同的阅读和批评者而言,有的人看得一目了然,有的人视而不见;有的人认为理所当然,有的人可能窥见叙事因果链条的裂罅所在,认识其自相矛盾导致的因果关系之不可靠。叙事因果链是严密、自然的,还是松弛、可笑的,阐释者的意识形态立场和美学趣味当然具有重要的作用。

---

① [美]戴卫·赫尔曼:《新叙事学》,北京大学出版社 2002 年版,第 8 页。

　　解构大师 J. 希利斯·米勒认为"每部作品都被嵌埋于一个由历史、社会、阶级、性别和物质力量所构成,由多种因素所决定的巨大网络之中,其中还包括作者的心理独特性。由多种因素。它们加在一起,构成我们所说的一部作品的意识形态。"[①] 的确,任何一部作品的内部都编织着复杂的意识形态网络。所谓意识形态,就是一个浸透着情感、充满了幻想的信仰系统和价值体系。意识形态中的价值观念是通过符号或习俗等方式传播。意识形态在动员、操纵受众方面具有不可估量的潜能。意识形态在显示其存在的时候,有时喧嚣夸张,有时沉默隐蔽,其对叙事作品创作和接受的影响,常常具体落实到叙事修辞之上——特别是叙事的总体因果关系之设计上。

　　研究叙事修辞与意识形态的关系,其目的就在于窥见叙事是如何调动种种手段让读者在审美的氛围中被某种意识形态观念悄然打动。看似天马行空的种种故事背后,隐蔽着或粗糙或精致的修辞机制。而修辞机制之后,则紧密联系着错综复杂的意识形态系统。

---

① ［美］J. 希利斯·米勒:《解读叙事》,北京大学出版社 2002 年版,第 82 页。

第三部分
关系类型与情感呈现

第八章 情感互探、理念对峙与归谬颠覆

一

《水浒传》中,鲁达拳打镇关西,打出一片天理昭彰,金圣叹感慨道:"写鲁达为人处,一片热血直喷出来,令人读之深愧虚生世上,不曾为人出力。孔子云'诗可以兴',吾于稗官亦云矣。"① 金圣叹称鲁达为"上上人物",说他"心地厚实,体格阔大",是"人中绝顶"。② 那么,镇关西这样的人物,鲁达为何将他当成对手? 鲁达拳打镇关西,当然是为了"救人须救彻",但不要忽视,当鲁达听说"这等欺负人"的"郑大官人""镇关西"就是那状元桥下买肉的郑屠,郑屠对名号的僭越不免大大刺激了鲁提辖。所以,鲁提辖拳打之刻不忘教训郑屠:"洒家始投老种经略相公,做到关西五路廉访使,也不枉叫做'镇关西'! 你是个卖肉的操刀屠户,狗一般的人,也叫做'镇关西'! 你如何强骗金翠莲?"为此,金圣叹旁批道:"便以争此三字者,妙绝。不争此,亦只争此。"③ "不争此"是因为鲁达此行主要目的是救金氏妇女,"争此三个字",说明鲁达虽粗鲁,但他对于名号的社会阶层特性很敏感。郑屠如此肆无忌惮地使用在鲁达看来不该使用的名号,无疑加速了他的灭亡。

---

① 陈曦钟、候忠义、鲁玉川辑校:《水浒传》会评本上册,北京大学出版社 1987 年版,第 81 页。
② 同上书,第 18 页。
③ 同上书,第 93 页。

从结构主义叙事学的角度看,郑屠在这一故事中是匹配"反面人物""对手""敌人""反对者"此一系列的"行动元"的功能。不过,要让英雄鲁达承认郑屠是他的对手,鲁达大概是万万不会答应的。郑屠这一对手,在鲁达的心目中太渺小了。如果一定要让郑屠被命名为"反对者"或"对手",只能被称为小角色的"反对者"或"对手"。鲁达对这个对手的态度很轻蔑,解决对手的手段快速简单。杀了郑屠后,鲁达想的仅仅是"须吃官司,又没人送饭"。这不奇怪,《水浒传》多是快意恩仇的好汉,那有功夫为杀个把恶人前思后想。关于这个恶霸作为一个人是什么身世,有何个性,小说叙述者是没有兴趣婆婆妈妈说上许多的。所以,郑屠这样的"对手",是"类型化""符号化"的对手。是个明确标签着"坏家伙"的对手。从某种意义上说,鲁提辖消灭的不过是一个恶霸的符号而已。这种"类型化",甚至是"无名化"的对手在《水浒传》中是不少的。鲁达杀人是有选择,而黑旋风李逵抡起板斧来排头砍去,"吃我杀得快活",多少有名的或无名的对手就这样被打发了。不过,《水浒传》的对手并非全是类型化。潘金莲这样的"对手"就写得还算仔细,也许,正是因为潘的身世、性情有限度透露,她对武松的媚态,受诱惑的喜悦,毒杀丈夫的惊慌,皆活画而出,所以,这样的"反面人物"作为对手,虽然最后也是被武松果断解决了,但后世多少文人打算为小潘翻案。个中原因,在于这样的"对手"获得个性化塑造的机会。

不过,潘金莲这样的"对手",虽然与主人公武松有过"对手戏",但互动性不强。武松拒绝了解潘金莲的内心世界。换句话说,武松对"对手"并不了解也不屑于了解。夏志清认为,相对《三国演义》而言,《水浒传》具有更丰富的细节描述。[①] 的确,单个英雄的传奇经历的叙事丰富性和对细节的讲究上,《水浒传》一点不逊于《三国演义》。不过,夏志清又认为,比较《水浒传》,"《三国演义》构思更精巧,设计更恢宏,叙述更引人入胜"[②]。这种构思的精巧性,很大程度上体现在《三国演义》人物之间的关系比《水浒传》更复杂更多变。这两部古典长篇小说在"对手戏"方面存在着如此差异并不奇怪。一部写的是精英英雄,另一部写是草莽英雄。精英英雄精于谋

① 〔美〕夏志清:《中国古典小说史论》,江西人民出版社 2001 年版,第 98 页。
② 同上书,第 83 页。

略,擅长斗智,为创造旗鼓相当的对手戏创造了条件。草莽英雄的故事更具草根性,《水浒传》突出酒肉崇拜和暴力炫耀,聚啸山林的好汉们总是无休止地享用酒肉。武松曾发布豪言壮语:"带一分酒,便有一分本事;五分酒,五分本事。我若吃了十分酒,这气力不知从何而来。"不要以为这仅仅是修辞好汉的夸张写法。大吃大喝是好汉们普遍性的生活趣味。"成瓮喝酒,大块吃肉,如何不快活"乃是众多好汉追求的终极人生目标之一。所以,《水浒传》的写法,并不以追求人与人之间的复杂性与微妙性见长,《水浒传》是一部愤慨政治腐败的"怒书",渲染的是草根英雄的豪侠气象与市井趣味。《三国演义》虽然也野史,但其主要人物毕竟是诸葛亮、曹操、周瑜、司马懿这样的精英人物,他们之间的政治军事斗争,具体体现在韬略兵术的运用上,惟有知己知彼,对对手的各方面因素进行理性的运算,才有获胜的把握。从司马懿对待诸葛亮的高度谨慎的态度上,就知道司马懿对对手是多么细心多么用心。以司马懿之将才,三番五次不是"叹吾不如孔明",就是惊"孔明真神人",再不然就说"孔明真有神出鬼没之计,吾不能及"。司马懿这些言语,不仅是佩服,更可见其对对手费尽心机的明察与暗算。这种对对手心理的"深度凝视",体现了《三国演义》在塑造英雄形象方面,已经将对手完全"赏读化"。

《三国演义》出现了相当数量的"知己型敌人",如曹操之于刘备,曹操之于关羽,周瑜、司马懿之于诸葛亮,等等。《三国演义》中对敌人的描写,彼此仇视不是重点,互相打量、揣测,甚至是欣赏才是其特点。《三国演义》中大量"知己型敌人"关系的存在,表明分属不同利益集团的英雄间的关系,往往超越军事对峙导致的仇视,而发展到对对方智慧、才能乃至品格的欣赏。对对手的欣赏,甚至可能发展到崇拜对手的地步。

《三国演义》中,关羽战败,曹操对"降汉不降曹"的关羽可谓无微不至。曹操竟连关羽的"髯"都予以关注,他问关羽"云长髯有数乎?"关羽报告了他的髯的根数,同时说明到秋天他的"髯"会掉三五根,到冬天很容易折断。曹操马上以纱锦作囊,与关公护髯。可令曹操沮丧的是,曹操送衣服给关羽,关公想到的是刘备,曹操送赤兔马给关羽,关公说有了这快马他就好找刘备。更奇怪的是,面对关羽不那么领情导致的精神刺激,多情的曹操竟无条件地予以宽容。最后关羽挂印封金走人,曹操感慨地对部下说:"不忘故主,来去明白,真丈夫也。汝等皆当效之。"由此可见,对关羽着了迷的曹操,是多么希望关羽能像对刘备那样对待他呀。曹操希望自己获得对手刘备那样的人格魅力,赢得关羽的忠心。在曹操的想象中,是多么愿意让自己"幻变"成刘备。更进一步,他又是多么希望他麾下的兄弟们一个个也都"幻变"成关羽——奸雄爱的恰恰不是奸臣,而是忠臣。

至于周郎那句有名的感叹——"既生瑜,何生亮",更是将自己的人生价值与对手的存在紧紧地捆绑在一起。竟因对手而怀疑自己的存在价值,这其中,不是暗含着对对手的军事天才无限仰慕?这表明,对手的存在,成为周瑜评估人生意义的最具有竞争性也是最致命的参照体系,对手的存在已经"内化"为周瑜的人生标杆。

可见,《三国演义》已经将对手的价值推到一个可供模仿可被"内化"为价值镜像的地位。这种"知己型对手"的塑造,说明以战争为题材的中国古代长篇小说完全不拘泥于战场上胜负对决的结果,而是通过战争写出了作者对人性的深度理解。自然,这其中,更包含着对"对手"的理解——战争中,真正的对手因为要知己知彼,那么,"己"与"彼"界限有时候会模糊甚至会融合,甚至导致从"知彼"到"羡彼"的,又从"羡彼"到"拟彼"。对手的意义,至此,已经达到既针锋相对又水乳交融的地步。这就是《三国演义》这样中国古典名著至今脍炙人口的奥秘所在。

二

《三国演义》对手之间的"知己知彼",其在表达上多是开门见山。如"今天下英雄,惟使君与操耳!""既生瑜,何生亮。""云长封金挂印,财贿不以动其心,爵禄不以移其志,此等人吾深敬之。"这些话,都说得很明白,对对手的评价与如此评价的原因都说得很直白。《水浒传》《三国演义》哪怕是言说计谋,其动机的披露与结果的预测多是相对直观的展示。《红楼梦》则完全不同,"对手戏"在这部长篇小说中以隐蔽性、模糊性、微观性、多变性、复杂性、关联性、多义性与歧义性获得奇异而微妙的艺术呈现。《红楼梦》在揭示人的内心秘奥方面卓然不群,描述人与人的关系更显示出其独特的敏感力与洞察力,可谓"味在咸酸之外"。

贾府的人物"恨不得你吃了我,我吃了你",这说明贾府存在着残酷的斗争,但《红楼梦》中的人物又并非都陷在你死我活的矛盾中。俞平伯就对高鹗的续书颇有微词,以为高鹗"凤姐宝钗写得太毒,且凤姐对于黛玉,无害死她的必要"[①]。即使是宝钗与黛玉,也不能简单地将她们理解为婚姻的竞争者就了事。《红楼梦》中固然存在你死我活的"对手戏",但《红楼梦》毕竟不是《金瓶梅》,其"对手戏"的艺术趣味更多地体现在微妙而纤细的内心活动之中。

比如,《红楼梦》第二十二回因凤姐说黛玉长得像小戏子,引起湘黛二人分别拿宝玉出气。在这场"黛玉的多心"导致的连锁性事件中,王熙凤、宝玉、湘云、黛玉皆互为对手。黛玉被人说像戏子,竟因此生出一连串的反应,这似乎是"水杯里的风波"。可细究起来,却可看出许多问题。首先,要研究一下史湘云为什么会生气。湘云对宝玉甩手道:"我原不及你林妹妹,别人拿她取笑儿都使得,我说了就有不是。"宝玉只好申明,他给她使眼色,是为了怕她得罪黛玉,因为谁都知道黛玉是很多心。显然,对此,湘云的理解与宝玉大不相同,湘云认为这是由于宝玉为了保护黛玉才怎么做的,而不是担心她得罪黛玉。这就是说,对宝玉给湘云使眼色这个动作,宝玉与湘云的理解存在着极大差异。宝玉是为了保护黛玉,还是为了让湘云不得罪人,这可能连宝玉自己都弄不清楚。黛玉与宝玉是性灵之交,可湘云也是从小就与宝玉亲近的。换一个角度看,宝玉暗示湘云,难道不形成一种"同谋"的嫌疑,他们难道不是借着机会分享对黛玉的小性儿的共同见解?事实上,就黛玉一方而言,她就是这样理解宝玉对湘云的暗示。黛玉说的"你不比不笑,比人家比了笑了的还利害呢!""他得罪了我又与你何干呢?"指的就是宝玉的所谓"保护",其性质是很恶劣的,因为宝玉暗中"保护",无疑是承认黛玉是"小性儿",这比湘云脱口而出说她像戏子更可恶。由此可见,黛玉是对他人对她的多心更多了心。宝玉的使眼色,在湘云看来,这是对黛玉的

① 俞平伯:《红楼梦研究》,复旦大学出版社 2005 年版,第 66 页。

过度保护,而在黛玉看来,则是宝玉担心湘云得罪人,也是对湘云的一种过度呵护。黛玉的语气里,还有一层意思:"你却也是好心,只是那一个不领你的情,一般也恼了。"这说明黛玉已知道宝玉得罪了湘云,并且她对湘云歪曲了宝玉的好心是持幸灾乐祸的态度。可见,黛玉那敏感的创痛性体验是层层加码:第一层体验是被人说像"戏子",她选择了戏子地位低下而不是形象与她相似的特征,这是消极归因。第二层体验是她的如此归因被人识破,被识破的懊恼将带来更深的创痛。第三层体验是被识破了,竟还有人暗中交流这种"识破",提醒别人注意黛玉的小性子,这无疑更加剧了黛玉的痛苦。然而,《红楼梦》的奇妙性在于,作者不是静态地写黛玉的创痛,而是以湘云、宝玉为对手,通过动态的人物关系的变幻,各自以微妙敏感的心,对待彼此的心灵事件。

如果对手中仅有一位是"多心",其他人"无心",那么叙事势必成为"多心"者的独舞,而《红楼梦》妙就妙在不单黛玉是"多心"的。而是几位"多心"的对手同时登场,一场"多心"的角逐让人物各自追逐多方的"多心"。因防黛玉的"多心",宝玉"多心"地暗示了湘云,导致湘云的"多心"。为避免黛玉的"多心",反而生出一连串的"多心"。可见,"多心"对手之"多心战",即"多心"遇见"多心",让"多心"在彼此诠释的话语链上不断滑行、交错、冲突、交融。《红楼梦》就是如此写出了对手间的复杂性与微妙性。

"多心"就是"曲解""误解"或"多解",而《红楼梦》的所谓"误解""曲解""多解"又不完全是"曲解""误解"与"多解"。为什么这么说?表面上看,仅仅是一件小事,就让那么多多心的"戏中人"忙个不停。他们焦急地解释着,却无法将事情解释得完美,甚至越解释越需要更多的解释来"追加诠释"。这似乎小题大做。把黛玉比作戏子,也不见得表明在场的人们对黛玉不安好心,为什么黛玉如此气恼呢?原因在于黛玉对此种暗示的"多心"并非毫无道理。王朝闻《论凤姐》一书对此有精辟的分析,他说:"黛玉有小姐的自尊心。当她的自尊心受到伤害,既缺少刘姥姥那种逆来顺受的涵养,又缺少尤三姐那种不容轻侮的泼辣劲头,何况凤姐的话很难抓住把柄,所以当场是哑巴吃黄连——有苦说不出。对此,凤姐却感到有趣。""有人说凤姐不过见景生情,有感而发,不值得大惊小怪。不对,这种估计太不小气了。凤姐的恶毒恰恰在于:明知黛玉'行动肯恼人',偏要就地取材,把小戏子来比黛玉。却又自己不明说来,挑起众人来说。黛玉为什么只得打落牙齿往肚里咽? 沉默,是她有顾虑。倘若她当场还击,只能给人们造成气量狭窄的印象,那就会和茶叶所引起的玩笑一样,给凤姐提供继续用说笑话打击她的条件,精神上受到的伤害更难消除。"① 可见,黛玉的"多心"并非没有依据,这种"多心"来自于她的孤零的身世与她自我尊严之间的落差。通常,黛玉是在非常严格的水平上维持着她身份尊严与情感追求,所以,任何与其期待不一致的反馈,都会使她习惯性地获得压抑感。"多心"终究是黛玉防御对手的一种策略。但无论黛玉如何"多心",她的对手却可在貌似"无心"的状态下玩出更为"多心"的花样。

有次宝钗玩扑蝴,蹑手蹑脚地追蝶追到滴翠亭,忽闻亭内小红与坠儿秘商与贾芸换手帕的勾当,宝钗情急生智,笑着叫"颦儿!"还装着不注意小红坠儿的惊恐,反问她们:"你们把林姑娘藏到哪里去了?"这段故事,对于宝钗和黛玉的关系,可作一番有意味的品读。第一,是宝钗心眼绝不比黛玉少,只是宝钗更隐蔽些。她是担心两个丫头"多心",所以自己先来一个"多心";第二,嫁祸于人的宝钗对黛玉多少是带有敌意的。这种的敌意可能是宝钗自己也不太愿意明确的。不过,她这信手拈来的一计,是那么轻易地将黛玉当牺牲品抛出,可见宝钗对黛玉至少是说不上同情和怜悯的——宝钗故意当着黛玉的面"娱亲"让黛玉倍感孤零亦可视为旁证;第三,小红说:"若是宝姑娘听见还倒罢了;林姑娘嘴里又爱刻薄人,心里又细,他一听见了,倘或走露了风声,怎么样呢?"可见宝钗很懂得她所抛出的黛玉足以挑动小红的猜忌。这也表明,宝钗的金蝉脱壳的动机不全是为了自己摆脱干系,其隐蔽的目的就是为了嫁祸于人。滴翠亭一幕,宝钗所做的可能比她自己意识到的要多。多在哪里呢?多在暴露了她对黛玉的敌意。王昆仑在《红楼梦人物论》中说"宝钗对自己的敌人黛玉,很少使用正面进攻战。"宝钗多是"从侧面围陷敌人"。② 所谓"侧面围陷",说明宝钗的"多心"可能不如黛

---

① 王朝闻:《论凤姐》,四川人民出版社 1984 年版,第 379 页。
② 王昆仑:《红楼梦人物论》,北京出版社 2004 年版,第 232 页。

玉明显,但宝钗的"多心"更具有杀伤力。"多心"对手们较劲,被伤害的往往是处于弱势的"多心"者。

可见,黛玉的"多心"常常处于被对手追逐的状态,其防御能力其实不强。这是因为黛玉的"多心"是透明的"多心"。为什么如此说呢?周围的人都知道黛玉"心较比干多一窍",连丫头都说林姑娘"心里又细"。这就意味他人已经将"多心"当成黛玉的一个突出特征。"多心"成为公开的秘密,爱着黛玉的宝玉,就要对黛玉的"多心"予以照顾,而湘云则对黛玉独享"多心"所带来的"特殊照顾"毫不掩饰她的妒忌。所以,黛玉的"多心",是幽僻绝尘的"多心",是"孤高自许、目下无尘"的"多心",是缺乏自我保护策略的"多心"。总之,作为与对手斗争的手段,黛玉的"多心"既然是透明的,也就缺乏实战价值。黛玉的"多心"更具艺术审美的欣赏意味。黛玉与宝玉的爱情最神奇之处就在于他们作为爱情的"对手",黛玉对宝玉的爱情总是表现出"半为怜春半恼春"的矛盾状态。黛玉对宝玉的爱情,"怜"与"恼"成分很不平衡,甚至还包含着远比"怜"与"恼"这一二元对立更复杂的成分:有时是才女的戏谑,有时是痴情者的误解,有时是撒娇少女的较真,有时是吃醋者的嗔怒,有时则是孤零者的伤感。当宝玉表现出亲密的言语的时候,黛玉说宝玉在"欺负我",而当黛玉误解宝玉,以为宝玉将她送给他的荷包轻易地转送他人的时候,黛玉赌气,宝玉说明真相后黛玉又"自悔莽撞"。宝玉说气话又气得黛玉"声咽气堵,又汪汪地滚下泪来"。显然,他们所有的多心、生气、赌气,不外是细察对方、澄清自我。他们之间的拒绝是为了更亲近,误解是为了消解疑虑,怀疑是为了解除怀疑,赌气是为了获得解释,"多心"是希望对方只能对她多多"用心"。所以,他们之间爱情对手戏,总是伴随着赌气与发咒、误解与辩解。而其赌气与误解正是为了反复确认他们之间情感的纯度。宝玉对黛玉的种种的解释甚至是呼告,最终目的都为了表白对她的爱。而黛玉几乎在各种情境中,都需要获得宝玉的辩白、乞求、发誓、乃至愤怒。所以"善感""多心""爱恼",对启动宝玉的爱情表白来说,并不是可有可无的。寄人篱下的黛玉当然有不少顾忌,顾忌促使她"多心",而"多心"也引出辩白、证明与誓言。

　　《红楼梦》宝黛恋爱,以彼此的情感折磨、情感细察为特征,将中国古典叙事文学中情感互探的对手戏之苛刻性、细腻性、复杂性推到了一个高峰。

　　黛玉相对于宝玉来是,是一位"细察型对手"。当然,黛玉形象的特性,决非"细察"这个词所能概括,不过,单就她与宝玉的关系来看,她的敏感,她的"善感""多心""爱恼",她看似毫无理由的"小性儿",都落实在细致而纯粹的爱情追求上。当然,也不能将这种"细察"功利主义地理解为是她对宝玉内心的反复窥视,如果是这样,那就是很肤浅的理解。因为黛玉在要"小性儿"的细察过程中,不乏逗趣、挖苦,也伴随着非常真切的痛苦、痴情和感伤。或者说,黛玉的"细察"不是为了婚姻而细察,而是通向精神的理解与灵魂的融合。所以,黛玉之细,细在她的敏感、多情与多才,绝不是琏二奶奶那种"心机又极深细"的心细。这位爱情上的"细察型对手",是为了在一个更具独特情趣的层面上与她的爱情对手宝玉相遇相知。王朝闻就反复强调,宝玉与黛玉"他俩的叛逆性格,不只表现在是非善恶的标准的一致性,而且还表现在生活情趣和审美观念的一致性"①。这表明,黛玉是把宝玉当成精神向度上的"情趣型的知己"。黛玉与宝玉演出的一幕幕的"对手戏",绝不是以"捕获"一位如意郎君为满足。如果认为黛玉以成为"宝二奶奶"为人生目标,那就大大地曲解了这个人物,也是太小瞧黛玉小姐了。

　　黛玉不是崔莺莺、杜丽娘,即使《红楼梦》让她婚姻如意了,也不见得她的所有苦闷便烟消云散。所以,宝玉黛玉作为爱情上的对手,他们的"对手"过程,更多的是互相探察他们之间至诚至纯的爱情幸福的可能性。他们是"性灵对手",而不是"情感博弈者";是"情趣知己",而不单是"叛逆同盟"。因此,宝黛在故事层面上常常互为对手,但在性灵层面上,他们是在微妙而精致的性灵互动过程中去发现彼此内心最深处的痴与痛、愁与悲、恋与爱。所以,从"爱情对手"的角度看,《红楼梦》是中国古典小说将"对手"关系写得最微观、最多变、最具层次性,也最富于独异情趣性的小说。

---

　　①　王朝闻:《论凤姐》,四川人民出版社 1984 年版,第 783 页。

　　周汝昌以为:"《水浒传》《三国演义》《西游记》都是正面表现,里面没有更深一层的表现,没有正话反说,没有婉词,……《红楼梦》的特殊,就在完全改变了这种写法,它不是正面,它那个话有曲折,有深层的东西。"① 这是非常有道理的,所谓的"正话反说"、"婉词"、"曲折"、"深层"等等,表现在宝玉黛玉作为爱情"对手戏"上,那就是写他们的拌嘴、误解、猜疑以及和解,都包含着远比叙事表面更复杂多样的心理内容和情感意味。宝玉黛玉作为《红楼梦》中最主要的"对手",他们的情感活动向读者展示了一个奇异的梦幻般的审美世界,那就是作者不仅探察着恋爱者幽深曲折的心理内容,更着力于话里有话、言外有言、味中有味的言语行动的巧妙书写,从而让两位爱情对手在忽近忽远的"对手戏"中,在种种日常化的贵族生活景象中,让一代又一代读者见识了"心比天高"的一对青年贵族男女的心灵世界的奇妙、生动与丰富。

三

　　中国古代经典长篇小说《三国演义》《水浒传》《红楼梦》中的"对手"关系,从江湖走进家庭,从宏观走向微观,从刚性走向柔性,从粗犷走向精致。中国式的"对手"关系,在经典文本中,早就摒弃那种仅仅着眼于你死我活的极端化的黑白分明的对手关系的叙事。曹操煮酒论英雄,关云长义释曹操,诸葛亮吊哭周瑜,等等,这其中多少都包含着惺惺相惜的成分,也就是说,在我国古代经典叙事虚构作品中,已不是简单地将对手"污名化"就了事了。在《红楼梦》中,哪怕是写黛玉宝钗这样一对情敌,也不是以针锋相对为主线,黛玉虽初时说宝钗"藏奸",但她们俩的关系后来有了变化,《红楼梦》不少文字叙述了黛玉与宝钗的姐妹情谊。有许多文字甚至着意渲染黛玉在宝钗那儿非常放松的撒娇玩笑。这意味着,描写非敌对化的对手关系,或者说,让对手关系超越简单的对立关系,此种叙事早已在中国古典小说中存在。不过,若论对手因主人公的推动或感召,价值观念全然改变,从而脱胎

---

　　① 周汝昌:《周汝昌评说四大名著》,中华书局 2008 年版,第 55 页。

换骨,不仅化敌为友,更令对手的灵魂深处发生突变,成为某种"新人",此类"对手戏",则从未在中国古典小说叙事中发生。或者说,中国式的对手关系可以描写得很精细,但中国古典文学的对手关系多是交融性的互动中,而不是追求一方对另一方在精神观念上的绝对征服。所以,若要讨论以小说叙事中一方推动另一方发生精神蜕变的对手关系,则只有在西方近代、现代小说中才获得充分的展示。

在世界经典长篇小说中,若论"对手"精神立场发生"突转"的戏剧性,19 世纪的法国文学大师雨果的小说最具有代表性。《悲惨世界》可以说是一部主人公让"对手"不断感动和震动的传奇长篇,更可以说这是一部宣扬基督大爱的文艺作品。主人公冉阿让宽恕了所有的"对手",当他离世的时候,天使来迎接他的场面更是将小说提升到一个信仰与审美高度统一的境界。中国当代作家王安忆是这样评价雨果这位的大师:"他告诉我们这个世界之上还有一个灵光照耀的世界,这是个永恒的世界。"① 是的,雨果对基督存在的意义是没有怀疑的,雨果的确给予我们一个"永恒的世界"。雨果其后的俄罗斯大师陀思妥耶夫斯基对信仰的虔诚与怀疑同时存在于文本,其人物"双重人格"状态与雨果主人公的笃信是大不相同的。雨果的主人公一路高举博爱的旗帜,是基督之爱最忠实的实践者。

《悲惨世界》开始部分,刚刚刑满释放的苦役犯冉阿让满腹冤屈,对社会充满仇恨,主教卞福汝以他朴实的德行感化了冉阿让,将福音传到冉阿让的心中。冉阿让获得信仰是这部长篇最原初的内驱力,只有获得基督真义的冉阿让才可能让其后的故事具备波澜壮阔的传奇性。

冉阿让这一辈子的"对手"既有追捕他的警察沙威和恶人德纳第,还包括他的亲人,包括他所深爱着的女儿以及女婿。冉阿让的传奇一生,如果以加法与减法运算,可以说他不断地"减","减"到一无所有,成为被社会被亲人抛弃的人。出狱后的冉阿让在获得信仰之后,神奇地成为富甲一方的大企业家,后又成为市长,这是他作"加法"的一段人生履历。后来,冉阿让的人生又开始做"减法"。叙述者先是让他踏上逃亡的路,市长丢了,企业也

---

① 王安忆:《小说家的十三堂课》,上海文艺出版社 2005 年版,第 112 页。

放弃了。但这时冉阿让尚有收获,他得到了女儿珂赛特,他也还有钱,钱不够的时候,他就到黑森林里取他埋藏的宝藏。对此,读者可能会发出这样的疑问,如果没有金钱,还有强壮如牛的身体,冉阿让将如何躲过追捕与阴谋,他将如何保证珂赛特过上优裕的生活?是的,金钱与体能无疑是冉阿让的传奇故事的"必要条件"。但不要忽略了,如果没有大爱,冉阿让根本不可能收养珂赛特,也不可能毫不犹豫放走追捕了他大半辈子的警察沙威,更不会冒死救下他女儿的男朋友。《悲惨世界》告诉我们一个宽恕的故事,一个宽恕可以宽恕到什么地步的故事。

冉阿让不断地宽恕对手——追捕他的警察他宽恕了,敲诈他的恶棍他宽恕了,完全误解了他的女婿他也宽恕。而宽恕对手带来了什么样的结局呢?铁血警察沙威的所持有的信仰体系崩溃了,因为他无法对他的救命恩人冉阿让下手,而法律在沙威的心目中又是绝对神圣的。于是,沙威选择了自杀。沙威"他被感动了,这是多么可怕的遭遇",是的,被"感动"的沙威不知所措:沙威心目中最神圣的法律竟然会败于一位苦役犯人的崇高品质,这是沙威断然无法接受的。《悲惨世界》中第五部第四卷之"沙威出了轨"让我们看到了一位视法律为绝对神圣的警察的内心是如何从动摇到崩溃。雨果的小说,经常出现这样的局面,那就是主人公可以让自己死,来换得对方的性命与自由。雨果的《九三年》的对手关系与《悲惨世界》有相似之处,革命军首领戈万被他的对手,一位铁血敌手朗特纳克侯爵所震动,"朗特纳克的善良像霹雳一样击中了他",因为敌手朗特纳克竟在关键之刻舍身从火海中救出三个孩子。于是,信奉"在绝对正确的革命之上,还有一个绝对正确的人道主义"的革命者戈万释放了朗特纳克,革命法庭则判戈万死刑——因为他放走了敌酋。就这样,雨果以极度戏剧性的安排,让"对手"的存在成为一种震动性的精神力量。这种对手是"软对手",或者叫"人道对手"。当然,所谓"人道对手",并不是双方都仅仅在"人道"方面比高低。沙威自杀,戈万放人,这是他们两位在"对手"的人道光芒照耀下不得不做的选择。当然,其更深层的矛盾,是法律与人性或纪律与人性的二元对立。而雨果的作品之所以具有震撼感,正在于雨果善于将人物安排在一种人道与法非此即彼两难选择的状态中。雨果一步步迫使他笔下的"对手"承受巨大的精神负担。他太善于让"对手"经受煎熬了:雨果施加于"对手"的压力之特性在于:要么负疚一辈子,要么马上牺牲自己。这种极化的戏剧性冲突,无疑大大强化"对手"的压力。"逼你选择"难局的巧妙设置,构成了对"对手"不断升级的压力,从而让读者相信主人公的选择是不得不如此的。

可以认为,雨果的小说作品中,"软对手"所释放的人道力量最终超越了情感、法律与武力所形成的能量。从叙事中"对手"的作用来考察,不能不承认雨果创造的"软对手"以"退却"为"进攻",以"减法"为"加法",以"宽恕"代"杀伐"的审美效果,以人道主义的普世价值观念开创了文学作品中人道主义的宏大叙述。

四

在《悲惨世界》第一部第七卷"商马第案件"中,马德兰市长(即冉阿让)为了洗刷一位素昧平生的流浪汉的冤情,他准备亲自到法庭承认他这位体面的富翁和市长才是真正的在逃犯人。在自首之前,冉阿让的内心冲突可以让读者很明显地发现关于双重人格的叙事特征。可以说,在《悲惨世界》这部巨著中,主人公内心冲突的紧张程度,丝毫不亚于其后的俄罗斯文学大师陀思妥耶夫斯基笔下的双重人格型主人公。

不过,只有在陀思妥耶夫斯基的创作中,才真正出现了主人公以"自我"为对手的艺术创造。陀思妥耶夫斯基笔下的双重人格与雨果的不同之处在四个方面。第一,雨果赋予人物双重人格只是在特定的时间段,往往是在进退两难或生死存亡之际,而在陀思妥耶夫斯基作品中则贯穿故事的始终,陀思妥耶夫斯基笔下的人物对另一个自我的探索从不间断;第二,雨果人物的内心冲突是英雄人物的宏大冲突,而陀思妥耶夫斯基人物的内在冲突常常是小人物的微观冲突;第三,雨果所创造的自我对手最终是有解决方案的,而陀思妥耶夫斯基自我与自我较劲,互相纠缠,即使两个自我妥协了,也是处于一种"未完成"状态,陀思妥耶夫斯基创造的自我冲突是难以最终获得妥协的;第四,雨果的自我对手是派生出来的,是一方可以压倒另一方的,承载正义或人道观念的那个自我是明显地占有优势,会获得最后的胜利,而陀思妥耶夫斯基人物的"未完成"性质则决定了两个"自我"旗鼓相当,两个"自我"斗争的结果是双峰对峙,呈现出一种互不相让的紧张性与无可挽回的内在分裂性。

陀思妥耶夫斯基笔下的主人公喜欢与想象中的对手进行论辩。或者说,所谓以自我为对手,在陀氏文本中,经常是主人公与潜在的"他者对手"展开辩论。内心的自我冲突当然是陀氏小说的重要主题,自我冲突在陀氏小说中常常是主人公与想象中的他者不断争辩。陀氏笔下的"他者对手"的立场总是被主人公不停地揣测着、琢磨着、猜度着。

不过,"他者对手"作为主人公的假想敌,主人公与"他者对手"间的关系常常是轮番占据话语优势,或者说,主人公对"他者对手"不是简单的"诱敌深入",而是"与敌共舞":"他者对手"有可能形成的想法,主人公总是尽可能替他说出来,"他者对手"的反驳有可能引出主人公的还击,而主人公的回击则进一步激发"他者对手"激烈的"据理力争"。

巴赫金将这样的争辩方式称为"暗辩体",他说:

> 暗辩体语言,是一种向敌对的他人语言察言观色的语言:它无论在实际的生活语言里,也无论在文学语言里,都极为普遍,对于体式风格的形成具有重大意义。在实际的生活语言中,"旁敲侧击"的话语,"话里带刺"的语言,都属于这一类。可以归于这一类的,还有一切低声下气的语言,卖弄言辞的语言,心虚气弱的语言,极力解释,一再让步、预留后路的语言,如此等等。这一类语言好像是看到或感到了他人语言的存在,预感到了他人的反驳,因而本身仿佛遭到了扭曲。[①] 陀思妥耶夫斯基的作品里,几乎没有不紧张地盯着他人话语察言观色的语言。[②]

这种"暗辩体"就是在自言自语中不断寻找对手,不断让自己与潜在对手争

---

① 〔苏〕巴赫金:《陀思妥耶夫斯基诗学问题——复调小说理论》,三联书店 1988 年版,第 270 页。

② 同上书,第 279 页。

辩,并让争辩升级。不过,当主人公对"他者对手"的"旁敲侧击"到"执著"的程度时,他者意识无形中已经植入自我意识之中。"暗辩体"与他者辩,既是与对手辩,更是与自我辩。

只有在与他者辩的过程中说通了,辩赢了,主人公方能信服自己所言的。反之,若他者占上风,则主人公不能不对自我持有的理由产生动摇。由此可见,陀氏创造的"双声话语"表面上是以平等原则争论,其实,其更深层的原因是以他者话语消除自我的怀疑。自我怀疑的存在,是一种动摇,动摇在自我与对手的观念之间。这种动摇,意味着自我有可能产生立场的转变。所以,陀氏笔下的主人公与"他者对手"的关系,可称为"他者自我化"或"自我他者化"。两者不过是一种现象的两种表现方式。

"他者自我化"指主人公总是在极力地"察言观色",把握、理解对手的观念,他者观念对主人公意识的"嵌入"状态已迫使主人公对他者观念深入地思考、加工、应对。这意味着他者的观念不知不觉地成为主人公"自我"的一部分。"他者自我化"的过程,就是对手的想法对主人公的渗入过程。无论是防御性的还是进攻性的,他者的观念都融入主人公思维的漩涡之中。

"自我他者化"是指"自我"的内心冲突,都幻变成"他者"与主人公的对话。主人公内心的怀疑与焦虑,都借"他者"的目光与话语获得放大。或者说,陀氏的"自我质疑",不是以自我对自我的评判就了事,而是借他者之口评论"自我"。

所以,构造独立于主人公的"他者",通过"他者"之口发表对主人公的看法,是陀氏文本一种巧妙的修辞策略:单纯的内心独白不足以构造出足够的紧张感,而借他者的名义发表对主人公的评论,无论是亲昵的安慰还是恶毒的攻击,主人公与他者的关系都能更清晰更具"观赏性"地呈现在读者面前。

"自我他者化"原是为了质疑自我,以他者之镜照出自我之种种。这其中,自我观念若足够强大,则千方百计应对他者之驳难,否则则为他者观念所迷惑所压制。故"自我他者化",其实也是自我辩护的一个途径:借他者质疑自我,终究也是要与他者争个明白,道个清楚。所以,在陀氏文本中,无论对手的思想如何长驱直入,都是为自我的立论获得更坚实的基础。

　　总之,无论"他者自我化",还是"自我他者化",他者与自我既有互相吸收彼此理解的一面,更有相互驳难并层层升级的冲突。哪怕是暂时的妥协,也是为了下一波的短兵相接做好准备。故研究者认为:

　　"对于陀思妥耶夫斯基小说的'思想'来说,至关重要的一点是,他在直觉上感受到的各种情感思想互相排斥和吸引的方式。"①

　　所谓的"排斥与吸引",在陀氏小说的对手关系上,其独特性在于:若有"排斥",多是伴着深深吸引的"排斥";若是"吸引",又难免不可调和之"排斥"的"吸引"。

　　陀氏小说中的"对手",事实上是"观念型"的对手。"观念型"之对手,能写得如此精彩,在小说世界里,陀思妥耶夫斯基是最有代表性的。

　　《罪与罚》中怀疑拉斯科尔尼科夫的预审官是先读过拉斯科尔尼科夫的一篇论文而生疑,对手对对手的了解竟然是从解读对方的一篇论文开始;《卡拉马佐夫兄弟》中伊凡与阿辽沙的对手关系,虽然还保持着兄弟之间的友善,但他们观念的交锋又是何等的惊心动魄。《卡拉马佐夫兄弟》中的《宗教大法官》一节完全是关于信仰、权威、自由、生存等观念的紧张探讨。陀氏小说中"观念型"对手之间的"对手戏"的爆发力与震撼力,完全颠覆了那种认为小说只能攀附在感性的情节上的陈见。

　　因此,梅列日科夫斯基非常坚定地认为:"我们一般都认定,思想越是抽象,则越冰冷,没有热情。但是,情况并非如此,或者,至少对于我们来说,已经并非如此。在陀思妥耶夫斯基的人物身上可以看出,抽象的思想可能变成引发激情的,形而上学的前提和结论不仅根植于我们的智慧、又扎根于心灵、感觉、意志。""有些思想是要给激情之火火上加油的,比最无法制止的情欲更强烈地点燃人的肉和欲。有激情的逻辑,但是也有逻辑的激情。"②

　　这"逻辑的激情",正是"观念型"对手的论辩征服读者的关键所在。

---

　　① 〔英〕马尔科姆·琼斯:《巴赫金之后的陀思妥耶夫斯基——陀思妥耶夫斯基幻想现实主义解读》,吉林人民出版社 2004 年版,第 49 页。
　　② 〔俄〕梅列日科夫斯基:《托尔斯泰与陀思妥耶夫斯基》,辽宁教育出版社 2000 年版,第 262 页。

这里要进一步补充的是,陀思妥耶夫斯基写情欲,如《卡拉马佐夫兄弟》写父子二人与同一个情妇之间那种疯狂的无耻的情欲,可谓入木三分,然而写情欲易,写观念难,写"观念"之对手尤其难。在陀氏笔下,为观念而杀人,为观念而自杀,为观念掩盖自我情感,将某种邪恶观念传染给他人从而诱人杀人,这些故事,无论是以他者为对手,还是以自我为对手,陀思妥耶夫斯基写观念之驱动性、爆发性、突变性、危险性、传染性,写观念如何让对手疯狂,又是如何让对手毁灭,写观念如何植入他者之心,又是如何在他者灵魂中发酵、变质或升华,等等,这些叙事,处处显示出陀思妥耶夫斯基作为文学大师的独特的叙事才华以及他的思想的高度、密度与紧张度。

对手,到了陀思妥耶夫斯基那儿,变得聪明,变得危险,在情感与观念两个方面,都更具冲击力和挑战力。

五

陀思妥耶夫斯基对"人身上的人",对自我身上的"他我"的探察,其实就是对人身上的"异质性自我"的追究。事实上,将"异质性自我"当作对手,这种对自我身上所隐藏的"异质性内容"的探索,直指人性的矛盾性、隐蔽性与多变性。

而对是被告又是原告,是法官又是被告之"自我"的剖解,到了20世纪西方文学,已经成为文学世界中的重要内容。

20世纪的加缪是陀思妥耶夫斯基的精神遗产的继承者,他评论陀思妥耶夫斯基,认为"大概没有人能像陀思妥耶夫斯基那样能赋予荒谬的世界如此令人可亲而又如此令人肝胆欲裂的幻象"①。加缪读出了陀思妥耶夫斯基对于这个世界的无限深情的矛盾,而加缪本人,在他的小说中,则将陀式激情压缩为冷漠与荒谬。

《局外人》的主人公莫尔索,他已经不像陀思妥耶夫斯基主人公那样善辩了,不苟言语的莫尔索,似乎全然不是那陀氏笔下的"理念人"了。然而,

---

① [法]加缪:《西西弗的神话》,三联书店1998年版,第130页。

莫尔索的流浪者气质,他的某些秉性,比如他在母亲的葬礼上不哭,又令人联想到陀氏笔下那些冷酷的"地下室人"。陀思妥耶夫斯基"地下室人"的喋喋不休的论辩特性是为 20 世纪 20 年代的德裔作家赫尔曼·黑塞《荒原狼》中的主人公所继承,而加缪不同,加缪是有意识地将他的主人公塑造成万事不关心的人,成为一个失去自我的人。加缪的莫尔索成了哑巴型的"地下室人"。从表面上看,莫尔索不屑与这个世界上的任何人成为对手。

《局外人》中,加缪传达这样的信息,即一个无所事事的混混型小知识分子有可能被法官极端荒谬地判处死刑。

那么,这位莫尔索真的是莫名其妙被置于死地吗?勒内·基拉尔发表了不同的看法:"我们来设想一个小孩,很想要某个东西而得不到,于是不理父母,怎么哄都无济于事。就像莫尔索,像早期的加缪,这个孩子设法使自己相信自己的唯一愿望就是父母不要来烦他。""如果父母真的不理他了,他的孤独很快就变得难以忍受,但骄傲又阻止他乖乖地回到家人圈子里。那么他能做什么来重新建立与外部世界的联系呢?他必须采取点行动,来迫使大人们注意,但又不能显得是可怜的投降,当然,一种会受惩罚的行为。但公开的挑战仍然会太明显,必须公开地又要拐弯抹角地来进行这种会受惩罚的行为。对于实施这一行为所采取的手段,孩子必须假装一种不经意的态度,就像莫尔索之于其犯罪或加缪之于文学。"[1] 勒内·基拉尔接着又以一个孩子玩火为例子,说一个孩子点燃火,"他不想做什么有害的事,但是突然一根火柴点着了,如果碰巧旁边有个窗帘,窗帘也着了火。这是一次事故还是命运?这个孩子像莫尔索一样觉得他不应对此事负责,这是'自欺'。事物之于他只是物质失落在纷乱宇宙的碎片。《西绪福斯》普及的那种荒谬感体现在这个孩子身上。"[2]

这段分析的精辟之处就在于告诉我们,莫尔索不是"无辜"的。莫尔索不是"空心人",而是一位伪装成什么都不在乎的叛逆者。莫尔索是陀思妥耶夫斯基的"地下室人"之传人,不过,"地下室人"尚能不断地"暗辨",

---

[1]　［法］勒内·基拉尔:《双重束缚——文学、摹仿及人类学文集》,华夏出版社 2006 年版,第 52 页。

[2]　同上书,第 53 页。

他在意他人对他的所有看法。"地下室人"追求自由,但他知道他内心的什么样的创痛在阻碍着他。甚至可以说,世界与主人公的冲突,内化为主人公的内心中的"自我"与"他我"的冲突。这种写法,加缪在他的另一篇名为《堕落》的小说承继下来,而《局外人》的莫尔索则不同,我们看不到莫尔索的内心冲突,他是那么漠然,表面上看,他根本不在意周遭对他的看法。莫尔索是冷漠型的零余人,而"地下室人"则是神经质的、察言观色、喋喋不休的好辩者。莫尔索绝不察言观色,整个世界作为存在都是他的对手,但他又是那种根本就不愿意承认对手存在的人。这一点,他是与"地下室人"大不相同的,"地下室人"是精明地关注着世界的各个角落,打量着他人的目光,不断地搜索着内心中的"他者自我"的想法。陀思妥耶夫斯基的"地下室人"是谨慎、紧张地以自我为对手,原告被告都加在同一人身上,而加缪的主人公则是装着不屑于与任何人作为对手,他根本就不觉得他有任何"罪",虽然法官最终还是给他定罪了,但莫尔索并不感觉到他自身存在着任何罪过,只感受到存在的彻底荒谬。莫尔索不咒骂,也不辩解,而是"逃遁"。如果找莫尔索的对手,以及描述他与对手的关系。那只能说他根本就不想有对手,他是一位逃避对手的主人公,但社会存在却荒谬地结束了他的生命。所以,加缪创造了一个逃避对手的人如何被无形之对手重新整合到社会既有的伦理与法律的秩序之中——判决他死亡。

　　莫尔索的悲剧就在于他的行为的意外性与社会对他处置的过激性。意外与过激构成了他命运的荒谬。不过,按照勒内·基拉尔的理解,莫尔索又并非不知道对手的存在,他只是像个玩火的孩子,对对手进行拐弯抹角的挑战,一种沉默的挑战。在加缪看来,莫尔索是无辜的,他在《西西弗的神话》指出"荒谬的人""人们要让他认识他的罪恶。而他却觉得自己是无辜的。真正说来,他感到的只是他无可挽回的无辜。正是这无辜允许他做任何事情。"① 这正是加缪式"荒谬的人"真正的荒谬所在:预先相信自己是绝对的无辜,"荒谬的人"就什么都可以做。而荒谬若要走得更彻底一点,"荒谬的人"甚至还允许其他人可以对他做任何事情——因为这正可以进一步证

---

① ［法］加缪:《西西弗的神话》,三联书店 1998 年版,第 62 页。

明世界是多么荒谬。所以,"荒谬的人"的反抗,终究无法严肃起来,因为荒谬会导致"对等性":不可能你对他人可以荒谬,而他人对你就荒谬不得。荒谬本身似乎难以推导出谁是无辜的,因为荒谬的语境也可以说谁都是有责任的。

因为存在的荒谬,就可以获得绝对自由的特权,这显然不是一个太有底气的借口。更重要的是,加缪式的"荒谬的人"只是自己认为自己是无可挽回的无辜,而事实上,莫尔索毕竟是杀了人,他不能说完全是无罪的。

莫尔索秉持的是荒谬原则,其对手奉行的则是现实原则。以荒谬对现实,荒谬不能不碰一鼻子灰。因为现实原则是最僵硬的对手,顽童式的玩世不恭者只能被现实原则所捕获。荒谬败于现实,不是因为对手有多强大,而是主人公太随意。

而同一时期,另一位文学大家卡夫卡所勾勒的世界,就不是荒谬,而是荒诞。卡夫卡《审判》的主人公根本就不知道自己犯什么罪就被逮捕了,法庭也根本不受理他的案子,主人公约瑟夫·K面对无物之阵。K显然碰上更莫名其妙的对手。在这点上,卡夫卡事实上将荒谬感推到了极致。

六

卡夫卡主人公的对手,是无面目对手,是幽灵化的对手,是无须表明身份但权力无所不在的对手。

这幽灵般的对手,精心地打造复杂的权力机器,细化权力条规,可到头来却导致权力机器的悖谬化与滑稽化;这全知全能的对手貌似理性地统治一切,却常常陷入漏洞百出的荒唐境地;一本正经地强调法律的对手,却处处显示出其欲望最大化的堕落本性。对手,在卡夫卡的小说中,是父亲,是家庭,是统治机构,是宗教,是公司,是法院。这些对手,无论是个人或组织,他们权力的释放与运作过程,都在同时显示着他们的轻浮、傲慢、懒惰与不可捉摸,都在表明他们是欲壑难填而又故弄玄虚。面对这样的对手,主人公们的任何逃避或自我辩护都是徒劳的。徒然性正是卡夫卡小说荒诞感的内在原因之一:《审判》讲的是一个职业经理被召到神秘的法庭为自己辩护,却根本不知道自己有何罪:因为很多有罪的人都不知道自己有什么罪。《城堡》说的是土地测量员竭力为自己争取一个名副其实的职位,但他所做的一切都只能让他无功而返。

卡夫卡主人公们的对手是"隐形威权对手"。这种对手,似有非有,似在非在,但的确是无所不在,其特征类似福柯所言"全景敞视主义"式的统治特征,却又比"全景敞视主义"更具神秘性。

"神秘性"、"隐形性"、"远距离性"、"无面目性"以及"随意性",这些特征构成"威权对手"的主要特征。这种"隐形威权对手",其权力广泛的渗透性与控制力,甚至能让小人物盼望自己被定一个明确的"罪",因为有了明确的"罪",再接受"罚",反而可能获得某种解脱。

《城堡》中就说了这样一个"逸事",年轻姑娘阿玛尼亚拒绝了城堡官员的求爱,全家人于是被村民孤立。城堡方面没有任何报复的迹象。但阿玛尼亚的家人从此陷入了请求"宽恕"的困境。姐姐为此出卖肉体,父亲则在路上一日复一日地苦苦守候,希望能碰上那位城堡官员,以求得宽恕。其实城堡方面并没有做过什么事情去伤害他们。但这一家人迷信城堡的威权,自觉地盼望惩罚。"城堡"的统治,已经到了不怒而威的地步了。这表明,"城堡"这样庞大而阴郁的对手,其控制力量不仅在于其广度,更在其深度——像阿玛尼亚那样反抗城堡官员无礼要求的结果只能是让全家陷入严重的"有罪焦虑"中。

这样的对手,不仅让你面对它的时候感到不安,就是在他不直接威胁你的时候,你也无法摆脱恐惧——如此对手才称得上"全能全知型威权对手"。

事实上,卡夫卡的世界里,就是家庭,也都是全能威权政治的浓缩——父权至上的统治。卡夫卡是这样对父亲说的:"我觉得仿佛只有在你覆盖不着的地方,或者在您达不到的地方,我才有考虑自己生存的余地。根据我想象中的您那庞大的身躯,这样的地方并不多,仅有的那些地方也并不令人感到多少欣慰,而婚姻尤其不在此列。"①

陀思妥耶夫斯基已经开始"审父",甚至在《卡拉马佐夫兄弟》中发生

---

① ［奥］卡夫卡:《致父亲》,广西师范大学出版社 2004 年版,第 96 页。

了"弑父"事件。不过,陀思妥耶夫斯基笔下的"父"虽然淫荡却带着邪气的风趣,而卡夫卡之"父"阴郁暴躁且正统保守。陀思妥耶夫斯基"审父"审的是父权的荒淫无耻,审的是父权之"恶";而卡夫卡的"审父"审的是父权的凶狠严厉,审的是父权之"威"。陀思妥耶夫斯基"审父"是为求得救赎之道,卡夫卡的主人公在父权面前早已吓得瑟瑟发抖,只想找个"地洞"逃逸。

当然,陀思妥耶夫斯基主人公最主要的对手不是"父",而是不信上帝的伊凡,是崇拜"奇迹、秘密和权威"从而剥夺人的自由的"宗教大法官"。陀思妥耶夫斯基主人公的对手还是上帝本身。别尔嘉耶夫认为:"在陀思妥耶夫斯基那里,'上帝的'和'魔鬼的'之间的区别,并不等同于普通的'善'与'恶'的区别——这是皮表的区别。如果陀思妥耶夫斯基要彻底阐明关于上帝、关于绝对的学说,那么,他就不得不承认神性本身的对立性、承认上帝之中的黑暗属性和深渊。"①

陀思妥耶夫斯基主人公的对手是"善"之中的"恶",是"上帝之中的黑暗属性和深渊"。而这一切,都不是简单的"审父"所能解决。甚至可以说,陀思妥耶夫斯基的"审父"最后都转向了"审己"。因为他的笔下,人性的最深处都存在着上帝与魔鬼两个因素的对立。所以,陀思妥耶夫斯基不是单纯的"审父",而是通过"审父"来"审己"。而卡夫卡不能说没有"审己",但他就是在"审己"中也能看出"审父"来——"父"对每一个人的影响与控制是全方位的。陀思妥耶夫斯基"审父"是为了寻找新生,《卡拉马佐夫兄弟》中阿辽沙就是那种"正在成长的人、无力地把手伸向天空的人——他是这个庞大的腐烂者的生命种子里的一个小萌芽的真正化身"②。而在卡夫卡的小说中,是根本不会出现"无力地把手伸向天空的人"。对于"父权",卡夫卡不是不斗争,他也斗争,但他斗争的最主要方式是嘲讽,而不是寻求信仰。

哈罗德·布鲁姆以为:"卡夫卡作品中看似超验的一切实际上都是在嘲

---

① [俄]尼·别尔嘉耶夫:《陀思妥耶夫斯基的世界观》,广西师范大学出版社 2008 年版,第33 页。

② [俄]罗赞诺夫:《陀思妥耶夫斯基"大法官"》,华夏出版社 2002 年版,第 168 页。

弄,但十分诡异;这种嘲弄源自一种精神上的无比甘甜。"① 卡夫卡不创造新人,但他作品的叙述者承担起斗争的责任。这位叙述者时隐时现的优越感和幽默感,让你不时感觉到卡夫卡对权力导致的种种愚蠢言行的无情嘲笑。但卡夫卡的主人公无论如何嘲弄权力者,他们最后都走向失败。失败之旅成为卡夫卡主人公的宿命。强大的对手终究是要将主人公们压垮的。本雅明就反复强调卡夫卡是个失败者,他说:"他是一个失败者,他的失败的情形多种多样。可以说:一旦他对最终的失败有把握,路上的一切就恍如梦境。卡夫卡执著地强调他的失败,这是很发人深思的。"②

但是,我们再从另一个角度看,还会发现,尽管卡夫卡的主人公们最终会被对手压垮,但他们依然有所冒险,而就在冒险过程中,主人公们总是发现他们的对手原来是那么堕落那么淫荡。本雅明就指出:"卡夫卡不遗余力地用各种手法,将他的作品的世界描写得陈旧、腐朽、苟延残喘、积满灰尘,不论是审判进行的场所——那些又小又暗的房间——流放地所遵循的规则,还是那些帮助 K 的女人们的性习惯,都是如此。不仅所有的女性形象生活在毫无节制的淫乱中,这个世界的堕落触目皆是:上层权力也同样无耻地以所作所为宣扬着这种堕落、正如人们正确认识到的那样,上层权力与下层权力一样,都在残酷而恶毒地戏弄着它的牺牲品。两个世界都是昏暗、狭窄、积满灰尘、空气不畅的迷宫,包括事务所、办公室、等候室,它们构成了望不到边的等级秩序,其中有小的、大的、很大的、遥不可及的事务所官员、下层官员、办公室杂役、律师、助手和跑腿的,从外表看,他们好像是一出关于荒谬可笑的官员制的讽刺滑稽戏。"③

再如,在《审判》中,法律是写在色情书籍中的,法庭内外猥亵画面频频出现。卡夫卡以促狭的笔调写法庭的色情与淫乱,法官本身成为欲望而非正义的化身。卡夫卡笔下众多的妖精姑娘不断地与众多男性发生性关系,而色情本身似乎缩短了对手之间的距离。《审判》中,不少女性也是以色情打破

---

① ［美］哈罗德·布鲁姆:《西方正典——伟大作家与不朽作品》,译林出版社 2005 年版,第356 页。

② ［德］本雅明:《经验与贫乏》,百花文艺出版社 1999 年版,第387 页。

③ 同上书,第 343 页。

上下层的界限。所以,有评论家指出卡夫卡的小说是以"最色情的欲望从事彻底的政治和社会投资。"①《审判》的牧师就责备 K 说:"你过多地求助于别人,尤其是妇女。"

的确,色情与政治的纠缠,成为卡夫卡小说的一大特色。政治的色情化,表明了政治已经完全欲望化,同时,这也构成对父权的戏谑。读者正是通过色情妇女与克拉姆之流的"故事",得以窥见"城堡"的"上层人士"的荒淫生活。色情妇女在上下阶层之间的穿梭往来,她们对"上层人士"的令人啼笑皆非的"忠心耿耿",一方面表明威权对人的精神的控制与毒害程度之深,妇女对"上层人士"的无条件崇拜正是对威权迷信的结果;另一方面,色情妇女与"上层人士"色情化的狎昵关系,又轻而易举地颠覆了"上层人士"的道德威严,威权培植了色情,色情又腐蚀了威权。卡夫卡刻意书写大量的色情女子,意在软化威权与小人物的对手关系。这种软化,实质上就是以滑稽可笑的关系颠覆威权在握者的神圣面目。虽说这算不上釜底抽薪的颠覆,却也让威权染上一层小丑的色彩。

面对无物之阵,面对权力无边的威权对手,卡夫卡选择了嘲讽。他一方面为权力归谬,让读者发现无限膨胀的官僚体制的悖谬,另一方面,他通过某种无比滑稽同时也是十分突兀的人物关系,让突兀淫乱的性关系成为嘲讽威权的笑柄。

卡夫卡创造了梦魇般的灰色世界,不仅有失败者面对强大对手之刻的孤独、沮丧和无助,更有诙谐的叙述者在叙述这一个荒诞而荒淫的世界。卡夫卡的所有故事都在告诉读者,这个世界不但黑暗得令人窒息,更荒诞得令人吃惊——荒诞比残暴更足以让读者从内心里彻底否定卡夫卡的对手。

吉尔·德勒兹和菲力克斯·迦塔利是这样评价卡夫卡的:"若想懂得卡夫卡,只需把握两个原则:首先,这是一位笑眯眯的作家,一个笑在内心深处的人,为生活的乐趣而笑;他那小丑式的表白其实是作为陷阱或者马戏表演而亮出来的。其次,这是一位彻头彻尾的政治作家,未来世界的预言家,因为他执握两个极端,懂得如何在一种全新的配置当中把它们统一起来:他不

---

① [法]吉尔·德勒兹、菲力克斯·迦塔利:《什么是哲学》,湖南文艺出版社 2007 年版,第141 页。

仅不是一位蛰居斗室的作家,而且他的斗室代表着两股洪流:一股是一个正以最为现实的方式外逃的游牧人,连通社会主义、无政府主义和社会运动。""就欲望而言,如此诙谐快乐的作家还从未有过;就话语而言,如此政治化和社会化的作家还从未有过。从《审判》开始,一切都是笑声。从《致费莉斯的信》开始,一切都是政治。"①

卡夫卡弱小的主人公们最犀利的武器就是笑声。在隐形的威权对手严厉得令人无法喘气的时候,发现他们的荒淫和愚蠢并发出阵阵笑声,难道不是对威权的最彻底嘲弄和蔑视?

不过,不可忘记的是《变形记》的主人公被当成垃圾一样抛弃了,《判决》的主人公被父亲喝令跳河自杀,《审判》的主人公最后在采石场被处决。这些主人公都难以逃脱威权的魔爪。所以,卡夫卡的嘲弄是叙述者的嘲弄而非主人公的嘲弄,他的主人公反而缺乏嘲弄对手的优越感和主动性。所以,卡夫卡的笑是叙述者在带动着读者对威权统治发笑,而弱小的主人公们则常常非常拘谨且认死理。而这,又进一步强化了卡夫卡文本的滑稽感——被压迫者的不清醒同样是可悲且可笑的。正如沃尔夫冈·凯泽尔指出的:"在卡夫卡描绘的宇宙里,怪异并非出于自我,而是世界的本质和自我与世界之间的不协调所造成的。"并且,"卡夫卡作品里的世界是连续不断的压迫人的一系列事件"②。所谓"怪异并非出自自我",指的就是卡夫卡的主人公并不向威权扮鬼脸,他们的言行也不怪异。弱小的主人公们总是陷入威权官僚体制设下的权力迷宫。全能的威权表面一本正经,漏洞百出却要自圆其说;小人物处处碰壁,被侮辱被损害,但只要威权略施小惠便欢天喜地。所以,卡夫卡的滑稽感还来自于人的自我"迷误感",即人对环境和对自我评价的歪曲、夸张或无节制的自贬。而这种"迷误感",在卡夫卡的文本中,无论是大人物还是小人物都存在,小人物尤甚。或者说,弱小的主人公们在威权高压下的"自我迷失感",所派生出来的可怜相可恨相可鄙相可笑相构成

---

① ［法］吉尔·德勒兹、菲力克斯·迦塔利:《什么是哲学》,湖南文艺出版社2007年版,第94页。

② ［德］沃尔夫冈·凯泽尔:《美女和野兽——文学艺术中的怪诞》,华岳文艺出版社1987年版,第155页。

了所谓的"自我与世界间的不协调"。所以,对威权以及对弱小主人公的双重批判,即对作为对手的双方进行无情的精神解剖,才是卡夫卡的叙事核心。

七

小说叙事到卡夫卡,对手关系已经发展到高度政治化、寓言化和抽象化的地步,同样在 20 世纪初期,一位法国作家,却将小说叙事中对手关系引向极度细腻的感性化和奇异的审美化的天地里。这位叫普鲁斯特的法国作家,在他的《追忆似水年华》多卷本的长篇中,并没有提出什么犀利的思想方案,但他对人性微观层面的叙事给小说艺术创作带来了新奇的美感。卡夫卡小说中的对手戏是滑稽、突兀而严峻,而到了普鲁斯特的小说世界里,对手戏变得缓慢而又深情款款。卡夫卡的对手戏,是在一片灰色世界里进行冷酷的斗争,而普鲁斯特的对手戏,则是在一片金色的阳光下,进行一场又一场人性的温柔角力。卡夫卡的对手关系是动物关系,丛林原则横行,处处是"刚性冷酷";普鲁斯特的对手戏很热情,很"文明",但细细推究起来,即使是其中热乎得腻人的爱情关系,也不能不令人惊讶地窥见人性中"柔性冷酷"。这是两种非常有趣的"冷酷"。在卡夫卡那儿,强势者对弱势对手的压迫是显而易见的,处处表现出蛮横和粗鲁。而在普鲁斯特那儿,强势对手反而被描述为情感上非常脆弱敏感的人物,似乎受了天大的委屈,平时也是满腹牢骚。普鲁斯特的笔写尽了爱的名义下的占有、索取和敲诈,甚至是情感虐待。卡夫卡是以冷笔写冷酷事,普鲁斯特则以热笔写的恋爱博弈中某种自私的冷酷。

《追忆似水年华》中,既是叙述者又是主人公的马塞尔与阿尔贝蒂娜的对手关系首先是爱情关系,不过,他们的爱情关系非常奇特,他们的对手关系关键词是嫉妒,即马塞尔对阿尔贝蒂娜的嫉妒。

马塞尔表现嫉妒的方式是认为阿尔贝蒂娜始终对他撒谎,于是测谎成为他嫉妒心发作的重要手段。马塞尔测谎的特点是越是测谎,疑点越多,而阿尔贝蒂娜越是辩解,越是表明她另有隐情。坦白得越多,意味着可坦白的更多。普鲁斯特式嫉妒的特点是所有的信息都有利于嫉妒心理的发挥。"审"

与"辩"成为爱情对手戏最经常使用的手段。"辩"总是有漏洞的,因为阿尔贝蒂娜之"辩"哪怕已经证明了自己是无辜的,"审"的一方还会去找"证人"进一步取证。如果"证人"也证明了阿尔贝蒂娜是无辜的,那么"审"的一方进一步怀疑的,便是"证人"是否已经与阿尔贝蒂娜"串供"了。

如此看来,作为"审"的一方,马塞尔是"有罪推定"的行家里手。马塞尔的"审",似乎不是给自己获得某种可靠的证明,而是为了满足于疑点的扩大化。在他的这种审查方式下,情人阿尔贝蒂娜可真是"历史问题"多多。到底阿尔贝蒂娜是撒谎的高手,还是撒谎的低能儿? 我们搞不清楚,因为连"审"者马塞尔自己也是一本糊涂账。只能说比林黛玉更多疑善感的马塞尔对情人的"嫉妒之审"让负面信息无限"增殖",他自己也为此感伤不已。负面信息之所以不断"增殖",原因就在于,马塞尔的审查,是一种"过度诠释"。比如他的爱情对手阿尔贝蒂娜说某个人未对她放肆,马塞尔马上反问难道有其他人对她放肆吗? 这不是"审查",而是"诡审"。如果说林黛玉对负面信息的想象还多有实据,那么,马塞尔几乎是捏造证据,他因嫉妒的痛苦而生发出的想象几乎是天马行空,马塞尔不是在揭示真相,而是在追逐嫉妒。揭穿谎言的过程让马塞尔可以追逐后面躲藏着的更大的谎言。于是谎言成为一种"能指"。对"谎言"的辩解成为进一步证实对手撒谎的依据。只要对手对"谎言"进行辩解,就有了"供词","审"就可以就"供词"进一步推敲。而所谓推敲,就是专门寻找对手的逻辑上的不周密处、话语的不完善处。总之,越辩越"黑"的阿尔贝蒂娜,她的辩解不过为"审"提供更多的机会:"辩"越多,"疑"越多。辩解的话语,经过马塞尔嫉妒心理的酝酿发酵,成为新一轮嫉妒心理发作的温床。林黛玉只是"小性儿",马塞尔却是不折不扣的嫉妒偏执狂和爱情专制者。且不说他将女友阿尔贝蒂娜变相软禁在家中,以便零距离展开一场场"诡审"拉锯战,单就他折磨对手的方法看,马塞儿同样可称得上情感虐待狂。

马塞尔的拿手好戏是将分手当作巩固爱情的手段。马塞尔喜欢扮演与情人永别的角色,然后与爱情对手分享痛不欲生的情感过程,当双方都预支了分手的痛苦之后,就决定重归于好。这种痛苦预支法事实上是一种情感敲诈或叫情感勒索。

马塞尔对爱情对手的情感勒索还形成理论,比如《追忆似水年华》的第五部《女囚》叙述者兼主人公是这样交代:"按照荒唐之至的格言所鼓吹的理论,要想和平,就得备战,但是这一理论的效果却适得其反。首先敌对双方都误以为是对方希望关系破裂;这一误解所导致的结果便是关系真正的破裂。关系破裂之后,双方又都以为这是双方的意图所造成的。所以威胁即便不是出于真心,只是虚张声势,但它一旦成功,便会怂恿人们愈演愈烈;而虚张声势究竟进行到哪一步才能获得成功,这是很难预言的事情。如果一方走得太远,另一方虽然一直退让,到后来也会发起反攻的。如果一方不知道改变战略,以为坚持装出不怕破裂的气概,就是避免破裂的最好方式(我今晚对阿尔贝蒂娜就采取了这一方式),同时又一昧地傲视阔步,宁死不屈,坚持威胁下去,其结果会把双方都逼到绝路上面。虚张声势中也可能掺杂着真实的用意,两者交替轮换着,昨日是场游戏,翌日就会变成事实。"①

这就是小说主人公对爱情对手的策略总结。所以,《追忆似水年华》的爱情对手戏是将爱情对手当成外交对手或军事对手。爱情话语转换为军事话语或外交话语的表达会获得更具有表现力的呈现。这爱情对手戏的种种策略,充斥着阴谋或阳谋、谎言或谣言、佯攻或真攻。

马塞尔"诡审"的手段五花八门:请人调查或亲自问案、声东击西或围点打援、混水摸鱼或调虎离山,等等。"爱情三十六计"已被马塞尔用得炉火纯青。"阿尔贝蒂娜到底隐藏了什么?"这始终是带有间谍、警察、法官、疯子、无赖和虐待狂特征的马塞尔苦苦追问的问题。甚至阿尔贝蒂娜死亡之后,马塞尔还要四处奔波寻找答案。

在小说的多个叙述段落里,叙述者不断地提及阿尔贝蒂娜身上存在多个变幻不定的阿尔贝蒂娜,这个阿尔贝蒂娜呈现出"迷"一样的个性,马塞尔猜谜似地不断的探询她阐释她。然而,阅读小说,我们却又不能不发现这样一个事实,那就是阿尔贝蒂娜即使撒谎也都是非常没有心计的谎言,叙述者也一再向读者呈现喜欢运动充满活力的阿尔贝蒂娜简单到有点"傻"的

① 〔法〕马塞尔·普鲁斯特:《追忆似水年华》(下),译林出版社2001年版,第1415页。

个性特征。有理由认为阿尔贝蒂娜是被对手马塞尔多面化、神秘化、审美化。马塞尔想从爱情对手身上索要太多，或者说，病恹恹的马塞尔最希望从阿尔贝蒂娜索取活力，但活力四溢的阿尔贝蒂娜又让对手感觉到不可名状的焦虑。焦虑引发嫉妒，嫉妒导致更强烈的占有欲，占有欲的极端表现形式就是将阿尔贝蒂娜变成一个软禁在男朋友家里的"女囚"，而"女囚"的生存状态则大大削弱了阿尔贝蒂娜的活力，导致马塞尔对她的厌恶。所以，德勒兹说："阿尔贝蒂娜先天地、必然地就是有罪的，去爱但却不被爱，对所爱的人要冷酷、残忍和欺骗。"① 因此，马塞尔与阿尔贝蒂娜爱情对手戏，实质是马塞尔疯狂地凭借爱情幻觉在追逐情爱客体。马塞尔是一位"狂想型"爱情对手。马塞尔的一位叫圣卢的好友见到阿尔贝蒂娜，觉得马塞尔疯狂地爱上这样一位女子，真是奇怪。这表明，阿尔贝蒂娜在其他人的眼里可能就是一个非常单纯的女子。然而，在马塞尔狂想形成的幻觉世界里，阿尔贝蒂娜却变化万端、神秘莫测。所谓阿尔贝蒂娜"先天地、必然地就是有罪的"，其深层原因就在于马塞尔的狂想气质将爱情对手幻化为千面女郎。健康而美丽的平民女子阿尔贝蒂娜为患哮喘病的富家子马塞尔所嫉妒。这是活力为病态所纠缠，是身体被大脑敲诈，是奔放被细腻勒索，是野性被高雅形塑。

不过，所有这一切，无论是病态的嫉妒还是精细的"诡审"，在《追忆似水年华》中都呈现出审美化的特质。马塞尔作为主人公兼叙述者，让他的爱情对手阿尔贝蒂娜呼吸的起伏与笨拙的谎言都以不可遏制的审美符号膨胀化舒展开来。嫉妒者所有的心理过程都以极度细腻而富于变化的表达形式呈现出来。对谎言的审查与对真相的推敲，绝对不是生硬的"算计"，而是笼罩上一层忧伤的美感。爱情的审美客体阿尔贝蒂娜被赋予一种神奇的多变面貌，就是自我中心的嫉妒者的欲望也被修辞得峰回路转百感交集：嫉妒者不断地忏悔，而忏悔弱化他对女主人公进行精神虐待的嫌疑，似乎一切在爱的名义下都是正当的。

如果说陀思妥耶夫斯基笔下的爱情，主人公会以自我牺牲成全对手，不能不令人为主人公的某种高尚而感动，那么，普鲁斯特的小说则告诉你，爱情

---

① ［法］吉尔·德勒兹：《普鲁斯特与符号》，上海译文出版社 2008 年版，第 180 页。

是多么自私,自私到男主人公就是折磨对方也是振振有辞的地步——因为这位主人公是那样容易泪流满面,读者很容易被这样的痛苦所打动。

所以,将嫉妒忧伤化正是《追忆似水年华》最有特色的修辞方式之一。主人公兼叙述者的马塞尔非常善于塑造忧伤的情圣形象。无数的爱情隐喻,多个可比照的嫉妒故事(如斯万与奥黛特的故事、夏吕斯与莫雷尔的故事),披露主人公脆弱的曲折的心路历程,成就了这段狂想式的爱情对手戏的惊异性与可理解性,也呈现了其中的冷酷与自私。

如果说林黛玉与贾宝玉的故事两个主人公都"沉溺"在自我的角色中,对花对月对人,他们的情感投入都是毫无保留。那么,这位法国情圣马塞尔可是不同。他作为主人公,在全身心进入恋爱状态之时,却能收放自如地评价着自己与情人们的感情交手时候的一幕幕情景。

作为叙述者的马塞尔调用了外交常识、军事术语、自然科学、艺术法则、心理分析、风景修辞、城市布局,来评价他的爱情。遥不可及的两种事物一旦被叙述者马塞尔点石成金,便成为奇妙生动的爱情比喻。繁多的比喻与对自我情感世界的无休止探讨,让马塞尔将自我与爱情对手的情感交往完全审美化了:作为叙述者的马塞尔在密切关注着作为主人公马塞尔与情人们如何上演一出出悲情剧——这个悲情剧竟然会不时夹杂着叙述者对自我爱情的调侃,这再次证明了马塞尔与其说是善妒的伤感情人,不如说是自我中心的审美化情人——他善于嫉妒,更擅长品味自己的嫉妒。以嫉妒为关键词的爱情生活扩展了他的审美视域,同时激发了他的爱情想象。所以,马塞尔与阿尔贝蒂娜的情人关系,是"狂想+审美型"的爱情对手戏。马塞尔以狂想化审美"吞噬"着他的爱情对手。

所谓"吞噬",是指爱情对手成为主人公兼叙述者马塞尔的"爱情审美实验品":从海的女儿到"女囚",从动态到静态,从自由到约束,阿尔贝蒂娜被窥视着、品味着、审查着、折磨着,同时,也被审美着。

如果说陀思妥耶夫斯基的主人公与对手的关系是"对话型",那么普鲁斯特的主人公与对手的关系就是典型的"独白型"的,且是百科全书式的"独白型"。爱情在叙述者/主人公的喋喋不休、充满奇思妙想的"独白"中呈现出千变万化的神奇面孔。

故有评论者以为："普鲁斯特可能是最后一位研究资本主义文化的历史学家，其作品中的爱情、社会、知性、外交、文学和艺术皆令人心碎。而这位有着忧愁而动人的声线、哲学家的头脑、萨拉森人的钩鼻、不合身的礼服，和仿似苍蝇复眼一样看透一切的大眼睛的细小男子，主导着场景，扮演着大宅里最后的主人的角色。"①

"大宅里最后的主人的角色"的没落感、孤独感、无助感是全文的基调，这位文化饕餮者将爱情，特别是对爱情对手的嫉妒式想象发挥到极致状态，后来法国的新小说派代表人物罗伯—葛里耶的《嫉妒》也写得纤细入微，但与普鲁斯特比较，其联想的复杂性与文化感受的多样性都远逊于普鲁斯特。普鲁斯特写爱情，以嫉妒与谎言为桥梁，抵达最幽深最伤感也最具有艺术感悟力的人性境界。也许，马塞尔对待爱情对手的态度源于作者的病态，但如果缺乏这种病态的审美化的冷酷，他就不会极度自私地将女友当成可供品鉴的"爱情实验品"，也就无法让读者通过审美化的透视获得男性叙述者对女友那种纤细入微的病态体察。从对手关系看，男主人公对女友是极尽"柔性冷酷"，但这种"柔性冷酷"却也展开了一幅奇异的人性图景。界定普鲁斯特的艺术特质，剖析他那忧郁的、偏执的、抒情的、病态的、细腻的、百科全书式的爱情表现法，也许是理解这位艺术巨匠的角度之一吧。

对手是谁？对手是敌对者，也可以是同盟者；对手是情敌，也可以是爱人；对手是他人，也可以是自我；对手是有形的，也可以是无形的；对手可以是自觉的对手，也可以是不自觉中的对手。对手可以像对手，对手也可能是缺乏对手特征的对手。一对手可以推动另一对手与主人公叫阵；幕后对手可假前台对手之手与主人公周旋。爱极了对手最后证明主人公爱的只是自己；恨极了对手却可能证明真正爱的正是主人公恨过的。善极的对手最终被发现是恶人，恶极的对手一转念可能立地成佛。

对手的面貌千差万别，文学作品里缺不了对手戏。无论是可爱可恨、可敬可畏的对手，还是可笑可憎、可鄙可怜之对手，对手存在的意义，不单是为

---

① ［英］埃德蒙·威尔逊：《阿克瑟尔的城堡——1870 年至 1930 年的想象文学研究》，江苏教育出版社 2006 年版，第 135 页。

了写对手。对手许多时候是为了我们更好地了解主人公而创造的。对手是主人公的灵魂之镜。

从情节的层面看,主人公与对手的冲突形成的合力是左右情节的发展最重要动力,助手对情节的影响要次于对手。提升对手的内在力量,才能发挥主人公的应对力。对手创造的难局与妙局,才可能让主人公发挥其创造力和应对力。对手高,则主人公不得不高,否则就不成对手;对手发难,则主人公不得不过招,否则主人公只得出局。主人公与对手相生相克,冲突而又彼此依存着。主人公与对手的相互冲突,回合越多,形成的局面越复杂,或问题难度越大,你来我往越是螺旋式上升,则情节越精彩,同时,主人公与对手所释放的精神内容也可能越来越丰富和深邃。

然而,论"对手",关键的因素又不在于情节层面上,情节层面上主人公与对手的关系可以列出公式,但具有创造性贡献的文学作品恰恰是对公式形成冲击:雨果笔下的主人公不就在关键时候反而不与对手过招了吗?放过对手体现的是雨果的人道主义价值观念。情节变得不紧张,冲突戛然而止了,但精神层面上的新异性与震撼力却大大提高。陀思妥耶夫斯基笔下的梅什金公爵同样是体现着爱与宽恕的宗教精神,主人公处处都让着对手:梅什金不以力量与对手比高低,而是以宽恕与爱与对手比高低。这就让对手戏不是以斗争为高潮,而是以"退让"为情节的转折点。至于卡夫卡,他的主人公更是找不到对手,对手无所不在,而主人公又弱小到不知道对手何时何地会与他"叫阵"。无对手的对手戏不也是价值观与艺术观两个方面的双元反叛吗?

从这个意义上说,创造性作品的"对手戏"的价值,就在于提供了别样的主人公或对手,以及两者别样的关系。雨果的主人公用行动告诉对手仇视与偏见应该从他那儿结束——主人公救了仇人对手的命;陀思妥耶夫斯基告诉我们,哪怕对手的思想有什么邪恶,都应该尊重对手的话语权,真正的宽恕与爱是不畏惧叛逆者的。陀思妥耶夫斯基的主人公对待对手的态度的独特性就在对手的思想能够真正地获得平等的表达与争论的权力,这一独创性让对手的问题与其生命价值提高到与主人公相同层面上。卡夫卡的主人公虽然有嘲讽能力,但面对不知对手是谁时的惶恐程度,书写了现代人的神经官能症之严重恶化。

从 19 世纪到 20 世纪,文学中的"对手",理念人越来越多,象征性越来越强,内心体验越来越复杂。对手间的哲学、宗教、审美的观念探讨都不断地浮出海面。不过,这并不妨碍"对手戏"之感性的丰富性呈现,对手间彼此摸索对方情感世界的叙事在普鲁斯特的作品中同样也达到惊人的细腻性与多样性。

这表明,"对手"这一角色的创造性之所在,时代意义与文化内涵的重要性远远超出功能层面上的作用。或者说,功能性的"对手"的价值,只有在时代意义与文化内涵层面上有所发挥与创新的前提下,才可能跃入一个具有艺术震撼感和思想穿透力的审美世界。

第九章　意外"失控"、隐秘"创痛"与内心真相

一

　　小说家似乎钟爱叙述主人公的"失控":对于小说中的人物塑造而言,"失控"常能创造连锁性冲击人物隐秘内心的场面,以最集中最紧张最富有戏剧性的方式瓦解或构建新的人物关系。

　　再从另一个角度看,"失控"在文学中价值,不在于让读者见到人物在接近疯狂状态下的各种表演,而是充分描述"失控"的意外性与各种人对此"意外性"的反应。有关"失控"的叙事,两点最重要。第一点是突发性,没有突发性,就无所谓"失控"。"失控"是一个出其不意的拐点,"失控"是亚里士多德所称的"突转",更确切地说,是一种"猛转"。没有了突发性、意外性,即不可预测性,就难以称为"失控"。所以,"失控"是一种理性无法预测的意外状态,是一种反理性的精神状态。

　　导致"失控"的原因,是主人公无法预测的,却是要主人公承担责任的。因为如果与主人公无任何责任,干系不大,这种"失控"纯粹是不可预测的外力导致的,那么,这样的"失控"状态如同灾难片中的情景,主人公只是被动的承受者,其审美价值是不太高的——这种"失控"似乎已经不是"失

控”所能解释了,因为大自然灭顶之灾的降临,主人公是无法负责的,主人公只能想方设法地“逃脱”,逃大自然之“控”。所以,“失控”的意外性应该是主人公造成的却是主人公所意识不到的,无法预测的。其次,这种突然性或意外性,对于主人公和小说中的其他人物来说,应具有足够的精神冲击力。过分微弱的“失控”不是“失控”,能够迅速加以补救的意外也很难说得上是“失控”。“失误”不见得都导致“失控”。相反,意识到“失误”并加以补救,倒是“在控”了。称得上“失控”,那是要具有足够的破坏力,让当事人和涉及者都难免瞠目结舌。所以,“失控”的这种“意外的破坏性”应具有足够的能量,对人物的身体或精神形成相当的冲击力。而波及到的其他人物对“失控”的反弹力也将直观地显示“失控”的破坏力。

　　“失控”进入叙事文学文本中,如果仅欣赏“失控”意外的破坏力,那去看动画片好了。动画片中,大量的“失控”局面创造出伴随着尖叫的大跳跃、大破坏或大崩溃。然而,动画片中的“失控”,往往以“完美”收场,毕竟画出来的动物或人是压扁或撕破了都能活过来的。更重要的是,动画片中的“意外破坏力”只注意主人公外动作的高度夸张和紧张,而不太关心动画主人公“失控”状态下的内心活动。毕竟,动画片是以夸张的、连续的“瞬间失控”来获得其审美特性。而叙事文学中的“失控”则更重视“失控者”以及相关者的内心反应:“失控”造成的“意外破坏性”,只有落实到人物的感受和对应行为上,才可能明确这种“破坏性”的强度。海明威的《印第安人营地》中的少年尼克意外地目睹了一个因无法忍受妻子难产的叫声而自杀的丈夫,这个丈夫为什么会如此失控呢? 难产叫声为什么对这个丈夫会具有如此的杀伤力。海明威惜墨如金,突出的是少年尼克对于一个男人这样处理自己的生命的惊讶感。尼克的父亲是一位医生,他本来非常得意,因为他成功地为难产的妇女做了一例漂亮的手术,他喋喋不休地要尼克注意手术的环节,希望儿子欣赏他的医术。然而,失控丈夫的意外自杀,使儿子尼克产生“死是不是很容易?”这样的问题。父亲医生对儿子的提问茫然无措。得意的父亲变成失语的父亲。在“秀”医术方面父亲是位成功者,而在回答死是否“容易”这个问题上,父亲的智慧是不够,是无法让受到极大震动的儿子获得抚慰和启迪。产妇丈夫的自杀,海明威略去了自杀过程,只是让少年看见"结果"——流血的尸体躺在床上。但单单是这一"失控"的结果已经足以形成巨大的冲击力,让少年尼克的思考跃入到生命的忍受力和死亡的难易性问题上。"失控"爆发出的能量传导到少年大脑里并起了重要作用,才是这部短篇最深刻的所在。小说中对于"失控者"的内心状态只字未提,而突出"失控"后果对于一个陌生少年尼克的影响。要注意的是,这是一个偶发事件,尼克与自杀的印第安男人相互不认识,是陌生人,但陌生人仅仅因为忍受不了妻子难产叫声就自杀的这一行为,同样具有足够的震惊性,让尼克陷入对生命存在的深度困惑中。

这表明,哪怕是陌生人之间的"失控"事件,只要具有足够的震撼力,都可能对他人产生重大的影响。从另一个角度看,自杀事件事实上对少年尼克造成了"创痛":他发现了一个人是如此轻易地置自己于死地。

这将大大提高尼克对死亡的敏感度。这样的"创痛",将植入尼克的大脑中,成为他对整个生命活动的某种"前理解"。

二

失控性事件会导致"创痛",但"失控"更能传导"创痛"所积累的负面能量。要被命名为"失控",意味着事件的意外性是"失控者"所无法预料的。正是由于这种"不可预料性","失控"意味着"不能说的说出来了"或"不能做的做出来了"。

"失控"事件,不少是对社会文化禁忌的触犯或挑战,"失控"常常导致习俗道德或政治制度的约束力不足以抵挡"失控者"的情感。

所谓"失控",是对规范化的道德习俗、文化成规甚至是政治制度约束的冲击。这里,我们不妨看看《安娜·卡列尼娜》中的列文的一次"半失控",欣赏一下列文是怎样以他内心的"蛮力"去推翻所谓"上流社会"的社交规范。看看列文的"蛮力"是怎么挑战"文明"。当然,非常可笑的是,这所谓文明的社交规则竟然是允许客人与女主人公调情。见自己的老婆与客人调情,列文这个"野蛮人"不干了。

列文对在他家做客的花花公子维斯洛夫斯基发出了驱逐令:

列文找到维斯洛夫斯基的时候,维斯洛夫斯基正拿出箱子里的东西,摊开新的抒情歌谱,试穿皮绑腿,准备去骑马。

是列文的脸色有点异样呢,还是维斯洛夫斯基意识到他对女主人略施殷勤在这个家庭里是不合适的,他看到列文进来有点儿(一个上流社会的人士所能达到的程度)不好意思。

"你穿绑腿骑马去吗?"

"是的,这样要干净多了。"维斯洛夫斯基一面说,一面把一条肥腿搁在椅子上,搭上绑腿最下面的钩子,快乐而温厚地微笑着。

维斯洛夫斯基无疑是个好小子。列文发现他的眼睛里有一种羞怯的神色,不禁替他难过,并且因为自己是主人而害臊。

桌上放着半截手杖,那是今天早晨他们一起试图纠正倾斜的双杆而折断的。列文拿起这半截手杖,动手撕去头上的断片,不知道怎样开口才好。

"我要……"他说不下去。但一想到吉娣和种种情景,立刻毅然盯住维斯洛夫斯基的眼睛说:"我吩咐他们给您备马了。"

"您这是什么意思?"维斯洛夫斯基惊奇地问。"到哪儿去呀?"

"把您送到火车站去。"列文撕着手杖头上的断片,阴沉沉地说。

"您要出门去,还是出了什么事?"

"我家里不巧有客人要来。"列文一面说,一面越来越迅速地用粗壮的手指撕着手杖的断片。"不,没有客人来,什么事也没有,但我请求您离开。我这样不讲礼貌,您要怎么解释,就怎么解释吧。"

维斯洛夫斯基挺直身子。

"我请求您给我解释……"他终于恍然大悟,不失身份地说。

"我不能向您解释。"列文慢慢地低声说,竭力掩饰下颚的颤动,"您最好别问。"

手杖头上的断片撕光了,列文抓住手杖粗大的两端,把它折断,留神接住折下来的一头。

大概是列文那双有力的手,今天早晨做体操时摸到的肌肉,两只炯炯有光的眼睛,低低的声音和颤动的下颚,这些比任何语言更有力地使维斯洛夫斯基服从了。他耸耸肩,轻蔑地微微一笑,点了点头。

"我可不可以见一见奥勃朗斯基？"

耸肩和冷笑并没有使列文生气。"他还要干什么？"他心里想。

"我马上去叫他来。"

"这真是太荒唐了！"奥勃朗斯基听朋友说他被驱逐，在花园里找到正在那里踱步等客人离开的列文，这样对他说。"这简直可笑！什么毒蚊子把你叮了？简直可笑到极点了！要是一个青年人……你就认为……"

列文被毒蚊子叮过的地方显然还很疼，因为奥勃朗斯基刚想说出来，列文就脸色发白，慌忙打断他的话：

"请你不要问原因！我没有别的办法！我对你、对他都感到很不好意思。不过，我认为他离开这里是不会太难受的，可他在这里我和我妻子都觉得不愉快。"

"他会感到委屈的！再说，这实在太可笑了。"

"可是我觉得又委屈又痛苦！我没有任何过错，我没有理由应该受罪！"

"真没有想到你会这样！吃醋也可以，但达到这样的程度，简直可笑之至！"奥勃朗斯基又夹着法语说。[①]

这种"理性化失控"，可以让我们看出"失控"并非毫无缘由的任意发泄，而是有顾虑有后悔的成分，甚至只能称其为"半失控"或"准失控"。

然而，正是由于"半失控"或"准失控"，让我们看清楚，"失控"并非是莫名其妙的作出决定，"失控"过程在此段描写中事实上是被"拉长"了。让我们清楚地发现列文事先是想说服自己遵守上流社会的社交规范，但列文对自我的说服无效。列文在吃醋"受罪"和驱逐客人之间，他权衡过，计算过，最后决定，与其妻子被花花公子诱惑，不如破坏社交规则。奥勃郎斯基这个旁观者会觉得列文这个做法"简直可笑之至！"那是因为奥勃郎斯基认为列文吃醋水平与花花公子献殷勤程度不匹配。列文"过敏"了。

同样《安娜·卡列尼娜》中，安娜告诉丈夫卡列宁他的手下有个青年差点儿向安娜求爱。卡列宁回答说，这类事情凡是参加社交活动的女人都会碰

①　［俄］列夫·托尔斯泰：《安娜·卡列尼娜》，上海文艺出版社 2008 年版，第 811 页。

到,他完全相信安娜的稳重,绝不会让猜疑来贬低她和贬低自己。同样作为丈夫,列文却完全公开他的疑心,断然逐客。可见,列文对妻子被勾引的想象是多么激烈。换句话说,列文的"失控",不是事实上发生了什么严重事件,而是他过高地估计了危险。高估危险,表明列文在婚姻情感方面已经潜伏着"创痛":他驱逐维斯洛夫斯基仅仅是表象,更多的担心是妻子对他的不忠诚。

是内在的"创痛",即隐蔽于内心的某种预期威胁而产生的焦虑感,导致列文对维斯洛夫斯基过度反应了,小说中叙述过列文的心态:"在维斯洛夫斯基的姿态里,在他的眼神和小意思里,有一种不纯洁的东西,甚至在吉娣的姿态和眼神里,列文也看出有不纯洁的地方。他又觉得天昏地暗,眼睛发黑。他又像昨天那样觉得自己一下子从幸福、安宁和尊严的顶峰掉到绝望、愤恨和屈辱的深渊。他讨厌一切人,讨厌一切事了。"

这表明列文与吉娣的感情是多么脆弱。而这种脆弱可上溯到列文第一次向吉娣求爱时的失败经历,以及列文对上流社会社交成规的不认同甚至憎恨。

"创痛"不一定都导致"失控",但"失控"往往会透露主人公内心"创痛"的秘密。列文的"半失控"完全泄露了他的脆弱和他担心妻子不忠于他的"创痛",而安娜·卡列尼娜在赛马场上的一次"失控",则完全暴露了她对丈夫不忠诚的"真相"。

在《安娜·卡列尼娜》中,那次著名的"失控",就是安娜当着丈夫卡列宁的面为落马的情人伏伦斯基之安危失声痛哭。安娜之哭,是听到情人无恙,悲喜交集而导致的"失控"。最有意思的,安娜的丈夫卡列宁此时方觉大失面子,"卡列宁看见她哭了,她不仅忍不住眼泪,甚至哭出声来,哭得胸脯不住起伏。卡列宁用身子把她挡住,让她有时间平静下来。"

安娜是由于前一时刻极度紧张,以为情人有性命之虞,短时间内积聚起来的"创痛"一下爆发出来,无遮无掩,赤裸裸地哭将出来。卡列宁觉得妻子情感"真相"竟然"赤裸裸"暴露于上流社会的公共场合,极为丢人,于是他连忙"用身子把她挡住了"。这表明,"失控"危险性在于"失控"会透露秘密,这秘密的内容是具有"禁忌性"的——妻子当着丈夫的面宣布了她的背叛,宣告了她是可以为情人的安危而痛哭。

所以，"失控"不可怕，"失控"背后的"真相"才是可怕的。

三

列文的性嫉妒导致的"半失控"，安娜为情人的安危导致的"失控"并非小说世界里中最精彩的"失控"。

"创痛"的历史复杂性和受伤害的严重性，"失控"现场的其他人物情感连锁反应，以及"失控"导致的情感震动的连环效应，在陀思妥耶夫斯基和普鲁斯特的小说中具有更奇妙的艺术布局和更深入的情感透射。

陀思妥耶夫斯基的《白痴》中纳斯塔霞生日宴会上的"失控"，应是最具"策略性"的"失控"场面——"失控"不是简单的情感宣泄，而是演变成一次痛苦的控诉、一次巧妙的报复、一场比"失控"本身更残酷的欲望测验游戏：

> 纳斯塔霞·菲利波夫娜把那包钱抓在手里。
>
> "加尼卡，我产生一个想法。我想奖赏你一下，因为你何苦落得人财两空呢？罗戈任，他会为了三个卢布爬到瓦西里岛去吗？"
>
> "他会爬的！"
>
> "好，你听我说，加尼亚，我想最后一次看看你的灵魂，你把我折磨了整整三个月；现在该轮到我了。你看到这包东西了，里面有十万卢布！我现在要把它扔进壁炉，扔到火里去，当着大家的面，让大家做见证人！等到整个纸包都烧着了，你就把手伸进壁炉，但是不准戴手套，要光着手，还得卷起袖子，把纸包从火里取出来！只要你取了出来，那就是你的，十万卢布全是你的！你只会烧伤一点手指，——可是你想想看，这是十万卢布呀！不大的工夫就能取出来！我要欣赏欣赏你的灵魂，看你怎样爬进火里去取我的钱。大家作证，这包钱一定给你！你要是不取，那就让他烧光：我不准任何人去抢。走开！全都走开！这是我的钱！是我从罗戈任那里挣来的过夜钱。这是我的钱吧，罗戈任？"
>
> "是你的，宝贝！是你的，女王！"

"那么大家都走开吧,我想怎么办就怎么办!别妨碍我!费尔德先科,你把火拨旺!"

"纳斯塔霞·菲利波夫娜,我的手举不起来!"费尔德先科大为震惊地答道。

"嘿!"纳斯塔霞·菲利波夫娜喊道,她抓起火钳,扒开两块阴燃着的木柴。炉火刚刚着旺,她就把纸包扔进去了。

周围发出一片喊声,许多人甚至画起十字来了。

"她疯了!她疯了!"周围的人们喊道。

"要不要……要不要……把她捆起来?"将军对普季岑低语道,"要不要去请……她发疯啦,是不是疯啦?是不是疯啦?"

"不,这也许不完全是发疯,"普季岑低声说,他脸色像头巾一样苍白,浑身直哆嗦,目光都没法离开那个开始燃烧的纸包。

"她发疯啦?她发疯啦?"将军喋喋不休地问托茨基。[①]

纳斯塔霞的"失控",在于她的"烧钱"行为。"烧钱"引得各色人等丑态百出。那么,纳斯塔霞针对的目标,那位加尼亚,又是何许人呢?加尼亚其实只是将军和托茨基谋划"买卖"纳斯塔霞这桩"生意"中的一个棋子,造成纳斯塔霞悲剧一生的祸首是托茨基。纳斯塔霞"烧钱",针对的目标应是托茨基和将军。她要向他们表明,十万卢布,这是可以购买她的身体的钱币,现在,她要用这钱来购买男性的灵魂。那么,如何测定男性的灵魂呢,游戏规则是什么?那就是"烧钱"和"火中取钱"。火只是一个中介,从火中取钱并不太困难,困难在于这是一个女人的买身之钱,一个男人要取得这笔钱,他的灵魂需要经过火的烤炙。"失控"的纳斯塔霞要以"卢布"和"火"为中介,表明女人的身体可交换可购买,但不一定能买来她的灵魂。而男人的灵魂完全有可能被钱币所收买。

这种"失控",事实上是对男性实施羞辱性报复的行为。

这场"失控游戏"的羞辱性,对应于纳斯塔霞已遭受的"创痛性":纳斯塔霞所有的"失控"行为,其动力都来自于她经历的"创痛性"。

---

① ［俄］陀思妥耶夫斯基:《白痴》,人民文学出版社 1989 年版,第 211 页。

对于纳斯塔霞来说，"失控"更是一种控诉和报复。没有"失控"，就没有"烧钱"游戏，所以，"失控"是这一游戏的前提条件。而这一疯狂游戏的目的，是为了让一个男性感受灵魂被购买的屈辱性。

请注意，"烧钱"游戏其实是逼男性"失控"。加尼亚最后昏倒了，他也彻底"失控"了。反之，如果加尼亚火中取钱，还不会导致"失控"。"失控"的原因倒是加尼亚还残存自尊心，他竟忍受住精神折磨，不将手伸入壁炉。而让加尼亚忍受折磨，让周围的男性为此起哄，不正是纳斯塔霞的目的吗？

因此，说纳斯塔霞是"失控"的，但她的目的性和行为的逻辑性却不是"失控"的。纳斯塔霞的行为是疯狂的，但很巧妙，抓住了人的弱点，逼出人的贪欲，测试人的廉耻。

真"失控"的，倒是那些贪财的男人们。

可见，表面上"失控"的纳斯塔霞，她的疯狂的"烧钱"行为仅是一种策略性"失控"，是以失控形式出现的"在控"。

纳斯塔霞是在疯狂的外表下实施她具有明确针对性和策略性的"软性"报复计划。托茨基的沉默和加尼亚的昏倒也表明纳斯塔霞的计划起作用了，他们对她的"软报复"的针对性心知肚明，也明了纳斯塔霞"烧钱"行为所包含的指控意义。

纳斯塔霞的"失控"是一种具有攻击性和谋划性"失控"，她让男性陷入一种难局之中。所以，纳斯塔霞的"失控"，是一种意图明确的主动性的"失控"。安娜的"失控"是柔性的，没有攻击性，更无策略性，她是完全把握不住自我的"失控"，而纳斯塔霞虽也以"失控"面目出现，很激烈，怀着恨，带着金刚怒目的控诉目光，可她能主宰局面，能迅速地从被"买卖"的奴隶身份转变为控制现场的主人身份。

纳斯塔霞是孤注一掷地与拿她做交易的人决裂，撕裂所谓上等人的"体面"。她宣布自己是"荡妇"："我虽然是个死不要脸的女人，但是我也许很骄傲。""现在我要寻欢作乐，我是个妓女嘛！我蹲了十年监狱，现在该我享受啦！"纳斯塔霞的"失控"充满了悲怆的成分，以"时日曷丧？予及汝偕亡"决绝状态与买卖她的人斗争。

所以，纳斯塔霞的"失控"是最具有攻击力量的"失控"，是给对手出难题的复仇型"失控"。然而,正是通过纳斯塔霞主动攻击、给对手出难题,读者才能体察到纳斯塔霞精神和肉体所受到的伤害和毒害。这种伤害和毒害,致使纳斯塔霞根本不相信她的"创痛"有获得抚慰和疗救的可能。

纳斯塔霞创造了一次场面盛大的控诉型的"失控"行为。正是通过此种控诉型的"失控",让人们看到她内心"创痛"的巨大以及她对人生的绝望。

在此,"失控"已经不是暴露内心某种秘密那么简单,"失控"倒是暴露了在场的所有人的秘密。一个人的"失控",让所有人的欲望真相都公开化了,这是纳斯塔霞这位被损害被侮辱的女子"失控策略"中内含着的精神爆发力和控诉力所导致的。

四

陀思妥耶夫斯基是位极擅长叙述"失控"的作家,他笔下的"失控"场面的特点是:第一,"失控"的场面往往是在聚会的场景中,失控者为众人注目,失控者是场面所形成的"旋涡"的中心;第二,"失控"的落差特别大,失控导致的"突转"之速度特别快——刚才还是德高望重的君子,转眼间就被人指控为没有道德感的小人。巴赫金认为陀思妥耶夫斯基小说中"加冕与脱冕是不可分离的,它们合二为一,相互转化"。[①] 而这"转化",在具体的小说情景中,有时就被描写为"失控"的场面——无限风光的"加冕"之后,猛然就被"揭穿"了,因此马上"脱冕"。陀思妥耶夫斯基的《群魔》中,一个大型集会的高台上,一位风度翩翩的老知识分子本是上台做一次漂亮的亮相,不料有人突然在台下揭他的丑,于是老者马上被"脱冕"了;第三,陀思妥耶夫斯基小说中的"失控"的场面一环扣一环,某个人物的"失控",将迎来无法预测的连环"失控"。失控的"连环性"是陀思妥耶夫斯基小说叙述"失控"最具艺术性的所在;第四,"失控者"的心理感觉,在陀氏笔下,常常呈现令人炫目的奇妙性,其奇妙之处就在于他对"失控者"内心感觉清晰化、放大化、惊异化。陀氏对"失控者"的细腻而又复杂的感觉

---

① ［苏］巴赫金:《陀思妥耶夫斯基诗学问题——复调小说理论》,三联书店 1988 年版。

描写与托尔斯泰对人的"恍惚"状态的描写各自显示出不可替代的才气。试读《白痴》中梅什金公爵在将军家"失手"打破贵重花瓶之后的感觉：

> 他仿佛很久都弄不明白他周围的那一片混乱是怎么回事，其实他完全明白，也看到了一切，但是他站在那里，犹如一个置身事外的特殊人物，就像童话里的隐身人那样溜进室内，正在观看那些跟他毫不相干、却使他感到兴趣的人物。他看见人们收拾碎片，听见急速的谈话，看见面色苍白、正奇怪地瞧着他的阿格拉娅，尤为奇怪的是：她的眼神里完全没有憎恨，也毫无怒意；她用吃惊的、但又满怀同情的眼神瞧着他，但她看别人的时候双眸却炯炯发光……他的心突然感到一阵甜蜜的酸痛。他终于惊奇地看见大家都坐下了，甚至还在笑，就像什么事也没出似的！又过了片断，笑声越来越大了。大家都瞧着他，瞧着他那副呆若木鸡傻相在笑，不过他们的笑是友好的、愉快的；许多人都跟他攀谈起来，口气也很温和，带头的人是伊丽莎白·普罗科菲耶夫娜；她笑吟吟地说了些充满善意的好话。他突然感觉到伊万·费奥多罗维奇友好地在拍他的肩膀；伊万·费奥多罗维奇也在笑；不过更为友好、更为招人喜欢也更为富于好感的还是那个老头儿；他抓住公爵一只手，轻轻地捏着，还用另一只手轻轻地拍着，劝他镇静下来，就像劝一个受了惊的孩子似的，这使公爵非常高兴，末了他还让公爵坐在紧挨着自己的地方。公爵欣然谛视着他的脸，不知为什么依然说不出话来，总觉得憋得慌，公爵很喜欢老头儿的脸。[①]

这段描写表明，在公爵的眼里，一切都变得那么奇异，一切都仿佛隔着玻璃在和他对话。在公爵的世界里，不是羞愧，不是恐惧，而是人们对他的友好感情占据了他的内心。可见，公爵非常在意他人对他的看法。但是，他又想回避失手打破贵重物品的事实，他先是将自己想象成旁观者，启动一种应急机制，试图否定这样一个令人尴尬的事实。公爵非常清楚自己的可笑，但他又不断寻找对自己有利的安慰。公爵感觉到没有人责备他，但他又不能确定他的行为真的能如此轻易地被原谅。所以他"总觉得憋得慌"。他强迫自己释放

---

① 　［俄］陀思妥耶夫斯基：《白痴》，人民文学出版社 1989 年版，第 674 页。

压力,但强迫本身就是一种压力。公爵发现人人都是友善的,人人都是可爱的,但他最终还是在大声辩解中突然晕了过去。

　　这段叙述"失控"的文字,其艺术性妙在"失控者"在巨大的压力之下,一切的感觉都发生了奇异的变化,他试图漠视这种压力,试图迅速地与"现实"脱离关系,同时他又那么在意人们对他的态度,所以公爵的感觉世界是一种丧失了正常交流能力的世界。陀氏写公爵"失手"到"失控"晕倒之间的感觉变化,极尽腾挪之能事,从"大吃一惊"到"神秘的恐惧",从"置身事外"到"喜欢人人",从"大声理论"到"突然倒地"。这段文字将一个"失控者"极力抵制尴尬而表现出的从平静到躁狂,再从躁狂到完全失控的过程一步步勾勒出来。作者没有明写公爵的畏惧和尴尬,但每一笔都让人感受到公爵那种极力掩饰,极力挽回体面和自尊的艰难努力。

　　压力是无形的,作者不写无形的压力,而是化为公爵努力去寻找爱和理解的种种可爱而又可笑的大声辩解。可怜的公爵,他说的话表面上已经不拘泥于当时当事,但他无论发表什么高论,其实都在极力地自我辩解,绕了一大圈,其实都是为自己的行为开脱。他试图说服别人,却更像说服自己,他为自己找到合适的、美妙的理由摆脱尴尬。可是,不管他如何用言语开脱、辩解,强大的压力还是将善良的公爵压垮了。公爵晕了过去。

　　陀思妥耶夫斯基写"失控"的神奇之处就在于他以人物对"失控"的抵制来写"失控"的力量有多大。公爵并没有放任自己的失控,相反,他想挽救自己,挽救场面,但抵制的结果却是全面崩溃。写公爵用尽心力为自己做着艰难的辩解,用的气力有多大,就是在标示公爵所受的压力有多大。陀思妥耶夫斯基写"失控",叙述快"失控"又未完全"失控"的那种既清醒又躁狂的心理状态是他的拿手好戏。陀思妥耶夫斯基既会将连环失控的戏剧性场面铺展开来,又极能写"失控"前的"将失未失"的躁狂状态。

　　如果说陀思妥耶夫斯基写"失控",能将人物"失控"背后的"创痛"写深,又能将人物避免"失控"却又不能不"失控"的"前失控"状态叙述得极富戏剧性,那么,才华横溢的法国作家普鲁斯特,则最擅长写一个在无法确知"真相"的状态下的懵懂型"失控"。

　　普鲁斯特是位非常喜爱陀思妥耶夫斯基作品的作家,在普鲁斯特的作品里,人物关系之复杂,场面变化之活跃,让我们不能不感受到类似陀思妥耶夫斯基式的"旋风场景"的叙事魔力。

普鲁斯特《追忆似水年华》中的德·夏吕斯男爵是一个喜怒无常但具有艺术鉴赏力的贵族。夏吕斯男爵是位同性恋,他喜欢拉小提琴的男青年莫雷尔,是莫雷尔的恩主。然而,在一次聚会上,莫雷尔受到维尔迪兰夫妇挑唆,相信夏吕斯在背后已经向许多人泄露了他是仆人儿子这一令他讳莫如深的私人秘密。所以,莫雷尔决定与夏吕斯决裂:

> 德·夏吕斯先生见莫雷尔在那儿,叫了一声,并朝音乐家走去。那轻松愉快的步履仿佛有些男人为了跟一个女子私会,巧妙组织了晚会,陶醉之余忘了自己给自己设下了陷阱,因为那女子的丈夫早已在晚会上安插好帮手,准备捉奸捉双,当众痛打一顿。"怎么样,看来时间不早了。光荣的年轻人,不久就是年轻的骑士勋章获得者了。高兴吗? 不久您就可以佩上十字勋章给人瞧瞧了。"德·夏吕斯先生温情脉脉而又得意洋洋地问莫雷尔。可是,他的这番授勋的话附录在维尔迪兰夫人的骗局之后,更使莫雷尔觉得夫人的话是毋庸置疑的真言。"走开,我禁止您靠近我!"莫雷尔对男爵嚷道。"您别想在我身上打主意。你想腐蚀的已不是我一个人了。"我想,我唯一能够自慰的是,我会看到,德·夏吕斯先生一定会把莫雷尔和维尔迪兰夫妇驳得体无完肤。我曾经为了比眼下小于几倍的事,受过夏吕斯疯狂的怒斥。他一旦发怒谁也阻挡不住,连国王也无法镇住他。可是眼下却发生了奇怪的现象。只见德·夏吕斯先生目瞪口呆,掂量着这不幸,却弄不明白祸从何降。他居然一时语塞,无以对答。他抬起目光,带着疑惑,愤怒而又恳求的神色,朝在场的每个人身上扫视了一遍。这似乎不是在问他们,究竟发生了什么事,而是在问他们他应该何以作答。他哑口无言,这里有种种原因。他也许当即感到了痛苦(他看见维尔迪兰先生和夫人避开他的目光,也没有任何人表示要上前来救他一把的样子),但他尤其产生了对将来痛苦的恐惧;也有可能他事先没有想象到这一步,没有早早地先燃好怒火,因此手中一时没有现成的愤怒(他是过于敏感,患有神经质和歇斯底里的人,是个

真正的冲动型人物,但他却又是一个假充勇敢的人,甚至是个假充凶狠的人;这一点我始终以为如此,并因此对他抱有好感。他没有重视荣誉的人受到侮辱时通常所有的那种反应),别人趁他手无寸铁,出其不意向他发动进攻;甚至还有一种可能,这里不是他自己的圈子,他感到没有在圣——日耳曼区那样挥洒自如,骁勇善辩。但是,无论是出于何种原因,这位贵族大老爷处于这平时为他睥睨的沙龙里,四肢瘫软,巧舌僵硬,惊恐万状,怒不可言,只会盲目环顾四周,面对别人的粗暴疑惑不解,苦苦哀求(他的有些祖先,面对革命法庭恐慌不安,早就失去了在平民面前的优越感,此时我们也很难说,这种优越感是否在他本性中根深蒂固,不可动摇)。不过,德·夏吕斯并没有走投无路,智穷才尽。他不仅辩才出众而且胆量过人。一旦他心中的怒涛翻腾已久,他便能用严厉至极的措词,驳得对方哑口无言,彻底失去招架之功。上流人士们常常目瞪口呆,料想不到,有人居然会这么厉害。碰到那种场合,德·夏吕斯先生就会急促不安,连连发起神经质的攻击,使众人战栗。但这必须是在那种由他采取主动的场合;由他主动出击,他就能巧舌如簧,口若悬河(正如布洛克最善于开犹太人的玩笑,可是碰到谁当着他的面道出那些犹太人的名字,他却立刻变得面红耳赤)。他对眼前这些人恨之入骨。他恨他们,是因为他觉得自己受到了他们的轻蔑。他们如果客气一些,他才不会对他们满腔怒火,他会拥抱他们的。不过,面对一个如此残酷、出乎意料的情况,我们这位伟大的雄辩家只会支支吾吾地问:"这是什么意义?怎么回事?"谁也没有听见他在说些什么。看来惊惶无措的哑剧是长演不衰的,永久不变的:我们这位在巴黎沙龙里遭遇不幸的老先生无意之中只是做了一个古时希腊雕塑家所表现的潘神追逐中的仙女们那惊呆了的动作。①

碰巧,带传奇色彩的那不勒斯女王进来取她忘了的扇子,瞧见有人阴谋耍弄夏吕斯,决定出面保护她的表弟德·夏吕斯男爵。

---

① 〔法〕马塞尔·普鲁斯特:《追忆似水年华》,译林出版社 2008 年版,第 1730 页。

"您脸色不好,我亲爱的表弟。"她对德·夏吕斯先生说。"请靠在我的手臂上,请相信,我的手臂一定能支撑住您。对付这种事情,它是很坚实的。"然后,她抬起头来,正视前方(茨基告诉我,当时她正面就是维尔迪兰夫人和莫雷尔),说:"您知道,从前在加埃特,我这手臂曾经叫流氓恶棍闻风丧胆,不敢轻举妄动;如今,它会为您竖起城墙,为您效劳。"就这样,伊丽莎白女王的妹妹手挽着男爵,未让人介绍莫雷尔,高视阔步地走了出去。①

这一场景中,首先"失控"的,是莫雷尔。他为什么会如此"绝情"地与夏吕斯男爵一刀两断呢?除了维尔迪兰夫妇如簧巧舌的撺掇外,很重要的一个原因,是莫雷尔对自己的出身极为敏感。维尔迪兰夫妇绘声绘色告诉莫雷尔那位夏吕斯如何轻蔑地中伤他的时候,莫雷尔的自卑导致的自我保护心态使他宁信其有——最可怕的往往是最可信的。事实上,夏吕斯又的确是在不经意间透露了莫雷尔卑微的出身。莫雷尔最忌讳他出身的阶级,而夏吕斯又不把这忌讳当成一回事儿。一个人极深的"创痛"处,在另一个人那儿却是可以大大咧咧地不当回事儿:夏吕斯从某种意义上说也是咎由自取,男爵的高傲注定他忽视莫雷尔的感受。所以,夏吕斯受到攻击,并非纯粹偶然。莫雷尔"创痛"积累的力量,是最容易在夏吕斯这种轻狂者高傲者身上进行报复性攻击。

从莫雷尔这方来说,他的决裂式的"失控",其源头来自于他的忌讳。莫雷尔的判断并没有错误,因为他的出身传言的确是从夏吕斯那里传播开来,但他又有错,因为夏吕斯并不是出于恶意地告诉他人这一"秘密"。然而,真正聪明的人不怕别人说他愚蠢,真正高贵的人也不担心他人说他卑贱。出身仆人家庭对于莫雷尔来说,恰恰是太深太大的"创痛":阶级偏见在那个时代依然是难以逾越的隐形壁垒。所以,阶级偏见形塑的"创伤",不能不使正在往上爬的莫雷尔对不利于己的出身极其敏感。然而,最忌讳又是最容易被泄露的。莫雷尔对夏吕斯的发怒,不正是对其心灵创痛最全面最彻底的展览吗?从维尔迪兰那方来说,他们不也更确定了莫雷尔对自己的出身极

---

① [法]马塞尔·普鲁斯特:《追忆似水年华》,译林出版社 2008 年版,第 1733 页。

度忌讳的心灵"真相"吗?

　　所以,失控的发怒,其实是最能透露内心"真相"一种表达方式。莫雷尔这个形象的特点,在于作为一个有才华的艺术家,他已经有了体面的要求,而仆人家庭出身的"创痛",又使他急切地"去出身化":"创痛"有多深了,"失控力"就有多大,其历史真相与心灵真相的泄露就有多彻底。

　　然而,普鲁斯特最显才华的所在不是在莫雷尔这个形象上,而在夏吕斯男爵这个人物身上。

　　莫雷尔让夏吕斯哑口,巧在夏吕斯毫无准备,丝毫不知情。甚至在遭殃的前一时刻,夏吕斯还以莫雷尔的赏识者和提携者自居。莫雷尔的突然攻击,夏吕斯一下从提携者跌到被羞辱者的角色中,根本无法适应,沮丧而且糊涂。更重要的在于,夏吕斯一向跋扈,鹰视狼步,口若悬河,锋芒毕露,得理不让人,无理也疯狂。这样的人物竟然一下跌入目瞪口呆的境地,自然格外令人可笑可怜。自命不凡者在其得意巅峰之瞬间跌入尴尬且可笑可怜的地步,使滑稽感倍增。夏吕斯男爵不可一世越是被强调,他的狼狈相之滑稽效果倍增。孔乙己被人奚落不见得那么滑稽,因为他本就没落,被人取笑惯了。夏吕斯是何等人物,他具有精妙的艺术鉴赏力,出身贵族,超雄辩,并喜主动攻击他人。所有这些因素,都在制造落差,高贵者跌向滑稽者的落差。

　　要创造这种"惨跌"的落差,还有一个因素不可或缺。那就是攻击者的隐蔽性,即出其不意性。莫雷尔发动攻击非常突然了,不讲规则。夏吕斯正闲庭信步,逗着莫雷尔玩儿,不料被控制者被照顾者被培养者被提携者一跃而起,向庞然大物发动攻击,"落差"就这样被创造出来了。这表明,"创痛"杀伤力并不是最可怕,可怕的是"创痛"的隐蔽性,隐蔽性让"失控"毫无征兆。不顾及场合随意爆发的失控,以隐蔽的仇恨对公开的得意,自然使前者更具有攻击力。

　　从另一个角度看,夏吕斯的傲慢,注定他根本不会在意一个低等级者的"阶级创痛"。隐蔽的"阶级创痛"的威力也是被这个傲慢者忽略的。他无法体会,甚至在被攻击之后还不知道是何原因被当头一棒。对他者"创痛"的无知当然是受攻击的一个因素,而夏吕斯本身的一贯傲慢加无赖作风,也使得莫雷尔深信夏吕斯会泄露自己的出身。所以,"创痛"对谁爆发看似随意的,实则具有必然性。再者,"创痛"要寻找"出口",显露仇恨的威力,即使带有一定的盲目性也是可以理解。因为攻击不攻击夏吕斯是其次问题,重要的是攻击一个高等级者。等级"禁忌"导致的仇恨,终究是要找机会进行报复性宣泄的。

此则夏吕斯被"失控者"莫雷尔击打得哑口无言的故事告诉我们,莫雷尔内心的"创痛之城"是夏吕斯根本无法了解也不屑知晓的,信息严重不对称使得莫雷尔的"失控"之击具有超常的威力,哪怕是女王来救夏吕斯,表面上挽回一点面子,事后老夏还是大病一场。

"欺骗"引爆"失控","失控"让不知情的被攻击者从得意相瞬间变为可怜相:维尔迪兰夫妇的挑唆与欺骗,事实上让莫雷尔也成为一个被操控者。所以,从根本上说,此次"失控",是一次被导演好的"失控",是一次被利用被挑拨出来的"失控"。因此,"失控"喷吐而出的"真情感",由于其"被利用性",也使得这"失控"的本身染上一层滑稽感。

从更深的层次上说,莫雷尔的仇恨的确不假。但这种仇恨竟是通过别有用心者假惺惺的挑动而导致的,则不能不具有一种反讽意味:仇恨被利用,利用仇恨且看仇恨之火燃烧的人得意洋洋。仇恨之火的燃烧者与被烧者的痛苦,都成为引火者最愿意看到的"风景"。所以,仇恨,由于被利用性,被观赏性,从而使得做戏的人越认真就越可笑。这就使得这场戏演变成一对搞阴谋的夫妻如何如何隔岸观火如何幸灾乐祸的叙事。以乐祸的兴奋打量遭殃的狼狈,这使得这场戏成为人类心灵的马戏:读者在看阴险者是怎么作弄傲慢者。

不过,还没完,这作弄傲慢者之戏的背后还长着眼:那不勒斯女王竟然进屋找扇子从而见到也听到整场戏,从挑拨到"失控",她"全知"了。女王这一层的"看",又使滑稽剧染上一层正剧色彩。然而,还没完,"黄雀在后",叙述者马塞尔站在女王之后,见到女王的所有反应,这又使得这场戏重归反讽剧。因为叙述者对戏中人个个都了解得比女王透彻得多。叙述者引领读者看这种种人物是如何出于私利、创痛、骄傲而互相吞噬。这场人间喜剧被叙述者一点拨一评论,不能不让人惊叹人是多么容易被欺骗,被触怒,被击倒。

　　一层层"叠加"上去的观察者的视线改变着这"失控"场面的性质。普鲁斯特叙述"失控",不仅交代"创痛"如何导致"失控",揭示各色人等的精神"真相",还要让读者在更高的层面上打量这人间喜剧。由反讽转入正剧,再由正剧转入反讽,普鲁斯特高超的叙述技巧让读者对他们的痛苦多一些同情多一些谅解同时又多一些笑声。反讽与正剧交错地写"失控",大概就有这样的效果,我们同情剧中人,对他们的痛苦发出善意的笑声:他们有太多的弱点值得笑,但他们有更多的理由值得原谅——因为他们的弱点,以及他们的痛苦,在他们各自的角度看来,都是那么真诚,那么理由充分。

　　纳斯塔霞的"失控"是失控者掌控整个场面的"失控",她的"失控"是一次"测验游戏"。没有"烧钱"的失控,这个游戏就做不起来。所以,解读纳斯塔霞的"失控"之情节,是关注一位受侮辱的女人如何通过"失控"让男人也意识到什么是羞辱。这种"失控"是主动型"失控"。小说中最精彩之处在于受辱女性对"失控"的"巧用":她巧妙地利用了"烧钱"的权力,以此权力逼出男性灵魂的丑陋。这种"巧用",不但画出纳斯塔霞的"创痛"之深,更叙述了妙用的"失控"对他人灵魂的震撼感。而普鲁斯特笔下的"失控"最具创造性之处,并不是受侮者对"失控"的愤怒的"巧用",相反,是"失控者"被他人"巧用"了。

　　普鲁斯特的"失控"当然也涉及"创痛",也触及各位人士的"内心真相",但他的艺术才能发挥得最好所在,不在揭示"创痛"有多深,而是描画被利用的"失控"整个连锁反应过程是有多可笑:莫雷尔本不该对他的提携者如此动怒,这是第一层次的可笑;傲慢雄辩的夏吕斯本不该如此不堪一击,这是第二层次的可笑;居心叵测者在观看他们的阴谋如何一步步诱夏吕斯入陷阱,不料却让女王歪打正着,将阴谋看个透,自以为得计者其实已被人窥破,这是第三层次的可笑;女王看似威风凛凛,可她不见得了解整个事情的全部真相,她对夏吕斯的保护亦只是维护贵族体面之偏私,有明眼人充当叙述者,亦在仔细看女王的一举一动,并且充当风趣的解说员把各个人物的隐秘动机一一点出,这是最后的也是第四层次的可笑:在这一模拟上帝视角的全知叙述者眼里,撺掇、发怒、无措、保护等等都是可笑的,那自以为得计的维尔迪兰夫妇也失算了——女王根本不想搭理他们,而结交女王正是维尔迪兰苦心钻营的重要目的。

"失控"的意义,在这种种目光的过滤后,其能指性不断挥洒,其意义一路延宕。"失控"不仅是测度"创痛"有多少斤两的问题,"失控"也不仅是窥探"真相"有多险恶的问题,而是人性的种种弱点只要换个角度看,都显得那么可笑,那么可怜,那么可鄙,又是那么可叹。

陀思妥耶夫斯基写"失控",是逼出人的不堪,而普鲁斯特写"失控",意在反讽。普鲁斯特传达这样一个信息:"失控"可以通过不同角度的打量,无比痛苦者其实有着无比可笑处,人类之间注定无法很好地沟通而不停地"失控"下去。

五

"失控"的作用之一,还在于回溯性发现。发现原来在人的关系中,某种没有预料到的力量在隐蔽地累积着,跃动着,而在表面,一切却是那么平静。这个累积的力量,在某个秩序井然的环境里,突破某个缺口,喷涌而出,从而将平静的秩序完全破坏。而读者要欣赏的,就是这股出其不意的力量来自何处,"创痛"的根源又在何处。读者还要知晓这股力量,是如何累积,如何被抑制,如何被说服,如何被"收藏",但又如何偷偷地发酵,从而为力量的爆破性倾泻做准备。

由于"失控"的出其不意性,各种人的瞬间反应将透露出多种多样的"真相":极强大的可能是极虚弱的,极多情的可能极无情,极聪明的可能极愚蠢。反之亦然。面对"失控"制造的"不可收拾"的残局,各种人将如何突围,如何自圆其说,如何急中生智,或如何原形毕露,这都是"失控"撞击出的种种人情世故。如同巨大的闪电划过黑夜,"失控"将各种人的惊骇、镇定、虚伪或圆滑都定格在"失控"发生的刹那。

"失控"从根本上说,是对旧有秩序出其不意的破坏,是对旧有的人际格局的强力扭曲和撕裂,是通过某个人物的情感出位使得旧有格局发生倾覆,让旧有的人际关系情感关系发生震荡和调整。改变人际格局和情感关系的叙事手段有很多,可以是暗中博弈,可以是公开斗争,而"失控"改变格局的特殊性主要在两点,即"事先无知性"和"爆发必然性"。唯有二者巧妙地交汇,才可演出"失控"。

"失控"的叙事修辞,一是要让他人包括"失控者"自己都不知道要在何时何地发生"失控",这就是"事先无知性"。我们可以这样假设,如果他人或"失控者"能预测将要发生"失控",那就很难叫真正的"失控",顶多叫"半失控",或"准失控"。主要当事人,不管谁,有了充分防御,甚至有了预案,都会削弱"失控"的戏剧性效果。只有"出其不意",才可能让"失控"逼出人物瞬间反应的各种表情和行为。有了"事先无知性",才可能有效地展示失控带来的惊诧感和无措感。只有具备了"事先无知性",才可能使"失控者"爆发出来的情感,哪怕威力不大,由于出其不意,形成超常规的破坏力,从而让他人手足无措;二是对"失控"的"爆发必然性"的修辞。如果未修辞好"爆发必然性",那么任何"失控性"的修辞都是空洞的,小说不可能让一个人无缘故地发脾气,或无缘故地自杀。《印第安人营地》那个"失控"丈夫的自杀,至少有一个原因是明确的,那就是难产妻子不断的惨叫声。海明威就是告诉你,这样的叫声是会让丈夫"失控"轻生的。当然,你也可以说海明威的"爆发必然性"不充足。问题在于海明威不想婆婆妈妈地说一大堆原因,他就是告诉读者妻子如此喊叫足以让丈夫去死,所以才有尼克问父亲"死是不是很容易?"之难题。这个难题是交给读者去想象的。海明威就是要读者去细细揣摩丈夫"失控"自杀的"必然性"。没有了"爆发必然性",所有的"失控"都将被架空,都成为乏力的"失控"。

"失控者"不见得都了解自己的"创痛",即他或她不见得知道自己为什么会如此爆发出来。小说家的才能,就在于巧妙地揭示人物最隐秘的"创痛",将失控者都不见得愿意承认的最隐蔽且可能最有爆发力的"创痛"寻出,加以艺术地叙述。"爆发必然性"是有关"失控"的动力,"事先无知性"是让动力获得隐蔽性,隐蔽性是为了维护偶然性,让"创痛"能量在爆发的瞬间获得足够的惊异性。这种惊异性要能得到合理的解释,至少要建立足够的叙述空间为其行为找到解释。

"失控"并非都是小说高潮,也并非所有的小说都要依靠"失控"才能显露"创痛"。大量"无事的故事"式的小说叙事表明,所谓"创痛",以极低调的情节,也能被消化,被吸收。相反,过度地使用"失控",如果对人物的"创痛"缺乏足够的解释能力,让人物胡乱地频频"失控",这只能表明小说家缺乏才华。写人物不见得都要写失控才能引出深刻来。祥林嫂从未"失控",但她"创痛"可够深的,鲁迅写了祥林嫂内心的"创痛",但被压迫被麻醉的祥林嫂是不会失控的,她只会去寻找捐门槛之类的灵魂解决方案。孔乙己和阿 Q 不也是被彻底麻醉的人吗?鲁迅写的,就是不会"失控"的人——一群不会失控的"庸众"。

"创痛"不都会导致"失控",然而,"失控"的背后,则一定潜藏着种种"创痛"。在叙事文学中,"失控"的场面比比皆是,这也许是因为"失控"最有利于将某种"创痛"公开化、动作化、行为化,以近乎疯狂的方式将某种原先由于某种顾忌隐藏起来的情感爆发出来,瞬间使人兴奋、激动。这种突然爆发的高能量情感携带着大量的信息(所谓"真相"),还可能让整个叙事局面随之"陡转"。所以,小说创作者种爱这种情感表现方式就不奇怪了。当然,"失控"仅仅是一种不可模块化叙述的情感表现方式。如果一部作品中频繁地以"失控"来强化情感力量,那么,创作者写的也许就是疯子的世界,或者,在他的视域里,这个世界四处都隐藏着让正常人不时都可能疯狂一把的危机。然而,如果没有写出这种"失控"的"爆发必然性",缺乏对疯狂叙事的合理交代,为"失控"而"失控",我想,如此写"失控",首先创作者的精神状态就是"失控"的吧。

第十章 自我审视、角色实验与角色意识

一

19世纪俄罗斯伟大作家陀思妥耶夫斯基创造的复调小说,其中,无论是"反英雄",还是恶棍;不论是妓女,还是杀人犯;不论是"白痴",还是虚无者,都非常在意自我是何种"角色",即对"我是谁?"的问题高度敏感。

巴赫金在论及陀思妥耶夫斯基小说的"思想的潜力"时,是这样评价的:"他把现实中完全分割开来的互不相通的那些思想和世界观,聚拢到一起并让它们互相争论。他好象用虚线把这些思想延长,直到它们达到对话的交锋点上。他用这种办法揣测出现在各自分离的思想,将来会怎样进入对话交锋。他预见到了不同思想的新的组合,预见到了新的声音和思想的诞生,预见到了所有声音和思想在世界对话中的位置的变化。"[①] 环环相扣的言语争论与思想交锋,正是陀思妥耶夫斯基小说复调性的重要特征。旗鼓相当的争论才可能创造出一种复调式的对话,这种对话逼使说话者不断地揣测对方的立场、原则和依据。这就使得陀氏文本中的对话处于紧张的甚至是神经质的论辩过程。

这一论辩性,深刻地贯彻在陀氏小说人物对自我角色判定的过程中。陀氏小说中的主人公非常在意自我角色的合理性。因此,围绕着自我角色问

---

① 〔苏〕巴赫金:《陀思妥耶夫斯基诗学问题》,白春仁、顾亚铃译,三联书店1988年版,第137页。

题,总有可能出现陀氏式的辩论情境,两种不同的声音对峙着,纠缠着,一方的声音试图压倒另一方的时候,另一方的声音却能突然获得更有力的论据,从而获得优势。在这复调式的对话过程中,关于自我角色的定位问题,关于自我能否塑造或摆脱某种角色的问题,成为陀氏小说人物最感兴趣的话题之一。

陀氏小说人物总是千方百计地不断反思自我的目前角色是否处于恰当的位置,是否体面,是否获得了尊严。评论陀氏小说,多有人指出陀氏小说人物具有"双重人格"。但要注意的是,所谓的"双重人格",在陀氏文本中,是分裂而不是分离。"双重人格"中的两个自我处于对话状态,两者并不疏远,而是紧张地揣摩对方的意思,在话语的论争中处处都设想对方可能提出的非议,在意对方的每一个反应。或者说,这两个"自我"总是处于非常在意对方的话语却又彼此不让步的冲突状态。陀氏小说人物通常都对当下的自我角色表达异议而希图重新建构一个"理想之我"。而"现实之我"与"理想之我"之间的对话,也同样是在反复冲突斗争的过程中让"现实之我"和"理想之我"的各自特性都得以高清晰度的放大。即便对"现实之我"的角色表示表面上的满意,陀氏笔下的小人物也总是在担心他人会对他的社会角色表示轻蔑。比如,陀氏的成名作《穷人》中主人公,总是小心翼翼地为自我的低微角色辩护:

"前两天叶夫斯塔菲·伊凡诺维奇在私人谈话中议论到,最重要的公民美德就是会赚钱。他说这话是开玩笑(我知道这是开玩笑),真正的意思是不要依赖别人,我就是不依赖别人!我的面包是我用劳动挣来的,我完全有权利合法享用。我花些什么劳动!我自己也知道,我只是做些抄写工作,但是我还是觉得自傲,因为我在工作,我在流汗。我做抄写工作,这有什么关系呀!难道抄写工作有罪不成?他们说:'他是做抄写的!'他们说:'这是个抄抄写写的小官吏!'可是抄写有什么可耻?我写字写得很工整,很出色,看起来很舒服,大人也很满意。我替他们抄写最重要的公文,当然,我写文章没有文采,我自己也知道这一点,就是没有这种该死的本领。……"[①] 这位穷官吏的言语间,处处在意自我,极快地预设他人对他这个角色的想法,不断地

---

① ［俄］陀思妥耶夫斯基:《陀思妥耶夫斯基文集——白夜》,周朴之译,译文出版社 2004 年版,第 43 页。

为自我角色辩白,以证明这个角色的合理性。这反映了这个人物总是为自我角色而焦虑。他为自我角色辩白就是为了维护自我的尊严。

陀思妥耶夫斯基《穷人》的主人公杰武什金与果戈理的《外套》亚卡基·亚卡基耶维奇身份相似。但是,两者对自我角色的清醒程度和反思能力大不一样。亚卡基·亚卡基耶维奇也会说出令人痛彻心脾的话:"让我安静一下吧,你们干吗欺负我?"但他对自我角色,没有反思性。亚卡基·亚卡基耶维奇喜欢抄写,"抄够了,就躺下睡觉,想着明天的日子,先就打心眼儿里乐开了:不知道老天爷明天又要赐给他什么东西抄"①。亚卡基显然沉溺于当前的角色之中,并没有感觉到为自我角色辩护的必要。《穷人》的杰武什金不同,他为自己的抄抄写写辩护,这不说明他特别喜欢抄写,而是他无法容忍他人对他社会角色的轻蔑。这种自我审视性的强调,使得人物的自我角色成为一个被观赏被玩味的对象,人物从自己的精神世界里衍生出第二自我。第一自我观看、议论、策动、审判第二自我。或者说,自我审视能力的获得,才使得陀氏小说的主人公有了判断自我当前社会、经济和精神位置的初步能力,有了自我审视这样的初步能力,主人公才能知道当下的自我角色引起他不满的原因在哪里,而他要追求和创造的"理想之我"在其身上的起点又在何处?

巴赫金认为陀思妥耶夫斯基写出了"人身上的人"②。这"人身上的人",第一个"人"指通常意义上的人物,是"第一自我",这一人物可以被环境迅速地命名为小官吏、大学生、杀人犯、恶棍、自由主义者、地主、妓女,但"人身上的人",即"第二自我",就非一个简单的命名就能完成的。相反,陀氏的人物,无论是妓女、杀人犯、小官吏还是白痴,总是生长出一种新的思想,新的力量,绝对不是一个简单的规范化的角色命名所能了事的。

巴赫金认为在陀思妥耶夫斯基的小说中,作者与主人公之间是复调式的关系,是认真实现了的和彻底贯彻了的一种对话关系,这一关系确认主人公的"独立性、内在的自由性、未完成性和未论定性"③。这所谓的"独立性""自由性""未完成性""未论定性",就陀氏的主人公对自我角色的态

---

① ［苏］果戈理:《果戈理小说选》,满涛译,人民文学出版社 1979 年版,第 79 页。

② ［苏］巴赫金:《陀思妥耶夫斯基诗学问题》,白春仁、顾亚铃译,三联书店 1988 年版,第 64 页。

③ 同上书,第 103 页。

度而言,就是拒绝社会和他人对他的角色的"盖棺定论"。

　　同时,在陀思妥耶夫斯基的复调小说中,所谓的"对话关系",其中一个非常重要的特征,就是自我与自我,自我与他人,反复深入地辩论自我角色的可能性和合理性。主人公的"未完成性"、"未论定性",还意味着对自我角色的论争或者说"论证"是一个无法停滞下来,无法一下给出答案的"可持续"探讨的重要命题。

　　巴赫金不愿意将陀思妥耶夫斯基的小说简单地定义为"思想小说",其原因,就在于陀思妥耶夫斯基的小说不是简单地发布某种思想,而是通过各种人对某个人物的"人身上的人"的激烈论辩,通过人物对自我角色的发难,通过人物与他人围绕某个角色的紧张而热烈的对话,创造了一种急切地讨论人物角色的对话体小说。这样,将人物的"自我",特别是"自我角色"推到小说叙事的最前端最醒目的位置上。让"自我角色"作为被关注、被探讨、被争论的对象,不断成为叙事焦点。

二

　　所谓"自我意识",是人对自我存在的认识以及对自我的高度觉察,是人对自我的身体、心理和社会特征的认识。"自我意识"的重要内容之一,是对我是谁,在何处,做什么,我之所以为我的一种反思能力。其中,自我认识自己为何种角色,自我对担当这个角色是否适应,自我追求什么样的角色,是"自我意识"的主要内容。

　　马尔科姆·琼斯以为:"所有的陀思妥耶夫斯基的主要人物都为自己构想出了一个自我形象(有时不止一个),但同时他们(和读者)又都能意识到这些形象从某些意义上来讲是虚假的、非真实的和不完整的,有时,逢场作戏几乎成为了他们的第二天性,而使他们蒙受羞辱的正是这种虚假性。"①

　　陀思妥耶夫斯基笔下的主人公并不都认为自我角色是虚假的,《白痴》的主人公梅什金公爵和《卡拉马佐夫兄弟》主人公的阿辽沙就不会认为自

------

　　①　[英]马尔科姆·琼斯:《巴赫金之后的陀思妥耶夫斯基——陀思妥耶夫斯基幻想现实主义解读》,吉林人民出版社 2004 年版,第 123 页。

己在扮演一个虚假的角色,更不会认为自己是在逢场作戏。

但是,不可否认,陀思妥耶夫斯基的确又是最善于刻画那种为虚幻的角色所吸引的人物。这种人物不满意或无法用固有的角色对付生活,他们思想的虚幻性导致了他们要去召唤一个可以支撑他们生活下去的角色符号,而这一角色符号,即所谓的"第二天性",又导致了他们陷入恶性循环的虚伪生活之中。比如,《群魔》中西化了的自由主义知识分子斯捷潘·特罗菲莫维奇。这位老知识分子喜欢以受到政府政治迫害的幻觉为满足,以此来证明自我的重要性,而他的实际境遇不过是一位女地主家的寄食者。他有时也意识到自己寄人篱下的地位,但更多的时候陶醉在某种自欺欺人的知识分子角色的优越感中。德国学者赖因哈德·劳特非常注意陀思妥耶夫斯基小说中人物的自我欺骗问题,他认为:"陀思妥耶夫斯基一生都特别关注谎言问题的研究。是他揭示了一种特别的谎言——'田园式的'谎言,这种谎言发端于因虚构的美感到的满足。"① 这位斯捷潘·特罗菲莫维奇,无论是政治理想还是个人婚姻,一生都在"虚构的美"中享受着伤感。最后,有人当众揭发他因为输牌卖掉了一位农奴并导致这个农奴成为罪犯时,他的精神逐渐走向崩溃。陀思妥耶夫斯基以揶揄的笔调书写了19世纪一个充满幻想的俄罗斯知识分子,他靠虚假的角色生活着。但他与堂·吉诃德不同,堂·吉诃德要与风车战斗,这位沉溺于虚假角色的俄罗斯知识分子却没有勇气改变自我的生活境遇,更谈不上为理想冲锋陷阵。

在陀思妥耶夫斯基的小说中,还常常出现人物对自我角色惊世骇俗的剖析。

> 我感到羞愧（也许,甚至现在也感到羞愧）;以致发展到这样一种状态:常常,在某个极其恶劣的彼得堡之夜,我回到自己的栖身之地,强烈地意识到,瞧,我今天又干了一件卑劣的事,而且既然做了,也就无法挽回了——这时候我竟会感到一种隐蔽的、不正常的、卑鄙的、莫大的乐趣,然而内心里,秘密地,又会用牙齿为此而咬自己,拼命地咬,用锯锯,慢慢地折磨自己,以致这痛苦终于变成一种可耻而又可诅咒的甜蜜,最后

---

① ［德］赖因哈德·劳特:《陀思妥耶夫斯基哲学——系统论述》,沈真译,广西师范大学出版社2005年版,第117页。

又变成一种显而易见的极大乐趣! 是的,变成乐趣,变成乐趣! 我坚持这一看法。我所以要说这事,是因为我想弄清楚:别人是否也常有这样的乐趣? 我要向你们说明的是:这乐趣正是出于对自己堕落的十分明确的意识:是由于你自己也感到你走到了最后一堵墙;这很恶劣,但是舍此又别无他途;你已经没有了出路,你也永远成不了另一种人;即使还剩下点时间和剩下点信心可以改造成另一种人,大概你自己也不愿意去改造:即使愿意,大概也一事无成,因为实际上,说不定也改造不了任何东西。而主要和归根结底的一点是,这一切是按照强烈的意识的正常而又基本的规律,以及由这些规律直接产生的惯性发生的,因此在这里你不仅不会改弦易辙,而且简直一筹莫展。结果是,比如说,由于强烈的意识:不错,我是个卑鄙小人,既然他自己也感到他当真是个卑鄙小人,好像对这个卑鄙小人倒成了一种慰藉似的。但是够了……唉,废话说了一大堆,可是我又说明了什么呢……能用什么来说明这种强烈的快感呢? 但是我偏要说明! 一不做二不休,干脆把话说到底! 因此我才拿起了笔……①

《地下室手记》主人公的角色意识极其强烈,人物认识到这个角色是由社会强大的惯性力量支配着的,他挣扎,但一无所获。这个“地下室人”的自我倾诉,是病态的自我分析。他受着恶的诱惑,承认自己是“卑鄙小人”,他试图变成“另一种人”,又发觉自我无法“改造”。他处处都受到屈辱之痛充满复仇的渴望,却又无能为力。

这个“地下室人”并非心智迷乱,而是朝着读者不断扮鬼脸,以一个受害者的面目阐释“堕落是一种快乐”的哲学。“地下室人”这一类型人物在陀氏后来创作的《罪与罚》《白痴》《群魔》《少年》《卡拉马佐夫兄弟》中都可以找到,只不过在《地下室手记》这部小说中,主人公的自我剖析最直接最明了,形成独立的章节。

该篇小说的第一部分是纯粹的自我剖析。这个“地下室人”,“他给自己(内心状态)作出心理甚或精神病理的冷静判断,他了解自己意识的性格特征、他的滑稽可笑和他的悲剧性,他知道对他个人可能作出的种种道德品

---

① 〔俄〕陀思妥耶夫斯基:《双重人格 地下室手记》,臧仲伦译,译林出版社2004年版,第181页。

格上的评语，如此等等"。此君"想的最多的是，别人怎么看他，他们可能怎么看他；他竭力想赶在每一他人意识之前，赶在别人对他的每一个想法和观点之前。每当他自白时讲到重要的地方，他无一例外都要竭力去揣度别人会怎样说他、评价他，猜测别人评语的意思和口气，极其细心地估计他人这话会怎样说出来，于是他的话里就不断插进一些想象中的他人话语"①。应该强调的是，这个"地下室人"在自白中不断闪现出想象的他人与他的对话，其核心问题就是对于他的评价，对他的当前角色的评价。"地下室人"为能够剖析自我而获得一种优越感。他讨论自己，其实就是通过另一个自我观察、思考在生活中的"我"。不厌其烦地讨论自我角色，意味着"我"完全成为被议论、被争辩的对象。这个被评判的对象，不仅被评价，更被想象、填充、构造。

英国学者马尔科姆·琼斯认为："愚蠢之人总是很明白自己的社会身份，知道他们是谁、他们在哪儿，遇到事情也很容易得出自己的结论。但聪明之人却对这些茫然不解，因为他们迷失在了自己的分析之中，无法为任何一个独立的行为找到充实的理由。"② 就是说，常人对自我角色通常能下一个明确的结论，懂得生活的方向，这是因为常人总是拿现成的答案和观点来裁定自我，而时刻进行痛苦思考的"地下室人"拒绝任何他人对他的直接的、最终的裁定，他与想象的他人争辩，目的就是驳斥他人的观点，想方设法地为自我的"独立性"辩护。他是一个拒绝将自我角色的解释权交给他人的社会边缘人。

陀思妥耶夫斯基的小说，让主人公讨论自我，为自我扮演什么样角色与他人争辩，事实上就是将裁定人物之角色意义的话语权争夺过来。巴赫金一直强调陀思妥耶夫斯基小说人物的具有"独立性"和"自由性"，指的就是人物可以自己讨论、琢磨自己，自己裁定自己，而不由全知全能的叙述者向读者发布对人物的"权威"论定。

人物的"独立性"、"自由性"和自我的"对话性"，并不一定都如《地下室手记》那样，由主人公直接向读者陈述他对自我角色的见解。在陀思妥

　　①　［苏］巴赫金：《陀思妥耶夫斯基诗学问题》，白春仁、顾亚铃译，三联书店 1988 年版，第89 页。
　　②　［英］马尔科姆·琼斯：《巴赫金之后的陀思妥耶夫斯基——陀思妥耶夫斯基幻想现实主义解读》，吉林人民出版社 2004 年版，第 87 页。

耶夫斯基的许多长篇小说中,人物的角色变幻,人物对自我角色的认识,人物对他人角色的认识,通常都能做到与故事情节的发展形成一种水乳交融的关系,而不是像《地下室手记》那样进行自说自话的"自白"。或者说,利用情节将自我角色的塑造和挣脱逼入一个不得不对话、不得不选择的地步,同样是陀思妥耶夫斯基小说叙事的强项。

三

　　陀思妥耶夫斯基影响最广的代表作《罪与罚》中的主人公拉斯科尔尼科夫像"地下室人"一样沉迷于对自我的剖析,并对社会充满敌意。但他不像"地下室人"那样只有抱怨,而是采取了行动,而且是惊心动魄的行动。简单地说,拉斯科尔尼科夫试图通过杀一个放高利贷者,考验自我能否成为拿破仑那样的"非凡"角色。

　　拉斯科尔尼科夫杀人行动是有理论纲领的,可以说他是按照非常明确的理论实施他的犯罪。早在杀人行动之前,拉斯科尔尼科夫在一篇论文中,就把人类分为"普通"人和"非凡"人。"非凡"人是可以不受良心谴责踏着他人的血迹去实现功利目的。在该部小说中,主人公亦不断地自我证明他不是由于贫困而杀人,而是为了成为"非凡"之人而拿自我做角色实验。

　　可以认为,促使拉斯科尔尼科夫杀人的动力,来自于他对目前的自我角色的严重质疑。拉斯科尔尼科夫具有赌徒的个性,他并无把握自己杀人之后是否会受精神折磨,但他还是决定一搏,打破常人都要遵守的法则,放纵自己杀人,以此试验自我能否胜任"非凡"之人这一角色。陀思妥耶夫斯基创造了这样一个人物,他决心将自我建构为一个虚拟却十分强大的"非凡"角色,这意味着虚拟的"理想之我"对"现实之我"获得了扭曲的却是强大的操控力。事实上,就是拉斯科尔尼科夫忏悔的前一刻,他还挣扎着寻找成为"非凡"之人的可能。

　　这个虚拟的"理想之我"的角色建构以崩溃告终。拉斯科尔尼科夫最终无法胜任拿破仑那样的"非凡"角色。苏珊·李·安德森认为:"拉斯科尔尼科夫尚未真正发现这样一个他相信足以为他所做的任何事情(更不要说谋杀了）辩护的'上帝或信仰'。与其他那些在按他们所珍视的信仰而行动时已经打破了社会法则的人们相比,拉斯科尔尼科夫缺乏他们所具有的信念力量。"① 在小说中,拉斯科尔尼科夫犯罪之后,亦是极力说服自己去胜任超人角色的。那么,是先验的超人角色的虚假性导致了人物的自我实验的失败,还是人物的"懦弱"导致了虚拟的超人角色无法被贯彻始终呢? 换句话说,拉斯科尔尼科夫熬不过良心折磨,是理论出错,还是他本人其实未具备实现他的理论的条件? 从《罪与罚》中可以得知,拉斯科尔尼科夫是有可能躲避过法律之罚,但他无法躲避的是他自我良心之罚。所以,可以认为是人的条件决定了这位大学生最终无法完成"理想之我"即虚拟的"非凡"角色的建构。拉斯科尔尼科夫没有能力贯彻自己构想出的理论,无法将自我创造为另一个非凡之角色。拉斯科尔尼科夫极力地去组织信念,但信念与实际的距离过于遥远,拿破仑与一个穷困大学生的距离是无法让他跨越的。所以,陀思妥耶夫斯基在《罪与罚》中其实是讲了人最终无法达到一个虚拟角色的要求,最终导致角色实验失败的故事。好在拉斯科尔尼科夫精神没有彻底崩溃,妓女索尼娅引他上了信仰之路,而这,对于杀人犯拉斯科尔尼科夫而言,是不是又一趟转变自我角色之旅呢?

当然,陀思妥耶夫斯基笔下的拉斯科尔尼科夫的角色实验是以角色崩溃画上句号。但并不是陀思妥耶夫斯基所有的角色实验都失败了。《群魔》中的基里洛夫计划自杀以表明他可以征服痛苦和恐惧。他兑现了他的设想。成功地将自我塑造为不畏惧死亡的"自由之人"这个角色。

拉斯科尔尼科夫的角色实验是有意识的,是以自我能量获得最大释放为目标的,他甚至公开和预审官讨论这个角色实验的话题。而在《卡拉马佐夫兄弟》中,卡捷琳娜的角色塑造则是自欺欺人的,是以自我压抑为前提的。卡捷琳娜同样也是在进行角色实验,她的角色实验是以自我屈从于男权社会的文化成规为代价的,而且,她的角色实验并不是一开始就具有理论纲领的。她几乎是无意识地创造一种高贵女人的角色,以抚平内心的创痛。

卡捷琳娜为了父亲不受耻辱,试图以性作为交换向粗鲁的军官德米特里

① ［美］苏珊・李・安德森:《陀思妥耶夫斯基》,中华书局 2004 年版,第 64 页。

借钱。出乎意料,德米特里不求任何回报就将钱给了卡捷琳娜。在经济状况完全改善之后,卡捷琳娜要求做德米特里的未婚妻。但德米特里一眼看穿了卡捷琳娜的动机:"她爱的是自己的贞洁,而不是我。"① 这里的 "贞洁" 包括对德米特里的感恩,还多少想重新改写当时企图以性交换金钱的事实。

　　卡捷琳娜决心以一个知恩图报的"高尚者"的角色成为德米特里的未婚妻。她说服了自我,也欺骗了自我,只有到了最后关头,为不让她真正爱的人（德米特里的哥哥伊凡）被怀疑为弑父犯,她抛出了最不利于德米特里的证词。尼娜·珀利堪·斯特劳斯从女性主义批评的角度指出卡捷琳娜在法庭上"对德米特里的抗议是一种性压抑和社会压抑的彻底解脱,是对男性沙文主义的暴动"②。的确,如果从女性主义批评的角度看,卡捷琳娜所有的行为都可以视为男性至上观念的受害者,但卡捷琳娜对男权的反抗同样是自我扭曲的。她试图以高贵者的角色将德米特里这个男性曾经对她的骚扰甚至可能与她做性交易的可能性抹杀,她似乎更愿意将德米特里送钱救她父亲诠释成为英雄救美的传奇故事,所以,她一定要把自己打扮成赏识一位救美英雄的高贵角色,以主动作为德米特里未婚妻的事实来改写她感到屈辱的经历。然而,她最后无法掩盖,将真相和盘端出,这同时葬送了高贵女子的角色形象。

　　无论是拉斯科尔尼科夫,还是卡捷琳娜,他们的角色塑造或者说角色实验都失败了。但失败的意义很不一样。拉斯科尔尼科夫是想突破普遍的社会法则,建构属于少数人的超人法则以使自我能够成为强有力的角色,而卡捷琳娜是以俄罗斯高贵女子的身份去改写原先让她不堪的故事。一个主动,一个被动;一个是自觉的角色实验,另一个是沉默的角色"置换"。但无论如何,都说明在陀思妥耶夫斯基的小说世界里,人物不管是公开的,还是处于无意识状态,他们都在意自我的角色,并试图通过角色转变去推动事件的发展,去改变现状。

　　自我角色,在陀思妥耶夫斯基小说中,再也不是僵硬的、固定的面具,而

---

　　① ［俄］陀思妥耶夫斯基:《卡拉马佐夫兄弟》,耿济之译,人民文学出版社1981年版,第167页。
　　② ［美］尼娜·珀利堪·斯特劳斯:《陀思妥耶夫斯基与女性问题》,宋庆文、温哲仙译,吉林人民出版社2003年版,第195页。

是时时都有可能裂变，"现实之我"与"理想之我"或者是"权宜之我"不断发生冲突，或在短暂的媾和之后，最终某种角色占了上风，而另一种角色不得不崩溃瓦解。

从角色建构，到角色意识如何驱动人物行动，以及人物在苦心经营某种角色过程如何发生程度不等的内心分裂，以及这一过程的心灵变幻，这些都成为陀思妥耶夫斯基小说最引人入胜之处。

四

陀思妥耶夫斯基笔下的人物，既有为自我设置超人角色，试图成为世界主宰的穷困大学生，亦有陶醉于某种自视甚高的优越角色以维护自尊的老知识分子，但最让人感到某种屈辱角色对人物的窒息般压迫的，当属于《白痴》中的纳斯塔霞·菲利波夫娜。

陀思妥耶夫斯基在他的作品中创造了一系列如雅克·拉康所言的"父权制中心象征秩序"阴影下生活着的女性。我们不难发现，从《穷人》到《卡拉马佐夫兄弟》，众多女性是男性可以以金钱购买的性商品。《罪与罚》中，杜尼娅在小说开始的部分，并没有认识到她与卢仁的婚约是变相的交易，她不承认是穷困诱使她通过婚姻将自己出卖给有钱人。哥哥拉斯科尔尼科夫对这一婚约的严厉谴责，才唤醒了杜妮娅，她终于认清了自身的屈辱角色。后来，杜尼娅枪击斯维里加洛夫，可视为她对侵犯她的男性一次有力的报复。而《白痴》中的纳斯塔霞·菲利波夫娜则从一开始就意识到她在男权社会中被当作可买卖物。挣脱被奴役角色的斗争，是纳斯塔霞非常明确的动机。但是，纳斯塔霞对屈辱角色的挣脱，其内心是非常矛盾的。或者说，她对自我角色的判断充满了矛盾性，巴赫金对此有深刻的分析：

> 她一方面认为自己有罪过，是堕落女人；同时，她又认为作为别人应该为她辩护，不能认为她是有罪过的女人。她真诚地与处处为他开脱的梅思金争论，却又同样真诚地憎恨、否定那些同意她的自我谴责并认为她是堕落女性的人们。最后，纳斯塔霞·菲利波夫娜连自己对自己是什

么看法都不清楚了：她是真认为自己是堕落的女人呢？还是相反认为自己没有罪过？自我谴责和自我开脱本是两个声音（我谴责自己，别人为我开脱），但两者为一个声音预感到了，便在这个声音中形成交锋，形成内在的两重性。预感到的也是期望中的别人为她的开脱，与她的自我谴责融合在一起，于是声音里同时听到两种语调，相互激烈地交锋，突然地转换。①

为什么纳斯塔霞·菲利波夫娜会认为别人应该替他辩护呢？首先我们看到，除了梅什金，并没有什么人替她辩护，所有的人，包括她的朋友都认为她是"堕落女人"。"堕落女人"这个角色是纳斯塔霞·菲利波夫娜的"红字"。唯一一位能告诉娜斯塔西娅她是无罪的女人的人是梅什金。有论者认为梅什金是"缓解女性心理上自我堕落的一帖良药"②。这表明，梅什金的观点对纳斯塔霞的自我认识起到重要作用。唯有梅什金的话语的存在，才使娜斯塔西娅对自我的认识第一次获得外界的有力支持。她原来只是单个人不断地为自我的受辱角色辩护。下面一段话可以说明纳斯塔霞·菲利波夫娜曾经多少次渴望她的"堕落女人"角色能够获得有力的辩护：

> 因为我自己也是个幻想家！难道我不曾幻想嫁给你这样的人？你说得对，我早就幻想着能这样。我曾孤孤单单地住在乡下，在托茨基家住了五年，那时我就一直想啊想啊，老是梦想会有一个像你这样善良、诚实、美好、还带点傻气的人，突然跑来对我说："您没有错，纳斯塔霞·菲利波夫娜，我崇拜您！"我有时想得出神，简直都发疯了……不料却来了这么一个人：他每年来住两个月，侮辱我，勾引我，让我堕落，然后又走了。我简直有一千次想往池塘里跳，可是我没有出息，缺乏勇气；而现在呢……③

纳斯塔霞·菲利波夫娜把自己称为"幻想家"。一是因为她的确希望自

---

①　［苏］巴赫金：《陀思妥耶夫斯基诗学问题》，白春仁、顾亚铃译，三联书店1988年版，第321页。

②　［美］尼娜·珀利堪·斯特劳斯：《陀思妥耶夫斯基与女性问题》，宋庆文、温哲仙译，吉林人民出版社2003年版，第80页。

③　［俄］陀思妥耶夫斯基：《白痴》，南江译，人民文学出版社1989年版，第210页。

我角色能获得更新，成为一位活出尊严来的女子。梅什金认为她是"清白"
女子的话语，让她的幻想在现实中获得了回应。证明她"幻想"走出屈辱角色
并获得复活的愿望是正当、合理的。也只有在理解、同情她的人的面前，这位被
压迫的"幻想家"的幻想才可能以言语表达出来。梅什金出现之前，她只愿
意以"堕落女子"角色去羞辱她的敌手，根本未能从她的言语间发现她更新
自我角色的愿望——这表明是梅什金的言行召唤出纳斯塔霞的"幻想"。所
以，纳斯塔霞把梅什金称为她第一次看到的"真正的人"；二是她又根本不相
信她能获得复活，她依然以为她的复活只能局限在"幻想"的界限内。在纳
斯塔霞自我描述的话语中，时常出现的，是这样一些句子："我虽然是个死不要
脸的女人，但是我也许很高傲。""现在我要寻欢作乐，我是个妓女嘛！""这是
我的钱！是我从罗戈任那里挣来的过夜钱。""我要街头去卖笑，卡佳，你听见
了吧，那才是应去的地方，要不我就去当洗衣妇！"所有的这些自我评价，无
疑都是以自我抹黑、自我丑化的方式来控诉男权社会对她的羞辱。这样的自我
评价，不断地从纳斯塔霞的心里喷发出来。不也提示了她的心灵被戕害扭曲到
何等疯狂的程度？就在那夜决定性的聚会上，那些拿她作买卖的男人不都说她
"发疯了"吗？叶潘钦将军甚至建议把她"捆起来"。当一个受戕害的女人不
按照男性主宰的秩序出牌的时候，这个女人就有可能被宣布为疯子。

　　事实上，在纳斯塔霞身体"拍卖"聚会之后，纳斯塔霞所有的行为都带
着"疯狂性"。而这种"疯狂性"，正是她对自身成为"好女人"的极度绝
望。纳斯塔霞并未天真到以为梅什金公爵能够成为她的救星。正如女性主
义批评家指出的，纳斯塔霞"提醒梅什金公爵，他无法从一个'堕落'的世
界中逃脱出来，而他开始拯救的那位妇女的遭受性掠夺并堕落的历史正象征
着那个世界。对于一位连为什么妇女常处于屈从和堕落地位都弄不懂的癫
痫症患者来说，这个期望未免太高了"[1]。的确，带着疯狂特性的纳斯塔霞清
醒地认识到单靠梅什金的同情是无法治愈她的"疯狂性"，也无法消解她的
受迫害的角色意识。坚固的、"理性化"的"父权制中心象征秩序"，是靠
罗戈任、加尼亚、将军、托茨基，甚至是丑角列别杰夫、费尔得先科这样一些男

---

① ［美］尼娜·珀利堪·斯特劳斯：《陀思妥耶夫斯基与女性问题》，宋庆文、温哲仙，吉林人
民出版社 2003 年版，第 91 页。

性人物共同构筑的。而纳斯塔霞的"精神失常"举止,不正是她始终难以摆脱受侮辱受损害的角色意识的戏剧性写照吗?

拉斯科尔尼科夫的故事表明,虚幻的超人角色拥有足够强大的吸引力,可以控制人的行为,让贫困的大学生走向犯罪的道路。而《白痴》中的纳斯塔霞·菲利波夫娜则相反,她只不过要摆脱被人当成交易品的屈辱角色。简单地说,拉斯科尔尼科夫是想成为主人,纳斯塔霞只是不想再当奴隶;拉斯科尔尼科夫追求虚拟的超人角色最后几近崩溃,而纳斯塔霞的屈辱角色却牢牢地控制住她,让她无法摆脱;拉斯科尔尼科夫实现了角色更新,他走出了旧我,迎来了新我,而纳斯塔霞却受困于旧我,无法实现角色更新。纳斯塔霞没有复活。但在《白痴》中出现了一个对世界充满幻想并敢于行动的新女子,这个叫阿格拉娅的女子可以认作是纳斯塔霞获得新生的替代性象征符号。

无论是建构虚幻的角色,还是摆脱屈辱的角色,陀思妥耶夫斯基作为文学大师,都能极富层次感地展示某种角色意识对人的控制、毒害或戏弄,同时,陀思妥耶夫斯基不是完全依靠人物的"自白"来展示人的角色意识,而是通过人物关系剧烈变化和大幅度情节震荡来表现人的自我意识的矛盾性。简单地说,陀思妥耶夫斯基是非常善于通过故事本身来书写人物如何为某种角色意识所支配,或是如何在挣脱某种屈辱性角色过程中走向悲剧性终结。

陀思妥耶夫斯基小说艺术的突出成就之一,就是写出"人身上的人",即人的"第二天性",即人的角色意识,是如何控制人本身。同时,陀思妥耶夫斯基的深刻的洞察力还表现在:具有高度的角色意识的人物,虽然都具有敏感的自审能力,但即便如此,他们依然不得不受困于某种角色意识,不得不为某种角色意识所麻痹。只有故事推进到了某种非此即彼的两难情形中,某种角色面具才可能剥落,人性中最隐蔽的动机才会显露出来。陀思妥耶夫斯基尽管否认他是个心理学家,但他的作品,就具体的艺术形象的创造而言,显示出他拥有极富纵深感的心理分析的穿透力和最巧妙的叙事艺术的布局才能。

第四部分
媒介特质与审美特异性

第十一章 结构形式、解构分析与审美特异性

一

涉及叙事作品的分析方式,经常会被问及这样的问题:探讨结构、聚焦、语义方阵或行动元这些经典叙事学术语,对具体作品的特殊性的解读会提供怎样的帮助? 当聚焦方式分析了,语义方阵摆好了,行动元甄别了,那么,下一步该做什么呢? 更次一级的分析对象是什么呢? 显然,这是经典结构主义叙事学无法提供具有穿透力答案的诸种问题。

结构主义叙事学喜爱设想出种种"元叙事模式"。"元叙事模式"的"普适性"和"通约性",往往难免"刻舟求剑"之嫌。

经典结构主义叙事学认为,是作品内部诸要素成就了阅读的意义,所谓人物的个性特征不过是种种叙事关系造就的幻觉。

在结构主义的观念里,"主体仅仅被视为语言、文化或无意识的产物而被摒弃后彻底非中心化,其能动的或创造性的功能也遭到了否弃。结构主义强调符号系统、无意识、社会关系的首要性,强调主体性与意义的派生性。按照这种模式,意义不再是自主主体的清晰意向的产物:主体本身也是由它在语言系统

中的关系所构成的。主体性因而被视为只是社会和语言的建构物。"①

　　问题在于,哪怕承认一部叙事作品是"社会和语言的建构物",不同"建构物"的差异还是存在的。

　　结构主义叙事学分析方法的困境在于,作为"社会和语言的建构物"之"模块化"的叙事分析模式,既能适应于甲作品,又能通用于乙丙丁作品。如此,"模块化"叙事分析的微观辨析能力就受到了质疑。结构主义式的"模块化"分析,非常适用于类型化的叙事作品,用于分析具有"离经叛道"意味的叙事作品,就显得笨拙了。当我们知道海明威的《杀人者》使用了"外聚焦",格里耶的《嫉妒》使用了"内聚焦"之后,此类小说"其他"特异性又该如何呈现呢?或者说,我们还可能产生这样的疑问:不错,《嫉妒》使用"内聚焦"的确很特别,但是,并非只依靠"内聚焦"《嫉妒》才能传达那位沉默丈夫的无声蚀骨的嫉妒。况且,适用"内聚焦"的作品远不止一部《嫉妒》。当"内聚焦"在一系列的聚焦作品中成为"通用手段"时,以"内聚焦"为分析角度来阐释叙事作品,其分析深度不免受到质疑。同样,研究叙事程序的故事形态模型,比如灰姑娘故事形态模式,无论灰姑娘的职业、性格、兴趣、国籍甚至性别有什么样的变化,灰姑娘叙事模块都会传达同样的意义。这无非在表明这样一种逻辑:叙事程序模块决定一切,人物任何主体性的表现,无论如何"鲜明"、"独特",都是一种叙事模块类型成功造就的"幻相"。"叙事模块"成为一种具有神话色彩的意义之源,接受者为此形态的故事而感叹嘘唏,不过是一次次重复他们需要也愿意"被感动"的意义流程。

　　对此,我们还是有必要再问:某种"叙事零件"的更换是不是"真的"对叙事模块的整体"功能性意义"无影响?故事形态学中的一种类型故事模式的意义传达当真那么"超稳定"?事实上并非如此。形式主义的重要论者什克洛夫斯基,他并没有忽略故事形态内部的"局部配置"的变化对文本整体意识形态的影响。有论者发现:"什克洛夫斯基举过一个比较简单的例子,说如果夏洛克·福尔摩斯需要一个打下手的,而且这个人总是容易上当受骗,弱智无能,以衬托福尔摩斯的一贯正确,那么单从形式的角度而言,

---

　　① [美]道格拉斯·凯尔纳、斯蒂文·贝斯特:《后现代理论》,中央编译出版社 2004 年版,第24 页。

这白痴是个私家侦探还是公务员,无关宏旨。就柯南·道尔所处的历史关头而言,最符合手法动机的选择显然是一位公务员——非巡视员莱斯特拉德莫属,如此才能让作者在笨拙无能的国家机构背景里突出资产阶级个体的优越性。什克洛夫斯基认为,在一个无产阶级的政权里,角色任务可能是倒过来的,成功的侦探可能是公务员,而那位笨伯则可能是一个私家侦探:手法及其某种动机的不可或缺是一样的。于是,'动机'概念将历史拉入形式结构之中,让历史为手法服务。通过'动机'概念,结构向历史开放。"①

　　故事形态学重视整体意义,还是认为局部形态的变化有可能动摇整体的意义。这是两种截然不同的看法。如果强调故事形态模型的"通用性",任何"主人公"都需要"助手"和"敌手"来形成故事的推力。因此,配置一个"助手",让"助手"在故事形态中起到释放"主人公"种种意图的功能,至于"助手"是何种人无关紧要。

　　而另一种观点认为,恰恰是"助手"这一功能性角色的"调整",将改变叙事模型的整体面貌,使审美趣味发生显著变化:有点愚蠢的"助手"由谁来担任,意味着嘲讽目标的变化。你可以忽视这种变化,声称任何人担任"助手",只要具备了既帮助了"主人公"又受到"主人公"的轻视这个"功能"就行了,然而,当分析者特别重视这一"助手"所包含着的不同意味的喜剧色彩时,那么,由什么人来担任这一"助手"角色,其意义甚至大于整体故事形态的意义:"谁被嘲笑"的意义大大上升,文本的整体意义,可能仅仅因为某个角色之身份的改变,就让人窥见其中意识形态立场的微妙变化。

　　这种分析方式,已埋伏下解构式叙事批评的伏笔。

　　在经典结构主义叙事学的观念中,一定范围的叙事作品中抽象出一种"叙事模型",进一步假定这种叙事模型所对应的意义具有一定的普适性,再以试错的方式逐步拓展模型的应用范围。在这种思维方式的引领下,模型的"意义疆界"在理论上是可以无限拓展的,任何内部微观的改变,都可能被整体意义模型所吸收,只要通过些许的改动和修正,就能不断地去"吞噬"任何"离经叛道"的叙事作品。

---

① ［美］布赖恩·麦克黑尔:《鬼魂和妖怪:论讲述叙事理论史的可能性与不可能性》见 James Phelan Peter J. Rabinowitz 主编《当代叙事理论》,北京大学出版社 2007 年版,第 54 页。

换句话说,经典结构主义叙事学的雄心,在于通过发布一系列叙事代码、叙事形态的模式,最大限度地整合叙事的意义。

"模式意义最大化"是结构主义叙事学最内在的一种理论取向。

格雷马斯曾说:"倘若我们不能指出童话叙事中的模型在其他价值哲学领域里的效用,倘若我们不能将它应用到不同的叙事形式上,这个模型的意义就一定十分有限。"①

换句话说,结构主义叙事学的理论路径,在于从最单纯最"原始"的叙事"细胞"(比如一系列童话故事)中抽取叙事的DNA,尽可能将貌似复杂多变的叙事作品在一个模式框架里"逻辑化",并将经过"逻辑化"的叙事模型尽可能推广到不同的叙事领域中。

"模式意义最大化"意味着结构主义叙事学对于模型内部的微观变异虽也予以重视,但这种重视的前提,是"整体模式整合局部"或"整体意义总是大于局部"。

与结构主义叙事观不同,所谓解构式的叙事观,直接质疑叙事模式理论的稳固性、封闭性和统一性。解构式的叙事观念是反规则的,反规则的本身即是其"规则"。

二

结构主义模式化、规则化研究方式的难局在于,规则化模式化叙事研究方式有的"大而无当",十分僵硬,缺乏阐释的灵活性,"正确"但不"精确",甚至在"正确"的外表下掩盖了模式分析与生俱来的敷衍或将就,如普洛普的故事形态学;有的模式虽然很有"包容性",可谓"变化多端",但由于整个模式架构所依恃的观念依然是追求"模式意义最大化"的"大观念",所以即使表现出相当机智的灵活性,还是有可能流失掉重要的分析内容,这种情况当推格雷马斯的语义方阵;有的模式,比如热奈特对《追忆似水年华》的研究,虽然是针对个别作品的特殊模式的精致剖析,但过于强调

---

① 〔法〕A.J.格雷马斯:《结构语义学》,三联书店1999年版,第307页。

叙事技术的剖解使诸多微观叙事模型过于"冷漠",与普鲁斯特那样天才型作家不能同日而语的"普通作家"似乎亦能完成热奈特所创造的各种叙事指标,这就使得这样的研究虽然能够让人窥见天才作家部分特异性,但这种"特异性"还是被一种"过度适用"的概念所压迫,无法帮助读者比较全面地品味具有极度活跃创造力的作家独有的叙述魅力。

故事形态学可以诠释意义相对单一的叙事作品,但对故事意义复杂特别是对那种对重大价值观念进行反思的叙事作品,故事形态学的所谓叙事功能代码不但失去了驾驭叙事内容的能力,甚至"功能"之谓本身成为一种反讽。

比如结构主义经典概念"考验",几乎所有的叙事作品都存有这一项"功能"。格雷马斯在普洛普研究的基础上,更进一步,发现"考验"这一功能占据文本的中心位置。根据格雷马斯对童话的深入研究,叙事一共含有三个考验:"资格考验"、"主考验"、"颂扬考验"。[1] 显然,在童话故事研究中,如此概括"考验"是恰当的。在有些叙事作品中,比如中国的《西游记》,"考验"三部曲也是可以"对号入座"。然而,对思想情感具有"反思"或"叛逆"色彩的作品来说,故事形态学中的"考验"就缺乏解释力了。比如,托尔斯泰的《伊凡·伊里奇的死》叙述一位官员从生病到死亡,他的内心逐步觉醒,重新审视先前官场上的"成功人生"的价值。尽管伊凡·伊里奇这期间经历了种种"精神考验",但这些"精神考验"恰恰具有"反考验"的内涵:所谓的"精神考验",是立场和价值观的完全转变,是从先前的"成功人士"的迷梦中恍然醒悟后对之前人生的否定性批判。这种"精神考验"其实是一种退却,是以对自我灵魂的"拷问"来代替现实功利的"考验"。这种"自我拷问式考验"是"去资格""去颂扬"的考验,此种"考验"内在含义已经不是字面上的"考验"所能承载的了。故事形态的外部虽然还以"人生考验"的面目出现,但其内在含义却是对名利场上的"人生考验"的否定,是对他人为其设定的"人生考验"的困惑与质疑。所以,在诸多带有强烈的反思甚至是叛逆色彩的叙事作品中,"考验"这一叙事功能根本无法反映出作品内在的种种价值观念的交织性、错位性和无可化解性。或者

---

[1] ［法］A. J. 格雷马斯:《结构语义学》,三联书店 1999 年版,第 276 页。

说,"考验"这一叙事功能之概念根本无法"约束"在"考验"的名义下所发生的价值观念剧烈"震荡性"和"摇摆性"。"考验"已经无法经受考验。黑塞的《玻璃球游戏》、毛姆的《刀锋》等作品中的主人公都以激烈的反主流行为使得"考验"这一功能性符号发生复杂的扭曲:这些作品宣扬的是以争取"不成功"的"考验"来颠覆"成功"的"考验"。"考验"的双重甚至是多重意义已经彻底颠覆了、"压垮"了故事形态学中的"考验"之功能性内涵。或者说,注重情节布局的故事形态学无法有效地诠释具有深刻度的复杂故事中的"辨证功能"。故事形态学过于注重模式化的意义统一性,而思想复杂化的叙事文学"言外之言""意外之意"之表达方式往往大大超越了情节面的单纯"进度"。在以层层推进的反思为内容的叙事作品中,故事情节发展与意义发展的不相称,意义的多重性、歧义性、两难性和模糊性,往往不与情节表面的发展构成同步关系。常常是情节发展了,但意义的探索还处于犹豫不决的徘徊状态。这些叙事问题,是单纯重视情节布局的故事形态学所无法解决的。

当然,模式化叙事分析方法并非都缺乏应对变化的适应力。

当叙事分析从注重情节线性变化到重视情节内部的冲突之意义的时候,叙事分析方法的确获得更广阔的空间。格雷马斯的结构语义学,在吸收了普洛普研究成果后,将叙事内容高度逻辑化,确立了以二元对立为基本架构的叙事分析方法。

二元对立为基础的语义方阵,对于文本中各种能量的交汇、碰撞、置换确实能给予相当灵活的阐释。

语义方阵本身甚至作为一种可资研究的对象,依然成为重要论者的"研究工具"。詹姆逊就说:"就格雷马斯的情况看,我们将表明这种明显为静态的、依据二元对立而非辨证对立建构的,并将继续依据同源性设定层面之间的关系的分析图式,通过把它指定为意识形态封闭的场所和模式而重新用于一种历史化的辨证批评,由此看来,这个符号矩形就成了探讨文本错综复杂的语义和意识形态的重要工具——在格雷马斯本人的著作中,与其说由于这个矩形产生出借以观照景象和自然因素的客观可能性,毋宁说由于它勾勒出一种特殊的观念意识的局限性,并标识出意识不可超越的、它又注定于其中摇摆的那些概念观点。"[①]"这个'符号矩形'的封闭性现在提供一条进入文本的路径,不是通过假定纯粹的逻辑可能性和置换,而是通过对蕴涵于意识形态系统中的术语或结点进行诊断式揭示。"[②] 所谓"诊断式揭示"就是揭示二元对立之意识形态的局限性。或者说,格雷马斯以为二元对立凭借其封闭的、稳定的架构阐释了叙事文本,而在詹姆逊看来,为什么以如此一组二元对立来阐释文本,这本身就是值得推敲的问题——使得二元对立成立的理由,其本身也是一个需要进一步"诊断"的问题。当一组二元对立甚至会衍生出另一组二元对立并对其进行进一步的"诊断式"阐释的时候,二元对立的封闭性就被打破了,其稳定的意义系统也就岌岌可危。

二元对立的衍生性,是从其内部开始的,是来自内部的力量迫使二元对立的封闭模式不得不面临着被突破的"危险"。

试以《罪与罚》论:如果以"犯罪/救赎"作为建构其主题的二元对立,"犯罪""救赎"成为两个"极化点",好像主人公是在做一次从犯罪到寻求救赎的旅行。如此理解,无"错",却根本无法挖掘小说中最深刻最复杂的内容,《罪与罚》的文本内部的诸种意识形态要素也无法获得安置。单就"犯罪"这个极化点来说,"贫穷有罪/杀人无罪""小人物犯罪才是罪/'超人'犯罪不是罪"这些次级二元对立是小说中相当重要的内容,而这些次级的二元对立,其实是在瓦解所谓"犯罪"的内涵。也就是说,极化点的"犯罪"虽然是文本中的"事实",却是被"悬置"起来的"事实",因为主人公就是要以犯罪手段来试验犯罪会不会使他良心不安,甚至他在理论上想说服自己如此犯罪是很有道理的:主人公想当一个超人,他要学拿破仑。再如"救赎"这一极化点,其实在小说中男主人公拉斯柯尔尼克夫并没有完全获得内心的安宁,哪怕是在流放中,"良心之罚/理论之败"的冲突依然在主人公内心中发生着剧烈的斗争。

结构主义的二元对立是靠两个"极化点"维持意义的稳定,可是,陀思妥耶夫斯基的许多作品,是在对"极化点"的意义频频质疑的过程中让作品的

---

① ［美］詹姆逊:《詹姆逊文集·第2卷·批评理论和叙事阐释》,中国人民大学出版社2004年版,第171页。

② 同上书,第172页。

思想与审美内容呈现巴赫金所言的"未完成"的状态。这意味着,二元对立的模式化的叙事分析方式根本无法传达二元间情感力量和观念力量的交错性冲突的过程性以及过程性所包含着的形式审美感——而这恰恰是陀思妥耶夫斯基小说最精彩的所在。

当然,更关键的还在于,二元对立以"极化点"维持文本意义系统的稳定,而陀思妥耶夫斯基这样小说,在架构意义"极化点"的同时就在质疑"极化点"——《白痴》《卡拉马佐夫兄弟》这些小说比《罪与罚》更明显地体现了这些特点。模式化的结构主义叙事分析方式因其封闭式稳固式的分析系统根本无法应对那种思想和情感不断回溯、叙事内部不断产生盘旋式的自我怀疑力量的开放文本。当文本中几乎所有的事件、情绪、思想、个性都在被肯定的时候又被投以否定的目光,几乎前一刻被支持的内容在下一个环节到来之时就被推翻。这样的叙事文本,是不会支持稳定的"整体的"、"稳固的"、"模式化"的叙事分析系统的,而是会寻求那种"反模式化"、"开放的"、"具有自我反省能力"叙事分析机制的。当然,所谓"反模式机制",在解构批评中,又被强调到另一个极端。

三

J. 希利斯·米勒强调:"小说是在瓦解的深渊之上岌岌可危地维持着对主体、对角色的信任。在否定和肯定的不断摇摆中,在若不肯定其说之说便不能说否定的不断摇摆中。"① 的确,在解构主义者看来,诸多叙事主题的概括都很值得怀疑的,或者说,作者本人或权威评论者对文本的解读处处充满了误读,叙事分析的主要任务就是动摇或彻底瓦解任何看似一目了然的主题、论断和结构。

从 J. 希利斯·米勒那篇《亚里士多德的俄狄浦斯情结》就可以看出解构思维多么善于调动文本中种种叙事要素(情节、隐喻、反讽修辞等)逐步颠覆权威论断。俄狄浦斯"他的言辞不受他的主观意愿的控制,其'心灵'

---

① ［美］J. 希利斯·米勒:《重申解构主义》,中国社会科学出版社 1998 年版,第 91 页。

层面的逻各斯无法控制其'词语'或者'意思'层的逻各斯,逻各斯的两种意义——作为心灵的逻各斯和作为词语的逻各斯——注定各是互不相关的。俄狄浦斯说的话被飘送至超凡的多重逻各斯的控制之中,从而表达出他自己尚未觉察的真理。这对于像俄狄浦斯(或亚里士多德)这么理性,以自己的清晰推理和表达能力为荣的人来说,是极为残酷的,其残酷程度不亚于天神强迫俄狄浦斯干他竭尽全力想摆脱的事情——杀害父亲并与母亲同床共寝"①。这里的"俄狄浦斯"与其说是一个人物,不如说是一部叙事文本。解构思维认为,叙事文本中所隐含的意义远比叙事文本字面上的意义丰富,叙述者以及人物所说的远比其自身意识到的要多。

叙事文本的"意愿"即字面上所表达的立场、主张、判断,就好像是俄狄浦斯的"意愿",往往包含着自相矛盾的意义,甚至经常走向反面:相信在革命的正义之上是人道主义的正义的雨果却无法解决一个难题,那就是以人道主义名义释放恶魔很可能再次带来人道危机(《九三年》);言明崇尚独立的女性在文本中可能所有的重要事务都需要假借男性之势力(《一个女士的画像》);字面上处处诟病同性恋的小说却让人惊讶地发现所有的重要人物都是同性恋以至于不能不让人怀疑作者对同性恋世界有着超敏感的了解,否则为什么他满眼都是同性恋在活动(《追忆似水年华》);以为底层者申冤为主线的文本其实最关心的是贵族灵魂的得救(《复活》);貌似玩世不恭而无意杀人的"局外人"其实他的生活态度处处潜藏着玩火自焚的倾向(《局外人》);等等,等等,此类案例不说俯拾即是,至少不鲜见。

可见,叙事作品在叙事过程中潜藏下自行消解的叙事要素,是作品的常态,而非例外。正如乔纳森·卡勒所言:"解构源起于结构主义的觉醒,意识到它的系统工程无以为继。结构主义者的科学雄心,由于解构分析对它赖以描述和把握文化生产的二元对立的诘难,被证明是一场白日梦。解构摧毁了结构主义的'理性信仰',揭示了文本盲乱的非理性本质,说明文本是在搅乱或颠覆据认为它们在显现的任何一种体系或立场。藉此,解构展现了一切文学科学或话语科学的不可能性,使批评活动重新成为阐释的使命。譬如,

---

① ［美］J.希利斯·米勒:《解读叙事》,北京大学出版社2002年版,第19页。

批评家与其借用文学作品来发展某种叙事诗学,莫如研究个别小说,看一看它们怎样抑制或颠覆了叙事逻辑。"①"解构批评还颇注意那些抵御文本之统一性叙述程式的结构,这正是希利斯·米勒许多论文所致力的格局:先是通过追溯出某个统一一序列中的凝聚法则,进而描述小说中之有赖于连接起点和终点的叙述'线',继之又进一步开掘各种不同的模式,其间小说或暗示了互为抵触的叙述逻辑,或表明它们的构架辞格只是些没有根据的人为设置。"②

关键在于,这种揭示小说从何种角度可以"抑制或颠覆叙事逻辑"的批评方法,对理解文本、评价文本是否有帮助呢?其价值到底体现在哪里呢?

寻求"抵御文本统一性"的可能,其最大的作用不是为颠覆而颠覆,而是最大限度地洞悉叙事规则的"漏洞"所在。

如果说"结构"告诉你叙事网络是稳定安全的,那么"解构"则扮演"黑客"的角色。

"解构"告诉你貌似逻辑"完美"的叙事系统其实不过是一种修辞的结果,再"完美"的修辞也都可能暗伏着某种不易察觉的误区和漏洞。如此,"解构"是以发现漏洞的方式揭示叙事逻辑的存在。"解构"的叙事分析从不"正面"发布叙事诗学的种种系统规则,而是通过否定的方式迫使叙事诗学暴露其规则性。在解构者看来,所有的叙事诗学都患上了"逻各斯中心主义"不可救药的毛病。然而,"解构"并非完全不顾"逻各斯",只不过强调叙事内容不受单一的逻各斯的辖制而是在多重逻各斯交错中行进。

如此看来,叙事逻辑本身是存在的,叙事并非一团混乱的文字组织,"解构"只不过更强调单一叙事逻辑的不可靠性。

然而,无论叙事逻辑如何不可靠,一部《红楼梦》毕竟是《红楼梦》,而不可能是《三国演义》或《水浒传》,一部叙事作品无论如何多元解读,也都是围绕着此部作品而非彼部作品展开。

叙事逻辑不太可能在毫无限制的前提下让意义疯狂舞蹈。事实上,诸多"解构"式的叙事分析也并没有让读者见到任何一望无际的意义原野。"解构"既然揭示了"误读"了什么,必然告诉你"正读"了什么。

① 〔美〕乔纳森·卡勒:《论解构》,中国社会科学出版社 1998 年版,第 198 页。
② 同上书,第 228 页。

　　或者说,能够说明什么是"误读",不是在表明你有了你所认可的
"正读"?

　　伊格尔顿对于种种"规范"都可能被拆解表示出担忧甚至愤怒,他在
《理论之后》一书中对此现象进行了颇有趣味的探讨:

　　　　维特根斯坦提醒我们,网球没有规定球要抛多高,击球要多狠,但网
　　球还是有规则制约的。至于法律,我们已经看过《威尼斯商人》中鲍西
　　娅法律至上的诡辩,没有什么比它更清楚地表明法律的含糊其辞了。鲍
　　西娅向法庭指出,夏洛克要取得一磅肉的契约没有提及割肉时连带着
　　血,从而使得在劫难逃的安东尼奥成功逃脱。然而,没有一个现实的法
　　庭会认可这样一个愚昧的理由。没有任何的文书能解释明白其所有可
　　能的含义。你还不如声称,夏洛克的契约没提到使用刀,也没有提到割
　　肉时,夏洛克的头发是否应该梳成迷人的马尾辫挂在脑后,鲍西娅对契
　　约的研读,过于拘泥于字面含义,因此是错误的:这是基要主义者的读
　　法,拘泥于文本的字面意义,因而明目张胆地歪曲其意义。要想释义精
　　确,解释必然要有创见。它必须利用对生活和语言运作的默示了解,以
　　及理解永远不能准确表述的实际经验,而这正是鲍西娅所拒绝的。如果
　　我们要想尽可能地明晰,某种程度的粗糙就是不可避免的了。[①]

　　显然,指责鲍西娅对契约的研读过于拘泥字面含义不见得很恰当的,因为鲍
西娅恰恰是利用了字义的外延进行她诡辩式的合理解读,这是高明的律师惯
用手法。

　　从某种意义上说,鲍西娅是相当称职的"解构"专家。鲍西娅的行为,
表明即使是法律文本,也是有不同的逻辑贯穿其中的,"一磅肉"成为不同
逻辑的交汇点。正是巧妙地利用了"一磅肉"的不同含义,鲍西娅在法律允
许的范围内玩弄文字游戏,并击退对手。这一切,据分析者分析,是奠基在夏
洛克对法律的笃信,没有夏洛克对"结构"的无条件的遵从,鲍西娅的"解
构"这个戏是很难演下去:

---

　　① ［英］特里·伊格尔顿:《理论之后》,商务印书馆 2009 年版,第 198 页。

"法律是夏洛克的心与魂,亦是导致他毁灭的原因,他因此而获得悲剧的尊严。夏洛克是被法律欺骗的人,他从未考虑过法律可能只是实现目的的手段,因此是一种会根据目标而改变的工具;或者,至少在某种程度上来说,法律取决于人性的弱点。"①

这是一个隐喻,"结构"笃信者夏洛克,被"解构"游戏者鲍西娅"欺骗"了。迷信规范的人被不服从规范并利用规范的人打败了。要注意的是,如果没有夏洛克对"规范"的信任,就不可能成就鲍西娅的杀伤力巨大的"解构"式欺骗。规范的存在,是"解构"的前提。"结构"是"解构"的"沙盘"。不过这个"沙盘"不是原来的"结构"所规定好了的,而是要有所突破才能成就鲍西娅天才的"解构"。

不过,不管鲍西娅的"解构"如何成功,关于《威尼斯商人》,不会被"过度诠释"为一个防欺诈的法律普及读本,而是会被认为这是一出关于爱情、友谊、信仰等内容的一出戏剧。

从研究叙事作品角度而言,"解构"一部叙事作品的眼光无论如何独到,最终也是要迂回地落实到一部叙事作品的独特性上。谈论鲍西娅的"解构"的精彩,是联系着女主人公如何用聪慧的方法赢得爱情,用成全男性友谊的方式提高她在爱情方面的影响力同时成就自己的爱情。从戏剧形式来说,这样的"巧计"与女主人公征婚的狡黠相呼应,都在显示着女主人公在整个事件中带有诙谐色彩的举重若轻的喜剧力量。如果抛弃这些故事中相关联的因素,孤立地解读女主人公在法律应用上的"诡计",是无法解读出这出戏最有趣的看点。

再拿一部较经典的文学作品来说明这个道理吧。如《呼啸山庄》,如何探讨这部小说中的"仇恨"呢?从阶级角度来说,这部小说暗含着富裕阶层对底层人士闯入他们的生活圈并夺取财产的恐惧;从性别斗争角度看,这部小说是男性父权中心病态发作的一种典范书写,揭示了父权统治的威权性和脆弱性;从虐恋角度看,小说中的所有恋情都以情感和肉体的"虐己"与"虐他"来完成,所有的恋情都带着赤裸裸的身体暴力或言语暴力;从家

---

① 〔美〕阿兰·布鲁姆、哈瑞·雅法:《莎士比亚的政治》,江苏人民出版社 2009 年版,第 26 页。

族历史的角度看,这部小说勾勒出一个家族恋情的奇异的关系编排,是对家族伦理触目惊心的一次拷问;从人与环境的角度看,这是一个人心比环境更狂暴更变幻莫测的一次生动写照。总之,这部表面上看似乎很"简单"的一部小说,其可分析的角度原比我们想象的要多。可是,无论如何,我们无法否认这是一部以狂暴的仇恨方式来表达至纯爱情的小说。你可以质疑其"狂暴""仇恨""至纯爱情"的内涵,但是,只要你涉及《呼啸山庄》的"爱情",就无法回避这部小说中"爱情"与"仇恨"紧紧纠缠在一起的特征,就无法回避"仇恨"、"爱情"、"家族复仇"这些要素在小说中共同作用的特异性。将"恨"与"爱"令人难以置信地结合在一起,是这部小说令人叹服的叙事艺术。我的意思是,阐释的角度可以千差万别,但《呼啸山庄》之所以能被认定是《呼啸山庄》而不是《简·爱》或《荒凉山庄》,其差异性是建立在仇恨与爱的奇异结合上。你可以质疑,是"至纯之爱"为仇恨施放烟幕弹,或是以仇恨修辞书写至纯之爱才可能写出爱的难度和高度等等,这些解构式的质疑很值得重视,但无可回避的是,你在阐释这些内容的时候,不能不围绕着这篇小说几位人物的特殊关系,不能不从此部小说中奇异的人物关系中获得意义阐释的爆发力。这似乎又回到了结构主义的老套,但又不全是,因为你可以怀疑男主人公口口声声坚称的爱是不是一种"爱",这种歇斯底里带有恋尸癖的爱情很可能是男主人公希克利自己所不了解的,你可以"拆穿"这种爱背后的重重修辞话语,也可以点破这种修辞背后不过是一种资产阶级的焦虑:狂暴而突兀的爱背后可能隐蔽着资产阶级对底层人对其财产和婚姻的觊觎的极度恐惧,所以将来自底层的希克利塑造成一个冷酷无情的财产"掠夺者"和为爱情而疯狂的"狂暴人"。对这些想象修辞的剖析当然可能来自意想不到的角度,但很难抛开这篇小说中关于仇恨/爱情的叙述,因为这部小说的最奇妙的所在是那种无望的爱情狂热和充满暴力成分的复仇情节,哪怕你质疑我对此爱情/仇恨关系的修辞,也同样无法绕过对这种修辞的质疑式解读。再进一步,哪怕你觉得我对这篇小说的如此"定位"也是一种不可救药的偏见或"前理解"使然,但对这部小说的特殊性的"定位"总不见得也是一种可笑的工作吧。

四

　　乔纳森·卡勒以为："德里达与他的追随者作为阐释家时，似乎没有标出每一部作品的独创性，或者甚至是它独特的盲乱性也好。他们满心想的似乎倒是签名、比喻、框架、阅读或误读，或逃避某种假设系统的困难一类的问题。不仅如此，解构阅读难得尊重作品的整体性和完整性，它们眼光盯住部分，把它们与各式各样的东西比附，甚至都不想一想随便哪一部分与整体的关系。阐释家可以论辩哪一部作品缺乏整一性，但忽略整一性的问题，却是蔑视他们的职责。"① 如此评价"解构"，可能也是一种"误读"，但求解作品"独创性"的要求，似乎不是一个过分的要求。就是"解构体操"表演最动人最漂亮的罗兰·巴特，他在《符号帝国》中不是通过西方符号与日本符号的各类比较去诠释东方符号的奇特性吗？筷子、相扑、门牌等等符号如果不是通过与西式符号的比较，以一种符号的错位方式呈现，在一个中国人看来很普通的东方符号能获得如此魔力吗？在《恋人絮语》中，罗兰·巴特不也是在为少年维特爱情的特殊性"定位"吗？至于他的《S/Z》，如果不是在揭示巴尔扎克小说《萨拉辛》的特殊编码，他又在忙些什么？

　　为文学作品的特异性"定位"不应该成为一种罪过。相反，寻求一类或一部文学作品的特异性当是文学叙事研究应有的职责。

　　当然，这里所言的特异性不是一种简单的题材或主题类比，也不是大而无当的美学风格的宏观比较。叙事分析，在走过了"结构"与"解构"之后，大概可以明确两点，一是叙事分析不能局限于规则本身谈规则，而是要探讨迫使规则形成如此"形式"的历史力量和美学力量。同时，细部特征的辨析在许多时候比概括宏大叙事模式更逼近叙事的独异性；二是"解构"的叙事分析时常提醒我们，某种叙事模式之"规则"根本就是一种"臆造"，"解构"阐释叙事就是让你明白"臆造的威力"是如何修辞出叙事文本的"真实"。然而，正如卡勒所说的，"我们恰恰要深究的就是 A 作品的""臆造"

---

　　① ［美］乔纳森·卡勒:《论解构》,中国社会科学出版社 1998 年版,第 199 页。

与 B 作品"臆造"之间的区别,要探讨的恰是"臆造的力量"如何以某种独特性去获取"臆造"的独特魅力。所以,不能因为叙事都是虚构就放弃对虚构的独异性的研究。事实上,深刻的"解构"的分析,不是告诉你审美都是"幻象",而是指出种种看似"合理""恰当"的叙事形式,往往是削足适履的勉强的形式表述,种种形式化的"理论",其实都很难抵达作品的特殊性。

如此,我们有理由认为,"解构"方式是为更具穿透性的分析方法的出场做好理论上的准备。

那么,寻求作品的独异性的方法是否存在呢?应该承认,这方面的探索存在着极大的难度,其难度就在于某种"文学性"一经抽象,很可能马上陷入无法"证伪"的窘迫境地,大量的例外将迅速对任何宏大的"文学性"包括叙事形式提出疑问。

所以,文学作品差异研究只能在动态的、有限的、充满"立体感"的微观化的比较过程中,才可能勾勒彼此的差异性。任何一种文学作品的"特异性"都是动态的、暂时的、在某种系列的作品群落中获得"安置"的特殊性。换句话说,"特异性"是在比较出与其他作品的"差异性"中才可能显现,而如何选择其他的一系列作品其本身就带有很明显的主观性。在一系列作品的对照中,在对各自特点的彼此打量过程中,某一作品由于与其他相似作品比较而获得相互挤压的"褶皱"(借用了德勒兹的术语)是研究的目标。此一系列的"褶皱"是如何被放置在某一个作品群落之中,同样的"褶皱"在另一种作品地带将获得何种特征,这都是要重视的问题。

僵死的差异性比较,是刻板的一个角色功能对另一个角色功能的比较,能动的差异性比较,是此种角色功能为什么在此作品呈现如此形态,而在彼作品中这一角色为什么被改造得如此别样;机械的差异性比较,是主题的面上特征比较,而充满"立体感"的差异比较则是要显示此种主题"艺术性"是在哪一方面被另一部作品"主题"所吸收,又有哪一方面被抛弃,被吸收的部分如何被改造,改造后的效果又呈现出怎样独特的面貌;粗糙马虎的比较只见到形态上的差异性和相似性,而精致化微观化的比较能在指出相似性的同时,还能洞察细微的差异是如何传达作者无意或有意的用心,从而在风格上发生相当大变化的创造性变异;静态的差异比较是仅仅关注单一作品内部的差异,而动态差异比较将触角延伸到一个更开阔的作品群落中,将视野拓展到一个更复杂的背景中去寻求差异的原因,以及原因的原因。

动态差异比较,是一种着力于"点"上的比较。但是,即便是两个相似"点"的比较,也是为了说明不同的力量轨迹如何造就此"点"与彼"点"的相似性与差异性。

叙事系列化的差异性比较,目的就是让叙事作品通过尽可能多的角度对照,显现其独有的品质。

关于"特异性",无法穷尽,但可以逼近。

不过,哪怕是"逼近","逼"的角度,"近"的距离,也需要推敲。

强调在一系列相似性中去探索差异性,其实就是为了能够将作品的"关系网络"尽可能开放化,尽可能避免视野的狭窄化,以多种维度的交叉比较让作品的风格获得更具动态感的"定位"。使得关于作品的风格特征的论述更具有开放性的"观照"。

比如对"极简"风格的叙事作品的论述,就可以抽取巴别尔、海明威、卡佛的系列作品进行比较。寻找他们作品的共同点,虽然有一定价值,但还只是进行一种"类"的归纳。如果能深入一些,论述海明威的"珍贵的沉默"与巴别尔的差异性,进一步,如果能讨论海明威的带点干涩意味的电报体与巴别尔将暴力和血腥转化为简洁诗意之间,其更深层原因何在?如果能将三位作家的叙事中的"空白"进行比较,那么,卡佛的那种带着惶恐情绪充满挫败感的"空白",与巴别尔那种将目光不断投向星空和大地的英雄主义的"空白",以及海明威式身体强壮/灵魂脆弱错位式的"空白",他们作品的风格是一种什么关系?同样是沉默,他们各自都是如何动用"简化"手段回避什么、强调什么、直面什么、转化什么,等等。这种"极简"叙述在他们各自表述中什么地方空白得最自然,为什么?什么地方空白得非常造作,什么原因?等等。

当然,所谓"极简"的特异性,还可能在另一系列的作品群落中去发现其他的"褶皱"特征。

作品的特异性研究,不是以某种先在的结构"诗学"让作品去验证之,也不是告诉你某种解读不可信服就逃之夭夭,而是试图在浩瀚的作品群落中去寻求作品的"近缘性",在"近缘性"中去寻求"差异性",在"差异性"中去定位各自的"特异性",在对"特异性"的反复斟酌中去勾勒作品与作家的风格。

再如,对陀思妥耶夫斯基作品的"特异性"的定位,是梅列日科夫斯基的《托尔斯泰与陀思妥耶夫斯基》(二卷本)对两位大师在创作艺术、宗教思想的恢弘而细腻的比较,是巴赫金在《陀思妥耶夫斯基诗学问题》中吸收了包括梅列日科夫斯基的观点,上溯拉伯雷的文本,就近与果戈理以及托翁等大作家比较,才可能从中得出陀思妥耶夫斯基作品的最深邃最具创造性的风格:处于未完成性质的辩论体、对话体、狂欢体,叙述者与人物关系的根本性改变,旋风般的场面转换,等等,等等。那个时代相同量级的俄罗斯伟大作家纷纷被吸纳到陀思妥耶夫斯基的"身边",反复打量,多面探讨,层层深入地比较,毫不含糊地得出论者对作家的"特异性"的结论。你可以不同意"抑托扬陀"的倾向性结论,但至少会赞赏这一种做法,那就是在比较论证中,陀思妥耶夫斯基的"特异性"在众多星星一般伟大作家的映射中,在星星与星星的相互致意中,在星座认定中,陀思妥耶夫斯基小说的光芒,一代代得以再认识。如此借来"星座"的说法,也许未完全符合本雅明的原意,但我想本雅明创造的"星座"之概念,表明伟大作家之间的关系,不是只有"影响的焦虑"一种的,还存有本雅明"星座化"概念。"星座化"突破"总体性"的种种妄想,维护特殊性的存在,星座既不是星星的概念,也不是星星的规则,但是,星座是可以让我们发现星星之间的某种审美化关系的一种思维方式。天上众多恒星如何被人们"组合"成为"星座",这本身也需要一种审美穿透力,因为同一个星座内的恒星不见得相互间存在实际关系,不过是在天球上投影的位置相近而已。也就是,换一个角度,不同的作家就有可能组织成另一个星座群落。当本来无法显现的"星座关系"被人们发现,被人们勾勒出他们之间的关系的时候,就意味着作家和作品"特异性"的阐释本身也带着诗意的审美化,而不是以纯粹科学的目光来看待他们之间的关系以及他们彼此的特殊性。

叙事作品任何特殊性的阐释,最终是在阐释者描绘出的星星的谱系中获得其叙事上的坐标特征,叙事作品的特异性也完全有可能在多重交织的不同关系网络中,在历史与美学的多重之轴中不断"浮现"他们各个角度的特异性。

　　最后,我想引用德勒兹对普鲁斯特之《追忆逝水年华》的评价,因为这个评价告诉你,有时所谓研究方式是来自于一种很朴素的道理,那就是终究叙事艺术存在的意义,是不同作家不同眼光和艺术表达造就了精彩纷呈的叙事艺术世界。而叙事艺术的世界的多样性,才是艺术存在并发展的最有力的动力:"一种绝对的、终极的差异是什么呢? 它不是一种在两个事物或对象之间的经验性的差异,此种差异始终是外在的。普鲁斯特给出了对于本质的一个概括,他指出本质是存在于主体之中的事物,作为某种存在于主体的核心的最根本性质:内在的差异,'性质的差异存在于世界向我们进行呈现的方式之中,如果不曾有艺术,那么此种差异就将始终作为每个人的永恒的秘密。'从这个方面来说,普鲁斯特是莱布尼兹主义者:本质是真正的单子,每个单子都根据它们表现世界的视点而被界定,而每个视点自身都归结于某种居于单子的基础的终极性质。正如莱布尼兹所说,单子既没有门也没有窗子:视点就是差异自身,对于同一个世界的种种视点与那些彼此间最为远离的世界一样,是相互差异的,这就是为什么友情永远是错误的沟通,奠基在误解之上,并只能打开错误的瓶子,这就是为什么要为清醒的爱情从原则上否弃了所有的沟通。我们唯一的门窗都是精神性的,只存在着艺术性的主体间沟通,只有艺术才能够给予我们那种我们曾在一个朋友那里徒劳寻觅的东西,那种我们将在一个爱人身上徒劳寻觅的东西。'只有借助艺术,我们才能走出自我,了解别人在这个世界,与我们不同的世界里看到些什么,否则,那个世界上的景象会像月亮上有些什么一样为我们所无法认识。幸亏有了艺术,才使我们不只看到一个世界,我们的世界,才使我们看到世界的增殖,而且,有多少个敢于标新立异的艺术家,我们就能拥有多少个世界,它们之间的差异比那些进入无限的世界之间的差异更大⋯⋯'"①

---

① ［法］吉尔·德勒兹:《普鲁斯特与符号》,上海译文出版社 2008 年版,第 43 页。

第十二章　媒介差异、"脚本化"与"少数文学"

一

　　文学的边缘化似乎已经注定成为文学的宿命,然而,受众对各种各样故事依然兴趣盎然,只不过以前由文学来讲的诸多故事已经移交给大众媒介来叙述。当今的大众媒介成为不折不扣的"故事大王",从来没有一个时代像今天这样渴求故事并以如此大的规模生产故事。大众媒介每天,每时都在喋喋不休向受众讲述"传奇"。电视屏幕上"受伤"男女戴着假面具讲述隐私故事,或以"过来人"化名在报纸上倾诉情感波折。其叙述者倾诉的内容和价值取向可以被认为浅薄,但无法排除其中沉淀着对"忏悔故事"的文学叙述之借用以及对相应情感表达的模拟。而诸多娱乐类型的电视节目中,同样在演绎着小人物通过"考验"释放内心梦想的市井拍案。同时,在这些节目中还总少不了主人公在命运的"临界点"绝地反击的戏剧性的励志主题——而这,不就是灰姑娘故事的叙述母题在当今的无数翻版和变体吗?至于在音乐选秀电视节目中,其最突出的叙事高潮更是注定会在大众的狂欢声中完成一个造星的神话故事。因此,有论者以为今天的"传媒向我们提供的'别人的生活'在今天已经文学化,'别人的生活'在以最切近我们所思所想的方式在我们能够看到的地方发生,因而也最切近地成为表达我们有关生活的情感和兴趣的一次次文学叙事。这种新的文学文本显然有效和直接地表达了公众的日常情感。它让人类第一次有机会不必凭借想象来描述我们对别样生活的期待和关切。""大众传媒制品以经典文学传统的既有形式构建了器物文本化,个人行为文本化和生活世界文本化的隐喻形式。"①

不过,认为此种影像媒介创造的故事"不必凭借想象来描述"是一种假相。事实上,"想象"是无所不在的,"想象"意味着叙事修辞的介入。

只要在讲故事,演绎情节,那么,经过千百年累积起来的,已经"叠层化"了的文学叙事的技巧将不可避免地为各种媒介利用。

为此,我们需要进一步深究的问题,一是大众媒介都从文学中借用、套用了哪些表意方式和修辞手段;二是大众媒介利用文学的表意方式和故事母题是如何过滤和改造。大众媒介的"再修辞",并不是对文学表意方式全盘征用,而是有所放弃,其依据的标准是什么? 第三,文学在纷繁多样的媒介面前不可能无动于衷。面对电影、电视、广播、广告、报纸乃至网络文本的冲击,文学应该保持什么样的立场。

第一个问题,即大众媒介向文学征用资源,吸收文学的营养,调动文学的库存,这是显而易见的现象。电影或电视剧以文学作品为蓝本,已是常识。大众媒介动用文学资源,对文学而言,不见得只发生负面影响。事实上,大众媒介对文学作品的改造,视为提醒文学经典存在并进一步诱导阅读文学作品,并非毫无可能。新媒介的出现,对保存并传播已有的文化资源具有有益的一面。麦克卢汉发现,"正是印刷机通过大规模生产古典文献和经文,才使得重构过去的古典时代成为可能"②。今天,互联网络这一新媒介的繁荣,无疑给经典文学作品的阅读带来极大的方便。如果不搞版本学研究,那么,网络这一新媒介对于文学经典作品广泛的传播功不可没。当然,大众媒介借用、调动文学资源,不仅是吸收文学作品的内容并以新媒介的方式亮相,其主要的"吸血"方式,是对文学的诗意表达、事件处理、人物塑造、抒情方式加

---

① 徐欢:《作为大众传媒时代文学文本的媒介事件》,《媒介批评》第二辑,广西师范大学出版社 2006 年版,第 46 页。

② [加]马歇尔·麦克卢汉:《理解媒介——论人的延伸》,商务印书馆 2000 年版,第 198 页。

以移花接木、偷梁换柱或借尸还魂：广告媒介寻找具有惊奇感的"细节"与广告词，这一过程，对应于文学抒情或叙事中对词语和细节的千锤百炼以及对"惊异化"效果的追求，而电视纪实类节目的情节演进或是肥皂剧中的男女主人公的一波三折，无不遵从着结构主义叙事学所勾勒出的叙事模式与编码流程。

然而，大众媒介成为强势，大众媒介征用文学，并不只是以文学的躯干裹以新媒介的新衣这么简单。麦克卢汉一再强调"媒介即是讯息"，波德利亚将后工业时代的"仿真"与工业时代的"仿象"对立，就是强调作为中介的新媒介本身而非"信息内容"成为一种压倒性的力量。波德利亚声称："本雅明和麦克卢汉看得比马克思更清楚：他们认为，真正的信息，真正的最后通牒就是再生产本身，生产则没有意义：生产的社会目的性丧失在系列性中。仿象压倒了历史。""我们进入了第三级仿象。不再有第一级中那种对原型的仿造，也不再有第二级中那种纯粹的系列：这里只有一些模式，所有形式都通过差异调制而出自这些模式。只有纳入模式才有意义，任何东西都不再按照自己的目的发展，而是出自模式，即出自'参照的能指'，它仿佛是一种前目的性，惟一的似真性。我们处在现代意义上的仿真中，工业化只是这种仿真的初级形式。归根结底，重要的不是系列复制性，而是调制，不是数量等价关系，而是区分性对立，不再是等价法则，而是各项的替换——不再是价值的商品规律，而是价值的结构规律。"① 的确，在消费时代，符号的交换无所不在，符号的戏仿亦四处起舞。波德利亚强调的"区分性对立""价值的结构规律"就是为"各项的替换"铺平道路。这意味着，在"仿真"年代里，并不是媒介要去反映什么，而是媒介生产什么。各种媒介的彼此"戏仿"，就是"象征交换"的一个突出表征。现代媒介的超负荷运转，其动力，不是来自于对现实的亦步亦趋的仿造，而是"出自模式，即出自'参照的能指'"，为一种"前目的性"所驱使。现代计算机技术的高速发展，让"仿真"比"真"还真，从另外一个意义上说，在我们今天这个历史"静点"上，是电子媒介的能力和其生产模式在"仿真"，是这个媒介本身决定了我们将获得怎

---

① ［法］让·波德利亚：《象征交换与死亡》，译林出版社 2006 年版，第 78 页。

样的影像——这就是波德利亚"出自模式"观点的彻底性所在。

　　齐泽克对于现代计算机技术对日常生活的控制有着精辟的见解:"今天,我们目睹了从现代主义的计算文化向后现代主义的仿真文化的变迁。这个变迁最明晰的指示,是对'透明'一词的运用的转变:在维持关于'机器如何运作'的洞见的幻象中,现代技术是'透明的';也就是说,界面的屏幕被认为允许用户直接洞悉屏幕后面的机器;用户被认为'掌握'了它的运作——在理想条件下,甚至能够在思维中重构出它。后现代的'透明'则几乎恰好指向这种分析性全球计划态度的反面:界面的屏幕被认为掩盖了机器的运作,并且尽可能忠诚地模拟着我们的日常经验;然而,这种延续我们的日常环境的幻象的代价,是拥护变得'习惯于不透明的技术'——'屏幕后面'的数码机械蜕变为彻底难以穿透,甚至无法看见之物。"因而,"后现代的宇宙则是对屏幕的幼稚信任的宇宙,这个屏幕使对'它后面的'探求显得无甚意义"①。这导致了计算机所创造出的形象实际上是一种"浮现",计算机的技术对于绝大多数人来说是"不透明",这种"不透明"的焦虑在《黑客帝国》这样的影片中产生了一个幻象:世界如果完全由0与1控制之后人类将如何摆脱被技术奴役的命运? 事实上这种焦虑同样适用于文学与电子媒介的关系,或者说,文学与电子媒介的关系似乎成为一种先兆,提示着"仿真"年代到来,以语言为媒介的文学将被蚕食,计算机软件生产的诗歌至少已经达到了"仿真"的及格线,那么,接下来的问题是,诗歌是否还有可能作为文学的精神栖息地而存在呢? 我们是应该信任计算机提供的审美趣味,还是执著于人的原创性呢? 如果所谓原创性诗歌在大部分时候甚至不如计算机创造出来的诗歌,甚至不少原创性诗歌的作者开始模拟计算机软件编写的诗歌的时候,那么,有什么理由认为只有人类的大脑才是唯一可值得信任的审美策源地呢? 至于鲍德里亚,他更是走向极端,海湾战争期间,他在报纸上发表评论《海湾战争没有发生》,认为电视上对海湾战争的报道就像一部战争电影,是拟像、是超真实,那只不过是一部电视剧,是被电视媒体叙事构建出来的产物。同样,我们也面临着这样的"危险",是否可能到了某一天读者再也不会在意

---

　　① 〔斯洛文尼亚〕斯拉沃热·齐泽克:《幻想的瘟疫》,江苏人民出版社 2006 年版,第 161 页。

"人工文学"与"计算机文学"的分野呢？既然"仿真"年代一切都仅仅是因为有了差异而存在着,那么,"人工文学"与"计算机文学"之间的差异不是恰恰说明了"计算机文学"存在的合理性吗？既然计算机游戏能让人沉溺其中,那么,与游戏距离不是相差太远的"计算机文学"接管仿真的"艺术领域",难道不能给大众阅读带来娱乐的快感？

当然,目前"计算机文学"尚只是构想,预测终归需要实践的检验,今天可以肯定的一点是大众电子媒介的"强模式"对文学的"弱模式"的压迫和征服几乎让文学的影响只能在"强模式"的架构范围内才可能获得。

但紧接的问题是,电子媒介的"强模式"与文学的"弱模式",其不平衡性将导致什么样的格局？是不是文学跌价到只有为"强模式"提供"脚本"的份儿？文学可资交换的"符码"是不是注定成为低端产品,文学是不是要充当"脑力劳动密集型"产品,作为根部的存在才获得意义？

二

文学成为大众电子媒介的"血库"和可移植的"器官仓库",意味着文学"脚本化"的过程从未像今天这样迅速,文学也从未像今天这样被扭曲。所谓文学"脚本化",主要指电子媒介对文学的题材、内容、思想观点、表现技巧具有随意剪裁和改装的能力,不一定实指文学作品被改编,或作家为电子媒介提供脚本。"脚本化"主要特征是文学对电子媒介"输血"过程中,文学作为文学的位置被弱化了。"脚本化"意味着大众电子媒介对于文学拥有居高临下的选择权和改造权。

文学的"脚本化",表面上看,是大众电子媒介的攻城略地,但从根本上说,文学的"脚本化",应分从两个方面看,一是前卫的、实验性文学文本并没有被"脚本化",铺天盖地的电子媒介,几乎回避了对某些"精英文学"的"符号索取"。然而,文学的另一面,即文学的非精英特征,比如文学作品中情节性较强的婚恋家庭伦理的小说,比如以小市民为题材并具有一定喜剧效应的文学文本,则因其比较易于纳入电子媒介的制作和传播的流程,被"脚本化"的几率比较高。王一川对刘恒的《贫嘴张大民的幸福生活》做了个案研究,他发现,从小说到电视连续剧,这一故事发生了微妙的变化:"在改编《贫》的时候,刘恒充分考虑了观众接受的效果,依照他的话,这是对电视媒介的妥协。让张大民变得'更乖了,身上的刺儿更少些,便于让我父母那样的人看了更高兴,更舒服。就是在通常的意义上,想办法让他可爱一些,让他的个人品德更确定一些,让观众看了都能确定:这是好人'。"更进一步,刘恒撰写的电影剧本如《本命年》《菊豆》《秋菊打官司》等电影作品,都是"中规中矩,较少形式创新。相比之下,刘恒的小说,无论在叙事上还是在命意上,实验性都是比较充分的。这同样与刘恒对小说和电影的认识不同有关——小说是精英的,影视是大众的"①。

　　从媒介的属性角度看,电影尚有先锋性追求,而电视作为大众媒介其基调终究是娱乐性的。小说还具备了可能的、潜在的先锋性和批判性,而电视传媒,其根本属性则是抵制严肃的、沉重的终极追问。媒体文化研究者尼尔·波兹曼的《娱乐至死》揭示了电视传媒的娱乐真相:"娱乐是电视上所有话语的超意识形态。不管是什么内容,也不管采取什么视角,电视上的一切都是为了给我们提供娱乐。正因为这样,所以即使是报道悲剧和残暴行径的新闻节目,在节目结束之前,播音员也会对观众说'明天同一时间再见'。为什么要再见? 照理说,几分钟的屠杀和灾难应该会让我们整整一个月难以入眠,但现在我们却接受了播音员的邀请,因为我们知道'新闻'是不必当真的,是说着玩的。新闻节目的所有一切都在向我们证明这一点——播音员的姣好容貌和亲切态度,他们令人愉快的玩笑,节目开始和结束时播放的美妙音乐,生动活泼的镜头和绚丽夺目的各类广告——这一切都告诉我们,没有理由为电视上的不幸哭泣。简单地说,新闻节目是一种娱乐形式,而不是为了教育、反思或净化灵魂,而且我们还不能过于指责那些把新闻节目作此定位的人。"② 这意味着,电视媒介的娱乐属性,哪怕是针对文学文本中小市民苦难的严酷叙事,也要将苦难故事重新叙述为带有诙谐风格的皆大欢喜的虚幻叙事。能够引起广大受众的普遍兴趣的电视剧,不太可能针对一个严肃

---

　　① 王一川:《平民的幸福与限度——刘恒与〈贫嘴张大民的幸福生活〉》,王一川主编《京味文学第三代——泛媒介场中的 20 世纪 90 年代北京文学》,北京大学出版社 2006 年版,第 178 页。

　　② [美]尼尔·波兹曼:《娱乐至死》,广西师范大学出版社 2004 年版,第 115 页。

的终极价值问题展开过于深入迂回的辨析与追究。过于复杂的判断,过于曲折深入的人性探究,为电视剧叙事所排斥。电视作为麦克卢汉所说的"冷媒介"(发展到今天,电视应该算是半冷半热的媒介),要保证观众的介入,电视剧对于跌宕的情节性需要,远胜过对复杂细致的人性表述之兴趣,更无意于对某种晦涩、思辨的重大生存主题进行穷根究底的纠缠。绝大多数的电视剧叙事,是以作为"平均数"的观众能够理解而且有兴趣关注的故事为核心点展开的。同样,电视剧故事的结束还应该让"平均数"观众能够获得某种不假思索的快慰和"合乎情理"的"震动"——这种"震动"是以符合绝大多数人的伦理道德认知为前提的。这就注定了电视剧叙事对文学叙事的依赖既是广泛的,又是相当有限的。

其广泛性表现在电视剧的叙事修辞如文学创作那样剪裁故事、布置情节、定夺主次、设置因果、规定角度、理顺繁简、拿捏人物。至于有限性,则集中在电视剧的叙事不可能像文学叙事的精英、先锋那一部分那样将复杂、晦涩、幽暗主题推到屏幕前端,对人的生存境遇高度怀疑或困惑的矛盾与对矛盾的探究是为电视媒介所排斥的。

通常,电视剧叙事明显带有媚俗的倾向,在马泰·卡林内斯库看来,"媚俗艺术总是隐含着美学不充分的概念"①。就电视剧的媚俗性而言,所谓的"美学不充分",就是意味着所有的叙事艺术手段在应用于电视连续剧这样的媒介形式之时,都可能被一种以降低理解难度,在强化某一向度的美学要素同时遮蔽甚至窒息更广泛的美学表现。电视剧叙事,吸收了文学叙事能够吸收的元素,但因其媒介属性的先天媚俗性,电视剧的叙事只能选择放弃文学中还存在着的复杂的、微妙的、精致的或怪诞的、极度奇异的美学资源。这种放弃,不存在过错问题,而是"媒介基因"使然,是作为文化工业的大众媒介其内在的生存逻辑使然。

如果说电视剧有时还愿意接纳改造某些严肃前卫的文学主题,那么,电视广告的叙事则完全排斥悲情、阴郁或沉重。作为最日常化的大众媒介,广告叙事中几乎见不到对潦倒穷困的"悲惨世界"以及对低层人的悲悯叙事。

---

① [美]马泰·卡林内斯库:《现代性的五副面孔》,商务印书馆2002年版,第254页。

广告同样不会出现颓废或过于荒诞的叙事主题。

资深广告媒介研究人员告诉我们:"广告总是假设社会在不断进步。广告是极其乐观主义的。"① 广告的乐天派性质注定了广告偏爱超现实主义,其叙事的夸张与矫揉造作的布道口吻总是合谋成一种对梦幻时刻的瞬间捕捉——电视广告最钟情是对人生罕见的幸福时刻的高度叙事提炼。正如尼尔·波兹曼指出的:"电视广告的神学中不含有任何复杂的、需要花费很多精力的东西,它也不会使人产生对人类生存本质这样深奥的思考。接受这样神学的成年人跟儿童别无二致。"② 广告叙事永远都是单因单果的。广告叙事,其结构极其紧凑、语言非常情绪化、主题高度明朗。叙事开门见山的电视广告,无疑是对广告创意者极大的挑战,但高难度不等于高境界,更不等于深刻性与启示性。所有的电视广告的叙事都有一个美妙的、可以解决问题的答案,而这正是与严肃文学的复杂化与多义性背道而驰。

文学作为向电子媒介提供叙事支持的最大也是背景最深远的话语系统,文学作为电子媒介的"脚本"提供者,实际上受到了电子媒介属性的极大约束。

"电视不可能有多大改进,至少在它的符号形式方面、观众收看电视的环境或者快速的信息流动方式等方面都是不会变的。尤其因为电视不是一本书,它既不能表达排版所能表达的概念性内容,也不能做到排版所能做到的深入阐释态度和社会组织的问题。"③ 这表明,电视媒介是从技术层面上决定了其浮光掠影的享乐主义风格,现代文学叙事逐步培育起来的复杂性和多义性,决定了引导思考追求深刻的精英文学与电子媒介并非结盟者,更可能是反抗者——当然,所谓的反抗,只是精英文学在电子媒介这个巨人面前的一种抗议,而非实力相当的对抗。从这个意义上说,面对电子媒介,文学的"脚本化",对于文学来说,是符号交换中的"顺差"现象。这种"顺差",表现为文学对电子媒介的"倾销"。但这种"倾销"过程被电子媒介吸收得了无踪影。五光十色浓妆艳抹的电子媒介,遮掩了文学作为诸多电子媒介产品的灵魂性的支撑作用。那么,所谓文学的"脚本化"实际上就是文学为电子

---

① [美]迈克尔·舒德森:《广告:艰难的说服》,华夏出版社 2003 年版,第 129 页。
② [美]尼尔·波兹曼:《童年的消逝》,广西师范大学出版社 2004 年版,第 159 页。
③ 同上书,第 162 页。

媒介"内隐化"。文学为电子媒介"脚本化"的过程是被动性大于主动性，被挑选被改造被利用的事实完全挫败了被表现的体面。

在大众媒介运作的过程中，"大众"过滤改造"精英"，精英的声音淹没于庶民的狂欢之中，这是一个世界性的普遍现象，也是一个无须大惊小怪的事实。印刷媒介培育起来的精英文学，让位于电子媒介爆发之后的"大众文艺"，不过是一种新媒介冲击旧媒介的又一个例证而已。精英文学无须愤愤不平，更不必顾影自怜。况且，如果从电子媒介吸收、改造、利用甚至保留了文学中的某些可"转译"的部分来看，电子媒介亦是"没有功劳，也有苦劳"。再进一步说，电子媒介的兴起，是不是精英文学或者所谓"纯文学"大面积萎缩的罪魁祸首，两者之间是不是存在着直接的因果关系，还是仅仅只是相关联系，而非因果联系，都需要做进一步的考证。

那么，精英文学在电子媒介的压力之下，该如何生存，该如何表达自我。更直接一点，精英文学是否还具备生存的"合法性"和生存发展的能力呢？也许，这是一个更具有实际意义的问题。

三

麦克卢汉断言："各种门类的艺术家总是首先发现，如何使一种媒介去利用或释放出另一种媒介的威力。"[①]"一种新的媒介决不附着于一种旧媒介，它也决不会让旧媒介安安稳稳。它决不会停止压迫陈旧的媒介，直到它为这些陈旧的媒介找到新的形式和新的位置。"[②]

小说的兴起，本身就是媒介的产物。瓦特认为"直到新闻业兴起后，完全依赖于文字表现的新的写作样式才产生，而小说或许是本质上与印刷的媒介联系在一起的唯一的文学体裁"[③]。可以认为，随着谷登堡技术全面展开，原本声名不佳的小说才逐渐发展为可纳入"纯文学"系统中的叙事作品。所以，从媒介发展的角度看，"纯文学""精英文学"的概念不是天生的，而

---

① ［加］马歇尔·麦克卢汉：《理解媒介——论人的延伸》，商务印书馆 2000 年版，第 89 页。
② 同上书，第 222 页。
③ ［美］伊恩·P．瓦特：《小说的兴起》，三联书店 1992 年版，第 220 页。

是一个印刷媒介催生出来的产物。那么,在电子媒介的"压迫"之下,所谓文学的"精英性"将在什么样的合适位置得以更新和发展呢?

尽管我们看到了电子媒介以"负债"的方式借用了文学,但我们也不能不看到,报纸、电影、电视乃至今天的网络,又都迫使文学的叙事手法发生改变。

麦克卢汉看到了电影媒介对文学的影响:詹姆斯·乔伊斯的小说《尤利西斯》借用了卓别林的主题。小说的主人公布鲁姆是有意识地从卓别林借用来的。① 再有,意识流这个手法尽管是从普鲁斯特、乔伊斯那里得以成熟的运用,但在电影呈现出意识流的画面之后,电影又以"反哺"的方式让文学对于意识流有了更鲜明的理解。另外,报纸的新闻报道方式对海明威的影响,报纸与电视马赛克形态对于某些先锋作品叙事方式的影响,都使得小说这种艺术天生的"杂交性"得到进一步的丰富。

我们可能不能轻易断言电子媒介的表现方式被文学模仿着,但同样不能无视新兴的电子媒介某些表意机制已经植入所谓"纯文学"的内部。

可以认为,电子媒介对于文学最大影响,还在于电子媒介创造了一个"奇观社会",这种"奇观社会",将改变着作家对这个世界的感受。"MTV千变万化的形象所组成的连续之流,使得人们难以将不同形象连缀为一条有意义的信息;高强度、高饱和的能指符号,对抗着系统化及其叙事性。"② 如果说 MTV 以支离破碎的形象和不连贯叙事捣毁着文学叙事明晰的逻辑性,那么,电子传媒的奇观社会的感受方式将更彻底地改变作家对于世界的想象。

让·波德利亚分析美国迪士尼乐园,得出如下结论:"迪士尼乐园之所以存在,就是为了掩盖它就是一个'真实'的国家、'真实的'美国本身就是迪士尼乐园的事实(这有点儿像是说,监狱之所以存在,就是为了在它的整体上、在它的全能中,掩盖它便是这个社会的化身这一事实)。为了让我们相信剩余的都是真实的,迪士尼乐园的存在被呈现为想象性的,所以,围绕着

---

① 〔加〕马歇尔·麦克卢汉:《理解媒介——论人的延伸》,商务印书馆 2000 年版,第 88 页。
② 〔英〕迈克·费瑟斯通:《消费社会与后现代主义》,译林出版社 2000 年版。

它的洛杉矶和美国都不再是真实,而是属于超现实主义和拟仿的秩序。"① 这实际上表明,拟象社会是个彻头彻尾的"符号拜物教"主导下的社会。如果说本雅明在他的《发达资本主义的抒情诗人》《单向街》就以一个波西米亚式知识分子的敏感发现了在街道景观和商品橱窗所隐藏的资本主义文化奇观的摄人魅力,那么,让·波德利亚则更彻底地断言这样的文化奇观其实就是资本主义社会的"现实"。不过,"符号拜物教"并不是完全飞来之物,被抽空的奇观性"符号"是难以获得分析的深度的。

对文学符号的存在意义的认识,并不是以与奇观性的视觉符号相互模拟和交换就能了事的。文学虽然大面积地沦陷为"脚本",但不等于所有的文学都心甘情愿地臣服为"脚本"。或者说,文学中还存在着难以"脚本化"的部分。普鲁斯特、乔伊斯、卡夫卡的作品几乎难以"脚本化"。如果说《追忆逝水年华》中的那块小糕点尚有可能注入商业因素被蛋糕产家当做广告的卖点,那么马塞尔与阿尔贝蒂娜之间那种回旋婉转到自我缠绕地步的爱情故事则只能靠阅读才能获得细致入微的感受。乔伊斯《都柏林人》中麻痹状态下的小市民轻微的内心响动恰恰是奇观社会忽略掉也必须忽略掉的人性的"神经末梢"的呻吟。至于卡夫卡,更无法想象他"大甲虫"会如蜘蛛侠那样受到呼啸般的欢迎。"大甲虫"注定只能躲在一个小市民卧室内的某个角落,缓慢而艰难爬行在天花板上的"大甲虫"正可视为"少数文学"的一个隐喻,他能思考能感受(还非常敏感),但不受欢迎(甚至他的家人都慢慢地讨厌这个怪物)。大甲虫死亡的意义大概比其活着的价值更大。我们可以想象,死后的"大甲虫"被女仆当成垃圾抛弃之后,只有像本雅明笔下那样的游手好闲者或拾荒者独具慧眼,将"大甲虫"制作成标本,不定会成为一只这个世界上最有名的"大甲虫"。但这只独一无二的"大甲虫"标本绝对不可能如伦勃郎的油画复制品那样可以挂在电梯间内,更不可能作为景观进入美国迪士尼乐园或巴黎的香榭丽舍,而只能存于文学博物馆或私人收藏室内。

对于以奇观性为主导的消费社会的符号系统而言,不讨人喜欢的"大甲

---

① ［法］让·波德利亚:《拟象的进程》,《视觉文化的奇观》,中国人民大学出版社 2005 年版,第 92 页。

虫"是一个"剩余符号"。"大甲虫"整个身体就是一个创伤性的"剩余符号",这个创伤性符号不性感、不活泼,丑陋、乖戾、无法与他人交流。这个创伤性的"剩余符号"只能存活于纸质媒介之中,根本无法摆上商业橱窗,或走上霓虹灯照耀下的广告牌,同样,大甲虫无法在电子媒介中成为角色——爬行慢身上有明显的腐烂伤口的"大甲虫"远不如《动物世界》中大甲虫那样具备昆虫学意义上的可解读性和审美性。"大甲虫"是一种被消费社会的主流符号系统驱逐的符号,是无法交换、无法通兑的符号。简单地说,这是奇观性为主导的消费社会无法收编为"脚本"的符号,因而也是某种"异质性"的符号。

不过,文学在当下,依然以纸质媒介的形式保存此类"剩余符号"。这种"剩余符号"通常由多余人、狂人、隐遁者、异端者、幻视者、怀疑家或反抗者等等形象构成。此种"剩余符号"太缺乏商业的煽动性,根本无法融入奇观社会中的大众传播媒介的符号系统。"剩余符号"被消费社会主流话语放逐的同时亦只能自我放逐,是无法发出尖叫无法自我炫耀"失败了的"的符号。在大众媒介主导的社会里,"剩余符号"是反谱系学的。因为在消费社会主流的审美话语系统中,"剩余符号"是无法纳入大众审美的等级系统中,是一种"域外"的符号。因此,可以认为,存在着一群"剩余符号",也就是存在着一种"少数文学"。"少数文学"与"剩余符号"是以被抛弃的方式存在着的。

然而,被抛弃不等于不存活。被抛弃更不能成为自戕的理由。被抛弃恰恰可能赢得不被约束不被异化为系统的某个"组织部分"的自由。这还意味着作为"剩余符号"的"少数文学"不是成为消费社会的主流审美系统的一个枝杆或一片叶子那样依靠大树获得存活的可能性,而是作为德勒兹所言的"块茎"那样生长着。"少数"与"剩余"不等于丧失了活力,更不意味着丧失了存在的价值。

"块茎"结构既是地下的,同时又是一个完全显露于地表的多元网络,由根茎和枝条所构成;它没有中轴,没有统一的源点,没有固定的生长取向,而只有一个无序的、多样化的生长系统。正如德勒兹所言:"块茎只由线构成:

作为其维度的分隔和层次的线,作为最大维度的逃亡或解域的线。"① 这里,"逃亡"与"解域"不仅是一种避免被捕捉被整合的策略,更是面对大众媒介构造起来的喧嚣的谱系化等级化不透明化的"仿真"世界的一种冷静审视和思考。

　　作为"少数文学",其创作的审美使命,不一定都是针对"仿真"的幻象发动直接的攻击。直接批判"仿真"幻象或对"仿真"幻象滑稽模仿的文学作品,当然不排斥,但正如"块茎"状的"少数文学"常常是向各个方向生长,而且常常是朝着意想不到的方向生长:"进化图式将不再遵循树的遗传模式,即从最小差异到最大差异的发展,相反,一个块茎直接在异质因素中运作,从一条已经区别开来的路线向另一条跳跃。"② 所谓"在异质因素中运作""向另一条跳跃"意味着针对"少数文学"有必要重提"陌生化"这个术语。不过,此处的"陌生化",已经不是修辞学意义上的"陌生化"了,而是指文学作为文学,需要一种有别于大众媒介通用的语言样式、通用的思维模式以及通用的审美趣味的创作。"陌生化"对于文学,在当下最重要的意义,就是"非脚本化"写作,就是创造一种无法轻易地为大众媒介所拷贝所掳掠的文学。大众媒介可以将《罪与罚》改编成一部惊险悬疑片,但无法将《卡拉马佐夫兄弟》中大段大段关于人的生存困境与出路的叙述转译为大众媒介语言。因为除了离奇的情节,生动的故事,诡异的环境,陀思妥耶夫斯基的诸多思想观念和审美趣味恰恰是与当下的大众媒介表意方式格格不入的,他对上帝与人的关系层层进逼的拷问更是大众媒介无力"还原"的。陀思妥耶夫斯基的作品应是"少数文学",因为"减去"了曲折情节和生动的个性化形象之后,陀思妥耶夫斯基的作品还蕴涵着文学才能承担着的巨大的思想与艺术的力量。

　　"减法"不是意味着退却,恰恰是检验一部分文学作品或一部分作品之中是否还具有一种相对于大众媒介的"异质因素"。这种的"异质因素",哪怕是沉默着的,却昭示着"少数文学"所潜藏着的巨大的思想与审美的能

---

　　① 　陈永国编译:《游牧思想——吉尔·德勒兹 费利克斯·瓜塔里读本》,吉林人民出版社2003年版,第155页。

　　② 　同上书,第139页。

量。"块茎"般的"少数文学",独立于大众媒介的参天大树,无论其是否已经具备往四面八方生长并影响周围环境的能力,存在着,就是一种希望。并且,这种希望并非阿Q般的自我安慰,而是一种实实在在的文学生命的活动。"少数文学"存活在同样是少数的读者和批评者或研究者之中。正如杨凯麟对卡夫卡作品的存在意义的评论:"相对于歌德的美文,卡夫卡的书写以一种语言及政治意图上的双重变异流变为少数文学。卡夫卡的小说并不是为了以歌德为首的德国文学界而书写的,因为在他的小说中,或者在所有的少数文学中,都召唤着一群未来的子民,他们尚未降生,但文学却不断地朝向他们。"[①] "少数文学"倒不是命定只有在未来才能寻找到"子民","少数文学"在这个时代里承担起抚慰灵魂和抗击庸俗的责任。就最低限度而言,作为一种纸质媒介发展过程中最有艺术与思想价值的一部分,纸质媒介创造的叙事文学将保存着人类最富有思考力和审美创造力的一段记忆。

---

① 杨凯麟:《虚拟与文学——德勒兹的文学观》,[法]吉尔·德勒兹《德勒兹论福柯》,江苏教育出版社2006年版,第168页。

后记　当代小说的美学资源：经典高地与趣味辨析

一

西方叙事美学理论，于 20 世纪 80 年代中期至 90 年代初期，在中国大陆学界曾引起关注和讨论。作为理论舶来品，由于缺乏对应的文本经验引发审美共鸣，对其价值的评价，多停留在对叙事角度或叙事人称等技术性术语的肤浅认识上。

从另一角度看，对于西方的经典小说作品，中国文艺理论研究者，由于文化和趣味隔膜，并未表现出探究的热情。由于忽视对西方小说经典作品的研读，中国当代小说叙事美学资源，存在着三个方面的不足。第一，对于西方小说叙事理论哪些地方是生硬的、无助益性的，我们无法提出自己的见解。另一方面，西方叙事理论中最精彩最深刻最有趣最微妙的理论阐述或批评思路在何处，我们似乎也拿不出像样的阐释方案。第二，对于西方叙事经典文本，往往是作为某种理论方法之案例分析的佐证来使用，而不是作为人类共同拥有的审美经典来欣赏、品味、分析，所以，极难见到中国批评者对西方叙事经典发出自己有见地的批评声音。这是文化隔阂的问题，更是文化惰性导致的。更有可能是，文化惰性与文化偏见，再加上急功近利的时代浮躁病，使得中国文艺理论界对于目前依然不断出版的西方小说经典，几乎无法提供较有审美洞察力和解读力的文字。这也间接导致国人对于西方小说经典的解读无法从专业学者的著述中受益。第三,王国维在《国学丛刊序》言:"居今日之世,讲今日之学,未有西学不兴,而中学能兴者;亦未有中学不兴,而西学能兴者。"① 小说叙事美学自然需要中国思维和中国式洞察。同时,西方叙事理论和西方叙事经典作品,对于当下中国叙事理论和叙事作品的创造,其意义不仅是技巧的研究与借鉴,而是叙事审美内容的充实、更新,以及叙事审美方式的主动碰撞与积极吸收。因此,当代中国叙事研究,不应该局限于中国传统经典叙事佳作的剖解,而是应该以更大的气象,通过对世界级叙事经典作品的分析,扩展研究的视野,将叙事美学研究定位为对人类叙事文化成果的分析与吸收这一更具积极性和主动性的学术研讨之层面上。如此,才可能使得叙事美学的研究在一个"学无中西""互相推助"的大格局内获得"上下求索""左顾右盼"有趣且有益的切磋。

二

当代中国的叙事文学作品滥竽充数者众,网络文学动辄几百万字的所谓的长篇小说以肤浅庸俗的趣味招摇于大众文化市场,所谓的纯文学又多以"文学边缘化"为其创作力的丧失寻找借口,萎靡不振的疲态和了无生气的自我丑化,倘若借此博得同情尚可,对于激发叙事审美的新发现新创造则无裨益。20世纪80年代初期,批评界以为文学摆脱了政治枷锁就能获得活力,这种活力固然在高压松动后获得一定程度的释放,但对于世界级叙事经典作品缺乏耐心的批判性吸收,如今已经显出后劲乏力的"亚健康"状态。读一读土耳其作家帕慕克的一系列小说和传记,不难发现,今天的世界级的作家是以多大的热情和虚心学习大师级前辈的经典叙事作品。承继了叙事文学的伟大传统之后,作家才可能创造出具有东西方文化交融之特点的震撼力作。单就帕慕克最擅长叙述的"忧伤主题"而言,帕慕克的忧伤,在绝望、疼痛感中有柔情似水,在迷失中有坚守和甜蜜,于边缘处有骄傲与恬适。所有

---

① 王国维:《王国维文学美学论著集》,周锡山编校,北岳文艺出版社1987年版,第180页。

这一切,都是处于东西方历史与文化的碰撞中的伊斯坦布尔独有的忧伤,是属于帕慕克的忧伤。① 这种忧伤既有《纯真博物馆》《伊斯坦布尔》那样无法承受历史废墟化的身份迷失型忧伤,又有《雪》那样在血腥的现实冲突中充满疼痛感的身份破裂之忧伤,以及《黑书》那样游走在历史和现实迷宫中的身份他者化的忧伤,还有《我的名字叫红》那种因文化身份的剧烈挣扎带有绝望感的忧伤。这伊斯坦布尔式的"呼愁"之忧伤感,是帕慕克在深刻理解了法国的普鲁斯特、俄罗斯的托尔斯泰、陀思妥耶夫斯基等大师作品后,作为一位极具反思能力的文化对话型作家,不断提高其对本国的精神文化困境的敏感度,激发其对祖国文化的深思,并获得审美化书写之信心。一个有趣的细节是,帕慕克对福楼拜等西方大师对伊斯坦布尔文化的态度特别在意,他在小说中不断发生着与世界级前辈大师的"潜对话"。同时,作为一位鸟瞰型的作家,他将目光不断投向西方的同时,又坚守着伊斯坦布尔式的谦逊和平静。

　　帕慕克小说文本的启示还在于,作为一位十分了解西方叙事经典作品的小说家,他对伊斯坦布尔 70 年代那种"欠发达状态"中人的生存状态是以一种欣赏而非猎奇观赏的态度展开叙事。帕慕克的神奇之处,就在于他对东西方文化符号交织作用下的土耳其文化,从伊斯坦布尔到边陲小镇,能以足够的审美自信,选择一个感伤而温情的审美视点,刻画着城市或小镇中的各种人物的欢喜、哀愁、困窘与通达,并以"情感考古学者"的细腻与谦逊,告诉你他们的所思所想所感觉是美好而且值得记忆。在《纯真博物馆》中,有一位暴发户时不时要到希尔顿酒店喝咖啡,因为只有活动在希尔顿饭店内部,这位暴发户才能感觉到自己是在欧洲。这是典型的欧洲化想象,如此欧化的伊斯坦布尔人是不会欣赏"欠发达状态"的本土生活之美。而帕慕克则以"博物馆化"的观念传达这样的信息:匮乏而忧伤的城市里的生活因为某种特殊情感的存在,不但是美的,而且是值得记忆和珍藏。审美不计较现代化与否,审美在乎的是这种情感的别致性、执拗性和真诚性。帕慕克这种东方情感远比任何高扬的文化宣言更具情感"说服力"——伊斯坦布尔的

---

　　① ［土］奥尔罕·帕慕克:《伊斯坦布尔——一座城市的记忆》,上海人民出版社 2007 年版,第 99 页。

小市民生活与情感不但是可理解的,而且是细腻、有趣、多情和真诚的。他们和世界上的许多人一样,懂得爱情的美好和尊严;一样珍视爱情每一个阶段的情感记忆;一样会因为失恋而黯然神伤;一样会琢磨自我情感的每一种来源。这样的人们,没有理由不关注,没有理由不倾听,没有理由不施以审美的书写。

帕慕克是面镜子:他鸟瞰着世界,同时,他最懂得贴近本土去欣赏、解读祖国的种种"废墟化"之美,这不是无奈,而是自信和智慧,因为他知道在世界/历史格局中如何定位并表达属于祖国的叙事之美。他为祖国而忧伤,又为祖国而感叹,更懂得形塑祖国众生相的种种情感状态。

三

帕慕克的小说,还可以从另一个角度昭示我们:世界级的叙事审美资源始终作为一种沉默的宝藏存在着。"文学已死"的论调不是太悲观,就是自欺欺人。叙事经典作品,不仅是作家的对话对象,也是理论家批评家最重要的一种资源。

那么,紧接着话题是,凭什么你会认定某种作品是世界级的经典作品?的确,经典通常是透过文化权力的复杂运作建构出来。认定某种作品是值得进入世界级的叙事作品的行列,首先需要论者说出其可称为经典的理由。就叙事作品而言,成为经典的理由,也并非相对到毫无言说的可能。比如刘再复先生极力推崇《红楼梦》的经典地位。刘再复先生的《双典批判》对于《三国演义》《水浒传》批判的依据,恰是他推崇《红楼梦》的理由。可见,即使是公认的经典,依然需要经受如牟宗三先生所说的具备"逆觉"之批判家的反思性评判。刘再复先生以为:"《三国演义》有伟大的智慧,但无伟大的心灵。诸葛亮的《隆中对》有历史的洞见,现实的把握,还有未来的预见,其战术智慧可为大矣。可惜三国智慧,包括诸葛亮的智慧,只切入大脑,未切入心灵。由于智慧缺乏伟大心灵的支撑,所以其智慧均是分裂的,常常发生变质,化作权术与计谋。与《三国》相比,《红楼梦》不仅具有伟大的智慧,而且具有伟大的心灵。其主人公贾宝玉与林黛玉的心灵是完整的,他们的智慧是建构诗意生活的想象。"① 如果以心灵的诗意性和主题的觉悟性为指针,那么,《红楼梦》的确大大超越了双典。然而,双典在创作英雄个性和江湖生活的刻画上,亦有其叙事的审美价值。按照刘先生的看法,经典的意义,无论是精神层面还是艺术层面,都应该是具有超越性。不过,判定经典还不能单从提供了什么样的精神寄托和超越性作为单一的标准,因为有的叙事经典显然只关注某一特定的社会层面,比如《水浒传》是对流民为主体的江湖社会的关注,这部从民间话本世代累积而成的小说经典,是难以为现代社会的读者提供什么超越性的深度思想。但是,《水浒传》对市井社会和草莽情怀的刻画,则可能为读者提供洞照黑暗底层的一种审美镜像。而《三国演义》不仅是对军事斗争的叙事,更对超级英雄的心气与弱点有着入木三分的叙述。这意味着经典的标准不见得都以精神的超越性为惟一的依据,而是多维的。这还意味,经典的问题,单从观念层面上判断会有偏颇,如果"降低要求",从审美的趣味多样性来分析,可能会更具包容性。

至于分析审美趣味,不能不联系布尔迪厄所言的审美"区隔":"布尔迪厄把资本的数量与构成方面的差异理论化为两个基本的组织原则,这两个组织原则则把文化消费和生活方式与社会阶级状况联系在一起。阶级状况方面的这些差异产生了不同的相互分化的阶级习性,而这种习性又反过来生产出生活方式的差异。他们把统治阶级的寻求特异性的习性与工人阶级的受必然性制约的习性区分开来。资本总量的差异把那些以可观的经济与文化资本为前提的时间当作稀有的、更加值得追求的实践。具有大量资本的行动者享受着极为可观的自由,使它们免于由物质的匮乏以及谋生的需要所强加的实际的制约与临时性的紧急需要。那些资本匮乏的人发现很难免于谋生的现实要求,这种不同的'与必需品之间的距离'生产出不同的阶级习性,而后者反过来又产生不同的趣味系统。"② 显然,不能将阶级身份与趣味性画等号。经济资本不会那么顺利地转化为文化资本,但经济资本可逐步向文化资本倾斜。从这个角度看,刘再复先生对于《红楼梦》似傻似狂的奇人宝玉

---

① 刘再复:《双典批判》,三联书店 2010 年版,第 211 页。

② ［美］戴维·斯沃茨:《文化与权力——布尔迪厄的社会学》,上海世纪出版集团 2012 年版,第 189 页。

的无限向往,是一种拥有丰厚的文化资本,以追求精神的超越性为最重要立
场的审美旨趣的必然追求,而尚为"必需品"而奔波的底层者可能会觉得大
碗喝酒大块吃肉的《水浒传》更具亲近感。这种文化"区隔"的存在,不可
避免地影响叙事文学经典的价值判定。那么,对于此种审美"区隔",叙事
审美理论的研究者批评者应该采取什么样的态度呢?显然,认识到叙事审美
世界的博大性和多元性,积极地辨析多元审美趣味的复杂性和微妙性,不以
单一的叙事审美趣味为圭臬,在勾勒不同的叙事审美趣味的关系图式时,既
有鸟瞰的俯视力,亦有无限贴近审美特殊性的细察力,当是文学与文化批评
者宜倡导之态度。当然,更重要的是,这种审美辨析活动,应多强调理论分析
的助益性,让理论的分析成为带着阐述者生命感悟之温度的分析,而不是为
了炫耀无体悟性的理论教条。

四

拓展小说叙事审美的趣味疆界,不是为了趣味而趣味,而是因为趣味的多
样性值得我们去解析去体悟去概括各种特殊性。那么,接下来的问题,便是如何
辨析小说审美趣味之间的差异性。差异性之辨析,不是没有审美立场的盲目辨
析,而是要探讨小说作品给予了人们怎样的思想和情感的开阔度和复杂度,给
予人们怎样的想象的自由度和新鲜度,给予人们怎样的叙事美感之精致度和
微妙度,给予人们怎样的思想观念之深刻度和超越性。总之,小说叙事美学,
是要探究小说艺术在何种层面上改变人们理解与体察世界的方式,小说又是如
何拓展人的精神界面。而这,正是当下小说审美理论最需要正视的艺术问题。

如果说巴尔扎克对于人的欲望的偏执性有了极其深入的社会性层面的
洞察,那么,左拉感兴趣的是这种偏执性背后的生理性原因,福楼拜则以冷漠
的反讽对此偏执性作出反浪漫的超然化叙述;如果说托尔斯泰对人的不可遏
止的非理性精神面进行了"心灵辩证法"式的精细剖解,那么,陀思妥耶夫
斯基则以拷问式叙事将这种非理性精神面下人的自我分裂的乖张状态揭示
出来——这种对人的严重不信任的质疑式小说直接影响了加缪、纪德、萨特、
黑塞的小说创作;如果说亨利·詹姆斯对于人的精神迷思依然以自我深度反

思的方式进行自我情感中心化的叙事处理,那么,在普鲁斯特那儿,他已经能够在小说文本中去探索极微妙极有趣极多样的价值与审美的多重复合性:从人的瞬间隐蔽动作背后的多重意义,到一个人的一生的戏剧性变化所包含着的审美遐思与价值辨析,普鲁斯特即能从极远的距离打量又能以最贴近细节的方式细察。

伟大作家的重要贡献,是在小说文本中提供了对人的精神存在的特殊洞察,以及属于这位作家的特殊的感受方式、价值判断与叙述语言。特殊的洞察力,催生出小说审美新的表达样式和审美趣味。托翁最擅长从人物的下意识恍惚状态中去找到人物自己都不太明了的隐秘动机,他的小说开辟了下意识状态的精神疆域,心灵的瞬息万变的感性状态成为托翁捕捉人的生存体验最肥沃的书写猎场。托翁既能驾驭历史的巨幅画面,又能将巨型情节转化为人的下意识的变化万端的内心活动的小说写法,推崇的是感觉先于意识、变化高于静止的小说美学。陀思妥耶夫斯基的小说美学形式无疑是巴赫金所言的"复调式"的"狂欢体",这种"狂欢体"将有关人与上帝之关系的理念争辩编织入旋风般的场面转换中,从而向读者展示人是如何在迥异的价值观念驱动下与他人争辩着、自我斗争着。陀思妥耶夫斯基将人在自我分裂状态下的无休无止的灵魂搏斗极生动地融入种种急遽变化的情节演进中,赋予人的情感变幻脉络以清晰的逻辑性,同时将这种逻辑性放置在严酷审视的状态下:陀思妥耶夫斯基开创了灵魂自我审视的小说美学趣味。来自法兰西的普鲁斯特的小说不是审视,而是通过"近视"与"远视"的不断交错变幻,以唯美的心态看待各种人的命运和生存状态。普鲁斯特捕捉各色人等的片段场景、短时感觉、刹那间动作、瞬间表情,这些片段化场景、情境、表情、动作所形成的立体化的符号网络,代替了情节型小说的因果性层级性组织。普鲁斯特的小说,"一道耀眼的闪光"所可能包含的短暂性、永恒性、差异性、相似性、戏剧性、场景性,吸收了传统小说人物中最具表现力的情节能量,引领我们去看那一次次短暂的人生演出,再将各次演出的关系以"远视"的方式加以诗意的升华,勾勒出大跨度命运变迁所内蕴的审美意义。普鲁斯特让我们相信,短暂的相似性叠合,其中所包含的复杂微妙的意义,绝不亚于层层推进、针线细密的整体感强烈的情节主导型小说。普鲁斯特以他极具幽默感的行文,将人类表情、姿态的文化解读学、比喻学变成了崭新的小说诗学,并革命性地取代情节化的小说诗学。

如此概括具有坐标性意义的小说大师的审美特异性,是为了说明一个问题,即大师与大师之间的审美趣味差异性,并非为差异而差异,而是每一位大师通过他或她独有的叙事艺术开创一个艺术的新世界。

大师将告诉我们如何拓展对人物理解,将告诉我们如何才能更透彻更微妙地叙述人,如何改变故事的写法。大师的最重要使命就是给我们带来全新的小说审美体验和审美趣味。那么,小说美学理论资源的"精密加工",正是通过标志性小说作家的历时与共时的比较,让小说审美最精妙的特殊性得到系列化的传达。从而让受众明白,在小说叙事美学之艺术中,蕴含着无可替代的各种叙事审美发现,小说艺术正是通过不断更新的叙事方法,实现对人的物质与精神生存景象的尽可能别致化、深刻化和复杂化的理解和感悟。这是小说美学理论的出发点,也是回归点。

五

小说美学的趣味,始终处于彼此互相打量、互相指涉的关系中。哪怕是某种非常鲜明的美学趣味,也可能在不同的理论路径的解读中获得完全不同的意义敞开。或者说,不同的理论路径,在逼近同一文本之时,显露完全不一样的叙事美学趣味。如对《追忆似水年华》的趣味的解读,热奈特最突出的贡献是他发现了《追忆似水年华》的叙事是一种完全的叙事体,所有的展示都包含在叙事中。不要小看这种发现,因为《追忆似水年华》重新确立了小说的美学原则,小说的散文化随笔化的方式不见得都为人接受,热奈特告诉我们普鲁斯特有着极强的展示能力,不过这种展示场面都被"频率化"。虽然过分科学主义的理论做派拘束了热奈特的手脚,但是,不可否认,热奈特对《追忆》中"二度预叙""预叙中的倒叙""倒叙中的预叙"以及"走向无时性"的分析,具有罕见的透彻力。[1] 这种分析力表现在热奈特发现普鲁斯特突破了各种时间界限,并且总结出了普鲁斯特使用了什么样具体的叙事

---

① ［法］热拉尔·热奈特:《叙事话语 新叙事话语》,中国社会科学出版社 1990 年版,第 52 页。

方法:普鲁斯特的小说诗学不是像罗伯·格里耶那样"及物"叙述的小说,而是一种灵活地使用各种心理过程的调度,实现叙事的全面解放。事实上,这种叙事现象,早在 20 世纪 20 年代的缪尔就具有类似的观点:"在这部书写往昔的卷帙浩繁的巨著中,普鲁斯特不落俗套,和萨克雷不同;他运用一切手法,随心所欲地忽前忽后打乱时序,他不为故事所牵引,而是以故事背后的内心活动为主导,各种场景好似装入一只变化万千的精雕细镂的魔盒一般,纳入这内心活动。而且也正是这种心理活动使得《追忆似水年华》具有整体性。表面上看来,它是人物小说与戏剧性小说交织而成的集合体;但更本质上它是戏剧性小说罕见的例证,这种戏剧性小说的结尾不是我在外在情节的结尾,而是作者心目中的结尾:一种探索的结果,而不是冲突的结果。《追忆似水年华》中某几部分如果撇开其上下文,就完全可以看作人物小说,但人物小说的写作也可以设想为一个戏剧性情节本身,普鲁斯特就正是将这种戏剧性情节搬入他想象力的另一面及他伟大作品的背景之中展现的。实际上他没有能使他的作品同他自己分开来,使他的作品成为独立的存在而出现;他与作品之间的纽带从没有割断;只是由于那可喜的天才的成就,他能将这种不幸转化为有利。他不独使我们看到他的想象的成果,同时还有那想象的过程,尤其是那些过程对于他自己的影响,以及他对那些影响的感受。因此,我们看到的不仅仅是几本小说,而且是构思小说的意志及创作小说的艰辛。"[1]缪尔的论述精辟,但是,由于缪尔所使用的"戏剧性小说"等概念拘束了他自己的想法,使得缪尔对《追忆》最精妙的所在仅止于"内心""时间""探索"层面的论述,而没有看到普鲁斯特的"内心活动"是利用了某种相似性原则让各种奇思妙想贯穿于小说中。缪尔没有说出普鲁斯特所驾驭的内心活动的"逻辑"是什么。热奈特则以"叙事"与"展示",以及时间是在叙事中如何获得逻辑性的奇妙分配来论述普鲁斯特的叙事趣味。缪尔与热奈特相比,缺乏理论的追问力。对普鲁斯特研究更进一步的是德勒兹。现代法国思想家德勒兹从修辞性的形象"对等物"更深刻地将普鲁斯特的"记忆"与"时间"逻辑化:"对普鲁斯特的真实来说,修辞上的对等物

---

[1]　[英]卢伯克、福斯特、缪尔:《小说美学经典三种》,上海文艺出版社 1990 年版,第 409 页。

是一连串的隐喻形象。"① 这样,就找到普鲁斯特小说之所以产生如此奇妙的叙事奇观的某一重要原因:修饰之后修饰,想象之后的想象,远距离取譬,相似处推动,纵聚合旋转,……所有的这些特点都告诉我们普鲁斯特创造了怎样的叙事隐喻的清溪和洪流。

可见,一种叙事美学趣味,是有可能通过不同的理论观点,逐步"显山露水"。不同时代对同一种叙事经典的阅读感受很可能差别不大,但是对于某种叙事美学趣味,则有可能通过理论家批评家别致的解读,迫使某种叙事美学特征被"呼唤"出来。诠释无所谓"过度"不"过度",关键是,在"诗无达诂"的美学世界里,能否通过一种小说文本间深度辨析,获得某种历史化之趣味特征的逐层呈现。

当代叙事美学的最大资源是经典文学叙事作品:不要因为"经典了"就无条件崇拜,更不要因为经典的成立是各种复杂的意识形态"经典化"机制共同作用的结果便轻视经典。再说,不正是文学研究者,在不断地吸纳、淘汰、"更新"着叙事文学经典吗?《悲惨世界》为什么一定比《基督山伯爵》更"正典"?为什么《情感教育》比《包法利夫人》更具审美震撼性?阿兰·罗伯·格里耶的小说"新"在哪里?他的明显误区又在哪里?为什么今天人们更有理由读《追忆似水年华》?正是这种种简单但不见得容易回答的问题在推动着我们继续探索叙事美学的新趣味。当然,并不是说理论本身就对美学的发现毫无作为,举个例子,德勒兹与加塔利的名著《资本主义与精神分裂:千高原》,其中的"根茎理论""逃逸线""解域线""节段化""层化"理论,将有可能大大推进对《追忆似水年华》的审美趣味的理解。② 从这个意义上说,新理论应是一种能够为小说解读带来新鲜审美感觉的理论,而不是仅仅作为某种文本诠释的教条指南。

当代叙事美学资源远未走向枯竭,相反,叙事审美作品的复杂、纠缠、含蓄的审美特性,还有待于通过与当代不同媒介表达的比较分析,获得更深刻和多样的阐释。经典的替换、补充、淘汰、更新,是一种常态,而正是这种常态,需要小说理论研究者对这种"常态"作出理论的阐述和引导。

---

① [法]吉尔·德勒兹:《普鲁斯特与符号》,上海译文出版社 2008 年版,第 81 页。
② [法]德勒兹、加塔利:《资本主义与精神分裂:千高原》,上海书店出版社 2010 年版。

责任编辑:詹素娟
封面设计:彭世兴

图书在版编目(CIP)数据

小说文本审美差异性研究/余岱宗 著.-北京:人民出版社,2015.3
ISBN 978－7－01－014219－7

Ⅰ.①小…　Ⅱ.①余…　Ⅲ.①小说研究-中国-当代　Ⅳ.①I207.42

中国版本图书馆 CIP 数据核字(2014)第 278091 号

小说文本审美差异性研究
XIAOSHUO WENBEN SHENMEI CHAYIXING YANJIU

余岱宗　著

人民出版社 出版发行
(100706　北京市东城区隆福寺街 99 号)

北京中科印刷有限公司印刷　新华书店经销

2015 年 3 月第 1 版　2019 年 6 月北京第 2 次印刷
开本:710 毫米×1000 毫米 1/16　印张:23.25
字数:370 千字

ISBN 978－7－01－014219－7　定价:79.00 元

邮购地址 100706　北京市东城区隆福寺街 99 号
人民东方图书销售中心　电话 (010)65250042　65289539